BASTEI LÜBBE

DAVE DUNCAN IM
TASCHENBUCH-PROGRAMM:

20 336 Die Verfluchten

DIE PANDEMIA-SAGA
20 263 Band 1 Der Weg nach Kinvale
20 271 Band 2 Die Insel der Elben
20 277 Band 3 Das Meer der Leiden
20 288 Band 4 Die Stadt der Götter

DIE ZWEITEN CHRONIKEN VON PANDEMIA
20 303 Band 1 Der Thron des Zauberers
20 312 Band 2 In Acht und Bann
20 318 Band 3 Das verlassene Schlachtfeld
20 328 Band 4 Der lebende Gott

DAS GROSSE SPIEL
20 356 Das Tor ins Gestern
20 365 Die Klippen des Heute
Der Preis der Zukunft
(in Vorbereitung)

DAVE DUNCAN

Das große Spiel

Die Klippen des Heute

Roman

Ins Deutsche übertragen
von Michael Krug

BASTEI LÜBBE TASCHENBUCH
Band 20 365

Erste Auflage: August 1999

Originaltitel: Present Tense

Lektorat: Wolfgang Neuhaus / Stefan Bauer
Titelbild: Geoff Taylor, by arrangement with
Transworld Publishers
Umschlaggestaltung: QuadroGrafik, Bensberg
Satz: Fotosatz Steckstor, Rösrath
Druck und Verarbeitung:
Brodard & Taupin, La Flèche
Printed in France
ISBN 3-404-20365-8

Der Preis dieses Bandes versteht sich einschließlich der gesetzlichen Mehrwertsteuer.

Für Jacinta, Richard & Michael

Krieg aber ist ein Spiel, das Könige nicht spielen würden, wären ihre Untertanen weise.

Cowper, The Task

Auf dem heiligen Berg werden die Menschen böse Pläne schmieden. Die Diener des Einen werden tun das Werk der Vielen. Sie werden jemanden senden zu D'ward, der ihn überhäuft mit Schwüren, die wie Nektar sind, und ihre Stimmen sind süß wie Rosen, ja süßer als Sirup, mit dem man Juwelenfliegen fängt. Ins Verderben wird ihn stürzen das Wort eines Freundes, das Lied einer Freundin wird ihn hinabschleudern zu den Horden des Todes.

Filoby-Testament, 114

Inhalt

Bauer am Zug

1

Der Vorfall ereignete sich am 16. August 1917, während der dritten Ypern-Schlacht. Am Tag darauf berief Brigadegeneral Stringer einen inoffiziellen Untersuchungsausschuß ein, der sich aus Hauptmann K. J. Purvis, Militärarzt des 26. Bataillons (Mittelschottland), und Hauptmann J. J. O'Brien, Geistlicher der Brigade, zusammensetzte. Diese Vorgehensweise war höchst unvorschriftsmäßig. Die Wahl Vater O'Briens läßt erahnen, daß bereits Gerüchte über ein Wunder kursierten.

Natürlich hätte die Festnahme eines mutmaßlichen Spions unverzüglich dem Divisionshauptquartier gemeldet werden müssen, von wo aus sie zum Korps und Heeresverband, schließlich zum Generalhauptquartier weitergeleitet worden wäre. In diesem Fall jedoch bestehen berechtigte Zweifel, ob die Neuigkeit je über die Brigadeebene hinausging. Veröffentlichte Depeschen und offizielle Berichte enthalten keinerlei Hinweise auf die bizarre Angelegenheit. Abgesehen von ein paar mehrdeutigen Anmerkungen in einigen Tagebüchern und Briefen aus jener Zeit, verstauben die einzigen schriftlichen Beweise in den Familienarchiven der Stringers.

Die vier Zeugen wurden getrennt befragt. Alle vier waren Gefreite in der C-Kompanie der Königlichen Füsiliere Birminghams, die bei der Schlacht am Sechzehnten offiziell nicht im Einsatz war. Alle vier waren zwischen achtzehn und neunzehn Jahre alt und stammten aus Mittelengland. Der Dienst als Bahrenträger, zu dem die vier eingeteilt gewesen waren, galt als kaum weniger gefährlich als ein Kampfeinsatz. Sie waren gerade zur vierten Mission des Tages unterwegs und fast ununterbrochen unter Beschuß gewesen. Zweifellos waren sie alle körperlich völlig erschöpft. Man sollte sich bei der Bewertung der Aussagen auch ihre geistige und gefühlsmäßige Verfassung vor Augen halten.

Von den vier Berichten erscheint der Chisholms als der genaueste und überzeugendste. Chisholm war ein paar Monate älter als die übrigen. Als ehemaliger Druckerlehrling hatte er eine zwei Jahre längere Ausbildung genossen als die anderen, die Gefreiten W. J. Clark, P. T. White und J. Goss, die allesamt mit vierzehn von der Schule abgegangen waren.

In Anbetracht der Begleitumstände – der Gefahr, der unmenschlichen Bedingungen und der äußersten Erschöpfung –, unter denen die vier arbeiten mußten, erscheinen die Zeugenaussagen bemerkenswert einheitlich. Hinsichtlich einiger bedeutungsloser Kleinigkeiten herrschte zwar Unstimmigkeit, doch völlig gleichlautende Schilderungen hätten ohnehin verdächtig gewirkt, wie der Ausschuß in seinem Bericht feststellte.

Die vier Gefreiten hatten sich gerade im Schutz eines Mauerbruchstücks ausgeruht, das wahrscheinlich den Überresten einer Kirche zuzuordnen war, die auf den Karten etwa an jener Stelle erschien. Über das Donnern der schweren Geschütze hinweg vernahmen sie das wiederholte *Peng* von Kugeln und Schrapnells, die von dem Steinwerk abprallten. Von Zeit zu Zeit schlugen die Geschosse so nahe ein, daß sie die vier jungen Burschen mit Schlamm bespritzten. Sie kauerten in Paaren zusammen, je zwei Mann auf jeder Seite eines wassergefüllten Kraters, den eine Granate gerissen hatte.

Chisholm behauptete später, er hätte sich gerade auf die Knie erhoben und der Gruppe den Befehl zugerufen, sich wieder in Bewegung zu setzen. Von den drei anderen erwähnte dies keiner, doch bei all dem Lärm und in Anbetracht der Müdigkeit hatten die Männer es vielleicht nicht gehört oder bemerkt. Bedeutsam ist, daß Chisholm im entscheidenden Augenblick offenbar nach hinten schaute, und er beharrte darauf, daß der Neuankömmling nicht aus jener Richtung kam.

Die vier Soldaten gaben einheitlich an, daß der fünfte Mann mit ziemlicher Wucht in den Granatenkrater zwischen ihnen stürzte, als wäre er »vom Himmel« gefallen. So eingehend man sie auch befragte, in diesem Punkt ließen sich ihre Aussagen durch nichts erschüttern. Alle vier berichteten, vom aufpeitschenden Wasser bespritzt worden zu sein. Drei von ihnen behaupteten hartnäckig, der Mann könnte unmöglich von der Mauer gefallen oder gesprungen sein. Der vierte, Gefreiter Clark, hielt dies zwar für möglich, jedoch für höchst unwahrscheinlich.

Der Neuankömmling zappelte und schlug um sich, augenscheinlich außerstande, sich aufzurichten. Clark und Goss wateten ins Wasser und zogen den völlig schlammverschmierten, hustenden und immer noch wild strampelnden Mann heraus. Erst da erkannten sie, wie außergewöhnlich der geheimnisvolle Fremde war.

»Ich sah, daß der Mann keinen Stahlhelm trug«, erklärte der Gefreite Clark mit nüchternen Worten, die unverkennbar die Handschrift des Protokollführers aufwiesen. »Aber der Rest von ihm war nur Schlamm. Ich griff nach seinem Arm, und zuerst glitt er mir durch die Finger. Ich stellte fest, daß er keine Jacke anhatte. Nachdem wir ihn herausgezogen hatten, erkannten wir, daß er überhaupt keine Kleider trug.«

Die Zeugen stimmten darin überein, daß der Fremde eine Art Anfall hatte. Er schlug wild um sich und schien beträchtliche Schmerzen zu haben. Zudem war er nicht in der Lage, Fragen zu beantworten, und die vier Kameraden konnten dem, was der Unbekannte sagte, keinen Sinn entnehmen.

Jeder von ihnen wurde ersucht, so genau wie möglich wiederzugeben, was er von den Worten des Mannes noch wußte. Hier weichen die Zeugenaussagen voneinander ab. Chisholm vermeinte, die Worte Juli, Eisenbahn und Bettschuhe gehört zu haben. White entschied sich für Kohl, Leitern und Armentières. Die anderen beiden stellten ähnlich unwahrscheinliche Listen auf, und wir können nur annehmen, daß die vier sich gleichermaßen irrten. Hingegen waren sich alle einig, daß ein Teil des Kauderwelschs Englisch war, der Rest eindeutig nicht.

Ein paar Worte waren bei allen gleich: *Spion, Verräter, betrogen, Verrat.*

Die Kameraden waren unterwegs gewesen, um verwundete Soldaten zu retten. Dieser Mann wies keine sichtbaren Wunden auf, abgesehen von ein paar blutenden Kratzern, die er sich durch die krampfhaften Zuckungen zugezogen hatte. Er war augenscheinlich nicht in der Lage, sich aufzurichten, geschweige denn zu gehen, auch wenn er angemessen gekleidet gewesen wäre.

Daß es sich um einen britischen Soldaten handelte, muß den Kameraden schon zu jenem Zeitpunkt höchst zweifelhaft erschienen sein. Daß es sich um einen deutschen Soldaten handelte, war noch unwahrscheinlicher. Unter Befragung räumten sie ein, die Möglichkeit erwogen zu haben, der Fremde könnte ein Spion sein. Jeder, der einen Spion festnahm, erhielt automatisch Heimaturlaub in England. Sie leugneten nicht, von dieser Regelung gewußt zu haben, wenngleich sie alle behaupteten, es hätte ihre Entscheidung in keiner Weise beeinflußt.

Was auch immer ihre Beweggründe gewesen sein mochten, sie luden den Fremden auf die Bahre und zurrten ihn fest. Dann bedeckten sie ihn mit den schlammverkrusteten Überziehern von Gefallenen und wateten durch den Morast, um den Unbekannten bei der Sanitätswache des Regiments abzuliefern. Es scheint schwierig zu sagen, was sie sonst hätten tun können.

Der Bericht enthält kaum Erläuterungen der Zustände auf dem Schlachtfeld, die den Untersuchungsoffizieren nur allzu vertraut waren.

Diese Zustände lassen sich aus anderen Quellen rekonstruieren, wenngleich der Leser in heutiger Zeit überwiegend ungläubig darauf reagieren mag. Superlative verkeilen sich zu einer geistigen Blockade, und der Leser muß sich fragen, ob es überhaupt angemessene Worte gibt. Sogar die Fotografien vermögen nicht zu überzeugen. Der Verstand zieht sich zurück und weigert sich zu glauben, daß Menschen tatsächlich um ein solches Gebiet kämpften oder daß irgend jemand überlebte, um darüber zu berichten.

Im Sommer 1917 war bereits seit fast drei Jahren um die belgische Ebene gefochten worden, dennoch hatte die Front sich kaum verschoben. Gleich unersättlichen, blutigen Mäulern hatten die Schützengräben die Jugend Europas verschlungen. Seit drei Jahren marschierten von Osten und Westen Männer ein, die nur das eine Ziel vor Augen hatten, einander zu töten. Auf beiden Seiten wurden Erfolge verzeichnet. Auf beiden Seiten starben Hunderttausende; dennoch kamen immer mehr neue Männer. Seit 1914 hatte der erstmalige Einsatz von Flugzeugen und Giftgas die Todesmaschinerie entscheidend effektiver gemacht, doch die wiederholten Feldzüge hatten die Landkarten kaum verändert. Zu Beginn der Somme-Schlacht im vorangegangenen Jahr verlor die britische Armee *an einem einzigen Tag* 57000 Mann – getötet, verwundet, vermißt. (Diese Zahl entspricht den Gesamtverlusten der Vereinigten Staaten im Vietnam-Krieg, der ein halbes Jahrhundert später stattfinden sollte.)

Die dritte Ypern-Schlacht dauerte monatelang und wurde größtenteils in sintflutartigem Regen ausgetragen. Das gleichmäßig flache Gebiet stand völlig unter Wasser und wurde wiederholt von Geschossen aufgerissen. Von der ursprünglichen Landschaft blieb nichts übrig. Zurück blieb nur Schlamm, oft hüfttief, an manchen Stellen sogar dermaßen gefährlich, daß er Menschen und Maultiere regelrecht einsaugen und verschlucken konnte. Überall war der Morast mit Holztrümmern und altem Stacheldraht durchsetzt, mit verwesenden Leichen und Kadavern von Maultieren und Pferden. Es gab keine Deckung, denn jede Vertiefung war mit Schleim und Wasser gefüllt, auf dem häufig Blut und Fleischfetzen trieben. Zwischen den Sterbenden lagen alte, von Geschoßeinschlägen freigelegte Leichen.

Über all dieser nassen Trostlosigkeit hing der Gestank von Tod und Verfall, der Knoblauchgeruch von Senfgas und der Moder des Schlammes selbst. Schon eine geringfügige Wunde konnte zum Ertrinken eines Mannes führen, und in jenen Tagen gab es keine Antibiotika, um die verheerenden Entzündungen zu bekämpfen. Die Erde war von Gas und bösartigen Mikroben verseucht. Niemals verstummte der Donner der Artillerie. Der Boden erbebte, als würde die Erde selbst sich vor Schmerzen winden. Maultierzüge quälten sich mit Munitionsladungen voran; am Schluß dieser Elendsprozessionen taumelten jene Verwundeten, die noch laufen konnten. Die britische Armee versuchte, über das verlassene Land vorzumarschieren, wohingegen die Deutschen versuchten, es mit Haubitzen, Maschinengewehren, Schrapnells und Giftgas auszulöschen. Unvermindert fegten Feuer und Regen über das Schlachtfeld.

Durch diesen Mahlstrom des Todes quälten sich Bahrenträgergruppen auf der Suche nach Verwundeten. Mindestens vier Mann waren pro Bahre erforderlich. Oft brauchte man acht oder zehn, und selbst dann kam es häufig vor, daß die ganze Gruppe stolperte, so daß der Verletzte auf den Boden kippte. Nach einem Marsch zurück zum Feldlazarett – der mitunter Stunden dauern konnte –, brachen die Bahrenträger zu einer weiteren Runde auf. Die Arbeit mußte bei Tageslicht verrichtet werden, denn bei Nacht gab es keine Orientierungspunkte.

So merkwürdig der Vorfall selbst auch sein mochte, das nachfolgende Verhalten verschiedener Mitglieder auf der Führungsebene der Armee erscheint noch seltsamer.

Der Verdacht richtet sich zwangsläufig gegen den Brigadekommandanten, Brigadegeneral J. G. Stringer, wenngleich sein Ruf in jeder anderen Hinsicht unbefleckt ist. Brigadegeneral (später Generalmajor) Stringer war Sohn eines Offiziers der indischen Armee und wies eine herausragende Laufbahn als Berufssoldat auf. Er wurde 1882 in Indien geboren und in England, in Fallow und Sandhurst, ausgebildet. Stringer galt als vielbeachteter Athlet, spielte Kricket für Hampshire und betätigte sich als Vorreiter bei den Fuchsjagden von Dilby. Bei Kriegsausbruch im August 1914 stand er im Rang eines Majors der Königlichen Marineinfanteristen, die einen Teil der nach Frankreich entsandten britischen Expeditionsstreitkraft stellten. Stringer wurde von seinen Vorgesetzten wie auch von den Untergebenen hoch geschätzt. 1918, kurz vor Kriegsende, kam er auf tragische Weise bei einem Verkehrsunfall ums Leben.

Ein Mann gab vor dem Untersuchungsausschuß keine Aussage ab – der geheimnisvolle Fremde selbst.

Nachdem die Bahrenträgergruppe mit ihrem rätselhaften Patienten aufgebrochen war, waren die Schwierigkeiten längst nicht vorüber. Die Briten begannen, Verstärkung vorzuschicken. Die Deutschen entfesselten ein Sperrfeuer, um den Gegner aufzuhalten. Die Bahrenträger mußten einen wahren Spießrutenlauf durch Sprenggranaten, Schrapnells und, an einer Stelle, Giftgasgeschossen hinter sich bringen. Sie nahmen einem Toten die Gasmaske ab und setzten sie ihrem Patienten auf, doch auf einem Teil der freiliegenden Haut des Mannes bildeten sich Blasen. Ihre Schätzungen, was die Dauer des Marsches betraf, reichten von zweieinhalb bis dreieinhalb Stunden. Als die Kameraden das Lazarett erreichten, war der Unbekannte bewußtlos und außerstande, irgend etwas zu erklären.

2

Zwei Männer saßen im Garten und unterhielten sich über die Hölle. Einer der beiden war dort gewesen.

Es war ein Samstagnachmittag Anfang September 1917. Sie befanden sich an einem sonnigen Fleckchen auf dem Gelände von Staffles, seit dem siebzehnten Jahrhundert ein englisches Landhaus, nunmehr ein Lazarett für die Verwundeten, die aus dem Großen Krieg heimkehrten.

Die beiden saßen nebeneinander am oberen Ende einer kurzen Treppenflucht, die zu einer Glastürfront führte. Eine Bettenreihe hinter den Türen verhinderte, daß jemand hinein oder heraus konnte, folglich hatten die beiden Männer keine Störung zu befürchten. Es war ein geschützter Winkel. Der jüngere der beiden hatte ihn entdeckt; für eine ungestörte Unterhaltung stellte er den wahrscheinlich besten Platz des gesamten Krankenhauses dar. Der Mann hatte immer schon die Gabe besessen, sich das beste Stück des Kuchens zu schnappen. Zwar konnte man ihn weder als gierig noch als selbstsüchtig bezeichnen, dennoch fiel ihm schon als Kind stets das beste Bett im Schlafraum zu. Zog man einen Namen aus dem Hut, war es so gut wie jedesmal der seine.

Die Stufen führten zu einem Mosaikpflaster und einer flechtenüberzogenen Steinbalustrade hinunter. Dahinter erstreckte sich ein sanft abfallender Park bis zu einem Buchenhain. Das Gras mußte dringend gemäht werden, die Rosenbüsche wuchsen wild, und auf den Blumenbeeten wucherte mehr Unkraut als Blüten. In der Ferne erhoben sich Hügel, die von Hopfenfeldern bewachsen waren, deren gleichmäßige

Beschaffenheit sich wie das Webmuster eines gewaltigen grünen Teppichs ausnahm. Der Herbst lag in der Luft, wenngleich die Blätter sich noch nicht zu verfärben begannen.

Gelegentlich ratterte hinter dem Gehölz ein Zug vorbei, der Rauchwolken hustete. Wenn er vorüber war, durchbrach beharrlich ein fernes Grollen die Stille, das Geräusch der Kanonen jenseits des Ärmelkanals. In Flandern fand soeben wieder eine Großoffensive statt. Jeder in Staffles wußte es. Jeder in Südengland wußte es.

Männer in blauen Krankenhauskitteln bevölkerten das Gelände, saßen auf Bänken oder schlenderten ziellos umher. Einige kauerten in Rollstühlen, andere mühten sich mit Krücken ab. Viele hatten übers Wochenende Besucher, die ihnen die Zeit vertrieben. Irgendwo spielte jemand Krocket.

Vor den beiden Männern stand ein kleiner Salontisch aus Mahagoni mit einem Teetablett. Auf einem Teller lagen noch ein paar Krumen von dem Kuchen, der mit dem Tee serviert worden war. Die hoffnungsvoll auf den Steinplatten umherhüpfenden Spatzen waren sich der Krumen durchaus bewußt.

Es war der jüngere Mann, der überwiegend redete. Er sprach von Schlamm und Kälte, von Schrapnell- und Gasangriffen, von Tagen voller Schrecken und ohne Rast, von Wochen in derselben Kleidung, von Läusen und Rheuma, von Schützengrabenmahlzeiten und Gasbränden. Er erzählte von jungen Subalternoffizieren wie ihm selbst, die an der Spitze ihrer Männer über die Reste des Niemandslands marschierten, bis sie an den Stacheldrähten der Krauts anlangten und Maschinengewehre die englischen wie Stroh ummähten. Er berichtete von Verstümmelungen und

Toten in solchen Massen, daß sie in den goldenen Tagen vor dem Krieg unvorstellbar erschienen waren.

Während des Teetrinkens und Kuchenessens hatte der Mann mehrmals abwesend den rechten Arm ausgestreckt. An jener Stelle, an der sich das Handgelenk befinden sollte, war der Ärmel mit einer Sicherheitsnadel verschlossen. Mit leisen Flüchen hatte er den Arm rasch wieder unter den Tisch gesenkt. Er rauchte eine Zigarette nach der anderen, wobei er sich häufig mit dem leeren Ärmel an den Mund faßte. Ab und an versuchte er, mit dem Reden aufzuhören, doch jedesmal fing sein linkes Auge sofort zu zucken an. So oft dies geschah, breitete das Zucken sich rasch über sein ganzes Gesicht aus, bis es sich zu einer Grimasse verzog und so heftig bebte, als hätte es ein hirnloses Eigenleben entwickelt. Und dann begann er zu weinen.

Immer dann gab der ältere Mann taktvoll vor, in der Ferne andere Leute zu beobachten oder den Schwalben dabei zuzusehen, wie sie sich auf den Telefonleitungen niederließen. Er sprach von den alten Tagen – von Kricket und Rugby und von Jungen, die sein Gefährte gekannt hatte und aus denen mittlerweile Männer geworden waren. Dabei verschwieg er den dunklen Schatten, der über ihnen allen hing, während sie auf die Einberufung warteten, die sie fortsenden und durch den Fleischwolf treiben würde, so wie ihre älteren Brüder. Ein Krieg, der 1914 noch ruhmreich erschienen war, hatte sich inzwischen in ein Monstrum verwandelt. Die ständig wachsende Liste der Toten erwähnte er mit keinem Wort.

Der Mann war in mittleren Jahren, an der Schwelle zum fortgeschrittenen Alter. Seine Leibesfülle und sein Vollbart verliehen ihm eine bemerkenswerte Ähnlichkeit mit dem verschiedenen König Edward VII, doch er trug einen Kneifer. Der Bart war bereits stark grau meliert, und der Hut verbarg einen zunehmend kahleren Schädel. Sein Name lautete David Jones, und er war Lehrer. Mehr als dreißig Jahre lang wurde er hinter seinem Rücken Ginger* genannt, weniger aufgrund seines Temperaments oder seiner Haarfarbe, sondern weil in seiner Jugend Ginger zu Jones gehörte wie Dusty zu Miller. Das abgehackte, atemlose Schluchzen an seiner Seite verstummte wieder.

»Die Schwalben werden bald nach Süden aufbrechen«, stellte der ältere Mann fest.

»Die haben's gut!« meinte sein junger Gefährte. Sein Name war Julian Smedley. Er war Hauptmann in der Königlichen Artillerie und zwanzig Jahre alt. Nach einer Weile fügte er hinzu: »Wissen Sie, was mein erster Gedanke war? Schmerzen hatte ich überhaupt keine. Ich habe hinuntergeschaut und an der Stelle, wo meine Hand sein sollte, nichts mehr gesehen. Und mein erster Gedanke war: *Gott sei Dank! Ich darf nach Hause!*«

»Und du mußt nicht zurück!«

»Nein. Das ist sogar noch besser.« Ein weiterer bebender Atemzug. »O Gott! Wenn ich doch nur mit dieser Flennerei aufhören könnte.« Linkisch fummelte er eine Zigarette hervor.

Der ältere Mann drehte den Kopf. »Weißt du, du bist nicht am schlimmsten dran. Nicht annähernd. Ich habe viele gesehen, denen es wesentlich dreckiger geht.«

Smedley verzog das Gesicht. »Ich wünschte, Sie würden das meinem alten Herrn sagen.«

* ginger: Ingwer bzw. Schwung, Elan. Anm. d. Übers.

»Aber es stimmt«, bekräftigte Jones sanft. »Viel dreckiger. Und ich kann es deinem Vater gern sagen, wenn du möchtest.«

»Zum Teufel, nein! Soll er doch ruhig über seinen verweichlichten, feigen, heulsusigen Sohn nachgrübeln. War verdammt nett von Ihnen, mich zu besuchen, Ginger. Verbringen Sie alle Wochenenden damit, durch England zu reisen und Wracks abzuklappern?«

»Um meine Aufwartung zu machen. Und nicht an allen Wochenenden.«

»Aber an ziemlich vielen, möchte ich wetten.« Smedley blies eine lange Rauchwolke aus; dann tupfte er sich mit dem hohlen Ärmel die Wangen ab. Er schien sich den Krieg von der Seele geredet zu haben, was ein gutes Zeichen war.

»Ginger ...?«

»Hm?«

»Äh, nichts.«

Es war nichts. Denselben fruchtlosen Wortwechsel hatten sie während der letzten zwei Stunden schon mehrmals begonnen. Smedley hatte etwas auf dem Herzen – irgend etwas, das anzuschneiden er sich nicht überwinden konnte.

Jones blickte auf die Uhr. Er durfte seinen Bus nicht verpassen. Zudem ging ihm der Gesprächsstoff aus. Ein Thema, das er zu vermeiden gelernt hatte, war Vaterlandsliebe. Ein weiteres Thema war Feldmarschall Sir Douglas Haig.

»Wie stehen die Dinge, abgesehen von der Schule?« murmelte Smedley.

»Nicht so schlecht. Die Preise für Lebensmittel schreien zum Himmel. Und ich kann nirgends einen Arbeiter oder Bediensteten auftreiben.«

»Was ist mit den Luftangriffen?«

»Die Menschen murren zwar, aber sie werden durchhalten.«

Smedley starrte den älteren Mann mit dem wilden Blick eines Falken an. »Was meinen Sie, wie verläuft der Krieg?«

»Schwer zu sagen. Die Zeitungen sind natürlich zensiert. Es heißt, die Deutschen wären am Ende. Keine Moral mehr.«

»Das ist doch alles Scheiße.«

»Oh. Nun, in Fallow hören wir keine Gerüchte. Gott sei Dank sind die Amerikaner in den Krieg eingetreten.«

»Die sind in Amerika!« herrschte Smedley ihn an. »Wie lange wird es wohl dauern, bis sie eine Armee zusammenstellen und nach Frankreich schaffen können – vorausgesetzt, die U-Boote versenken sie nicht unterwegs? Und die Russen sind weg vom Fenster! Zumindest so gut wie. Haben Sie das gewußt?«

Jones gab einen unverbindlichen Laut von sich. Sollten die Krautfresser die Russen erledigen, bevor die Yankees eintrafen, wäre der Krieg verloren. Jeder wußte es. Niemand sprach es aus.

»Erinnern Sie sich an einen Jungen namens Stringer? Vor meiner Zeit.«

Der Lehrer kicherte. »Der Lange Stringer oder der Kurze Stringer?«

»Keine Ahnung. Ein Arzt.«

»Das ist der Kurze Stringer. Sein Bruder ist Brigadegeneral oder so etwas.«

»Er schaut gelegentlich hier vorbei. Hab' ihn an der Schulkrawatte erkannt.«

»Eigentlich ist er Chirurg. Ja, ich kenne ihn. Er sitzt im Schulbeirat. Kommt zu den Sprechtagen.«

Smedley nickte und ließ den Blick über die länger

werdenden Schatten des Gartens wandern. Dann sog er ausgiebig an der Zigarette. Jones fragte sich, ob das Unaussprechliche – um was es sich auch handeln mochte – nun endlich ausgesprochen würde. Es brach als wahrer Wortschwall hervor.

»Beantworten Sie mir eine Frage, Ginger. Als der Krieg ausbrach, war ich in Paris, wissen Sie noch? Edward Exeter und ich waren gerade unterwegs nach Kreta. Kurz bevor der Damm in die Brüche ging, sind wir aus Paris nach Hause zurückgekehrt.«

»Ich erinnere mich«, erwiderte Jones, plötzlich vorsichtig geworden. »Dr. Gibbs und die anderen sind nicht zurückgekommen, falls es das ist, was dich beschäftigt. Habe nie erfahren, was aus ihnen geworden ist.«

»Interniert?«

»Hoffentlich, aber man hat nie etwas darüber gehört.«

Smedley beendete dieses Thema mit einem kurzen Kopfschütteln und starrte weiter geradeaus. »Eine bittere Pille! Nein, ich habe mir Gedanken über Exeter gemacht. Wir haben uns an der Victoria Station getrennt. Ich war unterwegs nach Hause, nach Chichester, und Exeter wollte nach Greyfriars, um bei den Bodgleys unterzuschlüpfen, aber er wollte vorher noch ein Telegramm aufgeben oder so was. Ich mußte mich beeilen, um meinen Zug zu erwischen. Dann weiß ich nur noch, daß ein Bulle bei mir zu Hause aufgekreuzt ist und Fragen gestellt hat.«

Er drehte den Kopf und musterte Jones mit demselben eulenhaften Blick, den er schon als Junge besessen hatte. Smedley war stets ein schüchterner, stiller Bursche gewesen, keiner von den Jungs, von denen man erwartet hätte, daß sie sich als Held auszeichnen und all diese Verdienststreifen tragen. Doch der Krieg hatte Tausende von Männern wie ihn in Helden verwandelt. Millionen.

»Der junge Bodgley wurde ermordet«, sagte Jones.

»Ich weiß. Und anscheinend hatte man Exeter im Verdacht.«

»Das habe ich schon damals nicht geglaubt, und ich glaube es auch jetzt nicht!«

»Wie unschuldig wir doch waren ... frisch von der Schule abgegangen, in der festen Überzeugung, wir wären schwungvolle junge Männer von Welt ...« Seine Stimme geriet ins Wanken, dann fing er sich wieder. »Wurde der alte Dudelsack nicht von hinten erstochen?«

Jones nickte.

Zum zweitenmal an diesem Nachmittag lächelte Smedley. »Na also! Das beantwortet die Frage doch, oder? Was Exeter auch getan haben mag, nie im Leben hätte er jemanden von hinten erstochen. Er *könnte* niemanden von hinten erstechen! Dazu ist er einfach nicht fähig.« Smedley zündete sich am Stummel der Zigarette eine weitere an.

»Der Meinung bin ich auch«, pflichtete Jones ihm bei. »Er war zu so etwas einfach nicht fähig – jemanden zu erstechen oder einen Freund zu ermorden oder sonst etwas in der Art. Zu einem kurzen Kinnhaken, ja. Sogar zu plötzlichem Tobsuchtsanfällen. Das kann fast jedem passieren, auch ... Aber ich schließe mich der Meinung an, daß die Sache mit dem Angriff von hinten ein schlüssiger Beweis seiner Unschuld ist.«

»Verdammter Unsinn«, murmelte der jüngere Mann.

»Sogar Mrs. Bodgley weigerte sich zu glauben, daß er ihren Sohn ermordet hat.«

Der eulenhafte Blick verhärtete sich zu einem bedrohlichen Stirnrunzeln. »Und was war dann? Ist er geflohen?«

»Er ist verschwunden, wie vom Erdboden verschluckt. Niemand hat ihn seither gesehen.«

»Reden Sie schon weiter, Mann!« Urplötzlich verwandelte sich der bemitleidenswerte, neurotische Versehrte in einen jungen, vor Befehlsgewalt strotzenden Offizier.

Jones zuckte zusammen wie ein unterwürfiger Rekrut, verspürte zugleich aber einen Anflug von Freude über die jähe Veränderung. »Das Ganze ist ein völliges Rätsel. Exeter ist einfach verschwunden. Es wurde ein Haftbefehl ausgestellt, aber niemand hat je wieder von ihm gehört. Natürlich war damals durch den Kriegsausbruch alles ziemlich durcheinander.«

Anscheinend erzählte er Smedley bislang nichts Neues. Der junge Mann stellte eine finstere Miene zur Schau, als zeigte sich der Rekrut vor ihm dümmer als gewöhnlich. »Der Bulle hat uns erzählt, Exeter hätte sich das Bein gebrochen.«

»Sein rechtes Bein war regelrecht zertrümmert.«

»Also hat ihm jemand geholfen? Jemand *muß* ihm geholfen haben.«

Jones zuckte mit den Schultern. »Den Berichten nach wohl ein Erzengel. Oder der unsichtbare Mann. Die Wahrheit ist nie ans Licht gekommen.«

»Und Sie glauben wirklich, die Sache war ein abgekartetes Spiel? Immer noch? Glauben Sie das immer noch, Ginger?«

Jones nickte und fragte sich, was sich wohl hinter dem plötzlichen Nachdruck verbergen mochte. Wieso sollte dieser Junge nach allem, was er durchgemacht hatte, ausgerechnet über die Schuld oder Unschuld eines Freundes aus den Schultagen nachgrübeln? Nachdem er so viele Tote gesehen hatte – weshalb erregte ihn ausgerechnet jener eine, lang zurückliegende Tod so sehr? Drei Jahre war es her. Und es war in einer anderen Welt geschehen, einer Welt, die für immer verloren war, hingemetzelt im Schlamm von Flandern.

Der Stimmungswechsel verflog wie ein Blitz aus heiterem Himmel. Smedley sackte zusammen. Er stützte die Arme auf die Knie und griff mit dem falschen Arm nach der Zigarette. Leise stieß er einen Fluch aus.

Jones wartete, doch bald würde er rennen müssen, um den Bus zu erwischen, andernfalls würde er sein Bett heute nacht nicht zu Gesicht bekommen. Oder überhaupt irgendein Bett, sollte er in der Stadt hängenbleiben. Nicht im London dieser Tage.

»Warum?«

»Keine Ahnung«, murmelte Smedley. Er schien die um seine Füße verstreuten Zigarettenstummel zu zählen.

Unsinn! Der Mann mußte sich etwas von der Seele reden. Nun, genau deshalb war Jones gekommen. Entschlossen schlug er die Beine übereinander und lehnte sich geduldig zurück. Er hatte schon früher auf Wartehallenbänken übernachtet und konnte es wieder tun.

»Sie nennen es Kriegsneurose«, erklärte Smedley – langsam, stockend, so als würde er sich jedes Wort mühsam abringen. »Kampfmüdigkeit. Wahnvorstellungen. Flennen, verstehen Sie? Zucken im Gesicht? Bildet man sich da auch Dinge ein?«

»Vielleicht. Vielleicht auch nicht. An irgend etwas muß man glauben.«

»Hier gibt es eine Menge Burschen, die schlimmer dran sind als ich.« Smedley deutete mit dem Daumen über die linke Schulter. »Sie nennen es das Leichenschauhaus. Der Westflügel. Ein paar von denen wissen gar nicht, wer sie sind. Oder sie halten sich für den verdammten Herzog von Wellington. Allesamt Drückeberger und Hasenfüße, vermute ich.«

»Das bezweifle ich stark.«

Mit verzerrtem, furchterfülltem Gesicht blickte Smedley auf.

Jones' Herz begann zu hämmern wie sämtliche Gewehre der Westfront. »Und?«

»Da ist einer, den nennen sie John Drei. Sie haben auch einen John Zwei, und ich schätze, es hat mal einen John Eins gegeben. Kein Name, kein Rang. Redet nicht. Kann oder will nicht sagen, wer er ist oder in welcher Einheit er war.«

Jones sog ausgiebig und hörbar die frostige Luft ein.

»Ich hatte ganz vergessen, wie blau seine Augen sind«, flüsterte Smedley.

»O mein Gott!«

»Die blauesten Augen, die ich je gesehen habe.«

»Ist er ... ist er verletzt? Körperlich, meine ich?«

»Geringfügig. Eine leichte Gasverbrennung oder so.« Smedley schüttelte den Kopf. Ein weiterer jäher Stimmungswechsel ließ ihn sich aufrichten und lachen. »Wahrscheinlich hab' ich's mir bloß eingebildet.«

»Laß uns mal so tun, als hättest du es dir nicht eingebildet, ja? Hast du mit ihm gesprochen?«

»Nein. Sein Aufseher war dabei. Hat ihn ausgeführt. Wie ein Hund an der Leine ist er über den Rasen getrottet. Ich bin rübergeschlendert. Er hat geradewegs durch mich hindurchgestarrt. Ich hab' den Aufseher um Feuer gebeten, mich bedankt und bin wieder davongezottelt.«

Selbstverständlich hätte Exeter sich freiwillig gemeldet, sobald sein Bein wieder verheilt war. Etwas anderes schien unvorstellbar. Ein falscher Name ... Schwierig, aber nicht unmöglich ...

»Da ist noch etwas, das Sie wissen sollten«, fuhr Smedley schrill fort. »Er sieht keinen Tag älter aus als damals in der Victoria Station, vor drei Jahren. Da muß man doch annehmen, daß man eine wesentlich ausgeprägtere Kriegsneurose abgekriegt hat, als man gehofft hatte, meinen Sie nicht auch? Wenn man sich so was einbildet?«

»Du bist völlig in Ordnung!« entgegnete Jones scharf. »Aber Exeter? Amnesie? Hat er das Gedächtnis verloren?«

Smedleys Auge hatte wieder zu zucken begonnen. Hastig schleuderte er die Zigarette zu Boden und trat sie aus. »O nein! Nein, nein, alter Freund, das ist nicht das Problem. Er hat mich sofort erkannt. Wurde weiß wie ein Bettlaken, dann hat er an den Horizont gestarrt. Deshalb hab' ich ihn nicht angesprochen. Statt dessen hab' ich mit dem Aufseher gequatscht, um ihn abzulenken, bis Exeter wieder Farbe im Gesicht hatte; dann bin ich weg, ohne ihn nochmals anzusehen.«

»Er täuscht den Gedächtnisschwund vor?«

»Zweifellos. Es sei denn, ich hab's mir eingebildet.«

»Du hast dir gar nichts eingebildet!«

»Oh, das würde ich nicht so steif und fest behaupten!«

»Sei doch kein Narr, Junge!« herrschte Jones ihn an. »Hattest du andere Wahnvorstellungen? Hast du sonst irgendwelche Geister gesehen?«

»Nein.«

»Dann auch diesmal nicht. Er kann seinen Namen nicht preisgeben, ohne für einen Mord vor Gericht zu kommen, den er nicht begangen hat.«

Das Auge zuckte heftiger. »Dann sollte er sich bald lieber einen Namen ausdenken, Mr. Jones! Ziemlich bald! Ich habe mich unauffällig umgehört.« Mittlerweile hatte sich das Zucken auf die Wange ausgebreitet. »Er ist unter äußerst geheimnisvollen Umständen an der Front aufgetaucht. Keine Uniform, keine Papiere, gar nichts. Sie glauben, er sei ein deutscher Sp-p-pion!«

»Was?!«

»Das ist eine Th-th-theorie.« Inzwischen hatte Smedley Schwierigkeiten, seinen Mund im Griff zu behalten. »Er hat die Wahl, ob er sich lieber aufhängen oder erschießen lassen will, verstehen Sie?«

»Mein Gott!«

»Was, zur Hölle, sollen wir denn bloß tun, Ginger? Wie können wir ihm helfen?« Smedley vergrub das Gesicht in einer Hand und einem Ärmel. Dann begann er abermals zu weinen.

Weißer Ritter

3

Sobald die Krankenschwester sich umgedreht hatte, spuckte Smedley die Schlaftablette wieder aus. Nachdem das Licht erloschen war, legte er sie sorgfältig unter das Kissen. Später würde er sie brauchen. Er drehte sich auf den Rücken und bereitete sich auf das Warten vor.

Seine rechte Hand pochte. Die Finger waren zu einer krampfhaften Faust geballt, die Nägel gruben sich in die Handfläche. Zwar befanden sich alle fünf Finger irgendwo in Belgien, dennoch spürte er genau, was sie taten ... manchmal schmerzten sie höllisch. Das gehörte einfach dazu, wenn man allmählich überschnappte.

Staffles war nicht als Krankenhaus erbaut worden. Smedley teilte sich das Zimmer mit zwei weiteren Männern, und zwischen den Betten war kaum genug Platz zum Gehen. Rechts warf Rattray sich unruhig hin und her; links spotzte und rasselte Wilkinson, dessen Lungen von Gas zerstört worden waren. Binnen kürzester Zeit schliefen die beiden – diese Pillen hatten eine Wirkung wie Zwölf-Zoll-Haubitzen.

Aus dem Korridor drang Licht herein. Nach und nach verstummten die Geräusche des Lazaretts. Hin und wieder erbebte der Bau, wenn ein Zug vorbeiratterte, von London nach Dover oder von Dover nach London ... in jenen Tagen stand außer Frage, mit welcher Richtung man besser bedient war. In der Ferne donnerten immer noch die Kanonen.

Smedley lag still da und grübelte. Was er über den unbekannten John Drei im Westflügel erfahren hatte, versuchte er mit der Geschichte über Exeter in Einklang zu bringen, die er von Jones gehört hatte – was war der Mann doch gealtert! Ein unmögliches Verschwinden und ein unmögliches Wiederauftauchen? Irgendwie schien das zusammenzupassen. Zumindest ergab es Sinn für einen Bekloppten mit einer schlimmen Kriegsneurose, der keine zehn Minuten still sitzen konnte, ohne einen Heulanfall zu erleiden.

Für eine Zigarette würde ich jetzt töten.

Er hätte schon vor Tagen etwas wegen Exeter unternehmen sollen, doch er war einfach nicht fähig gewesen, sich selbst zu glauben. Erst Gingers Zuspruch konnte ihn von seiner eigenen Geschichte überzeugen und ihm die Gewißheit geben, daß er doch noch nicht so verrückt war. Nicht ganz. Fast, aber nicht ganz.

Exeter war aus dem Albert-Memorial-Krankenhaus in Greyfriars verschwunden. Irgendwie war er an den diensthabenden Krankenschwestern und am Türwächter vorbeigekommen, wobei sie alle beschworen, daß dem nicht so gewesen sei. Die Nachtschwester hatte in seinem Zimmer ein wüstes Durcheinander und Blut auf dem Fußboden entdeckt, und dennoch hatte niemand etwas gehört. Unmöglich, doch Ginger glaubte es, wenngleich er zugab, daß es sich bloß um Hörensagen handelte. Hörensagen von Mrs. Bodgley war so gut wie die Heilige Schrift.

John Drei war ohne Uniform vom Schlachtfeld hereingebracht worden. Überhaupt ganz *ohne* Kleidung, behaupteten Gerüchte – was zeigte, wie verrückt das arme Schwein sein mußte. Kein Drückeberger bei klarem Verstand würde so weit gehen, sich in dieser regengepeitschten, kugelgepeitschten, geschützgepeitschten Hölle bis aufs Adamskostüm zu entkleiden. Verrückt wie eine besoffene Fledermaus.

Nur zwei Wege führten ins Niemandsland. Entweder war er von den britischen oder von den deutschen Linien gekommen. Oder vielleicht war er mit einem Flugzeug abgestürzt. Aber warum splitterfasernackt? Der Schlamm hatte Männer bekanntermaßen schon um Stiefel oder Hose gebracht, aber noch nie um den Uniformrock. Eine Explosionsdruckwelle hätte wohl vermocht, seine Lungen oder sein Gehirn zu zerstören und ihn ohne sichtbare Merkmale zu töten, aber ihn nackt bis auf die Haut auszuziehen, schien sogar für eine Explosionsdruckwelle ein wenig zu absonderlich.

Ich gäbe meinen rechten Arm für eine Kippe. Er ist ja sowieso verflucht nutzlos.

Wieso John Drei? Konnte er überhaupt sprechen? Warum hatte er sich keinen Namen ausgedacht?

Name, Rang und Dienstnummer.

Andernfalls drohte eine Kugel.

Weshalb war Exeter nicht auf der Stelle erschossen worden? Wieso steckte er nicht wenigstens in einer Zelle der Militärpolizei anstatt in einer Geisteskrankenstation mit niedrigem Sicherheitsstandard? Sonderbare Gerüchte kursierten. Oder zumindest Gerüchte von Gerüchten, Geschichten von Leuten, die mehr wußten, als sie erzählen konnten, aber vielsagend mit den Augen rollten.

Unter Umständen hatte Exeter ihnen noch gar nichts vorgespielt, als er hereingebracht wurde. Auf dem Schlachtfeld aufgelesene Männer waren für gewöhnlich in erbärmlichem Zustand. Allein die Rückreise auf einer Bahre war schlimm genug, um einen Burschen in den Wahnsinn zu treiben. Folglich war Exeter vielleicht tatsächlich nicht in der Lage gewesen zu sprechen, als man ihn hereinbrachte, wenngleich Smedley auf eigenen Füßen in die Notaufnahme marschiert war und dort dem Arzt die Hand schütteln wollte, mit – na, egal.

Am Mittwoch hatte Exeter sich jedenfalls als Schauspieler versucht. Er hatte Smedley erkannt. Und wenn es etwas gab, das Smedley in Belgien zu erkennen gelernt hatte, dann war es Entsetzen.

Exeter hatte ihm nicht einmal einen Verrat-mich-nicht-Blick zugeworfen. Es war der Versuch eines Ich-kenne-dich-nicht-Blickes gewesen. Das schmerzte zwar ein wenig, doch wenn Exeter nicht mal einem alten Kumpel vertrauen konnte, mußte er ziemlich tief in einer ziemlich üblen Sache stecken.

Wie lange konnte er den Schwindel aufrechterhalten? Die Ärzte waren keine Trottel; sie erkannten einen Drückeberger, wenn sie einen sahen. Sie würden alle möglichen Kniffe anwenden – sich von hinten an ihn heranschleichen und Befehle brüllen, unerwartete Fragen stellen, Zeitungen herumliegen lassen …

Bei dem Gedanken begann Smedley zu schwitzen. Wie lange konnte ein Mensch es ertragen zu schweigen? Es mußte sich wie Einsamkeit anfühlen, aber Einsamkeit inmitten einer Menschenmenge. Sich freiwillig von den Menschen abkapseln? Niemals sprechen, niemals zugeben, daß man verstand? Stunde um Stunde. Tag um Tag. Es würde einen Menschen zerbrechen. Sofern Exeter nicht bereits übergeschnappt war, würde ihn die Qual, so zu tun, dazu bringen. Indem er verrückt spielte, würde er verrückt werden!

Erschrocken stellte Smedley fest, daß er nicht geweint, ja nicht einmal gezuckt hatte. Er lag einfach da, dachte nach und wünschte sich sehnlichst eine Players. Das Rätsel um Exeter hatte seinem Verstand etwas gegeben, in das er sich verbeißen konnte.

Ein seltsames Gefühl der Unruhe hatte ihn erfaßt. Es war keine gänzlich unangenehme Empfindung. Er würde in keinerlei persönlicher Gefahr schweben. Zum Teufel, er konnte sich das Gesicht grün anmalen oder auf dem Piano einen Seemannstanz hinlegen, und niemand würde mehr tun, als seufzen und einen Vermerk in seine Akte schreiben.

Die Gefahr bestand für Exeter. Sollte Smedley dabei ertappt werden, daß er Interesse an dem geheimnisvollen Fremden bekundete, zählte womöglich jemand zwei und zwei zusammen. Sollte je irgend jemand die Fallow-Verbindung herstellen, wäre der Schwindel geplatzt. Was durchaus der Grund sein mochte, weshalb Exeter die Klappe hielt anstatt sich eine Geschichte zusammen zu spinnen. Die Stimme eines Engländers verriet, aus welcher Gegend er stammte. Oder welche Schule er besucht hatte. Ließe man Professor Higgins an den Fall heran, würde er wie aus der Pistole geschossen »Fallow!« rufen.

Smedley erwachte voller Entsetzen, schwitzte aus allen Poren und unterdrückte einen Schrei. Er hatte geschlafen! Ohne Pille! Gute Güte! Zum erstenmal seit ... seit ... egal. Schnarchen rechts, Schnarchen links, rasselnd und grollend. Also hatte er nicht laut aufgekreischt. Er hatte tatsächlich geschlafen! Vielleicht ging es ihm allmählich ein wenig besser, nur ein ganz klein wenig? O bitte, lieber Gott!

Er versuchte, auf die Uhr zu schauen, sah jedoch nichts. Dennoch hatte er das Gefühl, es wäre an der Zeit aufzubrechen. Er schluckte den Aschenbechergeschmack im Mund hinunter und schlug das Laken zurück.

Sich einhändig anzuziehen, war schon bei Tageslicht verwunschen genug. Von nun an würde er seine Anzüge mit links zu knöpfenden Hosenschlitzen anfertigen lassen müssen. Zwar hatte er daran gedacht, die Schuhe abzustreifen, ohne sie vorher aufzubinden, doch das Hineinschlüpfen erwies sich als schwieriger. Krawatten waren eine Erfindung des Teufels ... Haarbürste ...

Eine matte Glühbirne erhellte den Korridor und sorgte für tiefe Schatten. Auf Zehenspitzen schlich er los und dachte an die armen Schweine, die in Belgien aus den Schützengräben kletterten. Zumindest das mußte er bei der Artillerie nie tun. Erstes Ziel: der Lakenschrank am Ende des Flurs. Hoffentlich war er nicht verschlossen.

Er war. Höllenfeuer!

Binnen zwei Wochen hatte er in Staffles überall herumgeschnüffelt – oben, unten, in jedem Zimmer, in das er durfte.

Er hoffte, er tat es aus Langeweile und weil es besser war, als nur herumzusitzen; er fürchtete, er tat es, weil sein verschrobener Verstand nach Schreckgespenstern suchte.

Zweites Ziel: eines der Ärztezimmer.

Er fand ein unversperrtes Arztkabäuschen, in dem hinter der Tür ein weißer Mantel hing. Ein freundlicher Heiliger hatte sogar ein Stethoskop in der Tasche gelassen. Das war nun wirklich geradezu schockierend sorglos! Notieren sie den Namen des Mannes, Feldwebel.

Seine Finger zitterten so heftig, daß er den Kittel kaum zuzuknöpfen vermochte. Weichei! Er schlang sich das Stethoskop wie eine Gasmaske um. Dann steckte er sich einen Bleistift hinters Ohr, den Stumpf in die Tasche und ein Klemmbrett unter den Arm. Schließlich schürzte er die Oberlippe und marschierte verwegen in Richtung des Westflügels los.

Das Haus präsentierte sich düster und still. Es roch nach Desinfektionsmitteln und dem ewigen Moder schalen Zigarettenrauchs.

Die schlimmste Gefahr stellte ein echter Arzt dar, und irgendwo hatte gewiß einer Dienst. Eine Krankenschwester ließe sich vielleicht durch das Stethoskop einschüchtern. Wachen ...

Eine Wache, die Zeitung las.

»Bleiben Sie ruhig sitzen!« sprach der Doktor und marschierte schnurstracks an dem Mann vorbei.

In einem richtigen Krankenhaus hätte es nicht funktioniert, doch Staffles war kein richtiges Krankenhaus. Die Nachtschwestern saßen an keinem Dienstschalter, von wo aus sie den Korridor überblicken konnten. Statt dessen wußte man lediglich durch Licht, das aus einer offenstehenden Tür fiel, wo sie sich befanden, und anscheinend bemerkte niemand die weiße Gestalt, die daran vorbeihuschte. Der Westflügel hatte einst als Bedienstetenunterkunft gedient – niedrige Decken, bemalte Stuckwände. Smedley, der die Augen des Wächters im Rücken spürte, entschied sich aufs Geratewohl für einen Raum.

Zwei Betten überfüllten das Zimmer. Eines war leer. Der Mann im anderen war bis zur Unkenntlichkeit verbunden, doch es hörte sich so an, als schliefe er.

Würde der Wache auffallen, daß der Doktor kein Licht einschaltete?

Smedley wartete ein paar Minuten, etwa zweitausend Herzschläge.

Dann spähte er vorsichtig zur Tür hinaus. Der Wächter widmete sich wieder der Zeitung. Das Licht aus dem Zimmer der diensthabenden Nachtschwestern schien nach wie vor undurchbrochen auf den Gang heraus.

Auch der nächste Raum war der falsche.

Ebenso der übernächste.

Dann fand er den richtigen.

Ein blondgeschopfter Kopf. Schlafend. Nur ein Junge, doch er lag auf dem Rücken und atmete heftig. Auf dem anderen Kissen ruhte Exeters schwarzes Haar.

Plötzlich fühlte Smedley sich in das Paris von vor drei Jahren zurückversetzt, als er auf dem Weg nach Kreta bei Onkel Frank übernachtet und mit Exeter ein Zimmer geteilt hatte. Sein Herz verkrampfte sich in der Brust. Himmel, Blitz und Wolkenbruch, Mann! Wie kannst du nur immer noch so *jung* aussehen?

Er ließ die Tür offen. Sie zu schließen, würde Aufmerksamkeit erregen, sollte eine Schwester vorbeikommen. Leise quetschte er sich an der rechten Seite zwischen das Bett und die Wand. Dann kniete er nieder und ließ das Klemmbrett zu Boden gleiten. Er legte die Hand auf Exeters Mund.

Eine heftige Reaktion ließ die Bombe beinahe platzen. Bettfedern quietschten. Arme und Beine schlugen um sich; eine Faust umschloß Smedleys Handgelenk so fest, daß er dachte, es würde jeden Augenblick bersten.

»Leise, du Idiot! Ich bin's. Smedley. Julian!«

Ein Grunzen. Ein Stöhnen. Exeter lockerte den Griff. Der Atem des Jungen im anderen Bett verstummte –

und setzte wieder ein. Smedleys Herz kroch zurück an die Stelle, an die es gehörte.

Er beugte sich dicht über Exeter. »Ich weiß, wer du bist«, flüsterte er. »Ich meine es gut mit dir. Niemand hat mich dazu angestiftet. Das schwöre ich! Ich will dir helfen.«

Die blauen Augen wirkten silbergrau in der Dunkelheit. Aus gleicher Höhe starrten sie ihn vom Kissen her an.

»Ginger Jones hat mich heute besucht.«

Exeter holte tief Luft und blies sie langsam wieder aus. Er stand unter Medikamenteneinfluß und schlief fast noch. Benommen versuchte er, keine Regung zu zeigen.

»Ich glaube nicht, daß du Dudelsack getötet ... ich glaube nicht, daß Dudelsacks Tod deine Schuld war. Ginger auch nicht. Ich weiß, daß du auf geheimnisvolle Weise aus einem Krankenhaus verschwunden bist. Kannst du auch aus dem hier abhauen?«

Pause. Kaum wahrnehmbar schüttelte Exeter den Kopf.

Die Geste wirkte höchst abweisend. Warum wollte er einem alten Freund nicht vertrauen?

»Kannst du sprechen?«

Ein ebenso unscheinbares Nicken.

»Lange kannst du sie nicht mehr an der Nase herumführen, Exeter! Willst du Hilfe, um hier rauszukommen?«

Ein bestimmteres Nicken. Heftiges Blinzeln, als wäre Julian Smedley vielleicht doch nicht der einzige Mensch auf der Welt, der Augenprobleme hatte.

»Kannst du mir sagen, was los ist?« bat Smedley.

Ein schwaches Kopfschütteln.

»Um Himmels willen, Mann! Vertrau mir!« Er

fühlte, wie seine Wange zu zucken begann. Nun konnten jeden Augenblick die Tränen losbrechen. Damit wäre alles Vertrauen beim Teufel.

Beharrlich wartete er, schwitzend, zähneknirschend, verbissen gegen das Zucken und Weinen ankämpfend. Er dachte schon, er würde keine Antwort erhalten. Dann kam sie doch noch, als schwacher Laut, gleich einem Flüstern aus dem Grab und doch so nah, daß er den Atem roch, der das Geräusch begleitete.

»Du würdest mir unmöglich glauben.«

»Nach den Gerüchten, die mir zu Ohren gekommen sind, kann ich alles glauben.«

Ein Kopfschütteln: nein.

»Hör zu, ich bin nicht mehr lange hier. Ich habe keine Ahnung, wie ich dich hier rausschaffen und wohin ich dich in Sicherheit bringen soll. Hast du irgendeine Idee? Irgendwelche Vorschläge? Irgend jemand, dem ich etwas ausrichten könnte?«

Exeter streckte die Finger aus und ergriff den Bleistift hinter Smedleys Ohr.

Linkisch suchte Smedley nach dem Klemmbrett. Es war unters Bett gerutscht. Er reichte es nach oben. Exeter drehte das oberste Blatt um und schrieb auf die Rückseite. Dann gab er beides zurück.

Smedley nahm den Bleistift in die linke Hand und versuchte, das Klemmbrett mit dem Stumpf zu ergreifen.

»O mein *Gott!*« Exeter hatte laut gesprochen, beinahe geschrien. Der Junge im Nebenbett verstummte. Smedley kauerte sich außer Sichtweite. Er zitterte. Er mußte hier raus, bevor die Tränen ihn überfielen! Einen Lidschlag später setzte der gleichmäßige Atem des Jungen wieder ein.

Als Smedley sich wieder aufrichtete, legte Exeters Hand sich auf seine Schulter und drückte zu wie ein Schraubstock. Die beiden starrten einander an.

Tja! Also gab es doch auch andere Menschen, die in jenen Tagen mit wäßrigen Augen zu kämpfen hatten? Schien sich ja auszubreiten wie eine Seuche.

»Edward ...«

Weiter unten im Korridor brüllte jemand. Dann noch einmal.

Smedley verspürte das Bedürfnis, unters Bett zu hechten. Er zwang sich aufzustehen und zur Tür zu gehen. Verwirrte Stimmen schwollen schimpfend an, ein weiterer Schrei ... Irgendein armes Schwein hatte Alpträume. Eine Krankenschwester eilte vorbei. Gefolgt von einer weiteren.

Dann die schweren Schritte der Wache. Alle rannten sie vorüber. Hervorragend!

Smedley schaute sich um. Exeter saß aufrecht im Bett, mit fahlem Antlitz und weit aufgerissenen Augen.

»Das ist meine Rückendeckung, Alter!« flüsterte Smedley unbeschwert. Er winkte mit dem Armstumpf und verließ das Zimmer.

Wenn nun eine der Krankenschwestern herauskäme und einen Arzt im Gang sehen würde – doch das blieb aus. Smedley ging zurück ins Bett und weinte, bis die Wirkung der Schlaftablette einsetzte.

Am Sonntag regnete es beinahe ununterbrochen. Den ganzen Vormittag übte er das Schreiben mit der linken Hand. Am Abend schlenderte er zum Dorf hinunter und gab zwei Briefe auf, versehen mit den Anschriften, die Exeter ihm gegeben hatte.

4

Zur Ferienzeit glich Fallow in jenen Tagen einem Leichenschauhaus. In einer Woche würden die Zöglinge nach und nach wieder eintrudeln, und das nächste Schuljahr würde beginnen. In der Zwischenzeit hielten sich nur etwa ein halbes Dutzend Lehrer und drei oder vier Ehefrauen auf dem Anwesen auf. Vor dem Krieg hatte es immer ein paar Jungen gegeben, die ständig hier waren, Söhne von Eltern, die im Ausland lebten. Das Problem, akademisches und haushälterisches Personal zu finden, hatte den Schulbeirat gezwungen, das Angebot einer Ganzjahresunterkunft *vorübergehend* abzuschaffen. Eine Revolution fegte »vorübergehend« über England hinweg, und nur die ferne Zukunft würde zeigen, wie viele dieser Notbehelfe tatsächlich vorläufiger Natur blieben.

Dienstag früh radelte David Jones nach Wassal und nahm den Regionalzug nach Greyfriars. Die Verbindung auf jener Strecke war nunmehr jämmerlich, doch die Busse auf dem Land waren noch schlimmer und fast so selten wie Dodos im England des Jahres 1917. Nach zwanzigminütiger Wartezeit vertraute Jones seine sterbliche Hülle einmal mehr der Great Western Railway Company an und reiste ostwärts nach London. Der Expreßzug war gerammelt voll mit Leuten, die meisten davon Veteranen. Zunächst dachte Jones, er müßte während der ganzen Fahrt im Gang stehen; dann aber erhob sich ein junger Kanonier und bot dem älteren Herrn seinen Sitz an, wofür selbiger sich entsprechend dankbar zeigte. In Anbetracht der Tatsache, daß Jones unterwegs war, um dem Militär seine Ehre zu erweisen, schien die Geste ironisch. Nach ein paar Stunden gelangte er nach Paddington. Von dort aus nahm er die U-Bahn zur Cannon Street, wo er ausstieg und in einen vernieselten, grauen Vormittag hinaustrat, der nach Kohle und Benzin stank. Er ließ die geschäftigen Menschenmassen an sich vorbeihasten und schlenderte gemächlichen Schrittes seinem Ziel entgegen, dem Guy's-Krankenhaus.

Den Rest des Vormittags verbrachte er bei einer Unterhaltung mit William Derby, einem weiteren ehemaligen Fallow-Zögling, mittlerweile an die fünfundzwanzig Jahre alt. Der Krieg an der Somme hatte ihn zerbrochen und ihm das Augenlicht geraubt, doch seine Moral war nach wie vor herzzerreißend. Der Umgang mit denjenigen, die der Aufmunterung bedurften, war beinahe einfacher. Wie Julian Smedley waren die meisten von ihnen so froh darüber, das Kämpfen hinter sich zu haben, daß sie ihre Gebrechen als Segen betrachteten. Mit der Zeit jedoch würde die Wirklichkeit sie einholen.

Gegen Mittag war Jones' Aufgabe erfüllt. Er mochte London nicht. Vor dem Krieg war er selten in die Stadt gekommen, außer auf dem Weg zu anderen Orten. London war zu groß, zu betriebsam, zu schmutzig. Der Krieg hatte der Stadt einen hektischen Treibhausüberschwang verliehen, der die ablehnenden Gefühle des Lehrers nur noch verstärkte. Seine neue, selbst auferlegte Aufgabe hatte ihn in den letzten zwei Monaten ein Dutzend Mal hierher geführt. Eine Vorsichtsmaßnahme, die ihn die bittere Erfahrung gelehrt hatte, bestand darin, sein Mittagessen mitzubringen; folglich setzte er sich an jenem Tag auf eine feuchte Bank am Victoria Embankment und aß seine Brötchen. Noch vor zehn Jahren waren sämtliche Taxis in London von Pferden gezogen worden. Nun war kaum noch irgendwo ein Roß zu sehen. Der Geruch der Stadt hatte sich verändert, doch die Benzindämpfe stellten beileibe keine Verbesserung dar.

Der Rest des Tages stand ihm noch bevor. Es gab zahlreiche weitere versehrte junge Männer, bei denen er vorbeischauen konnte, wenngleich ihm niemand einfiel, den er nicht bereits mindestens einmal besucht hatte. Im Kopf aber spukte ihm das Problem jenes Mannes herum, den er nicht besuchen konnte: Edward Exeter.

Trotz seiner dreißigjährigen Erfahrung als Lehrer fiel ihm kein Junge ein, der so vom Pech verfolgt wurde wie Exeter. Seine Eltern waren auf niederträchtige Weise bei einem Eingeborenenaufstand in Kenia getötet worden. Exeter selbst war in einen weiteren Mord verwickelt und schwer verletzt worden. Nun schwebte er in Gefahr, als Spion erschossen zu werden. Das alles war Wahnsinn! Was hatte Exeter nur getan, die Furien dermaßen gegen sich aufzubringen? Von all den Hunderten von Jungen, die Jones während seiner Laufbahn unterrichtet hatte, würde er keinen über Edward Exeter stellen.

Die Suche nach Alice Prescott aufzunehmen war das einzige, das Jones vorerst tun konnte, um Exeter zu helfen. Zuletzt hatte er sie 1914 getroffen, als sie nach Greyfriars geeilt war, um ihren jungen Cousin im Krankenhaus zu besuchen. Schon damals war sie eine äußerst selbstbeherrschte junge Dame gewesen. Exeter litt zu der Zeit an einem schlimmen Fall jugendlicher Schwärmerei, ihr Herz jedoch – so vermutete Jones – war anderweitig vergeben gewesen. Zweifellos hatte sie Edward sehr gern, schließlich waren sie in Afrika zusammen aufgewachsen, aber als in Frage kommenden Liebhaber hatte sie ihn nie betrachtet.

Danach hatte Jones ihr ein paarmal geschrieben, um ihr die spärlichen Bruchstücke mitzuteilen, die er über Exeters Verschwinden in Erfahrung bringen konnte. Schließlich war der Briefwechsel aus Mangel an Gründen versiegt. Als Alices berühmter Onkel, Hochwürden Roland Exeter, ein paar Jahre später verschied, hatte Jones eine Beileidskarte an ihre letzte bekannte Adresse geschickt. Sie war mit dem Vermerk ›Empfänger unbekannt‹ zurückgekommen. Seither hatte der Krieg um so heftiger gewütet. Mittlerweile konnte sie durchaus verheiratet sein oder irgendwo in Palästina einen Krankenwagen lenken.

Doch er hatte Julian Smedley versprochen, einen Weg zu finden, Exeter zu helfen – immer unter der Voraussetzung, daß es sich bei dem geheimnisvollen, in Staffles festgehaltenen John Drei tatsächlich um den Vermißten handelte. In den Tagen, die seither vergangen waren, hatte Jones weder einen Geistesblitz gehabt noch etwas Praktisches zu Wege gebracht. Er hatte der verwitweten Mrs. Bodgley ein vorsichtiges Schreiben gesandt, doch man durfte kaum erwarten, daß sie einen Jungen unterstützte, den sie kaum kannte und der verdächtigt wurde, ihren einzigen Sohn ermordet zu haben. Nein, mögliche Hilfe war in dieser Angelegenheit allein von Alice Prescott zu erwarten. Soweit Jones wußte, verkörperte sie die einzige Familie, die Exeter besaß.

Er verfütterte die übriggebliebenen Krumen an die rastlosen Tauben und ging zurück zur U-Bahn. Miss Prescotts letzte bekannte Adresse befand sich in Chelsea, einer bescheidenen, für ihre Kunden praktisch gelegenen Gegend. Sie war Klavierlehrerin gewesen, und das nahegelegene Gebiet um South Kensington beherbergte zahlreiche wohlhabende Familien mit Kindern, die Bedarf an einer derartigen sozialen Verbesserung hatten.

Jones fand die Wohnung. Zwar war niemand zu Hause, doch mitten am Nachmittag stellte dies kaum eine Überraschung dar. Er läutete an ein paar Türen in der Umgebung, sprach mit ein paar gehetzten, argwöhnischen Frauen und fand endlich eine, die sich an Miss Prescott erinnerte. Schließlich war es erst drei Jahre her, daß sie hier gewohnt hatte. Jones erzählte der Frau etwas von Neuigkeiten über einen lange verschollenen Verwandten; entweder dies oder sein Akzent überzeugten die Dame davon, daß er kein Geldeintreiber war. Nach langer Wartezeit im düsteren Korridor wurde er mit einer Adresse in Hackney belohnt. Sogleich lüpfte David Jones grüßend den Hut und marschierte los, um die nächste U-Bahnstation zu suchen.

Natürlich befand sich Hackney am anderen Ende der Stadt. Ein Taxi konnte Jones sich nicht leisten, folglich hatte er die Wahl zwischen Bus, Straßenbahn oder U-Bahn. Der Vorteil der U-Bahn bestand darin, daß in jeder Station Karten hingen. Sogar ein Landei wie er konnte sich im Untergrundnetz nicht verirren.

Wie oft mochte eine junge Dame im Verlauf von drei Jahren umziehen?

Zweimal.

Dreimal, und anscheinend nie in eine bessere Gegend. Dabei hatte die Familie einst Geld besessen.

Mittlerweile hatte es wieder zu regnen begonnen. Bei Einbruch der Dunkelheit war Jones in Lambeth, unweit von seinem Ausgangspunkt am Guy's-Krankenhaus. Was immer Miss Prescott in dieser düsteren

Arbeiterklassegegend tat, es schien höchst unwahrscheinlich, daß sie verhätschelten Sprößlingen reicher Mütter Klavierunterricht erteilte.

Es war ein anstrengender Tag gewesen, und seine Füße schmerzten. Zudem brach die Dunkelheit als echte Dunkelheit herein, denn die Gefahr deutscher Luftangriffe bedingte ein Abschalten des Stroms. Rein verstandesmäßig wußte Jones, daß die Bomben äußerst wenig Schaden anrichteten und zu geringen Verlusten führten – zumindest im Vergleich zu den Millionen Menschen, die ihnen ausgesetzt waren –, doch rein gefühlsmäßig verspürte er kein Verlangen, in die Opferstatistik einzugehen.

Er fand den Eingang neben einem Tabakladen und stellte freudig überrascht fest, daß Miss Prescott keine jener entsetzlichen Eierkistenbuden in den Seitengassen bewohnte. Dies war ein dreigeschoßiges Eckgebäude, auf dem stolz das Errichtungsdatum prangte: 1896. Das gelbe Mauerwerk war zwar vom allgegenwärtigen Ruß Londons befleckt, dennoch handelte es sich um ein halbwegs ansprechendes Bauwerk. Erschöpft stapfte Jones zwei anstrengende, steile Treppenfluchten hinauf, wobei ihm die Gerüche von gekochtem Kohl und Speiseöl in die Nase stiegen. Oben angekommen, sah er sich einer Tür, vier Klingelknöpfen und vier Namensschildern gegenüber, die er in der Düsternis nicht zu lesen vermochte. Also warf er in der Dunkelheit im Geiste eine Münze und drückte.

Überraschend und beinahe unverzüglich schwang die Tür einen Spalt weit auf. Licht überströmte Jones. Er blinzelte.

David Jones lüpfte den Hut. »Ich suche nach Miss Alice Prescott.«

»Das bin ich«, antwortete eine gebildete Stimme ohne Lambeth-Akzent.

Der Herr sei gepriesen! »David Jones, Miss Prescott.«

Die kultivierte Stimme rief: »Heiliger Strohsack!« und die Tür schloß sich.

Jones konnte sich nicht erinnern, von einer Frau je diesen Ausruf des Erstaunens gehört zu haben, was übrigens auch auf wenige Männer zutraf. Noch bevor er nach Luft schnappen konnte, rasselte die Kette und die Tür schwang ganz auf.

»Kommen Sie herein, Mr. Jones! Das ist eine willkommene, wenngleich ziemlich beunruhigende Überraschung. Lassen Sie mich Ihren Mantel nehmen. Ich habe gerade eine Kanne Tee gekocht . . .«

Sie war eine überaus praktisch veranlagte junge Dame, und selbstbeherrscht obendrein. Hastig scheuchte sie Jones aus der engen Diele in ein kleines Wohnzimmer und drängte ihn, sich einen Stuhl zu nehmen. Er schaute sich um, zunächst überrascht, dann nachgerade erstaunt.

Die Adresse mochte fragwürdig sein, die Tapezierung bemitleidenswert, die Möbel hingegen waren alles andere als das. Ein Rosenholzpiano, zwei Lehnstühle und ein Sofa füllten das winzige Zimmer beinahe gänzlich aus; die Stücke waren alt, doch weder zerschlissen noch verblaßt. Der Teppich auf dem Boden war dick, mit leuchtenden Farben. Die Vorhänge bestanden aus Samt, die kleinen Tischchen aus Eiche. Auf dem Sims über dem Gasofen prangten mehrere Royal-Doulton-Figuren sowie die silbergerahmte Fotografie eines Mannes in Uniform. Ein Schrank mit Marmoroberfläche und zwei Gaskochplatten – auf einer dampfte gemächlich ein Kessel –

dienten als Küche. Tasse und Untertasse waren von Spode.

Die Überreste des Familienvermögens hatten in Lambeth Zuflucht gesucht.

Jones' verwunderter Blick schweifte über die Wände und die Aquarelle.

»Ja, es sind echte Constables«, meinte Miss Prescott trocken. »Trinken Sie eine Tasse Tee mit mir, wenn Sie schon mal hier sind?«

Eines der peinlicheren Probleme fortgeschrittener Jahre ... »Dürfte ich mich erst ein wenig erfrischen?«

»Sicher! Erste Tür rechts. Ich besorge Ihnen ein Handtuch.«

Die Toilette besaß die Größe eines Hühnerstalls. Das Badezimmer gegenüber war ein wenig größer, aber allein die Tatsache, daß sich beides im Haus befand, erhob die Wohnung weit über den Durchschnitt der Nachbarschaft. Natürlich teilte sie die Einrichtungen mit den anderen Mietern des Stockwerks. In Anbetracht der augenblicklichen Wohnsituation in London lebte sie ausgesprochen gut. Ihre schlichte, praktische Kleidung ließ darauf schließen, daß sie irgendeinem Schreibjob nachging, jedenfalls gewiß keinem in der Munitionsherstellung wie so viele britische Frauen. Idiot! – Im Herzen Londons gab es keine Munitionsfabriken. Während Jones sich die Hände abtrocknete, gelangte er zu dem Schluß, daß Alice Prescott mit ziemlicher Sicherheit eine Art Sekretärin war, und sie konnte von hier aus zu Fuß zum Whitehall Palace spazieren.

Er kehrte ins Wohnzimmer zurück. Sie lächelte zu ihm auf und fragte: »Ein Stück oder zwei?« So mochte eine römische Hausherrin die Haushaltsgötter angerufen haben.

Alice verkörperte keine klassische Schönheit – dafür stachen ihre Nase und ihre Zähne zu stark hervor. Hätte sie das rabenschwarze Haar und die unglaublich blauen Augen ihres Cousins besessen, hätte sie wahrscheinlich umwerfend ausgesehen. Doch trotz der unscheinbaren Färbung konnte man sie ohne weiteres als hübsche junge Frau bezeichnen.

Dankbar nahm Jones den Tee entgegen, trank einen Schluck und fühlte, wie ihn ein äußerst unvermittelter Blick durchbohrte.

Ohne Umschweife kam sie zur Sache. »Wo ist er, Mr. Jones?«

»Ich bin nicht sicher, und ich habe ihn nicht gesehen, aber ... Erinnern Sie sich an Julian Smedley?«

»Ja.«

»Er behauptet, Exeter sei in Staffles, einem Behelfskrankenhaus in Kent.«

»Unter welchem Namen?«

»Ein Pseudonym natürlich. ›John Drei‹. Er gibt vor, an Gedächtnisschwund zu leiden, aber Smedley ist überzeugt, daß es sich um Ihren Cousin handelt.«

Alice biß sich auf die Lippe. Dann sagte sie bloß: »Fahren Sie fort.«

Während die Wärme des Tees seinen Leib wie Ambrosia durchdrang, erzählte Jones die Geschichte. Seine Füße pochten und brannten in den Schuhen, seine Knie schmerzten. An die vor ihm liegende Heimreise wagte er kaum zu denken, doch Hotelzimmer in London stellten derzeit eine Unmöglichkeit dar.

Alice murmelte eine Entschuldigung und streckte ihm ein Tablett mit Keksen entgegen. Als er eingetreten war, hatte er es noch nicht gesehen. Jones beschränkte sich auf einen Keks. Während er weitersprach, wurden ihm am Rande weitere Veränderungen im Zimmer bewußt. Das Feuer war angezündet worden ... ein Tisch verschoben ... Ah! Die Fotografie war vom Sims verschwunden. Interessant!

Nachdem Jones geendet hatte, schwieg Alice zunächst, was ihn überraschte. Statt dessen erkundigte sie sich: »Und wie stehen die Dinge in Fallow?«

»Ziemlich unverändert. Ich vermute, wir spüren die Not weniger als die meisten.«

Unverhohlen ungläubig zog Alice die Augenbrauen hoch. »Und wie fühlt es sich an, den nächsten Schwung Kanonenfutter heranzuzüchten?«

»Nicht gut.«

Verbittert lächelte sie. »Wie strahlend und ruhmreich der Krieg doch am Anfang erschien! Als ich Edward zum letztenmal sah, hat ihn die Tatsache, daß sein gebrochenes Bein ihn vom Krieg abhielt, wesentlich mehr bekümmert als die, daß er unter Mordverdacht stand. Noch eine Tasse? Und jetzt wissen wir es alle besser, nicht wahr?«

Voller Unbehagen angesichts einer solch trübseligen Gesinnung ließ Jones sich die Tasse nachfüllen.

Während Alice einschenkte, meinte sie: »Daß Edward in Flandern auftaucht, kann ich verstehen. Er hätte sich freiwillig gemeldet, sobald sein Bein verheilt wäre. Zweifellos. Aber um sich freiwillig zu melden, hätte er eine Identität benötigt. Und daß er keine Kleider anhatte, hört sich ...«

Abermals richtete sie den einschüchternden Blick, der Königin Maria zur Ehre gereicht hätte, auf ihren Besucher. »Ich nehme an keinen Seancen teil, Mr. Jones. Ich lese nicht in Teeblättern die Zukunft. Ebensowenig gehe ich auf Rummelplätzen zu Zigeunerhexen. Und doch bin ich überzeugt davon, daß die Sache, in die mein Cousin vor drei Jahren verstrickt wurde – um was auch immer es sich gehandelt haben mag –, übernatürlichen Ursprungs war.«

Jones seufzte. »Seit das Ganze geschehen ist, habe ich versucht, diese Einsicht zu verdrängen, aber ich glaube, ich schließe mich Ihnen an. Da waren zu viele verschlossene Türen, und es gab zu viel Unerklärliches. Eine rationelle Erklärung ... Es gab keine!«

»Edward dachte damals, er wäre in mich verliebt.«

Ob man nun glaubte, man sei verliebt, oder man war es tatsächlich – worin bestand der Unterschied? »Er hat kein Geheimnis daraus gemacht.«

»Ich erwähne das nur, weil ich Edward wirklich für tot hielt. Er wäre niemals freiwillig verschwunden, ohne mir zumindest eine Nachricht zukommen zu lassen. Und nun erzählen Sie mir, daß er unter ähnlich geheimnisumwitterten Umständen zurückgekehrt ist ... Gehe ich recht in der Annahme, daß er gegen seinen Willen entführt wurde und jetzt fliehen konnte?«

»Aus dem Regen in die Traufe!«

Sie lächelte, wandte den Kopf ab und starrte auf den zischenden Gasofen.

»Ich muß ihn sehen.«

»Ich habe Smedley gesagt, ich würde ihn am Freitag wieder besuchen.«

»Nein, an Freitagen habe wir Abteilungsbesprechung.« Ein verschlagenes Leuchten trat in ihre Augen. »Ein Vorteil des Daseins als Frau, Mr. Jones, besteht darin, daß es einem männlichen Arbeitgeber immer zu peinlich ist, sich nach Einzelheiten zu erkundigen, wenn man einen Tag frei haben möchte.«

Abermals schockiert, hüstelte Jones verlegen. »Ja.«

»Bleiben Sie heute nacht hier?«

O ja, bitte! »Oh, ich könnte unmöglich ...«

»Das Sofa ist ziemlich bequem, behaupten meine Freunde. Ich bezweifle, daß die Nachbarn es bemerken, und wir müssen eben hoffen, daß es sich mit den Zeppelinen genauso verhält. Jetzt gibt es ohnehin nicht mehr viele davon – statt dessen verwenden sie diese großen Bomber. Ich habe einen prächtigen Schellfisch, den wir teilen können, und Gott sei Dank gibt es wieder Kartoffeln in den Läden. Wenn Sie mit einem halben Schellfisch, zwei Kartoffeln und einem Sofa auskommen, sind Sie herzlich eingeladen.«

»Das ist außerordentlich großzügig von Ihnen!«

»Ich bin Ihnen überaus dankbar, daß Sie hergekommen sind, Mr. Jones«, entgegnete Alice düster. »Sie müssen mir erzählen, wie Sie mich aufgespürt haben. Und wie gehen Sie für gewöhnlich vor, wenn Sie Gefängnisausbrüche vorbereiten?«

5

Der Mittwoch verhieß für Smedley eine Katastrophe. Eigentlich drei Katastrophen.

Was immer der Krieg angerichtet hatte, das Königliche Postwesen, mit dem die ersten beiden Katastrophen in Form der Morgenpost eintrafen, hatte er nicht sonderlich beeinträchtigt. Miss Alice Prescott galt unter der Adresse in Chelsea als ›unbekannt‹. Und egal, ob Herr Jonathan Oldcastle immer noch in The Oaks, Druids Close, Kent lebte oder nicht, das Postamt behauptete, diese Anschrift existiere nicht.

Mit einer Hand und einem Fuß riß Smedley beide

Briefe in kleine Fetzen. Dann weinte er still und leise vor sich hin.

Die dritte Katastrophe erwies sich als noch schlimmer.

Man forderte ihn auf, seine Koffer zu packen.

Er flehte. Er bettelte. Er rutschte auf Knien. Ausgerechnet dann, wenn sie mal nützlich sein konnten, wollten die verfluchten Tränen nicht kommen. Die Vorstellung, in Chichester lebendig begraben zu sein, schien das Allerletzte. Seit dem Tod seiner Mutter glich das Haus einer Gruft. Da sie inzwischen keine Bediensteten mehr hatten, wäre er mit seinem Vater ganz allein. Schlimmer noch, nächsten Sonntag stand Smedleys einundzwanzigster Geburtstag an, folglich würde jede Tante, jeder Onkel und jeder Cousin von überall im Lande über den heimgekehrten Helden herfallen. Er würde stottern, ganze Eimer von Tränen vergießen und der gesamten Brut vor Bestürzung den Atem verschlagen.

»Das ist ein Befehl, Hauptmann«, erwiderte der Arzt frostig. »Außerdem brauchen wir die Betten.«

Seine Entlassung sollte in Kraft treten, sobald er im Palast gewesen war, um seinen Orden in Empfang zu nehmen. In der Zwischenzeit galt er als beurlaubt wegen Krankheit. Um 12 Uhr 10 ging ein Bus. Ta-ta!

Dann fiel ihm Exeter ein, der warten und warten und niemals erfahren würde, weshalb sein Retter nicht wiederkehrte. Ginger Jones wollte am Freitag noch einmal kommen und ihm präsentieren, was auch immer er ausgeheckt haben würde; allein jedoch konnte Smedley gar nichts unternehmen. Und schon kamen die Tränen, und sein Gesicht vollführte den üblichen Oktopustanz. Das salzige Naß floß in Strömen. Er zitterte so heftig, daß er beinahe damit rechnete, der Verband am Handgelenk würde jeden Augenblick abfallen. Und er brabbelte.

»Na ja …«, begann der Doktor widerwillig. »Am Freitag kommt ein neuer Schwung rein. Ich schätze, bis dahin könnte ich Sie noch unterbringen.«

Smedley brachte nicht einmal ein Dankeschön heraus. Noch zwei Tage! Am liebsten hätte er dem Mann wie ein Kanacke die Hand geküßt.

Es fühlte sich an wie Mitternacht, dennoch war noch nicht einmal Mittag. Er schlenderte hinaus in die Eingangshalle, die so ziemlich den einzigen öffentlichen Raum des Gebäudes darstellte. An Regentagen wie diesem schoppten sich darin Männer in Uniform, die sich noch ausreichend rühren konnten, um ihre Betten zu verlassen. Inmitten all der Verbände, Krücken und Rollstühle spielte man Domino, Dame und Bridge, las Zeitungen und erging sich in oberflächlichen, gelangweilten Unterhaltungen.

Dr. Stringer marschierte durch den Haupteingang herein.

Smedley vollführte eine Kehrtwendung. Er lief zurück in sein Zimmer und legte Zivilkleidung an. Damit würde er etwa zwanzig Minuten durchkommen, wenn er Glück hatte. Er bat eine rothaarige Krankenschwester, seine Ehemaligenkrawatte aus Fallow für ihn zu binden, damit sie ordentlich saß.

»Mr. Stringer ist äußerst beschäftigt!« herrschte die Sekretärin ihn an.

Chirurgen nannte man um keinen Preis »Doktor«, doch daran hatte Smedley sich glücklicherweise erinnert. Er hätte ahnen müssen, daß Chirurgen, wie goldene Vliese, von Ungeheuern bewacht wurden. Und Stringers persönliches Ungeheuer hatte sich eine eigene Verteidigungsanlage errichtet. Der auf Rollen befestigte Schreibtisch war vermutlich gepanzert, und die Aktenschrankreihe hinter der Frau beanspruchte den halben Gang für sich. Ihren äußeren Verteidigungsring aus Stühlen und Tischen hätte selbst das deutsche Oberkommando kaum besser anzubringen vermocht. Man bräuchte mindestens eine vollständige Division, um zu jener geschlossenen Tür vorzudringen.

Sofern die Frau nicht tatsächlich Feuer speien konnte, sah sie zumindest so aus. »Sie sind keiner seiner Patienten, Hauptmann ... äh ...«

»Oh, ich halte ihn bestimmt nicht lange auf! Es geht um eine Familienangelegenheit.«

Ungläubig verzog der alte Drache die Lippen zu einem Schmollmund. »Familienangelegenheit?« Ein so berühmter Chirurg wie Mr. Stringer konnte unmöglich mit jemandem verwandt sein, der nicht mindestens Oberst war.

»In gewisser Weise.« Smedley, der das Gefühl hatte, unter dem finsteren Blick zu schrumpfen, fingerte unruhig an der Krawatte herum. »Wissen Sie, ich wollte ihm nur einen Besuch abstatten.«

Vielleicht war sie in ihrer Jugend Lehrerin gewesen. Sie trug das Haar zu einem Dutt geknotet und mußte wenigstens dreißig Jahre alt sein. Ihre Züge schienen aus Granit gemeißelt; die an einen Basilisken erinnernden Augen jedoch wurden schmal, während sie abwägend Jones' Krawatte betrachtete. »Ich will sehen, ob er einen Augenblick Zeit für Sie hat, Hauptmann Smedley. Bitte, nehmen Sie Platz.«

Smedley setzte sich auf einen harten Holzstuhl und harrte schwitzend aus. Stringer war ebenfalls ein ehemaliger Fallow-Zögling, doch er konnte Exeter unmöglich kennen, da dieser erst lange nach seiner Zeit dort gewesen war. Allein indem er mit dem Mann sprach, brach Smedley das Vertrauen Exeters. Doch was hatte er schon für eine Wahl? In weniger als zwei Tagen würde er aus Staffles hinausgeworfen, und jedwede Hoffnung, Exeter zu helfen, wäre verloren. Dies war die einzige Spur, die er hatte. Er mußte den wahren Namen von John Drei ja nicht preisgeben. Nur ein paar Fragen stellen. Herausfinden, wie die Dinge standen. Ob ihm vielleicht das Gesicht bekannt vorkam? Durfte er es wagen, so weit zu gehen?

Und sollte der Chirurg sein falsches Spiel durchschauen, würde der Wachtmeister der Militärpolizei Smedley binnen Sekunden zerbrechen und zum Reden bringen.

Er blätterte die *Illustrated London News* durch und bekam keine einzige Zeile davon mit. Seltsamerweise war seine Hand so ruhig, daß die Zeitung nicht einmal zitterte. Schon komisch. Keine Anzeichen von Tränen.

»Mr. Stringer ist jetzt bereit, Sie zu empfangen, Hauptmann.«

Das Büro erwies sich als rechteckiger Raum mit einem schmalen, hohen Fenster und grün bemalten Wänden. Wahrscheinlich hatte es einst als Hausangestelltenküche gedient, denn Kratzer an der Wand verrieten, wo Einbauschränke herausgerissen worden waren, als die Armee das Anwesen übernahm. Das Zimmer bot kaum genug Platz für den Schreibtisch, die zwei Aktenschränke und die paar Sessel. Der Stuhl hinter dem Schreibtisch wirkte ausgesprochen gemütlich. Der davor ganz und gar nicht.

Stringer erhob sich und streckte die linke Hand aus. Smedley war noch nicht sicher, ob er diese Geste der Höflichkeit schätzen oder sie als herablassend betrachten sollte. In diesem Fall wurde sie eingesetzt, um zu verdeutlichen, daß der Chirurg über eine schnelle Auffassungsgabe verfügte.

Stringer war kleinwüchsig, um die vierzig, zeigte erste Ansätze von Fettleibigkeit und trug das helle Haar zu einem Mittelscheitel frisiert. Sein Anzug hatte gewiß fünfzig Guineas in der Savile Row gekostet, einer von Londons Nobeleinkaufsstraßen. Sein Gebaren erwies sich als barsch und überheblich, was von Chirurgen zu erwarten war. Seinem Antlitz haftete eine ungesunde Krankenhausblässe an, als ginge er nur selten nach draußen. Seine Augen traten wie die eines Fisches hervor, und sie hatten die Krawatte bereits bemerkt.

»Nehmen Sie doch Platz, Hauptmann. Rauchen Sie?« Einladend öffnete er ein geschnitztes Mahagonikästchen voller englischer und ägyptischer Zigaretten.

Smedley setzte sich auf einen Stuhl und entschied sich für eine Dunhill. Stringer tat es ihm gleich und zündete beide Kippen mit einem Streichholz an. Dann lehnte er sich zurück, um seinem Besucher die Scheu zu nehmen, und lächelte höflich.

»Ich wußte gar nicht, daß wir verwandt sind.«

»Unsere Adoptivfamilie, Sir.«

»Esse non sapere?«

»In Flandern traf das auf jeden Fall zu!« *Sein, nicht wissen.*

Anerkennend nickte Stringer. »Fallow hat mehr als

bloß sein Scherflein zu diesem Krieg beigetragen, Hauptmann. Zuletzt habe ich gehört, daß vierundvierzig Ehemalige das höchste Opfer dargebracht haben. Mir tun die jungen Burschen leid, die jetzt dort sind. Düstere Zukunftsaussichten, was?«

»Fürchterliche.«

Die Zukunftsaussichten eines derzeitigen Schülers der sechsten Klasse standen wesentlich schlechter als die eines erfolgreichen Chirurgen mit einer gutgehenden Praxis in der Harley Street, der die wöchentliche Visite in Staffles vermutlich als Höchstmaß dessen betrachtete, was ihm das Königreich rechtmäßig an Kriegsdienst abverlangen konnte. Feldlazarette wären unter der Würde eines Mannes seiner Bekanntheit.

Stringer stellte jene Art Lächeln zur Schau, die Medizinprofessoren ihren besten Studenten beibrachten. »Auch Ihnen ist ein Ehrenplatz in den Schulannalen gewiß, Hauptmann. Tut mir leid, aber ich wußte nicht, daß Sie hier sind. Verflucht wackerer Einsatz. Wir alle können stolz auf Sie sein.«

Tränen bahnten sich an. Smedley schauderte und kämpfte sie zurück.

Stringer zog die Augenbrauen einen Deut hoch. »Und was kann ich heute für Sie tun?«

Was Smedley sagen wollte, war: *Lassen Sie nicht zu, daß man mich von hier wegschickt!*

Was er sagte, war: »Äh ...«

»Ja?«

»Äh ...« Er würgte, bekam keine Luft. »Äh ... äh ...«

Geduldig klopfte Stringer die Asche seiner Zigarette in den Aschenbecher. Dabei richtete er die Augen genau dorthin, und nur dorthin.

»Äh ...«

Immer noch hielt der Doktor den Blick auf den Aschenbecher gerichtet. »Lassen Sie sich Zeit, mein Freund. Es dauert eine Weile, bis alles draußen ist. Sie sind schließlich gerade erst frisch aus dem Hades zurück.«

»Äh ...«

»Wir haben hier viel schlimmere Fälle als Sie. Sind natürlich nicht mein Spezialgebiet. Die meisten von ihnen zählen nicht zu meinen Patienten. Erinnerungen kann man eben leider nicht amputieren.«

Jeder *redete* diesen Unsinn in Staffles, dabei *dachten* sie etwas völlig anderes. Was sie wirklich dachten, war *Feigling* und *Waschlappen*, genau wie Smedleys alter Herr. Wenn man ihn hier rauswarf, würde er sich einer ganzen Welt stellen müssen, die so dachte.

Stringer betrachtete nach wie vor seine Zigarette, während Smedleys Gesicht rot wie ein Sonnenuntergang leuchtete und zuckte und zuckte. Alles, was seine Lippen und seine Zunge zuwege brachten, war Sabbern. Wieso war er bloß hergekommen? Jeden Augenblick würde er etwas über Exeter hervorsprudeln ...

»Ein paar arme Teufel können sich nicht einmal an den eigenen Namen erinnern«, meinte Stringer beiläufig und steckte die Zigarette zurück in den Mund. Dann ergriff er einen Brief aus einem Drahtgestellkorb und überflog ihn. »Oben haben wir einen Burschen, der hat noch kein Wort gesprochen, seit man ihn hergebracht hat. Aber er versteht Englisch. Er reagiert darauf – was er zwar zu vermeiden versucht, aber er tut's. Deutsch versteht er auch.«

Großer Gott! Er wußte es!

»Aber ich glaube kaum, daß sein Deutsch allzu gut ist«, führte Stringer weiter aus und blickte mit gerunzelter Stirn auf das Blatt.

»Wahrscheinlich nicht«, pflichtete Smedley ihm bei. Exeter war immer ein Sprachentalent gewesen. Stringer wußte, wer er war!

»Ein interessanter Bursche. Wurde splitterfasernackt ein wenig außerhalb von Ypern mitten auf dem Schlachtfeld aufgelesen. Niemand weiß, wie er dort hinkam. Und er kann es uns nicht sagen. Oder will es vermutlich nicht. Man hat sogar davon geredet, ihn einfach an die Wand zu stellen und zu erschießen.«

»Warum hat man es nicht getan?« fragte eine Stimme, die sich verblüffend nach Smedleys eigener anhörte.

Vorsichtig blickte Stringer auf. Was er sah, schien ihm zu gefallen. Er warf den Brief zurück in die Ablage. »Nun, das Ganze war eine merkwürdige Geschichte. Zum einen war da sein Haar.«

»Haar, Sir?«

»Er hatte einen Vollbart, und das Haar hing ihm über die Ohren, wie bei einer Frau. Die Vorschriften des Königs brauche ich Ihnen ja wohl nicht näher zu erläutern, Hauptmann, und ich wage zu behaupten, daß der Kaiser ähnlich über Läuse denkt.« Stringer sog an der Zigarette. Dabei zog er auf schrullige Weise die Augenbrauen hoch, um anzuzeigen, daß er das alles furchtbar lustig fand und niemand sich aufzuregen brauchte. Die Fischaugen leuchteten. Dann drehte er sich mit dem Stuhl um und öffnete eine Schublade in einem der Aktenschränke. »Jedenfalls«, meinte er über die Schulter, »ist unser geheimnisvoller Unbekannter kein Soldat. Soviel steht fest. Und dann war da noch seine Sonnenbräune. Ich vermute, sie könnte aus Südfrankreich stammen.«

»Sonnenbräune, Sir?« Krankenhausblässe?

»Er hatte Sonnenbräune. Erster Klasse sogar.« Stringer wandte sich wieder seinem Besucher zu und blätterte eine Akte durch. »Ja, da ist es. ›In entkleidetem Zustand schien der Patient weiße, kurze Hosen zu tragen. Eine derartige Färbung läßt sich nur durch einen kürzlichen, längeren Aufenthalt in tropischem Klima erklären.‹ Und dann taucht er außerhalb von Ypern in einem der feuchtesten Sommer seit fünfzig Jahren auf. Seltsam, nicht wahr?«

Nun griff der Chirurg auf seinen überheblichen Blick zurück, doch Smedley bemerkte ihn nicht mehr. Jetzt wußte er also, weshalb Exeter nicht als Spion erschossen worden war. Dennoch war er wenig weiter als zuvor. Immer noch lauerte im Hintergrund ein ungelöster Mordfall, zudem war da nunmehr das Problem, woher Stringer wußte ...

Der Chirurg lächelte.

»Wie?« fragte Smedley matt.

Grinsen. »Der beste Werfer, den die Schule in diesem Jahrhundert hatte. Hab' gesehen, wie er gegen Eton drei Punkte erzielte.«

Himmel, wer würde diesen Tag jemals vergessen! Die Tränen schlossen sich um Smedleys Augäpfel und drückten zu.

»Wundert mich nur, daß ihn sonst noch niemand erkannt hat!« seufzte Stringer. »Also, was tun wir jetzt?«

»Sie? Sie, Sir? Sie wollen ihm helfen, Sir?«

»Wollen Sie meine Hilfe nicht?«

»Doch, sicher! Würden Sie uns denn wirklich helfen? Ich meine, er war so ziemlich mein bester Freund, und ich würde alles tun, um ihn hier rauszuschaffen und seinen Ruf ...«

»Ach ja. Diese alte Geschichte, nicht wahr?«

Smedley zog die grauenhafte Möglichkeit in Erwägung, daß er in eine Falle getappt war. Mit diesem Mann hatte er noch nie zuvor gesprochen, und jetzt hatte er seinen Kameraden verraten. Die Aussichten, daß Stringer eine bemerkenswerte Laufbahn gefährden und sogar das Wagnis einer Gefängnisstrafe eingehen würde, um einem mutmaßlichen Spion zur Flucht zu verhelfen, standen so schlecht, daß selbst ein Kriegsneurotiker ...

Doch der Doktor hatte es bereits gewußt.

»Körperlich ist er nicht allzu schlimm verletzt«, murmelte Stringer, während er die Akte überflog. »Natürlich hat er sich im Schlamm ein paar Kratzer zugezogen, und dieser Schlamm wimmelt nur so vor Mikroben. Gasverbrennung, Tetanus – aber inzwischen haben wir ja Gegengifte, dem Himmel sei Dank. Anders als 1915. Und der Patient hat ein paar Senfgasblasen.« Mit wachsamem Blick schaute er auf. »Grundsätzlich ist er aber gesund, zumindest körperlich. Sie sagten, er wäre Ihr Freund gewesen? Ich hätte ihn ein oder zwei Jahre jünger eingeschätzt als Sie.«

»Er scheint sich gut gehalten zu haben.« Smedley weniger. »Sir, ich kann nie und nimmer glauben, daß Exeter einen Mann von hinten erstochen hat!«

Stringer verzog das Gesicht. »Zu meiner Zeit stand das in Fallow jedenfalls auch nicht auf dem Lehrplan! Wissen Sie, die Untersuchungen wurden gründlich vermasselt. Von irgendeinem Polizisten vom Lande, der bis dahin noch nie mit etwas Schlimmerem als Wilderei zu tun hatte. Das Innenministerium hat den General deswegen rausgeworfen. Das war zwar nicht der offizielle Grund, aber es entspricht den Tatsachen. Er hätte Scotland Yard einbeziehen oder Hilfe aus der Nachbargrafschaft anfordern müssen.«

Aber was sollten sie nun unternehmen?

»Wie dem auch sei«, meinte Stringer und blickte auf die Armbanduhr. »In den Akten gibt es keine Fingerabdrücke. Hat Mrs. Bodgley mir erzählt. Ich muß jetzt meine Runde drehen. Danach holen wir den Burschen her und besprechen die Sache. Kommen Sie ein halbes Stündchen allein zurecht?«

Gelassen lächelnd, schob Stringer die Akte auf die andere Seite des Schreibtisches. Dann drückte er die Zigarette aus, erhob sich und stolzierte in seinem Fünfzig-Guineas-Anzug zur Tür hinaus. Smedleys Mund stand immer noch offen.

6

Hätte Smedley richtig darüber nachgedacht, hätte er geantwortet, daß er ebenso wenig eine halbe Stunde in diesem vollgerammelten, kleinen Büro stillsitzen konnte, wie sein Geschütz von Flandern aus Berlin unter Beschuß zu nehmen vermochte. Dennoch schnappte er nicht über. Die Mauern stürzten nicht über ihm ein. Die Tränen blieben aus, obwohl es wahrscheinlich fast eine volle Stunde dauerte, bis er unterbrochen wurde.

Smedley hatte einiges zu planen. Er mußte sich einen Weg einfallen lassen, Exeter aus Staffles hinauszuschmuggeln. Nach einer Weile gelangte er zu dem Schluß, daß sich dies einrichten ließe. Doch wohin konnte der Flüchtige sich wenden, sobald er sich außerhalb der Mauern befand?

Zunächst zog er Chichester in Betracht, und ihm wurde übel. Theoretisch stellte ein leeres Haus ohne schwatzhafte Bedienstete ein einwandfreies Versteck dar, doch in nächster Zeit war mit wiederholten Anstürmen lästiger Tanten zu rechnen. Schlimmer noch, Smedleys alter Herr konnte mit Exeter nichts anfangen. Er gab Exeters Vater die Schuld an dem Massaker von Nyagatha und behauptete, der Mann hätte sich den Eingeborenen angepaßt. Außerdem hatte er die Schuld des Sohnes im Mordfall Bodgley auf Anhieb als gegeben erachtet. Auf den Müll mit Chichester!

Dann war da noch Fallow. Das neue Schuljahr würde erst in zehn Tagen beginnen. Gewiß konnte Ginger etwas einfädeln.

Somit war dieser Punkt geregelt. Nun mußte ihm noch eine Möglichkeit einfallen, Exeter den Plan mitzuteilen, wenn er hereingebracht wurde, noch dazu vor Stringers Nase – ein weiterer mitternächtlicher Ausflug in den Westflügel käme einer Herausforderung der Götter gleich. In der Schreibtischschublade fand er Papier. Linkshändiges Schreiben war höllisch. Und bloß *nicht* mit »Lieber Exeter!« beginnen.

> *Morgen nacht löse ich den Feueralarm aus. Versuch, in der allgemeinen Verwirrung abzuhauen. An der Treppe links. Die Mauer ist ohne weiteres zu schaffen. Dann nach rechts. Halte an der Kreuzung, eine halbe Meile weiter, nach Boadiceas Gefährt Ausschau. Viel Glück.*

Schließlich fügte er hinzu: *Gott stehe Dir bei!* und fühlte sich deshalb ein wenig verlegen.

Sogar Papier zu falten, stellte einhändig ein schwieriges Unterfangen dar, doch irgendwie knüllte er die Botschaft zusammen und steckte sie in die Hosentasche. Dann setzte er sich wieder, um die Akte durchzusehen, die Stringer ihm so großzügig dagelassen hatte.

Boadiceas Gefährt war Gingers Austin. Smedley konnte einen kurzen Brief verfassen und ihn noch mit der Abendpost aufgeben. Er würde Fallow am nächsten Vormittag erreichen – vielleicht. Sollte er jedoch erst nachmittags eintreffen, stünden sie ziemlich begossen da. Er sollte besser nach dem Abendessen ins Dorf spazieren und telefonieren.

Smedley stellte fest, daß er ausdruckslos auf eine schreckliche Handschrift und medizinisches Fachvokabular starrte. Rasch sammelte er seine Sinne – was noch davon übrig war – und begann zu lesen. Als er zum Ende gelangte, war er nur um weniges klüger als am Anfang, abgesehen von einem Punkt. Die Ärzte wußten, daß John Drei ein Drückeberger war. Bestimmt würde er binnen kürzester Zeit im Kittchen landen.

Abgesehen von zwei Punkten. Die Bahrenträger, die seine Ankunft miterlebt hatten, beschworen allesamt, er wäre aus dem Himmel gefallen.

Smedley zuckte zusammen, als die Tür geöffnet wurde. Sie schwang ziemlich weit auf, so daß sie ihn vor denen verbarg, die draußen standen.

»Reichen Sie mir doch bitte diesen Stuhl, Miss Pimm«, ertönte Stringers Stimme in unbeschwertem Befehlston. In einem Krankenhaus stufte man Chirurgen noch ein klein wenig höher als Gott ein. »Ich will nicht gestört werden. Sie brauchen nicht zu warten, Feldwebel. Wir geben Ihnen Bescheid, wenn er zurückzubringen ist. Kommen Sie rein, Drei.«

Der Platz reichte kaum aus für einen weiteren Stuhl, zwei weitere Männer und eine sich schließende Tür.

Mit Smedleys Anwesenheit hatte Exeter nicht gerechnet. Einen Lidschlag lang sprühten seine blauen Augen Funken, dann wurden sie wieder stumpf. Er trug eine Flanellhose, eine Tweed-Jacke und ein Hemd ohne Krawatte. Wie eine Schneiderpuppe stand er da, als der Chirurg sich an ihm vorbeiquetschte, um zum Schreibtisch zu gelangen.

Stringer nahm Platz und richtete die Fischaugen auf den Patienten.

Smedley schrumpfte auf seinem Sitz.

Exeter stand einfach da und stierte an die Mauer. Er war groß und schlank, so wie immer. Bei Tageslicht zeigten seine Wangen immer noch jene unerklärliche Sonnenbräune. Kinn und Ohren hingegen ... langes Haar wie das einer Frau? *Exeter?*

»Setzen Sie sich, Exeter«, forderte der Chirurg ihn auf. Nichts geschah. Stringer seufzte. »Ich kenne Sie, Mann! Im Juni 1914 habe ich Ihnen die Hand geschüttelt. Ich habe mich mit Mrs. Bodgley ausgiebig über Ihr seltsames Verschwinden unterhalten. Und ich habe die Berichte über Ihr gleichermaßen geheimnisvolles Wiederauftauchen gelesen. Ich schätze, ich weiß mehr über die merkwürdigen Dinge, die rings um Sie passieren, als jeder andere auf der Welt.«

Immer noch keine Regung. Wie konnte Exeter das nur *ertragen?* Laut Akte hatte er in drei Wochen kein Wort gesprochen.

»Sitzen wäre bestimmt gemütlicher, Exeter«, meinte Stringer scharf. Gewiß traf er nur selten auf Widerstand. »Zigarette?«

Nichts. Smedleys Haut kribbelte. Als die Schatulle in seine Richtung wanderte, schüttelte er den Kopf. Er sehnte sich nach einer weiteren Dunhill, aber er brauchte die Hand frei.

»Hauptmann?« sprach der Chirurg ihn an. »Versuchen Sie es.«

»Ich hab's ihm nicht verraten, Edward. Er hat es schon gewußt.«

Überhaupt keine Regung.

Smedley spürte, wie ihm die Tränen über die Wangen liefen. Exeter hielt ihn für einen Verräter. Stringer musterte Smedley mit finsterer Miene, als wäre das alles seine Schuld. Begriffen sie denn nicht, daß er bloß ein gebrochener Feigling war, ein kriegsneurotisches Wrack von einem Mann? Wußten sie denn nicht, daß er beim ersten Anzeichen von Ärger unweigerlich zerbröckelte und zu heulen begann? Bitte, lieber Gott, laß mich jetzt nicht zusammenbrechen!

»Ich bin übermorgen hier raus, Edward. Dr. ... Mr. Stringer hat mir deine Akte gezeigt. Sie haben dich durchschaut! Ich haben den beiden Leuten geschrieben, die du mir genannt hast, und beide Briefe sind heute morgen zurückgekommen, Empfänger unbekannt.« Er starrte in die unverändert geistlose Miene empor; plötzlich explodierte er. *»Um Himmels willen, Alter! Wir versuchen, dir zu helfen!«*

Ebenso gut hätte er mit dem Schreibtisch reden können. Exeter zuckte mit keinem Muskel.

Stringer kicherte trocken. »Der bemerkenswerteste Fall von *esse non sapere*, den ich je gesehen habe.«

Smedley stellte fest, daß er auf den Beinen war und Exeter unmittelbar in die Augen blickte, was bedeuten mußte, daß er auf den Zehenspitzen stand, denn er war um fast acht Zentimeter kleiner. Mit einer Hand und einem Stumpf packte er sein Gegenüber am Revers, so daß Exeter unter dem Angriff rückwärts taumelte.

»Du Mistkerl!« brüllte Smedley. »Wir versuchen, dir

zu helfen! Und du vertraust mir nicht! Ach, zum Teufel mit dir, du Dreckskerl!« Und noch lauter, schriller. Smedley hatte es zwar nicht geplant, konnte es sich jetzt aber ebenso gut zu Nutze machen. Er stand mit dem Rücken zu Stringer. Unauffällig stopfte er die Botschaft unter Exeters Hemdkragen. »Ich hab' das alles vergangene Nacht nicht auf mich genommen, um einem undankbaren Scheißkerl zu helfen, der ... der ...« Er heulte, verdammt noch mal! Auch sein Gesicht zuckte wieder heftig. Ein wahrer Tränensackbruch!

»Tut mir leid, Alter«, sagte Exeter leise und schob ihn beiseite. »Mr. Stringer?«

Der Chirurg erhob sich und streckte die Hand über den Schreibtisch hinweg aus. »Es ist mir eine Ehre, neuerlich die Hand zu schütteln, die den furchterregenden Reihen von Eton einen Dämpfer verpaßt hat.«

»Das waren noch Zeiten«, meinte Edward mit trauriger Stimme. Er setzte sich. »Sie haben ein gutes Gedächtnis für Gesichter, Sir.«

»Ein gutes Gedächtnis für Kricket. Haben Sie Timothy Bodgley getötet?«

»Nein, Sir.«

»Haben Sie König und Vaterland verraten?«

»Nein, Sir.«

Froh darüber, gänzlich unbeachtet zu sein, nahm auch Smedley Platz, zitternd wie ein Wackelpudding. Er hatte es geschafft! Er hatte die Nachricht übergeben. »Vielleicht brauche ich jetzt doch eine Kippe, Sir«, murmelte er. Er bediente sich und beugte sich zu Stringers angezündetem Streichholz vor. Dann nahm er einen segensreichen Lungenzug.

Auch Stringer sog an seiner Zigarette, während er seinen Gefangenen musterte.

Exeter hielt dem Blick beängstigend gelassen stand.

Der Chirurg blies einen Rauchring aus. »Sie behaupten, kein Verräter zu sein, und ich vertraue auf Ihr Wort. Aber als Sie so dramatisch inmitten des Schlachtgetümmels aufgetaucht sind, haben Sie geredet.«

»Das war nur der Schock, Sir. Das passiert allen, die ... nur der Schock.«

»Wahrscheinlich. Aber Sie haben von Verrat und Spionen geschwafelt. Sollten Sie irgendwelche wichtigen Informationen besitzen, will ich sie haben. Es ist Ihre Pflicht ...«

Exeter schüttelte bereits den Kopf. »Hat nichts mit dem Krieg zu tun, Sir.«

»Erzählen Sie's mir trotzdem.«

»Es ging um Freunde von mir, die in einen ganz anderen Krieg verwickelt sind. Ich hatte nicht erwartet, dort zu landen, wo ich gelandet bin. Man hat mich hintergangen, verraten.«

»Sie müssen schon mit ein wenig mehr herausrücken.«

»Das kann ich nicht, Sir. Sie würden es als Gewäsch eines Wahnsinnigen abtun. Es hängt weder mit den Deutschen noch mit dem Königreich, noch mit den Franzosen zusammen ... mit überhaupt nichts, das Sie in irgendeiner Weise betreffen könnte, Sir. Sie haben meinen Eid darauf.«

Frostig musterten die beiden einander über den Schreibtisch hinweg.

»Sie behaupten also, daß irgend jemand Ihren Tod will, richtig?«

»Ganz genau, Sir. Aber ich kann noch nicht einmal versuchen, es zu erklären.«

Exeters Fuß drückte auf Smedleys Rist.

Der verschluckte sich an einem Mundvoll Rauch und erinnerte sich daran, wie Ginger Jones am Samstag auf jener Bank gesessen hatte.

»Jemand hat in Fallow versucht, ihn zu töten«, hatte der Lehrer gesagt. »Man hat den Speer mitten durch seine Matratze gestoßen. Auf Greyfriars Grange hat wieder jemand versucht, ihn zu ermorden und statt dessen den jungen Bodgley erwischt. Als er aus dem Albert-Memorial-Krankenhaus verschwand, hatte ich schon befürchtet, sie hätten ihn letztlich doch in die Finger bekommen. Und jetzt erzählst du mir, er ist mitten auf einem Schlachtfeld aufgetaucht? Hört sich an, als wäre es ziemlich schwierig, ihm das Licht auszublasen.«

Stringer?

Versuchte Exeter ihm mitzuteilen, daß der Chirurg ihn töten wollte?

Vielleicht verkörperte Hauptmann Smedley doch nicht den schlimmsten Fall von Kriegsneurose in Staffles.

Plötzlich löste Stringer die Spannung mit einem herablassenden Kichern. »Nicht nur der öffentliche Henker?«

»Der auch, Sir. Aber private Feinde ebenfalls.«

»Na schön! Ich vertraue auch in dieser Hinsicht auf Ihr Wort.« Heiterkeit versprühend, lehnte er sich in dem gemütlichen Stuhl zurück. »Ein Grund mehr, daß wir Sie hier rausschaffen müssen, was?«

Smedley schluckte.

Exeter verzog keine Miene. »Wieso? Wieso setzen Sie Ihre Laufbahn aufs Spiel, um jemandem zur Flucht vor der Gerechtigkeit zu verhelfen?«

Der Chirurg stellte sein selbstgefälliges Berufslächeln zur Schau. »Nicht vor der Gerechtigkeit, bloß vor dem Gesetz. Wir können doch nicht zulassen, daß der Name der Schule in den Schmutz gezogen wird, oder? Und wenn zudem private Häscher hinter Ihnen her sind, ist das nur ein Grund mehr. Sofern wir Sie hier rauskriegen – gibt es irgend jemanden, bei dem Sie unterschlüpfen könnten?«

Exeter bedachte Smedley mit einem traurigen Blick. »Ich dachte, es gäbe jemanden. Offenbar doch nicht.«

»Ich glaube, ich könnte ein Plätzchen für ihn auftreiben«, mischte Smedley sich ins Gespräch.

»Ah! Einen sicheren Ort?« erkundigte der Chirurg sich verbindlich.

Wieso fragte er? Und Exeters Fuß warnte ihn schon wieder.

»Keine Namen, keine Verwicklungen, Sir.«

Stringers Kichern erreichte nicht ganz die Augen – oder war auch das nur Einbildung? »Sollte er verhaftet werden, Hauptmann, könnte meine Rolle bei der ganzen Geschichte ans Licht gelangen. Ich muß mich vergewissern, daß Sie einen sicheren Hafen für Ihn haben.«

Auf der Flucht erschossen?

Das alles schien völlig verrückt! Ein herausragender Chirurg erbot sich, einen mutmaßlichen Mörder und Spion aus seiner Obhut entkommen zu lassen, und vorgenannter Spion deutete an, daß vorgenannter Chirurg in Wahrheit versuchte, ihn zu töten, und Julian Smedley glaubte beiden. Er hatte eindeutig den Verstand verloren.

»Ein Schulfreund, Sir. Allan Gentile. Er und ich waren gemeinsam beim Somme-Desaster. Er hat einen Heimatschuß abgekriegt.«

»Einen was?« fragte Exeter. Smedley und der Chirurg tauschten einen bestürzten Blick.

»Eine Schußwunde. Hat ihn in die Heimat gebracht – nach England.«

»Aha.«

Wo war der Mann die letzten drei Jahre nur gewesen, daß er diesen Ausdruck nicht kannte? Wie auch immer, Allan Gentile war 1913 an Scharlach gestorben, woran Exeter sich gewiß erinnerte, folglich mußte er wissen, daß dies ein Trick war.

Stringer schien zufrieden. »Gut. Also, was schlagen Sie vor, wie wir ihn vom Gelände schaffen sollen?«

»Er kann an meiner Stelle gehen, Sir.« Smedley fischte sein Soldbuch aus der Tasche und hielt es hoch. »Ich habe einen Freifahrtschein für den Bus nach Canterbury und einen für den Zug nach Chichester.« Er wandte sich an Exeter und drückte mit dem Fuß auf dessen Rist. »Dein Toilettenfenster befindet sich unmittelbar über dem Dach des Wäscheschuppens. Schleich dich Freitag kurz vor Sonnenaufgang raus.«

Exeter wartete mit unergründlicher Miene. Äußerlich wirkte er immer noch wie der pfirsichgesichtige Junge von 1914, irgend etwas in seinem Inneren jedoch mußte an die hundert Jahre alt sein.

Smedley dachte sich noch ein wenig mehr aus. »Etwa auf halber Strecke die Einfahrt hinunter, auf der linken Seite, steht ein heruntergekommenes Sommerhäuschen. Dort treffen wir uns. Mit meinem Soldbuch kommst du durchs Tor.«

»Das wird ziemlich knapp«, erwiderte Exeter ungerührt. »Man wird mich auf der morgendlichen Runde vermissen.«

»Sie werden zuerst das Haus durchsuchen«, herrschte Smedley ihn an. Der Plan war ohnehin schon ein glibberiger Käse. Wenn Exeter selbst nun anfing, ihn zu durchlöchern, würde er die gegenwärtige

Zuhörerschaft nie und nimmer überzeugen. Stringer legte die Stirn in Falten und klopfte mit einem dicken Chirurgenfinger Asche von der Zigarette. »Ich will versuchen, morgen abend wieder herzukommen und über Nacht zu bleiben. Wenn ich in der Frühe hier bin, kann ich die Fährte vielleicht ein wenig verwischen.«

Das ging nun eindeutig zu weit! Soeben hatte der Chirurg die Grenze überschritten. Smedley verspürte einen Schauder der Freude, als hätten die Aufklärer soeben gemeldet, daß er die richtige Reichweite für die Geschütze eingestellt habe. Er stupste Exeters Fuß an.

»In deinen Klamotten werde ich wie eine Vogelscheuche aussehen«, beklagte sich Exeter.

»Du siehst jetzt schon wie eine Vogelscheuche aus. Ich werd' versuchen, dir aus der Wäscherei etwas Passendes zu klauen. Falls du eine bessere Idee hast, spuck sie aus.«

»Hab' ich nicht. Aber was wird aus dir?«

»Mich wird man letzten Endes finden, gefesselt und geknebelt, nur in Unterwäsche. Wie kannst du einem Krüppel so etwas nur antun, du Unmensch?«

»Sie werden erfrieren!« widersprach Stringer. Argwöhnisch musterte er Smedley. »Sie könnten Stunden herumliegen. Halten Sie das in Ihrem augenblicklichen Zustand wirklich aus, Hauptmann?«

Es würde ihn nach kaum zehn Minuten gänzlich um den Verstand bringen. Aber so weit würde es gar nicht erst kommen. »Ich schaff' das schon.«

»Hut ab!« meinte Stringer anerkennend. »Jetzt wissen wir, wie Sie zu den vielen Orden gekommen sind. Ganz schön verwegen! Und einfallsreich! Stimmen Sie mir zu, Exeter?«

»Ich bin sowohl Ihnen als auch ihm ungemein dankbar.«

»Nur eine kleine Entschädigung für eines der besten Kricketspiele, das ich je gesehen habe. Also, wo findet er Gentile?«

Beinahe hätte Smedley gefragt: »Wen?«

Wieder zeigte der Mann zuviel Neugier. Chichester würde ein bißchen zu einfach klingen. Irgendwo in der Nähe? »Bognor Regis. Kitchener Street Siebzehn, hinter der Bahnstation.«

Stringer schaute auf die Armbanduhr und griff nach der Zigarettenschatulle. »Ausgezeichnet! Und jetzt, Exeter, möchte ich Sie gern um einen kleinen Gefallen bitten.«

»Sir?«

»Ich würde gern erfahren, wo Sie diese letzten drei Jahre gesteckt haben – wie Sie aus Greyfriars entkommen und wie Sie in Flandern aufgetaucht sind. Nur um meine Neugier zu befriedigen.«

Zum erstenmal schien Exeters felsengleiche Ruhe leichte Risse zu zeigen. »Sir, wenn ich auch nur Ansätze von meiner Geschichte erzähle, lassen Sie mich in eine Zwangsjacke stecken und in eine Gummizelle werfen!«

»Nein. Ich habe mich damit abgefunden, daß um Sie herum Dinge geschehen, für die es keine offensichtliche, vernünftige Erklärung gibt. Nichts, was Sie sagen, kann das übersteigen, was ich mir bereits auszumalen versucht habe, um Ihr Verschwinden und Wiederauftauchen zu erklären.« Nun warf der Chirurg seinen vollen Herrschaftston in die Waagschale. »Ich erwarte nicht, Sie je wiederzusehen, nachdem Sie diesen Raum verlassen. Deshalb will ich die Geschichte jetzt hören. Die Wahrheit, so verrückt sie auch sein mag.« Das Lächeln ließ die Drohung durchscheinen: keine Geschichte, keine Flucht.

Exeter biß sich auf die Lippe und blickte zu Smedley.

»Mach dir wegen mir keine Gedanken, alter Kumpel!« brummte Smedley. »Ich bin geistig bereits gekentert, wie die Seeleute zu sagen pflegen.«

Exeter seufzte. »Es gibt andere Welten.«

Stringer nickte. »Eine Art Astralebenen, meinen Sie?«

»So ähnlich, aber überhaupt nicht auf dieser Welt. Ein anderer Planet. Sir, wollen wir es nicht dabei belassen?«

»Nein. Ich habe eingesehen, daß es eine übernatürliche Erklärung für Ihr Kommen und Gehen geben muß, und ich will mich nicht noch im Grab herumwälzen und darüber nachgrübeln. Reden Sie weiter.«

Exeter seufzte abermals und schlug die Beine übereinander. »Ich war auf einer anderen Welt, die wir *Nebenan* nennen. Es ist eine Art Spiegelbild der Erde ... in mancher Hinsicht ziemlich ähnlich, in anderer sehr verschieden. Die Tierwelt ist anders, die Geographie ist anders, aber die Sonne ist dieselbe, die Sterne sind dieselben. Die Menschen gleichen Europäern, von Italienern bis Schweden.«

Er hielt inne, um Stringers Verhalten zu beobachten. »Sehen Sie? Einfach unmöglich zu glauben, daß ich nicht entweder spinne oder eine Lügengeschichte daherschwafle.«

»Klingt nach Jules Verne«, räumte der Chirurg ein. »Wie sind Sie ins Elfenland gelangt?«

»Ich bin nach Stonehenge gefahren, habe sämtliche Kleider abgelegt und einen heiligen Tanz vollführt.« Exeter verzog die Lippen zu einem verschämten Lächeln. »Sind Sie sicher, daß Sie noch mehr hören wollen?«

»Oh, ganz sicher! Warum Stonehenge?«

»Stonehenge ist, was wir ... was sie einen Knoten nennen. So etwas wie ein natürlicher heiliger Ort. Es gibt jede Menge solcher Knoten; häufig findet man Kirchen, alte Ruinen oder stehende Steine darauf. Kennen Sie das kribbelnde Gefühl, das man oft in alten Bauwerken hat? Sie nennen es *Virtualität*. Das bedeutet, daß man einen Knoten spürt. Kennt man einen geeigneten Schlüssel – das ist ein Tanz mit Gesang –, kann ein Knoten als Tor dienen. Irgendwie stellen die Knoten auf dieser Welt eine Verbindung zu Knoten auf Nebenan oder den anderen Welten her. Seit Hunderten ... wahrscheinlich Tausenden von Jahren reisen Menschen hin und her. Aber man muß das Ritual kennen.«

Smedley fragte sich, wie Exeter es geschafft hatte, mit einem gebrochenen Bein zu tanzen, doch Stringer schien nicht daran gedacht zu haben. Er nickte, als könnte er das Ganze beinahe glauben – oder ließ er den Wahnsinnigen einfach reden?

»Aber wie funktionieren diese Knoten?«

»Keine Ahnung, Sir. Ich habe wirklich nicht den blassesten Schimmer. Die beste Erklärung, die ich je bekam, stammt von einem Mann namens Rawlinson, aber es war mehr oder weniger eine Wortklauberei. Mal sehen, ob ich mich daran erinnern kann, wie er es ausgedrückt hat. Es war vor etwa einem Jahr ... zu der Zeit befand ich mich seit zwei Jahren auf Nebenan, und ich hatte sie endlich getroffen, die ... nennen wir sie *Fremde* – andere Besucher wie mich – Leute, die das alles verstehen. Einige von ihnen sind schon viele Male hin und her gereist. Sie bezeichnen sich selbst als der Dienst.

Der Dienst unterhält eine Station – ziemlich ähnlich

einer Regierungsstation in einer der Kolonien. Eigentlich erinnert sie sogar an Nyagatha in Kenia, wo ich geboren wurde. Professor Rawlinson hat die Sache mit dem Überqueren eingehend untersucht und ein paar Theorien aufgestellt . . .«

Exeter wußte schon immer zu überzeugen. Während er weitersprach, fühlte Smedley, wie ihn die wohl seltsamste Geschichte fesselte, die er je gehört hatte, und wie er irgendwie in einen widerwilligen Glauben versank.

7

»Rawlinson sagte: ›Es hat mit Dimensionen zu tun. Wir leben in einer dreidimensionalen Welt. Kannst du dir eine zweidimensionale Welt vorstellen?‹

Natürlich mußte ich ihm erklären, daß Mathematik noch nie zu meinen Stärken gezählt hatte. Dann holte er ein Päckchen Karten hervor . . .«

Das stimmte nicht ganz, besann sich Edward. Die Karten hatten auf einem anderen Tisch am gegenüberliegenden Ende der Veranda gelegen, mindestens sechs Meter entfernt, folglich hatte Rawlinson sie nicht selbst geholt. Statt dessen hatte er nach einer Karotte gerufen, und die Karotte war gekommen und hatte sie ihm herübergebracht. So erledigten die *Tyikank* Dinge in Olympus. Doch wie konnte man Olympus diesen beiden je erklären – dem Chirurgen, der selbstgefällig wie eine Perserkatze auf dem Stuhl lümmelte und vor Zufriedenheit beinahe zu schnurren schien . . . oder Smedley, dem armen Schwein, dessen

Gesichtshaut sich so straff über die Knochen spannte, daß sie jeden Moment aufzuplatzen schien; in dessen Augen winzige Funken von Höllenfeuer schimmerten; an dessen Mundwinkeln alle paar Sekunden ein kleines, beunruhigtes Lächeln zuckte, während er lauschte, wie sich der arme, verrückte alte Exeter in eine Gummizelle auf Lebenszeit schwafelte.

»Er zog einen König und einen Buben heraus. Zwei zweidimensionale Menschen, nannte er sie – Länge und Breite, aber keine Dicke. Dann drückte er die beiden Vorderseiten aufeinander und fragte mich, ob sie sich je berühren könnten. Ich meinte vermutlich nicht. ›Genau‹, sagte er. ›Können sie auch nicht, denn sie befinden sich nicht ganz auf derselben Ebene. Ein winzige Dicke trennt sie, und in ihrer Welt gibt es keine Dicke.‹«

Edward erinnerte sich noch, wie triumphierend Rawlinson damals gestrahlt hatte. Der ›Prof‹ war ein hagerer, rotblonder Mann mit dem schusseligen, kleinlichen Gebaren eines Universitätsdozenten in Oxford, doch die meiste Zeit wirkte er kaum älter als zwanzig. Seinem Englisch haftete eine seltsam breiige Aussprache an, die wohl eher historisch als geographisch bedingt war. Er wußte eine Menge und besaß einen wachen Verstand; dennoch hatte der Prof etwas zutiefst Wirklichkeitsfremdes an sich, einen Hauch der wohl verdammendsten Beschuldigung, die einen Menschen treffen kann: *nicht ganz richtig im Kopf.* Benötigte man einen genauen Bericht mit Diagrammen, Schaubildern und Bezugsquellen, war der Prof der richtige Mann. Ansonsten überließ man ihm besser nur das Sportprogramm.

Materiell gesehen ging es ihm ziemlich gut. Sein Bungalow war groß und befand sich im inneren Kreis um den Knoten, zudem besaß er eine der wohl erlesensten Büchersammlungen der Täler, wo die Druckkunst erst kürzlich erfunden worden war. Er hatte mindestens ein Dutzend Bedienstete, allesamt mit schneeweißen Livrees ausgestattet.

Doch alles das wäre für Stringer und Smedley uninteressant.

»Ich sagte: ›Wollen Sie damit andeuten, daß Nebenan und die Erde durch eine andere Dimension getrennt sind?‹ Und er erwiderte: ›Es ist ein bißchen verworrener. Wäre es nur eine Dimension, hätte die Erde lediglich zwei Nachbarn, aber es gibt mindestens sechs Welten, die man unmittelbar von der Erde aus erreichen kann. Abgesehen von Nebenan kennen wir zwar nur zwei, aber schließlich kennen wir auch von dieser Welt wenig mehr als die Täler. Also haben wir es zwangsläufig mit mehr als einer zusätzlichen Dimension zu tun. Ich weiß, es ist schwer genug, in vier Dimensionen zu denken, geschweige denn in fünf oder sechs.‹«

Erschrocken ertappte Edward sich dabei, daß er kicherte. »Ich weiß noch, daß ich an der Stelle einen großen Schluck getrunken habe. Nüchtern war mir das alles zuviel.«

Während all der Zeit auf Nebenan hatte er Heimweh nach der Erde gehabt. Nun, da er zu Hause war, spürte er, wie sein Herz sich verkrampfte, als er über Olympus sprach. Er erinnerte sich an den trockenen Geruch der Luft, die verlockenden Düfte nach Gewürzen und getrockneten Blumen; an die heißen Tage, die abends rasch abkühlten, wenn die *Tyikank* sich auf den Verandas versammelten, um Gin zu trinken …

Er wandte sich wieder seiner Hörerschaft zu – Stringer hatte die Lider halb geschlossen, während er gemächlich Rauch ausblies; die Augen Julians standen weit offen, zu weit.

»Ich habe ja gesagt, das alles ist schwer zu verdauen. Sogar ich hatte große Probleme, und dabei hatte ich es selbst *getan* – ich meine, ich war tatsächlich in eine andere Welt gereist. Ohne Sie beleidigen zu wollen, Mr. Stringer, das hier ist eine zu praktische, erdverbundene Umgebung für Märchen. Ich habe Sie davor gewarnt, daß Sie mir unmöglich glauben könnten. Ich hatte selbst Schwierigkeiten, dem Prof zu glauben, obwohl ich wußte, daß ich mich nicht auf der Erde befand, und das bereits seit zwei Jahren. Sehen Sie sich doch mal um: Schreibtisch, Dokumente, Telefon, Aktenschrank! Ich hingegen saß auf einem Korbstuhl und trank, was sie dort Gin nennen – obwohl es keiner ist –, auf einer von Abschirmungen umgebenen Veranda. Die Bäume sahen aus wie in Afrika, verstehen Sie? Lose Gebilde mit Blätterwerk an den Ästen, das eher Rauchwölkchen oder Insektenschwärmen glich. Dahinter ragten Berge wie weiße Zähne in einen fahlen, bleichen blauen Himmel. Mein Getränk wurde mir von einem Diener in Livree gebracht, der mich mit *Tyika* Kisster anredete. Der Prof und ich hatten uns in Frack und Fliege geworfen – er hatte mich gebeten, ein wenig früher zu kommen, damit wir uns ungestört unterhalten konnten, denn schon bald sollte ein Dutzend oder mehr weiterer Gäste eintreffen, und seine Frau war im Haus, um die letzten Vorbereitungen zu beaufsichtigen.«

Dieses Gequassel kam Wahnsinn gleich! Das Funkeln in Smedleys Augen war durchaus willkommen. Dem armen Teufel schien der Unsinn zu gefallen, und alles, was seine Gedanken auch nur ein paar Minuten von seinen eigenen, inneren Höllenqualen ablenkte, war die Mühe wert. Stringer hingegen würde kein Wort von alldem glauben. Edward Exeter, alias John Drei, schnitt sich mit seinem Geplapper die eigene Kehle durch. Das Problem war nur: Er hatte so lange geschwiegen, daß er nun, da er zu reden begonnen hatte, einfach nicht mehr aufhören konnte . . .

Die Veranda wies auf einen Garten mit blühenden Büschen und sorgfältig gesicheltem Rasen hinaus, eine unerwartete Oase grüner Fruchtbarkeit inmitten der khakifarbenen Öde von Olympus. Ganze Horden von Bediensteten mußten den Garten in regelmäßigen Abständen gießen, um seine üppige Pracht zu bewahren.

Zwischen den Bäumen verstreut, befanden sich rings um den Knoten weitere großzügig angelegte Bungalows der *Tyikank*. Eine unregelmäßige Linie sehr dicht wachsender Bäume mit dunklen Blättern kennzeichnete den Verlauf des Cam. Das Dorf der Eingeborenen lag etwa eine Meile flußabwärts.

Im Westen thronte über allem anderen der gezackte Schwertgipfel des Matterhorns, das sich als dunkle Silhouette abzeichnete. Auf der gegenüberliegenden Seite ragten der Mount Cook, der Nanga Parbat und die vollkommene Kuppe des Kilimandscharo auf, eine wahre Augenweide. Die drei Berge leuchteten im Sonnenuntergang rosa-, lachs- und pfirsichfarben. Das Dorf erstreckte sich wie eine Handfläche dazwischen. Das Matterhorn konnte man als den Daumen betrachten; die drei anderen Berge als erhobene Finger. Für die Rolle des kleinen Fingers kamen einige niedrigere Gipfel der Umgebung in Frage. Er kannte noch nicht alle Gebirgsnamen.

»Es sind zwei geringfügig verschiedene Erscheinungsformen derselben Welt«, erklärte der Prof. »Zwei Karten aus demselben Päckchen, aber es gibt keine ganz gleichen Karten. Schneidet man beispielsweise einen Stilton-Käse zweimal durch, kriegt man doch nicht jedesmal dasselbe Lochmuster, oder?«

Sehnsüchtig dachte Edward an Stilton-Käse. »Die Sterne sind dieselben.«

»Aha! Das ist dir also aufgefallen? Kleine Dinge sind anders, große Dinge sind gleich. Die Käfer haben acht Beine. Die Sonne sieht genau wie die unsere aus. Auch die Planeten sind ziemlich gleich, soweit ich das feststellen konnte. Das Jahr ist ein bißchen kürzer, und da die Achsenneigung dieser Welt ein wenig geringer ist, sind die Tage um drei Minuten länger.«

»Woher wissen Sie das? Man kann doch keine Uhr mit herübernehmen.«

Rawlinson lächelte wissend. »Aber man kann hin und her reisen. Manchmal kommt man zur selben Tageszeit an, manchmal später oder früher. Alles in allem läuft es auf etwa drei Minuten Verzögerung pro Tag hinaus.«

Der Punkt ging an Rawlinson. Trotzdem ... »Nebenan hat vier Monde. Und Monde würde ich nicht unbedingt als kleine Dinge bezeichnen.«

»Falsch!« Der Prof strahlte vor Erregung. »Oh, sicher sind sie groß, aber sie könnten aus winzigen Ursachen hervorgegangen sein. Eine Trompete kann keinen Wald fällen, oder?«

»Nein.« Edward hatte keine Ahnung, was eine Trompete mit Monden zu tun hatte, doch er wußte, daß er es gleich erfahren würde.

»Aber nehmen wir an, eine Lawine wäre drauf und dran, abzugehen. Dann könnte der Trompetenstoß diese Lawine auslösen! Und weg ist der Wald. Nun, die Wissenschaft ist sich einig, daß der Mond von einem gewaltigen Meteoriten aus der Erde gerissen wurde. Der Krater, der zurückblieb, ist der Pazifische Ozean. Ein Meteoriteneinschlag ist eine äußerst heikle Sache. Kommt der Meteorit auch nur eine Sekunde früher oder später, saust er gänzlich an der Erde vorbei. Vergiß nicht, beide Körper bewegen sich mit unvorstellbarer Geschwindigkeit! Folglich hat er auf Nebenan geringfügig anders eingeschlagen. So sind vier kleine Monde anstatt eines großen entstanden. Sogar Trumb ist ziemlich klein. Er wirkt nur groß, weil er so nahe ist.«

Siegesbewußt griff der Prof nach seinem Glas. »Oder vielleicht gab es mehrere Einschläge.«

»Wie steht es mit den anderen Welten?«

»Anderen Schichten, weißt du noch? Weitere Abarten. Gehenna hat zwei Monde, zumindest hat man mir das erzählt. Ich war noch nie dort.« Rawlinson trank einen langen Schluck. Er kam geradc erst richtig in Fahrt, froh darüber, einen Zuhörer zu haben. »Zurück zu unseren platten Freunden. Wir sind uns also einig, daß sie einander nicht sehen können, weil sie sich nicht auf derselben Ebene befinden. Aber diese Karten können keine vollkommen flachen Ebenen sein, oder? Es gibt keine vollkommen flache Oberfläche. Wenn man sie also mit der Vorderseite aneinanderpreßt, müssen sie sich an gewissen Stellen berühren, richtig?«

»Die Knoten!«

»Genau! Die flachen Karten berühren einander an ein paar Punkten. Und wo Welten einander berühren, entsteht ein Knoten – ein Tor, ein Loch in der Wirklichkeit.«

»Und die Schlüssel ziehen einen durch das Loch!«
»Herüber. Oder hindurch. Anscheinend.«
»Aber wie funktionieren sie?«
Die Begeisterung verblaßte ein wenig. »Gute Frage. Das Ganze spielt sich natürlich auf einer ausschließlich geistigen Ebene ab.«
»Tatsächlich?«
»Ganz sicher. Nur Menschen können hin und her reisen. Man kann nichts mitnehmen – keine Kleider, kein Geld, rein gar nichts.«
»Nicht einmal Zahnfüllungen.«
Rawlinson zog die rotblonden Augenbrauen hoch. »Stören dich die Löcher?« fragte er und grinste, wodurch er plötzlich äußerst jugendlich wirkte.
»Ich habe ein wenig Mana aufgelesen, und sie sind von selbst verheilt.« Edward erinnerte sich außerdem an eine Narbe auf der Stirn, die verschwunden war, und an bestimmte weitere Narben an den Rippen, die beharrlich versucht hatten, sich zu verflüchtigen, obwohl er es gar nicht wollte.
»Das ist üblich«, meinte der Prof selbstgefällig. »Aber was auch immer eine Überquerung möglich macht, es handelt sich um etwas, zu dem nur das menschliche Gehirn imstande ist. Ich bin überzeugt davon, daß die Schlüssel selbst nicht dafür verantwortlich sind. Es sind keine magischen Beschwörungen; sie wirken nur innerlich. Man könnte das Lied einem Papagei beibringen, aber es würde keine Wirkung zeigen. Rhythmus, Worte, Tanz – irgendwie erzeugen sie eine bestimmte Schwingung oder so etwas im Gehirn, ein Echo. Die Musik der Sphären, was? Der Verstand steigt in schwindelerregende Höhen auf, wandert umher, treibt durch die Lücke. Dann zieht er den Rest hinterher. Ich glaube, das ist

auch der Grund, weshalb man sich danach so entsetzlich fühlt. Das Gehirn ist völlig überlastet.«

Edward zuckte zusammen. »Funktioniert es immer? Ich meine, wenn ich Sie recht verstanden habe, könnte der Verstand verschwinden und der Körper zurückbleiben. Kann das passieren?«

»Ja. Manchmal. Bereit für das nächste Glas?«

»Noch nicht, danke. Erklären Sie mir jetzt, was es mit Mana auf sich hat.«

»Ich wünschte, ich könnte es. Wieviel hast du bereits in Erfahrung gebracht?«

Wieviel Wissen sollte er preisgeben? Selbstverständlich würde sein Bericht durch und durch wahrheitsgetreu ausfallen, doch es gab gewisse Begebenheiten in seiner jüngsten Vergangenheit, die er ... nicht unbedingt besonders hervorzuheben gedachte.

»Ich weiß, daß Oberst Creighton von Charisma gesprochen hat. Und ich weiß, daß es etwas ist, daß nur Fremden widerfährt. Auf der Erde besaß er keine übernatürlichen Kräfte, aber sobald er sich wieder auf Nebenan befand, war er in der Lage, Blitze zu schleudern.«

»Weil er nicht hier geboren wurde«, pflichtete Rawlinson ihm bei. »Es zählt, wo man geboren ist. Solltest du hier je einen Sohn zeugen, mein Junge, wird er ein Eingeborener sein. Nimmst du ihn mit auf die Erde, wird er dort ein Fremder sein. Ich kann dir zwar keine Erklärung anbieten, aber ich will dir ein weiteres Beispiel geben. Stell dir vor, wir alle werden mit einer Art Schild geboren, einer mentalen Rüstung. Nehmen wir an, daß sie bei einer Überquerung zurückbleibt – das würde ins Bild passen, nicht wahr? Ohne den Schild kann man Mana aufnehmen. Mit dem Schild kann nur sehr wenig durchdringen.«

»Und was genau ist Mana?«

Rawlinson seufzte wie ein steinalter Greis. »Ich wünschte, ich wüßte es!« meinte er matt. »Es entsteht durch Bewunderung. Es entsteht durch Gehorsam. Es entsteht schon durch guten, alten Glauben. Wir saugen es auf und atmen es als Macht wieder aus. Auf geistiger Ebene wirkt es natürlich leichter. Bestimmt ist dir das Durchsetzungsvermögen aufgefallen, das du hier besitzt! Gib einen Befehl und die Eingeborenen springen, um ihn auszuführen.

Auf höherer Ebene wirkt Mana auch auf den Körper, wie bei Geistheilungen oder diesen Yogis, die splitterfasernackt stundenlang auf einem Eisfeld herumhocken können. In wirklich großen Mengen kann es sogar die physische Welt beeinflussen. Dann reden wir schon von Wundern wie dem indischen Seiltrick, Teleportation und all so was.« Er stellte fest, daß sein Glas leer war. »Karotte!«

Ein Diener eilte durch die Haustür herbei. Er mochte an die sechzig Jahre oder älter sein, wirkte aber noch durchaus adrett und rüstig. Das kurzgeschorene Haar war einst feuerrot gewesen; nun durchzogen Ascheschlieren die frühere Glut. Er trug eine weiße Hose mit messerscharfen Bügelfalten und einen weißen, zugeknöpften Kittel mit hohem Kragen. Überaus schick. Die Schuhe glänzten schwarz.

»Ah, da bist du ja«, sagte der Prof. »Bist du sicher, daß du nicht auch noch ein Glas willst, Junge?«

»Jetzt nicht, danke, Sir.«

Der Diener verneigte sich leicht und zog sich zurück. Die Einheimischen wurden stets als Karotten bezeichnet. Edward fragte sich, ob sie auch nur die leiseste Ahnung hatten, was das Wort bedeutete. Er hoffte nicht. Gewiß hatten sie in ihrer eigenen Sprache einen Namen für sich selbst. Die Pflanzenwelt auf Nebenan unterschied sich gänzlich von jener der Erde; zwar gab es karottenähnliches Gemüse, doch es wies nicht die Farbe irdischer Karotten auf.

Der Prof sprang wieder aus sein Steckenpferd auf. »Fremde besitzen die Gabe, Mana aufzunehmen und es in Magie umzuwandeln, aber auch Einheimische haben diese Fähigkeit bis zu einem gewissen Grad. ›Charisma‹ trifft es wohl besser als jeder andere Begriff. Napoleon hat es offensichtlich besessen. Seine Soldaten haben ihn vergöttert. Er hat sie in die Klauen der Hölle geführt – sie sind ihm gefolgt und haben ihn dafür geliebt. Dasselbe gilt für Caesar. Oder Mohammed.« Verschmitzt musterte er Edward. »Ich bin sicher, dir fallen noch andere ein.«

»Aber Napoleon konnte keine Wunder wirken!«

»Wirklich? Einige seiner Feinde glaubten das Gegenteil. Und dabei war er nur ein Einheimischer, nicht mal ein Fremder. Wo zieht man die Grenze? Wenn ein General oder Staatsmann seiner Gefolgschaft durch eine erhebende Ansprache Mut einhaucht, ist das Magie?«

Edward gestand Rawlinson den Punkt zu. »Nein.«

»Auch wenn sie dadurch zu übermenschlichen Leistungen angespornt werden?«

»Wahrscheinlich nicht.«

»Was ist mit Geistheilung? Telepathie? Zukunftsvorhersagen? Wo zieht man die Grenze? Wann wird aus dem Unheimlichen das Unmögliche?«

»Wenn Wissenschafter es nicht messen können?«

»Liebe können sie auch nicht messen. Glaubst du etwa nicht an die Liebe?«

Edward kicherte. Offensichtlich hatte Rawlinson diesen Vortrag schon viele Male gehalten.

»Wie ich höre, bist du durch ein erstmals benütztes Tor gekommen.« Rawlinson rieb sich das Kinn. »Hochinteressant! Damit ist Creighton ein ganz schönes Wagnis eingegangen. Ihr hättet sonstwo auf Nebenan oder überhaupt auf einer anderen Welt landen können.«

»Er hat sich auf die Prophezeiung verlassen. Und die besagte, daß ich in Susstal ankommen würde.«

»Ich hätte es wohl nicht riskiert. Aber Ende gut, alles gut. Und du bist im Sacrarium gelandet? Gut zu wissen. Welchen Schlüssel hast du verwendet?«

Edward klopfte mit den Fingern einen Takt auf dem Tisch. »*Affalino kaspik . . .*«

»O ja, den«, meinte der Prof, während er beobachtete, wie die Karotte das leere Glas durch ein volles ersetzte. »Versuch diesen Ramsch bloß nicht hier in Olympus, mein Junge! Er würde dich nach Gehenna befördern. Ein grausiger Ort! Trotzdem war *Affalino* eine gute Wahl. Er scheint Europa ziemlich oft mit den Tälern zu verbinden. Manchmal funktioniert er auch in die andere Richtung. In Maptal gibt es ein Tor, durch das man damit irgendwo auf den Balkan gelangt. In die Nähe von Triest, glaube ich. Und andere.«

Der Diener wich ein paar Schritte zurück und verbeugte sich, bevor er sich trollte.

Fast wie damals in Afrika . . . aber doch nicht ganz. Die Eingeborenen der Täler waren weiß, und in diesem Tal handelte es sich durchwegs um Rotschöpfe. So begab es sich recht häufig. Blaue Augen hier, braune Augen dort. In einem Tal präsentierten die Frauen sich allesamt flachbrüstig, im nächsten wogten Brüste umher, schwer wie Melonen und üppig wie reife Pfirsiche. Die größeren Täler wiesen eine mehrschichtige Bevölkerung aus verschiedenen ›europäischen‹ Rassen auf; in den kleineren Seitentälern schnitzte jeder seine Söhne und Töchter aus demselben Holz. Olympier hatten Haare so rot wie die eines Iren. Zudem hatten sie grüne Augen und eine Haut, die an einen Sandstrand erinnerte und über und über mit Sommersprossen gesprenkelt war.

Mittlerweile besaß Edward einen eigenen Hausdiener. Dommi war etwa gleich alt wie er, aber kleiner und stämmiger. Und voller Sommersprossen! Immer wenn er blinzelte, rechnete Edward damit, daß ein paar von seinen Lidern rieseln würden. Dommi war ein zäher kleiner Kerl. Er trug stets nur einen Lendenschurz, sogar am frühen Morgen, wenn es im Tal entschieden frisch war. Seine Fußsohlen waren dick wie Steaks und hart wie Eisen; selbst über einen Schotterweg rannte er anmutig wie eine Gazelle. Er war ebenso ein Weißer wie Edward, eigentlich sogar noch hellhäutiger, doch er war ein Einheimischer und Edward ein Fremder. Deshalb war Dommi der Diener und Edward der *Tyika*.

Nach der langen Zeit urzuständlichen Lebens fühlte sich die förmliche Abendkleidung merkwürdig an. Selbst nach drei Tagen hatte die Eigenartigkeit von Olympus noch nicht einmal zu verblassen begonnen. Auch hatte man den Neuankömmling noch nicht in sämtliche Feinheiten der hiesigen gesellschaftlichen Gepflogenheiten eingeweiht. Sogar Englisch zu sprechen, fühlte sich für Edward fremdartig an.

Die Einheimischen sprachen eine Abart des Randorisch, das mehr oder weniger einen Dialekt des Thargischen darstellte. Sie würden eigene Namen für den Fluß Cam, den Kilimandscharo und das Matterhorn haben. Wahrscheinlich nannten sie die Siedlung der

Tyika auch nicht Olympus. Edward fragte sich, wie sie den Ort wohl bezeichneten.

Die Fremden sprachen untereinander Englisch. Zwar sprenkelten sie es gelegentlich mit thargischen – oder gar joalischen – Wörtern, im großen und ganzen jedoch hätte man ihr Englisch auch in der Regent Street verstanden. Und doch bezeichneten sie sich selbst stets als *Tyikank*. Komisch. Wieso verwendeten sie nicht die englische Entsprechung, ›Meister‹?

Sie hatten eine nachgerade kindische Vorliebe für Spitznamen. Rawlinson war als der Prof bekannt, und er schien einem trockenen, akademischen Stil zu frönen. Edward war für die Männer immer noch »Exeter«, für die Frauen »Mr. Exeter«. Waren sein Status und seine Pflichten erst geklärt, würde er wahrscheinlich selbst einen zwanglosen Titel erhalten. Insgeheim vermutete er bereits, daß es »Kesselflicker« werden würde. Daß er der Befreier war, galt offiziell als Geheimnis, denn sollte die Kammer je erfahren, wo er sich aufhielt, wäre vermutlich selbst Olympus kein sicherer Ort mehr für ihn.

»Du weißt, daß Mana existiert, Exeter!« Der Prof senkte die Stimme und beugte sich dichter zu Edward. »Es heißt, du hättest zwei Mitglieder des Pentatheon getroffen.«

Edward nickte und trank das Glas leer. Er kannte die Haken und Ösen von Olympus noch nicht; er wußte noch nicht, wer was wissen durfte. Das *Filoby-Testament* deutete unzweifelhaft an, daß sich hier, im Herzen des Dienstes, Verräter tummelten. Soweit es Edward anging, konnte auch Rawlinson einer davon sein. »Tja, du mußt wissen, daß sie tatsächlich Wunder wirken können! Sie beziehen ihre Kraft aus der Anbetung und den Opfern ihrer Anhänger.«

Edward hatte mit Fragen über seine eigene Erfahrung mit Mana gerechnet, also wußte Rawlinson anscheinend doch weniger, als er zu wissen glaubte. Was seine »Erklärungen« anging, so waren diese zwar recht ausgeklügelt, doch sie hinterließen einen leichten Nachgeschmack, als versuchte der Prof damit, Edward einzuwickeln. Im Grunde genommen sagten die Worte herzlich wenig aus.

»Zumeist auf Knoten? Wie paßt das in Ihr Bild, Prof? Ich kann zwar verstehen, daß die Knoten als Tore dienen, aber warum verstärken sie das Strömen von Mana?«

»Die Temperatur.«

»Temperatur?«

»Nein, eigentlich nicht die Temperatur, aber so etwas ähnliches. Wenn genau an der Stelle eine andere Welt besonders nahe ist, könnte schließlich etwas durch die Kluft dringen. Bestimmt hast du dieses Gefühl der Ehrfurcht empfunden, das wir als ›Virtualität‹ bezeichnen, oder? Stell es dir so vor, daß die Knoten in gewisser Weise heiß und der Rest der Welt kühler sind. Und jetzt nehmen wir einmal an, die Wirkung des Schildes hängt von dieser ›Temperatur‹ ab. Er reagiert auf Hitze, oder was für eine Kraft es auch sein mag. Das würde erklären, weshalb Fremde Mana auf einem Knoten am besten aufnehmen und weshalb die Opfer seiner Anbeter dort am mächtigsten sind.«

Schon wieder dieser faule Zauber, und doch schien er eine gewisse Logik zu besitzen.

»Wo liegt die Grenze?« erkundigte sich Edward. »Telepathie und Prophezeien – wie weit reicht es?« Er wußte, daß es zu töten vermochte.

»Ziemlich weit. Auf jeden Fall zum Heilen. Und zum Prophezeien, wie du ja weißt. Legenden berichten gar von Erdbeben und Blitz und Donner. Gleiches gilt für uralte Mythen. Es reicht bis hin zur Magie. Wunder, wenn dir das lieber ist.« Rawlinson ließ sein jungenhaftes Lächeln aufblitzen und lachte. Die ersten Anzeichen des Gingenusses machten sich bemerkbar. »Ich kann dir leider keine Wissenschaft anbieten, alter Kumpel! Alles, was ich tun kann, ist Bilder zeichnen.«

»Sie passen zu den Tatsachen«, räumte Edward höflich ein. Auch er fühlte sich bereits ein wenig beschwipst, und es lag noch ein langer Abend vor ihm. Er glaubte an Wunder. Schließlich hatte er selbst eines vollbracht.

Wütend spähte Rawlinson zur Tür. »Was treibt denn meine Frau bloß, was meinst du? *Karotte!*«

Edward hatte noch ein paar Fragen über Schlüssel – wer sie erfunden hatte und wer neue auszuprobieren wagte –, doch sein Gastgeber wechselte plötzlich das Thema.

»Ach, übrigens ...«

»Ja?«

»Die anderen werden gleich da sein ... Ich habe gehört, du hast dir einen Diener angeschafft.«

»Jumbos Koch hat ihn empfohlen. Ein Enkel oder Neffe, vermute ich.«

Rawlinson hüstelte. »Ja. Nun, meine Frau ist heute nachmittag an deinem Haus vorbeigeschlendert und hat ihn gesehen. Sie meinte, ich sollte dir einen kleinen Hinweis geben.«

»Ich bin dankbar für jede Hilfe, die ich kriegen kann«, sagte Edward, der Mühe hatte, nicht jedem Satz ein »Sir« anzufügen. Er fühlte sich, als wäre er wieder in Fallow und ins Büro des Direktors gerufen worden. Bewußt oder unbewußt, Rawlinson bearbeitete ihn nun mit Mana.

Der Diener tapste herbei und stellte sich erwartungsvoll neben den Stuhl des *Tyika*.

Rawlinson schien ihn nicht zu bemerken. »Na ja, weißt du, alter Freund, es ist nur so, daß wir die Karotten nicht ermutigen, wie Wilde herumzulaufen. Unten in ihrer Suhle ist das alles gut und schön, aber hier oben versuchen wir, ihnen ein etwas kultivierteres Verhalten beizubringen.«

Der junge Dommi hatte in der Gluthitze des Nachmittags sämtliche Böden des Bungalows geschrubbt und einen Großteil der Wände gereinigt. Er hatte wie ein Pferd geschuftet und wie ein Schwein geschwitzt. Glänzende Schuhe und weiße Uniform?

»Ich werde mit ihm reden.«

»Und sorg dafür, daß er sich die Haare schneiden läßt, Kumpel. Immer tipptopp, ja?«

Dommis Haar hing wie ihm wie ein polierter Kupferschild auf den Rücken hinab. Er war überaus stolz darauf.

»Aber er scheint doch ziemlich darauf zu achten, daß es sauber ist«, begehrte Edward auf.

Rawlinson verzog das Gesicht zu einer mißbilligenden Miene. »Mit kurzen Haaren sehen sie wesentlich besser aus. Kultivierter. Man darf ihnen nichts durchgehen lassen, sonst bringt man sie nie zum Arbeiten. Stinkfaul, der eine wie der andere.«

Edward hatte Dommi nahegelegt, sich den Abend freizunehmen, um seiner geliebten Ayetha den Hof zu machen. Der Junge hatte sich geradezu bestürzt gezeigt. Das Haus des *Tyika* war doch noch nicht fertiggeputzt. Es gab noch so viel Geschirr auszupacken und so viel zu waschen. Die Kleider des *Tyika* mußten gebügelt, Essen beschafft und zubereitet, der Garten umgegraben werden. Sein Vater wäre entsetzt, wenn er sich frei nähme, solange noch unerledigte Arbeit auf ihn wartete.

Dommi war nachgerade mitleiderregend bestrebt, seinem Herrn zu Diensten zu sein.

»Bislang hat er ganz und gar keine Anzeichen von Faulheit gezeigt! Er schuftet wie ein ... Er arbeitet ausgesprochen hart.«

»Warte nur!« mahnte Rawlinson. »Sobald er ein paar Kröten zur Seite gelegt hat, kauft er sich eine Frau, und dann ist es aus und vorbei mit dem Arbeiten.« Mit gerunzelter Stirn blickte er zu der wartenden Karotte auf. »Weißt du, was die *Entyika* treibt?«

»Sie beaufsichtigt die Köche, *Tyika*.«

Zornig grunzte Rawlinson. »Erinnere sie doch daran, daß wir einen Gast hier haben, ja?« Damit winkte er den Mann fort. »Stinkfaul«, wiederholte er, »einer wie der andere.«

8

»Unglaublich!« murmelte Stringer. Er hustete und drückte eine Zigarette aus. Seine Fischaugen waren gerötet vom beißenden Rauch, der das kleine Büro mittlerweile erfüllte.

In Smedleys Kopf drehte sich alles. *Unglaublich* wurde der Geschichte nicht gerecht! Und doch würde niemand, der Exeter kannte, je an dessen Wort zweifeln. Er sprach stets mit einer überlegten Ruhe, die jedem Glaubwürdigkeit vermittelte. Lügen wäre unter seiner Würde, selbst wenn sein Leben davon abhinge. So war er schon immer gewesen.

»Diese magischen Orte?« fragte der Chirurg nach. »In Flandern war einer?«

»Muß wohl so sein«, bejahte Exeter heiser. »Vielleicht war dort vor dem Krieg eine Kirche oder ein Friedhof.«

»Und ein weiterer Ort war im Krankenhaus in Greyfriars?«

»Äh, nein, Sir.«

»Also hat jemand Sie gerettet und woanders hingebracht?«

Exeters Kiefer verkrampften sich. Nach einer Weile sagte er: »Keine Namen, keine Verwicklungen, Sir.«

Stringer ließ seinen Ärger durchschimmern. Dann schaute er auf die Uhr. »Meine Güte! Ich muß los. Hab' heute abend ein Essen mit ein paar hohen Tieren! Tja, es ist eine packende Geschichte! Wünschte, ich hätte Zeit, mir mehr davon anzuhören.« Sein überheblicher Blick wanderte mit einem Stirnrunzeln zu Smedley, als gehörte er nicht hierher. »Dieses Treffen dauert ohnehin schon viel zu lange. Ich glaube, Sie sollten sich jetzt unauffällig aus dem Staub machen, Hauptmann. Wir wollen doch nicht, daß jemand Wind von Ihrer Verbindung zum entflohenen Gefangenen bekommt, oder?«

Er wollte dafür sorgen, daß die beiden keine Gelegenheit hatten, eine Wort unter vier Augen zu wechseln. Aber das spielte keine Rolle. Der Plan, den Smedley ihm geschildert hatte, war ein anderer als der, den Exeter aus der Nachricht in seinem Hemd erfahren würde. Und im Geiste heckte Smedley bereits Plan Nummer Drei aus. Andere Welten!

Der Hauptmann murmelte etwas, erhob sich und streckte die Hand aus. Auch Exeter stand auf und ergriff sie unbeholfen.

»Ich sehe dich am Freitag, Alter!« meinte Smedley und stupste ihn am Fuß.

»Nett von dir. Bin dir verdammt dankbar.«

Glücklicherweise hatte die ehrfurchteinflößende Miss Pimm ihren Platz verlassen, wahrscheinlich um zu Mittag zu essen. Smedley schlenderte über den Flur davon. Er würde wieder die Uniform anlegen müssen, wenn er auf Kosten des Königs essen wollte.

Die große Eingangshalle präsentierte sich nahezu menschenleer. Mußten wohl alle in der Messe sein.

Ja, der Plan mußte geändert werden. Stringer war ein Spitzel, daran bestand kein Zweifel. Selbst wenn er nicht ganz so mies war, Exeter beim Fluchtversuch erschießen zu lassen – er war zumindest ein Spitzel. Sollte Exeter dabei geschnappt werden, wie er in einer gestohlenen Uniform zum Tor hinausspazierte, wäre er als Heuchler enttarnt, und der Teufel wäre los. Stringer glaubte, die Flucht würde Freitag morgen stattfinden, also mußte sie früher erfolgen. Heute nacht!

Wodurch nun wirklich alles ziemlich knapp wurde. Smedley mußte ins Dorf hinuntersausen und Ginger anrufen, um ihm zu sagen, daß er sofort den Karren anwerfen sollte.

Wie viele Stunden würde es dauern, um aus dem Westen nach Kent zu fahren, selbst unter der Voraussetzung, daß der Wagen nicht ganz den Geist aufgab oder allzu viele Reifenplatzer hatte?

»Ah, da sind Sie ja, Sir! Ich habe Sie gesucht.«

Smedleys Augen konzentrierten sich wieder auf die Gegenwart und erblickten das bleiche Antlitz seines Zimmerkollegen Rattray.

»Leutnant?«

»Da sind ein paar Besucher für Sie, Sir.«

Smedley wandte sich um und sah ein Winken.
Alice Prescott! Und Ginger Jones!
Teufel auch! *Jetzt würde alles auffliegen!*

Er schwang den gesunden Arm um Alice und küßte sie auf die Wange. Trotz ihrer Verblüffung biß sie ihn nicht. Dennoch fühlte er, daß nur wenig dazu fehlte. Was für eine Frau, diese Miss Prescott! Smedley schlang den Stumpf um Gingers Schultern und scheuchte beide Besucher auf die Tür zu.

»Verdammt gut, daß Sie gekommen sind! Sie haben doch noch nichts gegessen, oder? Schlendern wir doch zum Schwarzen Drachen runter und werfen uns einen Happen ein.« Dann waren sie auch schon draußen.

Es regnete, und sein Überzieher war oben. Na ja.

»Was sollte das denn, Hauptmann Smedley?« verlangte Miss Prescott zu erfahren, während sie die Auffahrt hinunterspazierten, wobei ihre Schritte auf dem Schotter knirschten.

»Was?«

»Ich wurde zwar noch nie aus einer Kneipe geworfen, aber ich könnte mir vorstellen, daß es sich so ähnlich anfühlen muß.«

»Edward. Er wird jeden Augenblick dort drin vorbeigebracht, und Ihr Anblick könnte ihn durcheinanderbringen.«

»Du hast mit ihm gesprochen?« fragte Ginger.

»Ja. Es geht ihm gut.«

»Kein Gedächtnisschwund?«

»Nein, in Wahrheit ist er bestens in Form.«

Was sonst konnte Smedley sagen? *Er war zu Besuch auf einer anderen Welt, wo er magische Kräfte besitzt. Die*

Magie hat ihn dort hingebracht, weil es so prophezeit war, und seine Rückkehr wurde von Leuten eingefädelt, die ihn töten wollen. Zufällig gehören dazu auch die Ärzte hier. Und danach konnte Smedley natürlich erklären, daß er geneigt war, den Großteil davon zu glauben. *Ach wie gut, daß niemand weiß, daß der Wahnsinn mich verspeist …*

»Also spielt er ihnen was vor?« erkundigte sich Ginger.

»O ja. Trotzdem ist es merkwürdig. Stringer, der Chirurg, wußte, wer er war! Hat ihn anscheinend beim Spiel gegen Eton kennengelernt. Er hat ihn gedeckt. Von wegen der alten Schulverbindung und so.«

Der Regen war nur ein Nieseln. Die frische Luft roch herrlich nach Laub und Erde. Sie spazierten mit flotten Schritten dahin, und Smedley erzählte den Fallow-Teil der Geschichte. Die Sache mit Olympus ließ er gänzlich aus. Natürlich stellten seine beiden Besucher Fragen. Ausweichend erwiderte er: »Er hat nur ein paar Andeutungen fallen lassen.«

Als er schließlich endete, hatten sie den Schwarzen Drachen erreicht. Es war ein beliebtes Ausflugsziel der gehfähigen Verwundeten in Staffles, wo sowohl gutes, englisches Ale als auch recht anständiges Essen serviert wurde. Natürlich präsentierte sich das Gästezimmer gerammelt voll mit Patienten und Besuchern. An den Wänden warteten hoffnungsvoll weitere Leute, doch glücklicherweise verließ unmittelbar vor Smedleys Nase eine Gruppe einen Tisch, den er sich sofort unter den Nagel riß. Bevor ihm jemand den Anspruch streitig machen konnte, setzte sich Miss Prescott, und die Herausforderer zogen sich wutschnaubend zurück.

»Mein Lieblingstisch!« rief Smedley zufrieden.

»Ich wüßte wirklich gern, wie du das machst«, murmelte Ginger.

»Was?«

»Egal. Etwas zu trinken, Miss Prescott?«

Sie bestellte einen Sherry, Smedley halbdunkles Bier. Ginger ging die Getränke holen.

Alice hatte sich kaum verändert. Sie hatte immer schon ein bißchen ein Pferdegesicht gehabt, und so war es auch heute noch; dennoch war es ein Gesicht, das man durchaus gern anlächelte. Damals, 1914, war Edward bis über beide Ohren in sie verliebt gewesen. Sie trug keinen Ring. Was empfand sie wohl für Edward? Was hatte sie überhaupt je für ihn empfunden? Sie war zwei oder drei Jahre älter. Nun war sie sogar noch älter, und Edward ...

Als Smedley sich erinnerte, wie seltsam jugendlich Exeter immer noch aussah, fiel ihm plötzlich die Bemerkung über Löcher in den Zähnen ein, die von selbst heilten. War das der Grund dafür, weshalb Exeter immer noch so jung wirkte? Weshalb er immer noch so jung *war?* Exeter war auf dieser anderen Welt keinen Tag gealtert. Teufel, Teufel!

»Stimmt etwas nicht, Hauptmann?« erkundigte Miss Prescott sich frostig.

Er hatte mitten durch sie hindurchgestarrt. »Nein, alles ...«

Ginger stellte einen schäumenden Humpen auf den Tisch; Smedley griff danach, fluchte, streckte die andere Hand aus und trank. Was war er doch für ein verdammter Rüpel!

Tatsache war, er *glaubte* an Nebenan und Olympus! Nur war der Umstand, daß ein einundzwanzigjähriger Mann immer noch rosige Wangen besaß, ein etwas dürftiger Beweis. Viele Männer selben Alters hatten noch rosige Wangen, obwohl sie in letzter Zeit wesentlich schneller als üblich gealtert waren. Trotzdem war es ein weiteres Teil in dem Puzzle. Es mußte eine Erklärung für diese tropische Sonnenbräune in Flandern geben.

»Sie haben nur noch Melton-Mowbray-Pastete.« Ginger hatte sich selbst auch ein Bier geholt, stand aber noch.

»Schmeckt normalerweise ziemlich gut«, erwiderte Smedley.

Nickend pflichtete Alice ihm bei. Ginger zog von dannen, um das Essen zu bestellen. Wie so vieles andere auch, war die Bedienung mit Beginn des Krieges zum Teufel gegangen. Nun hatte Smedley Gelegenheit, mit einem Mädchen zu flirten und auszuprobieren, wie oft er sie zum Lächeln bringen konnte.

»Wie läuft der Krieg für Sie, Miss Prescott?«

»Früher haben Sie mich Alice genannt.«

»Ich war ein furchtbarer kleiner Racker, was? Du hast mich Pickelchen genannt, wenn ich mich recht erinnere.«

»Und jetzt sollte ich dich Medaillchen nennen! Gut gemacht! Ich habe gehört, daß du in den Palast reist, um ...«

O Gott! Sein Auge hatte zu zucken begonnen. Er stützte das Gesicht auf die Hand, wollte es verbergen. Sinnlos – er sah sich einem regelrechten Sturmangriff der Tränen gegenüber. Er wollte einen Schluck trinken, doch mit dem Stumpf konnte er den Bierhumpen nicht heben, und ... *Hölle und Verdammnis!* Unbeholfen rappelte er sich auf und stürzte zur Tür.

Der kühle Regen half. Nachdem die Tränen versiegt waren und Smedley wieder atmen konnte, wandte er sich um und ging wieder hinein. Die beiden anderen aßen seelenruhig Schweinefleischpastete und unterhielten sich über die schrecklichen Lebensmittelpreise in den Läden. Als er sich wieder setzte, sagten sie kein Wort, schenkten ihm keine große Beachtung, als hätten alle erwachsenen Menschen ständig hysterische Anfälle, und als wäre so etwas völlig normal. Smedley versuchte gar nicht erst, sich zu entschuldigen; das hätte bloß zu einem neuerlichen Ausbruch geführt.

Was hatte es jetzt noch für einen Sinn? Wie konnten sie nach dieser Vorstellung noch irgend etwas Glauben schenken, das er sagte? Mühevoll zerteilte Smedley mit der Gabel die harte Kruste und schwieg in seinem Elend. Seine Gefährten führten eine belanglose Unterhaltung, schienen sich Smedleys Anwesenheit gar nicht gewahr zu sein. Als sie mit dem Essen fertig waren, leerten sich plötzlich die Tische neben ihnen und blieben leer. Es war an der Zeit, sich dem eigentlichen Thema des Treffens zu widmen, und Smedley fragte sich, ob er wenigstens dazu imstande sein würde, ohne Schaum vor den Mund zu bekommen.

»Zuerst«, begann Alice so sachlich, als wären Gefängnisausbrüche ihr täglich Brot, »müssen wir ihn aus Staffles rauskriegen. Als zweites müssen wir ihn nach London schaffen, bevor sie die Bluthunde loslassen.« Mit dem Essen war sie zwar fertig, doch sie nippte immer noch an ihrem Getränk. »Und drittens müssen wir einen sicheren Zufluchtsort für ihn finden, damit er auch in Freiheit bleibt. Habe ich irgend etwas ausgelassen?«

Sie schaute zu Smedley. Da er den Versuch zu sprechen scheute, nickte er nur.

»Ich glaube, damit haben wir fürs erste reichlich zu tun.« Ginger kratzte sich am Bart. Smedleys Miene ließ erahnen, daß er sich fragte, wie um alles in der Welt er in einen solchen Wahnsinn verstrickt worden war.

»Gut!« meinte Alice. »Punkt Eins: Können wir ihn aus dem Gebäude schaffen?«

Abermals nickte Smedley.

»Das ist deine Aufgabe, Julian«, erklärte sie. »Aber wie?«

»Zwei Pläne«, erwiderte er heiser, ballte unter dem Tisch die Hand zur Faust und bemühte sich, seiner Stimme einen festen Klang zu verleihen.

»Wieso zwei?«

»Weil wir Stringer nicht vertrauen können! Er war viel zu neugierig. Ich glaube, er will, daß Edward sich selbst verrät, indem er zu fliehen versucht.«

»Verstehe.«

Er wußte, was sie dachte.

»Ich weiß, es klingt verrückt . . .« Ach, was hatte es denn für einen Sinn? Er *war* verrückt! Seine beiden Gegenüber wußten es ebensogut wie er selbst.

Ginger grunzte. »Du hast gesagt, Stringer hätte behauptet, Exeter zu kennen?«

»Hat ihm an dem Tag die Hand geschüttelt, als er die drei Punkte in einem Spiel erzielt hat.«

»Nein, hat er nicht.«

»Was?«

Ginger nahm seinen Kneifer ab und putzte ihn am Ärmel; eine alte Angewohnheit von ihm, wenn er aufgeregt war. »Der Kurze Stringer konnte mit Spielen nie besonders viel anfangen. Sein Bruder war der Kricket-Liebhaber. Und der Lange Stringer war auch derjenige, der an dem Tag in Eton war. Das weiß ich genau. Schließlich war ich auch dort. Ich habe unmittelbar hinter ihm gesessen. Soweit ich mich erinnere, hatte sich eine Menschentraube um Exeter gebildet. Ich weiß noch, daß ihn Dutzende Bewunderer umringt haben, aber ich könnte schwören, daß der Kurze Stringer nicht darunter war.«

Ein fremdartiges Gefühl um die Mundwinkel verriet Smedley, daß er lächeln mußte. Ein weiteres Beweisstück fügte sich in das Bild! Wenn Mißtrauen gegenüber Ärzten als Zeichen für Wahnsinn galt, dann gehörte auch Ginger Jones zum Klub.

»Der Lange Stringer ist der Soldat?« fragte Alice. »Könnte er auch in die Sache verwickelt sein? Könnte er Edward in Belgien erkannt und seinem Bruder einen Hinweis gegeben haben?«

»Ich glaube, wir dürfen niemandem vertrauen«, meinte Smedley. »Nur wir drei untereinander.« Schon lustig, sie zu bitten, einem stotternden Verrückten zu vertrauen.

»Finde ich auch! Erzähl uns jetzt von deinen beiden Plänen.«

Plan Drei behielt Smedley vorerst für sich. Statt dessen schilderte er Plan Eins, das Täuschungsmanöver für Stringer, und dann Plan Zwei, den Feueralarm.

Seine Zuhörerschaft sprang nicht auf, um ihm Beifall zu spenden.

»Ziemlich gemein«, sagte Ginger verdrossen, »in einem Krankenhaus voller kriegsversehrter Männer ›Feuer‹ zu schreien.«

»Das kommt eher einem Dienst an der Öffentlichkeit gleich! Seit ich dort bin, hatten sie keine Feuerübung, und der Ort ist eine Todesfalle. Ich hoffe nur, der Alarm funktioniert.« Um bei der Wahrheit zu bleiben – angesichts des ethischen Aspekts von Plan Zwei fühlte Smedley sich ein wenig unbehaglich und versuchte vermutlich, sich selbst ebenso zu überzeugen wie seine Zuhörer.

»Bist du sicher, daß der Plan funktioniert?« wollte Alice wissen.

»Ganz sicher. Es wird ein unbeschreibliches Durcheinander entstehen! Die Hofmauer ist nur kopfhoch. Exeter könnte sie selbst mit nur einer Hand ... äh, er könnte sie mühelos überspringen.«

Alice zuckte mit den Schultern und erhob keine Einwände. »Gut. Damit hättest du das erste Problem gelöst. Wie steht's mit dem zweiten, den Spürhunden? Sollen wir ihn nach London zaubern?«

»Das ist Gingers Aufgabe. Er wird mit dem Fluchtauto warten. Es gibt da eine verborgene Einfahrt ...«

Smedley sah sich zwei bestürzten Gesichtern gegenüber.

»Welcher Wagen?« brummte Ginger.

»Boadiceas Gefährt.«

»Der Karren ist außer Betrieb. Aufgebockt. Es gibt im Augenblick keine privaten Automobile.«

»Das – das habe ich nicht gewußt!« Smedley fühlte Panik in sich aufsteigen und kämpfte dagegen an.

»Es ist nicht völlig illegal«, sagte Alice rasch. »Noch nicht. Aber ich bin sicher, es dauert nicht mehr lange. Im Augenblick gibt es alle möglichen Einschränkungen.«

»Und dann der Benzinpreis«, fügte Ginger hinzu. »Der ist gerade auf vier Shillings und sechs Pennies pro Gallone gestiegen! Das kann sich niemand leisten!«

Smedley stieß einen leisen Fluch aus. Daran hätte er denken sollen. Fahrräder? Pferde? Nein, Plan Zwei war soeben in Rauch und Flammen aufgegangen.

O Gott, bedeutete das, er würde Plan Eins durchziehen müssen?

»Wieviel Zeit werden wir haben?« fragte Alice.

»Man wird ihn ziemlich bald vermissen. Ich kann die Telefonleitungen nicht durchschneiden, sonst würde ich es tun. Wenn er erst in London ist, hat er das Schlimmste überstanden, aber dafür muß er durch Canterbury oder Maidstone.« Die Bullen konnten Straßensperren errichten und Wachen an den Bahnstationen aufstellen. Im Kriegszustand, wenn die Häfen geschlossen waren, glich Kent einer Sackgasse. Stringer mußte das gewußt haben.

»Eine Stunde?«

»Bestenfalls.«

»Dasselbe Problem ergäbe sich mit Plan Eins, richtig?«

Smedley erbebte. Kalte Schauder liefen ihm über den Rücken, als er sich vorstellte, gefesselt und geknebelt in dem kleinen Sommerhaus zu liegen – jenem winzigen Sommerhaus mit den einstürzenden Wänden, erdrückend wie ein Schützengraben. »Wenn Stringer nicht petzt, bringen mein Soldbuch und meine Gutscheine Exeter leicht und locker raus. Hängt nur davon ab, wie lange es dauert, bis sie mich finden.« Bis sie einen kreischenden, die Augen verdrehenden Wahnsinnigen mit Schaum vor dem Mund entdeckten ...

Alice musterte ihn eine Zeitlang nachdenklich. Sie stellte das Glas ab. »Ich glaube, Plan Zwei ist besser. Tust du es morgen?«

»Heute nacht wäre noch besser, aber ...«

»Ich weiß, wo wir uns einen Wagen borgen können.«

»Wirklich?« Smedley hätte sie am liebsten umarmt

und geküßt. Ihr Gesichtsausdruck rief ihn zur Ordnung.

»Aber ich kann nicht fahren.«

Smedley öffnete den Mund und schloß ihn wieder. Er fühlte einen Ansturm der Tränen und wehrte ihn ab. Nie wieder würde er einen Wagen fahren.

»Und Edward auch nicht«, fuhr Alice fort, »es sei denn, er hat es in den letzten drei Jahren gelernt.«

»Das halte ich für unwahrscheinlich. Außerdem bringt uns das den Wagen nicht hierher.«

»Ich habe bislang nur ein ganz klein wenig hinter dem Steuer gesessen«, sagte Alice, »und ich traue es mir auf gar keinen Fall zu, in London zu fahren.«

Beide schauten zu Ginger.

Beunruhigt strich er sich über den Bart. »Ich auch nicht! Ich bin ausschließlich Nebenstraßenfahrer! Und ich habe noch nie etwas anderes als das Gefährt gelenkt. Außerdem ist mein Führerschein zu Hause in Fallow.«

»Kommen Sie schon, alter Freund!« ermunterte ihn Smedley. »Von hier nach London sind es nur fünfzig Meilen, und die A2 ist die geradeste Autostraße des ganzen Landes, entlang der alten Watling Street. Die verdammten Römer haben sie gebaut.«

Ginger warf Alice einen mürrischen Blick zu. »Wo steht das Fahrzeug?«

»In Notting Hill.«

»Ich kenne London nicht besonders gut. Ist das im Norden?«

»Im Westen.«

»Also auch noch auf der falschen Seite!« Der alte Lehrer funkelte seine beiden Begleiter grimmig an, doch er hatte nicht ausdrücklich nein gesagt – noch nicht.

Alice trommelte mit den Fingern auf dem Tisch. In ihren Augen lag ein altvertrautes Glitzern. »Hauptmann Smedley, fällt Ihnen sonst noch jemand ein, der geeignet und willens sein könnte, uns zu helfen, meinen Cousin zu retten?«

»Dutzende Burschen, Miss Prescott. All die Jungs aus seiner Schulklasse würden sich auf die Gelegenheit stürzen.«

»Und wo kann ich die finden?«

»Fragen Sie in Flandern nach ihnen. Die meisten sind gerade dort und kämpfen entweder immer noch gegen die verfluchten Krauts oder füllen die Friedhöfe. Wer wieder hier in der Heimat ist, dem wurden die Beine weggebombt. Folglich können diese Jungs uns nicht helfen. Tut mir schrecklich leid.«

»Verdammt sollt ihr sein, alle beide! Was ist das für ein Wagen?« knurrte Ginger.

»Ein Vauxhall, glaube ich«, antwortete Alice. »Ein teuflisch großer, schwarzer Kasten auf vier Rädern. Naß wird man also nicht.«

»Hat er elektrische Scheinwerfer?«

Alice schürzte die Lippen – eine Geste, die ihr Erscheinungsbild eindeutig nicht verbesserte. Man mußte unwillkürlich an Heu denken. »Weiß ich nicht genau. Ich war noch nie im Dunklen damit unterwegs.«

»Sperrstunde, meine Herren!« rief der Wirt.

»Wir müssen gehen«, meinte Smedley.

Jones rührte sich nicht vom Fleck. »Und Sie sind sicher, daß der Besitzer damit einverstanden ist, uns das Fahrzeug zu leihen?«

»Er hätte nichts dagegen!« erwiderte Alice im Brustton der Überzeugung. »Ich habe den Schlüssel zur Garage.«

»Und was wird er sagen, wenn ich in der Regent Street ein Taxi ramme?«

»Ich bin überzeugt, daß er versichert ist.« Ihre Züge wirkten freudlos. Offensichtlich war es am besten, keine weiteren Fragen zu stellen.

Ginger polierte unaufhörlich und voller Inbrunst seine Brille. »Morgen nacht?«

Dem alten Kerl mangelte es wahrlich nicht an Mut, dafür besaß er eindeutig jede Menge Loyalität. Wie würde Fallow sich verhalten, sollte einer der dienstältesten Lehrer der Schule als Fluchtwagenlenker bei einem Gefängnisausbruch geschnappt werden?

»Guter Mann!« meinte Smedley. »Aber nicht morgen. Heute nacht! Wir müssen Stringer und seiner Bande einen Schritt voraus sein.«

Ginger zuckte zusammen. »Heute nacht?«

»Das ist Plan Drei! Ich habe versucht, Exeter zu stecken, daß die Sache schon vor Freitag ablaufen würde. Aber selbst wenn er meinen Hinweis nicht verstanden hat, wird er wissen, was gespielt wird, sobald der Alarm losgeht. Ich bringe ein paar Reserveklamotten mit, falls er sich im Pyjama auf die Socken machen muß.« Erleichtert stieß Smedley einen Seufzer aus. »Wißt ihr, ich komme nämlich auch mit.«

Andere Welten!

9

Plötzlich war Eile geboten. Smedley fiel ein, daß bald der nächste Bus kommen würde, also rannten die drei los. Aufgekratzt und schwatzhaft wartete er an der

Bushaltestelle bei ihnen, bis der Bus eintraf, ein altersschwacher Doppeldecker. Sowohl Alice als auch Jones fanden Sitzplätze, jedoch nicht nebeneinander; deshalb hatten sie keine Gelegenheit, sich zu unterhalten.

Alice saß neben einer wortgewaltigen Dame mittleren Alters mit erklärten – lauthals erklärten – Ansichten über die Deutschen, den Krieg, Preise, Lebensmittelknappheit, die Notwendigkeit von Rationierungen und viele, viele andere Themen. Alice lehnte sich zurück, ließ die Klagelawine über sich hinwegrollen und grübelte über den plötzlichen Notfall nach, der in ihr Leben geplatzt war.

Sie hatte Julian Smedley bislang viermal getroffen, wobei zwischen jeder Begegnung mehrere Jahre lagen. In Fallow war er immer einer von Edwards besten Freunden gewesen, eigentlich mehr ein Anhänger als ein Freund. Vermutlich war es treffender zu sagen, daß Edward stets Smedleys Freund gewesen war, denn Edward zählte zu jenen Menschen, denen Freundschaften förmlich zuflogen. Ihre Erinnerungen an Smedley glichen Fotos in einem Album. Ein schmächtiger, kleiner Junge auf Seite eins, dann ein pickeliger Halbwüchsiger und nun, auf Seite fünf, ein verwundeter Held. Jede Erinnerung unterschied sich auf seltsame Weise von der anderen. Er war schüchtern und eulenhaft gewesen, und doch auch schelmisch und hintergründig gewitzt. Darüber hinaus, wie Ginger schon im Zug auf dem Weg nach Staffles betont hatte, besaß Julian Smedley seit jeher die Gabe, stets auf die Füße zu fallen. Wurde der Kuchen herumgereicht, landete das größte Stück für gewöhnlich auf seinem Teller; dennoch mochte ihn jeder gut leiden.

1917 konnte man vermutlich sogar eine fehlende

Hand als großes Stück des Kuchens betrachten. Smedley war bei einer Granatenexplosion lebendig begraben und rechtzeitig ausgebuddelt worden. Nun war der Krieg für ihn vorbei, und das war alles, was zählte. Ginger behauptete, er hätte Orden in rauhen Mengen, wenngleich Alice ihn nie für einen Helden gehalten hätte. Wieso nur hatte sie diese *dumme, dumme* Bemerkung darüber gemacht? Lebendig begraben!

Kriegsneurotisch oder nicht, es war Julian Smedley gewesen, der Jones und ihr selbst äußerst geschickt diesen Wahnsinn eingeredet hatte. Sie konnte dadurch ihre Arbeit verlieren, obwohl es im Augenblick kein Problem darstellte, Arbeit zu finden. Sogar ins Gefängnis konnte sie dafür wandern, obwohl diese Möglichkeit so unwahrscheinlich war, daß sie Alice kein übermäßiges Kopfzerbrechen bereitete. Sie war nicht die einzige, die in Gefahr schwebte. Sollte etwas schiefgehen, würde die Polizei bestimmt wissen wollen, mit welchem Recht sie sich ein Motorfahrzeug genommen hatte, das D'Arcy Devers gehörte. Die Gefahr war ein handfester Skandal.

Ächzend rollte der Bus fünf Minuten vor drei Uhr in Canterbury ein. Unmittelbar auf der gegenüberliegenden Straßenseite befand sich eine Zweigstelle der Midland Bank. Alice gab Jones ein Zeichen, rannte hinüber und schaffte es gerade noch, einen Scheck einzulösen, bevor die Bank schloß. Bargeld konnte sich als nützlich erweisen.

Danach eröffnete sich ihr die Gelegenheit, sich mit ihrem Mitverschwörer zu unterhalten. Seite an Seite spazierten sie zum Bahnhof. Er wirkte abgehärmt und besorgt. Jones hatte sie zuvor erst einmal getroffen, und nun heckten sie gemeinsam ein gesetzeswidriges

Unterfangen aus. Er wirkte so sehr wie ein typischer, schwerfälliger Lehrer, ein teilnahmsloser Klotz, abgestumpft und gezeichnet von einem Schwall unermüdlicher Jugend nach dem anderen. Offensichtlich stand er kurz vor dem Ruhestand. Womöglich wäre er bereits auf die Altersweide geschickt worden, wäre nicht der Krieg dazwischengekommen, ein tweedtragender Dachs von einem Mann. Alles andere als knuddelig, doch als Verbrecher unvorstellbar.

»Sind wir beide verrückt geworden«, wandte sie sich an ihn, »oder sind wir bloß verhext?«

»Sie haben sich das also auch gefragt? Ich bin zu dem Schluß gekommen, daß es etwas mit dem Krieg zu tun hat. Er beraubt uns all unserer Heucheleien, Schicht um Schicht.«

»Heucheleien?«

»Die Fassade unserer Kultur. Illusionen. Alles, was wir so lange verborgen gehalten haben. Wir betrachten diese jungen Männer, die durch die Hölle gehen, um für eine Sache zu kämpfen, und wir erkennen, daß sie jetzt etwas wissen, das wir nicht wissen. Das Leben und die Jugend scheinen unendlich wertvoller als noch vor drei Jahren. Viele andere Dinge sind alltäglich und bedeutungslos geworden.«

Alice ließ sich den Gedanken durch den Kopf gehen und schloß, daß er tiefgründiger war, als er sich zunächst angehört hatte. Er hatte ein schlechtes Gewissen, dieser Mr. Jones.

»Ich bin Ihnen überaus dankbar und, wie ich zugeben muß, bin ich mehr als nur ein wenig überrascht, daß Sie sich um meines Cousins Willen in so etwas hineinziehen lassen.«

Der Lehrer räusperte sich.

»Ähem ... Ihr Cousin ist ein bewundernswerter

junger Mann. Ich bedaure seine zahlreichen Mißgeschicke außerordentlich. Aber ich wäre unaufrichtig, würde ich nicht zugeben, daß meine Hauptsorge Julian Smedley gilt.«

»Er hat schlimme emotionale Probleme«, meinte sie vorsichtig.

»Er wurde fürchterlich verwundet, sowohl körperlich als auch geistig. Wir Alten, die wir zu Hause geblieben und die Jungen für uns in den Kampf geschickt haben – wir haben gewisse Verpflichtungen. Zumindest sehe ich das so. Und Sie können sich unmöglich den Unterschied zwischen dem Smedley vorstellen, den Sie heute getroffen haben, und dem, den ich letzten Sonntag gesehen habe.«

Sie dachte an die Tränen.

»Besser?«

»Unvergleichlich besser. Die Bemühungen, einem alten Freund zu helfen, wirken wahre Wunder an unserem jungen Helden.«

Deshalb also hatte er sich von Smedley zu all dem überreden lassen! Was würde Smedley wohl denken, wenn er das wüßte? Im Zeugenstand im Gericht am Old Bailey würde eine solche Begründung alles andere als überzeugen. Wie würde Smedley sich verhalten, wenn sie versagten?

»Ich wünschte, er würde nicht mitkommen!« sagte sie. »Würde er nur den Alarm auslösen und bei den anderen bleiben, könnte ihm nichts geschehen.« Doch darauf hatten sie bereits schon hingewiesen, und Smedley hatte trotzdem darauf bestanden, sie zu begleiten.

»Ich bin sicher, er hat seine Gründe. Wir müssen ihm zeigen, daß wir ihm vertrauen. Das ist die beste Behandlung, die er bekommen kann.«

»Sie haben eine höchst löbliche Einstellung«, murmelte Alice. »Hatten Sie je eigene Kinder, Mr. Jones?«

Er antwortete mit einem matten Lachen. »An einen lebenslangen Junggesellen gerichtet, ist das eine äußerst unpassende Frage. Ich könnte wohl banal sein und behaupten, ich hätte Hunderte von Söhnen, aber das entspräche nicht der Wahrheit. Vielleicht fünfundzwanzig, weniger als einer pro Jahr. Ich habe immer gehofft, daß sich zumindest jedes Jahr einer herauskristallisieren würde. Manchmal war es so, manchmal nicht. Selten zwei. Zwei davon sind in diese Sache verwickelt.«

Sie drückte seinen Arm. »Ich hoffe, die beiden wissen Sie zu würdigen.«

»Vielleicht eines Tages. Nicht jetzt.«

Sie bogen in den Bahnhof ein, der besorgniserregend überlaufen war.

»Sie schicken sämtliche Lokomotiven nach Frankreich«, beklagte sich Jones. »Und sogar einige Geleise! Lassen Sie uns einen Blick auf den Fahrplan werfen.«

Laut Fahrplan sollte in fünfzehn Minuten ein Zug kommen. Die Wartehalle war bis zu den Türen voller Menschen, so daß Alice und Jones beschlossen, den Bahnsteig entlangzuschlendern und die Gelegenheit zu nützen, sich zu unterhalten.

»Darf ich mich näher über dieses Automobil erkundigen, Miss Prescott?«

Die Frage schien nur recht und billig.

»Ich habe Ihnen ja gesagt, ich habe den Schlüssel. Der Besitzer des Wagens hätte gewiß nichts dagegen, wenn ich ihn benutze. Er hat mich schon früher mit dem Auto fahren lassen.«

»Und woher wollen Sie wissen, daß es vollgetankt

ist? Woher wollen Sie wissen, daß es in betriebsbereitem Zustand ist?«

Alice seufzte und hoffte, daß es tatsächlich so etwas wie Ehre unter Dieben gab. »Seine Gattin ist eine ziemlich einflußreiche Frau.«

In der Erwartung, erboste Entrüstung zu sehen, warf sie einen Seitenblick auf ihren Gefährten. Doch Jones verstand es, den Kneifer einzusetzen, um seine Augen zu verbergen, und seine Züge verrieten nichts.

»Weiß sie, daß Sie den Schlüssel besitzen?«

»Sie weiß nicht einmal, daß es mich gibt. Soviel ist sicher. Wie Sie wissen, ist es inzwischen gesetzwidrig, Männer im Alter zwischen achtzehn und einundsechzig Jahren in nicht lebensnotwendigen Bereichen zu beschäftigen, und doch hat die Frau immer noch einen Chauffeur. Ich habe keine Ahnung, welche Fäden sie zieht, aber sie zieht zweifellos eine Menge. Zugegeben, sie erfreut sich nicht gerade bester Gesundheit, dennoch finde ich, daß Hauptmann Smedley heute nacht einen größeren Anspruch auf das Fahrzeug hat als sie.«

Abermals ließ Jones sein leises Kichern vernehmen. »Ein Strafverteidiger würde wohl zögern, eine solche Begründung bei Gericht vorzubringen. Und was ist, wenn wir erwischt werden und die Dame es herausfindet?«

Alice zuckte zusammen. »Ich bin sicher, Sie würde keine Anzeige erstatten. Das würde jede Menge Gerede nach sich ziehen.«

Das stimmte ganz und gar nicht. Lady Devers würde es in die ganze Welt hinausposaunen. Sie war eine rachsüchtige, bösartige *Schlampe*. Doch Alice hatte keinesfalls die Absicht, dies Mr. Jones anzuvertrauen. Unanständige Worte bestürzten ihn mehr als

Geständnisse über Ehebruch. Ein Schaffner brüllte: »Zug nach London!« Danach hatten sie keine Gelegenheit mehr, eine ungestörte Unterhaltung zu führen.

Schließlich erreichten sie London. Sie kämpften sich durch den Verkehr, der bereits zu seinem abendlichen Höhepunkt anschwoll, hielten unterwegs an, um für das Abendessen einzukaufen und gelangten endlich in Alices Wohnung.

Wie immer zitterte ihre Hand, als sie die Tür aufsperrte. Die Tagespost lag auf der Fußmatte, wohin sie durch den Briefschlitz gefallen war. Alice hob sie auf und betrachtete die Kuverts. Das, vor dem sie sich fürchtete, war nicht dabei, und sie war dem Ende des Krieges wieder einen Tag näher.

Die offizielle Mitteilung würde natürlich nicht an sie ergehen, sondern an diese Schlampe in Notting Hill, aber D'Arcy hatte seine Schwester ins Vertrauen gezogen, bevor er auf den Kontinent geschickt worden war, und Anabel hatte hoch und heilig versprochen, daß sie Alice benachrichtigen würde, sollte die furchtbare Botschaft je eintreffen. Alice konnte sich einfach nicht dazu durchringen, sich auf diese Vereinbarung zu verlassen. Jeden Tag las sie die Todesanzeigen und Verlustlisten in der *Times,* wenngleich niemand wußte, wie veraltet sie sein mochten. An Sonntagen spazierte sie manchmal nach Notting Hill, schlenderte am Haus vorbei und hielt Ausschau nach zugezogenen Jalousien, die als Zeichen von Trauer galten. So hatte sie auch von dem Chauffeur erfahren.

Alice kochte Tee und bereitete eine karge Mahlzeit zu. Sie schlug Jones vor, ein Nickerchen zu machen, um sich für eine schlaflose Nacht zu wappnen, doch er war zu aufgeregt wegen des bevorstehenden Unterfangens, um sich zu entspannen. Der Lehrer beharrte darauf, daß sie die Stadt vor Einbruch der Dunkelheit verlassen mußten. Er scheute sich davor, bei Verkehr *und* Dunkelheit zu fahren.

Alice zauberte aus dem gräßlichen Brot der Kriegszeit ein paar Sandwiches und zog die wärmsten Tweeds an, die sie besaß. Sie holte den unschätzbaren Schlüssel aus der untersten Schublade und drückte einen Kuß auf D'Arcys Foto. Dann ging sie zurück ins Wohnzimmer, wo sie Jones dösend vor dem Gasofen fand. Mit einem schuldbewußten Ruck blickte er auf.

»Kommt, Herr!« sagte sie. *»Auf müssen wir uns machen zu uns'rer Pilgerfahrt nach Canterbury, wie in alten Tagen. Ihr sollt sein mein kühner, untad'liger Ritter!«*

Hinter dem Kneifer blinzelnd, stemmte er sich aus dem Stuhl. *»Und Ihr, edle Dame? Die Priorin?«*

»Das Weib von Bathe, denk' ich, ist eher mein Part. Soll ich auf dem Weg erzählen eine Mär, uns die Reise zu versüßen?«

Mr. Jones wirkte zutiefst bestürzt darüber, daß sie sogar diese Geschichte kannte.

Abermals machten sie sich auf den Weg durch die Straßen. Zunächst nahmen sie die U-Bahn, dann einen Bus, um nach Notting Hill zu gelangen. Es schien eine äußerst alltägliche Art und Weise, zu einer abenteuerlichen Mission voller Romantik aufzubrechen. Und alle diese langen Meilen mußten sie auf umgekehrtem Weg noch einmal bewältigen.

Die Garage war eine von sechs in einem Gebäude, das bis vor fünf oder sechs Jahren als Stall gedient hatte. Niemand sonst trieb sich auf dem düsteren, kleinen Hof herum. Das Nieseln hatte zwar aufgehört, doch der Himmel blieb grau und regenschwanger.

Der Schlüssel paßte noch. Jones stöhnte vernehmlich auf, als er die Größe des Fahrzeugs sah. Der gewaltige schwarze Drache füllte seinen Abstellplatz nahezu gänzlich aus, so daß kaum genug Platz war, um ihn herumzugehen. Alice war erst zwei- oder dreimal hier gewesen, und sie konnte sich nicht besinnen, weshalb D'Arcy ihr überhaupt den Schlüssel gegeben hatte. Hingegen konnte sie sich an jede einzelne Fahrt erinnern, die sie in dem Wagen genossen hatte – wunderbare, berauschende Reisen aus der Stadt in Begleitung ihres Geliebten, gestohlene Stunden gemeinsamen Glücks.

Jones begutachtete jeden Zoll des Ungetüms. Alice zappelte unruhig herum, da sie fürchtete, ein Nachbar könnte seinen Wagen abstellen und beschließen, die Fremden genauer unter die Lupe zu nehmen, wenngleich die Wahrscheinlichkeit ungleich höher war, daß die Fahrzeuge in den anderen Garagen für die restliche Dauer des Krieges stillgelegt worden waren. Der Hof konnte von angrenzenden Häusern aus eingesehen werden. Würde ein aufmerksamer Bekannter beschließen, Lady Devers anzurufen, um ihr mitzuteilen, daß soeben ihr Wagen gestohlen wurde?

Jones überprüfte mit dem Meßstab den Tank; danach nahm er den ans Trittbrett geketteten Blechkanister in Augenschein. Beides schien voll zu sein, meinte er bedrückt. Vermutlich hatte er auf einen Aufschub in letzter Minute gehofft. Der Ölstand in den Lampen wäre niedrig, erklärte er, und er könne kein Öl zum Nachfüllen finden. Sie müßten irgendwo anhalten und welches kaufen, bevor die Tankstellen schlossen. Das war keine ausreichende Entschuldigung, um das Unterfangen aufzugeben. Im Fond fand Alice eine Autodecke. Sie legte sie sich auf die Knie und ließ sich auf dem Beifahrersitz nieder. Jones drehte die Kurbel. Der Motor sprang auf Anhieb an. Er lenkte den Wagen im Rückwärtsgang aus der Garage und ging zurück, um die Tore zu schließen. Das Abenteuer hatte begonnen.

Irgendwann in den frühen Morgenstunden würde Julian Smedley den Feueralarm in Staffles auslösen. Edward, der das Signal in dieser Nacht noch nicht erwartete, würde von Glocken aus dem Schlaf gerissen werden, die seine Flucht einläuteten ...

Unerlaubter Zug

10

FLUCHT! FLUCHT!

Edward Exeter war aus Susstal entkommen.

Unbeschwert marschierte er dahin, verkrustet von rotem Straßenstaub. Die Stiefel rieben an den Zehen, doch der Schmerz in den Beinen fühlte sich beinahe angenehm an. Der Rothpass galt als einer der einfacheren Gebirgsübergänge der Täler, und mittlerweile führte der Pfad abwärts. Edward setzte die Schritte im Einklang mit Goathoth Hausierer, der ebenfalls unterwegs nach Nagtal war und beim Wandern gern Gesellschaft hatte. Vor den beiden trottete das Lasttier des Hausierers, das Edward zwar nicht vorgestellt worden war, im großen und ganzen aber einem Esel ähnelte, den eine Leguangruppe entworfen haben mochte. Goathoth ließ sich gerade über die Schwangerschaftsprobleme seiner Schwiegertochter aus, und zwar in einem sussischen Akzent, der sich wie ein Messer auf einem Blechteller anhörte. Wie wenig sein junger Freund verstand, blieb Goathoth gänzlich verborgen. An einem so schönen Vormittag störte sich keiner der beiden an Belanglosigkeiten.

»Hm«, meinte der Hausierer, »eine weitere Fehlgeburt. Das war schon die dritte. Ein paar Doppelwochen später sind sie nach – gegangen und haben – ein – geopfert.«

»Eine sehr kluge Entscheidung«, stellte Edward fest.

Zu beiden Seiten ragten schartige Gipfel auf. Gelegentlich führte der Pfad aus dem Wald heraus, so daß sie einen Blick auf die Landschaft vor ihnen erhaschen konnten. Von dieser Höhe aus schien die Welt sich unendlich weit zu erstrecken. Selbstverständlich war Nagtal lediglich ein weiteres Zwischengebirgsbecken. Es wirkte schmaler als Susstal, doch Edward konnte das Ende nicht erkennen; die angrenzenden Gebirgsketten verloren sich in diesigen Fernen.

Er fühlte sich rundum wohl, wenngleich sein Gewissen ihm sagte, daß es verkehrt sei, und daß er sich schämen solle: Edward hatte nämlich die kleine Eleal verraten, die sich seiner angenommen und ihm das Leben gerettet hatte. Tote Freunde und gutmeinende Helfer säumten seinen Weg – Dudelsack, Creighton, Gover, Onica – ganz zu schweigen von einer unbekannten Anzahl hingemetzelter Feinde, von denen er einen höchstpersönlich ins Jenseits befördert hatte.

Von Rechts wegen hätte er in Sussland sterben müssen. Zath hatte dort seiner Ankunft geharrt, die im *Filoby-Testament* vorhergesagt war. Der Gott des Todes postierte seine verheerenden Schnitter, die dann die Falle um den erwarteten Befreier zuschnappen lassen sollten. Julius Creighton und Gover Gesandter mußten ihr Leben lassen, Edward jedoch war entkommen. Später lockten ihn Zaths Schergen in einen weiteren Hinterhalt, und Onica Mason war gestorben; Edward aber schlug ihnen abermals ein Schnippchen und entkam. Tion, der Schutzgott von Suss, ließ ihn laufen. Auch das war nicht zu erwarten gewesen.

Edward selbst hatte herzlich wenig dazu beigetragen, doch er war aus Susstal entkommen und unterwegs nach Hause. In ein paar Wochen würde er wieder in England sein, bereit, für König und Vaterland zu kämpfen – unter einem falschen Namen natürlich, aber noch rechtzeitig, um dabei zu helfen, den preußischen Stier in die Knie zu zwingen. Nebenan würde nur noch eine unfaßbare Erinnerung sein, ein aus seinem Leben gerissener Monat.

Eine Gruppe Pilger ritt den Westhang herauf, in gemächlichem Trab, um die Moas zu schonen. Sie winkten den beiden bergab wandernden Männern fröhlich zu, ohne dabei in ihrer Unterhaltung zu verstummen. Augenscheinlich war ihnen an keinem der beiden etwas Seltsames aufgefallen. Wahrscheinlich hatten sie nicht einmal bemerkt, daß der Jüngere einen ungewöhnlich genauen Blick auf ihre Reittiere warf.

Edward seinerseits verspürte Belustigung darüber, wie mühelos er mittlerweile die Vorstellung von Wesen akzeptierte, die Hufe und Fell besaßen und doch wie Vögel aussahen. In weniger als zwei Wochen hatte er sich an die kleineren Merkwürdigkeiten von Nebenan gewöhnt. Es war ein faszinierender Ort. Vielleicht würde er eines Tages, nach dem Ende des Krieges, versuchen, hierher zurückzukehren, um diese Welt in allen Einzelheiten zu erforschen – oder sogar, um ein, zwei Prophezeiungen zu erfüllen.

»Ha«, verkündete Goathoth triumphierend, »quietschlebendiger Knabe! Hat ihn – genannt, nach seinem –!«

»Die Götter seien gepriesen!«

Von purpurnen und bronzenen Schlingpflanzengewirren im Wald gingen Schwälle beißender Gerüche aus, während kreischende Vögel umherflatterten und -stolzierten – sowohl Feder- als auch Fellvieh, denn Nebenan verfügte über eine große Vielfalt an Zweifüßern.

Nur einmal, in der Nähe des Gipfels, hatte Edward das unheimliche Gefühl von Virtualität verspürt, doch äußerst schwach und ortsgebunden. Dort befand sich ein moosüberwucherter Schrein, eine gewundene Mauer rings um die verwitterte Statue einer Frau, die wohl eine Erscheinungsform von Eltiana, der Hohen Herrin darstellte. Sein Gefährte hatte innegehalten, um ein Gebet zu sprechen; Edward hingegen hatte sich davon ferngehalten, wenngleich er bezweifelte, daß an einem so abgelegenen und kleinen Knoten ein Numina lebte. Sie hatten den Weg ungehindert fortgesetzt.

Am Vortag hatte Edward an einem einsamen Bauernhof in den Bergen Halt gemacht und angeboten, als Gegenleistung für eine Mahlzeit und einen Platz zum Schlafen ein paar Stunden zu arbeiten. Er hackte Holz und molk Ziegen. Dabei holte er sich ein paar Blasen, bekam von den Ziegen ein paar Stöße mit den Hörern ab und fühlte sich pudelwohl. Das Essen war schmackhaft und sättigend, das weiche Heu duftete wunderbar. Die älteste Tochter des Bauern bot ihm mehr als die übliche Gastfreundschaft an und zeigte sich leicht verstimmt darüber, daß ihre Annäherungsversuche abgewiesen wurden; abgesehen davon jedoch waren alle Beteiligten mit der Vereinbarung zufrieden gewesen. Die meisten Probleme beseitigte das Charisma eines Fremden; Jugend und ehrliche Arbeit taten das ihre, um eine ungestörte Rast zu gewährleisten.

Seit seiner Abreise aus Paris hatte er zweifellos ein paar höchst interessante Wochen erlebt.

»– Thargier«, brummte der Hausierer. »Überall in Narshland, wie – um ein sich paarendes –!«

»Gefährlicher Abschaum«, pflichtete Edward ihm bei.

Joalia gegen Thargia war ein weiterer Krieg, aber einer, aus dem er sich heraushalten mußte. Edward war gerade im richtigen Alter, um einen Speer in die Hand gedrückt zu bekommen und zum Heer geschickt zu werden. Er fragte sich, für welche Seite Goathoth wohl spionierte. Bald wurde offensichtlich, daß Goathoth sich mit demselben Problem beschäftigte, denn er begann, eine Reihe von Fragen auf Edward abzufeuern, die ihm die Antworten bereits in den Mund legten.

Oh, diese Versuchung, die Wahrheit zu erzählen! – *Ich bin D'ward, der Befreier, von dem das* Filoby-Testament *vorhersagt, er werde den Tod töten. Ich bin in dieser Welt ein Fremder. Sobald ich nach Sonalby komme, will ich nach einem Vertreter des Dienstes suchen; das ist eine weitere Gruppe Fremder. Sie werden mich nach Hause schicken. In ein paar Doppelwochen bin ich wieder in England. Das ist auf der Erde. Ja, Erde. Nun, bis vor ein paar Wochen hatte ich auch noch nie etwas von Nebenan gehört. Ist jetzt alles klar?*

Das kam natürlich nicht in Frage. Statt dessen erklärte Edward, er wäre ein Wandergelehrter aus Rinooland, ein Tal, das weit genug entfernt lag, um seinen Akzent und seine Unkenntnis der örtlichen Geographie zu begründen.

Joal gegen Tharg war ein Krieg. Doch es gab noch einen anderen, älteren Krieg, aus dem Edward sich ebenfalls heraushalten mußte. So widerwärtig Tion sich auch gezeigt hatte, der Jüngling war nicht ganz so verabscheuungswürdig wie einige der anderen, die man als die Kammer bezeichnete – Zath und seine Verbündeten. Offensichtlich schmiedete Tion Ränke gegen andere Mitglieder des Pentatheon – den Vater, den Mann, die Hohe Herrin, die Jungfrau. Es war das Große Spiel, das die Fremden spielten, um die Langeweile der Unsterblichkeit zu zerstreuen. Die Freizeitbeschäftigungen des Herrn der Kunst mochten wohl abstoßend sein, doch zumindest bediente er sich nicht des Mordes, um Mana zu ernten. Er schien seine Untergebenen einigermaßen in der Hand zu haben. Und er war gewiß kein Mitglied der Kammer, sonst hätte er den Befreier niemals ziehen lassen, um seinem vorhergesagten Schicksal zu begegnen. Mißbilligte er Zaths Tun aus ethischen Gründen oder war er bloß verärgert über den eigenen, verkümmerten Einfluß im Großen Spiel?

Der Kampf zwischen dem Dienst und der Kammer stellte einen dritten Krieg dar. Irgendwo an einem Ort mit dem Spitznamen Olympus trachtete die Vereinigung, die Edward suchte, danach, etwas gegen die erschreckende Ungerechtigkeit einer trügerischen Religion zu unternehmen und einer unterdrückten und unbedarften Bevölkerung die Erleuchtung zu bringen. Es war eine neue Abart der Bürde des Weißen Mannes, wie Kipling es in seinem Gedicht beschrieb. Edwards Vater hatte die Sache befürwortet, und alles, was sein alter Herr unterstützt hatte, verdiente auch die Hingabe des Sohnes.

Doch auch dies war nicht sein Krieg – egal, was das *Testament* prophezeite. Er hatte andernorts Pflichten zu erfüllen, in einem vierten Krieg.

Edward durfte nicht – konnte nicht – hier bleiben und in dieser fremden Welt den Missionar spielen, während seine Freunde für England ihr Leben opferten. In seinem geistigen Ohr hörte er Alices Stimme flüstern: *verträumter, romantischer Idealist!* Edward kicherte. Möge er noch lange einer bleiben!

Eine Biegung eröffnete den Wanderern einen weiteren atemberaubenden Ausblick auf das große Tal vor ihnen, umrahmt von mächtigen Felsrücken. Sonnenlicht spiegelte sich in einem gewundenen Fluß. »Ist das wieder der Suss-Strom?« fragte Edward.

Der Hausierer runzelte die Stirn. »Der Nagstrom.«

Also, das war nun wirklich widersinnig! Der Suss-Strom floß nach Westen. Der Pfad war ihm eine Weile gefolgt, bis er in die Hügel auswich, als die Schlucht zu schmal wurde. Nun traten sowohl der Pfad als auch der Fluß wieder aus dem Gebirge hervor. Es handelte sich unzweifelhaft um denselben Fluß!

Doch anscheinend nicht für Goathoth Hausierer, also mußte jedes Tal einen eigenen Fluß besitzen. Es schien eine merkwürdige Auffassung der Geographie, ein weiterer Stolperstein auf dem Weg zum Verständnis der Sprache – der zahlreichen Sprachen.

»Diese Berge da, wie heißen sie?«

Diesmal verrieten die sonnengeröteten Augen des Hausierers offene Ungläubigkeit. »Nagwand natürlich!«

Edward ließ sich die Antwort ein paar Schritte lang durch den Kopf gehen. Seine nächste Frage unterstrich er mit Gesten. »Nagwand auf dieser Seite. Was für ein Name auf der anderen Seite?«

»Da drüben Joalwand.« Der Hausierer deutete mit dem Stock gen Norden. Dann gen Süden. »Und dort drüben Lemodwand.«

»Und wie heißen sie in der Mitte?«

Der alte Mann schien völlig ratlos. »Von welchem Paß aus gesehen?«

Der Name eines Gebirgszuges hing also davon ab, von wo aus man ihn betrachtete? Wenn man ständig von Bergen umgeben war, hatte man dann womöglich keinen Begriff, um sie einzuteilen, wie ein Fisch inmitten des allgegenwärtigen Meeres? Warum mußte Nebenan nur so verflucht interessant sein?

Es war später Nachmittag, als Edward hinkend Sonalby erreichte. Seine Füße und Beine schmerzten, und Nebenan erschien ihm nicht mehr ganz so fesselnd wie noch am Vormittag. Der Hausierer hatte an einem abgelegenen Bauernhof angehalten, um Handel zu treiben, und Edward die letzten paar Stunden allein weiterwandern lassen.

Nagtal war anders. Während Susstal einem üppigen Tropengebiet glich, in dem sich von einer Gebirgswand zur anderen Bauernhöfe und Obstgärten erstreckten, präsentierte sich das Flachland hier als Halbwüste. Die Wiesen waren struppig und abgegrast; Bäume waren selten und dornig. Weit und breit waren weder Hecken noch Zäune zu sehen; die Häuser reihten sich zu kleinen, weit verstreuten Siedlungen aneinander, die Edward für Gehöfte hielt. Der Viehbestand setzte sich aus hochaufgeschossenen, fellosen Tieren zusammen, kantig wie Kamele ohne Höcker. Die Männchen trugen kunstvoll verzweigte Geweihe und mochten unter Umständen gefährlich sein. Edward war froh, daß sich keines der Tiere der Straße näherte.

Die Hirten waren durchwegs erwachsene Männer mit Speeren und runden Schilden. Viele von ihnen saßen auf Moas oder hatten in der Nähe Moas angebunden. Edward fragte sich, ob die Waffen als Schutz gegen die männlichen Tiere oder gegen Jäger dienten, und ob diese Jäger vier oder zwei Beine hatten.

Sonalby war größer als alle Dörfer, die er in Susstal gesehen hatte, wenngleich es kleiner war als Suss selbst. Weder eine Mauer noch eine Palisade umgab die Ansiedlung, was entweder bedeutete, daß Nagland ein friedlicher Ort war, oder daß die Bewohner sich für die Verteidigung auf ihre Waffen verließen.

Das Dorf erstreckte sich mehr als eine Meile weit am Ufer eines breiten, schilfgesäumten Flusses entlang, der zweifellos sowohl Baumaterial als auch Trinkwasser lieferte. Die Häuser bestanden aus Weidengeflechtwänden und Reetdächern. Keines ragte höher als ein Geschoß auf. Und es gab keine bestimmte Ordnung, keine Straßen.

Edward fühlte sich völlig ausgedörrt, fußwund und hungrig. Zuallererst wollte er Kalmak Zimmermann ausfindig machen und die Hilfe des Dienstes in Anspruch nehmen. Onica war leider gestorben und konnte Olympus nicht mehr benachrichtigen, also mußte er sich etwas einfallen lassen. Kalmak selbst war lediglich ein Einheimischer, kein Fremder, doch er würde das Losungswort erkennen und Edward den Weg nach Hause weisen.

Nagtal erinnerte eher an Kenia als an England. Von der Straße her hatte Edward die Nagier nur aus der Ferne erspäht, doch während er sich der Dorfmitte näherte, erhaschte er nach und nach eingehendere Blicke auf sie. Die Menschen besaßen in etwa die Hautfarbe sonnengebräunter Iberer oder Italiener. Die meisten waren hager und wettergegerbt, mit dunklem Haar und langen, ungestutzten Bärten. Er sah, daß beide Geschlechter entweder Lederkilte oder Lendenschurze trugen, und er ertappte sich dabei, daß er sie unwillkürlich als Wilde einstufte. Diese Erkenntnis ärgerte ihn. Ihre Lebensweise schien dem Klima bestens angepaßt. Nichts sprach dagegen, daß diese Menschen womöglich eine hochentwickelte Literatur und Kultur besaßen, wenngleich Eleal nie erwähnt hatte, daß die Truppe je in Nagland auftrat.

Während seiner Kindheit in Afrika waren barbrüstig umherlaufende Frauen für Edward ziemlich alltäglich gewesen. Nun fand er sie wesentlich aufsehenerregender.

Das Dorf besaß weder eine Mauer noch eine Umzäunung, ja, nicht einmal eine erkennbare Grenze. Edward marschierte an den ersten Häusern vorbei, ohne von irgend jemandem angesprochen zu werden. Zu seiner Linken stampfte eine Gruppe Frauen Mehl, zu seiner Rechten übten sich junge Männer im Speerwerfen. Weder die einen noch die anderen sahen besonders vielversprechend aus – noch zeigten sie besonderes Interesse an ihm, wenngleich ihn sein sussischer Kittel eindeutig als Fremden brandmarkte. Edwards Haar war so schwarz wie das ihre, doch er bezweifelte, daß irgendeiner von ihnen blaue Augen besaß. Er hatte bereits beschlossen, noch ein Stückchen weiter zu gehen, als er aus der Mitte der Stadt fernes Gebrüll vernahm.

Die Krieger hielten im Speerwerfen inne. Die Frauen schauten auf.

Dann ergriffen die Männer ihre Speere und rannten los. Die Frauen erhoben sich, sammelten rasch ihre kleinen Kinder ein und folgten den Männern.

So wie Edward. Verbissen zwang er seine blasenübersäten Füße, schneller zu laufen und eilte hinter ihnen her. Bald wurde das Gebrüll lauter; er sah weitere rennende Menschen. Irgend etwas Bedeutendes schien sich soeben zu ereignen. Vermutlich betraf es ihn in keiner Weise, doch wenn alle dort waren, sollte er besser auch dabei sein. Ein Fremder, den man dabei erwischte, wie er um verlassene Häuser schlich, würde gewiß böser Absichten verdächtigt.

Edward erblickte Rauch. Eines der Häuser brannte, was in einem Dorf dieser Bauweise keine Seltenheit sein konnte. Die Häuser standen ein gutes Stück voneinander entfernt, zweifellos aus eben diesem Grund. Da es keine richtigen Straßen gab, eilten die Leute mehr oder weniger unmittelbar auf das Geschehen zu. Edward folgte dem Strom, bis er die versammelte Menschenmenge erreichte. Auf Zehenspitzen spähte er über Köpfe hinweg. Die Hälfte des Gebäudes war bereits von roten, himmelwärts lodernden Flammen aufgefressen. Durch ein Fenster sah er ins Innere des Hauses, das an einen glühenden Hochofen erinnerte. Sogar auf die Entfernung spürte er die Hitze im Gesicht.

Außerdem spürte er, daß etwas fehlte. So seltsam die Sprache auch sein mochte, er erkannte den Tonfall des Gebrülls. Eigentlich sollte es Heulen und Wehklagen ausdrücken, aber das war nicht der Fall. Statt dessen hörte er Jubel und Zorn. Dies war ein Mob. Irgend jemand steckte in Schwierigkeiten, und Edward hätte zehn zu eins gewettet, daß dieses Haus absichtlich in Brand gesteckt worden war.

Bald entdeckte er den Mittelpunkt des Tumults, die für den Aufruhr verantwortlichen Männer. Ihre grünen Roben, die rasierten Köpfe und Gesichter – all das bestätigte, daß es sich um Priester handelte. Sie predigten der Menge, stachelten sie zu immer wilderer Wut an.

Edward spürte ein Prickeln auf der Haut. Für einen Außenseiter war in einer häßlichen Sache wie dieser kein Platz. Ein Mob war launenhaft. Zudem war Grün die Farbe Karzons, des Mannes, einer der Fünf. Gemeinhin galt Zath als Avatara des Mannes, doch in Zaths Fall war der Vasall der Stärkere der beiden. Zath gehörte auf jeden Fall zur Kammer, und Edward mußte davon ausgehen, daß dies auch auf Karzon zutraf. Deshalb konnte diese Angelegenheit Edward durchaus betreffen, und je schneller er sich rar machte, desto besser.

Er wich einen Schritt zurück, dann hielt er inne, als die Menge aufheulte – ein gieriges, tierähnliches Geräusch. Vier Männer traten vor, die einen fünften mit dem Gesicht nach unten zwischen sich trugen. Die Priester brüllten irgend etwas. Abermals heulte die Menge auf.

Dann stürmte die Lynchgruppe auf das lodernde Haus zu; zwei Männer hielten das Opfer an den Knöcheln, zwei an den Handgelenken. Gleichzeitig holten sie Schwung, dann schleuderten sie den Verdammten durch die Tür. Hastig wichen sie vor der Hitze zurück. Der Mann in der Feuersbrunst kreischte gellend auf. Entsetzt, hilflos beobachtete Edward das Geschehen. Er vermeinte zu sehen, wie sich der arme, bereits in Flammen stehende Teufel auf die Füße rappelte, dann aber sogleich stolperte und zusammenbrach. Ein letzter Schrei ertönte; dann waren nur noch das Brüllen des Feuers und das Heulen des Mobs zu vernehmen.

»Karzon!« schrie die Menge. »Krobidirkin Karzon! Karzon Krobidirkin!«

Die Priester gaben ein Zeichen, und das Henkerskommando trat neuerlich vor. Diesmal trugen sie eine Frau.

Edward bahnte sich mit den Ellbogen einen Weg durch die Menschenmasse. Er war ein Fremder, er besaß Charisma; vielleicht konnte er etwas tun. Doch er kam zu spät. Angewidert wandte er sich ab, hörte das lüsterne Johlen der Menge und den gräßlichen, lang anhaltenden Todesschrei der Frau.

Neben ihm stand ein greiser Mann. Der ergraute Bart hing ihm bis zur Hüfte, dennoch verbarg er nicht die alten Ritualnarben auf der dürren Brust. Das runzlige Antlitz über dem Bart war mit einem verworrenen Muster bemalt, größtenteils in Weiß, in geringerem Maße aber auch in den anderen heiligen Farben. Der Alte grinste und rieb mit den Händen über den Lederrock.

»Was haben sie getan?« fragte Edward auf Joalisch. »Was ist ihr Verbrechen?«

Verwaschene Augen musterten den Fremden mißtrauisch. Dann entblößte der Greis die Zähne und brüllte eine Reihe Wörter.

Edward verstand kaum etwas von der Erklärung, lediglich einen Namen: Kalmak. Wieder heulte die Menge auf, und Edward blickte sich um. Er erhaschte einen flüchtigen Blick auf einen halbwüchsigen, durch die Luft wirbelnden Jungen, der seinen Eltern auf den Scheiterhaufen folgte.

Also hatten die Priester Karzons sich soeben um Kalmak gekümmert. Wodurch sie gleichzeitig Edwards einzige Spur zum Dienst ausgelöscht hatten. Und ohne die Hilfe des Dienstes konnte er nicht auf die Erde zurückkehren.

Kein Entrinnen! Kein Entrinnen!

Er war auf Nebenan gefangen, ohne jede Möglichkeit zur Flucht.

Bestürzt beobachtete er, wie all seine Hoffnung in Flammen aufging.

Was war das für ein verfluchter Lärm? Er lag in einem Bett. Eine schrillende Glocke? Ein Feueralarm. Nicht mehr auf Nebenan. Die Augen vom Schlaf verkrustet, der Kopf bleischwer. Zurück auf der Erde, in England. Träumend von drei Jahre zurückliegenden Ereignissen. Smedley hatte den Feueralarm ausgelöst, um ihm bei der Flucht aus Staffles zu helfen ...

11

Wieder hatte sich Julian Smedley seiner Schlaftablette entledigt. Wieder mühte er sich damit ab, die Füße in bereits geschnürte Schuhe zu quetschen. Diesmal hatte er über der Zivilkleidung seinen Überzieher angelegt – kein Veteran vergaß je seinen Überzieher. Er hatte beobachtet, wo Rattray seine Uniform verstaute. Mit einem gestohlenen Bündel unter dem verstümmelten Arm schlich er hinaus auf den düsteren, stillen Korridor.

Der Feueralarm befand sich unmittelbar neben der Badezimmertür – eine wahrhaft segensreiche Fügung, denn Smedleys Tun würde ziemlich schnell Wirkung zeigen, und er wollte keinesfalls auf frischer Tat ertappt werden. Einen Augenblick hielt er mit pochendem Herzen inne und fragte sich zum tausendstenmal, ob sein Plan womöglich einen verhängnisvollen Fehler enthielt. Angenommen, es geschah gar nichts?

Zum Angriff! dachte er und zog den Hebel. Lärm toste durch das stille Herrenhaus, lauter als der Kanonendonner, der den Beginn bedeutender Schlachten verkündete. Smedley drehte den Türknauf in die falsche Richtung und verspürte erste Anzeichen von Panik; um ein Haar stürzte er ins Badezimmer – natürlich hätte er die Tür schon vorher öffnen sollen –, dann zählte er bis zehn und verließ es wieder. Aus anderen Türen strömten weitere Männer, Krankenschwestern schwirrten wie Motten umher, blendend helles Licht flammte auf.

Eigentlich hatte er erwartet, als erster die Treppe hinunter zu sein, doch vor ihm wankten bereits mehrere Männer in der benommenen Weise soeben Erwachter. Vielleicht fluchten sie, doch das Schrillen der Glocken übertönte alles andere. Immer mehr Leute strömten bereits hinaus in die frostige Nacht, manche auf Krücken, manche halfen den Versehrten. So wie er hatten viele daran gedacht, den Überzieher anzulegen. Dann war er draußen auf dem Rasen.

Sein erster Fehler! Er hatte Dunkelheit erwartet; statt dessen flutete aus jedem Fenster Licht – soviel zu Vorschriften! Der Himmel präsentierte sich nahezu wolkenlos, und ein drei Viertel voller Mond verwandelte die Umgebung in ein silbriges Relief. Seine Gefährten hatten innegehalten, um wütend vor sich hin murmelnd die Lage abzuschätzen. Smedley drängte sich an ihnen vorbei und lief weiter, um den Westflügel und das große Treibhaus herum, an den Schuppen vorbei, dann durch den Rosengarten und einen schmalen Torbogen in den Hof.

Zweiter Fehler! Der Hof war bereits voller Menschen, und weitere strömten zur Küchentür heraus. Das hätte er vorhersehen müssen! Und das Licht würde es unmöglich gestalten, unbeobachtet über die Mauer zu klettern. Zum Kuckuck! Ruhig bleiben! Es war immer noch zu schaffen. Er mußte nur kühlen Kopf bewahren.

Ein wichtigtuerischer Offizier begann zu brüllen und befahl alle in den Garten. Der Hof befand sich zu nahe am Haus.

Hervorragend! Smedley wich zurück, stellte sich an die Mauer neben dem Torbogen und betrachtete die an ihm vorbeiziehenden Gesichter – fahle Schemen, doch er konnte sich die wütenden, unrasierten Züge, das zerzauste Haar gut vorstellen. Vor Kälte zitternde Männer in Pyjamas. Wenn sie wüßten, wer sie aus dem Schlaf gerissen hatte, würden sie ihn lynchen. Und drinnen noch die ans Bett Gefesselten, die Krüppel, die Verrückten …

Wo steckte bloß Exeter? Konnte er etwa schon über die Mauer gesprungen und losgerannt sein? Doch gewiß nicht, ohne einen Riesenwirbel zu verursachen, oder? Hatte ihn eine Wache erwischt? Sollte Stringer berichtet haben, daß der Simulant einen Ausbruch vorbereitete, war alles möglich.

Dann erspähte er einen der größeren …

»Exe … äh, *Edward!*«

Exeter löste sich aus der Menge und packte Smedleys Schulter.

»Wohin?«

»Da lang.«

Sie liefen die Mauer entlang; dann hechtete Smedley ins Gebüsch. Hinter sich vernahm er das Knacken von Zweigen. Weiter entfernt brüllte eine Stimme: »He da!« Er hastete weiter. Zweige kratzten und schabten ihm übers Gesicht und zerrten an seinen Kleidern. Weitere Rufe blieben aus.

Das Buschwerk bot keinen Halt, sondern stellte lediglich ein Hindernis dar. Dann endete es. Vor ihnen erstreckte sich ein Rasen, auf dem Männer standen, obschon nicht in der Nähe der Mauer. Gewiß schauten sie alle zum Haus, nicht in die Nacht hinaus, oder?

»Das muß reichen!« Smedley keuchte. »Da oben liegen Glasscherben. Schaffst du das?« Er warf seinem Gefährten Rattrays Uniform zu.

Exeter wog die Höhe ab. »Ich glaube schon. Danke, Alter! Bist ein Pfundskerl. Das werd' ich dir nie vergessen.« Er wählte eine Stelle, an der keine Zweige wucherten, und schwang die Uniform hinauf, um die Scherben abzudecken.

»Warte! Ich komme mit.«

Exeter wandte sich um und starrte ihn an. »Warum?«

»Einfach so. Verschleuder jetzt keine Zeit mit Streiten. Ich brauch' ein hilfreich Händchen.«

Sehr witzig, ha ha.

»Sei kein Idiot! Es gibt nichts, was dich mit der ganzen Sache in Verbindung bringen könnte. Steck den Hals doch nicht freiwillig in die Schlinge!«

»Ich will mitkommen!«

Exeter stemmte die Fäuste in die Hüften. »Was hast du vor?«

»Nebenan. Du gehst doch nach dort zurück, oder? Nimm mich mit!«

»Nein, ich gehe nicht zurück! Keine Ahnung, ob ich es überhaupt könnte, selbst wenn ich wollte. Ich weiß nicht, wie man sich mit dem Hauptamt in Verbindung setzt. Und ich bin gar nicht sicher, ob du mit nur einer Hand hinüberreisen könntest. Nein. Du bleibst hier.«

Sie vergeudeten wertvolle Sekunden. Das war Wahnsinn.

»Exeter!« Smedley hörte, wie seine Stimme kippte. Er fühlte, wie sein Gesicht zu zucken begann. »Bitte!«

»Hör zu, es ist völlig unnötig, daß du dich da mit aller Gewalt hineinbugsierst. Ich melde mich später bei dir. Wohnen deine Leute immer noch in Chichester? Gehst du dorthin zurück?«

»Die Bullen!« preßte Smedley erstickt hervor. »Sie werden mich beobachten!« Er schluchzte bereits. Mußte er jetzt auch noch betteln? Mußte er erklären, daß er den Verstand verlieren würde, wenn sie ihn einsperrten? »Bitte, Exeter! Sie werden mich ausquetschen. Ich würde die anderen verraten! Ginger Jones! Um Himmels willen ...«

»Schon gut, schon gut!« Exeter bückte sich und bildete mit den Händen eine Räuberleiter.

Smedley stellte einen Fuß darauf und stieß sich ab. Er warf die Arme über die Mauer und hörte Glas knacken, spürte Schmerz. Dann schwang er ein Bein hinauf, schlug sich den Stumpf an, wand sich wild hin und her und kippte über den Rand. Feuer schoß durch sein Bein, als es über die Mauerkrone glitt. Er landete hart im Grasstreifen auf der anderen Seite. Der Aufprall preßte ihm alle Luft aus den Lungen. Herr im Himmel!

Sein ganzer Körper schmerzte. Ihm war übel.

Exeter landete fluchend neben ihm und zerrte ihn auf die Beine. Dann versuchte er, die Uniform von der Mauer zu ziehen. Ein lautes Reißgeräusch ertönte.

»Das war's dann wohl! Laß sie. Komm schon!«

Gemeinsam rannten sie unter Baumästen durch tiefe Schwärze die Straße entlang. Smedley spürte heißes Blut am Knöchel. Er taumelte und stolperte; Exeter stützte ihn im Laufen. Die Straße war schlammig und holprig.

»Wenn der Wagen nicht da ist, sehen wir ganz schön alt aus«, meinte Exeter.

Smedley versuchte, ihm von der verborgenen Einfahrt zu erzählen, doch ihm fehlte der Atem. Er hätte früher an die Scherben auf der Mauer denken und neben Rattrays Uniform auch seine eigene mitnehmen sollen. Oder einen zweiten Überzieher. Im Pyjama hätte Exeter einiges zu erklären, sollten sie irgend jemandem begegnen. Vor ihnen dämmerten zwei orangefarbene Monde, spiegelten sich in Pfützen wider und warfen ein unstetes Licht auf die Hecken.

»Da kommt jemand!« rief Exeter. »Schnell, in den Straßengraben!«

»Nein! Das ist ... Ginger ...« Gewiß hatte er gesehen, wie die Lichter in Staffles aufflammten.

»Das Ding ist zu groß für das Gefährt!«

Smedley stieß einen keuchenden Laut der Verneinung aus. Wasser spritzte auf, als der Wagen an ihnen vorbeijagte und dann anhielt. Eine Tür schwang auf, und Alices Stimme rief: »Edward!«

Smedley hätte so schlau sein sollen, vorne einzusteigen, neben Ginger. Hinten war zwar an sich genug Platz, doch die beiden anderen stürzten förmlich in den Wagen, fielen einander in die Arme und auf Smedley drauf, alles gleichzeitig. Noch bevor die Tür krachend zuflog, war er in einem wilden Wirrwarr gefangen.

Als er sich endlich zum Rand durchgekämpft hatte, war der große Wagen bereits an Staffles vorbeigerauscht und jagte gnadenlos über die dunkle Fahrbahn. Mit einem zittrigen Gefühl der Erleichterung sank Smedley zurück. Geschafft! Sie hatten es geschafft! Exeter bedankte sich überschwenglich bei Alice und Ginger. Der alte Mann kam mit dem Fahren ziemlich gut zurecht. Jetzt brauchten sie nur noch einen Reifenplatzer.

Miss Prescott bettete Smedleys Gesicht in beide Hände und küßte ihn, als wäre es ihr ein inniges Bedürfnis.

»Gut gemacht!« rief sie, wobei ihre Stimme sich höchst bewegt anhörte.

»War mir ein Vergnügen, Ma'am. Aber ich sollte euch wohl warnen, daß ...«

»Was?«

»Nichts.«

Wie ein abgestochenes Schwein blutete er das schöne Automobil voll. Aber sie hatten kein Licht, folglich mußte das Problem warten. Gewiß würde der rote Strom bald versiegen.

»Ja, gut gemacht«, meinte Exeter von der anderen Seite her. »Hat jemand was dagegen, wenn ich mich in die Decke da wickle?« Seine Zähne klapperten.

Alice quiekte mütterlich und half ihm. Smedley spielte mit dem Gedanken, seinen Überzieher anzubieten, doch dies schien gewaltiger Anstrengung zu bedürfen.

»Eine Kreuzung! Wohin?« rief Ginger.

»Nach links«, gab Smedley zurück, und sie jagten durch das Dorf.

»Was ist denn mit den Straßenlaternen?« fragte Exeter und spähte nach hinten.

»Verdunklung«, antwortete Alice. »Die Lampen sind angemalt, so daß sie das Licht nur nach unten werfen ... wegen der deutschen Flugzeuge.«

Einen Augenblick herrschte Schweigen, dann meinte Exeter ungläubig: »Sie werfen Bomben ab?«

»Auf London schon. Früher haben die Deutschen dafür Zeppeline verwendet. Luftschiffe. Dann aber haben wir die Dinger abgeschossen, deshalb setzen sie jetzt Flugzeuge ein. Große Maschinen mit vier oder fünf Motoren.«

»Bomben? Auf *Zivilisten?* Frauen und Kinder?«

»Ja. Und jetzt erzählst du mir haarklein, wo du die letzten drei Jahre gewesen bist, kleiner Cousin, weil ich ...«

»Nein! Zuerst erzählst du mir alles über diesen Krieg!«

»Du – du warst wirklich fort? Du weißt es nicht?«

»Ich weiß überhaupt nichts, abgesehen von dem,

was ich aufgeschnappt habe, als niemand dachte, daß ich zuhöre. Und ich habe einen kleinen Teil eines Schlachtfelds gesehen. Ich dachte, ich wäre gestorben und in der Hölle gelandet. Nach drei Jahren dauert der Krieg immer noch an? Ich hätte niemals gedacht, daß es so kommen würde!«

»Niemand hätte das gedacht! Es wurde alles viel schlimmer, als jemand sich vorgestellen konnte.«

Smedley versuchte, sich an den Weg zu erinnern, falls Ginger Anweisungen benötigte. Er hörte nur mit halbem Ohr zu, als Alice vom Krieg erzählte – von Flugzeugen, U-Booten und Schützengräben, von der Absetzung des Zaren und dem Kriegseintritt der Amis. Statt dessen betastete Smedley sein Bein und stellte fest, daß Hosenbein und Socke blutdurchtränkt waren. Er hatte sich die Wade an zwei Stellen aufgeschlitzt. Das Blut fühlte sich klebrig an, doch er glaubte, daß es mehr oder weniger zu fließen aufgehört hatte. Ein gräßliches Pochen durchzuckte die Wunde. Unglücklicherweise handelte es sich um das rechte Bein, an das er nur schwer herankam.

Ein Lastwagen rollte in entgegengesetzter Richtung an ihnen vorbei, und Smedley erkannte, daß sie sich mittlerweile auf einer Hauptstraße befanden. Wenn sie schon nicht nach Canterbury führte, irgendwohin führte sie auf jeden Fall. Jede Meile ließ ihr Entkommen wahrscheinlicher werden, solange sie nicht ausgerechnet in Dover landeten. Er zitterte immer noch vor Aufregung.

»Sprich lauter!« rief Ginger über die Schulter zurück.

»Tut mir leid«, sagte Exeter. Er hatte inzwischen begonnen, seine Geschichte zu erzählen. »Ich war auf einer anderen Welt. Könnt ihr das glauben?«

»Wir werden's versuchen«, erwiderte Alice. »Wie bist du aus dem Krankenhaus in Greyfriars rausgekommen?«

»Ich hatte übernatürliche Hilfe. Nennen wir ihn Mr. Goodfellow. Seinen richtigen Namen kenne ich nicht. Vermutlich weiß er ihn selbst nicht mehr.«

»Hat er dich unsichtbar gemacht? Niemand hat dich gesehen.«

»Ich habe auch niemanden gesehen. Ich bin einfach auf Krücken rausgehumpelt. Dann haben wir einen Mann namens Creighton getroffen. Oberst Julius Creighton. Er sagte, er hätte uns mal in Nyagatha besucht. Erinnerst du dich an ihn?«

»Kann ich nicht behaupten.«

»Mittelgroß ... Na, egal. Er gehörte zum Dienst. Genau wie mein alter Herr.«

Es fühlte sich seltsam an, diese altvertraute Stimme zu hören, die sie überall wiedererkannt hätte. Jene sachlichen, ruhigen Töne in der Dunkelheit, die Erinnerungen aufkeimen ließen, unzählige Erinnerungen.

»Nein, nicht das Kolonialamt. Das ist ein völlig anderer Dienst. Eigentlich gibt es zwei Dienste. Den auf dieser Welt nennen wir Hauptamt, aber er hat keine Befehlsgewalt über den Dienst auf Nebenan. Die beiden sind eher Verbündete, stecken irgendwie unter einer Decke. Dienst und Hauptamt sind die Guten. Dann gibt es auch noch die Bösen, auf Nebenan in Form der Kammer, hier in Form der Quälgeister. Über die hiesigen weiß ich herzlich wenig, nur daß sie sehr viel mit dem Ausbruch dieses fürchterlichen Krieges zu tun hatten. Mr. Goodfellow hat uns zu seinem, äh, Wohnsitz gebracht und mein Bein geheilt.«

»Mit einem Fingerschnippen?«

»So ähnlich. Ja. Dann sind Creighton und ich nach Wiltshire runtergefahren. Dort gibt es ein Portal, ein magisches Tor, durch das wir nach Nebenan gereist sind. Das Dumme war nur, daß uns auf der anderen Seite die Bösen aufgelauert haben, und Creighton wurde getötet. Da war ich nun – gestrandet. Festgefahren. An Land gespült. Robinson Crusoe.«

Ginger folgte einem Lastwagen. Die stärkeren Scheinwerfer des Gefährts leuchteten die Straße hell aus, und sie rollten gleichmäßig mit mindestens dreißig Meilen die Stunde dahin.

»Ich wollte wirklich zurückkommen und meine Pflicht im Krieg erfüllen«, fuhr Exeter fort. »Aber die einzige Möglichkeit zur Rückkehr bestand darin, den Dienst zu finden, und ich hatte keine Ahnung, wie ich das anstellen sollte. Zuerst dachte ich, ich hätte eine Spur, aber die hat sich im Sand verlaufen. Als ich endlich Verbindung mit dem Dienst aufnehmen konnte, waren die ziemlich zögerlich, mir zu helfen. Drei Jahre hat es gedauert. Ihr müßt wissen, es gibt eine Prophezeiung über mich.«

Mittlerweile fuhren sie an Häusern vorbei. Vielleicht war dies bereits Canterbury. Smedley fühlte sich benommen. Möglicherweise hatte er sich den Kopf angeschlagen, als er von der Mauer fiel. Vielleicht machte ihm Schlafmangel zu schaffen. Von nun an würde es keine Krankenschwestern mehr geben, die ihn jeden Abend mit Tabletten versorgten, also würde er in Zukunft wohl wenig schlafen. Dennoch verspürte er eindeutig ein seltsames Kribbeln im Kopf.

Der Wagen ruckelte und stotterte, dann schnurrte er wieder.

Alice: »Was war das?«

Jones: »Keine Ahnung.«

Wahrscheinlich Schmutz im Benzin. Sollte der Wagen eine Panne haben, wäre die Henne zwischen den Füchsen ausgesetzt ... Exeter im Nachtgewand ... Smedley blutüberströmt ... sogar ein Busschaffner von bescheidener Intelligenz wäre angesichts solcher Umstände wohl argwöhnisch genug, um Alarm zu schlagen.

»Man reist hinüber«, erklärte Exeter, »indem man einen Tanz aufführt, eine bestimmte Mischung aus Gesang, Rhythmus und Worten, an einem bestimmten Ort. Ich glaube, früher ist so etwas ziemlich häufig vorgekommen, denn die Knoten sind sehr oft heilige Orte. Kennt ihr dieses Gefühl der *Ehrfurcht,* das man in alten Kirchen empfindet? Was man dort spürt, bezeichnet der Dienst als ›Virtualität‹, obwohl keiner weiß, was das eigentlich ist. Einfach ausgedrückt bedeutet es also, daß der Schamane, wenn er den Stamm zum heiligen Gehopse zusammengetrommelt hat, dies auf einem Knoten tat. Und wenn der Ablauf gut war, spürten sie diese Virtualität stärker. Warum, glaubt ihr, singen die Leute in Kirchen? Ich nehme an, die Schamanen haben an dem Ritual herumgedoktert, indem sie verschiedene Worte und Bewegungsabläufe ausprobiert haben, um das Gefühl dieser Heiligkeit – oder wofür sie es auch gehalten haben – zu steigern. Und eines Tages – wahrscheinlich eher eines Nachts – hatte jemand die richtige Mischung gefunden und *puff!,* waren Clarence und Euphemia verschwunden. Großes Lob dem Schamanen. Nächsten Donnerstag wieder.«

Abermals stotterte der Motor, zweimal, dann verfiel er wieder in sein tiefes Brummen. Alle schwiegen, doch nichts geschah. Ruckartig riß Smedley den Kopf hoch. Er schien in den Schlaf zu gleiten. Das Pochen im Bein hatte aufgehört. Genaugenommen fühlte das Bein sich taub an. Fühlten Beine sich immer taub an?

»... setzten sich selbst als Götter ein«, sagte Exeter in weiter Ferne. »Ich vermute, viele der alten Mythen hängen mit Fremden von Nebenan oder einer der anderen Welten zusammen: Herkules, Apollo, Prometheus. Und auf Nebenan stammen die Fremden entweder von hier oder von anderen Welten. Je mehr Huldigung ihnen zuteil wird, desto stärker werden sie. Je stärker sie werden, desto mehr Huldigung können sie verlangen.«

»Vollkommene Macht korrumpiert vollkommen«, murmelte Alice.

»Zweifellos. Auf Nebenan ... Nun, eigentlich heißt das Gebiet, das ich kenne, die Täler. Es ist kaum größer als England, und ich habe noch nicht einmal alle Täler gesehen. Es gibt auf dieser Welt also ziemlich viel, worüber ich rein gar nichts weiß. Aber in den Tälern gibt es fünf oder sechs federführende Götter. Na ja, sie bezeichnen sich als Götter, aber eigentlich sind sie bloß Magier.«

Oh, das macht die Dinge natürlich wesentlich glaubhafter, dachte Smedley benommen.

»Jeder hat ein Gefolge niedrigerer Götter. Einige davon sind ziemlich fiese Kerle. Der Dienst nennt sie die Kammer des Schreckens – das ist die Bande, die mich wegen der Prophezeiung töten will. Der schlimmste von allen ist Zath, der sich als Gott des Todes bezeichnet.« Exeter hielt einen Augenblick inne. »Ich weiß, das muß sich ziemlich gewagt anhören, aber es war die Kammer, die das Massaker in Nyagatha ausgelöst hat.«

»Es hört sich tatsächlich gewagt an«, bestätigte Alice, »aber erzähl ruhig weiter.«

»Weißt du, wann mein alter Herr geboren wurde?«

»Ja. Roly hat es mir gesagt. Er sah zweifellos jünger aus, als er war.«

»Weil er etwa dreißig Jahre auf Nebenan verbracht hatte. Man nimmt unwillkürlich Mana auf ... Mein Vater hat dabei geholfen, dort den Dienst zu gründen. Dann hat Zath versucht, ihn zu töten, was jedoch mißlang. Dadurch kam die Prophezeiung ans Tageslicht. Diese Prophezeiung besagte, daß Cameron Exeter einen Sohn zeugen würde, eine Art Messias, der den Tod töten würde. Der Großteil des Textes ist ziemlich verworren, aber der Teil ist unmißverständlich.«

Wieder stotterte der Motor.

Als nichts weiter geschah, fuhr Exeter fort. »Zath hatte meinen alten Herr also im Visier. Und der ging zur Erde. Das sollte eigentlich ein Witz sein.«

»Ich schätze, du bist aus der Übung. Erzähl weiter.«

»Tja, das Ganze war äußerst ironisch. Zath wollte verhindern, daß ich geboren wurde, doch der Versuch hat meinen alten Herrn nach Hause getrieben – nach Hause auf die Erde –, und so ziemlich das erste, was er dort tat, war, meine Mutter kennenzulernen. Die beiden verliebten sich und schwuppdiwupp, da war ich. Solche Dinge geschehen nun mal.

Hätte Zath doch nur gewußt, daß auch mein alter Herr kein Freund der Prophezeiung war, weil sie zu allen möglichen schlimmen Verwicklungen führt. Also wollten beide Seiten dieser Partie die Kette durchbrechen! Mein Vater dachte, es würde genügen, wenn er bis nach dem vorhergesagten Datum, nach unserer Zeitrechnung August 1914, außer Reichweite der Kammer bliebe und Baby Exeter, also mich, daran hinderte, hinüberzureisen. Damit wäre die Kette durchbrochen gewesen, und alles andere hätte seine

Gültigkeit verloren. Das Hauptamt hat ihn ins Kolonialamt geschleust und nach Nyagatha versetzen lassen ...«

Fortwährend verhallte seine Stimme und schwoll wieder an. Smedley hatte alle Lider voll zu tun, die Augen offenzuhalten. Schon komisch. Er hörte Engelschöre.

»... wie jeder, um alle paar Jahre Heimaturlaub zu nehmen. Ein kleiner Auffrischungskurs in Sterblichkeit lehrt Demut, läßt die Leute Sprache und Gebräuche nicht vergessen und so weiter ... Jumbo Watson und Soapy Maclean haben 1912 beim Hauptamt vorbeigeschaut. Jumbo hat sich über meinen alten Herrn erkundigt ... als er meinen Namen hörte, ist bei ihm der Groschen gefallen. In England ist Edward zwar ein verbreiteter Name, aber er beginnt mit einem Selbstlaut, wodurch er in den Tälern als weiblich gelten würde; die männliche Form wäre D'ward.

Eigentlich steht im *Filoby-Testament* mehr über D'ward als über den Befreier, aber die Seherin sagt nirgends, daß es sich dabei um ein und denselben Burschen handelt. Soapy fuhr nach Nyagatha, um das meinem alten Herrn zu erklären und herauszufinden, ob er immer noch gegen die Prophezeiung war. Irgend jemand hat den Spitzeln der Kammer einen Hinweis gegeben – oder vielleicht sind sie ihm gefolgt. Wie auch immer, Soapy kam am Tag vor dem Massaker an ...«

Eine schlimme Sache, dieses Massaker, aber vielleicht trug Exeter senior weniger Schuld daran, als gemeinhin angenommen wurde ... Mit einem Ruck erwachte Smedley. Er war eingedöst, aber offensichtlich nur kurz. Exeter schien wieder von den Göttern zu erzählen.

»Einige von ihnen sind gar nicht so schlimm. Ich habe ein paar Mitglieder des Pentatheon – das ist der Kreis der fünf Großen – kennengelernt. Als ich zum erstenmal hinübergereist bin, haben mich Zaths Schergen erwartet und hätten mich um ein Haar erwischt. Sie erinnern ziemlich an Kalis Mörder in Indien ... sie wandern umher und töten wahllos Menschen. Zum Glück kam ich in Sussland an. Das ist Tions Herrschaftsgebiet, und der fühlte sich mächtig auf den Schlips getreten ... Tion ist einer der Fünf, der Jüngling. Eine Art Apollo-Gestalt, wenn man seiner Werbung glauben schenkt: Gott der Kunst, der Schönheit und des Sports. Jedes Jahr veranstaltet er große Festspiele, so etwas wie Olympische Spiele im Kleinformat.«

»Klingt doch ganz gut«, meinte Alice.

»Na ja, er ist nicht gerade *liebenswert*, aber er hat mich laufenlassen, damit ich Zaths Treiben ein Ende setzen konnte. Außerdem hat er mich auf eine Stelle in der Prophezeiung aufmerksam gemacht, an der es heißt, der Befreier würde von seinen Freunden verraten und zu den Horden des Todes hinabgeschleudert. Genau das ist geschehen. Im Dienst gibt es einen Verräter. Ich weiß, wer es ist, und ich muß unbedingt in Olympus Bescheid geben.«

Alice sprach aus sehr weiter Ferne. »Aber letzten Endes hast du den Dienst gefunden?«

»Ich habe ihn gleich gefunden, schon am nächsten Tag. Aber ich kam zu spät. Zath hat den Spitzel des Dienstes vor mir aufgespürt. Ich habe gesehen, wie er bei lebendigem Leib verbrannt wurde ...«

»Entschuldigt«, sagte Smedley. »Tut mir entsetzlich leid, daß ich störe, aber ich glaube, ich werde gleich ohnmächtig.«

12

Die Priester stachelten die Menge immer noch an.

Unscheinbar wie wandernde Schneewächten umringten die jungen Männer von Sonalby den Fremden in ihrer Mitte. Ebenso unauffällig entfernten sich Frauen, Kinder und ältere Männer aus seiner Nähe, wodurch sie Edward von Jungen umgeben zurückließen. Alle Aufmerksamkeit schien dem lodernden Scheiterhaufen zugewandt, doch Edward wußte es besser, als einen Fluchtversuch zu wagen.

Die meisten der jungen Männer stützten sich auf Speere, einige hatten auch Schilde dabei. An der Seite jedes einzelnen baumelte eine Holzkeule; keiner trug mehr als einen Lederlendenschurz. Haare und Bärte trugen sie kurz gestutzt, so daß sie während einer Schlacht nicht daran gepackt werden konnten. Sie alle wiesen bemalte Gesichter auf, und Narben an den Rippen, die zu gleichmäßig waren, um durch Zufall entstanden zu sein – einige waren alt und verheilt, andere noch offen und nässend.

Das Haus des Zimmermanns stürzte zu einem Aschehaufen zusammen, und es gab keine Ketzer mehr zu verbrennen. Die Priester zogen von dannen, und die Meute löste sich allmählich auf.

Die jungen Männer wandten sich dem nächsten Punkt der Tagesordnung zu: dem Fremden im Dorf. Sie bildeten einen Kreis um den Mann und unterhielten sich über ihn, als wäre er ein Möbelstück. Edward war fußwund, durstig und vermeinte, in der unerträglichen Hitze zu schmelzen. Es sah so aus, als würde das Streitgespräch den ganzen Rest des Tages andauern. Womöglich endete es mit dem Beschluß,

Edward ins Jenseits zu befördern oder etwas weniger Tödliches, dafür um so Unangenehmeres mit ihm anzustellen.

An dem Streitgespräch beteiligten sich zwei Gruppen, wobei die eine geringfügig jünger als die andere wirkte. Die jüngere Gruppe präsentierte sich mit glattrasierten oder noch bartlosen Gesichtern, auf die ein verworrenes Muster gemalt worden war, überwiegend mit Gelb und wenig Blau, Weiß, Rot und Grün. Die Mitglieder der älteren Gruppe hatten allesamt Bärte und wiesen ein anderes, von blauer Farbe beherrschtes Muster auf, in dem noch weniger von den anderen Farben vorkam, dafür ein unheilverkündendes Schwarz.

Wäre Edward ein in der Heimat geborener Engländer gewesen, hätte er an jener Stelle vermutlich verlangt, zum Häuptling des Dorfes gebracht zu werden, was ein schwerwiegender Fehler gewesen wäre. Zum Glück war er unter den Embu Kenias aufgewachsen; deshalb hatte er zumindest eine Vorstellung davon, womit er es zu tun hatte, wenngleich er kein Wort von dem hitzigen Geplapper verstand.

Schließlich begannen Köpfe zu nicken; eine Übereinkunft war getroffen worden. Einer der blau bemalten Älteren sagte mit schwerem Akzent auf Joalisch: »Trägst du Verdienstmale?« Er deutete auf die Narben an seinen Rippen.

Sussische Kittel ließen zwar die Arme frei, die Brust jedoch verhüllten sie. »Das gehört nicht zu den Bräuchen meines Volkes.«

Die Debatte flammte von neuem auf, ebenso unzusammenhängend wie zuvor.

Dann stellte derselbe Mann eine zweite Frage. »Wie alt bist du?«

»Achtzehn.«

»Wann hast du dich zuletzt rasiert?«

Edward rieb über die Stoppel. »Vor zwei Tagen.«

Gegrunze setzte ein. Und weiteres Geplapper. Schließlich zogen sich die jüngeren, gelbgesichtigen Burschen einfach zurück. Sie hatten anerkannt, daß der bartlose Fremde der älteren Gruppe gehörte.

Und wie er ihnen gehörte. Edward war ziemlich sicher, daß sie mit ihm anstellen konnten, wonach immer ihnen zumute war. Es würde weder einen Häuptling noch einen Ältestenrat geben, vor dem er Berufung einlegen konnte. Ein junger Fremder im Dorf war Sache der jungen Krieger.

Mittlerweile mußten Edward wohl an die fünfzig von ihnen umgeben. Insgesamt gesehen, waren sie zu dunkelhäutig für eine typisch englische Menschenmenge; in Südeuropa hingegen hätten sie keineswegs fehl am Platz gewirkt. Im Körperbau reichten sie von zart bis fleischig, von klein bis groß, wenngleich nur wenige über einsachtzig zu sein schienen, so wie Edward. Sie alle waren ungefähr in seinem Alter. Im Augenblick feilschten sie unter heftigem Fingerdeuten darum, wer den Gefangenen befragen sollte. Schließlich wurde einer der großen Burschen auserkoren; er trat vor, und die anderen verstummten.

»Fremder, wie lautet dein Name?«

Über dieses Problem hatte Edward sich bereits hinlänglich den Kopf zerbrochen. Er hatte beschlossen, bei D'ward zu bleiben, da er erfahren hatte, daß es sich um einen geläufigen Namen handelte, den auch irgendein unbedeutenderer Gott trug – womöglich ein Fremder, den zu treffen eines Tages recht interessant sein könnte, vielleicht sogar ein Landsmann. Einen Decknamen zu verwenden, wäre für Edward gleichbedeutend mit dem Eingeständnis gewesen, daß er die Kammer fürchtete. Er würde D'ward bleiben, doch in den Tälern umfaßte der Name eines Menschen auch dessen Handwerk. Ihm fiel nur eine Gabe ein, die in Sonalby unter Umständen nützlich sein konnte.

»Ich bin D'ward Speerwerfer«, antwortete er.

Es war ein ungleiches Spiel. Edward würde sich vor Männern beweisen müssen, die ihr Leben lang geübt hatten, und er hatte keine Ahnung, welche Technik ihre Waffen erforderten. Aber er hatte schon immer ein Talent dafür gehabt, Dinge zu schleudern. Im Speerwurf hatte er den Schulrekord aufgestellt.

Nun hatte er das ungeteilte Interesse seiner Altersgruppe geweckt. Sie geleiteten ihn ohne viel Federlesens aus dem Dorf zu dem Übungsplatz, den er auf dem Weg hinein gesehen hatte. Rings um den Platz fand sich ein Publikum aus Frauen und jüngeren Halbwüchsigen ein, das den Troß neugierig beobachtete.

Er würde ein Wunder wirken müssen. Einmal hatte er das schon getan, nachdem er Mana erlangt hatte, indem er auf einem Knoten den heiligen Mann spielte. Später hatte er ein wenig Mana vom Publikum im Theater aufgenommen, doch das war nur eine unbedeutende Menge gewesen, die er im Zuge der Anstrengungen der letzten beiden Tage gewiß aufgebraucht hatte. Im Augenblick fühlte er sich so erschöpft, daß er bezweifelte, auch nur einen Funken Charisma aufbringen zu können.

Ein paar Krieger boten ihm eine Auswahl von Speeren an. Die Waffen waren schwerer, als er erwartet hatte und verfügten über blattförmige Metallklingen. Edward entschied sich für eine mittellange, mittelschwere und hob sie ein paarmal hoch, um ein Gefühl dafür zu bekommen. Dann warf jemand ihm einen der runden Schilde zu, eine ziemlich schwere Scheibe aus Holz und dickem Leder. Er sollte *dies* halten, während er *jenes* warf! Seine Zuversicht verpuffte.

»Dieses Gewicht ist mir unvertraut«, erklärte er forsch. »Ich gehe zuerst mal nur auf Weite.« Danach konnte er vielleicht versuchen, eine mittelgroße Scheune aus nächster Nähe zu treffen. Er stupste den großen Mann mit dem Rand des Schildes an. »Leg mir eine Vorgabe hin.« So konnte er beobachten, wie man richtig warf.

Er hatte erwartet, daß der Große Anlauf nehmen würde; statt dessen bewegte er sich kaum. Er lehnte sich bloß zurück, tat einen langen Schritt mit dem linken Fuß und schleuderte. Der Speer zischte in den Himmel und fiel scheinbar hundert Meilen entfernt ins struppige Gras.

Lieber Gott im *Himmel!* Galt das denn überhaupt noch?

»Guter Wurf!« meinte Edward. Aus den Regungen rings um sich spürte er, daß es ein guter Wurf gewesen war. Er wappnete sich für das Rollen der Würfel, winkelte den linken Arm an, um diesen vermaledeiten Schild zu stützen und ... schleuderte.

Sein Speer landete ein gutes Stück vor dem anderen, dennoch hörte er kein Gekicher. Er vermeinte, widerwillige Anerkennung zu spüren. Zornig knurrte er auf.

»Laßt es mich noch mal versuchen, mit einer längeren Stange!«

Man reichte ihm einen längeren Speer. Diesmal

gelang es ihm besser, und die Zuseherschaft zeigte sich mäßig erfreut.

»Guter Wurf!« meinte der große Mann. »Ich bin Prat'han Töpfer.« Er ergriff Edwards linke Schulter und drückte sie. Edward tat dasselbe bei ihm.

Dann wiederholte sich das Ritual bei den anderen etwa fünfzig jungen Männern, wobei jeder in zwar rauhem Akzent, doch in klar verständlichem Joalisch seinen Namen verkündete. Die Handwerksberufe entsprachen ganz und gar nicht dem, was Edward erwartet hatte: Gerber, Schuhmacher, Zeltmacher, das schon, aber auch Wagenbauer, Silberschmied, Drucker, Musiker und zahlreiche andere.

Nun mußte Edward zeigen, daß er auch ein Ziel zu treffen vermochte, und dabei stellte er fest, wie ernst die Nagier das Speerwerfen tatsächlich nahmen. Einer von ihnen stapfte etwa dreißig Schritte davon, dann drehte er sich um und wartete. Sein Schild verdeckte ihn von den Schultern bis zur Mitte der Hüften, dennoch blieb viel zuviel ungeschützt. Die Speerklingen waren zwar nicht auf Schlachtschärfe geschliffen, trotzdem konnten sie einen Mann schwer verletzen.

»Auf dieses Ziel werde ich nicht werfen!«

Mit einem Schlag wirkten die blau bemalten Gesichter wieder gefährlich. Der Kreis schien bedrohlich enger zu werden.

»Ich bin an eure Speere nicht gewöhnt!« begehrte Edward auf.

»Bist du ein so guter Werfer, daß Gopaenum deinen Wurf nicht abwehren kann?«

»Das habe ich nicht damit gemeint. Es ist ungerecht gegenüber dem Mann, daß ich auf ihn werfe, bevor ich mehr geübt habe.«

»Es ist ganz und gar nicht ungerecht«, widersprach

Prat'han. »Das ist ein sehr leichter Wurf. Du schießt auf Gopaenum Fleischers Schild. Dann schießt er auf deinen. Wirf, D'ward!«

»Es ist trotzdem nicht gerecht. Er ist einer viel größeren Gefahr ausgesetzt als ich.«

Damit löste er eine neuerliche Debatte aus. Setzte man sich in Nagtal denn *nie* hin? Das menschliche Ziel wurde dazugerufen, letzten Endes jedoch änderte sich nichts. Edward bat Gopaenum, sich ein wenig näher aufzustellen, was natürlich eine Eselei war, da er die Angelegenheit somit zu einer Frage des Mutes gemacht hatte. Selbstverständlich ging Gopaenum noch weiter als zuvor und vergrößerte die Entfernung. Anscheinend dachten sie wirklich, es wäre ein leichter Wurf.

Zum Glück wehte kein Wind. Während Edward sich die verschwitzte Hand am Kittel abwischte, faßte er das Problem zusammen. Sein Bluff war durchschaut worden. Nur durch schier unvorstellbares Glück würde er diesen Schild treffen, und selbst dann könnte von ihm erwartet werden, den Wurf zu wiederholen. Gopaenum war vermutlich durchaus in der Lage, einen Speer abzuwehren, und offensichtlich handelte es sich hierbei sowohl um eine Speer- als auch um eine Schildübung, dennoch würde Edward nicht die Gefahr eingehen, einen Mann zu verletzten, bloß um mit einem Schwindel davonzukommen. Nur wer wagt, gewinnt ...

Er verfehlte den Schild. Sein Speer schwirrte einen Meter über Gopaenums Kopf hinweg, und das war immer noch einen Meter näher, als er geplant hatte. Die Umstehenden brachen in ironisches Gelächter aus. Plötzlich wurde ihr Akzent wieder unverständlich.

Draußen auf dem Übungsplatz hob Gopaenum Fleischer den Speer auf, wandte sich um und machte sich wurfbereit.

Die Zuschauer wichen ein, zwei Schritte zurück, aber wohl nur, damit der Schütze sein Ziel besser erkennen konnte. Keiner von ihnen erwartete, daß Gopaenum danebenwerfen würde.

Edward sah sich nach einem Versteck um, doch natürlich gab es keines. Das verstreute Dorf war weit und breit die einzige Siedlung. Jenseits des Flusses erstreckte sich eine kahle Ebene bis zu den nebelverhangenen, in der entsetzlichen Hitze verschwimmenden Gipfeln, und hinter Edward ragte nur das felsige Antlitz der Nagwand auf. Im besten Fall würden sie ihn vertreiben, auf daß er verhungere und verdurste. Im schlimmsten Fall würden ihn sämtliche Krieger als Zielscheibe für ihre Speerübungen benützen.

Er hätte sich als Wandergelehrter ausgeben sollen. Dann hätten sie vermutlich angenommen, er wäre ein Spion, aber vielleicht hätten sie ihn eine Nacht rasten lassen, bevor sie ihn vertrieben. Edward hatte mit hohem Einsatz gespielt und verloren.

Er stellte den Schild ab, so daß der untere Rand vor seinen Zehen auf dem Boden ruhte und der obere an seinen Oberschenkeln lehnte, wodurch wertvolle Teile ungeschützt blieben. Dann richtete er sich zu voller Größe auf und verschränkte die Arme vor der Brust.

»Was tust du denn da, Fremder?« wollte Prat'han wissen.

»Ich warte auf Gopaenums Wurf.«

Das Ziel blieb dasselbe, doch nun konnte der menschliche Teil des Ziels dem Wurf weder ausweichen, noch ihn abwehren. Edward spürte ein merkwürdiges Kribbeln, als den Umstehenden die Bedeutung seiner Worte bewußt wurde; sogleich erkannte er, daß es sich um Mana handelte. Letzten Endes würde Mut diese Krieger mehr beeindrucken als alles andere. Edward hatte sich noch nie für besonders mutig gehalten – vielmehr war er vom Gegenteil überzeugt –, dennoch würde er sich nicht auslachen lassen, auch wenn das alles seine eigene Schuld war. Nun hatte er seine Zuschauer neugierig gemacht.

Jemand brüllte dem wartenden Gopaenum Fleischer eine Erklärung zu.

Gopaenum zögerte, dann hob er den Speer und drehte ihn ein paarmal in der Hand, um den Wurf abzuwägen. Edward wünschte, er würde es endlich hinter sich bringen.

Als die Stange in weitem Bogen durch die Luft sauste, durchzuckte ihn blankes Entsetzen. Das Geschoß traf den Schild am Rand und riß ihn von ihm weg. Dennoch hatte Edward das Gefühl, jemand hätte ihm gegen die Knie getreten. Um ein Haar wäre er gestürzt. Er zuckte zusammen, taumelte, um das Gleichgewicht wiederzuerlangen und fragte sich, ob ihm ein unmittelbarer Treffer wohl die Beine gebrochen hätte. Entweder hatte Gopaenum danebengeworfen oder absichtlich zur Seite gezielt. Die Klinge hatte Holz und Leder durchbohrt – eine Möglichkeit, die Edward gar nicht in Betracht gezogen hatte.

Die Umstehenden brachen in Jubel aus und eilten herbei, um ihm anerkennend auf die Schulter zu klopfen. Ihre Bewunderung jagte berauschende Manaströme durch Edward. Hilfsbereite Hände warfen ihm einen Speer zu und holten seinen Schild. Gopaenum wartete auf den nächsten Wurf. Noch einmal?

O verdammt! Wie konnte er jetzt noch versagen? Zu berauscht, um innezuhalten und die Gefahr abzuschätzen, holte Edward mit dem Arm aus, tat einen Schritt nach vorn und schleuderte mit aller Kraft. Er vermochte nicht zu sagen, wieviel Mana er für seinen Arm, wieviel für das Geschoß verwendete. Vermutlich verbrauchte er das meiste für sich selbst, denn um Gegenstände zu beeinflussen, benötigte man wohl wesentlich mehr Macht. Er fühlte, wie das Mana plötzlich abfloß, genau wie damals, als er Dolm Schauspieler von seiner Verzweiflung geheilt hatte. Abermals überraschte ihn die Wirkung. Der Speer flog schnurgerade wie ein Pfeil über das Feld. Gopaenum mußte seinen Schild keinen Zoll bewegen und hätte wahrscheinlich nicht einmal Zeit gehabt zu reagieren. Der Speer traf den Schild genau in der Mitte. Die Wucht schleuderte Gopaenum auf den Rücken, so daß die Stange zitternd und kerzengerade emporragte. Die Zuschauer brachen in ungläubiges Jauchzen aus, und Edward spürte, wie sein Selbstvertrauen gleich einer Flutwelle zurückkehrte, stärker als je zuvor. Unglaublich! Der Ehre war Genüge getan. Gopaenum kam herbeigerannt, um Edward beglückwünschend zu umarmen. Freudiges Gelächter und Schulterklopfen brach aus. Dann trottete die gesamte Altersgruppe zu ihrer Kaserne, um die Lage bei warmem Bier zu besprechen. Endlich eröffnete sich ihrem Besucher die Gelegenheit zu sitzen.

Die Kaserne erwies sich als langes Gebäude aus Korbgeflecht und Reet; innen präsentierte sie sich karg wie eine leere Flasche. Wozu brauchte man Schränke, wenn man nur ein Kleidungsstück besaß? Wo sonst würden Krieger schlafen als auf dem kahlen Boden, mit ihren Schilden als Kissen?

Zwar war die Kultur nicht genauso beschaffen wie bei den Kenianern, doch gab es große Ähnlichkeiten. Zum Beispiel, was die jungen Männer des Dorfes betraf. Sie hatten keinen bestimmten Anführer; alles wurde durch gemeinsamen Beschluß gelöst. Dennoch wurden manche mehr geachtet und hatten mehr zu sagen als andere. Seit ihrer Kindheit waren sie zusammen. In vierzig Jahren würden die Überlebenden immer noch zusammensein; dann aber würden sie die Dorfalten verkörpern und andere Pflichten erfüllen. Es gab eine Gruppe drei oder vier Jahre älterer Krieger und eine weitere, etwas jüngere, die sich aus Halbwüchsigen zusammensetzte, jenen gelbgesichtigen Pfadfindern, die zuvor die Zuständigkeit für den Besucher für sich beansprucht hatten.

Der Neuankömmling wurde eingehend befragt, denn von jedem, der durch die Täler reiste, wurde unwillkürlich angenommen, daß er für jemanden spionierte, womöglich sogar für mehrere Auftraggeber. Den Dienst, der sich zur Zeit offensichtlich keiner besonderen Gunst erfreute, erwähnte Edward nicht. Statt dessen behauptete er wiederum, aus Rinootal zu stammen, da dies weit entfernt lag. Aha, meinten sie – Rinoo galt als Vasallenstaat von Niolreich, folglich war er ein niolischer Spion, richtig? Nein, er reiste, weil er die Welt kennenlernen wollte – was alle für eine äußerst dürftige Ausrede hielten. Wie wollte er je genug Geld verdienen, um sich eine Frau zu kaufen?

Nach noch mehr Bier und langem Hin und Her gelangten die jungen Krieger von Sonalby dennoch zu dem Schluß, daß D'ward Speerwerfer annehmbar wäre. Niol befand sich zu weit entfernt, um ihnen Kopfzerbrechen zu bereiten. Man gab Edward einen Lendenschurz aus Leder, was als männliche Kleidung galt; die Stiefel wurden ihm abgenommen, wahrscheinlich im Austausch für den Schurz. Zwei seiner neuen Brüder brachten Farbe und machten sich daran, sein Gesicht zu bemalen, wobei sie ihm ausführlich erklärten, was jedes der Symbole bedeutete, die sie zu ihrem Kennzeichen erkoren hatten. Blaue Speere und Schilde standen für Olfaan Astina – Blau war die heilige Farbe der Jungfrau. Die schwarzen Totenköpfe versinnbildlichten, daß sie Zath dienten und ihn nicht fürchteten. Hinzu kamen zwei gelbe Dreiecke und ein Frosch, denn auch dem Jüngling fühlten sie sich noch verpflichtet. Ein Halbmond, eine Hand und eine Schriftrolle, allesamt blau, für weitere Erscheinungsformen von Astina. Ein kleiner, weißer Sonnenaufgang als Zeichen für Visek. Kein Rot, denn sie waren alle noch Jungfrau. Den grünen Hammer des Mannes als Symbol für Stärke, und so weiter und so fort.

Danach folgte ein kurzes Streitgespräch darüber, ob D'ward ein oder zwei Verdienstmale gebührten, und man einigte sich auf zwei – eines dafür, daß er aufgenommen wurde, eines für seine Mutprobe mit dem Schild. Lautstark, beschwipst, jedoch vermutlich nicht besonders gefährlich, brach die Altersgruppe auf, um D'ward Speerwerfer zu Olfaan Astinas Schrein zu geleiten. In dieser Erscheinungsform galt die Jungfrau als Göttin der Krieger und als Schutzgottheit von ganz Nagland. Ihr Haupttempel befand sich in Nag.

Als sie ihr Ziel erreichten, spürte Edward die Virtualität des Knotens, doch der Schrein schien sich an dessen Rand zu befinden. Edward war ziemlich sicher, daß ein Schrein, im Gegensatz zu einem Tempel, von keinem Numina bewohnt wurde. Dieser war bloß ein schäbiges – und muffiges – Lederzelt, in dem sich ein Altar und das Standbild einer jungen Frau in Rüstung befanden. Die Gestalt wies etwa halbe Lebensgröße auf und war erstaunlich kunstvoll gefertigt; Edward fragte sich, ob sie wohl irgendwann irgendwo erbeutet worden war. Sollte ein Numina anwesend sein, drohte ihm von Astina und ihren Vasallen wahrscheinlich keine Gefahr.

Unmittelbar daneben jedoch stand der Tempel von Krobidirkin dem Hirten, einer Erscheinungsform von Karzon. Der wiederum stellte eindeutig eine Bedrohung dar. Kalmak Zimmermanns Verbrennung als Ketzer war von Priestern des Mannes angefacht worden, und der Zeitpunkt paßte zu genau, um ein Zufall zu sein. Karzon oder Zath – einer der beiden hatte vermutet, daß der Befreier nach dem Dienst suchen würde und sich womöglich in Nagtal aufhalten könnte. Edward beschlich die dumpfe Ahnung, daß ein Fremder auf seinem Knoten die Anwesenheit eines anderen Fremden wahrzunehmen vermochte.

Doch ihm fiel keine Möglichkeit ein, die Tortur zu vermeiden, die seine Alterskameraden für ihn vorgesehen hatten. Verdienstmale galten als Auszeichnung, als Quell des Stolzes, als Erkennungszeichen seiner Gruppe. Voller Freude malten seine neuen Brüder auf seine Rippen Striche, an denen er entlangschneiden sollte. Sie reichten ihm das Steinmesser; dann hielten sie ihm das Salz hin, das er in die Wunde reiben mußte, um die Blutung zu stoppen und eine dauerhafte Narbe zu schaffen. Dann beobachteten sie aufmerksam, wie er sich anstellte. Selbstverständlich handelte es sich um ein Opfer an die Göttin. Es war eine Zurschaustellung seiner Männlichkeit. Und es war ein verteufeltes Wagnis, denn er war ein Fremder. Das Mana, das Olfaan zuströmen sollte, konnte an ihm hängenbleiben und von Krobidirkin Karzon entdeckt werden, oder das bißchen, das er an jenem Nachmittag gesammelt hatte, konnte ihm entfleuchen, oder ... oder alles mögliche.

Aber er hatte keine Wahl, und so schnitt er und rieb er und schüttelte die Tränen fort, bevor sie die Farbe in seinem Gesicht verschmieren konnten. Er spürte nur Zorn und schier unerträglichen Schmerz. Die erste Berührung des Salzes war das Schlimmste, an das er sich bis dahin erinnern konnte. Beim zweitenmal zitterte seine Hand so heftig, daß er zu tief schnitt und das Salz noch grauenhafter brannte. Doch nichts Wundersames geschah. Vermutlich war er mittlerweile zu erschöpft und zu beschwipst von dem miserablen Bier, um Mana zu bemerken.

Seine Brüder trugen ihn auf den Schultern zurück zur Kaserne und teilten ihm frohgemut mit, daß er nun mit Kochen dran sei.

Trotz allem, er hatte immerhin ein Zuhause gefunden, ohne das ihm durchaus der Hungertod oder eine Hinrichtung hätte drohen können. Ein paar Wochen, um seine Sprachkenntnisse aufzumöbeln, und er durfte darauf hoffen, sich auf den Weg zu machen, um andernorts nach dem Dienst zu suchen.

Das hieß, sofern es überhaupt noch lohnte, den Dienst zu finden.

Die einzigen Mitglieder des Dienstes, die er bislang kennengelernt hatte, waren stets ziemlich schnell gestorben.

13

»Da ist eine Pferdetränke!« Ginger bremste. »Daraus kann er trinken.«

Smedley hatte erklärt, durstig zu sein, worauf alle auf ihn eingeredet und sich fortwährend erkundigt hatten, ob er in Ordnung sei. Der Schnitt an der Wade stellte keine ernste Verletzung dar. Smedley glaubte kaum, daß er besonders viel Blut verloren hatte; er hatte es nur ziemlich schnell verloren. Die anderen hatten das Bein mit Streifen aus der Decke verbunden, doch nun fühlte er sich wieder gesellschaftsfähig und hatte es auf dem Sitz ausgestreckt. Er war wieder in Ordnung, nur durstig.

Der Wagen kam neben der Tränke zum Stehen. Wo sonst konnte man um zwei Uhr morgens etwas zu trinken auftreiben? Fenster wiesen zu der Stelle heraus; Jones schaltete den Motor aus, der ruckelnd verstummte, begleitet von einem zornigen Knistern.

»Verflucht!« zischte Alice. »Wir haben nichts, woraus er trinken kann.«

»Ich kann laufen!« begehrte Smedley auf. »Also wirklich, ihr macht da aus einer winzigen Mücke einen riesigen Elefanten.«

Exeter öffnete die Tür und kletterte hinaus. Smedley schickte sich an, ihm zu folgen.

Demütigung! »Wo sind denn meine Schuhe?«

Alice knotete ihm die Schnürsenkel zu.

Smedley schüttelte Exeters hilfsbereite Hand ab und humpelte zum Wasserhahn hinüber; er fühlte sich lediglich ein wenig zittrig. Gierig beugte er den Kopf zum Wasserstrahl hinunter und trank und trank, was eindeutig half. Silbrige Wolken überzogen den

Himmel, der Mond spielte Verstecken. Sein Licht offenbarte das schwarze Blut an Smedleys Kleidung. Exeter kam zu ihm herüber, in den Überzieher gehüllt. Sogar am Überzieher prangte Blut. Als sie zum Wagen zurückkehrten, hatte Jones eine der Öllampen hervorgekramt und begutachtete gerade den Fond.

Er glich einem Schlachthaus.

»Ich frage das höchst ungern«, sagte Exeter, »aber wessen Wagen ist das?«

»Er ist gestohlen!« antwortete Alice rasch.

Edward heulte auf wie eine Hyäne.

»Still, du Dummkopf!« herrschte sie ihn an und warf einen ängstlichen Blick auf die Häuser entlang der Straße.

»Jetzt mal im Ernst, wem gehört er?«

»Mach dir darüber keine Gedanken. Wie weit ist es noch, Mr. Jones?«

»Oh, wir haben etwa die Hälfte hinter uns und sind gleich in Chatham. Sobald wir den Medway überquert haben, könnten wir die A2 verlassen.«

»Was meinen Sie, General Smedley?« fragte Alice.

»Auf Nebenstraßen kommen wir langsamer voran. Ich würde sagen, wir drücken weiter auf die Tube.«

»Ich sage nichts dazu«, meinte Jones. Er klang unsagbar müde. »Zu unregelmäßigen französischen Verben ja. Zu Strategie nein. Wohin gehen wir in London? Ich nehme an, in Ihre Wohnung, Miss Prescott, oder?«

»Warum setzen wir unsere Knastbrüder nicht dort ab, dann können Sie und ich den Wagen zurückbringen.«

Jones grunzte zustimmend und verräumte die Lampe. Wenig später drehte er die Kurbel. Der Motor sprang beim ersten Versuch an. Das besorgniserregende Stottern war schon seit einiger Zeit nicht mehr aufgetreten. Ohne einen Ruck rollte der Wagen vom Randstein weg und setzte die Reise fort.

Smedley hatte sich wieder auf den Rücksitz gezwängt, die beiden anderen saßen dicht neben ihm. Allmählich begann wirkliche Hoffnung in ihm zu keimen. Gewiß, sie konnten immer noch jeden Augenblick auf eine Polizeisperre treffen. Mitunter handelten die Bullen ziemlich schnell, doch würde es in diesem Fall so sein? Offiziell galt Exeter lediglich als kriegsneurotischer Soldat mit Gedächtnisschwund. Seinen Status in den eines geflohenen deutschen Spions zu ändern, würde einiger Erklärungen bedürfen. Mittlerweile mußte die Nachricht von seinem Verschwinden im Whitehall Palace angelangt sein, doch wer würde zu dieser nachtschlafenden Zeit wen wecken, um was zu tun oder welche Akte wo auszugraben? Und wessen Wagen war es überhaupt? Schon am Tag zuvor hatte Alice sich dahingehend äußerst verschlossen gezeigt. Heute schien sie nur um so entschlossener, es für sich zu behalten.

»Also hätte ich mir gar keine Sorgen machen müssen!« meinte sie unbeschwert. »Ich dachte schon, der Leibhaftige hätte dich in die Hölle geholt, und dabei bist du die ganze Zeit mit einem Speer herumgelaufen und hast Rinder gestohlen?«

»Es war nicht die Hölle«, gestand Edward, wobei er sich anhörte, als würde er ein Gähnen unterdrücken. »Um die Wahrheit zu sagen, es hat beinahe Spaß gemacht. Auf ihre Weise waren sie ein liebenswerter Haufen. Es war eben eine andere Art Schule.«

»Aber was habt ihr den ganzen Tag gemacht? Speere geworfen und Rinder geklaut?«

»Wir haben überhaupt nichts geklaut. Was wir getan haben, war vielmehr ... Na ja, wir haben den Tag mit einem Sprung in den Fluß begonnen, ausgenommen der jeweilige Koch, der einstweilen das Frühstück vorbereitet hat. Dann haben wir uns zu Paaren zusammengetan und einander die Gesichter bemalt. Danach sind wir für gewöhnlich zur Arbeit gegangen.«

Unglaublich! Smedley schauderte, als er sich vorstellte, was sein Vater über die Familie Exeter sagen würde, wenn er je von diesem Geständnis erführe. Offenbar hatte der Bursche sich vollkommen den Eingeborenen angepaßt – mit Narben, Kriegsbemalung und allem Drum und Dran. Diese Geschichte über Nagland war ganz anders als die frühere Beschreibung von Olympus, wo die Menschen Hausdiener hatten und in Abendkleidung dinierten.

»Was für Arbeit?« erkundigte sich Alice. »Als Silberschmied, wie du vorher gesagt hast?«

»Alles mögliche.« Exeter kicherte und hörte sich dabei keineswegs so an, als schämte er sich. »Keiner hat besonders hart oder lange gearbeitet, aber wir alle hatten irgendeine Vormittagsbeschäftigung. Am Nachmittag haben wir meist alles stehen und liegen lassen, um Angeln oder Speerwerfen zu gehen. Sport, Übungen. Wir haben die Jüngeren unterrichtet, die Älteren uns. Am Abend saßen wir herum, haben Waffen hergestellt, gespielt oder uns einfach über Mädchen unterhalten. Natürlich wußte keiner von uns auch nur das Geringste über Mädchen.«

»Wie lange bist du dort geblieben?« wollte Smedley wissen, wobei er versuchte, sich nicht mißbilligend anzuhören.

»Viel länger, als ich ursprünglich wollte. Bald erfuhr

ich, daß Kalmak Zimmermann getötet worden war, weil er mit einer neuen Sekte in Verbindung stand, der Kirche des Ungeteilten. Ich konnte mir denken, daß dahinter der Dienst stand – die einzige Möglichkeit, die Tyrannei des Pentatheon zu zerschmettern, bestand darin, eine völlig neue Religion ins Leben zu rufen, deshalb ergab die ganze Sache Sinn. Aber die Verfolgung war nicht auf Sonalby beschränkt; sie umfaßte ganz Nagland. Der Befehl stammte von Karzon, aber zweifellos steckte Zath dahinter, also war vermutlich ich die unmittelbare Ursache. Ich war alles andere als glücklich bei dem Gedanken an all die Unschuldigen, die meinetwegen gestorben waren.

Über diese neue Kirche konnte ich vielleicht Verbindung mit dem Dienst aufnehmen, doch in Nagtal war sie ausgelöscht worden, und niemand schien etwas darüber zu wissen – oder auch nur darüber reden zu wollen. Sollte mein Interesse daran an die falschen Ohren gelangen, würde ich eines Tages womöglich tot aufwachen. Andere Anhaltspunkte hatte ich nicht, also blieb ich, wo ich war und wartete darauf, gerettet zu werden. Was natürlich eher unwahrscheinlich war. Ich wußte, daß der Dienst dachte, die Schnitter hätten mich in jener Nacht, als ich auf Nebenan eintraf, im Sacrarium getötet. Sie hatten Onica Mason losgeschickt, um sich zu vergewissern, und auch sie war verschwunden. Die Aussichten, daß sie immer noch nach mir suchten, standen also gleich Null.

Ich konnte nur eines tun: soviel wie möglich über die Täler in Erfahrung bringen. Und natürlich das örtliche Kauderwelsch lernen. Vielleicht würde ich eines Tages irgend etwas über die Kirche des Ungeteilten aufschnappen, das mir verraten würde, wo ich danach suchen müßte. Meine Altersgruppenbrüder waren genauso mitteilsam wie alle anderen, soll heißen, verschlossen wie Austern. Aber zumindest konnte ich dem vertrauen, was sie mir erzählten, und das konnte man von anderen nicht behaupten. Die meisten von ihnen hatten Nagtal noch nie verlassen und rechneten auch nicht damit, jemals ein anderes Tal zu sehen. Doch einige, ungefähr ein Dutzend, hatten Berufe, die Reisen bedingten – überwiegend Hausierer und Viehtreiber. Ein paar waren fortgezogen, um in Nag zu arbeiten, der Hauptstadt. Als sie nach Hause kamen, wo sie bis zur nächsten Reise eine Zeitlang blieben, habe ich sie kennengelernt und ausgefragt. Viel habe ich nicht erfahren. Ich schätze, ich war faul, oder auch nur ängstlich. Da ich nicht wußte, wohin ich mich wenden sollte, habe ich meine Abreise immer wieder aufgeschoben.

Offensichtlich brauchte ich eine Arbeit. Die Gruppe hat darüber beratschlagt und beschlossen, ich wäre groß genug, um mich auf Dächern gut zu machen, also hat mich etwa ein Dutzend von ihnen zum Bruder von Gopaenums Onkel mitgenommen, Pondarz Dachdecker. Sie schlugen vor, er sollte mich einstellen. Er war einverstanden, denn ein Dorf muß seine Bürgerwehr unterstützen. Außerdem hatte er eine Tochter.«

»Aha!« rief Alice. »Beschreib diese Tochter mal näher.«

»Absolut umwerfend. Etwa zehn, glaube ich ... keine Ahnung, hab' sie nie zu Gesicht bekommen. Auch von meinem angeblichen Lohn hab' ich wenig gesehen. Wurde alles für ihren Brautpreis abgezogen. Mir war's egal, solange ich zweimal am Tag zu essen bekam. Ich brauchte nur Reetbündel zu den Arbeitern aufs Dach hinaufzuwerfen. Dieser Arbeit war ich durchaus gewachsen.

Aber ich pflichte dir insofern bei, daß der ursprüngliche Zweck wohl Rinderstehlen gewesen sein muß, wie in Afrika. In den alten Zeiten – wann immer die gewesen sein mögen – bestand die Beschäftigung eines jungen Mannes in der Viehzüchtergesellschaft darin, das Vieh des Nachbarn zu stehlen. Die Beute pflegte er einem älteren Mann des Dorfes als Bezahlung für dessen Tochter zu geben. Nachdem er genug Kühe bezahlt und seinen Mut in mehr oder weniger ernsten Schlachten unter Beweis gestellt hatte, heiratete er das Mädchen, das er gekauft hatte, und setzte sich zur Ruhe. Danach schaute er nur noch zu, wie seine eigene Herde heranwuchs und seine Frau die ganze Arbeit verrichtete. Krieg überließ er den jüngeren Männern, denn der zählte zu ihren Angelegenheiten.«

»Würde das auch hier gelten«, meinte Ginger Jones, »wären wir vielleicht nicht in dem Schlamassel, in dem wir jetzt stecken.«

Eine Zeitlang schwiegen alle. Der Wagen brauste weiter durch die Nacht. Smedley gelangte zu dem Schluß, daß die Bemerkung sich sehr danach anhörte, als hätte da jemand alle Hoffnung fahren lassen. Der Krieg war nun mal da, also mußte er gewonnen werden. Er hatte seinen Beitrag geleistet.

Als Exeter wieder das Wort ergriff, war sein Tonfall entschieden düsterer.

»Ihr könnt euch gar nicht vorstellen, wie seltsam es sich anfühlt, wieder in England zu sein und in einem Motorfahrzeug wie diesem durch die Nacht zu sausen! Es fühlt sich seltsamer an als all die Dinge, die ich euch erzählt habe. Tut mir übrigens leid, daß ich so viel quassle, aber es ist eine Riesenerleichterung, endlich wieder reden zu können.«

»Wir alle genießen es«, sagte Alice. »Besser als mit Baron Münchhausen. Aber du willst doch auf etwas hinaus. Hat es einen bestimmten Grund, daß du so genau auf diese gesellschaftlichen Umstände eingehst?«

»Sicher! Du erinnerst dich doch an Nyagatha und die Embu. Viele Bantu-Völker hatten ebenfalls diese Altersgruppeneinteilung oder etwas Ähnliches. Wenn Engländer kamen, haben diese für gewöhnlich verlangt: ›Bringt mich zu eurem Häuptling‹, und die Eingeborenen haben sie stets verständnislos angestarrt, weil sie nicht wußten, was gemeint war. Mit wem man sprach, hing davon ab, was man wollte! Also ernannten die Engländer einen Häuptling und befahlen ihm, das Rinderstehlen zu unterbinden. Und dann wunderten sie sich, daß die gesamte Kultur zusammenbrach. Wißt ihr, was mich an den Nagiern besonders verblüfft hat? Daß es ihnen gelungen war, den Wandel zu einer Geldwirtschaft ohne Verlust ihres gesellschaftlichen Gefüges zu bewältigen. Viele der Täler stehen kurz vor einer industriellen Revolution, wißt ihr, obwohl sie Gott sei Dank noch keine Schußwaffen kennen. Die Joalier spielen die Rolle der Engländer, doch ohne Schußwaffen kann Joalia aus Nagia niemals eine echte Kolonie machen. Trotzdem hatten die Joalier eine Menge Handelskultur in Nagland eingeführt, und dennoch haben sich die ursprünglichen Sitten und Gebräuche zum allergrößten Teil gehalten. Ich war ziemlich neugierig, wie ihnen das gelungen war. Die Antwort war offensichtlich, nur bin ich nicht darauf gekommen.«

»Aber gegen wen kämpfen die Krieger denn?« wollte Smedley wissen.

Exeter kicherte. »Gegen niemanden. Oh, sie haben

ihre gelegentlichen Keilereien mit Nachbardörfern, aber das sind geplante Vorstellungen. Ein paar Knochenbrüche, ein paar ausgeschlagene Zähne, jede Menge Wetten, und das war's so ziemlich. Ich habe keinen einzigen solchen Kampf miterlebt.

Das Aufregendste, das sich während meiner ersten paar Doppelwochen dort ereignet hat, war die Hochzeit von Toggan Silberschmied. Selbstverständlich besaß sein Vater Geld. Er war der erste unserer Altersgruppe, der den Sack zumachte, und es war ein gewaltiger Meilenstein für uns alle. Ich schwöre euch, es hat eine halbe Doppelwoche gedauert, um festzulegen, wie wir unsere Gesichtssymbole ändern sollten. Wir hätten ein paar grüne Symbole mehr hinzufügen können, denn Grün ist die Farbe der Männlichkeit. Wir hätten aber auch Rot dazunehmen können, denn Rot steht für die Hohe Herrin, Eltiana, Göttin der Mutterschaft und ... äh, verwandter Angelegenheiten. Aber wenn wir es übertrieben, würden die älteren Krieger sauer werden und die jüngeren uns womöglich das Blau streitig machen. Also haben wir Vertreter ernannt, die mit den anderen Altersgruppen verhandeln sollten. Alle fanden das Ganze wahnsinnig aufregend. Sobald Toggan geheiratet hatte, war er zwar kein Krieger mehr, doch er gehörte immer noch zur Gruppe. Er schlief bei seiner Frau und kam in der Frühe zu uns, um seine Bemalung anzulegen. Nach der ersten Doppelwoche haben wir wohl mehr von ihm gesehen als seine Angetraute. Ein Krieger zu sein, schien fast wie der Zögling eines Internats zu sein. Habe ich wenigstens angenommen. Bis der Krieg kam.«

»Der ist dir wohl gefolgt, wie?« meinte Alice. »Oh, entschuldige! Ich wollte nicht ...«

»Nein, das war ein anderer Krieg. Zum erstenmal erfuhr ich davon, als eines Abends ein Priester bei uns auftauchte, ein älterer Kerl in grüner Robe. Für mich roch der Besuch sofort nach Ärger. Er hat sich zu uns gehockt, um mit uns zu verhandeln. Ich schätze, damals sind etwa sechzig von uns dagewesen, haben herumgesessen und Speere geschärft. Wir haben wegen ihm nicht mal damit aufgehört! Er sagte, im Tempel hätte man erfahren, daß die Altersgruppe der jungen Krieger einen Fremden aufgenommen hätte. Nun, soviel hatte das ganze Dorf bereits seit mehreren Doppelwochen gewußt. Er meinte, Krobidirkin wäre Sonalbys Schutzgott, und der Fremde sollte ihm wirklich ein Opfer darbringen und ihn um Zuflucht bitten – reine Formsache, ihr versteht.

Die Debatte dauerte die ganze Nacht. Viele meiner Kumpels meinten, die Priester wollten bloß eine kostenlose Mahlzeit, aber schließlich gelangte die Gruppe zu dem Schluß, daß es eine gute Idee wäre. Ich habe sogar mit dem Gedanken gespielt abzuhauen, aber Krobidirkin mußte schon die ganze Zeit über mich Bescheid gewußt haben. Außerdem war mir klar, daß meine Freunde dadurch Schwierigkeiten mit dem Numina und wahrscheinlich auch mit den älteren Gruppen bekämen. Und ich war neugierig.

Niemand konnte von mir erwarten, daß ich ein so bedeutendes Ritual ohne die Unterstützung meiner Altersgenossen antrat, also hat sich am nächsten Nachmittag die gesamte Gruppe versammelt. Wir haben Gopaenums Onkel einen Ochsen abgekauft und das Tier zum Tempel getrieben.

Der befand sich unmittelbar auf dem Knoten. Wie

immer brachte die Virtualität meine Kopfhaut zum Prickeln. Da waren Schreine für Olfaan und für Wyseth – er ist der Sonnengott, und in so einem Klima vergißt man die Sonne nie. Außerdem einer für Paa Tion, den Gott des Heilens, und für Emthaz, Göttin der Geburt. Die übliche Gesandtschaft des Pentatheon. Das Herzstück des Dorfes aber bildete der Tempel, und der gehörte Krobidirkin, dem Hirten.

Der Tempel war eingeschossig und bestand aus Leder und Stangen. Man hätte ihn als Lederlabyrinth bezeichnen können, falls ihr euch so was vorstellen könnt. Zudem war er heiß und muffig. Die anderen wußten, was sie erwartete, weil sie schon zuvor dort gewesen waren, aber mich hat das Gefühl der Heiligkeit den ganzen Weg hinein zittern lassen; und ich dachte, ich würde allein nie wieder hinaus finden. Die Mitte war offen, ein großer Hof; auf dem Boden war Sand, oben der Himmel. Für die Opfergaben stand eine gepflasterte Stelle zur Verfügung. Die Priester haben uns schon ungeduldig erwartet, weil es nach dem Ritual rotes Fleisch für sie geben würde. Und in einer Ecke stand ein kleines, rundes Zelt. Ich glaube eines von denen, die man als Spitzdachzelt bezeichnet. Das war das Haus des Gottes. Sofern es ein Bildnis von ihm gab, befand es sich darin. Wir konnten nur das Zelt sehen.

Ich wurde als D'ward Dachdecker vorgestellt und nach vorne gescheucht. Wir haben uns alle in den Sand gekniet, die Köpfe geneigt, und das Ritual begann, mit Sprechgesängen, Gebeten und so weiter. Nach ein paar Minuten blickte ich auf. Die Zeltklappe war beiseite geschoben worden, und da stand ein kleiner Mann, der die Plane hielt. Er hat mich angelächelt und mir zugedeutet, und da wußte ich, daß es der

Numina selbst war, Krobidirkin. Ich sah keine andere Möglichkeit, also stand ich einfach auf und ging hinüber, was die Priester gar nicht bemerkten. Ich war überrascht, daß sie meine Knie nicht schlottern hörten.

Er hat mich mit hineingenommen, und innen war das Zelt viel größer als außen. Es umfaßte mehrere Räume, und oben am Dach waren Klappen geöffnet worden, um Licht und Luft hereinzulassen. Überall lagen Läufer und Kissen herum. Es roch nach Gewürzen. In einem anderen Zimmer spielte irgend jemand leise eine Zither oder etwas Ähnliches. Der fürchterliche Singsang der Priester war nicht mehr zu hören. Es war exotisch, aber recht angenehm.

›Nimm Platz, Befreier‹, forderte er mich auf. ›Ich bedaure, daß ich dir keinen Tee anbieten kann, aber ich habe einen brauchbaren Ersatz.‹

Wir haben uns auf die Kissen gesetzt, und er schenkte aus einer Silberkanne ein, die auf einem Kohlenbecken stand. Die Tassen waren aus wundervollem Porzellan.

Aus dem Äußeren läßt sich unmöglich schließen, wie alt ein Fremder ist. Man nimmt eine Art Alterslosigkeit an. Krobidirkin war, wie gesagt, klein, aber er wirkte zäh und drahtig. Er sah etwa so heiter wie eine Karstlandschaft aus und hätte an die achtzig Jahre sein können, doch er hatte die Haut eines Jugendlichen. Der Gott trug nur den örtlichen Lederlendenschurz, und sein Gesicht war so ziemlich das Häßlichste, das mir je untergekommen ist, beherrscht von Schlitzaugen und einer plattgedrückten Nase. Die Ohren standen ab, der Schnurrbart hing an den Enden herab. Er hatte ein schrulliges Grinsen aufgesetzt, das ich irgendwie beruhigend fand.

Es dauerte ein, zwei Minuten, bis ich mich wieder gefaßt hatte. Vergeßt nicht, dieser Numina galt als Vasall Karzons und somit als Verbündeter von Zath, dem Gott des Todes, den ich laut Prophezeiung töten sollte und der seinerseits alles versucht hatte, mich zu töten. Ich war zwar Tion begegnet und ungeschoren davongekommen, aber Tion hatte mit der Kammer nichts am Hut. Dieser Krobidirkin hingegen mußte zur Kammer gehören. Er hatte Kalmak Zimmermann samt Familie opfern lassen, und da hockte er nun und bot mir Tee an!

›Es ist mir eine Ehre, Euch kennenzulernen, Herr‹, sagte ich, oder etwas ähnlich Dämliches.

Er kicherte. ›Nein, die Ehre ist auf meiner Seite. Darf ich behaupten, daß dein Vater stolz auf dich wäre?‹

Ich habe mir eine halbe Tasse brühheißen Tee auf die Brust geschüttet.

›Ihr habt meinen Vater gekannt, Herr?‹

Den kleinen Mann schien mein Verhalten ziemlich zu erheitern. ›Ja, das habe ich. Ich habe ihn mehrere Male getroffen. Ein guter Mann. Er ist eigens aus seiner Heimatwelt hergereist, um mich um Rat zu bitten. Er hat mir sogar ein Bild von dir gegeben.‹

Ich glaube, das war wohl die größte Überraschung, die ich je erlebt hatte. Da war ich unendlich weit von zu Hause entfernt, ein Fremder in einem sehr fremden Land, und dieser mächtige, örtliche Gott hielt mir eine Fotografie der Station in Nyagatha unter die Nase! Es zeigte Mutter, dich, Alice, und mich. Wir saßen auf der Veranda. Das Grammophon war da, und der Papageienkäfig und jede Menge andere Einzelheiten, die ich längst vergessen hatte. Ich schätze, ich war etwa drei Jahre alt. Ich hatte das Bild noch nie zuvor gesehen. Dementsprechend affig habe ich mich aufgeführt. Korbidirkin hat das natürlich gefallen, denn genau das wollte er bewirken. Lächelnd schenkte er meine Tasse wieder voll.

Und dann sagte ich: ›Aber das ist doch unmöglich! Ich dachte, nur Menschen könnten herüberreisen?‹

Er kicherte, als hätte er nur darauf gewartet, daß mein trübgeistiger Verstand endlich darauf käme. ›Erinnerungen können herüberreisen‹, erklärte er. ›Und es gibt Mana.› Er hat mir die Fotografie abgenommen – es schien eine waschechte Fotografie zu sein, schwarzweiß, keine Farbe – und sie umgedreht. Ich habe damit gerechnet, den Namen des Fotografen zu sehen, statt dessen war die Rückseite leer. Dann fuhr er mit der Hand darüber, und sie zeigte ein anderes Bild. Es war mein alter Herr, wie er lächelnd, mit einem Lendenschurz bekleidet, in demselben Zelt hockte, in dem ich gerade saß.

Tja, das hat mich wirklich umgehauen.

›Darf ich raten?‹ fragte ich, nachdem ich mich erholt hatte. ›Man hatte ihm die Verantwortung für Menschen übertragen, die früher eine den Nagiern sehr ähnliche Gesellschaft hatten, und er wußte, daß es Euch gelungen war, ihre Sitten und Gebräuche trotz wachsenden Fortschritts zu erhalten. Deshalb kam er her, um Euch um Rat zu fragen, nicht wahr?‹

Krobidirkins häßliche Fratze teilte sich zu einem breiten Grinsen. ›Selbstverständlich! Aber leider bedarf es Mana, um eine solche Entwicklung zu beaufsichtigen, und an dem Ort, der seiner Verantwortung unterlag, war Kameron nur ein weiterer Einheimischer. Ein kulturell gehobener Einheimischer mit guten Absichten zwar, aber trotzdem kein Fremder in seiner Welt.‹

›Ihr seid Eurem Volk ein guter Vater, Herr‹, meinte ich. ›Seid Ihr auch aus unserer Welt gekommen?‹

Er lächelte und nickte. ›Vor langer, langer Zeit, ja. Ich fürchte, ich kann mich nur an sehr wenig aus meiner Jugend erinnern. Man vergißt. Eine neue Welt verheißt ein neues Leben, und die alten Zeiten verlieren ihre Bedeutung, wenn man beschlossen hat, nie zurückzukehren. Aber ich weiß noch, daß mein Volk ziemlich kriegerisch war. Wir hatten einen bemerkenswerten Anführer namens … ist mir entfallen. Er hat uns gegen eine Zivilisation großer Städte geführt, und wir wurden vernichtend geschlagen. Im Jahr darauf versuchte er es wieder, und diesmal wurden wir von einer Armee abgewehrt, die ein Priester befehligte. Das Mana war sehr stark, und da er wußte, daß er gegen diese göttliche Macht unmöglich siegen konnte, zog er sich zurück. Bald darauf starb er.‹

Ich glaube, das war der zweitschlimmste Schock. Es ist eine Sache zu wissen, daß Fremde lange leben. Aber einen Mann zu treffen, der sich an Schlachten erinnert, die vor fünfzehnhundert Jahren gefochten wurden – das muß man erst mal verdauen. ›War sein Name Attila?‹ fragte ich.

Der kleine Hunne klatschte in die Hände und rief: ›Genau! Ein wunderbarer Anführer! Unglaubliches Einheimischencharisma.‹

Da hockten wir also und unterhielten uns über die Schlacht von Châlons – die irgendwann Mitte des fünften Jahrhunderts ausgetragen wurde, falls ihr es vergessen habt – und über Papst Leo, der die Hunnen irgendwie davon überzeugen konnte, sich im folgenden Jahr aus Italien zurückzuziehen. Wie ihm das gelungen ist, gilt heute noch als großes historisches Rätsel. Mein Gastgeber war hocherfreut zu erfahren, daß man sich nach so langer Zeit immer noch an seine Waffenbrüder erinnerte, aber ich habe es tunlichst vermieden, näher auf ihren Ruf einzugehen. Wahrscheinlich hätte es ihn kaum gekümmert. Krobidirkin war bei den Horden Attilas eine Art Medizinmann gewesen. Im Ruhestand war er durch Zufall nach Nebenan gelangt und zu einem Gott geworden.

Bald brachte er das Gespräch auf das *Filoby-Testament* und den Befreier.

›Ich bedaure zutiefst, was dem Zimmermann und seiner Familie widerfahren ist‹, erklärte er. ›Aber ich hatte unmittelbare Befehle, die ich nicht zu mißachten wagte. Man haßt es, sein Volk so zu behandeln, so fehlgeleitet ihre Ketzerei auch sein mag.‹

›Und was ist mit mir?‹ fragte ich. ›Habt Ihr auch über mich unmittelbare Befehle?‹

›O ja. Aber du bist der Sohn meines alten Freundes Kameron! Zath weiß nicht, wo du dich aufhältst. Ebensowenig weiß er, daß ich es weiß, und er ist fuchsteufelswild, weil du ihm entkommen bist. Im Augenblick ist er ein ziemlich verängstigter Gott!‹

›Dazu besteht kein Grund‹, erwiderte ich. ›Ich habe nicht die Absicht, ihn zu töten.‹

Der kleine Mann gluckste. ›Die Prophezeiung sagt etwas anderes! Zath hat alles nur Erdenkliche versucht, um die Kette der Ereignisse zu durchbrechen, und er hat jedesmal versagt. Also fürchtet er dich, und das mit Recht.‹

›Was ist mit Karzon?‹

Er verzog das häßliche kleine Antlitz, wodurch es noch häßlicher wirkte. ›Der wiederum fürchtet Zath! Und das bringt mich auf den Grund, weshalb ich dich hierher eingeladen habe, D'ward. Zath hat verfügt, daß es Krieg geben muß, und immer mehr Krieg.

Krieg bringt ihm Mana, und er ist gierig nach jedem bißchen, das er kriegen kann, weil der Befreier eine Bedrohung für ihn darstellt. Nun hat der Krieg begonnen – in Narshia, das früher ein Teil von Joalreich war, aber zwischen Thargtal und Lappintal liegt. Lappintal ist seit einem halben Jahrhundert eine thargische Kolonie, wußtest du das? Aber kürzlich haben die Randorier dort Unruhe zu stiften begonnen und zu Rebellion und Unabhängigkeit aufgerufen.‹

Erwartungsvoll blickte er mich an, und ich nickte, als würde all das einen Sinn machen. In Wahrheit fand ich das ganz und gar nicht, aber es hörte sich immer noch weniger verrückt an als das, was der Tod eines einzigen österreichischen Adeligen in ganz Europa ausgelöst hat.

Krobidirkin kicherte. ›Thargier können es nicht leiden, wenn ihnen Ungewißheit Kummer oder Unannehmlichkeiten bereitet. Jahrelang hatten sie versucht, die narshische Regierung zu unterwandern, und diesen Sommer ist ihnen der Geduldsfaden gerissen. Sie sind in Narshland einmarschiert. Jetzt planen die Joalier Vergeltung.‹ Er seufzte. ›Ich fürchte, das wird eine blutige Angelegenheit, und Zath wird riesigen Gewinn daraus schlagen.‹

Ihr könnt euch vorstellen, daß ich wenig erfreut über diese Erklärung war. ›Was hat das mit mir zu tun?‹

Der kleine Hunne lächelte geheimnisvoll. ›Die Joalier planen einen Überraschungsangriff auf Tharg selbst, während die thargische Armee nicht dort ist – was außerordentlich tapfer von ihnen ist! Um Thargtal zu erreichen, müssen sie sowohl durch Nagtal als auch durch Lemodtal. Lemodia ist ein Teil von Thargreich, wir hingegen gehören zu Joal. Unsere Königin ist eine Marionette der Joalier. Deren Vorhut ist bereits hier in Nag, um Hilfe von ihr zu fordern. Sie wird ihre Krieger zusammentrommeln, so wie sie es verlangen.‹

Mir war übel, und je mehr ich darüber nachdachte, desto übler wurde mir.

›Ich muß mich stellen!‹ rief ich. Natürlich meinte ich das nicht wirklich. Es kam mir nur als erstes in den Sinn.

Krobidirkin zeigte sich bestürzt. ›O nein! Das bringt überhaupt nichts! Mittlerweile ist der Krieg unvermeidbar. Nein, ich wollte dich um einen Gefallen bitten.‹

›Herr ... nur zu!‹ Vergeßt nicht, ich verdankte ihm mein Leben. Er hatte mir Zuflucht gewährt, auch wenn ich es bis dahin nicht wußte.

Hochzufrieden nickte er. Für gewöhnlich bekommen Numina ihren Willen.

›Der Aufruf wird bald erfolgen. Ich wußte, du würdest versucht sein abzureisen. Schließlich ist das nicht deine Angelegenheit – oder zumindest hättest du das gedacht, hätte ich dich nicht hierher eingeladen und dir die wahren Hintergründe erklärt. Die Joalier fordern für jede Truppe eines Dorfes einen Anführer. Nagier reden und palavern zwar gern, in Kriegszeiten aber ernennen sie sehr wohl Anführer. In diesem Fall müssen sie es sogar. Und es besteht kein Zweifel daran, wen die Truppe aus Sonalby wählen wird.‹

Dagegen konnte ich wenig einwenden, denn ich wußte, daß sie auf mein Charisma eines Fremden ansprachen, egal wie sehr ich es zu verbergen suchte. ›Ich weiß kaum etwas über Kriegführung, ganz besonders nicht über diese Art Krieg.‹

›Brauchst du auch nicht. Die joalischen Generäle werden alles Wissen zur Verfügung stellen, das man braucht, um möglichst viel Blut zu vergießen. Und ich glaube, meine jungen Krieger hätten dich auch dann gewählt, wenn du kein Fremder wärst.‹ Das war natürlich reine Schmeichelei.

›Was verlangt Ihr von mir?‹ fragte ich bedrückt.

›Bleib hier und führe sie an, D'ward! Mit dir an der Spitze werden sie keine ganz so schlimmen Verluste erleiden. Es werden mehr von ihnen in die Heimat zurückkehren. Glaub mir, es ist so. Du wirst das Leiden und die Zahl der Toten verringern. Ich fürchte um mein Volk, wenn seine jungen Männer ohne deine Führung in das alles hineingezogen werden.‹

Was sollte ich darauf erwidern?

Zuerst versuchte ich auszuweichen. ›Ich hatte gehofft, den Dienst zu finden und wollte ihn bitten, mir zu helfen, nach Hause zurückzukehren.‹

Korbidirkin setzte eine düstere Miene auf und zwirbelte den herabhängenden Schnurrbart. ›Hüte dich vor dem Dienst, D'ward! Er wird dich verraten – das ist vorhergesagt.‹ Jeder außer mir schien dieses verfluchte *Filoby-Testament* gelesen zu haben! Letzten Endes willigte ich ein, die Krieger anzuführen. Es ist ohnehin schwer, einem Numina etwas zu verweigern; zudem hatte Krobidirkin meine Anwesenheit in Nagland offensichtlich vor Zath geheim gehalten. Damit ging er wahrscheinlich ein großes Wagnis ein. Obwohl er es nicht erwähnte, wußte ich, daß ich in seiner Schuld stand.

›Dein Besuch ist eine Ehre für mein bescheidenes Zelt‹, meinte er schließlich. ›Nur allzu gerne würde ich dich noch hierbehalten, um mit dir zu plaudern. Ich hätte dich schon früher einladen sollen, aber es ist für keinen von uns beiden sicher. Zath hat mich im Verdacht, und er ist bedeutend stärker als wir beide zusammen.‹ Damit war ich entlassen. Wir standen auf. Krobidirkin bot mir an, das Bild zu behalten. Ich war schwer in Versuchung, hatte aber keine Taschen. Zögernd lehnte ich ab und versprach ihm, eines Tages wiederzukommen, nach dem Krieg. Er brachte mich zur Tür. Die Priester waren immer noch an der Arbeit, und niemand sah, wie ich an meinen Platz zurückkehrte.

Es war das dritte Mal, daß ich einen Gott getroffen hatte. Er war seinem Volk ein wahrer Vater, mit Abstand der beeindruckendste der drei. Und er war einer von Attilas Hunnen gewesen! Unschuldig wie ich war, fand ich das unheimlich toll.

Viel von dem, was er mir erzählt hatte, stimmte tatsächlich. Später konnte ich bestätigen, daß mein alter Herr im August neunundneunzig einen Kurzbesuch nach Nebenan unternommen hat und nach Nagland gereist ist. Das Bild mochte durchaus sein, was Korbidirkin behauptete, obwohl er es ebensogut aus meiner Erinnerung wie aus der meines Vaters zu ziehen vermocht hätte. Was der Hirte in Wirklichkeit tat, war, das Große Spiel zu spielen. Den Befreier in den Krieg zu schicken, war ein äußerst gerissener Zug – zumindest aus seiner Sicht.«

14

Ruckartig erwachte Smedley. Diesmal war er wirklich eingeschlafen. Der Wagen hustete und stotterte wieder. Er spähte aus dem Fenster und erblickte Gebäude und dunkle Läden. Die geschwärzten Straßenlaternen warfen winzige Lichtpfützen; ab und an waren andere Fahrzeuge zu sehen, oder schmale Lichtstreifen aus hochgelegenen Fenstern.

»Wo sind wir?«

»In Greenwich«, antwortete Alice.

London! Nun mußten sie in Sicherheit sein!

Der Wagen ruckelte, wurde langsamer und legte wieder Fahrt zu.

»Kennt sich irgend jemand mit diesen Höllenmaschinen aus?« fragte Ginger.

»Nein«, erwiderten Alice und Exeter gleichzeitig.

»Ein wenig«, sagte Smedley. »Haben wir Werkzeug dabei?«

»Nein«, gab Ginger zurück.

»Ist das Benzin gleich alle?«

»Nein.«

Soviel dazu. Keine Möglichkeit, etwas zu unternehmen.

London schlief zwar nie, doch um diese Zeit am Morgen präsentierten die Vororte sich ziemlich schläfrig. An den Kreuzungen standen keine Verkehrspolizisten, aber zumeist hatte Ginger Vorfahrt. Mittlerweile fuhr er sehr langsam. Der alte Knabe mußte völlig erschöpft sein.

Smedleys Bein pochte. Ebenso die fehlende Hand. Vielleicht würde er irgendwann herausfinden, daß dies ein Zeichen für bevorstehenden Regen oder Donner oder sonst etwas war.

Exeter hatte sich geweigert weiterzuerzählen, da er behauptete, bereits heiser zu sein. Statt dessen wollte er mehr über den Krieg erfahren, über Zeppeline und Giftgas, darüber, was dieser Lawrence in Plästina vorhatte und wie die Italiener und Japaner als Verbündete wären. Alice hatte eine Zeitlang geredet. Smedley hatte sich herausgehalten und war allmählich eingedöst.

»Irgend jemand soll etwas reden!« rief Ginger. »Ich werde schläfrig.«

Smedley richtete sich auf. »Das hast du also die letzten drei Jahre gemacht? Mit dem Speer in der Hand gekämpft?«

Exeter seufzte. »Nicht die ganzen drei Jahre, nein. Aber eine Weile. Ich wußte, daß es vor etwa zwanzig Jahren einen Feldzug in ein anderes Tal gegeben hatte. Unmittelbar nachdem ich Krobidirkins Tempel verlassen hatte, marschierte ich zum Versammlungshaus der Väter, um mit ihnen zu reden. Wir nannten sie die Weißen, denn Viseks – na, egal. An dem Abend brachte ich ein paar von ihnen in die Kaserne mit und habe sie gebeten, uns davon zu berichten. Ich sagte, ich hätte im Tempel eine Eingebung gehabt. Alle glaubten, es müsse sich um eine Botschaft des Gottes handeln, was voll und ganz den Tatsachen entsprach.

Sie haben uns davon erzählt, wie die Joalier sie in Reihen marschieren ließen, und ich schlug vor, genau das zu üben. Anfangs hat es sehr viel Gebrummel gegeben, aber da ich ein Fremder war, konnte ich meinen Willen immer durchsetzen, wenn ich wollte. Ein paar Tage später traf der Gesandte der Königin in Sonalby ein. Er ging zu den älteren Kriegern, die schließlich uns riefen. Wir sind in Reih und Glied aufmarschiert, daß ihnen fast die Augen aus den Köpfen fielen.«

Alice kicherte, wenngleich es sich gezwungen anhörte. »Also wurdest du zum General gewählt?«

»Selbstverständlich. Meine gesamte Gruppe hat für mich gestimmt, und wir waren zahlreicher als die älteren Krieger. Die Hälfte von ihnen war verheiratet, deshalb zählten sie nicht – verheiratete Männer bleiben als Verteidigungsreserve zu Hause. Wir haben uns ein paar der größeren Burschen aus der Kadettenklasse geholt. Ein oder zwei Tage später sind etwa hundert von uns nach Nag aufgebrochen.«

Der Wagen stotterte, stotterte, stotterte. Nach und nach verlor er an Fahrt; dann ruckelte er plötzlich wieder weiter. Alle atmeten auf.

»Erzähl weiter!« forderte Alice ihren Cousin auf.

»Grundgütiger! Ich bin sicher, ihr wollt das nicht alles hören. Für die Verhältnisse der Täler ist Nag eine beachtliche Stadt. Selbstverständlich nicht so groß wie Joal oder Tharg, eher so wie Suss. Wir würden es wohl als bescheidene Marktgemeinde bezeichnen. Dort habe ich den Thronfolger kennengelernt, Prinz Goldfisch.«

»Das denkst du dir jetzt aber aus!«

»Nein. Bei meiner Ehre! Nun, eigentlich sprach man es eher Golbfisch aus, aber insgeheim war er für mich immer Goldfisch. Er war der älteste Sohn der Königin und hieß Golbfisch Truppenführer. Ich hätte ihn auf Ende zwanzig geschätzt, einer der größten, beleibtesten Männer in Nagland. Er war reich, besaß drei atemberaubende Konkubinen und galt als Thronfolger. Was kann ein Mann mehr verlangen?«

»Mundharmonika spielen zu können?« fragte Smedley mürrisch.

»Ich sagte ja gleich, ihr wollt das alles gar nicht hören!«

»Doch!« widersprach Alice. »Was war mit diesem Golbfisch?«

»Eine Jammergestalt durch und durch! Zum einen war er groß, aber er hatte eine Figur wie eine Birne. Außerdem ...«

Der Wagen stotterte und verlangsamte die Fahrt, der Motor verstummte.

Ginger lenkte das Gefährt an den Randstein, wo es unmittelbar neben einer Straßenlaterne zum Stehen kam. Der Motor zischte und knackte.

»Zum Kuckuck!« rief Alice aus.

Ginger war über dem Lenkrad zusammengesunken. Nach einer Weile drehte er sich herum. »Hat irgend jemand eine Idee?«

»Vielleicht ist bloß der Motor überhitzt«, meinte Smedley. »Warten wir ein paar Minuten und versuchen dann, ihn anzukurbeln.« Hätte er Werkzeug zur Hand gehabt, hätte er unter Umständen etwas tun oder zumindest Exeter zeigen können, was zu tun war ... doch er hatte keines.

Ein Lastwagen rumpelte vorbei.

»Hier dürfen wir nicht parken«, sagte Alice mit brüchiger Stimme. »Und ich glaube kaum, daß die Busse schon fahren. Wie willst du all das Blut auf deinem Mantel erklären, Edward? Oder du auf deiner Hose, Julian?«

»Oder warum ich einen Pyjama trage«, fügte Edward hinzu. »Trotzdem hat der alte Kasten uns doch ziemlich weit gebracht.«

»Aber nicht weit genug!« Nun war der schrille Beiklang der Panik in Alices Stimme unüberhörbar.

»Wie wär's mit einem Taxi?«

»Um diese Zeit? Hier draußen? Und wie erklären wir die Blutflecken?«

»War ja nur so ein Gedanke.«

»Rufen wir doch den königlichen Automobilclub an«, schlug Smedley vor.

»Red keinen Unsinn! Wir haben doch keine Papiere!«

Eine Zeitlang saßen sie betreten schweigend da.

Versagen hinterließ einen bitteren Nachgeschmack in Smedleys Mund. So nahe am Ziel und doch so weit davon entfernt! Bald würde die Sonne aufgehen, und sie mußten wie ein wahrhaft hoffnungsloser Haufen aussehen. In London kam man mit vielem durch, aber blutbefleckt durch die Gegend zu laufen? Wohl kaum. Ohne seine Tolpatschigkeit hätten die anderen auch jetzt noch Aussichten auf Erfolg gehabt. Es war alles seine Schuld.

Lastwagen rollten in beiden Richtungen vorbei. Fußgänger waren zwar keine in Sicht, doch die Hauptstadt erwachte früh. Covent Garden und Billingsgate hatten den Schlaf gewiß schon abgeschüttelt.

Smedley versteifte sich. Er mußte sich etwas einbilden. Was er hörte, war mehr als bloß Verkehrslärm. Es mußte so sein! Oder gesellten sich nun auch noch Wahnvorstellungen zu seinem anderen Irrsinn?

»Was ist das für ein Geräusch?« fragte Exeter.

»O nein!« rief Alice. »Schaut!«

Unter der nächstgelegenen Straßenlaterne war soeben ein Polizist vorbeimarschiert. Mit den steten, gemächlichen Schritten des Freund und Helfers auf seinem Rundgang schritt er auf die Gefährten zu.

»Ich habe meinen Führerschein nicht dabei!« jammerte Ginger.

»Ich habe überhaupt nichts dabei«, brummte Exeter. »Ob er mich wohl für einen Deserteur halten wird?«

»Julian«, zischte Alice panisch, »du bist auf Genesungsurlaub, und wir bringen dich zu mir nach Hause ...«

»Ich habe noch keine Krankenhausentlassungspapiere, und wieso um vier Uhr morgens, und Exeter hat überhaupt keine Papiere, und all das Blut ...«

Es gab keine harmlose Erklärung! Niemand antwortete. Hilflos starrten sie auf ihre Nemesis, die sich unaufhaltsam über den Bürgersteig näherte. Mit dem Helm wirkte der Polizist ungefähr zweieinhalb Meter groß. Er würde sich bücken müssen, um durchs Fenster zu spähen.

Was er auch tat.

»Guten Morgen, Herr Wachtmeister!« begrüßte ihn Ginger in bestem Cambridge-Englisch.

Pause. »Guten Morgen, Sir.«

»Der gute alte Motor ist überhitzt. Wir lassen ihn nur einen Augenblick abkühlen, dann sind wir gleich wieder weg.«

Pause. »Würden Sie mir wohl den Grund für Ihre Fahrt heute morgen nennen, Sir?« Der Polizist blickte auf die drei Fahrgäste im Fond. Die Lampe richtete er nicht auf sie, noch nicht.

Ginger sagte: »Äh ...«

15

Wieder sagte Ginger: »Äh ...« Smedley spürte, wie Alice bebte. Oder vielleicht war er es selbst.

Irgend jemandem mußte etwas einfallen!

»Ja, Sir?« hakte die Stimme des Gesetzes nach. Ein Strafzettelbuch erschien in der Hand des Polizisten.

»Na ja, es ist so ...«, begann Ginger und verstummte.

»Genesungsurlaub!« rief Smedley laut und beugte sich vor, um dem Polizisten sein Soldbuch unter die Nase zu halten.

Der Gesetzeshüter wurde mißtrauisch. »Einen Augenblick, Sir. Kann ich zuerst Ihren Führerschein sehen, Sir?«

»Wissen Sie, Herr Wachtmeister, eigentlich ...«, setzte Ginger schleppend an.

Hinter dem Wagen explodierte die Nacht. Keine Achtelmeile entfernt sank ein Gebäude zusammen und stürzte vornüber auf die Straße. Der Wagen erzitterte und hob vom Boden ab. Schutt prasselte auf das Dach und die Fenster. Der Polizist verschwand. Noch bevor das Getöse erstarb, setzte neuerlicher Lärm ein ... und noch einmal ... und noch einmal ... überall. Surrrend jagten tödliche Glasscherben durch die Luft.

»Raus!« gellte Exeter und rüttelte an der Tür.

»Runter!« brüllte Smedley. Die anderen zuckten angesichts des Befehlstons zusammen. »Hier ist es so sicher wie überall. Da draußen regnet es Glas.«

Er drückte Alice auf den Boden. Exeter beugte sich über sie. Als Smedley es ihm gleichtat, erhaschte er einen flüchtigen Blick auf den Polizisten, der sich wieder aufgerappelt hatte und auf die nächstgelegene, brennende Ruine zuwankte. Bumm! Bumm! Der Wagen erbebte. Bummbumm! Geröllhagel prasselte aufs Dach. Im Hintergrund brüllten zwischen den Bombeneinschlägen regelmäßig Kanonen. Bumm! Der Wagen machte einen Satz, die Fenster zerbarsten. Draußen kreischten Menschen, die offenbar aus den Häuser strömten, diese Idioten!

»Mein Gott!« keuchte Alice unter ihren beiden Beschützern.

»Das ist gar nichts!« meinte Smedley verächtlich. »Es ist wie beim Dart. Wie können nur verletzt werden, wenn sie uns direkt treffen.« Oder wenn das

Gebäude neben ihnen auf sie stürzte, natürlich. Smedley war ganz und gar unbesorgt. Schon seltsam. Nach dem schleichenden Sperrfeuer an der Westfront erschien dies wie ein nachgerade jämmerliches Feuerwerk. Die letzten paar Bomben hatten weiter entfernt eingeschlagen. Der Lärm stammte überwiegend vom Kreischen der Leute und dem Brüllen der Flammenherde. Bummbummbumm! Wieder näher.

»Gar nichts, meinst du?« Exeters Stimme klang angespannt. Das hier war etwas anderes als Speerschleudern und Schildschwingen.

»Kinderkram. Alles in Ordnung, Ginger?«

»Ich bin nur gerade vor Angst gestorben«, erwiderte eine entfernte Stimme.

»Na sauber.«

Herzschlag -schlag-schlag-schlag-schlag-

»Ist es vorbei?« fragte Alice. »Irgend jemand kniet auf meinen Nieren.«

»Abwarten. Die nachfolgenden Flieger zielen auf das Feuer.«

BUMM! Der Wagen hob ein paar Zentimeter von der Straße ab und landete unter klagendem Quietschen wieder auf dem Boden. Etwas Großes traf das Dach, doch nun dauerte der Hagelschauer nicht mehr so lang.

»Nein, es ist noch nicht vorbei.«

Minuten krochen vorüber. Das ferne Scheppern einer Feuerwehrglocke. Heftiges Schreien und Fluchen, mitunter sehr nahe. Weitere Explosionen, ziemlich weit weg. Das nutzlose Donnern von Kanonen.

»Ich glaube, jetzt können wir es wagen«, sagte Smedley. »Gebt auf Glassplitter acht.« Er setzte sich auf. Sämtliche Fenster des Wagens waren zerstört. Eine lodernde Morgendämmerung erhellte die Straßen und die verängstigten Menschen, von denen viele noch im Nachtgewand umherliefen. »Exeter, alter Kumpel, ich glaube, jetzt hast du die richtigen Klamotten an.«

Vorsichtig stiegen sie aus dem beschädigten Fahrzeug. Ginger hatte sowohl Hut als auch Kneifer verloren und blinzelte und murmelte vor sich hin. Anscheinend waren sie alle vier unverletzt davongekommen. Was man von den Bewohnern Greenwichs – vielleicht war dies auch Deptford – nicht behaupten konnte. Überall auf der Straße waren reglose Körper, jammernder Kinder und Hunderte Menschen in Schlafanzügen. Polizisten versuchten, die Menge zurückzudrängen, um den Kranken- und Feuerwehrwagen die Durchfahrt zu ermöglichen. Um die vier Flüchtigen kümmerte sich niemand mehr.

»Das kam ja gerade noch rechtzeitig«, meinte Smedley. »Wie weit ist es von hier aus?« Er blickte die drei Gefährten an, die völlig entgeistert auf die brennenden Gebäude starrten. »Alice! Wie weit ist es von hier aus?«

»Was? Oh, ein paar Meilen!«

»Dann mal los! Ihr braucht euch nicht von jedem einzeln zu verabschieden.«

Alice starrte ihn an. »Wie kannst du nur Witze reißen?« schrie sie. »Hier liegen Menschen im Sterben, und ...«

»Entweder man lacht oder man weint. Kommt schon!«

»Aber du kannst in deinem Zustand doch nicht laufen!«

»Dann könnt ihr mich ja tragen. Los jetzt! Niemand wird uns mehr fragen, weshalb wir so komisch angezogen sind! Oder woher das Blut stammt.« Smedley ergriff Gingers Arm und zerrte ihn mit sich. Er nahm an, daß Exeter und Alice ihm folgen würden, blickte aber nicht zurück. Innerlich verspürte er dasselbe überschwengliche Hochgefühl wie damals, als er seine Hand verlor – gerettet! Egal was es gekostet hatte, nur das zählte. Nun vermochten sie ihr ungewöhnliches Erscheinungsbild zu erklären, sollten sie aufgehalten werden. Es konnten höchstens an die fünf Meilen nach Lambeth sein, und Smedley war sicher, die Strecke zu schaffen. Er war mit einer Aderpresse am blutenden Stumpf fast genauso weit gelaufen. Alice in ihren modischen Schuhen würde mehr Probleme haben.

Es war eine äußerst merkwürdige Reise durch die dunklen, verschlungenen Straßen der großen Stadt. Die Hälfte der Bevölkerung war aus den Häusern geströmt, um die Brandherde und Suchscheinwerfer zu betrachten, die über die Wolken strichen. Die Menschen verfluchten die Krauts und taten in unverständlichen Akzenten ihre Anteilnahme kund.

Etwa eine halbe Stunde später, nach dem die Flüchtigen das betroffene Gebiet verlassen hatten, zogen sie allmählich mehr Aufmerksamkeit auf sich. Die Leute begannen, Fragen zu stellen. Es konnte nicht mehr lange dauern, bis ein weiterer Polizist auftauchte. Dann hielt ein Lastwagen neben ihnen. Der Fahrer erkundigte sich in schwerstem Cockney-Akzent, ob sie Hilfe bräuchten. Alice setzte sich vorn neben ihn, schimpfte über die Bomben und erklärte, sie alle wollten bei einer – frei erfundenen – Tante unterschlüpfen. Die Männer saßen hinten, und ein paar Minuten später erreichten sie alle unversehrt Alices Wohnung.

16

Alice hatte noch nie vier Leute im Wohnzimmer gehabt. Sie besaß zu viele Möbel, allesamt für größere, prächtigere Räume entworfen. Die drei Männer, die dazwischen standen und im grellen Licht heftig blinzelten, schienen das Zimmer gänzlich auszufüllen. Zum erstenmal hatte Alice Gelegenheit, Edward eingehender zu betrachten. Er glich noch haargenau dem schlaksigen, milchgesichtigen Jungen, der er vor drei Jahren gewesen war. Sah man davon ab, daß er im Augenblick eine mörderisch finstere Miene zur Schau stellte.

»Setzt euch doch bitte!« forderte sie ihre Gäste auf. »Ich mache uns Tee.«

Sie alle wirkten völlig erledigt, als hätte jemand ihnen Schlamm unter die Augen geschmiert. Die beiden jungen Männer brauchten eine Rasur, und der Bart des alten Mr. Jones war zerzaust. Das schüttere Haar lag wirr über der kahlen Platte, während seine Finger unablässig über den Nasenrücken strichen, auf der Suche nach dem verlorenen Kneifer. Wahrscheinlich sah Alice selbst wie ein Vogelscheuche aus. Eigentlich hätte sie erschöpft sein müssen, schien statt dessen aber in Unwirklichkeit dahinzutreiben, wie eine Blase auf einem Meer der Illusionen.

»Also hat der alte Mistkerl tatsächlich alles gestohlen?« fragte Edward.

»Red nicht schlecht über einen ... Weißt du eigentlich, daß er gestorben ist?«

»Freut mich zu hören. Er wird sich in alle Ewigkeit fragen, weshalb er in der Hölle gelandet ist.«

»Edward! Geh und wasch dir den Mund aus!«

Mit ungebrochen finsterer Miene streifte er den Überzieher ab und legte ihn aufs Sofa, die Blutflecken nach außen gekehrt. Er bedeutete Julian, sich dorthin zu setzen, während er sich selbst in einen Stuhl plumpsen ließ, wobei er anscheinend vergaß, daß auch sein Pyjama blutbefleckt war. Mr. Jones sank in den anderen Stuhl – mit einem langen Seufzer, der sich wie ein Ballon anhörte, aus dem Luft entfleucht. Alice nahm den Kessel vom Tisch und ging damit ins Badezimmer, um ihn mit Wasser zu füllen. Dabei mußte sie über die zahlreichen Füße hinwegsteigen.

Sie hörte, wie Julian sagte: »Dein verschiedener, allseits betrauerter Onkel Roland, nehme ich an?«

Edward knurrte etwas, das sie nicht verstand – was wohl auch besser war. Sie eilte zurück und stellte den Kessel auf die Gasplatte. Dann stieg sie abermals über all die Füße und huschte ins Schlafzimmer. D'Arcys Foto lag sicher verborgen in der Schublade. Abgesehen davon besaß sie nur ein einziges Erinnerungsstück an ihn, nämlich den flaschengrünen Morgenmantel, den er in ihrer Wohnung in Chelsea gelassen hatte. Viele ihrer liebsten Erinnerungen hatten mit diesem Morgenmantel zu tun – wie sie auf seinem Schoß saß, wie sie beobachtete, wenn er ihn auszog, oder wie sie ihn für D'Arcy auszog, oder wie sie zu ihm hineinschlüpfte und die sanfte Berührung des Stoffes auf dem Rücken spürte, während er ihn um sie beide schloß, Körper an Körper geschmiegt ... Jeder Tag, an dem keine Nachricht kommt, bringt mich dem Ende des Krieges einen Tag näher.

D'Arcy hätte gewiß nichts dagegen, wenn sie den Morgenmantel Cousin Edward borgte. Im Wagen war der junge Cousin Edward ein wenig zu freundlich gewesen. Dabei sollte er seinem romantischen

Wunschdenken mittlerweile eigentlich entwachsen sein.

Sie ging zurück ins Wohnzimmer und warf ihm den Morgenmantel zu. »Da. Damit du ein bißchen vorzeigbarer aussiehst.«

Dann trat sie an den Geschirrschrank und holte Tassen und Untertassen hervor, ohne zu sehen, was sich in ihrem Rücken abspielte. Edward mußte aufgestanden sein, den Morgenrock angezogen und sich wieder gesetzt haben, denn sie hörte den Stuhl quietschen. Es war anzunehmen, daß drei erwachsene Männer ein Männerkleidungsstück erkannten, wenn sie eines sahen. Die Stille war bedeutungsschwanger. Äußerst bedeutungsschwanger.

Alice wandte sich gerade so weit um, daß sie Julian erspähte. Falls ein eulenhafter Blick auf seinem Gesicht lag, dann war es der einer Eule, die sich krampfhaft einen Ruf verkneift.

»Wir müssen uns mal dein Bein ansehen«, sagte sie. »Vielleichst brauchst du einen Arzt.«

Ernst blinzelte Smedley sie an. »Nicht nötig. Ist bloß eine Schnittwunde. Wenn ich an der Stelle eine Narbe behalte, wird es meinem guten Aussehen keinen Abbruch tun.«

Narbe! Alice wirbelte herum und musterte Edward. Seine Augen waren nie blauer gewesen, doch sie las darin nicht, was sie erwartet hatte – Anklage, Selbstanklage, Demütigung, Zorn, alles zusammen? Nein, Edward schien belustigt, und plötzlich war es ihr Gesicht, das heiß leuchtete. Er hatte ihren kleinen Trick durchschaut. Egal wie er äußerlich aussehen mochte, drinnen steckte ein älterer, erfahrenerer Edward.

Sie überspielte die peinliche Lage, in die sie sich

gebracht hatte, und berührte seine Stirn. Er zuckte mit dem Kopf zurück.

»An der Stelle hast du eine Naht gehabt!« rief sie aus.

Er lächelte höhnisch.

»Glaubst du mir jetzt?«

»Ich habe dir schon vorher geglaubt.« Doch der physische Beweis jagte ihr ein Kribbeln über den Körper. Er hatte überhaupt keine Narbe, was gänzlich unmöglich schien.

»Die Knochensäger haben jetzt neue Verfahren«, meinte Julian. »Sie wenden sie bei ...« Er gähnte. »Schuldigung! ... bei den Verwundeten an. Es heißt, sie könnten einen Burschen zusammenflicken, ohne daß Narben bleiben.«

»Vor drei Jahren konnten sie das noch nicht. Zieh diese Lumpen aus, Alter«, forderte Edward ihn auf, ohne den spöttischen Blick von Alice abzuwenden. Wir sind hier schließlich alles Männer von Welt. »Möchte mir gern dein Bein ansehen.«

Julian gähnte abermals. »Gleich. Alice, wie sicher sind wir hier? Was ist mit den Nachbarn?«

Sie wandte sich wieder dem Kessel zu und betastete ihn. »Die alte Dame von gegenüber ist neugieriger, als man sich vorstellen kann, aber stocktaub. Die beiden Paare am Ende des Flurs sind den ganzen Tag außer Haus. Aber man könnte euch bemerken, wenn ihr aufs Klo geht.«

»Sollen wir in Rudeln austreten und dabei im Gleichschritt laufen?« Er grinste matt. »Oder hast du einen Eimer, den wir benutzen können?«

»Gute Idee«, erwiderte sie. Julian besaß eine gewisse Verschlagenheit, ein Nachhall des Übermuts seiner Jungenjahre.

Alice setzte sich auf den Rand des Sofas. Alle ihre Knochen schienen zu ächzen. Sie fühlte sich alt. Und sie wünschte, der Kessel würde endlich pfeifen, obwohl er beobachtet wurde. Eigentlich wollte sie gar keinen Tee, sondern eine Matratze. »Zwei von euch können sich das Bett teilen. Wenn wir ...«

»Unsinn!« schnitt Julian ihr das Wort ab. »Ich kann in zwei Fuß tiefem Schlamm schlafen, während rings um mich Geschosse einschlagen. Und wie ich höre, pennen nagische Krieger auf dem Boden.«

»So isses.« Auch Edward gähnte. »Deshalb schlafwandeln sie auch so viel.«

Tja, tja. Er war jetzt ein großer Junge.

»Ich werd' dran denken, die Tür zu verriegeln.«

Auch Jones konnte die Augen kaum noch offen halten. »Und ich habe letzte Nacht – oder wann auch immer – auf dem Sofa eine sehr gemütliche Stellung gefunden. Kommt mir so vor, als wäre es schon eine Woche her.«

»Wir sollten uns trotzdem lieber einen Plan zurechtlegen«, gab Edward traurig zu bedenken. »Ein paar Stunden Matratzehorchen, bis die Läden aufmachen, sind schon in Ordnung, aber länger können wir hier nicht bleiben.«

»Warum nicht?« Alice hatte sich darüber bereits den Kopf zerbrochen und war zu dem Schluß gelangt, daß sie keine Spuren hinterlassen hatten. »Es gibt nichts, das uns mit dem Wagen in Verbindung bringen könnte.« Den Garagenschlüssel hatte sie in Bermondsey in einen Gully geworfen.

»Nein. Es ist wegen Stringer. Wenn er die Wahrheit gesagt hat, sind wir natürlich in Sicherheit. Wenn er tatsächlich nur einen ehemaligen Fallowianer decken will. Aber falls er versucht hat, mich in die Falle zu locken, und das Gesetz einschaltet ... Er weiß, wer ich bin.«

Nun war es Jones, der ein Gähnen unterdrückte. »Ich habe Sie an einem einzigen Nachmittag aufgespürt, Miss Prescott. Der Polizei dürfte es noch schneller gelingen.«

Edward nickte und rieb sich die Augen. »Und wenn Stringer tatsächlich auf der Seite der Quälgeister steht, habe ich euch alle in tödliche Gefahr gebracht.«

Der Kessel begann, einen Warnton zu pfeifen.

»Der was?« fragte Alice nach.

»Der Quälgeister.« Freudlos blickte er in die Runde, als erwartete er, Zweifel in den müden Gesichtern zu entdecken. »Die Verbündeten der Kammer auf dieser Welt. Sie sind für das Massaker in Nyagatha verantwortlich. Glaubt mir, sie sind sehr viel gefährlicher als das Gesetz – obwohl sie auch das Gesetz für ihre Zwecke einspannen können, wenn ihnen danach ist. Sie verfügen über eine unvorstellbare Macht. Sie waren es auch, die Dudelsack getötet haben.«

Alice schaute Ginger in die Augen, und der Ausdruck darin ängstigte sie. Er glaubte Edward. Timothy Bodgley, besann sie sich, war mit einem Fleischermesser an ein Abtropfbrett geheftet worden. In einem verschlossenen Zimmer.

»Woher konnten sie überhaupt wissen, daß du in Staffles warst?« fragte sie. »Und wenn sie so gerissen sind, warum haben sie dich dann nicht an Ort und Stelle beseitigt? Warum haben sie zugelassen, daß du England lebend erreichst?«

Er zuckte mit den Schultern.

»Nun?« bohrte sie weiter. »Du kannst nicht einfach Weltuntergangswarnungen ausstoßen und sie dann nicht erklären!«

»Der Mann, der es so eingefädelt hat, daß ich in Flandern gelandet bin, hat wohl erwartet, daß ich sterbe«, sagte Edward. »Aber er weiß, daß ich wegen der Prophezeiung ausgesprochen schwer zu töten bin. Es wäre also durchaus denkbar, daß er mich mit einem Merkmal versehen hat, wie eine Taube mit einem Ring. Die Kammer gibt dann eine Mitteilung weiter:

Sehr geehrte Herren Quälgeister!
Die markierte Person ist soeben in ihr Einflußgebiet zurückgekehrt. Sofern sie noch lebt und atmet, bitten wie Sie, diesen Zustand bei erstbester Gelegenheit zu beenden. Wir wären Ihnen sehr verbunden.

Ihre ergebensten Diener usw.

Der Wagen hatte die Panne genau an der Stelle, wo kurz darauf die Bomben gefallen sind. Ich sollte euch wirklich nicht noch tiefer hineinziehen, aber ich fürchte, die Quälgeister könnten beschließen, euch zu vernichten, weil ihr Zeugen seid oder einfach nur aus Boshaftigkeit. In dem Fall könnte mein Glück vielleicht auch euch beschützen.«

»Großer Gott!« entfuhr es Ginger.

»Sie sind nicht unfehlbar«, stellte Julian schläfrig fest. »Die Bomben haben uns nicht getroffen. Du gehst doch zurück nach Nebenan, oder? Um den Dienst zu warnen, hast du gesagt.«

»Nein.«

Alice erhob sich und stieg über Edwards Füße hinweg, um zum Kessel zu gelangen. Sie goß ein wenig heißes Wasser in den Topf, um ihn zu erwärmen. Warum war Julian nur so begierig darauf, in diese andere Welt zu reisen, von der Edward erzählt hatte?

Mit Speer und Schild herumzurennen hörte sich so ganz und gar nicht nach ihm an, insbesondere da er mit der linken Hand werfen und den Schild am Armstumpf befestigen müßte. Glaubte er ernsthaft, Magie könnte ihm die verlorene Hand zurückgeben?

Nach einer Weile fragte Julian: »Warum nicht? Warum gehst du nicht zurück?«

»Himmel!« stieß Edward hervor. »Das solltest du doch wissen! Weil ich nach Hause gekommen bin, um in dem Krieg zu kämpfen, in dem ich kämpfen sollte, deshalb! Was für Papiere brauche ich, um mich freiwillig zu melden?«

»Wer atmen kann, ist drin«, brummte Jones.

Ganz so einfach ist es nicht, dachte Alice. Und wie lange konnte er in der Armee bleiben? Ihr unzerstörbarer Cousin schleppte mittlerweile eine aufsehenerregende Vergangenheit hinter sich her. Zu viele Leute wußten über ihn Bescheid und kannten sein Gesicht. Der Gedanke, einen weiteren geliebten Menschen an der Front zu wissen, war entsetzlich, dennoch fühlte sie sich durch dieses Eingeständnis schuldig und unpatriotisch.

Edward würde sich unter einem falschen Namen melden müssen, folglich würde er ebensowenig als ihr Verwandter aufgeführt wie D'Arcy. Dann mußte sie die Verlustanzeigen nach zwei Namen durchsuchen.

»Was ist mit dieser Prophezeiung?« fragte sie. »Hast du diesen Zath getötet?«

»Nein. Und das werde ich auch nie.«

Sie bereitete den Tee zu und bedeckte den Topf mit dem Teewärmer.

»Das ist alles? Du spazierst hier am hellichten Tag hinaus und meldest dich freiwillig?« Die Mühen der

Nacht erschienen seltsam vergeblich, wenn alles, was sie erreicht hatten, darin bestand, das Schlachthaus des Krieges mit einem weiteren Opferlamm zu versorgen.

»Eine Sache muß ich zuerst noch erledigen«, erwiderte Edward gähnend. »Und zwar dem Hauptamt eine Nachricht über den Verräter in Olympus zukommen lassen. Ich hoffe, die vom Hauptamt können mir sagen, ob die Quälgeister immer noch hinter mir her sind.«

»Ich dachte, nur Menschen könnten zwischen den Welten hin- und herreisen«, warf Julian ein. »Briefe nicht? Wie willst du dem Dienst dann eine Botschaft schicken?«

»Ich habe drei Möglichkeiten. Ja, eine davon würde es notwendig machen, daß ich zurückreise, aber wenn ich schon muß, dann nur ganz kurz. Auf jeden Fall muß ich in den Westen. Fahren Sie zurück nach Fallow, Ginger?«

»Ich muß. Gleich als erstes morgen früh.«

»Dann begleite ich Sie. Sobald ich etwas zum Anziehen habe. Fällt Ihnen irgend etwas ein, wo ich ein paar Tage unterschlüpfen könnte?«

Jones betastete seinen Nasenrücken und riß die Hand zornig weg. »Eine Idee hätte ich schon. Wenn wir Stringer nicht vertrauen dürfen, ist die Schule zu offensichtlich.«

Abermals gähnend, nickte Edward.

»Smedley?«

Alle Blicke richteten sich auf Julian.

»Ich zockle mit«, antwortete er leise.

»Möchte jemand Tee?« erkundigte sich Alice, doch alle lehnten dankend ab. Wahrscheinlich wollten sie alle, genau wie sie, einfach die Augen schließen und der Wirklichkeit entfliehen. »Also, wenn ihr Männer sicher seid, daß ihr hier drin zurechtkommt …«

Heute war Donnerstag. Sie wußte, daß sie vermutlich gefeuert würde, wenn sie einen zweiten Arbeitstag versäumte, doch sie wußte auch, daß sie sich nun nicht einfach aus der Angelegenheit zurückziehen konnte.

Gambit der Königin

17

Tageslicht an den Rändern der Vorhänge weckte Alice. Schlaftrunken suchten ihre Finger nach der Uhr. Zehn Uhr! Nun hörte sie auch den Verkehrslärm, der ihr verriet, daß die Stadt wie gewöhnlich ihren Geschäften nachging. Sie rollte sich aus dem Bett, knöpfte den Morgenmantel zu, strich sich das Haar grob zurecht und eilte ins Wohnzimmer.

Ein Mann in einem flaschengrünen Morgenmantel las die gestrige Ausgabe der Times. Bei dem Anblick spürte Alice einen Stich im Herzen, doch natürlich war es nur Edward. Schwerfällig mühte er sich auf die Beine, als sie eintrat. Dann lächelte er sie mit diesen blauen Augen an, daß die weißen Zähne nur so blitzten.

Niemand sonst war da – verflucht! Sie war noch zu traumselig für die Herz-Schmerz-Szene. »Die können doch nicht beide im Badezimmer sein. Ist noch eine Tasse Tee übrig?«

»Ja. Frisch gekocht. Ginger ist einkaufen gegangen.«

Alice trat an den Tisch und wandte ihm den Rücken zu. Sie holte Tasse und Untertasse hervor und wappnete sich gegen die unausweichlichen Fragen. Als sie zum Kamin ging, hörte sie eine Diele knarren und Papier rascheln.

»Erzähl mir von ihm«, forderte Edward sie auf.

»Nein.« Später vielleicht, wenn sie ganz wach war. Oder vielleicht überhaupt nicht.

Sie schenkte sich verlockend aussehenden Tee ein.

Edward ergriff das Wort. »Er ist reich, aber seine Frau bestimmt über das Geld. Er raucht Zigarren.

Außerdem ist er Rechtsanwalt und wahrscheinlich in der Armee.«

Der Teekessel klirrte auf dem Tisch. Mit wild pochendem Herzen wirbelte Alice herum.

Edwards Grinsen verwandelte sich in eine erschrockene Miene. »Du meine Güte! Ich wollte dich nicht aufregen!«

»Gehört das zu deinen Hexenkünsten?«

Er lief rot an wie ein Kind, das bei einem Streich ertappt wird. »Natürlich nicht! Nicht auf dieser Welt!«

»Woher weißt du das dann alles?«

Edward zuckte mit den Schultern und lächelte matt. »Die Zigarren rieche ich an diesem Morgenmantel. Du trägst keinen Ring, also ist er vermutlich verheiratet. Er kauft seine Kleidung bei Harrods und fährt einen scheunengroßen Wagen, folglich ist er reich. Du aber wohnst in einem Elendsviertel. Also kann er es sich nicht leisten, dir Geld zu geben. Da scheint es nur naheliegend, daß er in der Armee ist und vom Schilling des Königs lebt.«

»Und das mit dem Anwalt?«

Edward zögerte. Mit nunmehr durch und durch verlegener Miene zog er ein Stück Papier aus der Tasche. »Ein adressierter Umschlag. An Sir D'Arcy Devers, Anwalt Ihrer Majestät, Gray's Inn.«

Mit zitternden Händen nahm Alice den Tee und ging damit zum Sofa. »Ausgezeichnet, mein lieber Watson!«

»Ein ziemlich billiger Trick«, murmelte er. »Tut mir leid. Ist er freiwillig Soldat oder wurde er eingezogen?«

»Freiwillig.«

»Oh!« sagte Edward, und dann trat eine Zeitlang Stille ein.

Alice trank den Tee aus und stellte Tasse und Untertasse beiseite.

»Und du hast mich immer einen verträumten, romantischen Idealisten genannt!« meinte er.

Sie mied seinen Blick. »Die gibt's überall. Er war schon als Richteranwärter vorgesehen. Eine schmutzige Scheidung hätte das alles zunichte gemacht. Seine Frau ist rachsüchtig und hat gute Verbindungen.«

»›*Ich könnt' nicht lieben Dich so sehr, liebt' ich nicht Ehre mehr*‹?«

»Könnte man so sagen.«

»Ist eigentlich von Herrick.«

»Es ist von Lovelace. Und nein, es fühlt sich nicht besonders gut an, erst an zweiter Stelle nach dem Krieg zu kommen.«

»O Alice!« seufzte Edward traurig. »O meine arme Alice!«

»Spar dir dein Mitleid. Ich war eine Mätresse und glücklich damit, bis der Kaiser alles verdorben hat.« Sie zwang sich, ihm in die Augen zu schauen. »Ich hätte es dir sagen sollen. Um ein Haar hätte ich es auch getan, aber du hattest so viele andere Sorgen. Tut mir leid.«

»So lange geht das schon?«

»Seit Oktober 1913.«

»Oh.« Er zuckte zusammen und drehte sich zum Kaminsims um. »Ich muß dir ja wie ein völliger Trottel vorgekommen sein.«

»Nein. Kein Trottel. Junge, verliebte Männer benehmen sich zwar dumm, sind aber keine Trottel. Ich habe dir doch gesagt, ich liebe dich wie einen Bruder.«

»Wie einen kleinen Bruder!« entgegnete er wütend. »Ich war achtzehn, du einundzwanzig. Ich bin immer noch achtzehn!«

»Und ich bin eine alte Vettel mit vierundzwanzig Jahren auf dem Buckel!« Er wirkte eher wie ein Sechzehnjähriger, der auf einer Kiste stand, doch das konnte sie ihm wohl kaum ins Gesicht sagen. »Ich liebe dich immer noch wie einen Bruder.«

Er drehte sich wieder zu ihr um und lächelte sie an. Es war eine tapfere Geste, doch seine Augen glänzten feucht.

»Und innerlich bist du nicht mehr achtzehn, Edward. In mancherlei Hinsicht wirkst du älter als Julian, der in den Flammen der Hölle gestählt wurde. Was hast du durchgemacht, um so zu werden?«

»Man kann es nicht mit dem vergleichen, was Julian gesehen hat. Es waren nur ... Erfahrungen.«

Harte, grausige Erfahrungen, dachte sie.

»Du bist dieser Schwärmerei nicht entwachsen?« fragte sie traurig. »All die Jahre auf deiner magischen Welt hast du wirklich nach mir geschmachtet?«

Edward biß sich auf die Lippe. »Ich nehme an, ich hatte immer noch Hoffnung. Du warst ein weiterer Grund, weshalb ich nach Hause wollte.«

»Ach, hör doch auf!« beharrte sie neckisch. »Du kennst alle meine Geheimnisse. Im Wagen hast du eine gewisse Bestimmtheit erkennen lassen, die mir zuvor nie an dir aufgefallen ist. Du hattest Übung im Umarmen.«

Edward wand sich. »Keine Liebesgeschichten! Aber – aber es hätte welche geben können.« Als Alice die Stille andauern ließ, fuhr er fort: »Sie hat angedeutet, daß sie Absichten in dieser Richtung hätte.«

Er hörte sich so unglaublich viktorianisch an, daß Alice beinahe laut aufgelacht hätte. Edward verkörperte immer noch das Musterbeispiel eines Romantikers.

»Geh zurück zu ihr und versuch noch ein paar solche Umarmungen«, schlug sie vor.

Er starrte auf die kalte Gasherdplatte hinab. »Ich werde nie mehr zurückgehen, also ist das unmöglich. Es war damals schon unmöglich. Ich hatte dir mein Wort gegeben.«

Alice stand auf, um ins Schlafzimmer zu gehen und sich anzukleiden. »Aber ich hatte es abgelehnt. Du warst mir in keiner Weise verpflichtet.« Sie kehrte ihm den Rücken zu, und plötzlich war sie von seinen Armen umschlungen.

»Vermutlich habe ich dich als Entschuldigung herangezogen«, flüsterte er ihr ins Ohr. »Wie konnte ich zulassen, daß ich mich auf einer Welt verliebe, die ich um jeden Preis verlassen wollte? Ja, ich war in Versuchung, sehr sogar. Es war meine Erinnerung an dich, die mir geholfen hat, dieser Versuchung zu widerstehen.«

Ihr kleiner Pflegebruder war inzwischen ein Mann geworden, und nun wußte sie den Unterschied erstmals wirklich zu schätzen. Es half, daß sie sein Gesicht nicht sehen konnte. Ein Mann umarmte sie, ein entschlossener Mann mit eisernem Willen. Kein Junge.

»Bitte laß mich los.«

»Ich habe nicht vor, dich zu vergewaltigen. Ich will nur wissen, ob du glücklich bist.«

»Wenn der Krieg zu Ende ist und D'Arcy zurückkehrt, werde ich sehr glücklich sein. Seine Frau ist krank; sie hat nicht mehr lange zu leben.«

»Vertraust du ihm?«

Alice hätte sich diese Befragung nicht von jedermann gefallen lassen, doch Edward war nicht jedermann. »Voll und ganz.«

»Denn solltest du Zweifel hegen ... Solltest du deine Meinung ändern wollen, Alice, mein Liebling, dann hast du immer noch die Möglichkeit dazu. Du kannst nach Nebenan gehen.«

»Was?«

»Ich kämpfe gegen den Kaiser. Du gehst nach Nebenan. In sechs Jahren sind wir gleich alt.«

»Edward! Das ist doch nicht das Problem! Laß mich jetzt los und hör auf, solchen Unsinn zu verzapfen!«

Er gab sie frei. Als sie sich umdrehte, sah sie, daß er fuchsteufelswild war, was seine Stimme in keiner Weise erkennen ließ.

»Du möchtest lieber bleiben und in diesem Elendsviertel vor die Hunde gehen? Onkel Roland hat alles für seine ach so kostbaren Bibeln verpulvert, was?«

Alice seufzte. In aller Herrgottsfrühe war sie nicht in Bestform. »Eigentlich nicht. Ein Mann, dem er vertraute, hat das Geld veruntreut.«

»Natürlich jemand aus seiner ehrwürdigen Missionarsvereinigung, stimmt's?«

Sie nickte. »Roly hatte keine Ahnung davon. Er hat geweint, als er es mir erzählte, Edward. Ich glaube, es hat ihn umgebracht.«

»Recht so!« Er begegnete ihrer gerunzelten Stirn mit einer finsteren Miene. »Oh, das Geld ist mir egal. Es war seine verdammte, frömmlerische Überdrüberheiligkeit! Ich hasse Leute, die glauben, die zu wissen glauben, was das Beste für die Welt ist.«

Wahrscheinlich gab es viele gute Antworten darauf, doch Alice jedoch fiel keine ein. »Ein bißchen was ist noch übrig, dein Anteil. Nur ein paar hundert Pfund, und es ist alles in mündelsicheren Wertpapieren oder so angelegt.«

»Mist! Käse in einer Mausefalle?«

»Lohnt sich nicht, Kopf und Kragen zu riskieren, um es einzufordern, nein.«

Erleichtert hörte Alice, wie die Tür sich öffnete. Julian humpelte ins Zimmer. Sein Haar war feucht, er selbst jedoch unrasiert, und seine Kleider waren immer noch blutverkrustet. Abwägend wanderten seine Augen vom einen zur anderen.

»Guten Morgen«, sagte er.

»Guten Morgen. Wie geht's dem Bein?«

»Es ist steif, das ist alles. Ich fürchte, ich habe deine sauberen Handtücher ziemlich versaut. Hast du noch Frühstück gefunden? Wir haben die Speisekammer wie eine Herde Heuschrecken geplündert.«

»Schwarm«, verbesserte Edward. »Ein Heuschreckenschwarm.«

»Heuschreckenplage«, grummelte Alice. Immer noch spielten sie dumme Spielchen, um die Anspannung zu verbergen, was Alice verärgerte. »Ich gehe mich anziehen, bevor Ginger zurückkommt.«

Just da klingelte es. Julian öffnete die Tür. Mit sperrigen, braunen Papiertüten unter jedem Arm trat Ginger ein. Die kurzsichtigen Augen blinzelten in Alices Richtung.

»Morgen, Miss Prescott.«

»Morgen, Mr. Jones. Du meine Güte, waren sie fleißig! Tut mir leid, daß ich eine so schreckliche Gastgeberin bin.«

»Unsinn. Alte Menschen brauchen nun mal sehr wenig Schlaf.« Er stellte die Tüten ab. »Das hier ist für einsfünfundsiebzig Kilo. Das da für einsachtzig.« Er griff in die Hosentaschen. »Rasierklinge, Rasierseife, verschiedene Bürsten . . . entsprechend Ihrer höflichen Anfrage von heute.«

»Aus der Savile Row?«

»Von einem Schubkarrenhändler.« Schwerfällig setzte er sich. Die Spuren der anstrengenden Nacht waren nach wie vor unübersehbar. »Ich habe einen Anruf getätigt und einen Unterschlupf für dich gefunden.«

Edward seufzte. »Ginger Jones, Sie sind ein Prinz unter lauter Fußvolk! Ich bin so dankbar, daß ich weinen könnte.«

»So wie wir alle«, pflichtete Julian ihm bei.

Jones hüstelte mißbilligend. »Schluß damit!« Er wirkte ehrlich verlegen.

»Und wo befindet sich diese Zuflucht?« fragte Edward.

»Das Dower House in Greyfriars.«

Edwards Augen weiteten sich voller Bestürzung, wodurch das knochige Antlitz an einen Totenschädel erinnerte. »Der Grange?«

»Mittlerweile lebt Mrs. Bodgley im Dower House. Weißt du, daß der General gestorben ist?«

»Nein, wußte ich nicht. Tut mir aufrichtig leid, das zu hören. Die gute Frau hat wirklich nicht viel Glück im Leben!«

»Aber sie weiß, daß du nicht der Grund dafür warst und möchte dich unbedingt treffen. Und deinen Freund. Ich habe deinen Namen nicht genannt, Smedley, falls noch etwas passieren sollte. In etwas mehr als einer Stunde geht ein Zug. Glaubt ihr, wir schaffen das?«

Julian und Edward stürzten sich auf die jeweilige Tüte.

»Wartet!« rief Alice. »Ich hasse es, mich so beeilen zu müssen. Warum reisen wir nicht getrennt? Wäre das denn nicht sicherer?«

»Jeder von uns?« fragte Jones stirnrunzelnd nach und faßte sich an den Nasenrücken.

»Zwei und zwei. Sie und Julian. Edward und ich mit dem nächsten Zug.«

Alle Blicke richteten sich auf Edward.

Er nickte. »Gefährlicher kann es ja kaum sein, oder? Wenn ich einen Brief schreibe, Ginger, würden Sie den für mich in den Briefkasten in Fallow werfen?«

Der Lehrer zog die Augenbrauen hoch und faßte sich abermals an die Nase, um den verschollenen Kneifer zurechtzurücken. »Wieso sollte es eine Rolle spielen, in welchen Briefkasten ich ihn werfe?«

»Ich glaube, es spielt eine Rolle«, erwiderte Edward. »Ebenso die Handschrift. Es könnte sogar wichtig sein, ob Sie ihn einwerfen oder ich, aber wir können es zuerst mal so probieren.«

Julian schnaubte ungläubig. »Darf ich zum Umziehen dein Schlafzimmer benützen, Alice? Ich fürchte, ich bin ein wenig langsam.«

»Nur zu.« Alice fragte sich, wie sie dermaßen blutbefleckte Kleider je entsorgen sollte.

Mit der Tüte in der Hand humpelte er aus dem Raum. Nachdem die Schlafzimmertür geschlossen war, wandte Ginger sich Alice zu und lächelte siegesbewußt – der Versehrte vergoß heute keine Tränen.

»Was ist denn so lustig?« wollte Edward wissen, als er ihr erwiderndes Lächeln sah.

»Nichts«, gab sie zurück.

»Der nächste Zug geht erst um vier Uhr irgendwas«, sagte Ginger.

Alice entspannte sich. »Dann fahren Sie und Julian zuerst. Edward und ich kommen nach.«

So würden sie Zeit gewinnen, um Edwards Gefühlsprobleme zu beseitigen, und sie konnte mehr über seine Abenteuer in dieser seiner magischen Welt erfahren. Sie hegte den Verdacht, daß er deshalb so auf den nagischen Wilden herumgeritten war, um Smedleys Interesse zu dämpfen. Nebenan mußte auch eine schönere Seite haben – vielleicht jenen geheimnisvollen Prinz Golbfisch, den er erwähnt hatte.

18

Golbfisch schlug vor Ymmas hämischem Gelächter die Schlafzimmertür zu und stapfte los, um sich der Tortur zu stellen. Schon bald hörte er zu stapfen auf, denn er lief barfuß.

Seine Ehrengarde wartete im Vorzimmer. Er hatte damit gerechnt, daß die Soldaten ähnlich wie er selbst gekleidet sein würden, doch sie alle trugen Rüstungen joalischer Machart aus leuchtender Bronze. Die farbigen Symbole ihrer Hingabe für Olfaan und die anderen Götter waren auf die Rüstungen geprägt, nicht mit Farbe in die Gesichter geschmiert. Der Anführer salutierte. Puish Herrschaftsdiener verneigte sich und winkte zwei Lakaien herbei. Einer reichte Golbfisch einen Speer, der andere einen runden Schild, so schwer mit Gold verziert, daß Golbfisch ihn um ein Haar fallen ließ. Noch nie war etwas erfunden worden, das unnützer für eine Schlacht war.

Er ließ den finsteren Blick über die Wachen wandern, auf der Suche nach Anzeichen eines Grinsens unter einem Helm, doch die Mienen zeigten sich wohlweislich durchweg unverbindlich. Wütend brummelnd, schritt er wortlos davon, auf daß sie ihm in beliebiger Formation folgen sollten. Zum ersten – und, wie er inbrünstig hoffte, zum letzten Mal – trug er die traditionelle Kluft eines nagischen Kriegers. Viel war es ohnehin nicht – nur ein spärlicher Lederlendenschurz. Er fühlte sich nackt. Sein Antlitz war auf lächerliche Weise mit bunten Zeichen bemalt. Haare und Bart waren kurz gestutzt, denn dies war der Schnitt der Krieger, doch Golbfisch wußte, wie sehr es seinen zu kleinen Kopf hervorhob. Er fühlte sich wie eine Mißgeburt. Er wußte, daß er wie eine Mißgeburt aussah. Vielleicht hatte das Ganze ja auch etwas Lustiges, und er würde irgendwann anläßlich eines eleganten Abendempfangs mit seinen Freunden darüber lachen: Wißt ihr noch, wie ich damals gezwungen war, mich wie ein Barbar zu kleiden? Vielleicht. Aber wenn seine Freunde in Joal ihn nun sehen könnten, würden sie … sie würden genauso hemmungslos lachen wie diese Schlampe auf dem Bett.

Er hatte einfach den falschen Körperbau. Sein Rumpf lief nach oben anstatt nach unten hin spitz zu, was jedoch seiner Sorge keinen Abbruch tat, das lächerliche Kleidungsstück könnte ihm in der glühenden Hitze von den Hüften rutschen. Da er beide Hände voll hatte, würde er herzlich wenig dagegen unternehmen können, sollte es dazu kommen. Er hatte keine Haare auf der Brust – ebenso wenig rituelle Male an den Rippen. Wenn Mutter glaubte, er würde die Ränge der Krieger ihres rückständigen Königreichs zu Blutdurst und patriotischer Leidenschaft anstacheln, würde sie eine herbe Enttäuschung erleben.

Selbst die dumme Ymma wußte das. Ihre hämischen Worte hallten ihm noch in den Ohren: »Was werden sie von dir halten? Was werden deine hochverehrten Freunde von dir denken, wenn sie dich so sehen? Welche Verse werden deine Dichter ersinnen, welche Lieder werden deine Sänger singen? Und dieser Bildhauer – wird er dir ein Ebenbild meißeln?« Dann hatte sie abermals zu lachen begonnen – ein hartes, grausames Gelächter, das sich wie Peitschenhiebe anfühlte.

Golbfisch schauderte. Zum Glück befanden sich seine besten Freunde allesamt im fernen Joal, und die paar, die er in Nag hatte, würden nicht nahe genug an das Schauspiel herankommen, um Einzelheiten zu erkennen. Es handelte sich ausnahmslos um Zivilisten, begabte Künstler, die er aus Joal zurückgeholt hatte, um ihm dabei zu helfen, das kulturelle Leben des Königreichs zu verbessern. Zivilisten würden im hinteren Teil des Tempels bleiben müssen.

Die Joalier werden es verstehen! sagte er sich. Sie wissen, daß ich mich dem örtlichen Brauchtum anpassen muß, um die Moral der Horde zu heben. Sie vertrauen mir, wie sie Tarion niemals vertrauen werden. Schließlich waren es die Joalier, die darauf beharrten, daß Mutter mich zum Hordenführer ernennt.

Doch Tarion war zum Reitereiführer befördert worden, und Golbfisch begriff nicht, weshalb die Joalier dem zugestimmt hatten. Auf die nagische Reiterei verließen sie sich weit mehr als auf die nagische Infanterie, die keine große Hilfe für sie darstellen würde. Nagland verfügte zwar über sehr viele Moas, doch es entsprach nicht der Tradition des Landes, diese Tiere im Krieg einzusetzen. Joalische Lanzenreiter galten als die besten Krieger der Täler – abgesehen von den thargischen natürlich –, aber sie konnten ihre Reittiere nicht über den Thordpaß bringen. Moas waren Einmannrösser, und es dauerte viele Doppelwochen, sie an neue Reiter zu gewöhnen. Technisch unterstand Golbfischs kleiner Bruder Tarion zwar der Befehlsgewalt des Hordenführers, dennoch standen die Aussichten, im bevorstehenden Krieg Ruhm zu erlangen, für Tarion wesentlich besser als für Golbfisch.

Golbfisch freute sich ganz und gar nicht auf den Krieg. Er war Freund und Förderer der schönen Künste, kein Soldat. Am allerwenigsten freute er sich auf die Angelobungszeremonie, die an diesem Nachmittag stattfinden sollte. Lieber hätte er sich einer Rotte bewaffneter Thargier entgegengestellt, als in dieser Aufmachung seinem Volk unter die Augen zu treten, doch es gab keine Möglichkeit, der Tortur zu entrinnen. Joalia hatte die Unterstützung seines Verbündeten verlangt, und die Horde mußte auf althergebrachte Weise angelobt werden.

Was Joal wollte, bekam Joal auch. In Nagia galt dies als Gesetz.

Der Palast war ein schmuddeliges Gebilde endloser Steinkorridore, miserabel geplant und jämmerlich errichtet, eine geistlose Nachahmung joalischer Baukunst. Rings um Nag gab es kein ordentliches Baumaterial wie beispielsweise den schimmernden, buntscheckigen Marmor Joals. Alles wurde aus demselben tristen, purpurnen Sandstein erbaut, der so weich war, daß er zerbröckelte, und die Böden waren ständig mit feinem Schotterstaub bedeckt. In Nagland lagen Steinbauten fernab jedweder Frachten.

Auch Erbmonarchie war in Nagia keine Tradition. Die Joalier hatten die Monarchie mit Waffengewalt eingeführt, als sie damals Golbfischs Großvater auf den Thron setzten. Seine Mutter, das mußte man ihr zugestehen, hatte jedermann erstaunt, da es ihr gelungen war, die Krone zu behalten, indem sie die vorhersehbaren Aufstände mit joalischer Hilfe und rücksichtsloser Grausamkeit niederschlug. Es stimmte, daß sie Tarion als ihren Nachfolger bevorzugte, denn sie machte keinen Hehl daraus. Sie behauptete hartnäckig, Golbfisch wäre nicht rücksichtslos genug. Womit sie recht hatte, doch war Rücksichtslosigkeit denn immer noch nötig? Golbfisch vertrat die Meinung, daß die Nagier sich nach drei Generationen an die Lage gewöhnt hätten. Sie würden einen König dulden, der die Joalier ruhig hielt, solange er sich gütig und wohlwollend zeigte.

Mutter sah das anders.

Golbfischs linker Fuß fühlte sich bereits wund an, als er den Garten des Segens erreichte, einen schalen Abklatsch des Gartens des Segens in Joal. Jeder, der das Vorbild gesehen hatte, fand die Nachbildung bemitleidenswert. Eingeführte joalische Samen begannen nie zu keimen, und die nagische Pflanzenwelt strahlte einfach nicht denselben Glanz aus. Die Korbbäume spendeten kaum Schatten, und die Sonnenblüten und Sternblumen waren zwischen ihren wild wuchernden, ledrigen Blättern kaum zu erkennen. Nun, im Spätsommer, waren die Springbrunnen versiegt, und die Zierbecken wirkten verwahrlost und tot, so als müßten tote Fische mit dem Bauch nach oben darin treiben. Die Statuen waren aus dem allgegenwärtigen, purpurnen Sandstein gemeißelt, so daß die meisten bereits zu gesichtslosen Mumien verwittert waren.

Die Ehrengarde hatte irgendwo angehalten. Golbfisch ging alleine weiter und folgte dem gewundenen

Pfad durch das Buschwerk. Vor sich hörte er Stimmen, viele Stimmen, und er spürte ein unbehagliches Ziehen in der Magengrube. Golbfisch hatte nur Mutter und Kammaeman, den joalischen Befehlshaber, erwartet. Vielleicht noch Tarion. Statt dessen vernahm er eine weitaus größere Gesellschaft.

Nach einer Biegung um ein Gewirr aus Bambus, rubinroten Büschen und lachsfarbenen Weinreben geriet der Thron in Sicht. Über die Menge erhoben, hielt die Königin Hof. Sie schien die einzige Frau zu sein, die zugegen war. Während Golbfisch näherschritt, suchte er vergeblich nach irgend jemandem, der so auffällig gekleidet war wie er. Einige trugen leuchtende, kriegerische Bronze, die übrigen die weiten Hosen und Kittel joalischer Zivilisten. Er erkannte die üblichen Minister, Gesandten und Sekretäre. Ihre Anwesenheit konnte er ja noch verstehen, doch da waren auch andere, mit denen er nie und nimmer gerechnet hätte. Mutter schien sämtliche Offiziere der in Nag befindlichen joalischen Armee eingeladen zu haben, außerdem alle Hofbeamten und die meisten bekannten Persönlichkeiten der Umgebung – und auch alle persönlichen Freunde Golbfischs! Dutzende Gesichter, die er noch nie zuvor im Palast gesehen hatte: Toalmin Bildhauer, Gramwil Poet, Gilbothin Historiker und unzählige andere. Dies waren genau die Leute, von denen er hoffnungsfroh angenommen hatte, sie würden im Tempel auf die hinteren Ränge verbannt. Warum waren sie zu diesem Empfang eingeladen worden?

Und warum wurde dieser Empfang überhaupt abgehalten? Man hatte ihm kein Sterbenswörtchen davon erzählt. Er fragte sich, ob Ymma darüber Bescheid gewußt hatte.

Er erreichte den hinteren Rand der Menge und sagte: »Entschuldigung.« Die ihm am nächsten Stehenden wandten sich um und starrten ihn verblüfft an. Dann öffneten sie eine Schneise, doch ihre Augenbrauen wanderten nahezu bis zum Haaransatz empor.

Wenn einer auch nur grinst, durchbohre ich ihn mit dem Speer! dachte Golbfisch, bevor ihm bewußt wurde, daß er in diesem Fall ein wahres Blutbad anrichten müßte. Die Gesichter wandten sich von ihm ab, doch er wagte nicht zurückzublicken, um nachzusehen, was sich hinter ihm abspielte. Jedenfalls hörte er jede Menge Gehüstel.

»Entschuldigung bitte!« rief er abermals. Und wieder …

Der einzige Vorteil der grotesken Kriegsbemalung bestand darin, daß sie die Schamesröte in seinem Antlitz verbarg. Dennoch fühlte er, wie seine Ohren glühten.

Er war groß genug, um Kammaeman Schlachtenmeister auszumachen, noch bevor er den Thron erreichte. Der joalische Heerführer stand am Fuße der Stufen und witzelte mit der Königin. Trotz der grauen Schlieren in seinem Bart galt er nach wie vor als einer der besten Krieger, die Joalia in einer Generation hervorgebracht hatte. Man konnte sich darauf verlassen, daß Kammaeman die vereinten Armeen mit Einfallsreichtum und der nötigen Härte anführen würde. Die Thargier würden noch merken, daß er alles andere als ein leichter Gegner war. Zudem war er ein gerissener Politiker, was in Joal eine überlebensnotwendige Eigenschaft darstellte. Golbfisch hatte ihn dort schon des öfteren getroffen, doch ihre Freundschaft war rein zeremonieller Natur gewesen.

Unnötig zu erwähnen, daß Golbfisch die Absicht

hatte, alle militärischen Entscheidungen Kammaeman zu überlassen. Außerdem gedachte er, sich während der Schlachten sehr dicht in der Nähe des Befehlshabers aufzuhalten. Ein Thronerbe durfte schließlich keine Wagnisse eingehen wie andere Männer.

Tarion Reitereiführer stand ebenfalls unweit der Königin und grinste unheilverkündend.

Zugegeben, Tarion war nur Golbfischs Halbbruder, dennoch hätten die beiden kaum gegensätzlicher sein können. Tarion war der Inbegriff eines Nagiers – gertenschlank, unermüdlich, braunhäutig und dunkelhaarig, zudem reizbar und gefährlich. Niemand übertraf Tarion im Reiten; er schien mit seiner Moa zu verschmelzen, sie in einen Teil seiner Selbst zu verwandeln. Wenn jemand aus dieser Runde in einem Lendenschurz und mit knalliger Kriegsbemalung zur Schau gestellt werden sollte wie Golbfisch, dann Tarion, Anführer der Reiterei. Aber nein. Da stand er, unbestreitbar gutaussehend, mit funkelndem Bronzehelm und in joalischer Reiterkluft aus blauer Baumwolle, und zeigte sich bedrohlich wie ein blankes Schwert. Er war gut, und er wußte es.

Endlich gelangte Golbfisch zu den Stufen des Throns. Er hielt inne und nickte anstelle einer Verbeugung mit dem Kopf. Er wagte nicht zu fragen, weshalb seine Mutter für den feierlichen Anlaß nicht ebenfalls die Nationaltracht angelegt hatte. Falls ihre Untertanen erwarteten, den dürren, königlichen Busen entblößt zu sehen, würden sie bitter enttäuscht werden. Ihre blaue Robe hätte unmöglich joalischer sein können. Die Königin war klein und zerbrechlich, das schüttere, weiße Haar lag unter einer juwelenbesetzten Tiara verborgen. Ihr Gesicht war noch stärker bemalt als das seine, doch in ihrem Fall mit Wachs und Rouge, um die Sorgenfalten und die vergilbende Haut zu übertünchen.

Emchainne würde schon bald sterben. Jeder wußte es, sogar sie selbst, doch niemand wagte es auszusprechen. Ihr blieben bestenfalls noch ein paar Monate; ihren Willen aber hatte die Krankheit, deren Fänge sich um sie schlossen, noch längst nicht gebrochen. Sie war immer noch Königin; sie herrschte immer noch so unanfechtbar über Nagia wie seit dreißig Jahren.

Wie konnte eine so schwächliche Frau jemanden wie ihn, Golbfisch, zur Welt bringen? Er war gut ein Drittel größer als sie. Im Augenblick jedoch blickte sie auf ihn herab, und sie funkelte ihn an.

»Du kommst zu spät!« fuhr sie ihn an. »Hast du schon vergessen, wie man ordnungsgemäß militärisch grüßt?« Ihre Stimme klang heiser.

Widerwillig schlug Golbfisch Schild und Speer aneinander, wobei ihm letzterer beinahe aus den verschwitzten Fingern glitt. Hastig sprangen einige Umstehende aus dem Gefahrenbereich zurück.

Die Königin von Nagia musterte ihren älteren Sohn mit unverhohlener Verachtung. »Und willst du nicht auch deinen Oberbefehlshaber grüßen?«

Mit einem Mal spürte Golbfisch festeren Boden unter den Füßen, sofern es in diesem Ränkegewirr überhaupt festen Boden gab. Er bedachte Kammaeman mit einem Nicken. »Schlachtenmeister?« Dann wandte er sich wieder der Königin zu. »Ihr seid unser Oberbefehlshaber, Mutter. Ich wurde zu Eurem Stellvertreter ernannt. Der Schlachtenmeister ist lediglich Befehlshaber unserer Verbündeten. Selbstverständlich unterwerfe ich mich seinem Oberkommando, aber laut Vertrag sind wir gleichgestellt. Wir marschieren zusammen gegen den gemeinsamen Feind.« Der ältere Mann zog eine ergraute Augenbraue hoch.

Plötzlich beschlich Golbfisch eine dunkle Ahnung. Er ließ den Blick über die Umstehenden wandern. Die meisten bemühten sich, Belustigung zu verbergen. Nicht so Tarion. Unter dem Helm war deutlich ein höhnisches Grinsen zu erkennen. Er mußte etwas wissen, das Golbfisch nicht wußte. Hatte auch Ymma es gewußt? Wußten es alle außer ihm?

»Ah ja!« Die Königin wandte sich an die ihr am nächsten befindlichen Höflinge. »Wer hat eine Abschrift der Rede meines Sohnes?«

Golbfisch spürte, wie Zorn in ihm aufstieg, ein unvertrautes und unwillkommenes Gefühl. Wenn er die Beherrschung verlor, wurde er für gewöhnlich recht schrill; er neigte dazu, mit den Füßen zu stampfen. »Ich kenne meine Rolle, Mutter!«

»Wir haben beschlossen, der Zeremonie eine Kleinigkeit hinzuzufügen.«

»Die Zeremonie ist eine Tradition!«

Emchainne seufzte, doch das Funkeln in ihren Augen verriet, daß sie die Lage genoß. »Die Monarchie aber nicht. Früher wurden Hordenführer gewählt, nicht ernannt. Du bist unser Thronfolger. Wir sind zu dem Schluß gekommen, daß du zu wertvoll bist, Golbfisch, mein lieber Sohn. Wir haben beschlossen, daß wir dir nicht erlauben können, dein Leben im Kampf aufs Spiel zu setzen. Selbstverständlich zweifelt niemand an deinem Mut. Wir wissen, wie sehr du das bedauern wirst, doch unsere joalischen Verbündeten sind mit uns einer Meinung – nicht wahr, Schlachtenmeister? Also wirst du hier bei uns in Nag bleiben müssen, mein Sohn.«

Zuerst verspürte er unglaubliche Erleichterung.

Zelte, derbes Essen und Schlafen auf hartem Boden schienen wenig verlockend. Federbetten und Silberlöffel entsprachen eher seinem Geschmack. Dann erinnerte er sich an Tarions geheimnisvolle Freude und wußte, daß sich hier irgendwo Schlangen tummelten.

»Aber ...«, setzte er an.

»Keine Widerrede! Wo ist diese Ansprache? Ah ja. Gib sie ihm.«

Gragind Kanzler warf Golbfisch ein Schriftstück zu. Da er an einer Hand einen Schild trug und mit der anderen einen Speer hielt, ließ er es ungerührt zu Boden fallen.

»Sagt mir, was da drin steht!«

Die Wachsschicht im Antlitz seiner Mutter zeigte leichte Risse, als wollte sich ein Lächeln auf ihrem Gesicht ausbreiten. »Am Ende der Angelobung, nachdem dir, Hordenführer, alle Krieger die Treue geschworen haben, wirst du verkünden, daß du sie nicht persönlich anführen kannst und daher ihren Treueeid auf Kammaeman Schlachtenmeister überträgst.«

»Was?« kreischte Golbfisch. »Sie schwören, für mich zu sterben, und dann sage ich ihnen, daß ich zu Hause bleibe?«

»Es ist eine bedauerliche Notwendigkeit, Sohn.«

»Das kann ich nicht! Kein Mann könnte das!«

Zufriedenheit schimmerte in den Augen seiner Mutter. »Du verweigerst einen unmittelbaren Befehl deiner Herrscherin, Hordenführer?«

Das galt als schwerwiegendes Verbrechen.

»Nein«, stöhnte Golbfisch. »Natürlich nicht! Aber ...«

»Kein Aber!« schnitt Emchainne ihm mit fester

Stimme das Wort ab und warf einen Seitenblick auf Kammaeman, um zu sehen, wie dieser sich verhielt.

Die Barbaren würden sich das nie und nimmer gefallen lassen!

Tarion grinste von einem Ohrenschutz zum anderen.

19

Zwei grauenvolle Stunden später stand Golbfisch neben dem Altar, ein paar Stufen oberhalb des Tempelbodens. Sein Kopf befand sich fast auf selber Höhe mit den Zehen der Göttin. Die Hitze, die der Fels hinter ihm abstrahlte, kam einer Folter gleich.

Astina, die Jungfrau, war einer der fünf Hauptgötter des Pentatheon. Ihr Tempel in Joal galt als eines der größten Wunder in den Tälern.

In ihrer Erscheinungsform als Olfaan, Göttin der Krieger und Schutzgöttin von Nagtal, mußte Astina mit weit weniger auskommen. Der joalische Einfluß, der die weltliche Hauptstadt verwandelt hatte, stieß an seine Grenzen, als er versuchte, das uralte Heiligtum durch etwas Würdevolleres und Kunstvolleres zu ersetzen. Golbfischs Großvater ließ auf der gegenüberliegenden Seite der Stadt die Grundfesten einer großen religiösen Stätte errichten. Die Priesterinnen aber weigerten sich, sie zu weihen, woraufhin die Menschen die Arbeit niederlegten und anboten, lieber zu sterben, als die Heilige Olfaan zu beleidigen. Folglich war der alte Tempel so gut wie unverändert erhalten geblieben. Königin Emchainne hatte ihm zwar einen pompösen Säuleneingang hinzugefügt, doch das war auch schon alles.

Besucher – insbesondere die ach-so-wichtigen joalischen Besucher – zeigten sich stets erstaunt über die Stätte. Sie beschwerten sich, daß ein Loch in der Erde kein wahrer Tempel sei, und natürlich hatten sie recht. Nicht daß es sich wirklich um ein Loch gehandelt hätte – eher um ein halbes Loch, eine halbkreisförmige Einbuchtung in einem Felsen. Der Boden bestand aus einem Kieselbett, das während der Regenzeit des öfteren überschwemmt wurde. Das Bildnis der Göttin war vor ewigen Zeiten in den lotrechten Stein gemeißelt worden. An trüben Tagen war es kaum zu erkennen, wenn aber die Sonne schien, was für gewöhnlich der Fall war, konnte man die Umrisse deutlich erkennen. Die Nagier konnten damit prahlen, daß ihre Göttin die größte der Welt sei, und die Klangwirkung war ausgezeichnet. Dennoch stellte der Tempel bloß ein Loch in der Erde dar, und an Tagen wie diesem glich er einem Schmelztiegel göttlichen Ausmaßes.

Vor Golbfisch, in versammelter Anordnung, standen die jungen Krieger von Nagland, die aus dem ganzen Tal zusammengerufen worden waren, um im Zuge des uralten Rituals ihre Treue zu geloben. Unter ihnen befand sich ein ziemlich großer Trupp der joalischen Armee, die derzeit ein Stück nördlich der Hauptstadt lagerte. Offiziell hatten sie sich eingefunden, um die Göttin und ihre Verbündeten zu ehren. Inoffiziell waren sie hier, um dafür zu sorgen, daß alles wie geplant verlief – was die Art und Weise, wie die Nagier in kleine Gruppen aufgeteilt waren, unzweifelhaft belegte.

Hinter all den Klingen und Muskeln standen die

bürgerlichen Untertanen der Königin, die gekommen waren, um zu beobachten, wie ihre Söhne und Brüder einberufen wurden, um einen Krieg zu führen, der in Wahrheit keinen Nagier auch nur einen Deut kümmerte. Sie hatten Ihrer Majestät zugejubelt, als sie hereingetragen wurde. Sie hatten die Lobgesänge der Heiligen Olfaan mit derart tiefempfundener Hingabe angestimmt, daß man sie, dank der hervorragenden Akustik, vermutlich die halbe Nagwand hinauf hören konnte. Alles in allem trotzten sie diesem jüngsten Beweis für Nagtals bescheidenen Status als Kolonie Joalias mit erstaunlich tapferen Mienen.

Nach der Anfangsbeschwörung hatten die Priesterinnen sich still und heimlich in ihre Höhlen zurückgezogen. Dies war ein rein militärisches Ritual.

Es dauerte bereits Stunden und würde so bald nicht enden. Die Sänfte der Königin war ein gutes Stück entfernt abgestellt worden, die Vorhänge waren als Schutz gegen die herabheizende Sonne zugezogen. Ihre Kammerdiener spähten in regelmäßigen Abständen zu ihr hinein. Golbfisch vermutete, daß sie einen ihrer schlimmen Anfälle hatte. Es gab nichts, was er dagegen tun konnte, und er ertappte sich dabei, daß er unwillkürlich dachte, es geschähe ihr recht. Zugegeben, sie hätte sich dem joalischen Wunsch schwerlich widersetzen können, doch sie hatte die Lage unverkennbar auch dafür genützt, sich ihres älteren Sohnes zu entledigen. Golbfisch war dazu verdammt, heute und hier zu sterben. Tarion hatte gewonnen.

Der kräftige junge Krieger an der gegenüberliegenden Seite des Altars hob die Arme, die er zuvor hatte sinken lassen. Er salutierte vor Golbfisch und der Göttin über ihm; dann stapfte er die Stufen hinunter und schloß sich dem Rest seiner Truppe an. Auf den Stufen prangten Blutflecken. In der Mitte des Altars lag ein Steinmesser in einer gerinnenden roten Pfütze. Daneben befand sich ein halbes Dutzend Goldschalen. Drei davon waren mittlerweile leer. Auf den übrigen türmten sich funkelnd weiße Salzhaufen, zu gleißend, um sie direkt anzuschauen.

Golbfisch seufzte und blickte auf die handgeschriebene Liste hinab, die als Gedächtnisstütze auf dem Steintisch lag, beschwert mit Goldmünzen, falls später Wind aufkommen sollte. Ein solches Glück ward ihm nicht beschieden. Kein Lüftchen regte sich, der Tempel glich einem Backofen.

»Ich rufe die treuen Krieger Ihrer Majestät aus Rareby auf!« Seine Kehle fühlte sich so ausgedörrt an wie die Westwüste. Er schien nicht mehr zu schwitzen. Wahrscheinlich war er vertrocknet wie die Springbrunnen des Palasts. Zuvor hatte er befürchtet, sich all die Farbe vom Gesicht zu schwitzen. Ein stämmiger junger Mann erklomm mit Schild und Speer die Stufen. So sollte ein Krieger aussehen! Seine Schultern waren breit wie ein Karren, die Hüften schlank. Die Wadenmuskeln traten beim Gehen hervor. Allein ihn anzusehen, erfüllte Golbfisch mit Scham.

Der Hüne legte Schild und Speer auf den Altar und sprach die Eidesformel »Die Krieger Ihrer Majestät aus Rareby schwören der Heiligen Olfaan und all Euren Befehlen Gehorsam, Hordenführer.« Er besaß eine kräftige Stimme, die zu seiner Erscheinung paßte, und der Fels warf sie zurück auf die erschöpfte Menge, die das alles schon so oft gehört hatte. »Sie entbieten ihr Blut, ihr Leben und ihre uneingeschränkte Treue. Sie beten zu Olfaan um Geleit und Schutz und daß sie sich ihrer Dienste würdig erweisen mögen.«

»Amen«, sagte Golbfisch zum achten oder neunten Mal an jenem Nachmittag.

Der Mann schwitzte natürlich wie ein Schwein, aber das konnte man noch auf die Hitze zurückführen. Nicht aber die Art und Weise, wie er die Zähne zusammenbiß, als er das Messer hob. Er fürchtete die Tortur. An seinen Rippen prangten zwar bereits vier Verdienstmale, aber mittlerweile mußte das Messer gänzlich stumpf geworden sein.

Verstohlen schabte er mit der Klinge über den Rand des Altars. Das gehörte nicht zum Ritual, doch er war keineswegs der erste, der dies tat, und die Kerben an der Stelle verrieten, daß die Vorväter dieser Krieger in vergangenen Jahrhunderten viele Male dasselbe getan hatten. Nur würde einmaliges Schaben das Messer wohl kaum besonders schärfen.

Dann schnitt er sich über die Rippen.

Diesen Teil der Zeremonie beobachtete Golbfisch nie. Beim Anblick von Blut wurde ihm übel. Er hörte ein leises Keuchen, als der Krieger das Salz in die Wunde rieb. Bei allen Göttern, mußte das schmerzen! Zwei Jungespunde hatten zuvor die Besinnung verloren und waren von ihren Freunden fortgeschleift worden. Offiziell blühte ihnen für dieses Zeichen der Schwäche die Todesstrafe, wahrscheinlicher aber war, daß man sie entwischen und aufs Land füchten lassen würde.

Der Truppenführer seufzte erleichtert, als der Schmerz nachließ. Dann trat er an die Querseite des Altars. Der erste seiner Männer eilte herauf und konnte es offenbar kaum erwarten, sich der Tortur zu unterziehen und sie hinter sich zu bringen. Er war noch kaum stehen geblieben, als er auch schon Schild und Speer beiseite schleuderte und nach dem Messer griff. Er setzte den Schnitt so schnell an, daß Golbfisch fast keine Zeit blieb, die Augen abzuwenden.

»Das reicht nicht!« herrschte der Truppenführer ihn an.

Der Krieger bedachte ihn mit einem bösen Blick und wiederholte den Schnitt. Er ließ das Blut eine Weile rinnen, so als wartete er darauf, daß man ihm sagte, es wäre genug. Dann griff er nach dem Salz.

Barbarisch! Unaussprechlich barbarisch! Die anwesenden Joalier würden sich abgestoßen fühlen. Wenn sie Olfaan, oder sogar Astina selbst, ein Opfer darbrachten, dann ein Huhn, bestenfalls ein Kalb. Sie würden diese freiwillige Selbstverstümmelung als durch und durch verwerflich empfinden, genau wie Golbfisch. Es war ein rückständiger, grausamer Brauch.

Golbfisch selbst trug keine Verdienstmale. Allein deshalb mußte er den echten Nagiern als ziemlich fragwürdiger Heerführer erschienen sein, als er auf dem Weg hierher durch die Stadt marschierte. Insgeheim hatte er sich geschämt, dennoch hatte er ganz gewiß nie in Betracht gezogen, sich zu verstümmeln, nur um dem Pöbel zu gefallen.

Der Krieger hob seine Waffen wieder auf und trabte davon. Ein weiterer aus Rareby folgte, und noch einer. Zumindest bewegten sie sich rasch. Einige Dörfer versuchten, das Ganze in die Länge zu ziehen.

Eigentlich hätte Golbfisch sich wünschen müssen, daß es lange dauerte. Am Ende der Zeremonie würde er mit ziemlicher Gewißheit sterben. Nach dem Schwur des letzten Kriegers würde er diese verhängnisvolle Rede halten müssen, die man für ihn vorbereitet hatte. Würde er es nicht tun, wüßten die Joalier, daß er einen direkten Befehl der Königin mißachtet hatte, und sie würden keinen vertrauensunwürdigen Offizier dulden. Folglich würden sie ihm nicht helfen.

Ebensowenig die Nagier. Sie hatten lauthals gelacht, als Golbfisch durch die Stadt marschiert war. Alle anderen hatten Rüstungen getragen oder waren auf Moas geritten, wie sein hübscher Bruder Tarion. Nur der Hordenführer war bis auf einen Lendenschurz entblößt gewesen, so daß jeder seine wabbeligen Hüften, die schmalen Schultern und die haarlose, narbenlose Brust begaffen konnte. Die Königin hatte den joalischen Besuchern auf äußerst grausame Weise gezeigt, daß ihr älterer Sohn unter dem Volk keine Anhänger besaß.

Tarion und seiner Reiterei war zugejubelt worden! Das quälte Golbfisch mehr als alles andere. Tarion konnte ein Sonnet nicht von einem Sauflied unterscheiden. Anders als Golbfisch hatte er keinerlei Interesse daran, die nagische Kultur zu fördern und das Volk aus der Barbarei zu erheben. Die Joalier mißtrauten Tarion, was weise von ihnen war, nun aber würden sie ihm vertrauen müssen. Tarion würde losziehen und im Krieg Ruhm und Ehre ernten. Golbfisch, sollte es ihm gelingen, an diesem Nachmittag dem Meucheltod zu entrinnen, mußte geduckt nach Hause in den Palast schleichen, so daß ihn jeder für einen Feigling halten würde. Er war zwar alles andere als tapfer, doch er wäre sehr wohl in den Krieg gezogen, hätte man es ihm gestattet. Es war einfach ungerecht!

Seine letzte Handlung im Zuge der Zeremonie – das Zurückweisen all der Schwüre – würde höchstwahrscheinlich zugleich seine letzte Handlung überhaupt darstellen. Eine solche Beleidigung würden die blutenden Krieger sich nicht gefallen lassen. An die hundert Speere würden im Sonnenlicht aufblitzen, und

Golbfischs Blut würde sich auf den Stufen mit dem der Krieger vermischen. An die hundert? Es mußten eher an die tausend sein, und es brauchte nur einen, um ihn zu töten.

Vielleicht würde ihn vorher die Hitze umbringen. Golbfisch fehlte die im Laufe eines Lebens erworbene Sonnenbräune eines Bauern. Die Sonne briet seine Haut förmlich. Welche Strafe mochten die uralten Rituale wohl vorsehen, sollte der Hordenführer persönlich während der Zeremonie das Bewußtsein verlieren?

O Göttin! Der Truppenführer hob seinen Schild auf. Nächstes Dorf. War das Rareby oder Thoid'lby gewesen? Einen Augenblick war Golbfisch einer Panik nahe. Dann beschloß er, daß es Rareby gewesen war und rief Thoid'lby auf. Niemand berichtigte ihn.

Der Anführer aus Thoid'lby war älter als die meisten, ein häßlicher, wettergegerbter Mann. Vermutlich ein Witwer. Er musterte Golbfisch mit unverhohlen verächtlichem Blick, während er ihm den Eid entgegenspie.

Das Blutvergießen ging weiter.

Der Tempel verschwamm in der höllischen Hitze.

Nur noch ein Dorf! Nun rückte der Tod Golbfisch Hordenführer sehr dicht auf den Pelz. Ihm fiel kein Ausweg ein. Sollte er sich weigern, die Befehlsgewalt aufzugeben, wie es ihm befohlen worden war, würde er eingekerkert und wegen Ungehorsams hingerichtet werden. Tat er, was von ihm verlangt wurde, würden die Krieger den Aufstand proben und ihn als Zielscheibe für ihre Speere verwenden. Selbst wenn letzteres wie durch ein Wunder ausbliebe, würde Tarion schon dafür sorgen, daß Golbfisch ihm nicht lange als Thronrivale im Weg stehen würde. Und weder ein einziger Nagier noch ein einziger Joalier würde einen Finger krümmen, um Golbfisch zu retten.

Sein Schicksal war besiegelt.

Krieger folgte auf Krieger, Schnitt folgte auf Schnitt.

Golbfisch hätte am liebsten hinausgebrüllt, daß sie viel zu schnell waren. Das Leben hatte sich in ein verschwommenes Gebilde verwandelt.

Thoid'lby schloß die Tortur ab, und der griesgrämige Truppenführer zog von dannen.

Das letzte Dorf! Er fuhr sich mit der Zunge durch den Mund, bis er genug Speichel beisammen hatte, um zu sprechen.

»Ich rufe die treuen Krieger Ihrer Majestät aus Sonalby auf!«

Erstauntes Gemurmel breitete sich im Tempel aus. Jäh sahen Golbfischs Augen wieder klar. Die Truppe aus Sonalby wuselte nicht als wirrer Haufen herbei wie all die anderen. Statt dessen marschierte sie in Viererreihen auf, die Speere parallel über den Schultern, gleich den Zähnen eines Kammes. Sämtliche Füße bewegten sich in vollkommenem Einklang, deren Takt sie folgten. Selbst die joalische Infanterie exerzierte nicht besser.

»Truppe – halt!«

Hundert Füße sanken zugleich auf den Boden. Die anderen dazugehörigen hundert gesellten sich zu ihnen, und die Krieger standen reglos unten an den Stufen. Kein einziger Speer zitterte. Ein weiterer Befehl, und die langen Stangen ragten lotrecht auf, dann stießen die hinteren Enden auf den Boden nieder. Weiter hinten ihm Tempel stimmte irgend jemand Jubel an und wurde sogleich zum Schweigen gebracht.

Kammaeman Schlachtenmeister hatte bei dem Vorschlag, den Nagiern ordentliches Exerzieren beizubringen, lauthals aufgelacht. Erfahrungen aus der Vergangenheit hätten bewiesen, daß dies eine reine Zeitverschwendung wäre, beharrte er. Doch Sonalby mußte einen altgedienten Anführer gefunden haben, der einige Zeit in der joalischen Armee verbracht und die Vorteile von Disziplin kennengelernt hatte. Irgendwie hatte er diese Rotte ausgebildet.

Wer hatte dieses Wunder vollbracht?

Dieser Mann?

Nur der Truppenführer war weitermarschiert. Er schritt die Stufen empor auf Golbfisch zu.

Doch es war bloß ein Junge, wenngleich ein sehr großer. Er trug nur drei Verdienstmale. Eines davon wirkte noch ziemlich frisch; wahrscheinlich hatte er es erlangt, als er zum Truppenführer gewählt wurde. Aber auch die anderen waren noch gerötet und konnten daher bestenfalls etwa ein Dutzend Doppelwochen alt sein. Als er zum Stehen kam, erkannte Golbfisch verblüfft, daß die Augen des Jungen strahlend blau leuchteten, blauer als das Blau seiner Gesichtsbemalung, ein Farbton, den Golbfisch in Verbindung mit so schwarzem Haar noch nie zuvor gesehen hatte.

Eine Zeitlang starrten die beiden einander an, und in dem festen Blick des Jungen lag eine Bedeutsamkeit, die Golbfisch zutiefst beunruhigte. Er vermochte sie nicht einzuordnen. Es war etwas, dem er noch nie zuvor begegnet war. Und er hatte das Gefühl, es spielte eine entscheidende Rolle.

Dann trat der leise Hauch eines Lächelns in die Züge des Jungen.

Verwirrt erwiderte Golbfisch das Lächeln und verspürte unglaubliche Erleichterung.

Mit ein paar knappen, militärischen Bewegungen

entledigte der junge Truppenführer sich des Schilds und des Speers. Dann sprach er laut und deutlich den Eid, so als meinte er aus tiefster Seele, was er sagte. Er hatte einen leichten, fremdartigen Akzent.

Ohne den Blick von Golbfisch abzuwenden, ergriff er das Messer und schnitt sich in die Brust. Ohne jedes Zucken rieb er Salz in die Wunde, so als wäre ihm kaum bewußt, was er gerade tat. Und die ganze Zeit stellten diese ruhigen, blauen Augen eine unmögliche Frage.

Er marschierte an seinen Platz am anderen Ende des Altars und wirbelte herum. Abermals schaute er Golbfisch bedeutungsvoll an. Wer war dieser geheimnisvolle Junge? Welche Botschaft versuchte er, Golbfisch zu vermitteln? Beinahe schien es, als wollte er Mitgefühl bekunden, als wüßte er um die entsetzliche Notlage. Doch das war unmöglich!

Dann kam der erste seiner Schutzbefohlenen, um das Ritual in Angriff zu nehmen, und der junge Truppenführer wandte ihm die Aufmerksamkeit zu.

Nacheinander marschierten einhundert Männer und Jungen auf, um vor der Göttin und dem Kurzzeit-Hordenführer ihr Blut zu vergießen. Diesmal jedoch gab es einen bemerkenswerten Unterschied. Sie schauten nicht zur Göttin auf. Auch Golbfisch schienen sie kaum wahrzunehmen. Statt dessen beobachteten sie ihren Anführer, und er beobachtete sie, und jedesmal sah Golbfisch ein seltsames, flüchtiges Lächeln der Ermutigung über die Züge des Truppenführers huschen. Seine Lippen bewegten sich zwar kaum, doch seine Augen erstrahlten, und jeder einzelne der hundert Mann schien dieses winzige Signal anzuerkennen, als bezögen sie von diesem jugendlichen Soldaten Kraft. Ich habe es auch getan. Es ist nicht so schlimm. Dann war es vorbei. Der letzte Krieger marschierte flugs davon.

Der Anführer kam herüber, hob die Waffen auf und schulterte den Speer. Kurz schweifte sein Blick an Golbfisch vorbei, und er legte die Stirn in Falten; dann lächelte er wieder.

Golbfisch schaute sich unbehaglich um. Da war niemand, nur der kahle Felsen, der gleich einem Hochofen Hitze abstrahlte. Er drehte sich wieder um und sah sich wieder jenem fragenden Blick der blauen Augen gegenüber. Die barbarische Gesichtsbemalung machte es schwierig, im Antlitz des Kriegers zu lesen. Gleich würde der Junge gehen und Golbfisch sich selbst überlassen, auf daß er seinem Schicksal gegenübertrete.

Doch das tat er nicht. Statt dessen zog er fragend die Augenbrauen hoch. Was? Ein Vorschlag? Eine Einladung? Beinahe schien er anzubieten, hierzubleiben und zu helfen, als ob ...

Gnadenreiche Göttin! Vielleicht gab es doch einen Ausweg!

Golbfischs Knie begannen zu zittern. Eingedenk der gewaltigen Akustik sprach er in leisem Flüsterton. »Könntest du auch aus mir einen Krieger machen?«

Zufrieden lächelte der Junge. Mit ebenso leiser Stimme antwortete er: »Das könnt nur Ihr selbst, Herr. Aber ich kann Euch zeigen wie.«

Verwirrt nickte Golbfisch.

Der Junge stapfte zurück ans ferne Ende des Tisches, stellte den Speer ab, nahm Hab-Acht-Haltung an – und beobachtete Golbfisch! Abermals breitete sich überraschtes Gemurmel in der Menge aus.

Der Prinz spähte hinüber zur Sänfte der Königin. Ein Vorhang war aufgezogen worden, so daß sie Zeugin seines bevorstehenden Rücktritts werden konnte – und seines Todes. Die Monarchie hatte ihr schon immer mehr bedeutet als ihr enttäuschender Sohn. Golbfisch war das Ergebnis einer lieblosen Dynastieehe. Tarion hingegen war ein Kind der Leidenschaft.

Tarion war ein Bastard – in jedem Sinne des Wortes.

Die Schatten verbargen Golbfischs Mutter. Kammaeman Schlachtenmeister stand gespannt und erwartungsvoll neben ihrer Sänfte. Ein Blick auf die Reiterei am anderen Ende des Tempels offenbarte Tarion – zu weit entfernt, um sein schadenfrohes Grinsen auszumachen, doch Golbfisch konnte es sich nur allzu gut vorstellen.

Ich werde euch doch noch ein Schnippchen schlagen!

Golbfisch warf einen letzten Blick auf den Jungen aus Sonalby und erhielt dasselbe, unscheinbare, bestärkende und ermutigende Lächeln wie die anderen.

Zumindest einer war auf seiner Seite!

Er vergaß die geschriebene Rede. Seine Stimme erklang laut, deutlich und urplötzlich; ihm war kaum bewußt, daß er sprach. »Krieger von Nagland! Ich habe eure Schwüre in der Tradition unserer Ahnen entgegengenommen!« So begann der vorbereitete Text, und es war eine Lüge, denn in seinen Adern floß kein Tropfen nagischen Blutes. Anders als bei Tarion: Er war der Sohn einer Palastwache.

Abermals holte Golbfisch tief Luft. »Es wird mir eine Ehre sein, an eurer Seite zu kämpfen – aber ich bin kein General. Ich bin eurer Treue nicht würdig! Hiermit befehle ich euch – mit dem ersten und letzten Befehl, den ich euch erteile –, dem edlen joalischen Schlachtenmeister zu gehorchen, der uns in unserem gerechten Kampf gegen den thargischen Übergriff zum Sieg führen kann.«

Zitternd, schwitzend hielt er inne. War er tatsächlich fähig, dies durchzustehen? Sich das eigene Fleisch aufzuschlitzen? Abermals schaute er zum Truppenführer aus Sonalby, und abermals lächelte ihm der Junge anerkennend zu und drängte ihn fortzufahren. Ein leises, jedoch anschwellendes Raunen der Menge warnte ihn, daß er nun schnell einen Entschluß fassen mußte.

»Was mich angeht, Krieger, ich will als einer von euch kämpfen, in den Rängen.«

Damit drehte er sich um und ergriff mit bebender Hand das abscheuliche Messer. Er fuhr mit dem Daumen über die Schneide und stellte fest, daß er heftig zudrücken mußte, um einen sichtbaren Schnitt zu hinterlassen – und sichtbar mußte er sein. Zu seinem Entsetzen spürte er ein Zucken in der Lendengegend, eine zunehmende sexuelle Erregung. Was für eine Abartigkeit war das nun wieder?

Angewidert schnitt er drauflos. Es fühlte sich an, als würde geschmolzenes Eisen über seine Haut rinnen. Golbfisch hatte nie zuvor wirklichen Schmerz erleiden müssen. Es war grauenhaft, schlimmer als er sich je vorgestellt hätte, aber zumindest vertrieb es jenes abartige Aufkeimen von Lust. Statt dessen verspürte er nunmehr Panik. Heißes Blut tropfte ihm über die Rippen. Er blutete!

Zweifelnd starrte er auf das Salz. Das würde noch hundertmal schlimmer sein. Konnte er es überhaupt ertragen? Was wenn er kreischte? Erstarrt aus Furcht vor Schmerz und Blut, schielte er neuerlich zu seiner jugendlichen Eingebung.

Wieder dieses Nicken, dieses Lächeln. Ich weiß, wie

Ihr Euch fühlt, sagten die ruhigen, blauen Augen. Tausend Männer und Jungen haben es bereits vor Euch getan.

Golbfisch nahm eine Handvoll von dem grobkörnigen Zeug und rieb es in die Wunde. Götter, Götter, Götter! Pein zuckte durch jeden Nerv, jede Vene. Heftig biß er sich auf die Lippe. Er würde das Bewußtsein verlieren! Ganz bestimmt würde er ohnmächtig! Dann verebbten die Höllenqualen allmählich zu einem heißen Brennen. Er blutete immer noch. Zwar nicht mehr so heftig, aber doch merklich. Ohne ein Stöhnen unterdrücken zu können, ergriff er eine weitere Handvoll, und die Tortur begann von neuem. Er blinzelte salzige Tränen fort.

»Kommt«, forderte ihn der Junge mit sanfter Stimme auf.

Golbfisch taumelte zu seinem eigenen Speer und Schild zurück. In seinem Kopf drehte sich alles, als er sich bückte, doch es gelang ihm, beides aufzuheben. Dann wankte er hinter seinem neuen Führer die Stufen hinunter. Hundert verblüffte Gesichter aus Sonalby starrten fassungslos zu dem unerwarteten Rekruten empor. Die gesamte, riesige Menschenansammlung war zu Salzsäulen erstarrt.

Der Junge schrie einen Befehl. Die Krieger rissen die Speere an die Schultern. Ein weiterer Befehl, und sie wirbelten herum und blickten in die andere Richtung. Ein Fehler, und die langen Stangen hätten sich hoffnungslos ineinander verheddert, doch es gab keinen Fehler. Ein dritter Befehl, und sie marschierten los. Ihr Anführer folgte ihnen. Golbfisch tapste neben ihm einher und hatte Mühe, Schritt zu halten.

Er mochte im Kampf sterben, vielleicht würden ihn schon vorher die Qualen und Plagen der Ausbildung umbringen, die Zeremonie aber hatte er überlebt! Verstohlen warf er einen Seitenblick auf den hageren Jungen, der ihn zu seiner dramatischen Handlung veranlaßt hatte. Golbfisch verspürte die seltsame Überzeugung, daß sein neuer Anführer sich um ihn kümmern würde. Er hatte einen Freund gefunden. Er hatte jemanden gefunden, dem er vertrauen konnte.

20

»Und wie hat sie ausgesehen, diese Göttin?« wollte Alice wissen.

»Hab' sie kaum richtig zu Gesicht bekommen«, erwiderte Edward. »Im einen Augenblick war sie da, im nächsten verschwunden. Hat man eine Göttin gesehen, kennt man alle.«

Die beiden spazierten durch den St.-James-Park, wobei Edward müßig ihre Reisetasche neben sich herschwang. Es war ein wundervoller Herbstnachmittag. Sie hatten jede Menge Zeit, und der kürzeste Weg von Lambeth nach Paddington würde sie durch die prächtigsten Teile von London führen – über die Westminster Bridge, vorbei am Parlament, durch den St.-James-Park, den Green Park, den Hyde Park. Danach würden sie beinahe am Ziel sein.

Es war wunderbar, Edward wieder hier zu haben, nach drei bangen Jahren voller Fragen, in denen Alice fast, aber nie ganz die Hoffnung aufgegeben hatte. Er war mehr als bloß ein Cousin. Er war ihr Pflegebruder, ihr einziger lebender Verwandter. Noch hatte sie nicht alle Veränderungen in ihm ausgelotet – nur

Stärke und Unbeirrtheit. Die Schulbubenlehre würde von nun an bewußter und vermutlich praktischer, aber um keinen Deut weniger hartnäckig zum Einsatz gelangen.

Es sollte ein atemberaubender Tag sein, ein Tag zum Genießen, ein Tag, an den man sich gern erinnerte, doch Alice konnte das unheimliche Gefühl nicht abschütteln, daß man ihr folgte. Ab und an warf sie einen Blick über die Schulter, wenngleich die Vernunft ihr sagte, daß jedweder Verfolger sich mühelos in der wimmelnden Menschenmenge verstecken konnte.

Edward fiel Alices Verhalten selbstverständlich auf. »Was ist denn los? Du bist zappelig wie ein Grashüpfer.«

»Das schlechte Gewissen. Ich sollte eigentlich bei der Arbeit sein.«

»Der Krieg wird schon auf dich warten. Was für eine Arbeit machst du überhaupt?«

»Darüber darf ich nicht reden. Spionagegesetz.« Sollte Edward erraten, daß Pianistinnen gute Schreibmaschinentipperinnen abgaben und die wenigsten Sekretärinnen in London Kikuyu zu schreiben vermochten, käme er der Wahrheit recht nahe.

Polizisten beunruhigten Alice. Ständig hatte sie das Gefühl, von ihnen angestarrt zu werden.

Ein halbes Dutzend junger Männer schlenderte laut plaudernd an ihnen vorüber. Verwundert schaute Edward ihnen nach. »Amerikaner?«

»Kanadier, nehme ich an. Auf Fronturlaub.«

Ungläubig schüttelte er den Kopf. »Die ganze Welt im Krieg? Das verschlägt einem wirklich die Sprache.«

»Sie scheinen alle nach London zu kommen«, meinte Alice. »Ich weiß nicht, wie sie das aushalten –

ein paar Tage in der Zivilisation, wohl wissend, daß sie zurück in die Schützengräben müssen, wo sie verwundet werden, oder gefoltert – oder getötet.«

Edward erwiderte nichts.

»Das war nicht besonders taktvoll von mir, wie? Edward, bist du sicher, daß deine Pflicht hier wartet?«

Rasch blickte er auf sie hinab, dann wandte er die Augen ab. Er deutete mit dem Finger. »Ich hätte nie gedacht, daß ich mal in London Kanonen sehen würde. Flugabwehrgeschütze, stimmt's?«

»Antworte mir!«

Er runzelte die Stirn. »Natürlich wartet meine Pflicht hier! Das weißt du ganz genau! Wir sind zwar nicht in England geboren, du und ich, aber dies ist unser Heimatland. Nicht Nebenan.«

»Aber du weißt, daß du in deiner Fabelwelt aufgrund dieser Prophezeiung etwas Bedeutendes bewirken kannst! Hier wirst du vermutlich bloß eine weitere Nummer, eine von Millionen.«

»Ich werde nicht weniger wert sein als diese Millionen!«

»Aber du könntest einer über Millionen anderen sein.«

Seine Miene verfinsterte sich. »Alice, willst du denn nicht verstehen? Früher hättest du es mir vielleicht noch ausreden können, aber jetzt habe ich gesehen, wie der Krieg ist! Diese Männer haben mich stundenlang durch die Hölle getragen, und ich habe es gesehen. Ich hätte nie gedacht, daß Krieg so grauenhaft sein kann. Ich hätte nie gedacht, daß überhaupt etwas so grauenhaft sein kann. Aber jetzt habe ich es gesehen. Jetzt weiß ich es. Ich muß dorthin zurück! Ich kann jetzt nicht weglaufen.«

Das schien eine ziemlich dumme, männliche Denkensweise. »Wir müssen den Krieg gewinnen«, sagte sie. »Er hat uns bereits so viel gekostet, daß wir jetzt nicht einfach aufgeben dürfen. Aber ich bin alles andere als sicher, daß du in den Krieg gehörst.« Oder D'Arcy. »Wir sind nicht alle dazu berufen, auf dieselbe Weise zu dienen. Mit Rennpferden zieht man schließlich keine Karren.«

»Man macht aber auch keine Streicheltiere daraus.«

Sie gingen weiter. Der war sich erstaunlich gut besucht. Alice ergriff Edwards Hand, obwohl sie sich geschworen hatte, es nicht zu tun. Ohne sie anzublicken, drückte er ihre Finger.

»Am meisten verblüfft es mich«, meinte er nach einer Weile, »daß ihr alle meine Geschichte zu schlucken scheint. Ich hätte erwartet, ihr laßt mich als Verrückten, der Unsinn verzapft, in die Klapsmühle von Colney Hatch einsperren.«

»Du hast etwas Überzeugendes an dir. Hattest du schon immer. Hast du je im Leben gelogen?«

»Sicher! Mach dich doch nicht lächerlich! Jeder hat schon mal gelogen.«

»Über etwas Wichtiges?«

Edward starrte hölzern ins Leere und ließ sich mit der Antwort Zeit. »Lügen ist nicht wichtig. Freunde verraten, tja ... das ist schon schlimmer.«

»Ich würde niemals glauben, daß du je einen Freund verraten hast.«

»Na, da liegst du aber falsch!« herrschte er sie an. »Zweimal! Diese verfluchte Prophezeiung versucht fortwährend, einen Gott aus mir zu machen ... Und ich muß ständig an den Heiligen Roly denken ... Den Menschen vorschreiben, was sie zu tun haben – was richtig und was falsch ist!« Jäh senkte er den Blick, und Alice sah erstaunt, daß in seinen Augen Tränen schimmerten. Sie besann sich, daß etwas ihn verändert hatte; nachzubohren konnte sich als unnötige Grausamkeit erweisen. Dieser Tag war viel zu kostbar, um ihn streitend zu verbringen. »Erklär mir, wie Magie sich anfühlt.«

Er lächelte. »Das ist unmöglich! Als wollte man einem Blinden eine Farbe erklären. Wenn man Mana besitzt, merkt man es, aber ich kann nicht sagen, wie. Es ist, wie wenn man einen Geldbeutel trägt und das Gewicht der Münzen spürt. Du bist eine großartige Pianistin ...«

»Ich hatte ein bißchen Talent.«

»Woher wußtest du, daß du Talent hast? Genau so verhält es sich mit Mana. Woher weiß ein Athlet um seine Stärke? Es ist ein Kribbeln im Kopf. Eine gewisse Erregung. Ich dachte, ich wüßte, wie es sich anfühlt, aber ich hatte mich geirrt. Erst an dem Tag in Olfaans Tempel habe ich es wirklich erfahren. Oh, ich hatte schon zuvor gelegentlich kleine Brocken aufgeschnappt, aber nichts Vergleichbares. Eine Truppe Krieger anzuführen, hatte mir ein wenig Mana eingebracht, aber wir waren auf keinem Knoten gewesen, und diese Knoten sind überaus bedeutsam. Deshalb suchen Fremde sich Knoten und werden zu Numina – Göttern, wenn du sie so nennen möchtest. Als wir einmarschiert waren, erkannten meine Leute, daß sie durch meine Exerzierübungen allen anderen Truppen überlegen waren. Sie dachten: Guter, alter D'ward, und ich konnte diesen Stolz und diese Bewunderung wie einen großen Schluck heißen Branntwein spüren.«

»Hattest du denn keine Angst vor dem Numina, Olfaan?«

Er lachte. »Ich war ja noch so unschuldig! Weißt du, ich vertraute Krobidirkin immer noch. Ich dachte, er hätte diese Zeremonie vorhergesehen, Olfaan gewarnt, daß ich kommen würde und ihre Zustimmung eingeholt. Astinas Gruppe gehörte nicht zur Kammer – dachte ich, und in gewisser Weise hatte ich recht damit. Dafür habe ich mich in Krobidirkin geirrt. Der Hirte wollte mich bloß benutzen. Da ist ja der Palast!«

»Der steht eigentlich immer hier in der Gegend.«

Sie hielten am Randstein, schauten zum Buckingham Palace hinüber und warteten, bis die Polizisten den Verkehr anhielten.

»Ein häßliches Gemäuer, was?« sagte Edward. »Man sollte meinen, der Beherrscher des Empire – ein Viertel der Welt – hätte einen eindrucksvolleren Wohnsitz. Schade, daß er nicht zu Hause ist, sonst könnten wir auf einen Tee bei ihm vorbeischauen.« Die königliche Standarte war nicht gehißt.

»Er leistet seinen Beitrag. Der König tut eine Menge für die Truppen.«

»Das sollte er wohl auch! Sie tun jedenfalls genug für ihn.«

Erstaunt blickte Alice auf. »Was ist denn los?«

»Och ... gar nichts.«

»Komm schon! Raus mit der Sprache.«

Stirnrunzelnd zuckte er mit den Schultern. »Ich wünschte, ich könnte begreifen, wie es hier funktioniert. Darüber haben wir in Olympus wenig gesprochen. Vor ein paar tausend Jahren, ja, da ging es auf der Erde fast noch genauso zu wie heute auf Nebenan. Ich glaube, damals gab es in Delphi wirklich einen Gott. Wenn die Griechen loszogen, um das Orakel zu befragen, war ein Numina dabei, und die Prophezeiungen waren echt. Zumindest einige davon. Auch wenn die Römer im Kapitol zu Jupiter Optimus Maximus beteten, hörte ihnen tatsächlich jemand zu. Aber vor ein paar Jahrhunderten haben sich die Dinge geändert.«

Darüber hatte Alice bereits nachgedacht. »Nietzsche? ›Gott ist tot‹?«

»Nein. Die Götter sind nicht tot. Sie sind immer noch hier, oder falls nicht sie, dann neue Götter. Die Leute nahmen sie zwar nicht mehr wörtlich, als die Aufklärung Einzug hielt, aber die Götter sind nicht gestorben. Sie sind in eine andere Form geschlüpft.«

»Willst du etwa andeuten, König George sei ein Fremder?«

Edward lachte. »Wohl kaum!« Dann verdüsterte sich seine Stimmung. »Nein. Creighton sagte, die Quälgeister hätten diesen Krieg angezettelt, aber es gibt keinen offiziellen Gott des Todes, dem die Opfer zugute kommen. Das bedeutet aber nicht, daß es keine Opfer sind. Wer saugt all das Mana auf?«

»Edward! Soll das heißen, daß alle Götter – alle Götter – im Laufe der Geschichte ... daß alle Götter und alle Religionen Schwindler und Heuchler waren?«

Er zögerte. »Nein. Nein, das soll es nicht heißen. Weißt du, der Dienst versucht, in den Tälern ein System der Ethik einzuführen, das du erkennen würdest. Du würdest es billigen. Ich jedenfalls tue das. Es beinhaltet vieles aus dem Christentum, und viel aus dem Buddhismus ... überwiegend Die Goldene Regel – jene Art Gedankengut, das sowohl in unserer als auch in jener anderen Welt schon oft aufgekommen ist. Irgendwo müssen schließlich die Wurzeln liegen, und ... komm!«

Der Polizist winkte ihnen. Sie überquerten die Straße. Alice versuchte, Edwards Hand loszulassen, doch er hielt ihre Finger fest umklammert. Vorbeigehende warfen ihnen mißbilligende Blicke zu.

»Es ist unglaublich, wieder zurück zu sein«, meinte er. »Die altvertrauten Dinge wiederzusehen.«

»Und auch die Unterschiede? Was fällt dir auf?«

»Menschenmengen. Nicht einmal die gesamte Bevölkerung der Täler würde London füllen. Die Menschen hier tragen viel Kleidung, wegen des Wetters. Sie führen ihre Hunde spazieren! Wie lächerlich, wie typisch englisch! Mütter, die ihre Kleinkinder in Wägelchen herumschieben. Touristen und späte Ferienreisende, Soldaten auf Fronturlaub. Polizisten. Helfen diese Sperrballone wirklich?«

Sie unterhielten sich eine Zeitlang über den Krieg. Währenddessen überquerten sie den Piccadilly Circus und betraten den Hyde Park. Edwards beklemmendes Gerede über Opfer beunruhigte Alice, und schließlich fragte sie ihn, wie das Ganze funktionierte.

Er seufzte. »Wer das weiß, versteht alle Rätsel! Entscheidend an einem Opfer ist, daß man etwas tut, das man nicht tun will, weil man glaubt, es würde einen bestimmten Gott zufriedenstellen. Hat man Glück, bekommt man einen Klaps auf die Schulter und fühlt sich gut. Hätte ich das nicht schon vorher gewußt – an jenem Tag in Nag hätte ich es auf jeden Fall erfahren. All diese Krieger aus Sonalby haben für mich geopfert! Unabsichtlich. Sie wußten noch nicht einmal, daß sie es taten, aber jeder von ihnen mußte ein sehr unangenehmes Ritual mit einem stumpfen Messer und einer Handvoll Salz durchführen. Die Krieger glaubten, es für die eigene Männlichkeit zu tun, für ihre Göttin und den armen Golbfisch, aber ich war ihr Anführer und Freund, zudem war ich genau auf dem Knoten. Ich hatte Charisma! Also taten sie es für mich, und schon bald war ich ganz und gar trunken von Mana.«

»Und hast du das bei Golbfisch angewendet?«

»Eigentlich nicht. Ich habe bei ihm lediglich Charisma eingesetzt, ich konnte gar nicht dagegen machen. Oh, ich nehme an, ich war mehr als nur blauäugig. Gleich zu Anfang, unmittelbar nachdem Golbfisch zum Altar hinaufgeschritten war, erkannte ich, daß er ein ziemlich gramgebeugter Mann war. Wahrscheinlich wußte das niemand außer mir. Ich hatte keine Ahnung, was für Kummer ihn plagte, aber er tat mir leid. Als ich dann endlich an der Reihe war, die Stufen hinaufzusteigen, wollte ich ihn ein bißchen aufmuntern. Ich habe ihm einen dieser Blicke zugeworfen, mit denen man jemandem etwas sagen will, ohne zu sprechen – du weißt schon. Irgendwie hat er sich richtiggehend daran festgeklammert. Und da wurde mir klar, daß er Todesängste ausstand.«

»Und dann kam die Göttin?«

»Letzten Endes kam sie. Wenn ich schon leicht angesäuselt war, muß sie zu dem Zeitpunkt voll wie eine Strandhaubitze gewesen sein. Da waren die Tausende von Leuten, die Hymnen für sie sangen, und Hunderte Männer, die ihr Blut und ihren Schmerz darboten, alles unmittelbar auf ihrem Knoten – Mana in Strömen! Ich glaube, ein solches Fest hatte sie seit einer Generation nicht mehr. Und plötzlich brach es ab. Alles floß zu mir, verstehst du? Also kam sie, um herauszufinden, was vor sich ging. Ich bin sicher, niemand sonst hat sie gesehen. Ich habe einen kurzen Blick auf sie erhascht und dachte: Ups! Und dann sah sie mich. Ich bin sicher, sie hat auf Anhieb erraten, wer ich bin. Für sie waren das ziemlich schlechte Neuigkeiten, denn ich konnte sie Zath oder Karzon gegenüber in Verlegenheit bringen oder sie in üble Intrigen innerhalb des Pentatheon verstricken. Aber die

Jungfrau wollte sich heraushalten! Also ist sie verduftet.«

»Aber wie hat sie ausgesehen?«

»Soweit ich mich erinnern kann, war sie nichts Besonderes«, erwiderte er unbestimmt. »Eine große Frau. Hab' sie kaum richtig zu Gesicht bekommen. Es war, als liefen sich auf einer belebten Straße zwei Freunde über den Weg. Sie tippen sich zum Gruß aneinander an den Hut, und das war's. Golbfisch hat mir mehr Kopfzerbrechen bereitet.«

»Warum? Warum hast du beschlossen, ihm zu helfen?«

Beinahe schüchtern zuckte Edward die Schultern. »Eigentlich hab' ich ja gar nichts getan. Er brauchte einen Freund, und mein Charisma hat ihn dazu verleitet, mir zu vertrauen. Den Ausweg hat er selbst gefunden. Mir hat es nur gefallen, plötzlich einen Prinzen unter meinem Kommando zu haben. Wie gesagt, zu der Zeit konnte ich nicht ganz klar denken. Ich fühlte mich unbesiegbar! – Heute ist ein guter Tag zum Bötchenfahren.«

Alice schaute zum Serpentine-Teich, an dem Kinder spielten.

»Ist es das, was du willst? Innehalten, mit Booten an einem See spielen und die Welt an dir vorüberziehen lassen? Zwei Welten?«

»Ich will mich freiwillig melden.«

»Edward, was genau wird in dieser anderen Welt über dich prophezeit? Was tut der Befreier eigentlich?«

Plötzlich wütend, wandte er sich ihr zu. »Ich hab's dir doch gesagt: Er tötet den Tod. Natürlich nicht den wirklichen Tod, nur Zath. Und das ist eine Katastrophe! Es führt zu einer Katastrophe! Es gibt nur eine

Möglichkeit, die Prophezeiung zu erfüllen, und die besteht darin, mich selbst zum Gott zu erklären und mehr Mana zu sammeln als Zath – nur macht er das schon seit mehr als hundert Jahren. Ich wage kaum, mir auszumalen, welche Schrecken ich erfinden müßte, um den Massen eine Anbetung dieses Ausmaßes abzuringen. Und was geschieht danach? Was wird aus mir? Was wird aus ihnen? Und das alles nur, um einen Fremden zu töten, der wahrscheinlich binnen eines Augenzwinkerns durch einen anderen ersetzt wird? Zath ist zwar der erste, der mies genug war, den Rang des Totengottes für sich zu beanspruchen, aber er hat einen so großartigen Schwindel aufgezogen, daß er sicher nicht der letzte ist. Mein alter Herr hat all das erkannt. Als ich dieses verfluchte Filoby-Ding endlich zu lesen bekam, habe ich es ebenfalls erkannt, und ich will rein gar nichts damit zu tun haben! Ich bin wieder nach Hause gekommen, um mich freiwillig zur Armee zu melden, aber ich bin auch zurückgekommen, um die Kette zu durchbrechen. Ich gehe nie wieder zurück! Niemals! Unter keinen Umständen! Das ist mein Ernst! Und es ist endgültig!« Er machte auf dem Absatz kehrt und stapfte davon, schneller als zuvor. Alice rannte hinter ihm her. »Edward, das verstehe ich nicht. Bist du sicher, daß du Zath nicht ohne Mana töten kannst?«

»Vollkommen sicher.«

»Dann könntest du doch selbst die Stellung des Totengottes übernehmen, um dafür zu sorgen, daß sie nicht mißbraucht wird.«

»Pah! Nein. Mach dir keine Gedanken darüber. So weit wird es niemals kommen. Lieber würde ich eine deutsche Kugel auffangen. Was möchtest du sonst noch wissen, abgesehen davon?«

»Was ist aus Golbfisch geworden?«

Edward seufzte. »Ach, das ist eine ziemlich lange Geschichte. Ohne Golbfisch wäre ich heute gar nicht hier. Selbstverständlich sind gleich als erstes, kaum daß er den Tempel verlassen hatte, ein paar Boten aufgetaucht, die ihn aufforderten, in den Palast zurückzukehren.«

»Und?«

Edward grinste, wodurch er plötzlich überaus jugendlich wirkte. »Ich habe ihnen gesagt, daß Golbfisch Krieger nunmehr meinem Befehl untersteht und ich mich weigere, ihn gehen zu lassen. Ich hatte hundert mit Speeren bewaffnete Männer bei mir, folglich war der Wortwechsel ziemlich kurz.«

Alice blickte auf die Uhr. Ihnen blieb immer noch eine Stunde, bevor der Zug abfuhr.

»Natürlich«, fuhr er fort, »war mir klar, daß ich in eine bedeutende politische Krise hineingestolpert war. Wir hatten kaum das Lager erreicht, als ich auch schon aufgefordert wurde, vor Kammaeman Schlachtenmeister, dem joalischen General zu erscheinen. Mir wurde aufgetragen, meinen neuen Rekruten mitzubringen, aber das hab' ich nicht getan. Ich bin allein dort hingegangen und habe erklärt, der Prinz könne nicht kommen – er wäre zu sehr damit beschäftigt, Latrinen auszuheben. Danach haben sie irgendwie das Interesse an uns verloren.«

»Hör doch auf mit deiner verflixten Bescheidenheit! Was hast du wirklich getan?«

»Nicht viel«, erwiderte Edward ungerührt.

21

»Zwei Freunde sind besser als einer«, sagte Dosh Leibdiener, während er Tarions Wade knetete, »besonders wenn sie Feinde sind.«

»Hört sich wie einer der Sinnsprüche meines lieben Bruders an. Das würde reichen, einen ganzen Speisesaal voller Speichellecker in Panik zu versetzen.«

»Das Zitat stammt aus den Grünen Schriften, Canto 1576.« Dosh wandte die Aufmerksamkeit dem anderen Bein zu.

Tarion lag ausgestreckt und nackt auf einer Auerochsenhaut. Im Zelt war es düster und heiß. Es roch nach Leder, seinem eigenen Schweiß und dem Duftöl, das Dosh benutzte. Nach dem stundenlangen Herumstehen im Tempel tat eine Massage ungemein gut – was auf jede Massage von Dosh zutraf. Er hatte Talent, und seine Hände waren wesentlich kräftiger, als sie aussahen. Die Tausende Menschen, die der Zeremonie beigewohnt hatten, würden eine ähnliche Behandlung vermutlich ebenfalls zu schätzen wissen, doch sie wurde nur Tarion zuteil.

»Welche zwei Freunde schweben dir denn vor?« fragte er schläfrig.

Dosh gluckste kehlig. »Ihr und Golbfisch.«

»Natürlich können die Joalier uns immer noch gegeneinander ausspielen.«

»Natürlich. Und der fette Kerl ist nicht gestorben ... was womöglich vorgesehen war?«

Tarion kicherte. »Nimm dir jetzt die Oberschenkel vor.« Voller Wollust seufzte er auf, als die kräftigen Finger den Muskel zu bearbeiten begannen.

»Also müßt Ihr Euch benehmen, sonst können sie

ihn wiedereinsetzen«, meinte Dosh, wobei er die Worte im Einklang mit den Knetbewegungen sprach. »Sie vertrauen meinem geliebten Meister nicht.« Dosh war neugierig wie ein altes Waschweib.

Nach einer Weile raffte Tarion sich zu einer Antwort auf. »Mutter wird nicht mehr lange leben. Dann müssen die Joalier sich entscheiden, wen von uns sie auf den Thron setzen. Ich glaube, bis dahin bleibt uns gerade genug Zeit, ein paar Lemodier abzuschlachten. Bevor die entsetzliche Neuigkeit eintrifft.«

Für Tarion selbst wäre es besser, wenn die Zeit für die thargischen Verbündeten der Lemodier zu kurz wäre, um am Schauplatz des Geschehens einzutreffen – Thargier galten als gefährlich –, das aber lag allein in den Händen der Götter. »Ich halte es für höchst unwahrscheinlich, daß mein lieber Bruder mehr als eine oder zwei Stunden Infanterieausbildung überlebt. Seine Muskeln sind wie aus Milchpudding. Seine Kameraden werden ihn verlachen. Selbst für diesen Weichling muß es eine Grenze erträglicher Demütigungen geben. Außerdem ... Willst du ein kleines Geheimnis erfahren, mein süßer Junge?«

»Ihr wißt, ich liebe Geheimnisse.«

»Dann faß mich härter an. Härter! Ich werde schon nicht zerbrechen. Ah! Wunderbar! Mein schrulliger Bruder hat bei der nagischen Infanterie Zuflucht gesucht. Weißt du, was die Joalier von der nagischen Infanterie halten?«

»Sie halten sie für einen nutzlosen Haufen«, erwiderte Dosh und keuchte vor Anstrengung, während er auf Tarion eintrommelte.

»Genau! Unsere Reiterei – will sagen, meine Reiterei ... Uns werden sie eine kleinere Rolle zugestehen. Nichts allzu Bedeutendes, da bin ich sicher. Ich hoffe, etwas Auffallendes. Aber die Infanterie ist eine ungeordnete Meute. Ein Bauer stellt sich unter einer Schlacht vor, den Speer auf den Schild des Gegners zu schleudern und ihn dann mit einem Knüppel anzugreifen. Selbst Lemodier sind in der Lage, Nagier hinzumetzeln. In der Vergangenheit ist ihnen das immer gelungen. – Fang jetzt mit meinem Rücken an. – Kammaeman wird zuerst die Nagier in die Schlacht werfen, bis die Pfeile der Lemodier verschossen sind. Dafür sind sie bestimmt. Die Aussichten des guten Golbfisch, seine erste Schlacht zu überleben, kann man bestenfalls als ›gering‹ bezeichnen.«

Er grunzte, als Doshs starke Hände sich in seinen Leib gruben. Tarion hatte keinem seiner Untergebenen erlaubt, persönliche Leibdiener mit in den Krieg zu nehmen; nur die ranghöchsten Joalier durften diesen Vorzug genießen. Doch als Reitereiführer brauchte Tarion jemanden, der sich um sein Tier, seine Waffen und seine Ausrüstung kümmerte. Und um seine etwas persönlicheren Bedürfnisse. Dosh verkörperte eine wahre Freude, in jeder Hinsicht.

»Die Joalier vertrauen Euch nicht, Meister«, wiederholte Dosh.

»Das bricht mir glatt das Herz«, erwiderte Tarion schläfrig. »Was ist eigentlich der Grund dafür?«

»Weil zwei Freunde besser sind als einer, besonders wenn sie Feinde sind.«

Tarion wirbelte auf den Rücken herum, packte in Doshs Haar und zerrte ihn zu sich herab. Dosh kreischte vor Schmerz und Erstaunen, endete – auf einen Ellbogen gestützt – Nase an Nase mit seinem Prinzen und bemühte sich verzweifelt, kein Öl aus der Flasche zu verschütten, die er in der anderen Hand hielt.

»Was willst du damit andeuten?« fragte Tarion ihn bedrohlich.

Er sah keine Anzeichen der Furcht, wie er es gehofft hatte, lediglich Belustigung.

»O Geliebter!« rief Dosh in gespielt untertänigem Jammerton. »Wer bin ich, meinen Meister in politischen Dingen zu belehren?«

»Habe ich dir je gesagt, daß du wunderschöne Augen hast?«

»Ich glaube nicht. Ihr habt so ziemlich jeden meiner Körperteile ausgiebigst gelobt, aber ich kann mich nicht erinnern, daß Ihr je meine Augen erwähnt hättet.«

»Ich tue es jetzt nur deshalb, um hervorzuheben, daß ich es zutiefst bedauern würde, sie mit rotglühenden Eisen ausstechen zu müssen. Das würde deine Vollkommenheit beeinträchtigen. Was hattest du gerade gesagt?«

Dosh zeigte immer noch keine Angst. Er lächelte, als wären die Drohgebärden eine Art Vorspiel – was vermutlich auch der Fall war.

Die wunderschönen Augen zwinkerten. »Ich meine, Thargia wäre überaus glücklich, könnte Nagland seine Unabhängigkeit wiederherstellen. Thargia liegt zu weit entfernt, um eine Bedrohung für Euch darzustellen. Ich glaube, Ihr seid ein Mann Nagtals, Meister.«

»Mein Vater war Bauer«, pflichtete Tarion seinem Untertan bei. »Dann Palastwächter und schließlich königlicher Liebesdiener.« Er riß am Haar des Jungen. »Ist es das, was man über mich sagt? Daß ich mich an Thargia verkaufen würde?«

»So denkt man über Euch, ja. Aber niemand spricht es aus. – Autsch! Das tut weh!«

»Soll es auch. Spionierst du mich für die Thargier oder für die Joalier aus?«

Den Kopf zur Seite gebeugt, betrachtete Dosh den Prinzen; dann antwortete er: »Sowohl als auch. Wer immer mich bezahlt.«

»Gut. Ich schätze Ehrlichkeit und angemessene Achtung vor Geld. Spioniere, soviel du willst, aber merk dir eins – solange du mir gehörst, wirst du dich von keinem anderen Mann berühren lassen! Es sei denn, ich befehle es dir.«

»Selbstverständlich nicht. Schließlich stelle ich gewisse Mindestanforderungen.«

Tarion kicherte und ließ ihn los. Dann legte er einen Arm um Doshs Nacken und zog ihn näher an sich heran. »Ich liebe dich, du kleines Ungeheuer! Nachdem wir ein, zwei Dörfer in Lemodtal überrannt haben, werden wir die Kriegsbeute genießen. Was soll ich dir mitbringen? Mädchen oder Jungen?«

Doshs weiße Zähne blitzten auf. »Egal, solange sie jung und hübsch sind. Wie Ihr, bin ich nicht wählerisch.«

»Ich bin ausgesprochen wählerisch.«

»Ich fühle mich geschmeichelt.«

Draußen vor der Zeltklappe ertönte das unverkennbare Geräusch eines Speers, der gegen einen Schild geschlagen wurde.

»Verflucht!« stieß Tarion hervor und schob seinen Leibdiener von sich. »Gerade jetzt, wo es interessant wird! Sieh nach, was er will.«

Dosh erhob sich, strich sein zerzaustes Haar glatt, rückte den Lendenschurz zurecht und nahm die Ölflasche mit.

Tarion setzte sich auf und hörte, wie ihn die joalische Stimme draußen ins Zelt des Schlachtenmeisters rief. Im Grunde hatte er schon damit gerechnet, und selbstverständlich mußte er der Aufforderung Folge leisten. Es würde ihn sehr überraschen, wäre sein geliebter Halbbruder Golbfisch nicht der erste der anstehenden Punkte, die besprochen werden mußten.

Das Lager war zu klein, um den Einsatz eines Reittiers zu rechtfertigen; die beiden Männer gingen zu Fuß. Da die Sonne sich mittlerweile hinunter auf die Nagwand senkte, war die Temperatur erträglich geworden; dennoch legte Kolgan Koadjutant eine äußerst gemächliche Gangart vor. Wenn der zweithöchste Offizier der joalischen Armee höchstpersönlich erschien, um einen schlichten Nagier zu einem Treffen zu geleiten, konnte man ohne weiteres annehmen, daß er Hintergedanken hegte. Tarion galt nunmehr als nagischer Thronerbe, und Kolgan war ein bedeutender joalischer Politiker. Noch nie hatten die beiden sich ungestört miteinander unterhalten.

Rings um sie herum herrschte rege Betriebsamkeit im Lager. Truppenführer exerzierten mit Gruppen, die lange Schatten warfen, auf der staubigen Ebene; Moas grasten im Abendlicht, und zögernd stieg kräuselnder Rauch von Kochfeuern empor.

»Wann erwartet Ihr die letzten Truppen aus Joaltal, Herr?« erkundigte Tarion sich höflich.

»In ein paar Tagen.« Kolgan war ziemlich groß, doch selbst die Rüstung konnte nicht bewirken, daß er breit und stämmig aussah. Er hatte ein Raubvogelgesicht und einen rötlichen Bart.

»Ich hoffe, wir marschieren dann sofort los. Inzwischen weiß der Feind bestimmt über uns Bescheid.«

Der große Mann kicherte. »Und die Armee frißt Eurer Hauptstadt die Haare vom Kopf, wie?« Meilenweit erstreckten sich die Zeltreihen, in denen fünftausend hungrige Männer Platz fanden.

»Gewiß. Mutter wird Steuern erheben müssen, um die Kosten begleichen zu können.« Andererseits mußten die Abgaben der Freudenhäuser an die Krone derzeit nachgerade königliche Ausmaße erreicht haben.

»Ah. Aber der Gesundheitszustand der Königin macht uns allen Sorgen. Diese unbeliebte Maßnahme könnte ihrem Nachfolger überlassen bleiben.«

»Vielleicht könnte Beute aus Lemodtal das Problem lösen, so Karzon unserer Sache wohlgesonnen ist«, gab Tarion zurück. Aber würden die Joalier den Nagiern einen ordentlichen Anteil zugestehen?

»Möglich«, erwiderte Kolgan unbestimmt. »Wißt Ihr, wie ich dort hingelangt bin, wo ich heute stehe, Tarion Reitereiführer?« Mit einem bedeutungsvollen Funkeln in den Augen blickte er auf den kleineren Mann hinunter.

»Nicht in allen Einzelheiten«, antwortete Tarion diplomatisch. »Aber ich habe gehört, daß die Volksversammlung in Joal den Kandidaten des Klüngels für den Posten des Koadjutanten zurückwies und statt dessen Euch verlangte. Man hat einen Aufstand befürchtet. Was Eurem Ruf natürlich zur Ehre gereicht.«

»Was meiner Mauschelei zur Ehre gereicht. Ich habe keine nennenswerte militärische Erfahrung. Dafür habe ich Geld für öffentliche Spiele gespendet, in seit Jahren ungekannten Höhen.«

Die Volksversammlung galt in Joal als höchste Behörde, doch es war teuer, sie zu kaufen. Tarion mißtraute Offenheit: Sie war sowohl für den gefährlich, der sie an den Tag legte, als auch für den, an den sie sich richtete. »Wie unglaublich gemeinnützig von Euch!«

»Ich habe alles eingesetzt, was ich besaß und was ich mir borgen konnte. Sofern ich nicht ruhmreich, siegreich und mit Beute beladen zurückkehre, bin ich am Ende.«

»Wir müssen auf die Götter und die Gerechtigkeit unserer Sache vertrauen«, erwiderte Tarion und fragte sich, wohin um alles in der Welt diese Offenheit führen mochte.

Kolgans kantiges Gesicht verzog sich zu einem Grinsen – oder vielleicht zu einer Grimasse. Unter dem Helm war es schwer zu erkennen. »Und Ihr, Prinz? Wie seid Ihr dorthin gelangt, wo Ihr jetzt steht?«

Durch Offenheit bestimmt nicht. »Mutter glaubt seit langem, daß ich ein besserer König wäre als mein armer Bruder.«

»Genau!« spie Kolgan Koadjutant hervor. »Aber ihre joalischen Verbündeten haben sich dieser Sichtweise nie angeschlossen. Unser hochgeschätzter Botschafter hat sich erst kürzlich auf Eure Seite geschlagen – wodurch er unmittelbare Anweisungen des Klüngels mißachtet hat.«

»Das hat er«, pflichtete Tarion ihm verbindlich bei. Der joalische Botschafter verkörperte praktisch den ortsansässigen joalischen Statthalter von Nagland, wenngleich dies niemand offen aussprach. Bondvaan war ein weiterer hinterhältiger Politiker, eine menschliche Schlange.

Mittlerweile war das Zelt des Kommandanten in Sicht. Kammaeman hatte den besten Lagerplatz in Beschlag genommen, unter den einzigen brauchbaren

Schattenbäumen. Er saß auf einem Stuhl, nach wie vor in voller Rüstung, und beobachtete, wie seine Untergebenen herannahten. Neben ihm hockte besagter Bondvaan.

»Vor drei Jahren«, erklärte Kolgan, »hat der Alte fünf Millionen Sterne ausgegeben, um den Klüngel zu bestechen, daß er ernannt wird. Ich bin sicher, inzwischen hat er längst wieder alles hereingeholt.«

»Schon in den ersten zehn Doppelwochen, die er hier verbracht hat, prahlt er gerne.«

»Na seht Ihr!« rief Kolgan siegesgewiß. »Bestechung in solchen Größenordnungen läge weit über Euren Mitteln. Wie habt Ihr es also bewerkstelligt?«

»Mutter hat ihn überzeugt.«

Diesmal war das Knurren unmißverständlich. »Ich habe etwas anderes gehört. Eigentlich hatte ich auf gegenseitiges Vertrauen gehofft, Tarion Reitereiführer.«

Tarion seufzte. »Was habt Ihr denn gehört?«

»Bondvaan ist ein unverbesserlicher Lustmolch. Er veranstaltet Orgien der abartigsten Sorte. Was selbst zu tun ihm das Alter verwehrt, läßt er andere aufführen und sieht dabei zu. Ich habe gehört, Ihr hättet in seinem Wohnsitz an einigen denkwürdigen Vorstellungen teilgenommen.«

Nie war Tarion ein Lächeln schwerer gefallen. »Ich bin zwar alles andere als prüde, trotzdem möchte ich lieber nicht an diese Nächte erinnert werden.« Offenheit!

»Verständlich!« Der große Mann gluckste heiser. »Große Ziele erfordern große Opfer?«

»Ja.«

»Verstehen wir einander nun? Wißt Ihr jetzt, weshalb ich den Boten entlassen und Euch selbst abgeholt habe?«

Tarion knirschte mit den Zähnen. »Selbstverständlich. Kammaeman Schlachtenmeister weiß bestimmt, wie dringend Ihr persönlichen Ruhm braucht. Ein weiser joalischer Kommandant wendet sich niemals von seinem Stellvertreter ab. Indem Ihr mit mir ankommt, untergrabt Ihr in seinen Augen meine Zuverlässigkeit, und dadurch hofft Ihr, mich auf Eure Seite zu ziehen.«

Kolgan lachte. »Wir verstehen einander! Laßt uns also eine Vereinbarung treffen. Helft mir, aus all dem an oberster Stelle hervorzugehen, und ich präsentiere Euch Bondvaan Botschafters Geschlechtsteile auf einem silbernen Tablett. Reizt Euch das?«

»Sehr«, gestand Tarion. »Vor allem, wenn die Geschlechtsteile gebraten sind.«

Die Wachen ließen die Besucher vorbei. Sie kamen zum Stehen und salutierten vor einem Mann, der im Augenblick als Alleinherrscher von Nagtal galt. Kammaemans Befehl vermochte jedes beliebige Herz im Tal zum Verstummen zu bringen.

Er ging auf die Sechzig zu, ein feldzugerfahrener Krieger. Zudem mußte er einer der erfolgreichsten und rücksichtslosesten Politiker Joals sein, da er die Mitgliedschaft im Klüngel seit nunmehr über zehn Jahren innehatte. Der Umstand, daß er es gewagt hatte, das Kommando selbst zu übernehmen und die Stadt dafür zu verlassen, zeigte, wie gefestigt seine Stellung sein mußte. Auch körperlich wirkte er mächtig. Seine Rüstung verhüllte zwar den Rumpf und die Schienbeine, die bärenstarken, behaarten Arme und Oberschenkel hingegen lagen frei. Staub und Schweiß hatten sich in den Furchen des wettergegerbten Gesichts und im Bart eingenistet. Seine Augen waren von der grellen Sonne entzündet. Er nickte den Neuankömmlingen zu, ohne sich zu erheben oder ihnen auch nur einen Stuhl anzubieten, obwohl hinter ihm mehrere unbenutzt standen.

Neben ihm bedachte Bondvaan Botschafter – silberhaarig, klein und fett – Tarion mit einem schmierigen Lächeln, das Erinnerungen weckte, die dem jungen Prinzen eine Gänsehaut über den Leib jagten.

Kammaeman starrte unter weißen Augenbrauen zu ihm empor, die buschiger waren als so manches Mannes Schnurrbart. Aus Ohren und Nasenlöchern wucherten schwarze Haare.

»Hat Euch die Zeremonie heute gefallen, Reitereiführer?«

Kolgan allein war schon schlimm genug gewesen. Tarion wappnete sich, es mit dreien von der Sorte aufzunehmen. »Ich hoffe, meinem Volk die rituelle Selbstverstümmelung eines Tages abzugewöhnen, Herr. Sie ist ein Überbleibsel aus unserer barbarischen Vergangenheit und steht ganz und gar im Gegensatz zu der aufgeklärten Zivilisation, die Joal uns gebracht hat und für die wir alle so dankbar sind. Trotz allem, der Anblick von Blut erregt mich, und Ihr könnt gewiß keine Zweifel am Mut der jungen Männer hegen.«

»Aber an ihrer geistigen Gesundheit. Habt Ihr den Schluß als überraschend empfunden?«

»Verblüffend!« Aufrichtiger wäre gewesen, den Schluß als zutiefst enttäuschend zu bezeichnen. Das Blut eines bestimmten Menschen wäre erregender gewesen als das aller anderen. »Ich hätte nie gedacht, daß in meinem Bruder eine solche Vaterlandsliebe steckt.«

Ohne hinzusehen, spürte Tarion das anzügliche Grinsen auf Bondvaans talgigem Antlitz. Oh, wie ihm das gefallen mußte! Nun hatten die Joalier in Nag noch ein zweites As im Ärmel.

»Das war nicht unbedingt, was ich ... Ah!« Kammaeman bedeutete Tarion und Kolgan, beiseite zu treten. »Da kommt der Mann, den ich sehen wollte.«

Tarion beobachtete neugierig, wie die Wachen dem Neuankömmling den Speer abnahmen. Es handelte sich um einen gewöhnlichen Nagier – schwarzhaarig, schlank und groß; größer als die meisten. Er trat vor den Kommandanten hin, den Schild nach wie vor am Arm, und schlug zum Gruß mit der offenen Hand darauf. Dann stand er reglos in Habachtstellung und starrte über den Helm des Oberbefehlshabers hinweg. Die groteske Gesichtsbemalung machte seine Züge nahezu unlesbar.

Da Tarion ihn zuvor nur aus der Ferne gesehen hatte, war ihm nicht aufgefallen, wie jung er war. Interesse regte sich in ihm. Immer nur Dosh Leibdiener würde schon bald seinen Reiz verlieren. Sollte der Rang allein nicht genügen, würden einem solchen Bauernlümmel ein paar Kupfermünzen wie ein wahres Vermögen erscheinen.

»Dein Name?« fragte Kammaeman und blickte an dem Jungen hinauf und hinunter.

»D'ward Truppenführer, Herr.«

»Und davor?«

»D'ward Dachdecker.«

»Aus Sonalby?«

»Ja, Herr.« Er hatte einen leichten Akzent, den Tarion nicht einzuordnen vermochte. Der Junge zeigte keine Anzeichen von Unruhe, was sehr ungewöhnlich schien.

»Ich habe befohlen, daß du deinen neuen Rekruten mitbringen sollst.«

Der junge Mann blickte weiter starr geradeaus. »Mit allem Respekt, Herr, ich habe meinen Eid jemand anderem geleistet, der ihn danach an Euch weitergab. Ich nehme Befehle nur unmittelbar von Euch entgegen.« Kammaemans Gesicht lief unter dem Staub rot an. Die haarigen Hände ballten sich zu Fäusten.

»Wenn Ihr mir jetzt befehlt, ihn zu holen, Herr«, sagte der Junge, an den Hintergrund des Zelts gewandt, »werde ich selbstverständlich gehorchen.«

»Das ist aber ausgesprochen nett von dir!«

Tarion sah eine passende Gelegenheit, sich die Dankbarkeit des Jungen zu sichern. »Darf ich das Wort ergreifen, Schlachtenmeister? Technisch gesehen, hat er recht. So stehen die Dinge im Augenblick. Man kann nicht von ihm erwarten, ordentliche militärische Verfahrensweisen zu verstehen.«

Flüchtig spähte D'dward zu Tarion hinüber, der erstaunt feststellte, daß der Junge strahlend blaue Augen besaß. Wie ungewöhnlich! Wie überaus faszinierend!

Und wieso schlotterte er nicht in den Stiefeln – abgesehen von der Tatsache, daß er barfuß war? Dieser Bursche war es eindeutig wert, näher unter die Lupe genommen zu werden. Der häßliche, fette alte Bondvaan hatte offensichtlich denselben Einfall. Er schien auf seinem Stuhl dem Geifer nahe.

»Ich verstehe!« knurrte Kammaeman beschwichtigt. »Tja, ich kann nicht zulassen, daß mir tagtäglich ein Dutzend Truppenführer auf den Leib rücken. Also muß ich einen Oberbefehlshaber für die gesamte nagische Infanterie ernennen. Jemanden, der mir gegenüber verantwortlich ist.«

Tarion öffnete den Mund und schloß ihn hastig wieder. Die Frage war an den Bauerntölpel gerichtet gewesen.

»Soweit ich weiß, Herr, gibt es keine Musterfälle. Noch kein Hordenführer ist je zurückgetreten.«

Er sprach keineswegs wie ein ahnungsloser Bauerntölpel. Zudem hatte er völlig recht, und Kammaemans Vorschlag stellte die einzige mögliche Lösung dar. Tarion hatte das Problem umsichtigerweise nicht schon früher angeschnitten, aber er war bereit, die zusätzliche Verantwortung zu übernehmen, sollte sie ihm angeboten werden. Dann würde er die gesamte nagische Armee befehligen. Doch er sagte noch nichts davon, denn Kammaeman hatte die Aufmerksamkeit immer noch auf den Jungen gerichtet.

»Was für militärische Erfahrung hast du?«

»Keine, Herr.«

»Wer hat deiner Gruppe das Exerzieren beigebracht?«

»Das war ich, Herr. Ich habe einige der Älteren im Dorf gefragt, wie die Joalier Krieg führen.« Er zeigte weder Stolz, noch Befriedigung noch ... noch irgend etwas! Er gab sich ausdruckslos wie ein Veteran unzähliger Feldzüge. Tarion fragte sich, ob Kammaeman wohl den Befehl erteilen würde, ihn auszupeitschen, nur aus Prinzip. Doch nichts am Gebaren des Jungen ließ auf Ungehorsam oder versteckten Hohn schließen. Er war einfach durch und durch sachlich, und er wirkte überzeugend.

»Wie lange hast du dafür gebraucht?«

»Zwei Tage, Herr. Mehr Zeit blieb mir nicht. – Ich hätte ein Anliegen, Herr.«

»Ja?«

»Ich kann den Männern nichts mehr beibringen.

Würdet Ihr uns einen erfahrenen joalischen Krieger schicken, könnten wir die Ausbildung fortsetzen.«

Kammaeman schnaubte ungläubig. »Das wurde schon früher versucht! Nagische Krieger bestehen darauf, auf ihre traditionelle Weise zu kämpfen. Sie werden keinem Joalier zuhören.«

»Wenn ich es ihnen sage, werden sie zuhören, Herr.«

Kolgan Koadjutant kicherte an Tarions Seite. Kammaeman schleuderte ihm einen Blick zu, der ihn verstummen ließ, dann schaute er wieder zu D'ward. Hinauf zu D'ward.

»Gib mir deinen Eid darauf. Falls du dich irrst, wirst du ausgepeitscht.«

»Ich schwöre es«, sagte der Junge sofort, während er ungebrochen über den Kopf des Schlachtenmeisters hinwegstarrte.

Tarion schreckte innerlich auf. Was ging hier vor? Wollte der alte Gauner das Wort eines ungehobelten Arbeiters annehmen? Er spähte zu Kolgan hinüber und erblickte eine finstere Miene, die Tarions eigene Gefühle haargenau widerspiegelte.

»Knie nieder«, befahl Kammaeman.

Der Junge gehorchte. Nun befanden ihre Augen sich auf gleicher Höhe.

»Du kannst sie also in Reih und Glied marschieren lassen«, meinte der Oberbefehlshaber. »Das gestehe ich dir zu. Ich gestehe auch, daß es mich überrascht. Aber wie willst du die Männer dazu bringen, daß sie daran denken, daß Speere zum Zustoßen da sind? In der Hitze der Schlacht werden sie ihre Speere fortschleudern! Das haben sie in der Vergangenheit stets getan.«

»Ich wollte ihnen die Stangen mit Lederschnüren an

den Handgelenken festbinden«, erwiderte D'ward schlicht, »damit sie daran denken.«

»Tatsächlich?« Kammaeman zog die dschungelgleich wuchernden Augenbrauen hoch. Offensichtlich war er beeindruckt. »Wie lange würdest du brauchen, um den Rest der nagischen Truppen auf denselben Ausbildungsstand zu bringen wie die aus Sonalby?«

Selbst der Junge wirkte erschrocken, dennoch zögerte er kaum einen Lidschlag. »Ich kann heute abend mit ihnen reden, Herr. Wenn ihr bis morgen früh jeder Truppe einen joalischen Ausbilder zuteilt, verbürge ich mich dafür, daß sie ihnen gehorchen und ihr Bestes geben.«

Der Schlachtenmeister kratzte sich am Bart. »Bei derselben Strafe? Nein, ich erhöhe den Einsatz. Zweimal Auspeitschen.«

Der Junge grinste. »Abgemacht.«

»Bei den fünf Göttern, Junge, du bist entweder verrückt oder schlicht und einfach wahnsinnig. Dein neuer Rekrut, was tut er gerade?«

»Latrinen ausheben, Herr.«

Tarion prustete laut auf. O Freude! O wie vollkommen!

Kammaeman warf ihm einen mißbilligenden Blick zu, doch er hatte Mühe, die eigene Belustigung zu verbergen. »Wieso das?«

Der Junge zeigte sich überrascht, als wäre die Antwort ganz offensichtlich. »Ich habe ihm gesagt, das wäre die schlimmste Arbeit, mit der ich ihn beauftragen könnte. Hat er die erst einmal verrichtet, gibt es nichts mehr, wovor er sich fürchten muß.«

Die Joalier tauschten Blicke. Der alte Bondvaan fuhr sich mit den weichen Fingern durch das spärliche, silbrige Haar. Kolgan kaute nachdenklich auf der

Unterlippe. Kammaeman wirkte für den Moment seltsam verloren. »Hat deine Gruppe ihn angenommen?«

»Ja, Herr.«

»Ach ja? Was hast du deinen Leuten gesagt?«

»Ich sagte, es wäre eine große Ehre für uns, daß der Prinz sich für unsere Truppe gemeldet hat. Und daß sie ihm keine Sonderbehandlung gewähren müßten, jedoch ein wenig Geduld mit ihm haben sollten, weil er eine benachteiligte Jugend hatte und erst alles über wahre Männlichkeit lernen müßte.«

Diesmal grinste sogar der Kommandant. Er wandte sich an Kolgan.

»Nun, Koadjutant? Haben wir hier ein einheimisches Militärgenie?«

»Er scheint eine gewisse Ausstrahlung zu besitzen, Herr.«

»Steh auf!« befahl Kammaeman und mühte sich auf die Beine. Selbst in Stiefeln und mit Helm war er kleiner als der Junge, aber doppelt so breit. »Kümmere dich gut um ihn!«

»Ja, Herr!«

»Wir wollen doch nicht, daß er einem Unfall zum Opfer fällt – nicht wahr, Reitereiführer?« Er bedachte Tarion mit einem drohenden Blick.

»Ich hoffe, mein Bruder lebt noch lange genug, um viele, viele Latrinen auszuheben«, erwiderte Tarion verärgert. Wenn der nagische, wirre Haufen in eine schlagkräftige Kampftruppe verwandelt werden sollte, konnte er sich nicht mehr darauf verlassen, daß Golbfisch bei den Gemetzeln getötet wurde. Wie ärgerlich!

Kammaeman streckte einen haarigen Arm aus und ergriff die sonnengebräunte Schulter des Jungen.

»Ich biete dir eine Wette an! D'ward Truppenführer,

ich ernenne dich hiermit zum stellvertretenden Befehlshaber der nagischen Infanterie. Wenn du Lehrmeister brauchst, frag einfach diesen Mann. Sein Name ist Kolgan Koadjutant. In drei Tagen, von jetzt an gerechnet, hältst du mit deiner Horde eine Parade vor mir ab. Dann werde ich deine Ernennung entweder bestätigen oder dich zu Brei prügeln lassen. Bist du mit diesen Bedingungen einverstanden?«

»Ja, Herr«, antwortete der Junge gelassen. »Danke, Herr.«

»War mir ein Vergnügen! Du bist entlassen.«

Der neue Truppenführer salutierte zackig, wirbelte herum und marschierte davon. Die Wachen reichten ihm seinen Speer zurück.

Kammaeman beobachtete, wie er von dannen schritt; dann wandte er sich mit der schläfrigen Zufriedenheit einer Bärenkatze, die soeben eine Gruppe Jäger verspeist hat, an seinen Stellvertreter. »Ihr seid ebenfalls entlassen. Gebt ihm die besten Männer, die Ihr entbehren könnt, und alle Hilfe, die Ihr aufzubieten vermögt. Ihr zwei Herren wartet noch einen Augenblick.«

In Kolgans Zügen blitzte Zorn auf, doch er salutierte und stapfte davon.

Tarion trat vor. Bondvaan erhob sich; er wirkte völlig verwirrt. Tarion hoffte, daß seine Züge nicht seine Wut verrieten. Dieser junge Emporkömmling würde sterben!

»Ihr beiden Herren«, wiederholte Kammaeman, sobald Kolgan sich außer Hörweite befand, »habt geifernde Narren aus Euch gemacht. Haltet Euch mit Euren schmutzigen Gelüsten zurück, verstanden? Laßt D'ward zufrieden!«

»Herr!« begehrte Tarion auf. »Ich verstehe nicht ...«

»Ihr versteht sehr gut! Er darf in keiner Weise belästigt werden. In keiner Weise. Ich glaube, ich habe eine Geheimwaffe für diesen Krieg gefunden.«

Tarion gelangte zu der Ansicht, daß es besser war, den einen oder anderen neuen Plan zu schmieden.

22

Die ersten paar Tage in der Infanterie empfand Golbfisch als fortwährende Qual. Durch das Laufen ohne Schuhe riß er sich die Fußsohlen auf; die heiße Sonne brannte ihm Blasen auf die Haut; der rituelle Schnitt eiterte. Die bloße körperliche Anstrengung aber war schlimmer als alles andere. Er hob Gräben aus, er marschierte, er rannte. Jeder Muskel seines Leibes pulsierte und schmerzte. Er verlor das Bewußtsein, wurde wachgetreten und angebrüllt, mit dem Müßiggang aufzuhören. Mehr als einmal gelangte er an die Grenze des Erträglichen, an der ihm selbst der Tod gnädiger erschien als diese endlose Folter.

Doch so oft dies geschah, blickte er auf und schaute wie durch einen merkwürdigen Zufall in ein Paar ruhiger, blauer Augen, die ihn beobachteten. Er hörte einige Worte der Ermutigung und besann sich, daß dieser Junge ihn im Tempel gerettet hatte und dadurch selbst ein großes Wagnis eingegangen war. Irgendwie fand Golbfisch dann stets die Kraft, sich noch ein wenig weiterzuquälen. Das schuldete er D'ward, der ihm vertraut hatte.

Er rechnete fest damit, daß einer von Tarions Meuchelmördern ihm mit einem scharfen Dolch einen

Besuch abstatten würde, was jedoch ausblieb. Jeden Morgen erwachte er aufs neue, nie ganz sicher, ob er erstaunt oder enttäuscht darüber sein sollte. Und am fünften oder sechsten Tag erkannte er, daß er dies durchstehen und zu einem Krieger werden würde. Noch erstaunlicher aber war: Er gelangte zu der Erkenntnis, daß seine rauhen Gefährten Mitgefühl für sein Leid empfanden und seine Bemühungen billigten. Da begann ein sanftes Licht des Stolzes in der Dunkelheit zu schimmern.

Gerade als er allmählich mit dem Leben im Lager zurechtkam, brach die fast siebentausend Mann starke Armee auf. Etwa ein Viertel des Kontingents stellten die Nagier: tausend Fußsoldaten und achthundert Moareiter. Ihr Weg führte sie nach Osten, an Sonalby vorbei, danach in die rauhen Gefilde des Siolpasses. Drei Tage dauerte der vorsichtige Aufstieg durch das gewundene Tal, durch feuchte Wälder und steinige Wasserläufe. Für Golbfisch verhieß der Marsch neuerliche, schier unerträgliche Mühen, Erschöpfung und Elend.

Er verhieß aber auch Gefahr, denn jeder Feldzug in den Tälern begann unausweichlich mit einem umkämpften Paß. Die Lemodier mußten längst wissen, daß die vereinte Streitmacht von Joalland und Nagland sich auf sie zubewegte. Gewiß hatten sie ihre Verteidigungslinien bereits verstärkt und ihre thargischen Herren um Hilfe angerufen. Und es gab nur sehr wenige Stellen, an denen eine Armee die Gebirgsketten überqueren konnte.

Zum Glück war die Zeit zu kurz gewesen, als daß thargische Hilfe hätte eintreffen können. Die Schlacht war bereits gefochten, lange bevor die nagischen Truppen den Gipfel erreichten. Die Nachricht, daß der Paß nunmehr frei war und Lemodtal offen vor den Einmarschierern lag, verbreitete sich rasch durch den ganzen Troß. Die Krieger jubelten und sangen Lieder, während sie marschierten. Golbfisch sah zwar die Leichen, als er daran vorbeihumpelte, doch er war in keine Kampfhandlungen verwickelt gewesen. Ihm fehlte der Atem zum Singen; außerdem kannte er die Texte der Lieder ohnehin nicht.

Von nun an führte die Straße bergab, und sie kamen schneller voran. Zwei Tage später lagerte die Armee an einem seichten See in den Ausläufern des Lemodhanges. Die Gespräche kreisten längst nur mehr um Eroberung und die Freuden des Beutezuges. Die Krieger versicherten einander, daß die lemodischen Mädchen für ihre Schönheit berühmt wären.

Schließlich kam auch die Truppe aus Sonalby an die Reihe, in dem mittlerweile ziemlich dreckigen See zu baden. Die Krieger stapelten zwar ihre Waffen am Ufer, machten sich aber nicht die Mühe, sich auszuziehen. Jauchzend stürmten sie ins Wasser und verschmutzten es nur noch mehr. Golbfisch mied die Balgerei, doch er genoß das kühle Naß und die Gelegenheit, seinen Ungezieferbefall zu vermindern. Über was für kleine Dinge er sich inzwischen doch freute!

Er humpelte aus dem Wasser, um sich von der Sonne trocknen zu lassen. Ein schlaksiger junger Mann hockte im Gras, Kopf und Arme auf die knochigen Knie gestützt. Seine strahlend blauen Augen beobachteten Golbfisch belustigt. Auch er mußte im Wasser gewesen sein, denn sein Haar und sein Bart waren feucht. »Glückwunsch, Krieger!« sagte er. »Du hast es geschafft, was?«

»Ich denke, der Großteil der Ehre gebührt Euch, Herr.« Eines hatte Golbfisch auf jeden Fall gelernt: Demut. Er wußte, daß er es ohne D'wards Hilfe und Ermutigung nie und nimmer durchgestanden hätte.

»Unsinn! Setz dich einen Augenblick her und entspann dich. Ich sagte, ich könnte dir den Weg zeigen, aber geschafft hast du es selbst.« D'ward kicherte und schüttelte angesichts Golbfischs zerlumpter Erscheinung den Kopf. »Jetzt muß dir nur noch eine neue Haut wachsen, dann hast du es hinter dir. Wie fühlst du dich?«

Golbfisch ließ sich die Frage durch den Kopf gehen. Es schien Jahrhunderte her zu sein, daß er zuletzt mit jemandem eine richtige Unterhaltung geführt hatte – zumindest mit jemandem, der Verstand besaß. »Vor allem bin ich überrascht.«

»Und stolz?«

»Ja«, gestand der frischgebackene Krieger. »Vor einer Doppelwoche hätte ich das niemals geglaubt, aber du hast recht.«

»Du hast auch allen Grund, stolz zu sein. Sogar die Männer sind stolz auf dich! Sie hatten schon Wetten abgeschlossen, wie lange du durchhalten würdest. Niemand hat gewonnen – oder besser gesagt, du hast gewonnen! Sie bewundern Mut. Brauchst du irgend etwas?«

Golbfisch lächelte, und auch das letzte Lächeln lag lange zurück. »Ymma, Uthinima oder Osmialth.«

Die blauen Augen blinzelten. »Wen?«

»Meine Konkubinen.«

D'ward lachte. »Also geht es dir tatsächlich schon besser! Tut mir leid, da kann ich dir nicht helfen. Tja, ich wollte dich nur beglückwünschen und dir sagen, wie sehr ich bewundere, was du erreicht hast. Die meisten Männer hätte es zerbrochen. Gut gemacht!«

Er schickte sich an aufzustehen.

»Herr?«

Mit wachsamem Blick sank der Hordenführer zurück. »Ja?«

»Darf ich fragen ... Nein. Darf ich eine Feststellung äußern?«

»Nur zu.«

Golbfisch drehte den Kopf, um zu beobachten, wie die Meute im See herumtollte. »Ich weiß, das ist unverschämt und voreilig von mir, aber ich habe genug gehört, um zu wissen, daß Ihr kein Einheimischer aus Sonalby seid.« Keine Regung, nur eine entsetzliche Stille, die vielsagender schien als ein Aufschrei oder eine Fluchkanonade.

»Herr! ... Es tut mir leid ...«

»Ich stamme ursprünglich nicht aus Sonalby, nein«, erwiderte D'ward ganz ruhig. »Aber die Joalier wissen das nicht. Zumindest habe ich es ihnen nicht erzählt, und ich glaube nicht, daß sie es wissen. Fahr fort.«

»Nein, ich hätte nie ...«

»Fahr fort!«

»Herr!« Warum war er bloß ein solcher Narr gewesen und hatte davon angefangen? »Ihr seid im Frühsommer in Sonalby eingetroffen. Ich vermute, kurz nach den siebenhundertsten Tionfestspielen in Suss.«

Eine lange Pause entstand, dann meinte der Mann: »Wer behauptet das?«

»Niemand. Ich bin selbst drauf gekommen. Nur sehr wenige der Burschen können lesen. Sofern sie je vom *Filoby-Testament* gehört haben, kennen sie gewiß keine Einzelheiten daraus.«

D'ward seufzte. »Aber du natürlich schon. Was für Einzelheiten schwirren dir denn im Kopf herum?«

»Oh ... nur daß angedeutet wird, der Befreier würde zu der Zeit geboren, aber so steht es nicht in dem Testament. Eigentlich steht darin, daß er nackt und schreiend auf die Welt kommen wird. Das ist nicht ganz dasselbe!«

Die stechenden, blauen Augen musterten das Gesicht der Prinzen eingehend; dann begannen sie plötzlich zu zwinkern. »Wie kommt man denn sonst auf die Welt?« fragte D'ward mit einem Grinsen, das alle Schuldgefühle und alle Spannung fortspülte.

»Nun ...« Golbfisch spürte ein kurzes Aufflammen von Nostalgie, als er sich an die Tischgespräche in Joal erinnerte, an die langen, philosophischen Unterhaltungen, bei denen jedes Wort auf Bedeutungsfeinheiten abgetastet werden mußte. Einen Augenblick schaute er zu den im Wasser tollenden Bauern. »Geht jemand in ein Kloster, so heißt es, er verlasse die Welt. Also könnte von einem Mann, der aus einem Kloster vertrieben wird, behauptet werden, er käme wieder in die Welt zurück.«

»Du glaubst, das ist gemeint?«

»Vielleicht. Der Satz könnte aber auch eine dunklere Bedeutung haben. Andere Stellen deuten darauf hin, daß der Befreier etwas anderes als ein gewöhnlicher Mensch ist.«

»Versuchst du, mich zu erpressen?«

Entsetzt, vorübergehend sprachlos, blickte Golbfisch sich um. Schlimmer noch als die Frage selbst war die Erkenntnis, daß er noch vor einer Doppelwoche vermutlich genau das vorgehabt hätte. »Euch? Dem ich mein Leben schulde?«

Sein Gefährte lächelte wieder. »Tut mir leid! Ich

hatte in letzter Zeit wohl zuviel Umgang mit deinem widerlichen Bruder. Weißt du, eigentlich schuldest du mir gar nichts – aber fahr fort. Was hast du noch auf dem Herzen?«

»Nichts! Ich wünschte, ich hätte nie davon angefangen.«

»Hast du mit irgend jemand außer mir darüber gesprochen?«

»Nein, Herr! Herr ... Ihr könnt mir vertrauen!« Plötzlich plagte Golbfisch das heftige Verlangen zu weinen. Warum hatte er das alles bloß dahergeplappert?

»Willst du etwa sagen, ich sei etwas anderes als ein gewöhnlicher Mensch?«

»Ich glaube, daß Ihr über Kräfte verfügt, die andere nicht besitzen.«

»Verflucht!« stieß D'ward hervor und starrte auf seine Zehen.

»Seid Ihr ein Gott?« fragte Golbfisch beunruhigt.

»Ich bin ein Mensch. Aber ich bin wahrscheinlich der im Testament erwähnte Mann. Ganz schön gewitzt, daß du dahintergekommen bist.« Er seufzte. »Ich weiß nicht, ob ich je der Befreier sein werde. Jedenfalls habe ich nicht die Absicht, irgendein Befreier zu werden. Ich will einfach nur nach Hause! Wirst du das für dich behalten? Ich bitte dich darum.«

»Natürlich. Ich schwöre es.«

Offensichtlich wollte D'ward nicht über die Prophezeiung reden, was schade war, denn Golbfisch wollte sehr wohl darüber reden. Nagland wurde im *Filoby-Testament* nie erwähnt, deshalb hatte er dem Schriftstück bislang keine besondere Bedeutung beigemessen. Von einem Prinzen hingegen war sehr wohl die Rede. In etwa der Hälfte der Täler herrschte die Monarchie, folglich mußte es zahlreiche Prinzen geben; doch im Augenblick waren Tarion und er zweifellos die einzigen Prinzen weit und breit. Die blauen Augen lächelten wieder, und D'ward legte sich zurück und streckte die knochige Gestalt im Gras aus. »Ich vertraue dir! Also laß mich dir eine Frage stellen. An dem Tag, als ich in Sonalby eintraf, habe ich gesehen, wie eine Familie von einer aufgebrachten Menge getötet wurde.«

Golbfisch schauderte. »Angeführt von den Priestern Karzons? Das ist überall im Tal geschehen.«

»Weil sie Ketzer waren?«

»Ja. Wir hatten zwar nicht sehr viele in Nagland, aber der Mann hat verfügt, daß sie allesamt auszumerzen sind.«

D'ward hob den Kopf und schaute mit gerunzelter Stirn zu der im Wasser plantschenden Truppe. »Ich glaube, wir bekommen gleich Gesellschaft. Die Kirche des Ungeteilten? Erzähl mir davon.«

»Es ist ein neuer Glaube«, begann Golbfisch hastig und kramte in seinem Gedächtnis, doch er wußte nur sehr wenig darüber. »Ich habe keine Ahnung, wo oder wann dieser Glaube aufgekommen ist. In Randorland ist er ziemlich weit verbreitet. Vielleicht keimt er derzeit auch in anderen Tälern auf – ich weiß es nicht. Er lehrt von einem neuen Gott, einem einzigen Gott. Das klingt nach Visek, aber der ist nicht gemeint. Ihr wißt doch, alle Götter sind die Fünf, und die Fünf sind der Vater. Dieser Gott aber ist keiner von ihnen. Seine Anhänger behaupten, er wäre der einzig wahre Gott, und alle anderen wären ...«

»Ja?«

»Dämonen«, beendete Golbfisch den Satz zögerlich. Es war eine so schlimme Ketzerei, daß er sie kaum zu wiederholen wagte. Wieso um alles in der Welt interessierte D'ward sich für diesen zwielichtigen Haufen irregeleiteter Fanatiker?

»Weißt du, ob dieser neue Gott einen Namen hat?«

»Anscheinend nicht.« Verschwommene Erinnerungen an eine betrunken geführte Unterhaltung beim Abendessen regten sich. »Wenn er einen hat, ist er zu heilig, ihn auszusprechen. Und seine Anhänger beten ihn nicht unmittelbar an.«

D'ward grunzte. »Das ist ja hochinteressant! Wie sehen seine Lehren aus? Was verlangt er von den Gläubigen?«

»Ich weiß es wirklich nicht, Herr! Ich wünschte, ich könnte Euch eine größere Hilfe sein! Sie tragen einen goldenen Ohrring im linken Ohr.«

D'ward wandte dem Prinzen den Kopf zu und starrte ihn an. »Auch die Männer? Und nur in einem Ohr?«

»Anscheinend.«

»Sonderbar! Das muß sie doch äußerst auffällig machen. Und wenn sie verfolgt werden, ist das gefährlich. Oder ist das die eigentliche Idee?« fügte er nachdenklich hinzu.

»Vielleicht tragen nicht alle einen Ring«, meinte Golbfisch. Er hatte die Götter stets als gegeben betrachtet. Philosophie war anregend, Religion hingegen hatte er immer den Priestern überlassen.

»Vielleicht«, pflichtete D'ward ihm bei. Er setzte sich auf, als eine Horde nasser Krieger aus dem See watete; sie konnten es kaum erwarten, ihren früheren Freund zu begrüßen, der mittlerweile in schwindelerregende Höhen aufgestiegen war. »Eine letze Frage. Schnell! Wenn ich diese Kirche finden wollte, wo müßte ich danach suchen?«

»Ich nehme an, in Randortal«, erwiderte Golbfisch. »Aber wir marschieren in die falsche Richtung.«

23

»Weiße Tischtücher!« stellte Edward in verwundertem Tonfall fest. »Silberbesteck! Zivilisation!«

Vor dem Speisewagenfenster flog das Themsetal vorbei, ein rasendes Gewirr aus Heckenreihen, Weilern und der Abendsonne auf Waldland und Kirchturmspitzen. Selbst in den nur zehn Jahren, die Alices Erinnerung umfaßte, hatte das ländliche England sich verändert, wenngleich weniger krass als die Städte, in denen der Einzug von Motorfahrzeugen und Stromleitungen noch deutlicher zu sehen war. Hier draußen zogen zwar immer noch gemächlich zottelnde Pferde hügelähnliche Heukarren, aber auch auf den Landstraßen breiteten sich Lastwagen und Omnibusse rasch aus. Tradition war wohl eine persönliche Angelegenheit, vermutete Alice. Die Landschaften, die Constable gemalt hatte, waren mittlerweile längst zerstört worden – zuerst von Eisenbahnstrecken, dann von Telegraphenleitungen.

Der Waggon schaukelte in flottem Rhythmus. Klicketi-klick, sprachen die Räder, klicketi-klick, klicketi-klick …

»Ich glaube, ich probiere die Scotch-Suppe«, sagte sie. »Wie lange ist es her, seit du zuletzt Tischtücher gesehen hast?«

»Ewig. Wir hatten welche in Olympus, aber dort bin ich nicht sehr lange geblieben.«

Er hatte versucht, die Unterhaltung von seinen Abenteuern abzuwenden und sich nach Alices Leben im London der Kriegszeit erkundigt. Sie drängte ihn immer wieder zurück auf Nebenan. Selbst dann sprach er offensichtlich lieber über Olympus als über seine Erfahrungen als Kriegsherr. Alice hätte gern gewußt, weshalb dem so sein mochte. Entweder gab es etwas, auf das er äußerst stolz sein konnte und hielt sich aus der ihm eigenen Bescheidenheit zurück, oder er hatte etwas zutiefst Schändliches getan. Was von beidem?

Fürchtete er, sie könnte annehmen, er hätte sich den Einheimischen angepaßt? Sowohl Julian als auch Ginger waren von dem Wenigen schockiert gewesen, das sie gehört hatten, wenngleich keiner der beiden es gesagt hatte. In ihren Augen umfaßte der Kodex eines englischen Sahib weder Selbstverstümmelung noch Speerwerfen. Da Alice den Großteil ihrer Kindheit damit verbracht hatte, im Staub einer Embu-Siedlung zu spielen, war sie mit wenigen Vorurteilen dieser Art belastet. Soweit sie es beurteilen konnte, hatte Edward keine andere Wahl gehabt. Er war auf einer anderen Welt gestrandet gewesen und konnte sich schwerlich an den britischen Konsul wenden.

»Das Lamm ist wahrscheinlich die sicherste Wahl«, meinte sie. »Das Essen im Zug ist nicht mehr, was es vor dem Krieg war. Übrigens, dieser Tarion scheint mir ein interessanter Bursche zu sein.«

Edward schnaubte. »Er hat Charme, wenn er sich die Mühe macht, ihn einzusetzen. Außerdem ist er ein überragender Athlet und hart wie ein Amboß. Damit wären seine guten Seiten aber so ziemlich aufgezählt, würde ich sagen.«

»Und wie sieht es mit den schlechten aus?«

»Bitte! Das würde die ganze Nacht dauern. Ich schwöre dir, dieser Mann besitzt keine Spur von Moral oder Skrupeln. Der ist zu allem fähig, zu wirklich allem!«

»Ich nehme an, er hat versucht, dich zu bestechen?«

Edward schaute abermals von der Speisekarte auf und verdrehte die Augen. »Dutzende Male. Ein paar der Angebote, die er mir unterbreitet hat, kann man sich kaum vorstellen!«

Alice glaubte, dazu sehr wohl in der Lage zu sein, doch sie wußte, daß Edward diese Angebote im Beisein einer Dame nicht erläutern würde.

Sie fragte sich bloß, was es brauchte, um ihren idealistischen Cousin dazu zu bringen, etwas zu tun, von dem er fühlte, daß es falsch war. Vielleicht zum Anfang die Kronjuwelen Englands? Edward hatte keine Familienverpflichtungen; er war noch so jung, daß er – abgesehen von seinem täglich Brot – wenige Bedürfnisse hatte. Man hatte ihm beigebracht, daran zu glauben, daß Aufrichtigkeit und Arbeitswille reichten, um ihn durchs Leben zu bringen. Riesige Besitztümer erschienen ihm nur als Belastung, und seine Ausbildung hatte ihn gegen Unzucht gerüstet. Vermutlich nahm er immer noch jeden Morgen ein kaltes Bad. Er würde an König und Vaterland, Anständigkeit und Gerechtigkeit festhalten – und nach nichts anderem suchen. Seine Ausbildung zielte darauf ab, unbestechliche Verwaltungsbeamte hervorzubringen, die Männer, die das Königreich leiteten. Selbst Edward Exeter mochte in ein, zwei Jahren ein wenig vom rechten Pfad abkommen, wenn der Idealismus im Licht der Erfahrung verblaßte, im Augenblick jedoch kam er dem Begriff ›unbestechlich‹ so nahe, wie es einem Sterblichen überhaupt möglich war. Dieser Tarion mußte ziemlich verwirrt über die Antwort auf seine Angebote gewesen sein.

Wie aber sollte Alice Prescott Erfolg beschieden sein, wenn sogar Tarion versagt hatte?

Was war nur plötzlich mit ihrer Vaterlandsliebe

geschehen? Sie erinnerte sich an die Rekrutierungsplakate der frühen Kriegsmonate, bevor die allgemeine Wehrpflicht eingeführt wurde: Die Frauen Großbritanniens sagen »Geh!« Alice war entsetzt gewesen, als D'Arcy sich freiwillig meldete, zugleich aber auch stolz auf ihn. Wie jeder andere wußte auch sie, daß der Krieg gefochten und gewonnen werden mußte – sie glaubte nur nicht, daß es Edwards Krieg war. Er war zu anderen Pflichten berufen worden. Die Naturgesetze selbst schienen sich um ihn herum zu beugen. Doch wenn sie dieses Gefühl schon sich selbst gegenüber nicht zu rechtfertigen vermochte, wie sollte sie dann ihn überzeugen? Was brauchte es, um seine Meinung zu ändern?

»Du hast natürlich abgelehnt, nicht wahr?«

»Alice, Liebling! Was hast du denn gedacht, daß ich – Antworte nicht! Natürlich habe ich abgelehnt. Selbst wenn er mir etwas wirklich Verführerisches angeboten hätte – Tarions Versprechen sind bloß heiße Luft, und das werden sie immer sein.«

»Hast du ihm das gesagt?«

»Selbstverständlich. Er hat dann immer nur gelacht und mir recht gegeben. Ein, zwei Tage später hat er mich dann wieder auf die Probe gestellt.«

Edward grinste. Er wußte, was Alice dachte. Er wußte, daß er gut war. Nun, sie war durchaus in der Lage, ihm den Wind aus den Segeln zu nehmen. Sie konnte ihn immer noch zum Erröten bringen.

»Du bist jung und gutaussehend«, sinnierte sie. »Ich nehme an, er hat dir auch unanständige Angebote unterbreitet?«

Edwards Gesicht lief scharlachrot auf. »Wie hast du das erraten?«

»Durch Dinge, die du früher nicht gesagt hast.

Soweit ich mitbekommen habe, war wohl auch dieser Golbfisch keine Säule der Tugendhaftigkeit.«

»Nicht an unseren Maßstäben gemessen«, bestätigte Edward prüde. »Aber er war nur ein wenig zügellos, wogegen Tarion durch und durch verdorben war. In Golbfischs wabbeliger Schale steckte ein richtiger Mann. Er hatte zuvor bloß nie einen Grund, diesen Mann hervorzukehren.«

»Nicht für den Preis eines Ordensbands,
Oder die selbstsüchtig' Hoffnung auf flüchtig' Ruhm,
Doch seines Hauptmanns Hand auf seiner Schulter . . .«

»Ach, hör auf damit!« rief Edward gereizt.

»Also hast du einen Frosch in einen Prinzen verwandelt? Und dann . . .«

Der Kellner erschien wie aus heiterem Himmel neben ihnen. Sie bestellten das Essen. Vorn geriet die Lokomotive in Sicht, die sich gerade um eine Kurve schlängelte; Rauch quoll aus dem Kesseltrichter. Dort vorn schaufelte sich ein armer Heizer die Seele aus dem Leib. Der Speisewagen schaukelte ungleichmäßig, als er die Biegung erreichte.

Eine Zeitlang saßen sie einander schweigend gegenüber. Alice erstellte indes eine geistige Liste der Dinge, die sie Edward noch fragen sollte. In dem vollen Zug gestaltete sich das Reden schwierig; nach ihrer Ankunft in Greyfriars würden sie wieder Julian als Gesellschaft haben, möglicherweise auch Ginger, und die ehrfurchtgebietende Mrs. Bodgley. Diese würde wahrscheinlich verlangen, Edwards Geschichte von Beginn an zu hören. Auf jeden Fall würde sie einen Bericht darüber wollen, was ihrem Sohn widerfahren war. Alice mußte die kurze Zeit der

Ungestörtheit, die sie im Speisewagen hatten, klug nutzen.

Der Kellner stellte Suppenteller vor sie hin und zog sich zurück.

»Die ist aber wirklich nicht schlecht!« stellte Edward fest.

»Aber sieh dir dieses entsetzliche Kriegsbrot an!«

Alles wurde schwarz.

»Iß es bloß nicht!« rief er über den Lärm hinweg. »Man wird blind davon.« Der beißende Gestank von Kohle verpestete zunehmend die Luft. Dann stieß der Zug aus dem Tunnel hervor und schälte sich nach und nach aus dem Rauchkokon.

»Du bist immer noch derselbe Trottel, den ich gekannt habe«, erklärte Alice voller Hingabe. »Erzähl mal. Du willst doch Verbindung zum Dienst aufnehmen, nicht wahr? Du hast gesagt, du hättest drei Möglichkeiten im Sinn.«

Bedrückt nickte Edward. »Aber das sind allesamt ziemlich dürftige Spuren. Eine davon ist der Brief, den ich Ginger gebeten habe, für mich aufzugeben. Erinnerst du dich an Mr. Oldcastle?«

»Ich erinnere mich daran, daß du öfter von ihm gesprochen hast.«

»Er hat mir geschrieben, gleich nach – nach den Neuigkeiten.« Edwards knochiges Antlitz schien für einen Augenblick noch schmäler zu werden, während er an die furchtbare Zeit dachte, als Cameron und Rona Exeter beim Massaker von Nyagatha ums Leben gekommen waren. »Er hatte behauptet, vom Kolonialamt zu sein. Was natürlich nicht stimmte. Er war vom Hauptamt.«

Alice hatte lediglich gewußt, daß Oldcastle so etwas wie ein abwesender Vater für Edward gewesen war.

In nachhinein betrachtet, war er zu gut gewesen, um wahr zu sein. Die Regierung Ihrer Majestät würde sich nie und nimmer so aufopfernd um den verwaisten Sohn eines vergleichsweise unbedeutenden Beamten kümmern.

»Nachdem du verschwunden bist, habe ich Mr. Oldcastle geschrieben.«

Edward grinste und schob sich ein Stück Rinde in den Mund. »An welche Adresse?«

»Ich habe es im Whitehall Palace versucht und mit der Adresse, die Ginger in der Schule hatte.«

»Im Whitehall Palace hat man noch nie etwas von ihm gehört, und die Post noch nie etwas von Druids Close?«

»Ganz genau.«

»Es gibt kein Druids Close. Es gab nie einen Mr. Oldcastle. Er war ein Komitee. Jedenfalls hat Creighton mir das erzählt, obwohl er immer in derselben Handschrift zurückschrieb. Verstehst du, das Hauptamt hat mich im Auge behalten, als Gefallen an den Dienst. Die Quälgeister waren schon damals hinter mir her.«

Klicketi-klick, klicketi-klick, klicketi-klick ...

»Wenn es Oldcastle gar nicht gibt, wie willst du dann jetzt Verbindung zu ihm aufnehmen?«

»Ich tue, was ich immer getan habe – ich schreibe ihm einen Brief! Das habe ich ja bereits, und Ginger wird ihn mittlerweile aufgegeben haben.«

»Ich dachte, das hätte Julian bereits für dich versucht?«

Offensichtlich hatte er diese Frage erwartet.

»Ah ja! Aber auf diesem Brief ist meine Handschrift, was durchaus wichtig sein könnte; außerdem wird er in den richtigen Kasten geworfen.« Edward grinste wie ein Schuljunge, der seinen ersten Kartentrick vorführt. »Inzwischen weiß ich ein bißchen mehr über Magie. Man bräuchte jede Menge Mana, um das gesamte Postwesen zu verhexen, aber nur wenig für einen einzelnen Briefkasten.«

»Das klingt jedenfalls logisch.«

»Und sobald ich das begriffen hatte, ist mir eingefallen, daß Mr. Oldcastle mich ein paar Mal gewarnt hat, er würde eine Weile fort sein – ungefähr immer dann, als er nicht nicht in Fallow war! Von irgendwo anders geschickte Postkarten oder Briefe könnten also durchaus unbeantwortet bleiben! Ganz einfach, nicht wahr?«

»Und du glaubst, die Magie haftet immer noch an diesem Briefkasten?«

»Tja ...« Er legte die Stirn in Falten. »Vielleicht nicht. Ich habe dir ja gesagt, daß all diese Ideen ziemlich dürftig sind.«

»Laß mal die nächste hören.«

»Die nächste ist sogar noch gewagter. Der ... äh, Mann, der mich aus dem Krankenhaus gerettet hat, war ein Numina. Vor geraumer Zeit war er unter dem Namen Robin Goodfellow bekannt.«

Blaue Augen musterten Alice ernst und warteten auf ein Zeichen von Ungläubigkeit. Der Kellner räumte die Suppenteller ab und servierte den Lammbraten.

»Puck?«

»Genau der. Einer von ihnen. Ein örticher Vertreter der alten Firma, so hat Creighton es ausgedrückt. Längst in Vergessenheit geraten. Aber er wohnt immer noch auf seinem Knoten, inmitten des Adlerfarns, der Dornenbüsche und der stehenden Steine – und zehrt von den Resten des Manas, das er in sächsischer Zeit oder im Mittelalter bekam, als die Menschen noch an das Hügelvolk geglaubt haben.«

Götter in einer Bilderbuchwelt waren eine Sache. Im modernen England forderten sie einem schon mehr Glauben ab. »Wie war er?«

»Ein recht netter alter Knabe. Jedenfalls war er zu mir nett. Ich glaube, er ist verrückt wie eine besoffene Fledermaus. Er hat wohl seit Jahrhunderten mit niemandem mehr gesprochen.«

»Gehört er zu den Leuten vom Hauptamt?«

»Er ist unparteiisch, aber er weiß bestimmt, wie man sie findet.«

»Und wo findest du ihn?«

Edward zuckte die Schultern und mühte sich ab, ein besonders zähes Stück Hammelfleisch zu zerschneiden. »Weiß ich nicht genau. An dem Morgen war ich vor Schmerzen halb besinnungslos, aber es war nicht weit von Greyfriars, auf einem kleinen Hügel. Wenn ich ihn sehe, erkenne ich ihn.«

Das hörte sich sogar noch dürftiger an als die erste Idee. Man brauchte Zeit und ein Beförderungsmittel, um sämtliche Hügel rings um Greyfriars in Augenschein zu nehmen. Mittlerweile mußte die Polizei bereits hinter Edward her sein. Vielleicht auch diese bedrohlichen Quälgeister. Wenn man ihn so betrachtete, fiel es schwer zu glauben, daß er einundzwanzig und ein Mann zweier Welten war. Alice verspürte das mütterliche Verlangen, ihren hoffnungslos idealistischen jungen Cousin so schnell wie möglich nach Nebenan zu verfrachten, ob er wollte oder nicht. Wie sie das anstellen sollte, mußte sie sich erst noch überlegen.

»Wird Puck dir noch mal helfen?«

»Ich kann ihn nur darum bitten. Selbstverständlich

ist er hier ein Fremder. Ursprünglich stammt er von Nebenan. Aus Ruatvil in Sussland. Vielleicht sollte ich einen Ochsen opfern.«

Er ging auffallend großzügig mit ihrem Geld um.

»Einen Ochsen? Du wirst ins Gefängnis gesteckt, wenn du heutzutage auf diese Weise Lebensmittel verschwendest. Wir befinden uns im Krieg, mein Freund!«

»Oh. Na ja, dann lasse ich mir eben was anderes einfallen.«

»Erzähl mir von der dritten Möglichkeit.« Alice lud sich ein paar Steinpilzbrocken auf die Gabel, die ihrem Namen zur Ehre gereichten.

»Ich glaube, ich erinnere mich noch an den Schlüssel, den ich mit Creighton benutzt habe, an das Ritual. Jeder, der sich zu demselben Tor begibt und diesen Tanz aufführt, landet im Sacrarium – das ist dieser verfallene Tempel in Susstal.« Er gab den Kampf mit dem Hammelfleisch auf und stocherte verärgert in einer matschigen Kartoffel. »Aber das befindet sich ziemlich weit von Olympus entfernt, und von wem könnte ich verlangen, das Wagnis einzugehen? Nackt dort anzukommen, ohne die Sprache zu beherrschen?«

»Du müßtest selbst gehen!« Nun machten sie Fortschritte!

Er mußte ihre verborgene Hoffnung gespürt haben, denn seine Miene verfinsterte sich. »Nein. Es würde zu lange dauern, und ich müßte mir wieder mühsam einen Weg zurück hierher suchen.«

»Es wäre aber doch nur ein Kurzbesuch, oder? Hin und zurück.« Noch einmal drei Jahre, und der Krieg wäre längst zu Ende.

»Ich traue dem Dienst nicht! Sie wollten mich schon

beim erstenmal nicht nach Hause lassen, und sie könnten wieder versuchen, mich festzuhalten. Meinst du, Smedley will wirklich hinüberreisen?« fügte er hoffnungsvoll hinzu.

»Keine Ahnung. Ich bin nicht sicher, ob er es selbst überhaupt weiß. Er ist ziemlich fertig, Edward. Aber denk deshalb bloß nicht schlechter über ihn! Er hat genug Medaillen bekommen, um eine Pfandleihe aufzumachen, und eine Menge junger Männer sind ...«

»Kriegsneurotisch. Ja, ich weiß. Vergiß nicht, ich habe ein paar davon gesehen.« Abermals hackte er zornig auf das Fleisch ein. »Smedley ist ein prima Kerl, daran habe ich keine Zweifel. Aber ich kann ihn nicht allein rüberschicken; er beherrscht die Sprache nicht. Ich wäre selbst fast gestorben, hätte Eleal mir nicht geholfen.«

»Mal angenommen, keiner deiner Pläne funktioniert, was dann?«

»Dann kann ich den Dienst eben nicht wegen des Verräters warnen.«

»Du bleibst also einfach hier und rückst ein?«

»Ich rücke ein oder ich werde gehängt. Oder beides.«

»Wo ist dieses Tor, das du erwähnt hast?«

»In Stonehenge.« Edward spähte aus dem Fenster. »Was ist das für eine Stadt, in die wir gleich einfahren? Ist das schon Swindon?«

Alice legte Messer und Gabel beiseite. »Edward, Stonehenge befindet sich auf der Ebene von Salisbury.«

»Ich weiß. Warum spielt das eine Rolle?«

»Die Armee hat inzwischen die gesamte Ebene von Salisbury übernommen. In Stonehenge selbst ist ein Flughafen. Man redet sogar davon, die Steine umzureißen, weil sie eine Gefahr für landende und startende Flugzeuge darstellen, so nah ist er.«

Edward starrte sie unverhohlen bestürzt an.

Klicketi-klick, klicketi-klick, klicketi-klick ...

»Du hast dich darauf verlassen, nicht wahr?« fragte sie. »Stonehenge war dein großer Trumpf.«

»Eher der letzte Ausweg.«

»Du wirst nicht mal in die Nähe kommen«, erklärte sie.

»Und nach dem Krieg?«

»Vielleicht nach dem Krieg, wann auch immer das sein mag.«

Er schob die Reste seines Essens auf eine Seite des Tellers und legte Messer und Gabel nieder. »Verdammt!«

In der Tat verdammt! Dann grinste er. »Also kann ich gar nicht zurückgehen! Reinen Gewissens. Gut!«

»Möchten Sie die Nachspeise probieren, Madam?« erkundigte sich der Kellner. »Dundee-Pudding mit Vanillesoße?«

»Käse und Kekse, bitte«, entgegnete Alice und unterdrückte ein Schaudern. »Und Kaffee.«

»Für mich dasselbe«, sagte Edward, ohne aufzublicken. Kellner und Teller verschwanden.

Edward spielte mit ein paar Krümeln. »Hoffen wir einfach, daß die Sache mit dem Brief hinhaut.«

»Ja.«

»Und hoffen wir, daß die Quälgeister ihn nicht in die Finger kriegen.«

»Was! Ist das möglich?«

Ein kaltes Lächeln schlich sich in Edwards Züge. »Ohne weiteres. Das Hauptamt hat eine schwere Niederlage erlitten. Ich weiß zwar nicht, was ihr englisches Gegenstück zu Olympus ist, aber es könnte durchaus an den Feind gefallen sein, seit ich ein Kind war. Wenn das der Fall ist, habe ich dem Feind geschrieben und ihm verraten, wo ich bin.«

»Oh.«

»Ich hätte euch warnen sollen.«

Ungläubigkeit umspülte Alice wie eine plötzliche Flutwelle. Vor zwei Tagen war Ginger Jones in ihr Leben getreten, und nun war sie eine Figur in einem Spannungsroman von John Buchanan. *Der schwarze Stein verfolgt dich! Flieh, denn alles ist verloren ...*

»In Wahrheit«, fuhr Edward ernst fort, »hätte ich euch nie mitkommen lassen dürfen. Du solltest besser den ersten Zug zurück in die Stadt nehmen.«

»Auf gar keinen Fall!« widersprach Alice. »Erzähl mir mehr über deine Erfahrungen als Häuptling der Kopfjäger.«

Er runzelte die Stirn.

»Tut mir leid«, entschuldigte sie sich. »Das war ein ziemlich billiger Witz. Also, was geschah, als die alte Königin starb? Wer bekam die Krone? Der gewandelte Golbfisch oder der ruchlose Tarion?«

Edward seufzte und drehte den Kopf, um aus dem Fenster zu schauen. »Die Nachricht traf eines frühen Morgens ein, kurz nachdem wir Lemodtal erreicht hatten und bevor wir in eine Falle gerieten. Der alte Kammaeman ließ mich rufen. Er wollte mich um meine Meinung fragen, welchen der Brüder er zurückschicken sollte. Ich fühlte mich geschmeichelt, wenngleich ich wußte, daß es nichts mit mir persönlich, sondern nur mit meinem Charisma zu tun hatte. Ich habe ihm gesagt, daß jeder, der Tarion vertraut, sofort in eine Gummizelle gesperrt gehört.«

Aus Edwards angewidert verzogener Miene konnte Alice erahnen, was als nächstes kommen mußte.

»Aber da war es schon zu spät?«

Mit reumütig-überraschtem Blick schaute Edward auf, den Löffel im Anschlag. »Genau! Tarion hatte seine nagische Reiterei zusammengerufen und war mit ihr verschwunden. Ist mitten im Krieg desertiert!«

Alice trank einen Schluck Kaffee. »Hast du etwas Besseres von ihm erwartet?«

Edward versuchte, gleichzeitig zu schlucken und zu lachen und schüttelte den Kopf. »Nein! Es paßte durch und durch zu seinem Wesen. Er erhielt die Nachricht sogar noch vor Kammaeman, also mußte er irgenwo jemanden bestochen haben. Persönlich war ich ja froh, daß er weg war, aber unsere Reiterei wurde dadurch schmerzlich geschwächt. Moas sind Einmanntiere. Sie gewöhnen sich an einen Besitzer, wenn sie noch Küken sind – genauer gesagt, Kälber. Moas sind eher Säugetiere als Vögel. Im Englischen gibt es keine entsprechenden Begriffe. Wie auch immer, es dauert Doppelwoch... ich meine Monate, einen Moa an einen neuen Reiter zu gewöhnen. Die Joalier konnten nur wenige Tiere über den Thordpaß bringen – er ist zu hoch –; deshalb waren sie von Tarions Truppe abhängig. Er ist auf und davon, und das hat uns die ganze Suppe eingebrockt.«

24

»Wach auf, Schönheit«, flüsterte eine Tuschelstimme.

Dosh schreckte hoch und spürte eine Hand auf dem Mund. »Mmmmpf?« Die Hand entfernte sich. Er sah lediglich einen schwachen Hauch Mondlicht unter der Zeltklappe hereinschimmern. Dosh lag auf seiner Schlafmatte, und der Boden darunter war hart und steinig. Abermals hörte er die Stimme, ganz dicht an seinem Ohr.

»Wach?«

»Ja, Herr.«

»Gut. Sprich leise. Es ist Zeit für ein kleines Spielchen.«

»Schon wieder?« Dieser Mann war unersättlich! »Wie lange haben wir geschlafen?«

»Ich habe überhaupt nicht geschlafen, und das ist eine andere Art Spiel. Wir beginnen damit, dich zu fesseln.«

Doshs Herz machte einen gewaltigen Satz, schien durch seine Brust zu rasen und verzweifelt nach einem Ausgang zu suchen. »Nein, Herr! Bitte! Ich habe einige wirklich schlimme Erfahrungen mit dieser Art Spiel gemacht ...«

Tarions starke Hand schob einen Fetzen in Doshs Mund, wodurch sich dessen Widerspruch in ein hilfloses Wimmern verwandelte. Es war der Fetzen, den er für gewöhnlich benutzte, um den Sattel seines Herrn zu putzen. Dosh wehrte sich nicht, als sich ein Seil um seine Knöchel schlang und die rauhen Fasern ins Fleisch schnitten. Tarion hatte ihn noch nie gefesselt und ihm noch nie wirklich weh getan – wenigstens nicht allzu schlimm –, aber er war zu allem fähig. Dosh hatte haarsträubende Geschichten über Orgien in Bondvaan Botschafters Haus gehört ...

»Roll dich herum!«

Dosh rollte sich auf den Bauch und legte die Handgelenke aneinander. Als das Seil sich um sie schlang und fester und fester gezogen wurde, preßte er ein drängendes »Mmmpf!« durch den Knebel. Vergebens.

Dann wurden ihm auch noch die Ellbogen aneinandergezurrt, zuletzt die Knie. Heiliger Tion, steh mir bei!

Eine Zeitlang geschah nichts mehr. Dosh lag in der Dunkelheit und schwitzte, während sein Verstand ihn mit makaberen Bildern der Grausamkeiten quälte, die Tarion mit ihm vorhaben könnte. Wenn es sehr lange dauerte, würden ihm die Hände abfallen.

Es ging los – Tarion drehte ihn herum, so daß er unbeholfen auf den gefesselten Armen zu liegen kam. Unter seinen Schulterblättern ragte ein scharfkantiger Stein aus dem Boden. Um alles noch schlimmer zu machen, legte sich auch der Prinz nieder und stützte sich mit einem Arm schwer auf Doshs Brust. Etwas Kaltes strich über seinen Hals.

»Das ist mein Dolch, den du da spürst, Geliebter«, erklärte Tarion leise, wenige Zoll über Doshs Nase. »Ich nehme dir den Knebel heraus. Aber wenn du auch nur einen Mucks von dir gibst, schneide ich dir die Kehle durch. Verstanden?«

Der Fetzen wurde entfernt. Dosh schluckte und versuchte, den Geschmack loszuwerden. »Ja, Herr«, flüsterte er.

»Gut. Und jetzt hör mir genau zu. Ich muß fort. Meine liebe Mutter wurde an ihren Platz im Himmel berufen, zu den strahlenden Gesegneten.«

»Das tut mir leid, Herr.«

»Braucht es nicht – mir tut's nicht leid. Wir haben bereits Hüfttag, und sie ist schon am Knöcheltag gestorben, also sollte unser verehrter Schlachtenmeister die Nachricht noch vor Einbruch der Dunkelheit erhalten. Ich ziehe es vor zu verschwinden, bevor er die Botschaft erhält, nur für den Fall, daß er die falsche Entscheidung trifft.«

»Aber wie . . .«

Dosh spürte Tarions Kichern mehr als er es hörte.

»Sagen wir einfach, ich habe eine Vorahnung. Ich bin ziemlich sicher, daß meine Mutter am Knöcheltag gestorben ist. Eine Monarchie sollte nicht länger ohne Monarch sein als unvermeidlich. Und so sehr ich es auch möchte, ich kann dich, mein lieber Junge, nicht mitnehmen, weil du keinen Moa hast und wir sehr schnell reisen werden. Was also soll ich mit dir machen, hm?«

Dosh brachte ein leises Stöhnen hervor, doch seine Kehle schien vollkommen zugeschnürt.

Eine feuchte Zunge berührte seine Nase. »Ich liebe dich so sehr«, hauchte die bedrohliche, höhnische Flüsterstimme dicht über ihm, »daß ich den Gedanken kaum ertragen kann, dich einem anderen Meister zu überlassen. Aber wir hatten so schöne Zeiten miteinander, daß es mir unfreundlich erscheint, dich in den ewigen Schlaf fallen zu lassen. Möchtest du mir deine Meinung dazu sagen?«

Dosh wußte, daß der Prinz durchaus fähig war, ihn hier und jetzt auf dem Zeltboden zu töten, kaltblütig, mit einem einzigen Schnitt des Dolches. »Ich liebe Euch!« Seine Stimme wankte.

»Und ich liebe dich, Liebling. Ich habe mir überlegt, dir einfach im Schlaf die wunderschöne Kehle durchzuschneiden, aber da ist etwas, daß ich gern, allzu gern erfahren würde. Auf dem Totenbett erzählen Menschen stets die Wahrheit, hast du das gewußt? Und kluge Menschen erzählen die Wahrheit, um nicht auf das Totenbett zu kommen. Sag mir also, Geliebter: Für wen spionierst du?«

»Das habe ich Euch doch schon gesagt! Für jeden, der mich bezahlt.«

»Meine Güte, du schwitzt ja richtig. Ich habe dich schon oft schwitzen gesehen, aber noch nie so wie jetzt. Dir ist doch klar, daß ich dich töte, wenn du mich weiterhin anlügst? Letzte Gelegenheit, Dosh Leibdiener. Für wen spionierst du?«

Dosh versuchte zu sprechen und stellte fest, daß er weinte. Mit Tarions Gewicht auf der Brust erwies sich Schluchzen als ziemlich schwierig. »Für niemanden.«

»Also komm, das ist doch lächerlich! Wirklich dumm. Jeder spioniert für irgend jemanden. An dem Tag, als ich dich angeworben habe, hast du zwei Sterne und etwas Kleingeld unter der niolischen Vase in meinem Schlafzimmer versteckt. Inzwischen hast du fünf Sterne auf dem Boden meiner Bürstenkiste. Drei Sterne in sieben Doppelwochen? Das ist nicht annähernd genug Klatschlohn für einen gerissenen Schnüffler wie dich. Wahrscheinlich hast du das verdient, indem du deinen hübschen Körper an die Palastwachen verkauft hast, aber für den Verkauf von Informationen über mich an irgendeinen Ortsansässigen hättest du weit mehr bekommen. Also spionierst du für einen Außenstehenden. Für wen?«

»Ich liebe Euch«, winselte Dosh. »Ich erzähle niemandem etwas!«

Ein plötzlicher, brennender Schmerz an seiner Kehle, und er dachte, er wäre gestorben …

»Das ist nur eine Fleischwunde«, erklärte Tarion. »Glaube ich zumindest. Schwer zu sagen in der Dunkelheit. Nächstes Mal könnte ich zu tief schneiden. Lebst du noch?«

»Ja.«

»Gut. Das dauert mir zu lange. Jemand hat dich nach Nag geschickt, damit du dich bei mir einschleichst und mich ausspionierst. Ich fürchte, deine

Vorgehensweise war nicht besonders unauffällig. Du hast behauptet, Narshianer zu sein, aber du bist keiner. Ich werde jetzt den Knebel zurückstecken, dir die Eingeweide aufschlitzen, und du wirst auf grausame Weise verenden – es sei denn, du verrätst mir, wer dich geschickt hat.«

Das Dumme war: Dosh wußte, daß er die Frage nicht beantworten konnte. Er spionierte Tarion überhaupt nicht hinterher, sondern dem Befreier, doch auch das konnte er nicht erklären.

Dosh wurde aus dem Zelt in das kalte Licht der Morgendämmerung hinausgeschleift. Eigentlich hätte er sich wegen seiner Nacktheit, seiner Tränen und des getrockneten Blutes an seinem Körper schämen müssen, doch der Schmerz in den Gliedern erstickte alles andere. Seine Beine wollten ihn nicht mehr tragen, und als er vor Kammaeman Schlachtenmeister gebracht wurde, brach er zu einem winselnden Häufchen Elend zusammen.

»O was für Abschaum!« rief der General aus. »Das ist alles, Hauptmann. Ihr könnt gehen.«

Die Zeltklappe fiel zu. Zwei weitere Männer waren anwesend; sie blieben. Durch den Tränenschleier erkannte Dosh Kolgan Koadjutant an dessen ungewöhnlicher Größe. Der andere trug eine Gesichtsbemalung und einen Lendenschurz; er war offenbar der Befreier.

»Na schön, du Wurm«, begann Kammaeman. »Rede! Wann ist er aufgebrochen?«

Doshs Mund fühlte sich an wie eine faulige Wüste; er spürte immer noch den Geschmack des öligen Fetzens, der so viele Stunden darin gesteckt hatte, doch er brachte ein heiseres Krächzen hervor. »Mitten in der Nacht, Herr. Ich weiß nicht, um welche Stunde.«

»Wer hat ihm die Nachricht zugetragen?«

Unter normalen Umständen hätte Dosh eine solche Frage mit einer Lüge beantwortet oder Geld für eine Antwort gefordert – oder beides –, doch er war zu schwach, um sich eine gute, lückenlose Geschichte einfallen zu lassen, und sein Haß auf Tarion brachte ihn beinahe um den Verstand.

»Ich glaube niemand. Er sagte, die Königin sei am Knöcheltag gestorben, als ob es so eingefädelt gewesen wäre.«

Der Joalier grunzte. »Ich nehme an, das ist durchaus möglich. Koadjutant?«

»Dem schließe ich mich an.«

»Hordenführer?«

»Von dem würde ich alles glauben, Herr.«

Ja, es war der Befreier. Selbstverständlich wußte niemand außer Dosh, daß D'ward den prophezeiten Befreier verkörperte.

»Wenn wir diesem Wicht glauben, ist ihr Vorsprung zu groß, als daß wir sie je einholen könnten. Hordenführer, laß den anderen holen.«

Die Zeltklappe öffnete sich, und der Befreier sagte etwas zu irgend jemandem draußen. Dann kehrte er zurück. Er kam zu Dosh herüber und bot ihm eine Wasserflasche an. Als er sah, daß Doshs Hände noch den Dienst verweigerten, hockte er sich auf ein Knie und hielt ihm die Flasche an die Lippen, damit er trinken konnte. Das Wasser rann überall hin, doch ein wenig fand auch den Weg in die Wüste. Oh, welch ein Segen!

»Mir tut's nicht leid, daß wir diesen königlichen Bastard los sind«, murmelte Kolgan, »aber wir können es uns schwerlich leisten, die Reittiere zu verlieren. Das trifft uns verdammt hart.«

Kammaeman grunzte zustimmend. »Aber es wäre noch viel schlimmer, würde ich eine Truppe für seine Verfolgung abstellen.« Die Joalier entfernten sich von Dosh, um auf den Stühlen am anderen Ende des Zeltes Platz zu nehmen.

Der Befreier begutachtete Doshs Gesicht. »Weshalb hat er dich so zerschnitten?«

»Das ist seine Vorstellung von Spaß, Herr«, nuschelte Dosh, der nur hoffte, niemand würde ihm einen Spiegel bringen. Er wollte gar nicht wissen, wie schlimm es war. Die Schnitte an der Kehle spielten keine Rolle, aber Tarion hatte irgendwelche Dinge mit seinen Wangen, der Stirn und der Haut um die Augen herum angestellt.

»Hm?« brummte der Befreier leise. »Hast du ihm erzählt, was er wissen wollte?«

Erschrocken schüttelte Dosh den Kopf. Er hatte es versucht! Verzweifelt hatte er es versucht, doch sein wahrer Meister hatte es unmöglich gemacht. Sein wahrer Meister konnte nicht namentlich genannt werden. Es fiel Dosh sogar schwer, den Namen nur zu denken. Das konnte der Befreier natürlich nicht wissen, und er mißverstand Doshs Antwort. »Gut für dich!« murmelte er. »Es verwundert mich, daß er dich dann nicht getötet hat.«

Das stimmte allerdings! Dosh schauderte bei der Erinnerung; er konnte nichts erwidern.

»In der Truppe aus Rareby ist ein Arztlehrling. Er könnte diese Schnitte zusammennähen, damit keine ganz so argen Narben bleiben.«

Erstaunt sagte Dosh: »Dafür wäre ich sehr dankbar, Herr.«

Der Befreier kicherte trocken. »Schließlich ist dein Aussehen dein Handelsgut, nicht wahr?« Damit erhob er sich und ging zu den anderen hinüber.

Wer war er denn, daß er zu spotten wagte? Auch ein Krieger verkaufte seinen Körper, und auf wesentlich schlimmere Weise. Schönheit war ebenso eine Gabe wie Kraft oder Mut. Segneten die Götter einen Mann damit, erwartete man doch auch von ihm, daß er diese Gaben einsetzte, zu seinem Wohl und zu dem anderer, nicht wahr? Wieso sollte das nicht auch für Schönheit gelten?

Was für Möglichkeiten hatte Dosh denn schon gehabt, ein ausgesetztes Kesselflickerkind? Sein eigenes Volk hatte ihn verstoßen. Sein Körper war alles, was er anzubieten hatte. Er mußte ernährt werden, wie jeder andere auch. Dosh hatte Frauen genauso bereitwillig gedient wie Männern – lieber sogar, denn sie waren weniger gefährlich –, doch er hatte nie eine Frau mit genug Geld und Freiheit gefunden, um ihn langfristig zu beschäftigen.

Ein paar Minuten besprachen die Soldaten Strategien und Schlachtpläne, während Dosh darüber nachbrütete, was nun wohl mit ihm geschehen würde. Schon seit Stunden fragte er sich das, seit Tarion aufgegeben und ihn zurückgelassen hatte. Nachdem Dosh festgestellt hatte, daß er nicht verbluten würde, war er zu dem Schluß gekommen, daß er sich wahrscheinlich glücklich schätzen durfte, wenn ihn die Joalier nur mit gezückten Speeren aus dem Lager vertrieben. Dann würden die Lemodier ihn töten. Es kümmerte ihn kaum noch. Der Gedanke, daß er vor seinem Meister, seinem wahren Meister versagt hatte, betrübte ihn zu Tode. Der Schmerz in seinen Händen äußerte sich als übelkeiterregendes Pochen. Er blieb, wo er war, verhielt sich ganz still und hoffte, etwas Wichtiges aufzuschnappen.

Dann wurde der andere Prinz hereingescheucht, japsend und keuchend vom Rennen. Seine Gesichtsbemalung war fleckig, als wäre er beim morgendlichen Nachbessern unterbrochen worden. Dennoch hatte sogar Tarion eingeräumt, daß der fette Mann als Krieger inzwischen weit überzeugender wirkte als noch in Nag. Er war nur immer noch genauso fett.

Kammaeman teilte ihm mit, daß die Königin tot war. Golbfisch äußerte angemessenes Bedauern, doch es juckte ihn vermutlich noch weniger als seinen Halbbruder. Niemand hatte die alte Emchainne je als liebenswert bezeichnet, und sie hatte eine Verschwörung angezettelt, um diesen Sohn vor ihren Augen ermorden zu lassen.

»Entweder Ihr oder Tarion, einer von euch muß als Nachfolger anerkannt werden«, verkündete Kammaeman, wodurch er das Gespräch auf das Offensichtliche lenkte. »Da Tarion uns verraten hat, seid Ihr unsere Wahl. Natürlich auch, wenn er uns nicht verraten hätte; das hatten wir bereits beschlossen. Lang lebe der König!«

»Danke, Schlachtenmeister«, sagte der Wabbelmann. »Joalia wird feststellen, daß das Vertrauen in mich gerechtfertigt ist.«

Kolgan kicherte im Hintergrund. »Es könnte nur eine Verzögerung bei der Vorbereitung Eurer Krönung geben.«

»Ja«, pflichtete Kammaeman ihm bei. »Zunächst müssen wir Euren Bruder hängen. Aber Ihr habt mein Wort. Sobald wir nach Nag zurückkehren, ist er ein toter Mann und Ihr sollt den Thron haben.«

»Dafür bin ich Euch sehr dankbar, Herr.«

»Ich nehme an, wir sollten ihn besser schon hier im Lager zum König ausrufen lassen, nicht wahr?«

»Vermutlich.« Kammaemans Stimme klang wenig erfreut.

Eine Pause entstand; dann meinte Golbfisch: »Das wird Schwierigkeiten geben. Ich würde dadurch zum Hordenführer.« Nun hörte er sich sogar wie ein Prinz an. Wie außergewöhnlich!

»Tut Euch keinen Zwang an«, warf der Befreier ein.

»Aber ich habe vor der Göttin geschworen, daß ich in den Rängen kämpfen werde.«

Verblüfft schaute Dosh auf und sah, daß die beiden Joalier ebenso erstaunt wirkten. Was den Befreier anging ... die Gesichtsfarbe verschleierte zwar die Miene, doch es war deutlich zu sehen, daß sein Kiefer herabhing.

Dann sprachen alle gleichzeitig: »Das ist doch nicht nötig!« ... »Soll das heißen, daß Ihr einfacher Krieger bleiben wollt?« ... »Euer Verhalten ehrt Euch sehr!«

Golbfisch zuckte die Schultern. »Wenn Ihr es erlaubt, Schlachtenmeister. Es ist mein Wunsch. Ich will meinen Schwur erfüllen. Wenn wir nach Nag zurückkehren, bin ich frei, meine neuen Pflichten zu übernehmen.«

»Bei den fünf Göttern!« platzte Kammaeman hervor. »Ich muß gestehen, das hätte ich nicht von Euch erwartet ... Majestät.«

»Es entspricht ganz und gar nicht meinem Wesen, da habt Ihr recht«, bestätigte der fette Mann kichernd. Für einen kurzen Augenblick erhob ihn dieses Kichern auf ihre Stufe oder sogar über sie, und sie antworteten mit Lächeln und Gelächter. Dann schlüpfte er wieder in die Rolle des unterwürfigen Kriegers. »Aber mein Volk wird es billigen. Ich bin in letzter

Zeit von einem bemerkenswerten Lehrer unterrichtet worden, wie man Menschen führt. Darf ich mich jetzt zurückziehen?«

Er mußte ein zustimmendes Nicken erhalten haben, denn er stolzierte hinaus, wobei er an Dosh vorbeistapfte, ohne ihn auch nur eines verächtlichen Blickes zu würdigen.

»Ein Wunder!« rief der Schlachtenmeister aus. »Die Götter seien gepriesen! D'ward, was hast du mit ihm angestelllt?«

»Ich? Nichts! Gar nichts!«

»Jemand hat einen Mann aus ihm gemacht!«

»Nun, ich war es bestimmt nicht!« meinte Kolgan lachend.

Alle standen auf. Dann erinnerten sie sich natürlich an Dosh.

»Hä-igitt!« entfuhr es Kammaeman. »Was tun wir jetzt mit diesem Abschaum? Braucht einer der Herren einen Liebesjüngling?«

»Werft ihn raus und überlaßt ihn den Lemodiern«, schlug Kolgan vor und blickte aus gewaltiger Höhe auf Dosh hinab. Sein roter Bart verzog sich zu einem Ausdruck äußerster Verachtung. »Wenn wir ihn bleiben lassen, trägt er höchstens dazu bei, die Lagermoral zu verderben. Ich verabscheue solch entartetes Gewürm.«

Das war wohl kaum aufrichtig, dachte Dosh, wenn man berücksichtigte, daß Kolgan sich Tarions Leibdiener seit der Abreise aus Nag zweimal geliehen hatte, für Massagen und andere Zwecke. Außerdem war er mit dem Trinkgeld überaus knauserig.

Der Befreier seufzte. »Kannst du rennen, Junge?«

»Rennen, Herr?«

»Ich könnte einen Boten gebrauchen.« Er schaute zu

Kammaeman. »Wenn ich Krieger schicke, verbringen sie den halben Tag mit Geschwätz, sobald sie am Ziel sind.«

Der Schlachtenmeister kicherte. »Das glaub' ich gern! Nimm ihn dir meinetwegen. Aber wenn er Ärger macht, muß er verschwinden.«

»Ich glaube, er wird sich benehmen, Herr. Nicht wahr, Dosh?«

Zittrig erhob sich Dosh; er wagte kaum, seinen Ohren zu trauen. »O ja, Herr. Danke, Herr!« Persönlicher Bote des Befreiers? Wunderbar! Wie zufrieden sein wahrer Meister mit ihm sein würde!

»Dann komm mit. Hier, trag meinen Schild, bis wir ein paar Kleider für dich auftreiben.«

Alle gingen hinaus und blinzelten im Sonnenlicht. Als Dosh sich mit dem Befreier auf den Weg durch das Lager machte, versuchte er, erhobenen Hauptes zu laufen und dem Gelächter und Gegröle, das seine Erscheinung hervorrief, keine Beachtung zu schenken. Was aber nicht leicht war.

»Zuerst Kleider«, meinte D'ward. »Dann lassen wir am besten so schnell wie möglich diese Stichwunden behandeln.« Er grinste zu Dosh hinab. Der Befreier war groß. »Vielleicht solltest du es mit Gesichtsbemalung versuchen!«

Dosh lachte, wie es sich für einen guten Diener geziemte, wenn sein Meister einen Witz machte. Er stellte fest, daß Lachen im Gesicht schmerzte.

»Danach etwas zu essen«, fuhr der Befreier fort. »Ob wir wohl ein Paar anständige Stiefel für dich finden? Ein Beil, ein Messer? ... Ich nehme an, du wirst auszubrechen versuchen?«

»Nein, Herr. Ich will bei Euch bleiben. Ich bin unendlich dankbar für ...«

»Schluß damit! Ich brauche deine Schmeicheleien nicht. Warum hat er dich nicht getötet, nachdem du ihm nicht erzählt hast, was er wissen wollte?«

»Ich glaube, auf seine Weise hatte er mich gern.«

»Merkwürdige Art von Zuneigung. Also gut, dann bleib. Ich brauche wirklich einen Boten. Aber du schläfst keinesfalls in meiner Nähe, verstanden?«

»Ja, Herr.«

»Er hat dich mir mehrere Male angeboten, wußtest du das?«

»Er hat mich schon vielen Leuten angeboten. Und viele haben angenommen.«

Der Befreier verzog unter der Farbe das Gesicht und wandte den Blick ab.

Dann erfuhr Dosh eine plötzliche Eingebung, gefolgt von Freude. Er hatte seine Mission erfüllt! Er hatte das Rätsel aus der Prophezeiung gelöst: Eleal wird sein die erste Versuchung und der Prinz die zweite. Prinz Tarion hatte den Befreier in Versuchung geführt, indem er ihm Dosh anbot. Mehr war da nicht dran! Die Prophezeiung war bereits erfüllt, folglich konnte er nun seinem Meister Bericht erstatten, seinem wahren Meister, seinem göttlichen Meister.

Bauer schlägt Turm

25

Ein etwa dreizehnjähriger Schuljunge kam in den Gang heraus und bot Alice seinen Sitzplatz im Abteil an.

Sie bedachte ihn mit einem gewinnenden Lächeln. »Das ist sehr nett von dir, aber ich bin lieber hier. Trotzdem danke.«

Er errötete, ging wieder ins Abteil und schob die Tür zu. Seit Swindon war der Zug weit weniger voll. Man konnte sich im Gang unterhalten.

»Erzähl mir, was passiert ist, nachdem ihr in Lemodtal angekommen wart und Tarion verschwunden war.«

Edward bückte sich, um aus dem Fenster zu spähen und setzte eine griesgrämige Miene auf. »Eigentlich möchte ich lieber nicht darüber reden. Ist dir aufgefallen, wieviel Gepäck jeder zu haben scheint? Ich glaube, die Menschen flüchten vor den Luftangriffen auf London.«

»Möglich. Und du flüchtest vor meiner Frage.«

Er seufzte. »Ich bin alles andere als stolz auf das, was passiert ist! Es war chaotisch. Kammaeman mag zwar ein gerissener Politiker gewesen sein, aber er war kein General. Er hatte seine Hausaufgaben nicht gemacht.«

Edward zeichnete gurkenförmige Gebilde an die verschmierte Scheibe und erklärte die Geographie. »Thargia hatte Narshtal eingenommen, das joalisch gewesen war. Die Thargier gelten als die Raufbolde der Täler, wie die Preussen in Europa oder die Spartaner in Griechenland. Niemand legt sich mit den Thargiern an!

Aber Joalia mußte das Gesicht retten, um sich die Treue der übrigen Kolonien zu wahren. Der ursprüngliche Plan sah vor, durch Lemodtal zu marschieren und dann Thargia selbst anzugreifen, während die Thargier noch die Eroberung Narshtals verdauten. Es sollte eine Strafexpedition werden – Beute einheimsen, vergewaltigen, niederbrennen und verschwinden. Selbstverständlich hätten die Thargier Vergeltung geübt, wahrscheinlich im nächsten Jahr. Ich nehme an, Joalia verließ sich darauf, daß Nagtal den Schlag auffangen würde. Dafür sind schwächere Verbündete schließlich da, nicht wahr? Alles entsprach dem gewöhnlichen, häßlichen Lauf der Dinge.

Aber Tarion hatte uns fast die gesamte Reiterei weggenommen, deshalb brach der Plan zusammen. Ohne Reiterei war es nicht möglich, schnell zuzuschlagen und sich dann rasch zurückzuziehen. Kammaeman mußte etwas mit den Streitkräften unternehmen, die er zur Verfügung hatte, oder sich einer Amtsanfechtung stellen, wenn er nach Hause zurückkehrte. Er beschloß, statt dessen Lemodtal zu erobern. Wahrscheinlich dachte er, er könnte es Tharg im Austausch für die Rückgabe von Narshtal anbieten.« Edward lächelte fragend. »Hört sich das logisch an?«

»Aber nicht praktisch. So als würde man den Deutschen Südwest-Afrika als Gegenleistung für Belgien anbieten.«

Er grinste. »Etwas in der Art. Die Reiterei wäre in Lemodtal ohnehin nutzlos gewesen, was Kammaeman wahrscheinlich überzeugt hat, aber Joalia hatte Lemodtal noch nie zuvor erobert, und das hätte ihn warnen müssen. Alle Täler sind anders, und Lemod ist noch andersartiger als die meisten. Zunächst einmal ist es hügelig. Es gibt keine – ich nehme an, Lemodebene wäre die englische Entsprechung.« Er hielt inne, dachte nach. Alice beobachtete, wie die Telegraphenleitungen durchhingen und anstiegen, durchhingen und anstiegen ... Klicketi-klick, klicketi-klick ...

»Die Sprachen der Täler verwenden Vorsilben, wo wir Nachsilben haben«, erklärte er. »Grob – ganz grob – funktioniert es so: Sagen wir mal, der Hauptbegriff ist Nagtal, das gesamte Becken. Die Berge ringsum würden Nagwand heißen, die Vorgebirge Naghang. In etwa. Der bepflanzbare Teil wäre die Nagebene, und in den meisten Tälern ist die Ackerfläche tatsächlich eben. In Nagland selbst handelt es sich dabei um ein Flachland, beinahe eine Wüste. Alles, was bewohnbar ist, nennt man Nagland, alles andere hat einen anderen Namen – Nagöde? Die Hauptstadt wäre Nagstadt oder einfach Nag. Die politische Gesamtheit würde man vermutlich als Nagia bezeichnen. Aber sie haben auch andere Begriffe. Man könnte sagen, Naghang beschreibt die nutzbaren Vorgebirge, Naghochmoor oder etwas in der Art die höher gelegenen Gebiete. Es ist kein schlechtes System. Im Englischen gibt es nicht so viele Unterscheidungen.«

»Ich könnte mir vorstellen, daß Begriffe wie Ebbe die Nagier genauso verwirren, wie du mich gerade verwirrst. Was hat das alles mit dem Krieg zu tun?«

»Die Lemodebene ist nicht flach, ist keine wirkliche Ebene. Sie ist durch und durch von Wasserläufen zerschnitten. Im ganzen Land gäbe es nicht genug ebenen Boden für einen anständigen Neun-Loch-Golfplatz. Und die Lemodier haben keine Bauernhöfe, sondern Bäume. Seltsam aussehende Bäume, aber sie beziehen ihre gesamte Ernte davon. Ihr Hauptnahrungsmittel ist eine Art Brotfrucht, aber es gibt auch andere Pflanzenarten, die sie mit Dingen wie Hanf versorgen – außerdem mit Baumwolle, Früchten, Nüssen, Weintrauben und so etwas wie Kartoffeln … mit allem. Das ganze Land ist ein riesiger Obstgarten.«

»Und somit zum Kämpfen schlecht geeignet?«

»Großartig zum Kämpfen«, entgegnete Edward verbittert, »wenn man ein Guerilla ist.«

Er seufzte, drehte sich um und lehnte sich an das quer über das Fenster verlaufende Messinggeländer. Dann verschränkte er die Arme vor der Brust. »Ich hätte erkennen müssen, was geschehen würde. Ich hätte es ahnen müssen. Aber verflucht noch mal, Alice, ich war erst achtzehn! Und ich war ein Fremder in ihrer Welt. Ich dachte, sie wüßten, was sie taten, in ihren glänzenden Rüstungen und mit ihren verzierten Helmen.«

Alice hatte noch nie erlebt, daß er nach Entschuldigungen suchte. »Sicher hättest du gar nichts tun können, oder?«

»Und ob ich etwas hätte tun können! Ich hatte immer noch das Mana, das ich in Olfaans Tempel gesammelt hatte. An göttlichen Maßstäben gemessen, war es natürlich nur wenig. Ich wußte, ich könnte mir damit keine magischen Schlösser bauen, aber ich dachte, ich würde vielleicht eine Geistheilung oder so etwas zustande bringen, also habe ich es gehortet. Aber schon allein mit meinem Charisma eines Fremden hätte ich Kammaeman ein wenig Vernunft einzubleuen vermocht, hätte ich das Problem erkannt.« Er verzog das Gesicht. »Der einzige, der wirklich Verstand bewies, war Tarion, der sich abgesetzt hat, so lange es noch problemlos möglich war.«

Edward drehte sich wieder zur Glasscheibe um und

fügte seiner Zeichnung etwas hinzu. »Lemodtal weist die Form einer Schlange auf, ziemlich lang und dünn. Wir sind hier einmarschiert, am östlichen Ende. Dort befinden sich die Hauptpässe. Lemod, die Hauptstadt, liegt hier oben, am westlichen Ende. Niemand hat daran gedacht, sich danach zu erkundigen, welche Art von Talausgängen es in der Gegend gab. Wir hatten Herbst.« Mit gerunzelter Stirn betrachtete er die Karte, die er gezeichnet hatte, vielleicht auch die draußen vorübergleitende Landschaft. Der Zug verlangsamte die Fahrt, um an einem Bahnhof anzuhalten, doch Alice hatte den Eindruck, daß Edward gar nicht nach draußen schaute, sondern bloß nicht mehr erzählen wollte.

»Man sollte doch annehmen, Kammaeman hätte sich die Geographie angesehen«, brummte er. »Oder zumindest die Geschichte des Landes. Er war nicht der erste joalische General, der in Lemodtal starb.«

26

Vier Tage, nachdem die Armee die Lemodebene erreicht hatte, machte Golbfisch seine erste Kampferfahrung. Die Schlacht selbst erwies sich als nicht annähernd so schlimm wie die Vorbereitungen.

Er haßte Lemodtal. Alle Nagier haßten Lemodtal. Ihr eigenes Land war flach, trocken und baumlos, und es gab selten einen Tag, an dem man nicht in jede Richtung bis zur Nagwand sehen konnte. Nachts streunten die Sterne und Monde gleich Feuerfliegen in unendlichem Raum über den dunklen Himmel.

Lemodtal war anders. Himmel und Berge verschwanden; die Welt bestand plötzlich nur noch aus Bäumen. Dazwischen blieb kaum genug Platz, ein Zelt aufzustellen, ebenen Boden gab es ohnehin keinen. Die Lemodebene war nicht einmal ein richtiger Dschungel, denn die Bäume waren in Reihen gepflanzt, die Bögen um die Hänge beschrieben. Für gewöhnlich wucherte kein Unterholz, aber die niedrigsten Äste ragten auf Schulterhöhe von den Stämmen, und die Männer bekamen Buckel vom fortwährenden Bücken. Es gab keine offenen Felder und nur selten Schneisen, die breit genug waren, um Sonnenlicht durchscheinen zu lassen. Tag für Tag sahen die Männer kaum zwanzig Meter weit, und selbst das nur in eine Richtung. Man konnte stundenlang marschieren, dennoch änderte sich die Sicht nie. Es war, als wäre man in einem Säulenirrgarten eingesperrt, dessen Dach ständig leckte. Einige Nagier verloren beinahe den Verstand.

Jeden Tag regnete es; manchmal war es nur ein kurzer Schauer, oft aber ein Guß, der vom Morgengrauen bis zur Abenddämmerung anhielt. Gesichtsfarbe wurde abgewaschen und verfing sich in Bärten, so daß sie wie Regenbogen schimmerten.

Ausscheidungen verrieten, daß Wild oder Packtiere in den Obstgärten weideten, doch man bekam sie nie zu Gesicht. Auch die Lemodier selbst waren verschwunden. Sooft man Hütten entdeckte, erwiesen sie sich als verlassen, oft auch niedergebrannt. Der Vormarsch der Armee stieß auf keinerlei Widerstand – abgesehen von Kälte, ständiger Feuchtigkeit und den verheerenden Auswirkungen des ungewohnten Essens.

Schließlich fanden die Kundschafter ein Dorf unbekannten Namens. Endlich würde es zum Kampf kommen.

Kammaeman Schlachtenmeister hatte beschlossen, im Morgengrauen anzugreifen. Er überließ den Nagiern die Ehre, den Sturm anzuführen, da er meinte, sie könnten sich leiser anschleichen als die Joalier mit ihren Rüstungen; zumindest behauptete er das. Der Regen hatte aufgehört. Trumb präsentierte sich beinahe voll; sein schauerliches grünes Licht schimmerte düster durch das Blätterwerk. Man konnte lediglich den Krieger vor sich erkennen, solange man dicht beieinander blieb. Es war unmöglich, sich fortzubewegen, ohne gegen Baumstämme oder Äste zu laufen. Tagsüber hielten die Krieger ihre Schilde hoch, bis die linken Arme abzufallen drohten, nun aber würden Schilde zuviel Lärm verursachen. Also trugen die Krieger ihre Schilde auf dem Rücken und ertasteten sich den Weg mit den Händen. Golbfisch folgte Pomuin, Dogthark folgte Golbfisch, wobei jeder versuchte, den anderen in Sichtweite zu behalten und nicht mit dem Speer aufzuspießen. Nur allzuleicht verlor man die Gewalt darüber, wohin die scharfen Klingen sich in der Dunkelheit verirrten.

Füße platschten über den Laubboden, ansonsten aber war kein Geräusch zu vernehmen. Soweit es Golbfisch anging, hätten sie ebensogut einen Kreis beschreiben und sich auf dem Rückweg zum Lager befinden können. Sein Rücken und sein Nacken schmerzten vom Bücken.

Er zitterte und versuchte sich einzureden, die klamme Morgenluft wäre schuld daran, wenngleich er wußte, daß dem nicht so war. Sein Füße fühlten sich eiskalt an. Er vermeinte, sich weniger vor dem

Tod zu fürchten als davor, in den Augen dieser jungen Bauern einen Feigling aus sich zu machen. Was würden sie von ihrem künftigen König halten, wenn er die Besinnung verlor, erfror oder sich vor Schreck benäßte, sobald die Kampfhandlungen begannen? Er war der vermutlich älteste Nagier in der Armee, denn nur alleinstehende Männer waren einberufen worden, und Dorfbewohner heirateten jung.

Sie waren unwissend, ungebildet. Sie nahmen das Leben, wie es kam, ohne dessen Sinn oder den Zweck der Götter zu hinterfragen oder sich Gedanken über Ethik zu machen.

Mut war für die Jungen einfacher. Für sie fühlte das Leben sich unendlich an. Wahrscheinlich war jeder einzelne dieser ländlichen Krieger noch Jungfrau. Zuhause im Lager hatten sie fröhlich Witze gerissen und Vermutungen über die lemodischen Frauen angestellt, die sie gefangennehmen würden, und über den Spaß, den sie mit ihnen haben wollten. Golbfisch war kein Krieger. Auch keine Jungfrau mehr. Er wußte, das vorübergehende Vergnügen war die Gefahr nicht wert, getötet oder verstümmelt zu werden.

Pomuin hielt inne und drehte sich um. Golbfisch rückte zu ihm auf und achtete darauf, wohin er die Speerspitze schwenkte; dann wandte er sich um und überzeugte sich davon, wohin Dogthark seinen Speer hielt. Schließlich standen sie Seite an Seite und lauschten den Schritten, die allmählich hinter ihnen erstarben. Ein leises Rascheln wanderte die Reihe nach hinten, als der geflüsterte Befehl erging, daß die Männer sich setzen sollten. Kein einfaches Unterfangen in der Dunkelheit, wenn man von Bäumen umgeben war und einen Drei-Meter-Stab mit einem Lederriemen ans Handgelenk gebunden hatte. Doch Pomuin hockte sich nieder, Golbfisch hockte sich nieder, Dogthark hockte sich nieder, und so setzte sich die Bewegung nach hinten fort.

Sie hatten die unmißverständliche Anweisung, nicht zu reden. Golbfisch vermeinte ohnehin, zu wenig Speichel im Mund zu haben, um die Zunge bewegen zu können. Angst schnürte ihm die Brust zu, wühlte ihm als schreckliche Ungewißheit in den Eingeweiden. Was, wenn er gleich Schande über sich brachte – inmitten von Männern, die es bemerken mußten? Selbst in der Dunkelheit würden sie es hören und zweifellos riechen. Und war er überhaupt fähig, sich zu überwinden und den Speer in des Leib eines lebenden Menschen zu stoßen? Er hatte keinen Streit mit den Lemodiern. Die Thargier hatten Narshtal eingenommen, deshalb griffen die Joalier Lemodtal an. Weshalb sollte das einen Nagier kümmern? Fortwährend stellte er sich vor, wie sein Speer einen jungen Bauern aufspießte, daß Blut und Gedärme aus der Wunde quollen; die Schmerzensschreie des Opfers; der anklagende Blick in dessen Gesicht, während es fühlte, wie es starb ... üble, rückständige Barbarei!

Er dachte an seine Freunde in Joal, Dichter, Künstler und Musiker.

Oder der Bauer konnte ihn durchbohren. Aus einem unerfindlichen Grund erschien ihm dies weniger schlimm, zumindest weniger schändlich. Dann wäre es vorbei, und es würde keine Erinnerungen geben.

Golbfisch schnüffelte. Rauch? Die Umgebung stand fast gänzlich unter Wasser, folglich mußte der Rauch aus Kaminen stammen. Das Dorf mußte sehr nahe sein. Hügelabwärts, hatte Prat'han Truppenführer gesagt. Sobald das Zeichen erfolgte, sollten sie sich hügelabwärts bewegen, dann würden sie das Dorf über die Furt erreichen. Alle Männer töten, auch wenn sie versuchen, sich zu ergeben. Die Frauen nicht anrühren, bevor die Offiziere ihre Erlaubnis geben. Dann warten, bis man an der Reihe ist. Sachte mit den Kindern umgehen, um die Götter nicht zu erzürnen.

Zu seiner Linken und Rechten vernahm Golbfisch leises Geflüster. Er vermeinte, etwas vom Hügelfuß heraufdringen zu hören, doch die Bäume dämpften Geräusche so sehr, daß er unmöglich sicher sein konnte. Vermutlich ein Bach oder ein Fluß.

Was würde Ymma wohl sagen, wenn sie ihn nun sehen könnte, wie er in einem dunklen Wald auf feuchtem Laub hockte, so gut wie splitternackt, und darauf wartete, zu töten oder zu sterben? Sie würde auf dem Bett herumrollen und wüst kreischen, während ihre vollen Brüste von einer Seite zur anderen schwappten ...

Erschrocken zuckte Golbfisch zusammen, als eine eisige Hand die seine ergriff. Er drehte sich um und blickte in Dogtharks Augen, die im grünen Mondlicht hell leuchteten.

Dogtharks Hand zitterte. Er drückte Golbfischs Finger. Golbfisch erwiderte die Geste. »Was ist denn los?« flüsterte er.

»Ich hab' An-kst!«

Dogthark war einer der jüngsten, aber groß. Er hatte sämtliche Vorderzähne eingebüßt, was ihm ein dümmliches Aussehen verlieh und ihn beim Sprechen behinderte. Dogthark war ein Unruhestifter, ein Knochenbrecher. Golbfisch fürchtete sich vor ihm und mied ihn für gewöhnlich, da er keine Lust verspürte, in eine sinnlose Rauferei verwickelt zu werden, bei der er nur verlieren konnte. Dogthark gehörte genau zu der Sorte minderbemittelter Burschen, die es vielleicht spaßig fänden, ihren künftigen König zu verprügeln. Er zählte genau zu der Sorte ländlicher Tölpel, die Golbfisch um ihren gedankenlosen Mut beneidet hatte.

»Wir alle haben Angst!« erwiderte er.

»Ihr ni-ckt, Herr!«

»Doch, habe ich.«

»Aber alle ant-ren haben dumme Wi-tche gemacht, u-ng Ihr wart einf-ack ru-ick, voller Zuvers-ickt u-ng stillem Mut!«

Wie falsch konnte ein Mensch eigentlich liegen?

»Ich sterbe fast vor Angst«, versicherte ihm Golbfisch. »Genau wie du. Schlimmer sogar. Ich habe auch noch nie einen Kampf miterlebt. Denk einfach an die Mädchen da unten. Wie viele Mädchen kannst du an einem Vormittag vergewaltigen?«

Dogthark gab ein seltsam keuchendes Geräusch von sich, bei dem es sich wahrscheinlich um ein Lachen handelte. »Grei?«

»Also hör mal! Ein kräftiger junger Bursche wie du sollte vier oder fünf schaffen.«

»Kla-ubt Ihr wirklich? Ich hatte n-ock nie ein Mädcken, Herr.«

Abermals schnüffelte Golbfisch. Rauch! Wie lange noch bis Sonnenaufgang?

»Mädchen sind ganz nett. Aber nach den ersten paar wird es harte Arbeit. Du wirst ziemlich ins Schwitzen kommen.«

»Ich finde, Ihr seid wu-nterbar, Herr! Ein Kön-ick, der in den Rän-cken kämpft! Wir alle sind ch-o ch-tolz auf Euch!«

»Ich komme mir wie ein verdammter Narr vor«, gestand Golbfisch. »Ich . . .«

Einzig seine eigene Dummheit hatte ihn in diese Lage gebracht. Wieso nur hatte er den königlichen Rang abgelehnt und darauf bestanden, ein Krieger zu bleiben? Was schuldete er D'ward denn wirklich, daß er sich so sehr wünschte, sich der Achtung des Jungen würdig zu erweisen? Er handelte dieser Tage eindeutig wider seine Natur.

Geräusche. Männer erhoben sich, nahmen die Schilde ab. Laub raschelte unter Füßen. Es war zwar noch nicht Sonnenaufgang, dennoch hatte der Angriff begonnen.

»Komm«, sagte er und spannte jeden Schließmuskel. »Heb mir ein paar Mädchen auf.«

Hundert Meter hügelabwärts erblickten sie die Flammen.

Es gab keine Frauen. Es gab keine Schlacht. Die Hälfte der Hütten war bereits zu Gluthaufen zusammengefallen. Wild brüllend und schreiend, schwärmten die nagischen Krieger auf der einen Straße aus, die einst ein Dorf gewesen war.

»Da si-nt keine Mäd-cken«, jammerte Dogthark. »Keine Krie-cker! Sie si-nt alle we-ckerannt! Fei-cklinge!«

Golbfisch fühlte sich trunken vor Erleichterung. Kein Kampf! Er brauchte keine Männer aufzuspießen, und niemand würde ihn aufspießen! Vor Freude hätte er am liebsten getanzt und gesungen.

»Mach dir bis zum nächsten Mal einen Knoten rein, Sohn!« riet er Dogthark. »Das nächste Mal kannst du dich dafür an einem Dutzend versuchen!« Laut lachte er auf. Die von den Feuern abstrahlende Wärme war ein Segen für seine ständig feuchte Haut. Aber ach, wie warm und kuschelig wäre es jetzt erst in einem Bett in ...

Dogthark sagte: »Häh?« Überrascht schaute er auf den Pfeil hinab, der aus seiner Brust ragte. Dann kippte er um.

Golbfisch erkannte, daß er in hellem Licht stand. Pomuin stürzte nach vorn auf seinen Schild; ein Schaft ragte aus seinem Rücken. Überall waren Pfeile, überall fielen Männer.

So begann es.

Irgendwann in den nächsten Doppelwochen gelangte Golbfisch zu dem Schluß, daß alles nur eine Frage der Zahl war. Nagland schickte seine unverheirateten, erwachsenen Männer aus, um Krieg zu führen. Die Joalier erlaubten jedem Mann, sich freiwillig zu melden, was jedoch außer jungen Alleinstehenden nur wenige taten. Und die stellten kaum ein Zwanzigstel der Bevölkerung dar. Wenn ein lemodisches Dorf in Gefahr schwebte, dann kämpften alle, sogar die Kinder. Ihre Bogen waren grob gearbeitete, selbstgeschnitzte Waffen und die Pfeile in Feuer gespitzte Stöcke, aber das spielte keine Rolle, weil die Reichweite meist nur ein paar Meter, oft sogar weniger betrug. Die Guerillas versteckten sich im Geäst oder hinter den Baumstämmen und warteten, bis ein Krieger in Schußweite kam. Wenn die Gefährten des Opfers Jagd auf den Schützen machten, erwartete sie häufig ein Hinterhalt.

Der Vormarsch verlangsamte sich zu einem Vorankriechen. Jeden Vormittag marschierte die Armee; gegen Mittag mußte sie haltmachen und Bäume fällen. Die Männer verbrachten weit mehr Zeit damit,

Palisaden zu errichten und sich dahinter zu verschanzen als mit Kriegführen. Sie töteten eine Million Bäume und so gut wie keinen Lemodier.

Trotz aller Vorsichtsmaßnahmen, die den Offizieren einfielen, starben Wachen auf ihren Posten, wurden Schlafenden die Kehlen durchgeschnitten, schwirrten Feuerpfeile über die Palisade. Moas und Packtiere wurden nachts getötet oder davongetrieben. Tag für Tag nahm diese Verschwendung von Leben ihren Fortgang, während die Armee durch die schier endlosen Wälder der Lemodebene stolperte.

Lemod selbst war die Lösung, beharrte Kammaeman. Lemod war eine ansehnliche Stadt. Wenn sie fiel, würde das ganze Land fallen. Lemod, die Hauptstadt, war der Preis und die Zuflucht. Die Armee marschierte gen Lemod.

Doch es gab keine Straße, auf der die Krieger marschieren konnten. Die Pfade und Wege überzogen die gesamte Gegend, und jede Meile barg einen weiteren Hinterhalt. An verregneten Tagen – und diesen Herbst regnete es an den meisten Tagen – verloren sogar die Anführer die Orientierung. Bäche und Flüsse wanden sich wie verworrene Wolle durch die Landschaft. In manchen Ländern waren Flüsse Hauptverkehrsadern; in Lemodland flossen sie in Rinnen oder Schluchten und stellten Hindernisse dar.

Offiziell wurden Kranke und Verwundete, die nicht mit den anderen Schritt halten konnten, zum Sterben zurückgelassen, in Wahrheit aber sorgten ihre Freunde dafür, daß sie dem Feind nicht lebend in die Hände fielen. Da sie wußten, wie sie selbst Gefangene verhörten, betrachteten die Joalier solche Morde als Gnadenakt.

»Es gibt einen neuen Plan«, verkündete D'ward Hordenführer.

Er hatte die Truppe zusammengerufen, um seinen Leuten diesen neuen Plan mitzuteilen. Es war in der Mittagspause, und es regnete. Die dichter um ihn gescharten Männer hockten sich auf den durchtränkten Boden, triefnaß und mutlos. Die übrigen blieben einfach stehen oder lehnten sich an Bäume. Die Gesichtsfarbe war ihnen ausgegangen; somit hatten sie nichts mehr, um ihre Niedergeschlagenheit dahinter zu verbergen. Ihnen war kalt, und sie waren zutiefst verängstigt und schutzlos vor dem unsichtbaren Feind und dem Zorn der Götter.

Golbfisch saß in der ersten Reihe. Je näher er an den Befreier herangelangte, desto besser fühlte er sich hinterher.

Selbst D'ward machte einen unglücklichen Eindruck. Seine Augen waren rotgerändert, als schliefe er zu wenig, und er war hagerer als je zuvor. Jeden Tag ging er mindestens einmal durch die Ränge, und seine aufmunternden Worte hoben stets die Moral der Männer. Er besuchte alle nagischen Truppen, Tag für Tag.

Aber heute wirkte sogar er unglücklich.

»Verluste, Truppenführer?« erkundigte er sich.

Prat'han war auserkoren worden, die Truppe aus Sonalby anzuführen, nachdem D'ward befördert worden war. Er war ein feiner Kerl, aber er war nicht der Befreier.

»Nur einen heute, Herr. Pogwil Gerber. Eine versteckte Falle.«

Zornig bleckte D'ward die Zähne. »Einer ist einer zuviel! Nun, die Strategie wird geändert. Wir machen einen Gewaltmarsch. Wir laufen diesen Affen davon.«

Er ließ den Blick in die Runde schweifen und sah

ein paar lächelnde Gesichter. Golbfisch lächelte nicht. Er hatte das Gefühl, daß es sich bei dem neuen Plan um einen Akt der Verzweiflung handelte. Gewöhnliche Streitkräfte konnten Guerillas nicht davonrennen. Diese Bauern wußten das nicht. Sie würden es bald genug herausfinden.

»Wir werden nicht mehr den halben Tag damit verschwenden, Festungen zu bauen!« knurrte D'ward. »Wir marschieren jetzt bis Einbruch der Dunkelheit im Laufschritt. Dann schlagen wir ein Lager auf. Morgen dasselbe. Jede Nacht werden Dreifachposten aufgestellt. Laßt keine Gelegenheit zum Schlafen aus! Ein paar von euch haben sich darüber beschwert, Blasen an den Händen zu haben. Von nun an werdet ihr sie an den Füßen bekommen – dafür werdet ihr auf dem Rücken ganz bestimmt keine kriegen!«

Weitere lächelnde Gesichter.

»Ein paar Tage, dann sind wir in Lemod. Ich habe Kammaeman Schlachtenmeister gesagt, daß wir Nagier noch Kreise um seine metallbeladenen Joalier rennen könnten. Hatte ich recht?«

Lauter Jubel ... Golbfisch fragte sich, was die joalischen Anführer wohl denken würden, könnten sie D'wards aufmunternde Worte hören. Jeder einzelne von ihnen brüllte seiner Truppe die neuen Befehle einfach zu und ließ es dabei bewenden. Keiner machte sich je die Mühe, einen Befehl zu erklären – D'ward aber tat dies immer.

»Bis die Affen herausfinden, wo wir stecken«, fuhr er fort, »sind wir schon wieder meilenweit weg!«

Was für einen Unterschied machte das? Ganz Lemodtal war bevölkert. Der Feind war überall, endlos wie die Bäume.

D'ward begann, Einzelheiten zu erklären – die Nahrungssuche mußte unterwegs erfolgen, keine Gruppe durfte je kleiner als sechs Mann sein ... Im Grunde schlug er vor, klein beizugeben, doch aus seinem Munde klang es wie die Strategie für einen Sturmangriff. Bald hatte er die Krieger so weit, daß sie vor Ungeduld, den neuen Plan auszuprobieren, kaum noch stillhalten konnten.

Schließlich brachte er sie sogar zum Lachen. Danach redete er nicht mehr lange. Meist sprach er sogar weniger als an diesem Tag. Es war die Art, wie er es sagte, die jeden zum Lächeln und Kichern brachte.

Am Ende der Besprechung gab er Golbfisch mit dem Kopf ein Zeichen. Dann ging er, und Prat'han befahl der Truppe den Aufbruch.

Der Befreier wartete ein paar Bäume entfernt auf seinen Speer gestützt. Sein himmelblaues Lächeln ließ Golbfischs Rückgrat ein Quentchen gerader rucken und vertrieb die Kälte. Am liebsten hätte Golbfisch ihn gefragt, ob Kammaeman nun völlig den Verstand verloren hatte, doch er wußte, so konnte er es nicht. D'ward würde keine Kritik am Schlachtenmeister dulden, auch nicht von einem Prinzen.

»Wie kommt Ihr zurecht, Majestät?«

»Besser, als ich erwartet hätte, Herr. Äh, darf ich Euch bitten, mich nicht so zu nennen?«

D'ward ließ das Lächeln eine kleine Weile schweigend andauern, bevor er meinte: »Dann eben Krieger. Das ist sogar ein ehrenvollerer Titel, denn Ihr habt ihn Euch selbst erworben. Glaubt Ihr, diese Erfahrung wird einen besseren König aus Euch machen?«

»Sie wird mich formen oder zerbrechen, vermute ich. Ja, ich glaube schon.«

»Wenn sie Euch zerbrechen würde, wäre das längst

geschehen. Wißt Ihr, inzwischen seht Ihr sogar schon wie ein Krieger aus. Ihr steht wie einer, Ihr geht wie einer. Ich glaube, Joal könnte letzten Endes feststellen, daß Ihr eine härtere Nuß als Tarion seid. Würden alle Könige so ausgebildet, gäbe es weniger Kriege ... Aber darüber wollte ich nicht reden. Wie gut kennt Ihr das *Filoby-Testament*?«

Golbfisch seufzte. »Gar nicht gut! Ich habe mal versucht, es zu lesen, aber es ist so verworren, daß ich das Interesse verloren habe.« Er wünschte, er könnte diesem Jungen, der ihm so sehr geholfen hatte, nun selbst eine größere Hilfe sein. »Natürlich habe ich Bruchstücke daraus gehört.«

»Steht irgend etwas über Nagtal darin?«

Golbfisch schüttelte den Kopf. »Kein Wort. Jedenfalls nicht, soweit ich weiß.«

Nachdenklich runzelte D'ward die Stirn. »Wie steht's mit Lemodtal?«

»Ich erinnere mich an keine Stelle über Lemodtal. Das bedeutet aber nicht, daß ... soll das heißen, Ihr ...«

Die blauen Augen funkelten. »Nein, ich habe es nie gelesen. Keine Silbe. Ich bin nicht einmal sicher, ob ich es könnte, weil es in Sussisch geschrieben ist.«

»Oh, das unterscheidet sich nicht sehr vom Joalischen. Aber ...« Golbfisch schluckte die Frage hinunter. Warum hatte der Befreier die Prophezeiungen über ihn selbst noch gar nicht gelesen?

»Ich habe mich nur gefragt, ob es in dem Testament etwas stehen könnte, das vielleicht von Bedeutung ist.« Seufzend richtete D'ward sich auf, dann schob er den Schild in eine etwas bequemere Lage. Er zögerte. »Ihr habt nicht zufällig eine Ahnung, wie weit es nach Lemod ist?«

»Nicht die leiseste.«

»Hm. Schade. Na ja, macht weiter so. Ihr seid für Eure Landsleute ein großartiges Vorbild.«

Mit einem ermutigenden Lächeln schritt der Befreier von dannen.

Danach fragte Golbfisch sich, ob er die Prophezeiung des *Filoby-Testaments* über einen Prinzen hätte erwähnen sollen.

27

Weniger als drei Viertel der ursprünglichen Armee erreichte Lemod. Dort aber fanden die Krieger Erstaunliches vor. Der Lemodstrom, der Hauptabfluß des Tales, wand sich gleich einer verrückten Schlange durch eine tiefe Schlucht. Die Stadt befand sich auf einer W-förmigen Ausnehmung, praktisch einer Insel; ihre fünfzehn Meter hohen Mauern ragten am Rand senkrechter Felsen auf, dreißig Meter über dem Strom. Den einzigen Zugang stellte eine schmale Landzunge aus Norden dar, die fast bis zum Fluß hin abfiel, so daß Angreifer hügelan stürmen mußten, um die Tore zu erreichen. Unnötig zu erwähnen, daß diese Tore geschlossen waren. Lemod war zwar ein-, zweimal durch Belagerung zur Aufgabe gezwungen worden, im Sturm aber hatten selbst die Thargier die Stadt nicht eingenommen.

Lemod war überaus einfach zu belagern, denn der weiß schäumende Fluß war weder zu überqueren noch zu befahren. Die Joalier ließen sich nieder. Erleichtert darüber, endlich die verwünschten Bäumen hinter sich gelassen zu haben, schlugen sie ein Lager auf und legten einen Sicherheitsbereich darum an. Sie errichteten Barrikaden gegen etwaige Ausfallversuche; sie hoben Latrinengräben aus und schufen ein ordentliches militärisches Lager. Dann lehnten sie sich zurück und warteten – um zu erkranken, zu verhungern und zu verrotten.

Anfangs war es gar nicht so schlimm. Die Obstgärten boten Nahrung, aber fünftausend Mann verschlangen jeden Tag Tonnen von Früchten. Während die Tage sich in Doppelwochen verwandelten, mußten die Nahrungsbeschaffer auf der Suche nach frischen Bäumen, die sie abernten konnten, immer weiter ausschwärmen. Je größer dieser Kreis wurde, desto mehr Gelegenheiten boten sich den Guerillas für einen Hinterhalt.

Versuche, die Tore zu stürmen, scheiterten kläglich angesichts eines Hagels aus Pfeilen und anderen Geschossen der Verteidiger. Die Verluste waren gewaltig. Die Angreifer begannen, Gräben auszuheben, Brustwehren und Belagerungsbollwerke zu bauen und alles zu unternehmen, was für eine Belagerung erforderlich war – wie Lemod sie bereits ein Dutzend Mal erlebt hatte. In regelmäßigen Abständen wagten die Verteidiger Ausfälle, um zu verbrennen oder niederzureißen, was die Angreifer erreicht hatten. Das Schanzwerk kroch beständig den Hügel empor, doch die Arbeiten gingen quälend langsam voran.

Krankheiten breiteten sich im Lager aus. Die Temperaturen sanken beständig, auch die Schneegrenze auf den Gipfeln der Lemodwand senkte sich tiefer und tiefer. Bald wurde offensichtlich, daß die Stadt der Belagerung wesentlich länger standhalten konnte als die Belagerer selbst.

Die Meuterei überraschte Edward völlig. Mit den joalischen Offizieren hatte er wenig zu tun; außerdem war er zu beschäftigt damit, bei den Nagiern die Ordnung aufrechtzuerhalten. Tag und Nacht schuftete er dafür, ihre Moral zu wahren. Ohne seine stützende Hand wären sie längst zusammengebrochen, wären als wirrer Haufen Richtung Heimat geflohen und zwischen den Bäumen wie Stroh umgemäht worden. Der alte Krobidirkin hatte das vorausgesehen.

Außerdem war Edward mit joalischen Sitten und Gebräuchen nicht vertraut, und Kolgan Koadjutant hatte das Recht auf seiner Seite. Als er ein Treffen des Offizierskaders einberief, lud er auch den nagischen Befehlshaber ein, auf daß dieser Zeuge würde, wie die joalische Demokratie funktionierte.

Der Regen hatte zwar endlich aufgehört, dafür blies ein bitterkalter Wind. Seile knarrten, Segeltuch flatterte. Das Treffen wurde im Zelt des Generals abgehalten. Es währte nur kurz. Kolgan prangerte Kammaeman als unfähig an. Kammaeman tobte. Die Truppenführer stimmten ab. Kammaeman wurde hinausgebracht und enthauptet.

Kolgan übernahm das Kommando.

»Danke, Bürger«, sagte Kolgan Schlachtenmeister. »Ich werde mich bemühen, mich eures Vertrauens würdig zu erweisen. Bitte teilt der Armee eure Entscheidung mit. Morgen verkünde ich neue Befehle.«

Die Offiziere salutierten und strömten hinaus in den spärlichen Sonnenschein.

Edward ging zu einem Stuhl und setzte sich.

Der große Mann bedachte ihn mit einem finsteren Blick, dann zog er sich einen weiteren Stuhl dicht heran, sehr dicht. Er nahm Platz und begann: »Nun, Hordenführer? Ihr wolltet mich sprechen?« Die Knie der beiden Männer berührten sich beinahe.

»Äußerst demokratisch!« meinte Edward. »Wie lange habt Ihr Zeit, bevor jemand dasselbe mit Euch anstellt?«

Kolgan funkelte ihn an. Angesichts der Herausforderung ging er zum Angriff über. »Zufällig wollte auch ich mit Euch reden. Mir sind Berichte zu Ohren gekommen, daß Ihr Gefangene freilaßt.«

Wer hatte gepetzt? »Einen Gefangenen.«

Das Geständnis ließ den Joalier kurz verstummen. »Ein geringerer Mann, der sich dieses Verbrechens schuldig gemacht hätte, wäre auf der Stelle hingerichtet worden. Ihr solltet Euch besser erklären, Hordenführer.«

»Ich war auf Streifengang«, erwiderte Edward, der wußte, daß Kolgan die Angelegenheit nicht zur Sprache gebracht hätte, ohne die Einzelheiten zu kennen. »Ein paar der Burschen haben ein Mädchen gefangengenommen. Höchstens vierzehn, würde ich sagen. Kein Krieger.«

»Sie hätte uns vielleicht wertvolle Auskünfte geben können.«

»Unter der Folter?« Edward ließ durchschimmern, wie abgestoßen er sich fühlte. »Das einzige, was das Mädchen uns beschert hätte, wäre Spaß gewesen. Die Jungs meinten, ich hätte das Recht, sie als erster zu nehmen, weil ich den höchsten Rang hätte. Ich erwiderte, daß die Götter jeden verdammen, der Krieg gegen Kinder führt, und daß ein Vergewaltiger der nächstniedrige Wurm sei, den ich mir vorstellen könnte. Dann habe ich gefragt, wer an meiner Stelle beginnen möchte. Als sich niemand anbot, habe ich dem Kind gesagt, es solle schnellstens davonlaufen, was es dann auch getan hat. Was habe ich falsch gemacht?«

Kolgan starrte ihn verständnislos an. »Was seid Ihr für ein Mann? Habt Ihr keine Eier?« wollte er schließlich wissen.

»Genau so viele wie Ihr. Ich lasse nur nicht zu, daß sie über mich bestimmen.«

Verächtlich verzog sich der Schnurrbart des großen Mannes. »Zieht Ihr Männer wie Dosh vor?«

»Ich neige nicht in diese Richtung, Schlachtenmeister.«

»Ha! Das erinnert mich daran ... all die Feuchtigkeit hier verursacht mir Rückenschmerzen. Es heißt, Dosh wäre ein tüchtiger Masseur. Darf ich heute abend seine Dienste in Anspruch nehmen?«

»Nein«, entgegnete Edward. »Dürft Ihr nicht. Auch das wäre Vergewaltigung.«

Das Gesicht des großen Mannes verfärbte sich fast so rot wie sein Bart. Einen Augenblick drohte die Auseinandersetzung in einen handfesten Streit auszuarten. Dann setzte Edward ein Grinsen auf und spielte bewußt sein Charisma aus. »Es tut mir schrecklich leid um den alten Kammaeman«, meinte er, »aber nicht so schrecklich leid.«

Nach kurzem Zögern erwiderte der große Mann das Grinsen. Er trug seine Rüstung, aber keinen Helm. In seinem Haar leuchteten graue Strähnen, die vorher nicht zu sehen gewesen waren. Er war zutiefst bekümmert und versuchte, diesen Umstand zu verschleiern.

»Nur ein alter joalischer Brauch, Hordenführer!«

Es gab einen weiteren alten joalischen Brauch, von dem Edward wußte – den Verrat von Verbündeten. In Kolgan setzte er noch weniger Vertrauen als in Kammaeman. Offensichtlich war dieser Feldzug eine einzige Katastrophe. Edward selbst fühlte sich einzig seinen Nagiern verbunden – und die würden hingemetzelt werden, sofern er keine entscheidende Wende herbeizuführen vermochte. Er hätte schon früher klüger sein müssen; er fühlte sich verantwortlich. »Jetzt seid also Ihr am Zug, Herr. Wieviel Zeit habt Ihr, um eine Lösung zu finden?«

»Bestenfalls eine Doppelwoche, wenn ich hier bleibe.« Der neue Befehlshaber sah sich im ungewohnten Kommandozelt um. Seine kantigen Züge erinnerten irgendwie an einen Vorstehhund, der Witterung aufnimmt. »Der alte Furz hatte hier immer irgendwo verdammt guten niolischen Branntwein versteckt.«

»Nicht für mich. Was gedenkt Ihr zu tun?«

Kolgans graue Augen verengten sich zwischen den faltigen Lidern. »Was schlagt Ihr vor, Hordenführer?« Er würde Edwards Urteil keine Bedeutung beimessen. Charismatisch oder nicht, für ihn war D'ward bloß ein Bauer von vielen.

»Ihr habt die Lage unmißverständlich zusammengefaßt, Herr. Der Winter hat bereits eingesetzt. Es gibt kaum noch Nahrung. Entweder wir nehmen die Stadt schnell ein oder wir sterben.«

Die kupferfarbenen Augenbrauen schnellten ironisch empor. »Ganz so habe ich die Frage nicht gestellt. Habt Ihr eine Lösung?«

»Ich bin nur ein Dorfhandwerker. Belehrt mich.«

Falls der Joalier über die plötzliche Bestimmtheit seines Untergebenen aus der Kolonie – seines jugendlichen Untergebenen aus der Kolonie – verärgert war, so war das Charisma des Fremden immer noch stark genug, daß Kolgan ruhig antwortete.

»Ich muß die Armee retten. Wenn ich sie wohlbehalten nach Nagland zurückführen kann, oder auch nur einen beträchtlichen Teil davon, bin ich aus allem heraus und vielleicht sogar ein Held.«

Also handelte er aus rein persönlichem Antrieb, womit Edward hätte rechnen müssen. »Und wie könnt Ihr die Armee retten?«

Längere Zeit kratzte Kolgan sich am Bart, als würde er die Worte sorgfältig abwiegen. »Die Gefangenen haben uns erzählt, daß es im Norden einen selten benutzten Paß gibt. Morgen brechen wir das Lager ab und marschieren dorthin. Es ist schon ziemlich spät im Jahr.«

»Eure Leute sind weit besser ausgerüstet als meine, Schlachtenmeister. Könnt Ihr uns mit warmen Kleidern versorgen? Ist diese Straße für Männer geeignet, die barfuß laufen?«

»Beide Fragen muß ich mit nein beantworten.«

Plötzlicher Zorn schnürte Edward die Kehle zu wie eine kräftige Hand und machte ihm ruhiges Sprechen nahezu unmöglich. Seine Stimme klang so rauh, daß er selbst sie kaum erkannte. »Seid Ihr sicher, daß es sich um keine Falle handelt? Können Männer in Rüstungen ausreichend Nahrung tragen, um die Gebirgskette zu überqueren? Erwartet Ihr, daß die Lemodier Euch ungehindert ziehen lassen? Was, wenn ein Sturm einsetzt, während Ihr Euch im Hochland befindet? Könnt Ihr die Kranken und Verwundeten befördern? Was wird aus meinen Männern? Wollt Ihr Eure Verbündeten einfach zurücklassen?«

Kolgan war so blaß geworden, daß seine ledrige, wettergegerbte Haut von innen zu leuchten schien. Gleich einem Amtsstab hob er eine zur Faust geballte Hand. »Habt Ihr einen besseren Plan, Nagier? Wenn wir hierbleiben, verhungern wir. Wenn wir versuchen, uns den Weg zurückzukämpfen, den wir gekommen sind, werden wir in den Wäldern abgeschlachtet. Mittlerweile werden die Thargier den Siopaß besetzt haben. Wollt Ihr mit dem Feind verhandeln? Kammaeman hat es versucht und wurde zurückgewiesen. Die Lemodier glauben, sie hätten uns an den Eiern.«

Haben sie auch, dachte Edward – von einem Umstand abgesehen. Sie konnten nicht wissen, daß zur belagernden Armee ein Fremder mit einem Vorrat an Mana zählte. Er wollte es für keinen so gräßlichen Zweck einsetzen, doch ihm blieb keine Wahl.

Edward sprang auf. Wut surrte in seinen Ohren, ein saurer Geschmack erfüllte seinen Mund. »Ich muß mir ein Signalhorn ausleihen!«

Auch Kolgan erhob sich. Er ragte einen halben Kopf höher auf als Edward. »Wofür?«

»Verfinstert Trumb sich heute nacht?«

»Ich glaube schon. Weshalb?«

»Heute nacht werden wir Nagier die Tore für Euch aufbrechen. Stürmt los und nehmt die Stadt ein, wenn Ihr das Horn hört!« Damit wandte Edward sich um und stürmte aus dem Zelt.

Seine Dummheit verfluchend, stapfte er durch das Lager hügelabwärts. Er spürte sein Mana wie Gold in der Tasche, doch wieviel vermochte es tatsächlich zu erkaufen? Große Götter wie Tion oder Zath hätten Macht genug, um ebenso mühelos ein Loch in die Mauer zu sprengen, wie Apollo die Trojaner durch die Palisade der Achäer führte. Oder um die Angreifer auf die Zinnen hinaufschweben zu lassen. Oder um die lemodischen Wachen davon zu überzeugen, die Tore zu öffnen, was die einfachste Lösung wäre. Doch Edward war sich seiner Sache nicht sicher. Versuchte er es und versagte, hätte er sein Mana schlichtweg verschwendet.

Wie dem auch sein mochte, er hatte den Stein aufgehoben, und er hatte nur einen Wurf. Also mußte ihm vor Einbruch der Dunkelheit etwas einfallen.

Eisig blies ihm der Wind auf die bloße Haut. Fallow hatte zwar Abhärtung gefördert, aber mitten im Winter nackt herumzulaufen, war doch etwas härter als kalte Bäder. Auf der Lemodwand schimmerte frischer Schnee. Die Gipfel im Norden wirkten höher als alle, die Edward bislang auf Nebenan gesehen hatte. Jene im Süden waren niedriger, doch hinter ihnen lag Thargtal.

Kolgans angeblichen Paß nach Nagtal gab es vielleicht gar nicht; er konnte bereits besetzt sein, und ganz gewiß war er ohne warme Kleider und festes Schuhwerk unüberwindbar. Sofern ihr verrückter Anführer seine Prahlerei nicht in die Tat umzusetzen vermochte, war das Schicksal der Nagier besiegelt. Wahrscheinich auch das der Joalier.

Als Edward sich dem Rand des Lagers näherte, spürte er, daß jemand ihm folgte. Natürlich war es Dosh Hausjunge, mittlerweile offiziell Dosh Gesandter, wenngleich niemand außer Edward ihn je so nannte. Edward bedeutete ihm, näher zu kommen, dann ging er weiter. Kurz darauf marschierte der

Junge an seiner Seite, adrett in einen blauen, joalischen Kittel, eine gelbe Kniebundhose und ein Paar feste Stiefel gekleidet. Wo und wie er diese Kluft erworben hatte, war ein Rätsel. Vielleicht hatte er die Sachen gestohlen. Und wenn er sie gekauft hatte, wollte Edward lieber nicht den Preis wissen, den er dafür bezahlt hatte.

Dosh klebte wie ein Schatten an Edward, außer wenn er Botengänge verrichtete. Keiner der Krieger wollte etwas mit ihm zu tun haben, um zu vermeiden, daß man von den Freunden unmännlicher Begierde verdächtigt wurde. Wenn Dosh nicht beim Hordenführer war, konnte er nicht einmal eine Mahlzeit oder einen Platz am Feuer finden. Die Nagier ließen ihn zufrieden, weil D'ward es ihnen befohlen hatte, doch er war mindestens zweimal von joalischen Raufbolden verprügelt worden. Vermutlich war Doshs Leben selten einfach gewesen. Im Augenblick jedenfalls war es das gewiß nicht, dennoch beklagte er sich nie.

Womöglich war er Jahre älter, als er aussah. Er weigerte sich, sein Alter preiszugeben oder überhaupt viel über sich zu erzählen. Dosh war klein und schlank, besaß helle Locken, und sein Gesicht war geradezu übertrieben hübsch gewesen, bevor Tarion es mit dem Messer behandelt hatte. Nun war es mit kreuzschattigen roten Linien überzogen, die auf bizarre Weise an Eisenbahnstrecken auf Generalstabskarten erinnerten, wenngleich diese Ähnlichkeit nur einem einzigen Mann dieser nagisch-joalischen Armee je auffallen konnte. Seit seiner Beförderung zum Boten hatte Dosh seinen flaumigen Bart wachsen lassen; dennoch war er aus der Ferne nicht zu erkennen. Aus der Nähe betrachtet, verlieh der Bart ihm das Aussehen eines Knaben, der sich gern verkleidet.

Dosh konnte schleimig, unterwürfig oder geradezu beißend schlagfertig sein, je nachdem, was die Umstände erforderten. Und unter der berufsbedingt weichen Schale war er hart und verbittert wie eine alte Metze – zumindest vermutete Edward, eine Metze müßte so sein, obwohl er noch nie eine getroffen hatte. Er war sicher, daß der süße, kleine Dosh so zäh wie jeder Knochenbrecher der Armee war, und weit weniger vertrauenswürdig als eine durchschnittliche Tarantel.

»Wie lange würdest du brauchen, um alle Truppenführer zu einer Besprechung zusammenzutrommeln?« fragte Edward.

»Eine Stunde. Eine halbe, wenn ich ein paar Mann dazu einteilen darf, ihre Kameraden zu holen.«

»Sind die Anführer der Nahrungssucher schon zurück?«

»Nein. Wollt Ihr Stellvertreter?«

»Ja. Aber bleib noch eine Weile hier. Ich habe ein Problem.« Sie erreichten die niedrigste Stelle der Landzunge, an der sich zu beiden Seiten beinahe in selber Höhe der Fluß erstreckte. Vor ihnen stieg das Land steil zu den Toren hin an. Knapp außerhalb der Reichweite der Bogen der Verteidiger arbeiteten joalische Soldaten an Brustwehren und Belagerungsbollwerken. Edward hielt inne und beobachtete die Arbeiten.

Müßte er die Stadt verteidigen, würde er sich für einen weiteren Ausfall bereitmachen, um diese Gerüste niederzubrennen. Er fragte sich, ob sie schon trocken genug waren, daß sie heute nacht mit dem Versuch rechnen mußten. Wahrscheinlich nicht. Es würde noch viele Doppelwochen dauern, bis die Grabungen die Tore erreichten. Der Winter stand vor der Tür. Morgen wollte Kolgan die Zelte abbrechen.

Er wandte die Aufmerksamkeit der Stadt selbst zu, der hohen Mauer und den Gebäuden dahinter. Die an Zähne erinnernden Zinnen spannten sich rings um die Stadt, was unnötig schien – weshalb sollte man Mauern am Rand senkrechter Felsen errichten? Gab es einen Grund, Angriffe von den Flanken her zu erwarten, oder handelte es sich bloß um künstlerische Eigenwilligkeit?

Die Klippen waren nicht vollkommen lotrecht, und das Plateau war unregelmäßig. An manchen Stellen ragte der Boden unter den Mauern hervor, wenngleich diese Stellen zu steilen Hängen abgeschrägt worden waren. Dazwischen, wo der Boden sich neigte, waren die Mauern notwendigerweise höher. Eine Armee konnte zwar nicht um die Stadtmauern marschieren, aber möglicherweise vermochte sich ein gelenkiger Mann einen Weg darum zu bahnen, wenn er Zeit hatte und ausreichende Selbstmordgelüste verspürte. Eine Gruppe Pioniere würde vielleicht eine Stelle finden, wo man die Grundmauern untergraben konnte, doch wie sollte man dies unbemerkt bewerkstelligen? Die Verteidiger würden Steine auf die Männer hinabschleudern. Dennoch gab es auch Stellen, an denen ein Mann ein kleines Stück von der Mauer zurückweichen konnte, so daß er nicht kerzengerade daran emporblickte. Oder emporschoß? Oder …?

Edward fühlte, daß irgendwo in seinem Kopf ein Einfall schwebte, doch er fand keinen Zipfel, den er hätte packen können. Zahlreiche, viel erfahrenere Generäle mußten in der Vergangenheit alle diese Möglichkeiten durchgespielt haben. Lemod war noch nie im Sturm erobert worden. »Es sollte doch möglich sein, unmittelbar am Fuß der Mauern rings um die Stadt zu laufen«, murmelte er, vor Kälte zitternd.

»Wenn man nicht gesehen würde. Ein paar der Burschen aus Rareby behaupten, sie hätten es getan.«

Edward blickte in die arglosen, blauen Augen mit den langen goldenen Wimpern hinunter. »Woher weißt du das?«

»Hab' heimlich gelauscht.«

Offensichtlich. Niemand sprach mit Dosh, sofern es nicht unumgänglich war.

»Bring sie auch zu dem Treffen mit.«

»Soll ich fragen, ob es sonst noch jemand getan hat?«

»Nein.« Edward kicherte. »Hast du mit Tarion auch so geredet?«

»Wie?«

»So kurz angebunden, sachlich und militärisch.«

»Nein.«

»Wie hast du dann mit ihm gesprochen?«

Kurz wandte Dosh den Blick ab; dann drehte er sich wieder zu Edward um. Er hatte Tränen in den Augen. »Ich liebe Euch«, hauchte er mit brüchiger Stimme. »Ich will alles für Euch tun, alles, um Euch glücklich zu machen.« Er wirkte vollkommen aufrichtig. »Ich liebe Euch für Euer Lächeln, für die Berührung Eurer ...«

»Das reicht, danke! Ich hab's begriffen.«

»Ihr habt danach gefragt.«

»Hätte ich mir verkneifen sollen. Ich wollte dich nicht erniedrigen.«

»Wie könntet Ihr mich erniedrigen? Ihr wißt ja gar nicht, was Erniedrigung bedeutet.«

»Nein, vermutlich nicht. Es tut mir ehrlich leid.«

»Muß es nicht«, erwiderte Dosh. »Bedauern ist Zeitverschwendung. Die Grünen Schriften, Canto 474.«

»Wirklich?«

»Wer weiß? Wer liest diesen Müll schon?« Er lächelte reumütig über Edwards Gelächter. »Was habt Ihr für ein Problem?«

»Kann ich dir vertrauen?«

»Wenn Ihr damit meint, ob ich irgend jemandem im Lager erzählen werde, was Ihr mir sagt, dann lautet die Antwort nein. Wer würde mir schon zuhören?«

»Kannst du mit irgend jemandem außerhalb des Lagers reden?«

Dosh zuckte zusammen. »Natürlich nicht!« erwiderte er aufgebracht.

Was bestätigte, was Edward seit einiger Zeit vermutete. Der Wind hatte sich mittlerweile zu seinen Knochen durchgekämpft, und wahrscheinlich wurde Edward allmählich blau vor Kälte, doch das hier war wichtig. »Du hast Tarion ausspioniert, nicht wahr? Für wen?«

»Darauf werde ich nicht antworten.«

»Du kannst nicht darauf antworten! Und du konntest auch ihm nicht darauf antworten! Deshalb hat er dir das Gesicht zerschnitten.«

»Wollt Ihr sagen, ich sei ein Held?«

»Nein. Du spionierst für keinen Sterblichen, nicht wahr?«

Ein Zucken, das Schmerz gewesen sein mochte, durchlief die roten Narben neben Doshs Augen. »Das kann ich nicht beantworten«, murmelte er.

»Dann brauchst du es nicht zu versuchen. Wenn ich dir einen Namen nenne, kannst du ...«

»Nicht, Herr! Bitte!«

»Schon gut«, beruhigte ihn Edward, der immer noch unsicher war, wieviel von all dem gespielt war. »Wenn sich dir eine Gelegenheit bietet, jagst du mir dann ein Messer in den Rücken?«

Verächtlich verzog Dosh die engelsgleichen Lippen. »Dann wärt Ihr längst schon verrottet.«

»Ja. Ich verstehe. Danke.« Also nicht Zath. »Hast du je eine goldene Rose im Haar getragen?«

Dosh starrte ihn an, dann nickte er. Knabenhafte Schamesröte breitete sich rings um die Narben aus. Was trieb einer Metze die Schamesröte ins Gesicht?

Doch die Antwort auf die wahre Frage lautete offensichlich Tion. »Du schnüffelst also nur?«

»Ich schnüffle nur. Was ist nun das Problem?«

Er war der geborene Spion, neugierig wie eine junge Katze, in bezug auf alles und jeden. Selbst die kleine Eleal war nicht so neugierig wie Dosh gewesen. Edward dachte nicht gern über Eleal nach.

Er schlang die Arme um den Oberkörper und krümmte sich gegen den Wind. »Ich habe dem neuen Schlachtenmeister versprochen, daß ich die Stadt heute nacht für ihn einnehmen werde, aber ich habe keine Ahnung, wie ich das anstellen soll.«

»Oh, Ihr werdet schon einen Weg finden.«

»Du zeigst ja erfreuliches Vertrauen in ...« Edward starrte in das geheimnisvolle, verstümmelte Gesicht. »Was soll das heißen?«

Dosh lächelte verschlagen, so daß die scharlachroten Eisenbahnlinien um seine Augen sich verzerrten. »Nichts, Hordenführer.«

»Raus damit!«

»Die Prophezeiung?« meinte Dosh zögerlich.

»Welche Prophezeiung?«

Überraschung ... Unglauben ... »Die lange? Die über die Stadt? Das *Filoby-Testament*, etwa Vers fünfhundert, oder vierhundertfünfzig?«

»Erzähl mir davon!«

»Ihr kennt es nicht? Wirklich?«

»Nein, ich kenne es nicht.«

Einen Augenblick schien Dosh zu glauben, daß Edward einen Scherz machte. Erstaunt schüttelte er den Kopf, dann dachte er eine Weile nach und verkündete: »The first sign unto you shall be when the gods are gathered. For then the Liberator shall come forth in ire and be in sorrow revealed. He shall throw down the gates that the city may fall. Blood in the river shall speak of distant lands, saying: Lo – the city has fallen in slaughter. He shall bring death and exultation in great measure. Joy and lamentation shall be his endowment.«

28

Zuviel geschah in jener Nacht. Im nachhinein konnte Dosh sich nicht erinnern, auch nur ein einziges Mal in Panik geraten zu sein oder Schande über sich gebracht zu haben. Er sollte nie daran zweifeln, daß er während der Ereignisse klaren Kopf behielt. Er tat, was zu tun war, mit weit größerem Mut, als er je zu besitzen geglaubt hätte.

Es war seine Erinnerung, die ihn betrog. Schrecken häufte sich auf Schrecken, Grauen auf Grauen, bis sein Verstand nicht mehr alles zu bewältigen vermochte. Die Wirklichkeit verblaßte wie ein Alptraum, so daß er sich später nur noch bruchstückhaft daran erinnern konnte, überwiegend an die bedeutendsten Vorfälle, doch auch an ein paar belanglosere Bilder, gleich unvereinbaren Teilen eines Traumes. Es schien, als wäre der Wendepunkt seines Lebens in ein kostbares

Buch geschrieben worden, und dann verlor er alles außer ein paar Seitenfetzen, bevor er es überhaupt betrachten konnte. Weite Teile blieben für immer leer.

Es war die Nacht einer vierfachen Konjunktion, ein Wunder, das wenige Sterbliche je zu Gesicht bekommen, da es nur einmal in Generationen auftritt. Selbst dann werden nur die Wenigsten rechtzeitig darauf aufmerksam; es dauert niemals lange an. Weder Niol noch Tharg sollten später zugeben, daß jenes große Ereignis überhaupt stattgefunden hatte. Die Niolier behaupteten, Ysh wäre in jener Nacht dicht an Trumb vorübergezogen, jedoch nicht wirklich hinter ihm gewesen, während die Thargier meinten, es wäre Kirb'l gewesen, der beinahe Trumbs Bahn kreuzte. In Joal herrschte schlechtes Wetter, so daß die Menschen gar nichts bemerkten.

Dosh wußte es besser. Er wurde Zeuge der prophezeiten Versammlung der Götter, und seine Welt veränderte sich für immer.

Was den Rest angeht ... alles nur Bilder an einer Wand.

Das erste Bild: Gesichter um ein Lagerfeuer bei Sonnenuntergang ... Still, unbeachtet hockt er sich an den äußeren Rand. Ein Dutzend oder mehr nackte Nagier zittern in der Düsternis vor Kälte; auf ihren unbemalten Gesichtern spiegelt sich Ehrfurcht, als sie lauschen, wie der Befreier ihnen ein Wunder verspricht.

Dabei spricht er das Wort nicht aus. Er erzählt ihnen nicht, daß er der Befreier ist; er scheint es selbst nicht zu glauben. Auch glaubt er selbst kaum daran, daß er tatsächlich ein Wunder zu bewirken vermag – das weiß Dosh aus dem, was er zuvor gehört hat –, doch niemand sonst um dieses Feuer würde aus D'wards Gebaren Ähnliches schließen. Ruhig, ganz und gar selbstsicher gibt er die Befehle aus. Er braucht ein Wunder, also wird er versuchen, eines herbeizuführen. Um Gewinn daraus zu schlagen, müssen seine Truppen bereitstehen, und so verspricht er ihnen, die Tore der Stadt zu öffnen. Versagt er, hat er sich selbst zerstört, doch er ist der Befreier, und die Männer glauben ihm. Man sieht es in ihren wilden, kindlichen Augen. Sie würden ihm in eine Flammenhölle folgen, diese derben Bauern. Sie bestehen nur aus Muskeln und Glauben, ohne Hirn. Sie werden zur Kriegsbande, den ersten seiner Anhänger.

Spürt Dosh es schon zu diesem Zeitpunkt?

Was sagt der Befreier in diesem Bild vom Lagerfeuer? Bedauerlicherweise steht der Großteil jener kostbaren Rede auf verlorenen Seiten geschrieben. Dosh wird sich nur an ein paar Worte erinnern, die gegen Schluß gesprochen werdeen, als der Befreier sich umdreht und auf ihn deutet, und alle Krieger wutentbrannt aufbrüllen. Ihr Hordenführer hat ihnen verkündet, daß er nur einen Mann mitnehmen wird, der ihm beim Tragen der Seile hilft. Ein Dutzend kräftiger Stimmen ist erklungen und begehrt die Ehre. Nein, keiner dieser Männer, sagt D'ward. Nicht die Truppenführer, denn die müssen ihre Krieger anführen. Ebensowenig der Prinz, nicht einmal Talba und Gospin, obwohl sie den Weg kennen. Nein, er nimmt Dosh Gesandten mit und niemand sonst. Nur er ruft Dosh je beim Namen. Alle übrigen haben andere Bezeichnungen für den verabscheuungswürdigen Liebesjüngling.

Dies ist das zweite Bild – ein Dutzend zorniger

Krieger, die empört aufschreien, und der Befreier, der sie niederbrüllt. Für Dosh sollten seine Worte den Beginn eines weiteren Wunders kennzeichnen, seines persönlichen Wunders, doch das weiß er zu diesem Zeitpunkt noch nicht. »Weil ihr fragt«, knurrt D'ward in diesem zweiten Bild, »und nur weil ihr fragt, erkläre ich euch warum. Ich brauche einen Mann, über dessen Mut keine Zweifel bestehen. Seid still! Schaut euch die Narben in seinem Gesicht an! Sie wurden ihm in der Dunkelheit beigebracht, während er gefesselt und geknebelt war. Seht ihr, wie dicht an den Augen sie sich befinden? Seht ihr, daß ihm in die Kehle geschnitten wurde? Dieser Mann hat eine Folter der gräßlichsten Art ertragen; dennoch hat er seinem Peiniger nicht verraten, was dieser hören wollte. Will irgendeiner von euch behaupten, er wäre mutiger als dieser Mann? Will irgend jemand die Verdienstmale gegen seine Narben tauschen? Heute nacht wird Dosh Gesandter an meiner Seite sein, denn ihm vertraue ich mehr als allen anderen.«

Ein weiteres Bruchstück: Dosh weint, als die Krieger zu ihm kommen, einer nach dem anderen, ihn umarmen und um Verzeihung für frühere Beleidigungen bitten ... Einige flüstern ihm auch ins Ohr, daß er auf grausamste Weise sterben wird, sollte er D'ward heute nacht im Stich lassen, doch er schenkt diesen Drohungen keine Beachtung. Dosh findet die Erfahrung höchst seltsam, aus zahlreichen Gründen. Die Körperberührungen erregen ihn, und er weiß, es wird sie abstoßen, wenn sie es spüren. Ihre Bewunderung erfüllt ihn mit Sorge – wieso sollte es ihn kümmern, was diese hirnlosen Ochsen denken?

Ebenso eigenartig erscheint ihm, daß der Befreier lügt, was Dosh durchaus bewußt ist. Dem Befreier ist bekannt, daß Dosh seinem Peiniger Tarion die Auskünfte nicht geben konnte, die dieser wollte. Dosh versteht nicht, weshalb der Befreier nun eine solche Unwahrheit verbreitet, oder warum D'ward seine eigene Lüge anscheinend als ausreichend erachtet, um Dosh zu vertrauen, oder warum Dosh selbst, erschrocken wie er im Augenblick ist, die selbstmordträchtige Ehre nicht zurückweist. Er ist nicht gefragt worden, und er weigert sich nicht.

Beginnen die Wunder an dieser Stelle?

Warten im Graben, während der Himmel sich verdunkelt ... übelkeiterregende Anspannung. Dosh und D'ward kauern sich zwischen Holz und Steinwerk, während die erschöpften Soldaten zurück ins Lager trotten, um sich zur Nachtruhe zu begeben. Unter einem sternenklaren Himmel sinkt die Temperatur von Minute zu Minute. Trumbs grüne Scheibe lugt zwischen den östlichen Gipfeln hervor, riesig und auf unheilverkündende Weise voll. Die Nächte sind hell, wenn Trumb voll ist. Hat der Mann sich bereits verfinstert? Wartet er auf vollständige Dunkelheit? Der Befreier verläßt sich auf jene wenigen, kostbaren Augenblicke der Ablenkung, um sich der Stadt unbemerkt zu nähern. Eine Trumbfinsternis ist eine Zeit der Furcht, eine Zeit, in der Schnitter Seelen für Zath sammeln. Die Wachen werden den Himmel beobachten und beten. Es ist eine Zeit schlechter Vorzeichen, der letzte Augenblick, den jemand wählen sollte, um eine Mission wie diese anzutreten.

Selbstverständlich verfinsterte Trumb sich. Trumb mußte sich verfinstert haben. Dosh mußte an D'wards Seite durch die Dunkelheit unter den Sternen geprescht, unter seiner Last den Hang hinaufgestolpert sein, die Beine und Lungen zu Höchstleistungen gezwungen haben, bevor der kurze, segensreiche Augenblick der Finsternis verging. Er mußte am Fuß der Mauer angelangt sein, bevor das Licht wiederkehrte, und so der Aufmerksamkeit der Wachen über ihm entgangen sein. Wäre dem nicht so gewesen, wäre er gestorben. Folglich mußte es so gewesen sein.

Er verlor nur irgendwo die Erinnerung.

Entsetzen.

Finger suchen im Dreck nach Halt, Füße tasten und rutschen, das zusammengerollte Seile lastet als erdrückendes Gewicht auf seinem Rücken und droht, ihn hinaus in den Abgrund zu ziehen, in die dreißig Meter tiefe Leere über dem Tosen des reißenden Stroms. Sein Gesicht ist in das taufeuchte Gras gedrückt.

Wieso ist ihm bloß nicht früher eingefallen, wie sehr er Höhen haßt?

Die Nase an der rauhen Oberfläche des Mauerwerks, schiebt er sich, eng an die Wand gepreßt, vorsichtig weiter ... Unter ihm nur dreißig Meter lotrechter Fels im gespenstischen, grünen Mondlicht, und darunter der tosende Lemodstrom. Wie viele Sekunden blieben einem Menschen zum Schreien, während er abstürzte? Wie oft würde er von den Felsen zwischen den Stromschnellen abprallen?

Wind.

Kälte. Eisige, beißende Kälte, und dabei ist er in zwei Lagen Kleidung gehüllt. Er trägt Wollunterwäsche, von der niemand weiß, ausgenommen die drei Joalier, die sie ihm für eine äußerst anstrengende Nacht verkauft haben. D'ward muß bis auf die Knochen frieren.

Nasses, glitschiges Gras und steile Hänge. Kein einziger Strauch, keine einzige Wurzel.

Öliger Fels. Nichts, woran man sich festhalten kann.

Und ständig das glatte Antlitz der Mauer über ihm – unbarmherzig, teilnahmslos.

Ständig der Gedanke, daß jemand dort oben zufällig herabblicken und die zwei Eindringlinge erspähen könnte. Sie würden ein lustiges Ziel abgeben. Selbst bei Mondlicht ist es nicht schwierig, fünfzehn Meter kerzengerade nach unten zu schießen.

Dosh wird sich an ziemlich viele Einzelheiten dieser Reise erinnern. An zu viele.

Der Deich ... so lautet die Bezeichnung des Befreiers dafür, ein Wort, das Dosh noch nie gehört hat. Es ist nur ein schmale Strebe, die kaum einen Meter unterhalb des Abgrundrandes aus dem Felsen ragt, ein bröckliger, schwarzer Stein, etwa drei Meter im Durchmesser. Hier kann D'ward ein kleines Stück von der Mauer zurückweichen, um sein Wunder zu bewirken. Natürlich sind er und Dosh hier wesentlich leichter zu sehen als noch zuvor unmittelbar unterhalb der Mauer. Beobachter auf den Zinnen würden sie mühelos erspähen, sollten sie nach unten blicken.

Dafür sind Beobachter auf Zinnen schließlich da, oder?

Der Wind zerrt und reißt wild an ihnen, ständig danach trachtend, sie beide von dem Felsvorsprung zu schleudern. D'ward flucht leise vor sich hin, während er sich mit dem dünnen Seil abmüht und der Wind versucht, es fortzureißen oder zu verwirren. Seine Zähne klappern. Im fahlen, grünen Licht sieht er aus wie ein wandelnder Leichnam.

Bild: Dosh knöpft den Kittel auf und streift ihn ab – er bietet ihn seinem beinahe nackten Gefährten an; flatternd wie eine Flagge reißt der Wind das Kleidungsstück seitwärts.

D'wards wütendes Knurren: »Hör auf damit! Versuchst du etwa, uns umzubringen?«

»Ihr braucht es.«

»Nein. Die anderen haben auch keine Kittel. Zieh ihn wieder an.« Dann knotet er mit tauben Fingern weiter.

Die anderen kauern auch nicht auf diesem verfluchten Felsvorsprung, dreißig Meter über reißenden Stromschnellen.

Der Wurf ... der Beginn des Wunders.

Trotz des Windes, der Dunkelheit und des unmöglichen Winkels, gelingt dem Befreier der erste Versuch. Es ist wundersam: Der Holzscheit steigt auf in die Nacht, zieht die Schnur hinter sich her, die der Wind zu einem Bogen formt.

D'ward hüpft auf einem Bein, rudert mit den Armen und erlangt irgendwie das Gleichgewicht wieder. Einen Augenblick ist Dosh überzeugt davon, daß er gleich abstürzt. Dieses Bild wird ihm für immer haften bleiben, es ist eines der deutlichsten – der Befreier über dem Abgrund, ein Bein und beide Arme weit ausgestreckt, das Antlitz starr vor Entsetzen, und Dosh, der vorwärts springt und ihn gerade noch rechtzeitig packt …

Sofern der Scheit ein Geräusch verursacht, als er hoch droben auf der Brüstung landet, stiehlt der Wind es davon.

Danach mußte ein hastiges Krabbeln zurück und hinauf in den schwachen Schutz am Fuße der Mauer erfolgt sein. Dosh kann sich nicht daran erinnern. Es ist ein Augenblick höchster Gefahr, denn sollte irgend jemand gehört oder gesehen haben, wie der Scheit gelandet ist, wird dieser Jemand bestimmt in die Tiefe blicken, um nachzuschauen, woher der Scheit gekommen ist.

Das Warten.

Wie lange es dauert, wird er nie erfahren. Die beiden drücken sich an den rauhen Stein der Mauer und warten, warten … D'ward sieht aus, als könnte er jeden Augenblick erfrieren. Abermals – vermutlich mehrere Male – hat er sich geweigert, einen Teil von Doshs Kleidern anzunehmen. Letzten Endes nimmt Dosh ihn in die Arme, und der Befreier wehrt sich nicht dagegen.

Es ist ohnehin keine romantische Umarmung, vielmehr so, als würde man einen Eisberg umschlingen.

Das Verblassen der Hoffnung. Die Verzweiflung …

Die Monde. Trumbs Leuchten überstrahlt die Sterne, doch kurz nach ihm ist auch Ysh aufgegangen, danach Eltiana. Drei Monde leuchten gemeinsam, dicht nebeneinander: eine gewaltige grüne Scheibe, eine winzige blaue Scheibe und ein roter Stern. In der erforderlichen Reihenfolge. Zwar keine ganz gerade Linie, aber ziemlich, oder? Bitte! Kaum merklich, doch unabwendbar holen die Rote und die Blaue den Grünen ein.

Die Prophezeiung erfüllt sich. Drei der Götter versammeln sich, wie sie es alle paar Jahre tun. Es ist ein ehrfurchtgebietender und vielversprechender Anblick, doch es sind nur drei. Drei sind selten; vier sind epochal.

Wo bleibt Kirb'l, der Witzbold?

Die Jungfrau und die Hohe Herrin rücken näher an den Mann. Wo ist der Jüngling?

Niemand kann Kirb'ls Bahn vorhersagen. Er bewegt sich in seltsamen Mustern und driftet weit nach Norden und Süden ab. Er erscheint und verschwindet willkürlich. Manchmal, wenn er am hellsten strahlt, wandert er von Westen nach Osten.

Dosh betet.

Der Witzbold!

Diesen dramatischen Auftritt wird Dosh niemals vergessen. Es sollte die deutlichste aller Erinnerungen jener Nacht bleiben – der winzige, strahlende, goldene Mond, der über Trumb blitzartig in Sicht gerät, so daß alle vier Götter zusammen am samtsilbrigen Himmel scheinen. Kirb'l bewegt sich unverkennbar, bewegt sich nach Osten! Vier Lichter. Vier Schatten.

Eltiana und Ysh auf der einen Seite, Kirb'l auf der

anderen, beinahe in einer Linie, in vollkommener Anordnung, und unablässig auf Trumbs große Scheibe zuwandernd.

Die vierfache Konjunktion, eine Versammlung der Götter!

Das Warten darauf ...

Des Befreiers plötzliches Zischen, das Leuchten in seinen Augen ...

»Was?«

»Jemand kommt!«

Dosh sieht sich um, doch auf diesem verfluchten, windgepeitschten Felsvorsprung ist niemand, natürlich nicht. Vielleicht ist irgend jemand oben auf den Zinnen? Wie kann D'ward das wissen?

(Wahrscheinlich setzte an dieser Stelle der Glaube ein.)

»Er hat es gefunden!« D'ward reißt sich los, setzt sich auf und versteift sich im Mondlicht.

»Da kommt es!«

Das Wunder!

Irgendeine müde Wache. Ein Krieger, der durchgefroren und gelangweilt ist und auf der Brüstung seine Runden dreht, hat das Stück Feuerholz gefunden. Seine Vorgesetzten würden keinen Müll dulden, über den Männer im Kampf womöglich stolpern könnten.

Es erscheint vollkommen natürlich, daß ein solcher Mann den Scheit aufhebt, ihn über die Seite wirft und weitermarschiert. Er würde heute nacht den Himmel beobachten, wie jeder andere auch.

Hingegen scheint es alles andere als natürlich, daß eine Wache die an dem Scheit befestigte Schnur übersieht ... das ist das eigentliche Wunder. Auch ist es nicht allein dem Glück zuzuschreiben, daß der Posten es nicht durch denselben Zwischenraum wirft, durch den es gekommen ist. Aber er bemerkt die Schnur nicht, die er dadurch um eine Zinne schlingt, und er bemerkt die Schnur nicht, die dem Scheit die Wand hinab folgt.

Er spielt seine Rolle in der Geschichte und schlendert davon, um alsbald zu sterben, und am Fuß der Mauer entspannt sich der Befreier mit einem Schluchzen, einem viel zu lange hinausgezögerten Atemzug.

Wunder.

An dieser Stelle fehlen mehrere Seiten.

Einer der beiden Eindringlinge löst die Schnur vom Scheit und befestigt das schwerere Seil daran. Einer der beiden zieht an der Schnur und murmelt ein Gebet, die Schnur möge sich nicht an der Zinne durchscheuern oder einfach aufgrund der Spannung reißen. Einer der beiden ergreift das Seil, als es herunterkommt, knotet eine Schlinge hinein und zurrt es fest. Es mag Dosh gewesen sein. Es mag D'ward gewesen sein. Einer der beiden war es auf jeden Fall.

Die vier Monde rücken dichter zusammen.

Der Wind treibt leise Geräusche eines Sprechgesangs herab. Die Priester der Stadt wecken die Leute, auf daß sie herbeikommen und das Wunder am Himmel preisen. Das Wunder an der Mauer bemerken sie nicht. Ein so kleines Ding, und es trägt so große Früchte – ein Stück Schnur, um eine Zinne geschlungen, und ein Seil. Mittlerweile würden auch die Nagier unterwegs sein.

Die vierfache Konjunktion.

Seite an Seite verschwinden die saphirgleiche Ysh und die rubinähnliche Eltiana hinter Trumb. Einen Augenblick später schiebt sich Kirb'l vor ihn, und der goldene Punkt verliert sich im grünen Leuchten. Allein Trumb bleibt zurück.

Eine Versammlung der Götter, Vorzeichen eines bedeutenden Schicksals.

Niemand wird diesen Anblick je vergessen.

D'ward ist fort, er ist das Seil emporgeklettert. Noch ist seine Leiche nicht auf ihrem Weg in den Fluß herabgestürzt; kein Laut eines Kampfes ist zu vernehmen. Er muß dort oben immer noch leben. Dosh wartet, um den anderen den Weg zu zeigen.

Dieses Warten sollte ihm als das Schlimmste von allem in Erinnerung bleiben, denn D'ward ist dort oben allein.

Dann löste sich die Elite der Truppe aus Sonalby im Gänsemarsch aus der Finsternis und bringt weitere Seile. Die Männer haben weder Speere noch Schilde dabei, nur ihre Knüppel, und sie kämpfen sich denselben, gefährlichen Pfad entlang.

Dosh beharrt darauf, als nächster gehen zu dürfen, als erster nach D'ward ... Sie streiten, und Prat'han gibt nach, läßt Dosh den Vortritt.

Dieser legt die Kleider ab, auf daß er nicht irrtümlich für einen Verteidiger gehalten wird.

Fast nackt und unbewaffnet erklimmt er in der Finsternis eine lotrechte Mauer.

Dieses Bild wird ihm für immer im Gedächtnis bleiben.

Und danach ... eine gewaltige Leere.

Die Truppe aus Sonalby folgte dem Befreier in die Stadt. Sie überwältigten die Wachen. Dann öffneten sie die Tore für den Rest der Nagier, die Speerkämpfer, die vorangerobbt waren, während die Verteidiger die Konjunktion beobachteten.

Jemand blies das Horn, um die Joalier herbeizurufen.

Die Joalier trafen ein, als die Verteidiger sich gerade sammelten und begannen, die knüppelschwingenden, ungerüsteten Nagier hinzumetzeln.

Nichts von alledem blieb Dosh in Erinnerung. Nichts.

Wahrscheinlich vertrieben die Erinnerungen, die danach folgten, die vorigen – bittere Erinnerungen, die man besser vergaß: bruchstückhafte Bilder eines Kampfes in nahezu vollkommener Finsternis, auf Wände spritzendes Blut, Leichen auf den Straßen, lautes Geschrei, in Panik geratene Menschenmassen. Tote Säuglinge.

Ein aufgespießter Mensch stirbt einen sauberen Tod; sein Antlitz spiegelt lediglich Erstaunen wider. Mit Knüppeln ins Jenseits beförderten Menschen wird der Schädel zur Unkenntlichkeit zerschlagen, bis er einem zerbrochenen Marmeladetopf ähnelt.

Frauen kauern sich in Winkel oder trauern über Leichen.

Kinder, winzigkleine Kinder rennen und kreischen. Sie sind voller Blut und klammern sich an die Leichen ihrer Väter. Gewaltige Feuer steigen auf in die Nacht, als die unterlegenen Verteidiger versuchen, den Siegern ihre Stadt zu verweigern.

Die Kapelle von Yaela Tion, Göttin des Gesangs – ein Avatara des Jünglings ... Irgendwie hat Dosh sie gefunden; er erinnert sich nicht daran.

Der Haupttempel ist voller panischer Flüchtlinge, diese kleine Krypta jedoch präsentiert sich verlassen, dunkel und still, nur von einer Kerze erleuchtet, die vor dem kleinen Bildnis der Göttin flackert. Dosh wird sich nicht daran erinnern, wie er eintritt, niederkniet und das geheime Ritual vollführt, das ihm für diesen Zweck beigebracht wurde.

Dafür erinnert er sich an die Ankunft des Gottes, den strahlenden Glanz seiner Schönheit, seiner Glorie ... wenngleich diese bestimmte Erinnerung durchaus von Erinnerungen an andere, ähnliche Begebenheiten getrübt und überlagert sein mag, bei denen der Gott auf seinen Ruf hin erschien. Dosh kann sich danach nie genau besinnen, was er gesehen hat – nur an die Wucht und die wunderschöne Stimme des Gottes. Schluchzend vor Glück, kaum fähig zu sprechen, weil die Liebe, die ihn erfüllt, ihm die Kehle zuschnürt, flüstert er seinen Bericht in den Steinfußboden.

Und wird gelobt!

»Du machst deine Sache gut, Geliebter«, sagt der Gott. »Sehr gut. Die Prophezeiung der Stadt ist erfüllt, ja. Die Prophezeiung des Prinzen hingegen nicht, das spüre ich. Gewiß, Tarion hat dich dem Befreier angeboten. Ich nehme an, er hat dich so ziemlich jedem angeboten, aber für D'ward warst du keine Versuchung. Es wird noch mehr folgen, und es scheint, daß nun Golbfisch der Prinz ist, den es zu beobachten gilt. Mach weiter.«

Verzweiflung! Kummer! »Nehmt mich, Meister! Nehmt mich mit Euch!«

»Nein, mein lieber Junge! Noch nicht. Du mußt bleiben und für mich beobachten. Und natürlich berichten. Wenn die Prophezeiung bis zum Ende durchgespielt ist, wenn du die Aufgabe erfüllt, mit der ich dich betraut, dann verspreche ich dir, wirst du mit mir und meiner Liebe vereint sein. Hör auf zu sabbern ...«

Mehr als alles andere wird ihm dieses Gefühl bleiben: die trostlose Leere, nachdem der Gott verschwunden ist, der unerträgliche Schmerz des Wissens, daß seine Mission noch nicht erfüllt ist.

Später überkamen ihn ungewohnte, nagende Zweifel – das zögerliche, verräterische, gotteslästerliche Gefühl, daß der Gehorsam seinem wahren Meister gegenüber, der ihn zuvor mit ungetrübter Freude und grenzenlosem Stolz erfüllt hatte, nunmehr einen widerlichen Nachgeschmack barg, nämlich die Gewißheit, daß Dosh den Befreier hinterging.

29

Ysian Apfelpflückerin kannte die Stadt nicht besonders gut. Sie war erst wenige Doppelwochen, bevor der Krieg begann, hier eingetroffen. Sie hätte nach Hause zurückkehren sollen, solange noch Zeit dafür war – ihre Eltern hatten geschrieben und sie dazu gedrängt –, doch die Hochzeit war bereits vorbereitet, und eine Abreise hätte entsetzlich feige ausgesehen. Jeder hatte beharrlich behauptet, Lemod wäre uneinnehmbar. Schon bald wurden sämtliche Seilbrücken über den Lemodstrom durchgeschnitten, um zu verhindern, daß die Eindringlinge sie überqueren konnten, und da war es zu spät gewesen. Also war Ysian im Haus ihres Onkels geblieben und wartete geduldig, bis die Belagerung aufgehoben wurde und ein Tag für ihre Hochzeit festgesetzt werden konnte.

Sie war bereits bettfertig gewesen, als Tante Ogfooth völlig aus dem Häuschen in ihr Zimmer gestürmt kam, um zu verkünden, daß draußen ein heiliges Ereignis vor sich ginge, eine vierfache Konjunktion, und Ysian müsse kommen und es sich ansehen. Eine solch einmalige Gelegenheit durfte man sich nicht entgehen lassen; Ysian legte ihre wärmsten Felle an und ging mit Onkel, Tante und Vetter Drabmere, der sein Schwert trug, hinaus in die Nacht.

Die beste Aussicht hätte man von den Zinnen, erklärte Onkel Timbiz, doch der Zutritt dorthin war in dieser Zeit der Belagerung untersagt. Statt dessen gingen sie auf den Großen Platz, der eigentlich gar nicht so groß war, selbst in den Augen eines Mädchens aus den ländlichen Obstgärten nicht, doch es war der größte offene Platz der Stadt. Sowohl der Palast als auch der Tempel grenzten daran. Die gesamte Bevölkerung schien denselben Einfall gehabt zu haben, folglich war das Gedränge gewaltig.

Um ganz ehrlich zu sein – wenngleich Ysian bereits gelernt hatte, daß Ehrlichkeit eine Tugend war, die man besser behutsam einsetzte –, empfand sie die vierfache Konjunktion als nicht besonders beeindruckend. Sie erinnerte sich an ein paar dreifache Konjunktionen, und dieser Anblick war kaum außergewöhnlicher. Die Erregung, die Ysian erfüllte, rührte von der Menge selbst her und griff auf sie über wie eine ansteckende Krankheit. Die Menschen weinten, sangen Lobeshymnen und priesen die Götter, die mit diesem Omen versprachen, ihre treuen und gläubigen Anhänger in Lemod zu beschützen. Ysian fragte sich, ob die Belagerer das Zeichen ebenso oder vielleicht gänzlich anders deuteten. Zweifellos würde die Zeit klären, wer recht behalten sollte.

Die Gesänge verstummten nach und nach, und die Konjunktion endete, als Kirb'l sich von Trumb löste. Kurz darauf erschien auch Ysh wieder.

Ysian schaute sich um und stellte fest, daß sie von ihren Gefährten getrennt worden war. Nun, man konnte sich stets darauf verlassen, daß ihre hochangesehene Tante und ihr hochgeschätzter Onkel das Richtige taten, und in diesem Fall bestand das Richtige offensichtlich darin, dem unvermeidlichen Dankgottesdienst im Tempel beizuwohnen. Mindestens die Hälfte der Leute hatte dieselbe Entscheidung getroffen, folglich war das Gedränge beängstigend, die Luft unsagbar stickig. Die Hohepriesterin gestaltete den Gottesdienst kurz, beinahe unzulänglich kurz, kürzer als die Konjunktion selbst. Bald, doch nicht bald genug, fand Ysian sich draußen in der willkommenen Kühle der Nacht wieder.

Immer noch erblickte sie keine Spur von ihrer Familie. Daß sie ganz alleine war, beunruhigte sie wenig. Vielmehr empfand sie es als Abenteuer. Eine unverheiratete Jungfrau sollte nicht allein durch die Straßen schlendern, selbst bei Tag nicht, obwohl dies eher als Gebot des Anstands denn der Sicherheit galt, da Lemod eine gesetzestreue Stadt war. Ysian verweilte auf dem Platz, während die Menge sich auflöste. Sie hielt nach ihren Verwandten Ausschau, bis sie gezwungenermaßen zu dem Schluß gelangte, daß diese nach Hause gegangen sein mußten. Höchstwahrscheinlich waren sie alle getrennt worden, und jeder würde annehmen, daß Ysian sich wohlbehalten bei einem der anderen befand.

Sie brach auf, um den Heimweg anzutreten. Lemods Straßen waren allesamt schmal, gewunden und überaus dunkel, und Ysian hatte keine Laterne dabei. Sooft sie in der Vergangenheit draußen gewesen war, hatten ihre Tante oder Vetter Drabmere oder irgend jemand sie begleitet, und nachts wirkte ohnedies alles anders. Ysians Anstand hielt sie davon ab, Fremde nach dem Weg zu fragen. Eine Zeitlang lief sie ziellos umher. Währenddessen wurde die Stadt um sie herum stiller und stiller, die Straßen wurden leerer und leerer, da die Bürger in ihre Betten zurückkehrten. Bald beschlich Ysian das Gefühl, unglaublich dumm zu sein; das Abenteuer hatte sich in ein Mißgeschick verwandelt. Irgendwie war es ihr gelungen, sich zu verlaufen.

Dann setzte das Gebrüll ein. Alarmglocken bimmelten. Leute rannten umher. Sie ahnte, was geschehen war, doch alsbald wurde auch sie von der allgemeinen Panik verschluckt. Immer noch gab es keine Lichter, nur den unheimlichen, farbigen Schein der Monde. Selbst die wenigen erleuchteten Fenster erloschen blinzelnd. Ysian rannte vor dem Lärm davon, doch er umkreiste sie und schloß sich vor ihr wieder. Aus dem Gebrüll wurde Gekreisch, begleitet vom Scheppern von Stahl. Sie vermochte nicht zu sagen, ob das Kreischen von Männern oder Frauen stammte. Einmal stolperte sie beinahe über einen Körper.

Aber dann – die Götter seien gepriesen! – erkannte sie eine aufwendig gearbeitete Marmorpferdetränke. Ein paar Minuten später wankte sie keuchend an die große Doppeltür der Werkstatt ihres Onkels. Zu ihrem äußersten Erstaunen war die kleine Seitenpforte nicht nur unverschlossen, sondern lediglich angelehnt. Sie konnte sich noch deutlich daran erinnern, wie Vetter Drabmere sie hinter sich verriegelt hatte, als sie aufbrachen. Ysian zögerte und überlegte, ob dies womöglich ein Zeichen für Gefahr sein mochte. Der Hausverstand sagte ihr, daß die Eindringlinge durch die Straßen tobten und Menschen töteten, statt in dunklen Innenräumen zu lauern, dennoch zögerte sie. Dann wogte eine heulende, kämpfende Meute um eine Ecke in die Straße. Hastig sprang Ysian durch die Tür und warf sie hinter sich zu.

Der große Schuppen präsentierte sich finster wie ein Keller, doch sie kannte den ungefähren Weg. Es kostete sie etwa ein Dutzend blauer Flecken an den Schienbeinen, bis sie schließlich die Treppe erreichte. Sie kroch hinauf, leise wie ein Pilz beim Wachsen, ganz dicht an der Wand, um zu vermeiden, daß die Stufen knarrten. Das Haus selbst lag dunkel und still da. Einzig die große Uhr in der Wohnstube gab Geräusche von sich.

Ysian schlich in die Küche und bewaffnete sich mit dem größten, schärfsten Messer, das sie finden konnte. Dann erkundete sie jeden Raum bis hinauf zur Dachkammer. Sie stieß auf niemanden, nicht einmal auf die Bediensteten, was die unverschlossene Tür erklärte.

Die Tür bereitete ihr Kopfzerbrechen. Hausverstand ... Ihre Eltern waren eifrige Befürworter von Hausverstand und hatten dafür gesorgt, daß er als festes Standbein Einzug in Ysians Ausbildung hielt – der Hausverstand riet ihr, die Tür verschlossen zu lassen. Aber angenommen, eines der anderen Familienmitglieder käme nach Hause, um hier Zuflucht zu suchen, so wie Ysian es getan hatte? Der Gedanke trieb ihr sogleich die alptraumhafte Vorstellung in den Sinn, ihre Verwandten könnten auf der Schwelle des eigenen Hauses hingemetzelt werden. Außerdem würden die Joalier, so es ihnen gelänge, die Stadt in ihre Gewalt zu bringen, Haus für Haus nach Verteidigern durchsuchen, während die Lemodier, sollten sie siegen, umherziehen und verbliebene Eindringlinge ausrotten würedn. Die Tür ließe sich gewiß mühelos aufbrechen, was eine Zerstörung des Eigentums ihres Onkels verhieße. Sie offenzulassen, konnte unter Umständen Mißtrauen abwenden. Schließlich schlich sie wieder hinunter, öffnete erneut die Tür und ließ sie angelehnt, wie es sie zuvor schon gewesen war. Dann eilte sie wieder hinauf und suchte sich ein Versteck.

Der große Schrank im Schlafzimmer ihres Onkels und ihrer Tante schien eine gute Wahl, doch als Ysian ihn betrachtete, kam sie zu dem Schluß, daß dies allzu offensichtlich wäre. Leise, aber grauenvolle Geräusche drangen durch die offenen Fenster herein, Geräusche des Todes und der Gewalt. Wie immer roch der große Raum nach dem Lieblingsduftwasser ihrer Tante. In diesem Zimmer war es stets warm, niemals frostig. Ein einladendes, freundliches Zimmer.

Ysian fragte sich, weshalb sie sich nicht verängstigt oder gar entsetzt fühlte. Wahrscheinlich, sagte sie sich, verhüllte ein Schleier der Unwirklichkeit die Ereignisse dieser Nacht. Vierfache Konjunktion, große Enttäuschung ... zum erstenmal auf sich allein gestellt, seit sie Großonkel Goobas Obstgarten verlassen hatte ... die unbezwingbare Stadt Lemod kurz vor dem Fall ... zumindest hörte es sich so an. Ysian konnte das alles beim besten Willen nicht glauben! Ein paar

Gebete an die Götter, vor allem an Eth'l, Schutzgottheit von Lemodtal, wären vermutlich eine sinnvolle Vorsichtsmaßnahme ... Eltiana war heute nacht von Trumb verfinstert worden ... Ysian entschied, das Beten konnte warten, bis sie ein geeignetes Versteck gefunden hatte. Danach würde sie wahrscheinlich mehr als genug Zeit zum Beten haben.

Ein paar Straßen entfernt stand ein Haus in Flammen, was jedwede Versuchung, es in der Dachkammer zu versuchen, im Keim erstickte. Die Werkstatt im Erdgeschoß? Der große Kupferkessel, in dem die Schmutzwäsche gekocht wurde?

Vetter Drabmere war vermutlich in die Kampfhandlungen verwickelt, obwohl er ein harmloser, bücherliebender Mann gewesen war, bevor der Krieg Einzug hielt. Sofern ihre Tante und ihr Onkel noch lebten, waren sie vermutlich geflohen. Hausverstand – unwillkürlich fragte sich Ysian, ob Hausverstand in einem so ungewöhnlichen Fall wie einer Plünderung nicht ein dürftiger Pfad zu Weisheit war – der Hausverstand riet ihr, hinauszugehen und festzustellen, wer die Oberhand behielt. Siegten die Joalier, sollte auch sie flüchten. Das Dumme war nur: Sie wußte, daß sie den Weg zum Tor nicht finden würde. Andere Flüchtlinge mochten sie wohl führen, doch die Wahrscheinlichkeit war groß, daß sie auf ein Rudel mordlüsterner Joalier stieß, oder auf nagische Wilde, was noch schlimmer wäre. Man würde Ysian töten oder vergewaltigen oder beides.

Nun, wenn sie schon vergewaltigt werden sollte, dann war es ihr lieber, es geschähe hier, in einem abgeschiedenen Schlafzimmer, als draußen auf der Straße. Sie konnte durchaus als Sklavin enden. Eine sechzehnjährige Jungfrau galt vermutlich als wertvolle Ware, wenngleich sie nicht damit rechnete, noch lange Jungfrau zu bleiben. Ysian drückte das Messer fest an die Brust. Der erste Mann, der es versuchen wollte, würde es bereuen! Dem zweiten aber würde wohl Erfolg beschieden sein.

Wahrscheinlich war ihre Hochzeit nun auf unbegrenzte Zeit verschoben. Vielleicht würde sie nie den Namen des Mannes erfahren, den sie hätte heiraten sollen! Tante Ogfooth hatte ihr nur verraten, daß es sich um einen wohlhabenden Witwer und stadtbekannten Bürger handelte. Und einen Mann in reiferen Jahren ... Das einzige Mitglied seiner Familie, das Ysian bislang kennengelernt hatte, war eine häßliche alte Vettel mit einer Million Runzeln und kaum noch Zähnen im Mund gewesen, und selbst deren Name war ihr verschwiegen worden. So gebot es das Brauchtum in Lemodia. Ysian hatte angenommen, daß diese steinalte Krähe die Verhandlungen im Namen eines Sohnes oder – wahrscheinlicher – Enkels führte, doch dann war Tante Ogfooth das Wort Bruder herausgerutscht ... Warum empfand Ysian keine Bestürzung bei dem Gedanken, daß ihr die vorteilhafte Ehe, die ihr versprochen worden war, zwischen den Fingern zerrann? Zu diesem Zweck war sie schließlich in die Stadt geschickt worden. Ihre Eltern besaßen sehr wenig Geld. Eine reich verheiratete Tochter stellte ihre einzige Hoffnung auf einen geruhsamen Lebensabend dar. Niedergeschmettert sollte sie angesichts des Zusammenbruchs all ihrer Aussichten sein, völlig niedergeschmettert; woher also rührte diese niederträchtige Erleichterung, die sie verspürte? Hatte sie denn gar kein Schamgefühl?

An genau dieser Stelle ihrer Grübelei hörte sie von unten Männerstimmen heraufdringen.

30

»Die Stadt wurde geplündert«, erklärte Edward verbittert. »Man liest zwar darüber in Geschichtsbüchern, aber das bereitet einen nicht auf die Wirklichkeit vor. Drogheda, Cawnpore, Boadicea in London, oder die Goten in Rom ... die Sachsen, die Wikinger. Alles bloß Worte.«

Der Zug hatte die Fahrt bis auf ein Kriechen verlangsamt und wartete auf das Freigabesignal, um in den Bahnhof von Greyfriars einzufahren. Nur die grasigen Seiten einer Hügelschneise zogen an den Fenstern vorbei, mit einer vereinzelten Kirchturmspitze, die sich dahinter strahlend gegen den abendlichen Himmel abzeichnete.

»Es kann unmöglich dem gleichkommen, was in letzter Zeit in Europa passiert ist«, entgegnete Alice. Offenbar war es ein Fehler gewesen, ihn davon erzählen zu lassen.

»In mancherlei Hinsicht ist es sogar schlimmer, weil es persönlicher ist. Man drückt den Abzug eines Maschinengewehrs, und vermutlich sieht man nicht, wie das Blut spritzt. Aber einen Mann mit einem Knüppel zu Tode zu prügeln – das ist echt.«

»Nun, red einfach nicht mehr darüber.«

»Warum nicht? Wenn ich mich dafür schäme, darüber zu reden ... Ich meine, ich habe es getan. Ich habe die Stadttore geöffnet. Ich wußte schließlich, daß es zu Mord und Totschlag kommen würde. Aber ich mußte es tun, nicht wahr? Es hieß sie oder wir. Die alte, uralte Entschuldigung. Wenn ich mich damals nicht geschämt habe, weshalb sollte ich mich jetzt schämen, darüber zu reden?«

Er schämte sich sehr wohl, das wußte Alice; er schämte sich zutiefst. Dies war ein Teil der Veränderung in ihm, die sie gespürt hatte. Edward hatte den Tod Tausender Menschen herbeigeführt.

»Feuer und Gemetzel?« Der Lärm klappernder Kupplungen wanderte den Zug nach hinten, und der Waggon schaukelte. Die Lokomotive beschleunigte und bewegte sich schnaufend in Richtung Bahnhof.

»Es gab ein paar Feuer, ja, aber die haben die Verteidiger angezündet. Menschen wurden hingemetzelt. Die Kinder und Alten wurden größtenteils verjagt. Natürlich war das Ganze nicht ordentlich geplant ... es gab zu viele Tote. Die Lemodier draußen in den Wäldern haben ziemlich schnell gehandelt. Sie sind ins Lager eingebrochen und haben all unsere Kranken und Verwundeten ermordet. Letzten Endes lief es auf eine Umkehr der Positionen hinaus – wir waren drin, sie waren draußen. Aber wir hatten Vorräte und konnten den Winter überdauern. Das allein zählte.«

Leute verließen mit ihrem Gepäck die Abteile.

»Und wohl auch Vergewaltigung, oder?« fragte Alice. »Du hast noch nichts von Vergewaltigung gesagt.«

Edward zuckte mit den Schultern. »Das war wirklich nicht so schlimm. Himmel, ich weiß, das hört sich schrecklich an, aber mit einem Speer aufgespießt zu werden ist etwas fürchterlich Endgültiges. Es gab keine Gewalttaten, zumindest keine öffentlichen. Die Frauen kannten die Regeln. Nachdem das Töten vorbei war und die Joalier die Stadt unter Kontrolle hatten, hat sich jeder Mann einfach eine Frau ausgesucht und gesagt: ›Ich bin der-und-der. Du gehörst jetzt mir.‹ Die Frauen haben sich gefügt und das Beste daraus gemacht.«

»Edward! Wie kannst du nur so ... gefühllos sein?«

Er bedachte sie mit einem seltsamen Blick. »So ist es immer gewesen – in ihrer Welt und in unserer. So wurden Frauen überhaupt erst verheiratet. Niemand hat sie je nach ihrer Meinung gefragt. Wie in Afrika gelten Frauen als Besitz; das weißt du genau. Wir reden hier nicht von Kensington. Und sogar in Kensington geschieht es. Frag nur einige der Debütantinnen! Talbewohner führen nun mal ein schlichteres Leben als wir.«

Ungläubig schüttelte sie den Kopf. Meinte er das ernst?

»Und die Männer waren tot!« fügte er verbittert hinzu. »Die waren schlimmer dran, findest du nicht auch?«

Der Bahnhof und ein Schild mit der Aufschrift GREYFRIARS gerieten in Sicht. Einige der Leute auf dem Bahnsteig warteten aufs Einsteigen und harrten geduldig aus, bis der Zug zum Stehen kam. Andere waren gekommen, um Freunde zu empfangen, und winkten und riefen. Träger blickten durch die Fenster und hielten nach möglichen Kunden Ausschau.

»In Lemod kab es keinen Numina«, sagte Edward, während er aus dem Fenster spähte. »Aus meiner Sicht war das wohl ein Glück. Die meisten Städte der Täler stehen auf Knoten, und ich glaube, das trifft auch auf Lemod zu. Die Stadt wurde an der Stelle errichtet, weil sie dort leicht zu verteidigen war. Nur nahe der Nordmauer war ein Hauch von Virtualität zu spüren, und dort befanden sich auch Schreine und ein kleiner, Eltiana gewidmeter Tempel. Aber kein Numina.«

Ratternd und keuchend kam der Zug zum Stehen. Edward schob das Fenster nach unten und faßte hinaus zum Türgriff. Zuerst stieg er mit dem Koffer aus, dann half er Alice auf den Bahnsteig hinunter.

»Da waren wir also, hatten uns gemütlich für den Winter in Lemod eingeigelt und wußten, daß im Frühling die Thargier eintreffen würden. Ich hatte die Prophezeiung erfüllt und das erste Zeichen gesetzt, folglich hatte ich Zath verraten, wo ich war. Abgesehen davon ... du meine Güte, da ist ja Mrs. Bodgley!«

31

Julian Smedley hatte einen schlechten Tag gehabt. Die Menschenmassen zehrten an seinen Nerven; die dicht gedrängte Meute im Zug erdrückte ihn förmlich. Er hatte das Gefühl, von jedem beobachtet zu werden, insbesondere von Männern in Uniform. Er entwickelte die lächerliche Neigung zu schwitzen, sooft er einen Polizisten sah. Smedley beschlich die Furcht, er könnte in aller Öffentlichkeit unvermittelt zu weinen beginnen.

Frauen beunruhigten ihn, vor allem junge Frauen. Er ertappte sich dabei, sie anzustarren, wenngleich er entsetzliche Angst davor hatte, sie könnten seine Aufmerksamkeit bemerken. In seinem Alter hätte er eigentlich bereits Erfahrung in Herzensangelegenheiten besitzen müssen, doch der Krieg hatte diese Jahre aus seinem Leben gestohlen. Er war immer noch die unschuldige Jungfrau, die er gewesen war, als er Fallow verließ. Wie sollte er das Versäumte nun jemals aufholen? Kein Mädchen würde sich für einen Krüppel erwärmen – einen Krüppel ohne Beruf, einen halben Mann, der häufig ohne Vorwarnung in Tränen ausbrach. Seine unsichtbare rechte Hand war zur Faust geballt und schmerzte und verkrampfte sich. Er spürte, wie die Nägel sich ins Fleisch bohrten. Selbst wenn er das Stumpfende gegen irgend etwas preßte, bis es schmerzte, vermochte er sich kaum zu überzeugen, daß diese Finger im Schlamm von Flandern verrottet waren.

Mit Ginger unterhielt er sich wenig, außer als sie in Chippenham umgestiegen waren. Dort schlenderten sie gemeinsam über den Bahnsteig, doch es schien nichts mehr zu geben, was sie einander noch zu sagen hatten. Das kalte Licht des Tages hatte der vergangenen Nacht den Anstrich eines Alptraums verliehen. Exeter erwähnten sie überhaupt nicht. Inzwischen erschien seine Geschichte wie Unsinn der wildesten Sorte, Seemannsgarn, Jägerlatein. Vielleicht schämten sowohl er als auch Ginger sich einzugestehen, sie geglaubt zu haben. Möglicherweise teilten die Polizisten Julians altem Herrn gerade mit, daß sein Sohn nicht nur ein körperlicher und seelischer Krüppel, sondern auch ein Verbrecher war.

Der Regionalzug erwies sich als ebenso überfüllt wie der Expreß – die meisten Fahrgäste waren Bauern – und schnaufte von Bahnhof zu Bahnhof. Die Bauern unterhielten sich im breiigen Dialekt des westlichen Englands. Jones stieg in Wassal aus, in der Hoffnung, sein Fahrrad würde noch dort sein, wo er es gelassen hatte, nämlich an das Geländer gekettet. Smedley fuhr allein weiter nach Greyfriars.

Und dort wurde er von Mrs. Bodgley in Empfang genommen. Überraschenderweise war sie noch genauso groß und laut, wie er sie in Erinnerung hatte, ein verwittertes, mit Harris-Tweed verschaltes

Schlachtschiff. Mittlerweile durchzogen silberne Strähnen ihr Haar; rings um die Augen rankten sich schützengrabentiefe Furchen. Freudestrahlend, überschwenglich tönend, begrüßte sie ihn und sagte dabei nichts, das irgend jemanden überraschen konnte, der sie womöglich belauschte. Gepäck? Kein Gepäck. Nun, das machte die Dinge einfacher. Der Karren stand dort drüben, denn selbstverständlich kamen Motorfahrzeuge in Zeiten wie diesen nicht in Frage. Julian wappnete sich gegen Fragen über Orden und den Krieg, gegen eine Erwähnung des Todes seiner Mutter oder ihres Gatten oder des Mordes an Timothy – doch nichts von alledem kam. Als sie gemeinsam die Treppe zum Bahnhof hinaufstiegen, wurde ihm bewußt, daß Ginger sie hinsichtlich seines Gefühlszustands gewarnt haben mußte.

Der Einspänner hätte ohne weiteres noch Königin Anne gehören können, und das zottige, davor gespannte Pony wirkte beinahe ebenso alt. Noch bevor Smedley Einwände erheben konnte, kletterte sie flugs auf die nähere Seite des Kutschbocks. Dort nahm sie Platz, glättete bedächtig ihren Rock und beobachtete scheinbar gefesselt, wie eine Schar Kinder Himmel-und-Hölle spielte. Einen Augenblick zauderte Smedley. Natürlich, wenn ein Paar gemeinsam fuhr, hatte der Mann die Zügel zu übernehmen, aber ... aber sie wußte doch über seine Hand Bescheid. Mit einem gleichzeitigen Anflug von Dankbarkeit und Scham mühte er sich linkisch auf den Fahrersitz. Um nach der Bremse zu greifen, mußte er sich nachgerade zu einem Knoten verrenken. Er rüttelte an den Zügeln. Das Pony wußte nicht, daß er unfähig war, die Peitsche zu benutzen. Gemächlich trabte es heimwärts und zog den Einspänner hinter sich her.

Timothy Bodgley, der arme alte Dudelsack, war eher Exeters Freund gewesen, weniger Smedleys. Julian hatte Greyfriars Grange noch nie besucht. Als er in der Ferne das Anwesen erblickte, das einen zinnenartigen Hintergrund für einen hundert Morgen großen, prächtigen Park bildete, stieß er einen leisen Pfiff aus. In dem Park grasten Schafe! Nichts, was er an diesem Tag gesehen hatte, verdeutlichte ihm die Veränderungen, die der Krieg herbeigeführt hatte, so klar wie dieses Bild.

Nun besetzte die Armee Greyfriars Grange; Smedleys Ziel war Dower House – ein düsterer, häßlicher, zwischen gewaltigen Eiben verborgener Kasten, Stammsitz unerwünschter Schwiegermütter. Als er auf den Hof fuhr, stürmten drei riesige Hunde herbei, um ihn knurrend zu empfangen.

»Aus, Brutus!« keifte Mrs. Bodgley. »Still, Jenghis! Oh, hör auf damit, Cuddles! Wissen Sie, hier hat mal ein wunderschönes, vom schottischen Architekten Robert Adam entworfenes Haus gestanden. In der Bibliothek im Hauptgebäude hängt noch ein Kupferstich davon. Gilberts Großmutter ließ das Haus einreißen und statt dessen diesen grauenhaften viktorianischen Schuppen errichten. Aber ich sollte mich nicht beklagen. Ich wüßte gar nicht, was ich getan hätte, wenn die Armee das große Haus nicht übernommen hätte. O diese entsetzlichen Tauben! Wissen Sie, die Armee hat es in ein Krankenhaus umgewandelt. Heutzutage bekommt man weder für Geld noch gute Worte Bedienstete, und für mich allein wäre es viel zu ... Nur der Himmel weiß, was ich damit anstellen soll, wenn der Krieg vorüber ist. Lassen Sie mich das machen. Und ich werde Elspeth striegeln. Bitte keine Widerrede. Sie ist an mich gewöhnt. Gehen Sie einfach hinein, mein lieber Junge. Hauptmann, wollte ich sagen. Fühlen Sie sich wie zu Hause. Wenn Sie den Kessel aufsetzen möchten, könnten wir uns eine Tasse Tee genehmigen. Jones meinte, die anderen würden mit dem Vier-Uhr-Fünfzehn-Zug ankommen, also haben wir jede Menge Zeit ...«

Dower House war dunkel und roch nach Feuchtigkeit. Die Möbel erwiesen sich als alt und klobig, die Stuckleisten als fleckig. Es gab keinen Strom, noch nicht einmal Gas. Smedley füllte den schwarzen Eisenkessel am Pumpbrunnen und trug ihn hinein. Dann entfachte er ein Feuer im Küchenherd, auf dem man ganze Ochsenherden hätte braten können. Dies war ein kleines Häuschen – nur sieben Zimmer. Es glich einem Mausoleum, aber zumindest würden Smedley keine Menschenmengen auf die Nerven gehen. Die Küche hatte die Größe eines Festsaals, ein riesiger Raum aus Schatten und Stein. Lauter Widerhall zeugte von der gähnenden Leere. Smedley mußte an ein Gefängnis denken. Er setzte sich auf einen der harten Holzsessel und fragte sich, wie das Leben eigentlich hätte verlaufen sollen.

»Da sind Sie ja!« stellte Mrs. Bodgley überschwenglich fest, als sie, umringt von Hunden, hereinschusselte. »Ich kann Ihnen jetzt Ihr Zimmer zeigen, wenn Sie möchten. Nein, danken Sie mir nicht. Ich bin diejenige, die dankbar sein sollte. In letzter Zeit habe ich so wenig Gesellschaft. Laß das, Brutus! Wissen Sie, man versucht schon, sich zu beschäftigen und seinen Beitrag zu leisten. Ich stricke für die Truppen, arbeite für die Kriegsanleihenausschüsse und besuche unsere armen Jungs drüben auf Greyfriars Grange, aber ich muß gestehen, daß die Abende sich mitunter hinziehen, deshalb war ich überglücklich, als Mrs. Jones anrief, und ich will Exeters Geschichte unbedingt aus seinem Munde hören, weil ich nie auch nur einen Lidschlag lang geglaubt habe, daß er etwas mit dem zu tun hatte, was mit Timothy geschehen ist. Und ich muß erfahren, wohin er sich abgesetzt hatte! Irgendwo hier habe ich noch Madeira-Kuchen. Dieser Inspektor war in höchstem Maße unfähig, und Gilbert selbst war zu der Zeit ziemlich zerstreut. Wohin ist er denn so dramatisch verschwunden, wissen Sie das?«

Exeter, nicht der General. »Er ist auf eine andere Welt gereist, Mrs. Bodgley.«

Mrs. Bodlgey hatte in einer Schublade nach Löffeln gekramt. Nun richtete sie sich zu voller Größe auf und heftete einen stechenden Blick auf Smedley.

»Sagten Sie ›auf eine andere Welt‹?«

»Ja, sagte ich.«

»Oh.« Mrs. Bodgley schürzte die Lippen und überlegte eine Weile. »Wie außerordentlich seltsam!« murmelte sie und wandte die Aufmerksamkeit wieder dem Besteck zu.

Smedley hatte sich noch nie im Leben so hilflos gefühlt. Entsetzt stellte er fest, daß seine Gastgeberin keine im Haus wohnenden Bediensteten unterhielt, nur die »Tochter vom alten Tattler, die zweimal die Woche vorbeikommt, um die groben Putzarbeiten zu erledigen«. Darüber hinaus schien Mrs. Bodgley die Lage nicht einmal als außergewöhnlich zu empfinden. Smedley war nicht bewußt gewesen, wie sehr der Krieg die Dinge verändert hatte.

Sie begann, Kartoffeln zu schälen. Dabei konnte er ihr nicht helfen. Unter Umständen war er in der Lage, Betten zu machen, doch sie versicherte ihm, die Betten wären bereits gemacht. An Leinen bestand kein Mangel. Sie besaß unzählige Schrankkoffer voll mit Zeug, das sie aus dem großen Haus mitgebracht hatte, erklärte sie. Vielleicht könnte er den da durchschauen und noch ein paar Teller suchen?

Ihm waren die Kippen ausgegangen. Er konnte noch nicht einmal in die Stadt schlendern und sich welche kaufen – teils weil er polizeilich gesucht wurde, hauptsächlich weil er kein Geld hatte. O Hölle! Wie war er nur in diesen Schlamassel gestolpert?

Mrs. Bodgley redete ununterbrochen, während sie das Abendessen zubereitete. Sie überschüttete ihn mit Neuigkeiten über seine alten Kumpel, und Julian spürte die Kälte des grimmigen Schattens des Krieges. Verwundet, verwundet, tot, tot, tot ... Sie erzählte von den Schwierigkeiten, mit denen die Schule nunmehr zu kämpfen hatte, denn obwohl sie nicht mehr Frau des Schulbeiratsvorsitzenden und somit Ehrenpatin war, hatte sie ihr Interesse an Fallow aufrechterhalten.

Sie erkundigte sich, wie seine Pläne jetzt aussähen. Er mußte gestehen, daß er keine hatte. Smedley war immer davon ausgegangen, daß er nach Indien, wo er geboren war, zurückkehren und in die Fußstapfen seines alten Herrn treten würde. Die indische Regierung würde vermutlich Männer mit zwei Händen vorziehen, aber er hatte immerhin ein wenig Lametta gesammelt und war Sir Thomas' Sohn ... allerdings wurde er mittlerweile von der Polizei gesucht. Was auch immer in den nächsten ein, zwei Wochen geschehen mochte, dieser Makel würde niemals aus seiner Akte verschwinden. In den Müll mit Indien.

Er dachte fortwährend an Exeters Olympus – im Dschungel fürs Abendessen herausputzen, Hausdiener in rauhen Mengen ... doch diese mythische Welt verwelkte unter dem feuchtkalten Odem der Wirklichkeit. Magische Kräfte und Wunderheilungen, Prophezeiungen und rachsüchtige Götter ... wie konnte irgend jemand ein solches Gefasel glauben?

Oh, was gäbe er jetzt für eine Zigarette!

Es wurde Zeit, das Pony wieder anzuschirren. Mrs. Bodgley brach nach Greyfriars zum Bahnhof auf. Smedley schlenderte hinaus in den Garten. Das Gemüse schien bestens gepflegt, die Blumen hingegen bedurften einiger Arbeit. Er legte Jacket und Krawatte ab. Gartenscheren und Rasenmäher waren für ihn passé, aber im Schuppen fand er einen Handrechen, mit dem er das Unkraut zu jäten begann. Nachdem dies den Reiz verloren hatte, stellte er fest, daß er auch eine Harke – mehr oder weniger – zu handhaben und sogar Laub zu rechen vermochte.

Der Geruch frischer Erde erinnerte ihn an die Schützengräben. Doch dies war ein Herbstnachmittag in England. Er war zu Hause. Dichte Hecken und efeuüberwucherte Wände umgaben ihn gleich einem Mutterleib. Über ihm prangten Blätter und weiße Wolken. Er hörte einen Buchfink und Tauben. Smedley hatte seinen Beitrag geleistet; sein Krieg war vorüber. Zu Hause! Kriegsversehrt und zu Hause! Inbrünstige Zufriedenheit ergriff Besitz von ihm.

Nach einer Weile wurde ihm bewußt, daß die unsichtbare Hand verschwunden war und er den ganzen Tag nicht geweint hatte.

Klirrend kam der Einspänner zurück. Exeter lenkte das Gefährt. Smedley marschierte los, um das Hoftor zu öffnen, doch dort stand selbstverständlich bereits Alice. Alice war ein Mädchen. Verwirrt von der sonderbaren Schüchternheit, die ihn plötzlich erfaßte, eilte er zurück zu seiner Gartenarbeit. Dort mußte er wenigstens nicht mit anhören, wie Exeter mit Dudelsacks Mutter dessen Tod besprach, sofern sie dies nicht bereits getan hatten.

Etwa eine Stunde mußte verstrichen sein, ehe er ein mechanisches Rattern hörte. Fröhlich grinsend, bog Exeter um die Ecke und schob einen Rasenmäher vor sich her. »Entwischt!« seufzte er. »Ich hab' das Reden gründlich satt! Du legst dich hier aber ganz schön ins Zeug.«

Er hängte Jackett und Krawatte an einen Ast. Nach ein paar Bahnen über den struppigen Rasen hielt er inne und schaute zu den Hecken. Die Straße draußen war eine Sackgasse ohne Verkehr. Er zog das Hemd aus und arbeitete im Unterhemd weiter. Die Damen waren in der Küche beschäftigt, erklärte er. Sie würden es nicht bemerken. Es geziemte sich zwar nicht unbedingt für einen jungen Herren, doch es schien sinnvoll. Smedley zog das Hemd ebenfalls aus und machte sich wieder daran, Unkraut zu meucheln.

Sein Gefühl einsamer Zufriedenheit war verblaßt. Jedesmal, wenn seine Augen über Exeters bronzebraune Schultern strich, dachte er an die rituellen Narben, die immer noch an den Rippen dieses Mannes prangen mußten. Wie hatte er sich nur so den Einheimischen anpassen können? Das Wenige, das er über den Dienst erzählt hatte, ließ diesen wie eine überaus wertvolle Einrichtung erscheinen. Olympus hatte sich nach einem wahren Außenposten der Zivilisation angehört. Aber Speere und Selbstverstümmelung und bemalte Gesichter ... das war alles andere als vornehm!

Das Abendessen gestaltete sich zu einem seltsamen Mahl. Obwohl alle Fenster offen standen, blieb das gruftähnliche Speisezimmer düster und stickig. Die monumentalen Mahagonimöbel hätten mühelos Platz für zwanzig Leute geboten, deshalb scharten die vier sich an einem Ende des Tisches. Smedley saß bei Alice Prescott, ein Umstand, der ihm die Zunge gründlich fesselte. Sofern eine der beiden Damen sich je näher mit der Kunst des Kochens befaßt hatte, zeugte das Essen in keiner Weise davon. Beide trugen Kleider, wenngleich keine Abendkleider. Die Männer hatten natürlich nur das anzuziehen, was Ginger ihnen von dem geheimnisvollen Schubkarrenhändler beschafft hatte. Das vollkommene Fehlen jedweder Bediensteter wirkte grundverkehrt.

Als Ausgleich dafür schmeckte der Wein vorzüglich. Jeder wurde ein wenig lauter als gewöhnlich.

Exeter kam kaum zum Essen. Sooft er beim Reden innehielt, bombardierte ihn entweder Alice oder Mrs. Bodgley mit weiteren Fragen. Er wiederholte vieles von dem, was Smedley bereits gehört hatte. Er fügte eine Menge Neues hinzu. Mrs. Bodgley zog zwar ein oder zweimal die Augenbrauen hoch, äußerte jedoch keinerlei Zweifel, während die unwahrscheinliche Geschichte sich vor ihr entfaltete.

Sofern Exeter sie sich ausdachte oder einbildete, war sie erstaunlich ausgefeilt und zusammenhängend. Widerwillig spürte Smedley, wie der Glaube an Exeters Bericht zurückkehrte und sich auf eigenartige

Weise etwas regte, das sich befremdlich wie Erleichterung anfühlte. Doch er war einem Schwips bereits zu nahe, um sich eingehender den Kopf darüber zu zerbrechen. Nach dem Käse lehnten die Männer den ihnen angebotenen Portwein ab, und alle vier begaben sich hinaus auf die kleine, mit Mosaikpflaster ausgelegte Terrasse, wo sie sich auf zwei ausgesprochen ungemütliche, schmiedeeiserne Bänke setzten und beobachteten, wie der Himmel sich verdunkelte und die Sterne den Dienst antraten. Alice brachte Kaffee. Mrs. Bodgley verschwand und kehrte mit Spinnweben im Haar und einer äußerst staubigen Flasche in der Hand zurück.

»Die hier ist älter als ich«, verkündete sie. »Sie ist Teil einer Wein- und Spirituosensammlung, die Gilbert für Timothy nach dessen Geburt angelegt hat. Scheint mir nur recht und billig, daß seine Freunde sie nun genießen. Edward, darf ich dir die Ehre anbieten, sie zu öffnen?«

Es war ein Gedicht von einem Branntwein.

Nur eines fehlte noch, um den Abend zu vervollkommnen.

»Hauptmann?« tönte Mrs. Bodgley. »Mr. Exeter? Wo habe ich nur meinen Kopf? Ich glaube, im Humidor sind noch ein paar von Gilberts Zigarren. Würde einer von Ihnen ...« Es war eine paradiesische Zigarre. Corona Corona, feinste kubanische Ware.

»Hört mal!« sagte Alice. »Das kann doch keine Nachtigall sein, oder? So spät im Jahr?«

»Nun?« durchbrach Mrs. Bodgley eine nachdenkliche Stille. »Wie sehen Ihre Pläne jetzt aus, Mr. Exeter?«

Smedley schreckte aus abwesender Träumerei hoch.

Gute Frage! »Ich wünschte, Sie würden mich wieder Edward nennen, Mrs. Bodgley.«

Darum hatte er sie bereits mehrere Male gebeten. Es belustigte Smedley festzustellen, daß die ehrfurchtgebietende Mrs. Bodgley nicht ganz Herrin ihrer Zunge war, doch er wußte, daß dieser Abend zweifellos eine höllische Belastung für sie darstellte. Sie mußte sich von den Geistern der Vergangenheit, der Gegenwart und der Zukunft heimgesucht fühlen – Sohn, Gatte und bessere Tage. Eigentlich verdiente sie allein dafür einen Orden, daß sie überhaupt versuchte, sich mit diesen Mahnmalen ihrer Verluste zu unterhalten.

»Ts!« machte sie. »Das vergesse ich andauernd. Wie sehen deine Pläne jetzt aus, Edward?«

»Ich möchte mich natürlich freiwillig melden ... meinen Beitrag leisten.«

»Selbstverständlich. Etwas anderes hätte ich von einem ehemaligen Fallow-Zögling auch nicht erwartet.«

Alice regte sich auf der Bank neben Smedely. Er dachte, sie würde gleich das Wort ergreifen, was sie jedoch nicht tat.

»Vorzugsweise nicht in der Fremdenlegion«, fügte Exeter hinzu.

Gleich einer Signalkanone feuerte Mrs. Bodgley ein donnerndes Lachen ab. »Gewiß nicht! Aber nach allem, was du mir erzählt hast ...« Sie zeigte sich zwar redselig, doch ihr Verstand schien in keiner Weise benebelt. »Oh, irgendeiner von Gilberts Freunden wird uns schon helfen. Morgen früh fällt mir bestimmt jemand ein.«

»Da wäre wunderbar! Danke.« Exeters Blick wanderte kurz zu Smedleys leerem Ärmelaufschlag – und gleich wieder weg. »Aber ich muß auch dem Dienst auf Nebenan eine Nachricht zukommen lassen. Wegen des Verräters. Das ist dringend.«

Selbst das zunehmende Zwielicht vermochte nicht, die Gewitztheit im Blick der alten Dame zu verschleiern. »Aber du hast doch gesagt, nur Menschen könnten hinüberreisen. Du kannst also nicht einfach eine Nachricht senden?«

Abermals schaute Exeter flüchtig zu Smedley.

»Stimmt. Jedwede Nachricht muß mündlich erfolgen. Jemand wird die Reise hin und zurück antreten müssen. Eine Möglichkeit wäre Stonehenge, das Tor, das ich benützt habe. Aber Alice sagt, die Armee hätte die Gegend abgeriegelt.«

»Da bin ich sicher.«

Smedley erwartete, daß sie gleich wieder einige Freunde ihres verstorbenen Gemahls erwähnen würde, doch sie nippte nur schweigend an ihrem Branntwein.

Exeter kratzte sich am Kinn. Er hatte sich geschnitten, als er sich für das Abendessen rasierte, und nun riß er die Wunde wieder auf, so daß sie blutete. »Ein weiterer Ansatz wäre, Verbindung zu dem, äh, Numina aufzunehmen, der mein Bein geheilt hat. Den ich als Mr. Goodfellow bezeichnet habe.«

»Und wo steckt er?«

»Nicht weit von hier, aber ich bin nicht sicher wo. Haben Sie hier irgendwo örtliche Generalstabskarten?«

»Gilbert hatte ganze Bände davon, aber die sind irgendwo in Schachteln verstaut. Und ich glaube kaum, daß es im Augenblick welche zu kaufen gibt – von wegen Spionage, du weißt schon. Wofür brauchst du sie denn?«

»Um einen Hügel zu finden, auf dem es stehende Steine gibt.«

»Nathaniel Glossop.«

»Wie bitte?«

»Nathaniel Glossop«, wiederholte Mrs. Bodlgey voller Überzeugung. »Ein Nachbar. Er ist ein großer Kenner der örtlichen Archäologie. Ich schaue morgen früh bei ihm vorbei.«

»O prima!« rief Exeter aus. »Famos! Das wäre ausgesprochen nett von Ihnen.«

»Kein Problem, Edward. Aber sag mir eins: Wieso hast du drei Jahre gebraucht, um zurückzukehren?«

Sein Zögern war interessant.

»Nun ja, ich muß gestehen, der Dienst hat sich als nicht besonders hilfsbereit erwiesen.«

»Warst du ein Gefangener?«

»Wohl kaum! Aber sie hatten für die Zeit der Kampfhandlungen sämtliche Heimaturlaube gestrichen, und das Komitee wollte bei mir keine Ausnahme machen. Sie haben ständig behauptet, der Krieg wäre längst vorbei, bevor ich etwas beitragen könnte. Wißt ihr, Olympus ist nicht besonders auf dem laufenden. Die *Times* ist dort eben nicht zu bekommen. Wir wußten, daß der Krieg noch im Gange war, aber es verstrichen Monate, ohne daß wir Neuigkeiten erfuhren, und der Krieg schien stets kurz vor dem Ende zu stehen. Außerdem ... sie waren überzeugt davon, ich hätte eine Bestimmung als der Befreier zu erfüllen.«

Mrs. Bodgley gab gackernde Geräusche der Mißbilligung von sich. Silbrig ging der Mond hinter den zobelfarbenen Eiben auf.

»Tja, natürlich sind sie wesentlich interessierter an den Geschehnissen auf Nebenan als an denen auf der Erde«, fuhr Exeter verteidigend fort. »Ihrer eigenen Sache widmen sie sich überaus hingebungsvoll. Und ich habe fast zwei Jahre gebraucht, um überhaupt erst nach Olympus zu gelangen.«

»Wieso?«

Exeter blickte auf seine Finger hinab und sah das Blut daran. Er murmelte verärgert etwas vor sich hin und kramte nach einem Taschentuch. »Was? Oh, die Täler sind im Vergleich zu Europa rückständig. Die Entfernungen sind zwar gering, aber es ist, als wandere man durch Afghanistan oder das antike Griechenland. Fremde ziehen Argwohn auf sich. Ungebundene junge Männer werden gern für Spione gehalten. Wissen Sie noch, wie Elisabethaner über Arme dachten – das Armengesetz und das alles – zurück mit ihnen in ihre Heimatpfarrbezirke? An manchen Orten gibt es sogar Sklaverei. Insbesondere in Thargtal.«

»Wie barbarisch!«

»Glauben Sie mir, das ist es auch! Und wenn schon nicht Sklaverei, dann Armeedienst. Das erste Jahr auf Nebenan war ich in einem Krieg gefangen.«

Pause. »Einem Krieg?« Mrs. Bodgley wiederholte das Wort voller Mißbilligung. Der Branntwein sorgte dafür, daß sie sich lauter und gebieterischer aufführte denn je. Smedley fragte sich, was Alice von ihr halten mochte. Alice schwieg bereits seit geraumer Zeit. Sie saß zu dicht neben ihm, als daß er ihre Miene hätte erkennen können. Sie saß überhaupt zu dicht neben ihm.

»Ich fürchte ja«, bestätigte Exeter.

»Wie in Afghanistan, sagst du? Pfeil und Bogen? Ein schmutziger Stammeskrieg?«

»Ziemlich schmutzig.«

»Edward, ich fürchte, ich bin ein wenig enttäuscht von dir! Hättest du die Eingeborenen ihre Schlachten nicht allein austragen lassen können? Ich begreife wirklich nicht, weshalb dich das etwas anging. Deine Pflicht hat doch hier auf dich gewartet, oder?«

Smedley fragte sich, was die gute Dame wohl sagen würde, wenn sie von den Narben und der Gesichtsbemalung erführe. Exeter ahnte es vermutlich, denn er erwähnte nichts davon.

»Ich dachte genauso, Mrs. Bodgley. Aber es war nicht so einfach. Zum einen duldet keine Armee Deserteure. Zum anderen hatte ich ...« Exeter warf einen weiteren, kurzen, geheimnisvollen Blick zu Smedley, als wollte er dessen Verhalten überprüfen. »Nun, ich hatte auch dort eine gewisse Verantwortung. Wissen Sie, ich hatte Freunde gefunden, die mir Gastfreundschaft gewährt hatten, also konnte ich wohl kaum einfach weglaufen und sie im Stich lassen.«

»Aber du hast doch nicht in den Rängen gekämpft, oder?« warf Alice ein.

Exeter verzog das Gesicht. »Letzten Endes nicht, nein«, gestand er.

»Sie haben dich zum Anführer gewählt, nicht wahr?«

Widerwillig nickte er.

»Anführer ...?« Mrs. Bodgley stockte, als würde sie die Vorstellung im Geiste abwiegen. »Anführer von was?«

»Der vereinten joalischen und nagischen Armee. Für unsere Begriffe kaum mehr als eine Brigade, fünf- oder sechstausend Mann.«

»Tatsächlich? Nun, ich muß zugeben, das macht schon einen Unterschied.«

In der Tat, dachte Smedley. Brigadier Exeter? Feldmarschall Exeter! Verflucht guter Auftritt!

»Es paßt natürlich zu einem Fallow-Absolventen,

das Kommando zu übernehmen«, meinte Mrs. Bodgley wohlwollend. »Führung! Initiative! Die Traditionen der alten Schule. Das Schulmagazin wird – nein, eher doch nicht.«

»Oh, es hatte nichts mit mir zu tun«, widersprach Exeter. »Es war bloß mein Charisma eines Fremden.«

»Du bist zu bescheiden, Edward. Es wird allmählich kalt, nicht wahr? Aber bleiben wir trotzdem noch ein Weilchen hier draußen. Ich hasse den Gestank der Petroleumlampen. Erzähl uns von diesem Krieg, Edward.«

Exeter ließ ein wenig überzeugendes Lachen hören. »Der war alles andere als edel. Ich habe mich aus den niedrigen Rängen hochgearbeitet. Als man mich zum Oberbefehlshaber wählte, waren wir gerade in einer belagerten Stadt eingeschlossen, und es stand fest, daß uns die beste Armee der Täler auf den Leib rücken würde, sobald der Frühling die Gebirgspässe wieder passierbar machte. Die Jahreszeiten hinken momentan etwa drei Monate hinter unseren her, folglich war das ungefähr ein Jahr, nachdem ich hinübergereist war.«

»Dein Anliegen war doch sicher gerecht, nicht wahr?«

»Meine Anliegen galten ausschließlich dem Zweck, unser aller Haut zu retten. Es gab keine Hoffnung, auch nur das Geringste zu gewinnen. Wir wollten nur eines: wohlbehalten nach Hause kommen.«

»Xenophon und die Zehntausend!«

»In sehr, sehr geringem Ausmaß.«

Das wurde ja immer besser! Smedley hatte der gerissene, alte Xenophon schon immer gefallen, und die Sache mit diesem Charisma interessierte ihn sehr – an der Westfront hätte er ganze Wagenladungen davon gebrauchen können! »Wie hast du sie dazu gebracht, dich zum Anführer zu wählen?« erkundigte er sich.

Exeter zuckte die Schultern. »Hab' ich gar nicht. Es ist einfach irgendwie ... passiert. Joalier sind überzeugte Verfechter des pour encourager les autres. Einen General hatten sie bereits enthauptet. Sie waren ohne weiteres bereit, seinen Nachfolger ebenfalls einen Kopf kürzer zu machen und statt dessen mich einzusetzen. Ich versprach, ich würde ihnen helfen, aber nur, wenn sie Kolgan lediglich zu meinem Stellvertreter degradierten ... ich hab' euch ja gesagt, Fremde besitzen Charisma.«

»Du hattest sie doch überhaupt erst wohlbehalten in die Stadt hineingebracht«, bemerkte Alice leise.

»Stimmt. Aber auch das war ein magischer Trick.«

»Wie hast du sie also wieder hinausgeführt?«

Exeter kratzte sich am Kinn. »Hauptsächlich, indem ich gelesen habe«, erklärte er. »Wir hatten einen ganzen Winter totzuschlagen, und es gab Bücher in Lemod – so hieß die Stadt, Lemod. Ich habe viel gelesen. Außerdem war da Ysian, die mir geholfen hat.«

»Wer ist Ysian?« wollte Alice wissen.

»Äh ... eine Freundin – will sagen eine Einheimische. Eine Lemodierin. Recht hilfreich.«

»Beschreib diese Freundin!«

Selbst im Mondlicht war Exeters Zögern offensichtlich. »Ein Mädchen. Ich ... ich habe sie unter einem Bett gefunden.«

Bauer rückt vor

32

Das westliche Ende von Lemodtal lag sehr hoch, und das Klima war hier rauher, doch letztlich hatte der Frühling Einzug gehalten. Auf den Hügeln prangte zwar nach wie vor Schnee, aber in den letzten paar Tagen waren die Temperaturen beträchtlich gestiegen, und mittlerweile hatte Nieselregen eingesetzt. Die Welt stand kurz davor, sich wieder grün zu färben.

Lungen brannten und Stiefel platschten durch den Schneematsch, als Dosh Gesandter die Straße hinaufpreschte. Hinter ihm hörte er die schweren Schritte und das angestrengte Keuchen von Prat'han Truppenführer. Prat'han war um einiges kräftiger, trug jedoch die Last eines Schildes und eines Knüppels. Dosh hatte inzwischen das beste Paar Beine in der Armee entwickelt. Da er wußte, daß er gewinnen konnte und der Sieg dem Truppenführer wesentlich mehr bedeuten würde als ihm selbst, ließ er sich ein kleines Stück zurückfallen. Prat'han zog mit ihm gleich. Sein Antlitz war hochrot vor Anstrengung und schweißüberströmt. Dieser Hohlkopf trug eine Fellkluft, die er irgendwo erbeutet hatte und die er nach wie vor beharrlich jeden Tag anlegte.

Ihr Ziel kam in Sicht, und die beiden Wachen an der Tür beobachteten das Rennen aufmerksam. Prat'han setzte zu einem Sprint an; Dosh ließ ihn davonziehen. Der Truppenführer lag deutlich vorn, als er zur Tür taumelte und schnaufend innehielt. Die beiden lehnten sich an die Mauer, um wieder zu Atem zu kommen. Die Wachen bejubelten den Sieger und klopften ihm anerkennend auf den Rücken, doch auch für Dosh hatten sie ein freundliches Grinsen übrig.

Inzwischen galt er als einer der Jungs. Sie sprachen mit ihm, scherzten mit ihm, nahmen ihn ernst. Verspürten sie je Zweifel darüber, was D'ward wollte, holten sie Doshs Meinung ein. Er fand die neue Lage belustigend und auf beunruhigende Weise angenehm. Dosh hatte nie um die Anerkennung der Männer gebeten – weshalb sollte er sie jetzt genießen?

Seine Sünden waren ihm in jener Nacht vergeben worden, als er dem Befreier half, in die Stadt einzudringen, vor nahezu einem halben Jahr. Sie waren vergessen worden, als Anguans Schwangerschaft offensichtlich wurde. Oh, gelegentlich erkundigte sich der eine oder andere der Männer abfällig, wer ihm denn dabei geholfen hätte, doch allein die Tatsache, daß dies nun Anlaß zu verruchten Witzen war, bewies, daß man den früheren Außgestoßenen nunmehr als wahren Mann betrachtete. Doshs übliche Antwort lautete, er wäre überaus vielseitig, was zum einen vollkommen der Wahrheit entsprach und zum anderen den Spötter stets in Verlegenheit brachte.

»Sind jetzt alle hier?« fragte Dosh, als er wieder sprechen konnte. Die Wachen nickten. »Komm!« forderte er Prat'han auf und ging voraus. Dosh war überaus neugierig, was der Befreier auf dieser Versammlung verkünden wollte. Er hoftte, nicht bereits etwas Wichtiges verpaßt zu haben.

Das Schild über der Tür besagte, dies wäre Timbiz Wagenbauers Haus, doch nun gehörte es D'ward. Nachdem Lemod gefallen war, suchte sich jeder Mann der Armee ein Zuhause aus, und eine Frau, die sich darum kümmerte – und um ihn selbst. Der Rest der Bevölkerung war getötet oder vertrieben worden, um Lebensmittel zu sparen. Sämtliche joalische Offiziere waren in den Palast gezogen, der Befreier aber zog es vor, bei seinen Truppen zu wohnen. Zwar hatte er sich ein größeres Heim als die meisten ausgesucht, doch er benutzte es, um Treffen abzuhalten, und niemand neidete ihm dieses Symbol seines Ranges. Schließlich war er der Held, der die Stadt eingenommen hatte.

Er war der Befreier! Inzwischen wußte es jeder, obwohl D'ward sich weigerte, den Titel anzuerkennen.

Im Erdgeschoß war eine große Werkstatt untergebracht. Zwar fand sich kein im Bau befindlicher Wagen darin, doch ringsum an den Wänden stapelte sich massenhaft loses Bauholz. Obwohl die mächtigen Doppeltüren offenstanden, präsentierte der Ort sich düster, und Doshs Augen brauchten eine Weile, um sich darauf einzustellen. Ihm fiel auf, wie schwierig es geworden war, Nagier und Joalier voneinander zu unterscheiden. Sie alle hatten den Winter überlebt, indem sie sich wie Lemodier kleideten. Erst in den letzten paar Tagen hatten einige Nagier begonnen, barbrüstig umherzulaufen, aber nur wenige. Dosh vermutete, die beiden Armeen würden einander selbst in voller Sommerkluft wesentlich ähnlicher sehen als noch im Herbst zuvor.

Jeder, den zu benachrichtigen Dosh aufgetragen worden war, hatte sich eingefunden – siebenundzwanzig Truppenführer, Kolgan, Golbfisch. Der neue Schlachtenmeister bevorzugte das nagische Brauchtum der Zwanglosigkeit, zumindest weigerte er sich, den Anwesenden joalische Disziplin abzufordern. Alle saßen. Die meisten Joalier schwiegen und hockten so stocksteif da, als hätten sie einen Besen verschluckt, wohingegen alle Nagier miteinander plauderten, ein paar ausgestreckt auf dem Bauch oder dem Rücken liegend. Kolgan Koadjutant und Golbfisch Hordenführer saßen auf den beiden Enden eines Bretterstapels, während D'ward selbst mit untergeschlagenen Beinen zwischen ihnen kauerte. Er bedachte die Neuankömmlinge mit einem begrüßenden Lächeln.

Dosh fand eine dunkle Ecke, von der aus er die Gesichter beobachten konnte. Er selbst war nicht ausdrücklich aufgefordert worden, dem Treffen beizuwohnen, folglich konnte er nur hoffen, daß er bleiben durfte. Etwas Nützliches beitragen konnte er gewiß nicht.

Zwischen dem hageren, rothaarigen Joalier und dem stämmigen Prinzen wirkte D'ward wie ein langbeiniger Junge. Offensichtlich herrschte zwischen Kolgan und Golbfisch tiefe Uneinigkeit über irgend etwas. Die Augen des Befreiers wanderten von einer Seite zur anderen und wieder zurück, während seine beiden Stellvertreter über ihm einander zornig zutuschelten. D'ward selbst schwieg. Auch seine Züge verrieten in keiner Weise, welche Seite er begünstigte.

Zu sehen, wie der schwammige, breithüftige Golbfisch dem großen Kolgan Widerstand leistete, war ein bemerkenswertes Schauspiel. Tarion würde seinen Halbbruder mittlerweile nicht mehr wiedererkennen; und nachdem D'ward zum Schlachtenmeister befördert worden war, hatten die Nagier ihren Prinzen einstimmig zum Hordenführer erkoren. Sollte Golbfisch je nach Nagland zurückkehren, würde Nag sich in der Tat höchst überrascht zeigen.

D'ward warf die Arme hoch, um den Streit zu beenden. Dann wandte er sich an die versammelte Runde. Seine blauen Augen funkelten. »An die Arbeit! Wir haben hier eine kleine Unstimmigkeit über die strategische Lage. Reden wir doch öffentlich darüber. Kolgan Koadjutant?« Schwerfällig mühte sich der hochgewachsene Joalier auf die Beine. Seine Miene war finster, was jedoch seinem üblichen Gesichtsausdruck entsprach. Über der Rüstung trug er mindestens eine Schicht lemodischer Wollkleidung.

Dosh hätte liebend gern erfahren, was Kolgan nun vom Befreier hielt – ein junger Wilder aus einer minderwertigen Kolonie, der die joalische Armee befehligte? Der Klüngel würde ihm den Kopf abreißen, wenn er davon erführe. Doch Kolgan hätte den Kopf bereits vor einer Doppelwoche verloren, hätte D'ward nicht darauf bestanden, daß er am Rumpf des Joaliers verharrte.

»Verehrter Schlachtenmeister«, begann der große Rotschopf, »Hordenführer und Truppenführer. Die Thargier könnten sich bereits in Lemodtal befinden. Und wenn nicht, werden sie den Saltorpaß überqueren, sobald er begehbar ist. Sie werden den Siopaß sichern, um unseren Rückzug zu verhindern, und sie werden nach Westen gen Lemod marschieren.« Er bedachte Golbfisch über D'wards Kopf hinweg mit einem finsteren Blick, als wollte er ihn vor Widerspruch warnen.

Der Raum knisterte vor Spannung. Jeder war sich der Gefahr bewußt. Deshalb war Kolgan schließlich abgesetzt worden.

»Es gibt kleinere, nähere Pässe«, erklärte D'ward, »näher bei Lemod.«

Geduldig seufzte Kolgan. »Aber kleinere Pässe werden später frei. Und selbst wenn es den Thargiern gelingen sollte, diesen Weg zu benützen, könnten sie unseren Rückzug nicht verhindern, weil sie auf der Südseite des Flusses wären – der falschen Seite.«

»Sie könnten den Fluß überqueren.«

»Nein, könnten sie nicht! Die einzige Stelle, an der man den Lemodstrom überqueren kann, befindet sich bei Tholfurt.«

Kolgan schien sich dessen ziemlich sicher zu sein. Dosh grinste. Nachdem Lemod eingenommen war, hatte der Befreier Dosh als erstes aufgetragen, die Stadt nach Büchern über die Geschichte und Geographie von Lemodtal zu durchforsten.

»Und wie sieht unsere beste Strategie aus?«

»Unser einzige Strategie ist zu warten, bis Joal eine Rettungstruppe schickt. Wahrscheinlich wird sie über einen der kleineren Pässe aus Nagtal kommen, aber die werden erst in ein paar Doppelwochen überquerbar sein – diese Seite der Lemodwand ist höher, wie Ihr vermutlich wißt. Oder sie könnten über den Siopaß marschieren, so wie wir, und dann unserer Route hierher folgen. So oder so, wir müssen auf Hilfe warten. Lemod kann einer Belagerung beinahe ewig standhalten.«

»Danke. Hordenführer?«

Kolgan nahm Platz. Golbfisch, der kunterbunte lemodische Wollkleidung Farben trug, erhob sich. Er wirkte in der Kluft überaus stämmig, doch sein Körperbau war immer noch sichtlich birnenförmig.

»Ich stimme mit Kolgan Koadjutant überein, was die wahrscheinliche Vorgehensweise der Thargier angeht. Aber ich bin nicht der Meinung, daß wir uns in Lemod verschanzen sollten. Wir wissen doch gar nicht, ob Joal je Verstärkung schickt. Wenn ja, muß diese Truppe sich jeden Schritt des Weges zu uns erkämpfen. Lemod wurde in der Vergangenheit zwar noch nie im Sturm erobert, aber die Thargier könnten uns aushungern. Ich schlage vor, wir ziehen los und stellen uns ihnen im Kampf! Wenn wir schon sterben müssen, dann tapfer und auf freiem Feld, nicht wie Ratten in der Falle, nachdem wir die eigenen Stiefel gefressen haben, um nicht zu verhungern! Wir haben uns den Weg herein erkämpft, also können wir uns auch den Weg hinaus erkämpfen.«

Die Nagier jubelten ihm zu, doch ohne wirkliche Begeisterung. Golbfisch setzte sich. Wer hätte vor einem halben Jahr erwartet, von dem fetten Mann einen derart kühnen, trotzigen Vorschlag zu hören?

D'ward ließ den Blick durch den großen Raum schweifen, als wollte er das Verhalten der Anwesenden prüfen. Dann erhob er sich und stieg auf den Bretterstapel. »Soweit ich weiß, befindet sich die thargische Armee bereits in Lemodtal und wird schon bald vor unseren Toren stehen. Hat irgend jemand ähnliche Gerüchte gehört?«

Eine Pause entstand, eine lange Pause. Zögernd hoben sich ein paar nagische Hände. Kurz darauf folgten ein paar joalische. Verärgertes Geflüster erfüllte die Werkstatt.

»Gerüchte!« keifte Kolgan. »Die Stadt ist abgeriegelt! Woher soll jemand irgend etwas wissen?«

D'ward lächelte in die wütende Miene des großen Mannes hinunter. »Als wir die Belagerer waren, haben die Menschen innerhalb der Mauern sich mittels Flaggen mit den Lemodiern in den Wäldern verständigt. Habt Ihr sie nicht an den Fenstern gesehen? Und wir haben immer noch Tausende Lemodier hier in Lemod. Die draußen senden ihnen Botschaften. Die Gerüchte haben durchaus ihre Grundlage.«

Kolgan öffnete und schloß ein paar Mal den Mund.

Genau wie Dosh.

Die Frauen!

Auch der Joalier hatte mittlerweile begriffen. »Kann

man denen auch nur ein einziges Wort glauben?« fragte er zornig.

»Ja«, erwiderte D'ward traurig. »Einigen von ihnen. Und offensichtlich bin ich nicht der einzige, dem sie davon erzählt haben. Das stellt ein Problem dar, meine Herren. Ein paar von Euch haben das Herz Eurer Gefährtinnen erobert, und ich bin sicher, dasselbe gilt für Hunderte andere. Aber mittlerweile sind die meisten dieser Frauen schwanger. Ich fürchte, wir müssen sie allesamt zurücklassen, wenn wir aufbrechen, und das ...«

»Aufbrechen?« brüllte Kolgan dazwischen. »Wohin denn? Wie?«

»Nun, nach Hause selbstverständlich! Ihr wollt doch nicht etwa hierbleiben, oder?«

Selbst die Joalier brachen angesichts dieser Erwiderung in grölendes Gelächter aus, ja sogar Kolgan selbst, doch dem Gelächter haftete ein schriller Unterton an.

Der Befreier verschränkte die Arme vor der Brust und ließ den Blick abermals durch den Raum schweifen. »Vor einer Doppelwoche«, sagte er laut, »habt Ihr mir eine große Ehre erwiesen, indem Ihr mich zum Schlachtenmeister gewählt habt. Damals habe ich Euch gebeten, abzuwarten und mir zu vertrauen. Ihr habt beides getan, wofür ich Euch danke. Nun ist die Zeit gekommen. Heute morgen hat es zu regnen angefangen.«

Er lächelte über die ratlosen Mienen.

»Mir wurde zugetragen, daß uns die Thargier zahlenmäßig drei zu eins überlegen sind, was ich ohne weiteres glaube. Bei aller Achtung vor Golbfisch Hordenführers Mut weigere ich mich, Krieger in eine aussichtslose Schlacht zu schicken. Andererseits weigere ich mich ebenso, den Rest meines Lebens als Sklave in den thargischen Silberminen zu fristen.«

Brummend wie eine Schar Vierhauer tat die versammelte Runde ihre Zustimmung kund.

D'wards Stimme schwoll an. »Hat man das Unannehmbare ausgeschlossen, bleibt nur noch das schier Unmögliche.«

Grinsend setzte er ab, als wartete er auf Vorschläge. Vergeblich.

»Bis jetzt hat noch niemand die Seilbrücken erwähnt, die von den Lemodiern in Friedenszeiten benutzt werden. Ich habe mir die Möglichkeit angesehen, eine zu bauen, aber das ist alles andere als praktisch. Es würde Tage dauern, und wir bräuchten ohnehin die Hälfte der Armee auf dem anderen Ufer, um den Bau zu verteidigen. Wenn wir die Hälfte hinüberschaffen könnten, dann können wir genausogut alle hinüberschaffen.«

Er wartete einen Augenblick. Dosh fragte sich, wie viele der Zuhörer überhaupt von den Seilbrücken gewußt hatten. Er selbst hatte von Anguan davon erfahren und war zu demselben Schluß gelangt – sie stellten keine praktische Lösung dar.

Da keine Einwände erhoben wurden, fuhr D'ward fort: »Es stimmt, daß sich der einzige ständige, wetterunabhängige Übergang über den Lemodstrom bei Tholfurt befindet. Aber bei Niedrigwasser gibt es auch andere Stellen, an denen gesunden und willigen Männern die Überquerung gelingen kann. Man sollte eigentlich annehmen, der Lemodstrom würde seinen niedrigsten Stand im Spätsommer erreichen, so wie die meisten Flüsse. Aber der Lemodstrom wird von Gletschern gespeist. Sein niedrigster Stand ist genau jetzt! In ein paar Tagen werden der Regen und die

Schneeschmelze dafür sorgen, daß er wieder anschwillt. Ist das denn keinem von euch aufgefallen?«

Dosh hörte überraschtes Gemurmel. Gewiß, er hatte in letzter Zeit keinen Blick auf den Fluß geworfen, aber schließlich stand er auch nie auf den Mauern Wache. Niemand meldete sich zu Wort.

D'ward zuckte mit den Schultern. »Nun, ihr werdet es bald sehen. Eine Armee kann Wege beschreiten, die Händlern und gewöhnlichem Bürgerverkehr verschlossen bleiben. Meines Wissens sind die Thargier vor drei Tagen über den Moggpaß in Lemodtal eingetroffen, also etwa zwanzig Meilen südlich von uns. Das muß eine ziemliche Leistung gewesen sein, aber mir wurde gesagt, die Thargier wären ein äußerst entschlossener Haufen, wenn sie aufgebracht sind. Sie sind nach Westen gezogen, Richtung Thim'lfurt. Bei Niedrigwasser kann man den Fluß dort überqueren, was sie vermutlich heute tun werden. Ihr könnt damit rechnen, daß sie morgen nacht oder am Tag darauf vor den Toren stehen.«

Dosh schauderte.

D'ward wartete, bis seine Zuhörerschaft verstummte. »Versteht ihr jetzt? Sie werden auf unserer Seite des Flusses sein, der Nordseite. Also werden wir heute nacht auf die Südseite ausweichen! Es muß heute nacht sein – weil es bereits zu regnen angefangen hat. Wir überqueren den Fluß, und dann marschieren wir im Laufschritt zum Moggpaß, den die Thargier freundlicherweise für uns geöffnet haben. Unser einziger Ausweg besteht darin, in Thargtal selbst einzufallen.«

Ein heftiger Tumult brach aus.

»Ruhe!« brüllte D'ward, wodurch er wieder Stille einkehren ließ. »Ich bin euer Schlachtenmeister! Entweder befolgt ihr jetzt meine Befehle, oder ihr setzt mich ab und köpft mich! Was ist euch lieber?«

Er war jünger als die meisten Anwesenden, ein ungeschulter Junge in einer bunt zusammengewürfelten Kluft abgelegter Kleider, dennoch schien er förmlich zu strahlen. Ein tödlicher Blick der stahlblauen Augen schweifte durch den Raum. Kein Flüstern war zu vernehmen ...

»Sehr gut. Warum erstreckt sich die Mauer rings um die Stadt? Das habe ich mich schon gefragt, als ich sie zum erstenmal sah. Der einzig mögliche Grund ist, daß der Fluß manchmal überquert werden kann! Und gerade jetzt ist der Wasserstand so niedrig wie nie.«

Aufgeregt rührten sich die Männer. Dosh dachte an die Felsen und den reißenden, weiß schäumenden Strom. Er schauderte. Dort drüben würden Lemodier sein, und wahrscheinlich auch Thargier. Zwar vermutlich nicht viele, aber doch einige.

»Wir brauchen Bretter«, sagte D'ward, »und jedes Stückchen Seil, das wir auftreiben können. Ein paar der Lücken können wir mit Pontons entschärfen. Es wird in der Dunkelheit zwar schwierig sein, aber heute nacht überqueren wir den Lemodstrom. Wenn wir einen Mann hinüberkriegen, kriegen wir alle hinüber. Morgen marschieren wir auf Thargtal. Die thargische Armee wird sich am falschen Ufer befinden – und der Fluß schwillt an!«

Flucht! Er bot ihnen Hoffnung an – einen blassen Hoffnungsschimmer zwar, aber immerhin einen schmalen Lichtstreifen in einer versiegelten Gruft. Was waren schon tausend Fuß, gepflastert mit reißender Strömung, scharfkantigen Felsen, Eisschollen und lemodischen Pfeilen? Nichts im Vergleich zum thargischen Feind. Die Truppenführer sprangen auf und jubelten. Ungeduldig bedeutete D'ward ihnen zu schweigen. »So machen wir es also. Aber wir müssen unser Vorhaben streng geheimhalten. Einige der Frauen unterstützen uns mittlerweile, aber viele sind verständlicherweise nach wie vor vaterlandstreue Lemodierinnen. Sie werden versuchen, Zeichen zu geben. Bei Einbruch der Dunkelheit werden sie vermutlich überall in der Stadt Lichter anzünden. Wir müssen alle Frauen der Stadt zusammentreiben, so daß keine Zeichen nach draußen dringen. Jeder Mann braucht warme Kleider, feste Stiefel, Proviant für vier Tage ...«

Die Erkenntnis traf Dosh wie ein Tritt in den Magen. Er würde von Anguan getrennt werden! Er würde diese borstige, kleine lemodische Wildkatze vermissen. Das Kind, das sie gerade austrug, würde er nie kennenlernen. Sicher, er hatte immer gewußt, daß diese Zeit vorübergehen würde, doch daß es nun tatsächlich soweit war, entpuppte sich als unerwarteter Schlag. Warum? Zuneigung? Dankbarkeit für ein paar wundervolle Vereinigungen? Es konnte doch nicht mehr als Zuneigung sein, oder?

Vielleicht glich er anderen Männern doch mehr, als er gedacht hatte.

Mühevoll wandte er die Aufmerksamkeit wieder dem Befreier zu, der eine wahre Springflut von Befehlen und Anweisungen hervorsprudelte. Offensichtlich hatte er sämtliche Einzelheiten bereits ausgearbeitet. Sobald die Dunkelheit hereinbrach, sollten Golbfisch und Kolgan getrennte Gruppen über den Fluß führen. Zuvor mußten sie Seile auftreiben und Schwimmplattformen, Pontone und Laufplanken vorbereiten. Zwischen den Felsen im Fluß hatten sich Baumstämme und Eisschollen verfangen. Selbstverständlich würde es ein gefährliches Unternehmen. Sie mußten damit rechnen, Männer zu verlieren, die erfroren oder ertranken. Auf beiden Ufern würde der Feind angreifen, sobald er mitbekam, was vor sich ging.

Sofern in der Vergangenheit je eine umkämpfte Überquerung des Lemodstroms gelungen war, mußte der Befreier aus seinen Büchern davon erfahren haben. Er erwähnte jedoch nichts dergleichen, also war es noch nie geschehen.

Der Abzug der Streitkräfte an den Toren ...

Oh!

D'ward fragte nach Freiwilligen für diese Aufgabe und erhielt ausreichend Meldungen – doch zweifelte irgend jemand daran, daß die Nachhut sterben würde?

Die Vernunft behauptete, es wäre unmöglich. Der Befreier hingegen behauptete, es wäre zu schaffen, und seine Worte bargen Überzeugungskraft. Es war Wahnsinn, doch es würde geschehen. Heute nacht würde es geschehen. Wie gebannt, vollends verblüfft, lauschten die Truppenführer. Im Morgengrauen würden sie und ihre Armee sich auf dem gegenüberliegenden Ufer befinden oder tot sein. Auf jeden Fall würden viele umkommen.

Fragen?

Die meisten Fragen drehten sich um die Frauen. Die Frauen stellten eindeutig ein Problem dar. Die Frauen waren zwar als Sklavinnen und Beute genommen worden, doch man bezeichnete körperliche Vereinigungen nicht ohne Grund auch als »Liebe machen«. Viele der Männer zeigten sich unwillig, ihre Konkubinen einfach zurückzulassen. D'ward jedoch blieb hart: Die Frauen mußten bleiben. Anguan niemals wiedersehen ...

Der Rat dauerte lange, doch die Grundzüge des Planes waren angenommen worden. Nur die Einzelheiten mußten noch ausgehandelt werden, und D'ward hatte auf jeden Einwand eine Erwiderung parat. Dosh lehnte sich in seiner schattigen Ecke zurück und bestaunte diese aufsehenerregende Veranschaulichung von Führungsqualitäten. Er konnte sich keines auch noch so kleinen Hinweises darauf im *Filoby-Testament* besinnen. Erfolg oder verheerender Fehlschlag, die kommende Nacht hatte sich der Voraussicht der Seherin entzogen.

Schließlich hatte der Befreier die Truppenführer überzeugt – er hatte sie in einen Zustand ungestümer Erregung versetzt. Als er sie entließ, stürmten sie auf die Tür zu, um mit den Vorbereitungen zu beginnen. Der Abend rückte rasch näher.

»Dosh Gesandter!« rief er; dann setzte er sich auf den Bretterstapel.

Erwartungsvoll trat Dosh vor. Nur Kolgan und Golbfisch waren zurückgeblieben.

»Schlachtenmeister?«

Gekrümmt und schweigend hockte der Befreier da. Scheinbar mit größter Mühe hob er den Kopf, und Dosh war bestürzt, als er die Veränderung erkannte. Der kraftstrotzende Führer von soeben war verschwunden. D'ward glich lediglich einem verhärmten, ausgezehrten Jungen, als wäre alles Feuer in ihm erloschen.

Kolgan runzelte die Stirn und wirkte ebenso verwirrt, wie Dosh sich fühlte. »Stimmt etwas nicht, Herr?«

»Ich bin bloß müde.«

War das Reden tatsächlich eine solche Mühe? Gewiß, er hatte nahezu dreißig Männer zu wildem

Feuereifer angestachelt, allesamt älter als er. Einige von ihnen waren gar doppelt so alt wie er, und wesentlich erfahrener in der Kriegsführung. Er hatte sie dazu gebracht, hinauszustürmen und das Unmögliche zu versuchen, wohl wissend, daß viele von ihnen dem Tod entgegeneilten. Es war ein beeindruckendes Schauspiel gewesen. Doch weshalb hatte es ihn so mitgenommen, daß er nunmehr an einen lebenden Leichnam erinnerte?

Matt lächelte er Kolgan an, dann Golbfisch. »Danke, daß Ihr Euch ruhig verhalten habt. Ich weiß, daß auch Ihr Fragen habt.«

Kolgan lachte rauh. »Die habe ich tatsächlich. Keine Frauen, keine Reiterei, keine Packtiere? Nur ein Haufen Männer auf der Flucht? Was geschieht in Thargtal, sofern wir es je so weit schaffen?«

Ein Funke blauen Feuers kehrte in D'wards Augen zurück. »Ich weiß es nicht. Wollt Ihr mit uns kommen, um es zu erfahren, oder möchtet Ihr lieber hierbleiben?«

Der große Mann schreckte zurück. »Ich bitte um Verzeihung, Herr. Das war ein dreister Einwand! Selbstverständlich unterstütze ich Euch.«

D'ward grunzte. »Hordenführer?«

»Habt Ihr in Euren Büchern gelesen, daß man den Fluß hier in Lemod überqueren kann?« fragte Golbfisch.

»Nein. Aus den Büchern ging mehr oder weniger hervor, daß noch nie jemand verrückt genug war, es zu versuchen.«

Ein Grinsen teilte das massige, teigige Gesicht des Prinzen. »Dann, bei allen fünf Göttern, wünschte ich aus tiefstem Herzen, ich könnte die Gesichter der Thargier sehen, wenn sie feststellen, daß wir verschwunden sind!«

D'ward kicherte. Er rieb sich mit Daumen und Zeigefinger die Augen. »Ihr beiden zieht los und kundschaftet die besten Übergänge aus. Ich treffe Euch in einer Stunde auf den Zinnen an den Uhrturmstufen.«

Die beiden Stellvertreter salutierten.

»Wartet!« D'ward leckte sich über die Lippen. »Noch eine letzte Sache, bevor Ihr geht. Da drüben ist ein Seil.« Er deutete auf Dosh. »Fesselt diesen Mann.«

33

Kolgan Koadjutant und Golbfisch Hordenführer eilten zur Tür hinüber und verließen die Werkstatt. Dosh saß furchterfüllt schweigend da, Handgelenke und Knöchel an einen Stuhl gebunden. Angst wühlte in seinem Bauch und erfüllte ihn mit Übelkeit.

D'ward hockte wieder gekrümmt da, den Kopf auf die Hände gestützt. Nach einer langen Weile schaute er auf und rang sich ein Lächeln ab.

»Entspanne dich!« flüsterte er. »Ich bin nicht Tarion.«

Selbstverständlich war er nicht Tarion, doch allein die Erinnerung an ihn war gräßlich. »Was habt Ihr mit mir vor?« Beschämt stellte Dosh fest, daß seine Stimme bebte. »Ihr wollt mich doch nicht für die Thargier zurücklassen, oder?«

»Nein! Nein, natürlich nicht!« Erschöpft richtete der Befreier sich auf. »Ich will nur nicht, daß du zum Schrein rennst und Tion Bericht erstattest. Das hättest du doch getan, nicht wahr?«

Dosh rang nach Worten, die sich ihm verweigerten.

»Aber ... aber Schlachtenmeister! Gewiß nehmt Ihr nicht an, Ihr könntet einen Gott davon abhalten zu erfahren, was vor sich geht, oder?«

»Doch, das tue ich. Und ja, das kann ich, wenigstens eine Zeitlang.« Er lächelte matt. »Ich weiß mehr über Götter als du, mein Junge! Wieso braucht dich Tion, um ihm zu berichten, wenn Götter ohnehin schon alles wissen, hm? Ich glaube zwar nicht, daß er dem Feind einen Hinweis stecken würde, aber man weiß ja nie. Dir geschieht nichts, wenn du dich benimmst.«

Mühsam rappelte er sich auf und schlurfte zur Treppe hinüber. Langsam wie ein Greis verschwand er nach oben.

Dosh zerrte an den Fesseln, doch vergebens. Wahrscheinlich durfte er D'wards Versprechen glauben, ihn nicht zurückzulassen; dennoch war er fest zur Flucht entschlossen. Die Befehle seines Meisters machten ihm zu schaffen, zwangen ihn, zum Schrein zu eilen und von dieser neuen Entwicklung zu berichten. Allein schon gefesselt zu sein, kam einer Folter gleich.

Er schaute sich in der Werkstatt um. Es mußte doch irgend etwas geben, womit ... Ja, in der Ecke, in der er während des Treffens gehockt hatte, befand sich ein Haufen Alteisen. Wenn er sich mit den Füßen vom Boden abstieß, konnte er den Stuhl hintüber kippen. Wobei er sich die Arme oder Handgelenke brechen würde. Also etwas anderes.

Wenn er irgendwie vorwippen könnte, um das Gewicht auf die Füße zu verlagern, mochte es ihm vielleicht gelingen, sich durch den Raum zu schieben wie eine Schnecke, die ihr Haus trägt. In den Schultern hatte er noch ein wenig Bewegungsfreiheit. Wenn er also den Stuhl mit den Zehen leicht nach hinten kippen und dann das Gewicht nach vorn schleudern könnte, würde er unter Umständen genug Schwung bekommen, um ...

»Laß das«, forderte eine Stimme ihn auf.

Er hielt inne.

Über ihm stand ein Mädchen mit einem Holzbalken in den Händen.

»Schlag ihm so kräftig auf den Kopf, daß ein Kochtopf eine Delle bekäme – das hat D'ward mir aufgetragen.«

»Und du würdest es tun?« fragte Dosh.

»Ja.«

»Dann sollte ich mich wohl benehmen.« Er hatte Ysian erst zwei- oder dreimal getroffen und kaum ein Dutzend Worte mit ihr gewechselt. Anguan allein brauchte genug Befriedigung, und zwecks Abwechslung gab es andere, ungefährlichere Gespielinnen als Ysian Apfelpflückerin – D'wards Geliebte galt als tabu.

Etwas an ihr wirkte verändert ... ihr Haar. Sie hatte atemberaubendes, dunkelrotbraunes Haar, das sie stets in Form eines dicken Dutts oben auf dem Kopf trug. Dosh hatte sich oft gefragt, wie sie wohl aussehen mochte, wenn es lose herabhing und sie unbekleidet war, und wie es sich anfühlen würde, damit zu spielen. Nun hatte sie die Haare abgeschnitten. Ein Verbrechen! So sah sie sogar noch jünger aus. Und knabenhaft, denn sie war klein und zart gebaut. Eine mit Sommersprossen gesprenkelte Stupsnase zierte ihr Gesicht. Sie trug ein langes Kleid aus irgendeinem dunklen Stoff, der im verblassenden Licht des Abends einem Schatten ähnelte. Rings um den Mund erkannte Dosh eine angespannte Strenge in den Zügen, und er gelangte zu dem Schluß, daß sie durchaus fähig war, ihre Drohung zu verwirklichen. Das Funkeln in ihren

Augen ließ erahnen, daß sie womöglich sogar Gefallen daran finden würde. Eindeutig knabenhaft.

»Hol dir einen Stuhl«, schlug er vor. »Ich laufe schon nicht weg.«

Eine Weile dachte Ysian mit ernster Miene darüber nach, dann setzte sie sich auf den Bretterstapel, den zuvor D'ward benützt hatte, und richtete den Blick auf Dosh, ohne den Knüppel aus der Hand zu legen.

»Das könnte einige Zeit dauern«, meinte Dosh.

»Anzunehmen.«

»Erzähl mir von dir.«

Starrend wie ein Achatgötze hielt sie die Augen auf ihn gerichtet. »Was gibt's da schon groß zu erzählen? Das hier war mein Zuhause. Als D'ward es übernommen hat, hat er mich gleich mit übernommen.«

»Was ist aus deiner Familie geworden?«

Längere Zeit schwieg sie, doch als sie endlich antwortete, klang ihre Stimme unverändert. »Meine Tante und mein Onkel sind irgendwo draußen in den Wäldern. Mein Vetter ist im Kampf gefallen.«

Wie immer hatte D'ward recht gehabt. Die Guerillas hatten die Frauen in der Stadt auf dem laufenden gehalten; jene Frauen, die sich in ihre neuen Herren verliebt hatten, erzählten ihnen die Neuigkeiten weiter. Ysian mußte unweigerlich eine dieser Verräterinnen sein. Der Zauber des Befreiers schlug Krieger in den Bann, die doppelt so alt waren wie er selbst. Eine jugendliche Geliebte konnte ihm unmöglich widerstehen.

»Tut mir leid«, sagte Dosh. »Wirklich! Ich habe diesen Krieg nicht angezettelt. Ich bin ja noch nicht mal ein Krieger.«

»Ich weiß. Du warst das Spielzeug des anderen Prinzen.«

Dosh verkniff sich den offensichtlichen Gegenschlag, daß sie D'wards Spielzeug war. »Du bist aber gut unterrichtet.«

»Wir Frauen tratschen nun mal.«

Die Bemerkung mochte spaßig oder zynisch gemeint gewesen sein, Dosh vermochte es nicht zu sagen. Wieviel aus seinem Leben hatte er Anguan anvertraut, und wieviel hatte sie gegenüber den anderen Frauen von Lemod ausgeplaudert? Ysians Züge hatten sich keinen Deut verändert, seit sie gekommen war. Sie war zwar noch ein Kind, dennoch spürte Dosh, daß er sich mit einem äußerst gerissenen Frauenzimmer maß.

»Was weißt du noch über mich?«

»Daß du ein Lügner bist.«

»Alle Männer sind Lügner!«

Darauf erwiderte sie nichts. Zugegeben, Doshs augenblickliche Lage stellte einen beträchtlichen Nachteil für ihn dar, trotzdem ärgerte es ihn, daß sie ihm bei dem Wortgefecht überlegen war.

»D'ward habe ich nie belogen.«

»Doch, hast du!« Wütend funkelte sie ihn an. »Er hat dir aufgetragen, ihm eine Abschrift des *Filoby-Testaments* zu besorgen, und du hast ihm gesagt, es gäbe keine in der Stadt. Ich weiß, daß es welche gab. Du hast sie in den Fluß geworfen.«

»Das ist nicht wahr!«

»Ich habe dich dabei beobachtet. Ich bin dir nämlich gefolgt.«

Dosh knirschte mit den Zähnen. »Glaubt er das?«

»Ich habe ihm von den Büchern erzählt, aber es war bereits zu spät. Du hattest sie schon alle gefunden. Er hat gemeint, es würde ihn nicht überraschen. Er hat gesagt, du wärst geschickt worden, um ihn auszuspionieren. Deshalb wärst du letzten Sommer in die Dienste des Prinzen getreten. Außerdem hat er mir gesagt, es gäbe eine Prophezeiung über ihn und einen Prinzen, von der du ihm gegenüber nie etwas erwähnt hast, also weiß er, daß man dir nicht trauen darf. Er hält dich für einen jener Menschen, die andauernd zwanghaft lügen müssen.«

Das stimmte vielleicht sogar. Die Wahrheit zu sagen, schien stets irgendwie gefährlich. Dennoch stellte das Lügen wahrscheinlich nur eine Gewohnheit dar. Dosh war D'ward so treu ergeben, wie es die Treue zu seinem anderen Meister zuließ – doch das konnte er Ysian nicht erklären.

»Du hast D'ward vom Moggpaß erzählt.« Sie leugnete es nicht. Statt dessen saß sie da und beobachtete ihn, als wäre er ein Pfannkuchen auf einer Platte.

»Wenn er mir schon nicht vertrauen kann, wie kann er dann dir jemals trauen? Du hast dein Volk an den Anführer der Armee verraten, die deinen Vetter getötet hat. Warum? Was für eine Frau tut so etwas?«

»Er weiß, daß er mir vertrauen kann.«

Dosh prustete. »Aber du kannst ihm nicht vertrauen!«

»Ich vertraue ihm voll und ganz.« Ihre Zuversicht war kindlich dumm und nervenaufreibend unerschütterlich. Dosh verspürte das plötzliche Verlangen, sie zu zerbrechen, ihr weh zu tun.

»Er hat die Stadt erobert! Er hat deine Familie abgeschlachtet! Und du glaubst, du könntest ihm vertrauen? Was ist das für ein Wahnsinn? Er wird dich heute nacht zurücklassen! Was wird dein Volk mit denen anstellen, die dem Feind geholfen haben?«

»Ich komme heute nacht mit euch. Ich bin euer Führer.«

»Er hat den Truppenführern gesagt, daß keine der Frauen mitkäme.«

»Außer mir.«

»D'ward wird nie und nimmer seine eigene Frau mitnehmen und seinen Männern befehlen, die ihren zurückzulassen. So ein Anführer ist er nicht!« Andererseits – warum sonst hatte sie sich die Haare abgeschnitten?

Ysian zuckte mit den Schultern – die erste Geste, die er von ihr sah. »Ich bin am Südufer aufgewachsen. Deshalb kenne ich den Moggpaß. Ich kann euch helfen.«

»Weißt du, er belügt dich.«

»Nein!«

Aha! Allmählich begann der Zunder zu glimmen.

Dosh seufzte voll übertriebener Traurigkeit. »Verliebte Frauen können das Wesen ihres Angebeteten selten zuverlässig beurteilen, Ysian Apfelpflücker.«

Sie bleckte die Zähne. Dosh kicherte und stellte sich vor, wie es sein mußte, mit ihr zu ringen. Für gewöhnlich bevorzugte er Jungen hart und Mädchen zärtlich, doch mit dieser Feuerkatze hätte er gern ein heftiges Gerangel genossen. »Wieso glaubst du, ich wäre verliebt, Dosh Gesandter?« wollte sie wissen.

»Ha! Er ist der Befreier. Niemand kann sich diesem Mann verweigern! Ich habe gerade erst miterlebt, wie er dreißig Krieger so geformt hat, wie er es wollte, alle gleichzeitig. Selbst ich versuche wahrhaftig und so gut ich kann, ihm zu gefallen. Eine Frau könnte ihm keinen Lidschlag lang widerstehen!«

Ysian warf den Kopf zurück, vermutlich weil sie vergessen hatte, daß sie sich die Haare abgeschnitten hatte. »Du bist eifersüchtig auf mich, Leibdiener! Eifersüchtig, weil ich mit D'ward zusammenlebe!«

Beim Klang seines früheren Namens zuckte Dosh zusammen, dann erfuhr er eine plötzliche Eingebung ...

»Wieso lachst du?« fuhr sie ihn an.

»Ich brauche gar nicht eifersüchtig auf dich zu sein, Mädchen! Oder? Es gibt keinen Grund zur Eifersucht!«

Ysian errötete heftig, wodurch sie seine Vermutung bestätigte. Sie wirkte tatsächlich, als wäre sie bereit, ihn mit dem Knüppel zu bearbeiten, und aus unerfindlichem Grund brachte ihn das nur noch mehr zum Lachen.

»Wir haben mehr gemeinsam, als ich dachte!« höhnte er. »Es gibt also einen anderen Weg, die Treue einer Frau zu erlangen, nicht wahr?«

Einzig D'ward konnte so etwas einfallen oder gelingen.

34

Golbfisch stand an Kolgans Seite auf den Zinnen und starrte auf den Fluß hinunter. Er schämte sich. Der Strom führte kaum halb so viel Wasser wie damals, als sie angekommen waren, und Golbfisch hatte die Veränderung nie bemerkt. Kieselstrände säumten beide Ufer; aus dem Strom selbst ragten Riffe und Felsen; Baumstämme und Eisschollen überbrückten einige der engeren Lücken. Ein geschickter Mann konnte sich zweifellos einen Weg zur Flußmitte erkämpfen. Von dort erstreckte sich die breiteste, reißendste Kluft ... nun, dafür waren Freunde da.

Die Wände der Schlucht waren steil, fielen an manchen Stellen lotrecht ab. Golbfisch fragte sich, wer sich wohl in den Wäldern auf der anderen Seite aufhalten und die Stadt beobachten mochte. Zum erstenmal, seit sie die Werkstatt des Wagenbauers verlassen hatten, ergriff er das Wort. »Bei den fünf Göttern, er hat schon wieder recht! Es ist ein Ausweg, der einzige Ausweg! Er hat ihn gesehen, und wir nicht.«

Kolgan brummte: »Ich wüßte zu gern, wie er das macht.«

Golbfisch hatte dem Befreier diese Frage einmal gestellt, doch als Antwort bekam er, daß es irgendwo so etwas wie einen Tempel des Lernens gäbe, was er nicht begriffen hatte. »Wo wollt Ihr es versuchen?«

»Dort unten sieht es recht günstig aus«, erwiderte der Joalier, »aber wie kommen wir dort hin?«

Eine Stunde schritten sie die Brüstung auf und ab, bis jeder der beiden eine Stelle gefunden hatte, die er in Angriff zu nehmen gedachte. Die Nagier würden es flußabwärts versuchen, die Joalier flußaufwärts. Die Anführer würden ihre Männer aus dem Gedächtnis geleiten müssen.

»Glaubt Ihr, es ist zu schaffen?« fragte Golbfisch bedrückt.

»Die Überquerung? Für einige von uns, ja.« Finster starrte der große Mann auf die fernen Felsen und zupfte an seinem roten Bart. »Aber in Thargtal einfallen, ohne Reiterei, ohne Überaschungsmoment ... dazu noch eine thargische Armee, die sich bereits im Feld befindet und uns den Rückzug abschneiden kann ... Seid Ihr Euch klar darüber, daß ein solches Unterfangen der helle Wahnsinn ist?«

Die einzige andere Möglicheit schien noch schlimmer.

»Wart Ihr je in Thargland?«

Kolgan zuckte mit den Schultern. »Einmal. Als Junge habe ich einen Onkel von mir auf einer Botenreise nach Tharg begleitet. Ich war nicht beeindruckt.«

»Ihr seid Joalier. Euch könnte nicht einmal ein Thargier beeindrucken, der Goldbarren kackt.«

»Ich würde die Barren auf jeden Fall von einem zuverlässigen Münzer prüfen lassen.«

Golbfisch kicherte, doch es war ein höfliches, ein falsches Kichern. »Heute nacht der Fluß. Morgen die Guerillas, der Wald und der Paß. Wir müssen das Leben einen Tag nach dem anderen nehmen und dankbar dafür sein.«

»Aye!« pflichtete Kolgan ihm griesgrämig bei. »Und selbst wenn wir uns einen Weg nach Hause erkämpfen, Majestät, sind unsere Probleme noch nicht vorüber. Mittlerweile wird Euer Bruder fest auf dem Thron sitzen und eine eigene Armee haben, und meine Feinde im Klüngel haben gewiß schon genaue Pläne für mein Begräbnis ausgearbeitet.«

So ging das nicht. Anführer mußten die eigene Moral aufrechterhalten, wollten sie die ihrer Truppen wahren. Golbfisch straffte die Schultern – so gut sie sich eben straffen ließen.

»Seht doch auch mal die gute Seite. Egal, wie alles angefangen hat, dies ist kein schmutziges Gebietsgeplänkel mehr. Wir sind in göttliche Angelegenheiten verstrickt. Über den Befreier sind viele Dinge vorhergesagt, manche klar und deutlich, manche verworren und ungewiß. Über einen Mann namens D'ward sind ebenfalls viele Dinge prophezeit, und nun wissen wir, daß D'ward und der Befreier ein und derselbe sind. Die berühmteste Prophezeiung ist, daß der Befreier dem Tod den Tod bringen wird. Wenn Ihr nach dem

Tod suchen wolltet, Kolgan Koadjutant, wo würdet Ihr das tun?«

Kolgan richtete den Blick auf die südlichen Gipfel. Die buschigen Brauen zogen sich zu einer furchteinflößend finsteren Miene zusammen. »Soll das etwa heißen, er wird uns in die Stadt selbst führen?«

»Wozu ist eine Prophezeiung nütze, wenn sie nie erfüllt wird? Wenn ich mich recht entsinne, würde Tharg uns nicht von unserem Weg abbringen.«

»Es wäre sogar ein kürzerer Weg, denn wir würden nie zurückkehren.«

Das stimmte allerdings! Golbfisch mußte sich eingestehen, daß er selbst mittlerweile keine allzugroße Hoffnung mehr hegte, Nag je wiederzusehen. »Als Ihr in Tharg wart, hab Ihr da den Doppeltempel besucht?«

»Ich habe ihn gesehen, obwohl er damals noch nicht fertig war. Es waren noch nicht alle Säulen errichtet, und K'simbr Bildhauer hat noch am Bild des Mannes als Schöpfer gearbeitet. Aber ich habe ins Antlitz des Todes geblickt.« Verächtlich spuckte er aus. »Nur die Thargier würden eine solche Scheußlichkeit aufstellen!«

Nach einer Weile fügte er hinzu: »Und ihre Art zu kochen brennt einem die Haut von der Zunge.«

Bevor Golbfisch etwas dazu sagen konnte, kam D'ward die Brüstung entlangstolziert. Er schien die alte Kraft wiedererlangt zu haben, obwohl sein Gesicht nach wie vor ausgezehrt wirkte.

»Ist es möglich?« erkundigte er sich.

»Wir werden Verluste erleiden«, brummte Kolgan. »Aber in ein Massensterben wird es nicht ausarten.«

Der Befreier nickte und lehnte sich an die Zinnen. »Setzt so viele Männer wie möglich zur Materialbeschaffung ein. Seile, Holzplanken ... und natürlich Vorräte für den Marsch. Weinhäute und Fässer als Flöße. Die Fässer müssen wir in Netzen über die Klippen hinunterlassen. Selbstverständlich dürfen wir uns bei den Vorbereitungen bis Einbruch der Dunkelheit nicht sehen lassen. Ein Schwimmer würde bei dieser Kälte keine zwei Minuten überleben. Oh ... ich hab's zwar nicht erwähnt, aber Ysian kommt mit uns. Sie kennt die Gegend.«

Golbfisch suchte Kolgans Blick. Die Lemodier würden nach ihrer Rückkehr streng über Verräter richten.

Kolgan zeigte sich mißbilligend. »Herr, das wird kein einfacher Marsch, selbst für kampferprobte Krieger nicht. Für ein Mädchen ...« Er ließ die Andeutung unausgesprochen in der Luft hängen.

D'ward starrte auf den Fluß hinab. »Wißt Ihr, wann ich das gefährlichste Erlebnis seit Beginn dieses Feldzugs hatte, Koadjutant?«

»Ich nehme an, als Ihr die Stadt eingenommen habt, Herr.«

»Nein.« Grinsend schaute er auf. »Am nächsten Morgen, als ich Ysian zum erstenmal traf. Wie ein Wirbelwind ist sie auf mich losgestürmt. Um ein Haar hätte sie mich mit einem Fleischermesser durchbohrt.«

Die Männer lachten, wie es sich gehörte, wenn ihr Anführer einen Witz machte. »Ihr habt sie gezähmt, Herr!«

»Oder sie mich. Nun, gibt es sonst noch etwas?«

»Was ist mit Dosh Gesandter?« wollte Golbfisch wissen. »Ich dachte, Ihr würdet ihm vertrauen?«

D'ward lächelte matt. »In manchen Dingen. Aber er unterliegt einem höheren Treueeid, und es ist besser für Euch, wenn Ihr nichts darüber wißt. Er kommt mit uns. Sobald wir drüben sind, braucht Ihr Euch seinetwegen keine Sorgen mehr zu machen.«

Er blickte zu den nieselnden Wolken hinauf. »Betet um Regen«, sagte er. »Betet um viel, viel Regen.«

Kurz bevor das Licht gänzlich schwand, gurtete Golbfisch sich ein Schwert um. Dann schickte er eine Gruppe die Felswand hinab. Die Männer sollten mit Seilen und Strickleitern einen Pfad schaffen. Er selbst kletterte mit der nächsten Gruppe in schwärzeste Finsternis hinunter. Dann folgten beständig Männer mit Seilen, Holz und allem, was im Wasser zu treiben vermochte.

Etwa eine Stunde später stand Golbfisch zerschunden, völlig erschöpft und frierend am Südufer.

Er war einer der Glücklichen gewesen. Jeder ging angeseilt, von zwei Gefährten gesichert, die hinter ihm die Leine nachließen, doch jeder, der ausrutschte, landete in eiskaltem Wasser und wurde zumeist an einem Felsen zerschmettert, bevor er zurückgezogen werden konnte. Planken lösten sich aus der Vertäuung, Fässer sanken, Seile rissen, Eisschollen schossen wie Ungeheuer aus der Nacht hervor. Urplötzlich wurden Männer hinweggerafft und verschwanden für immer. Die Dunkelheit und das Tosen des Flusses machten jede Verständigung nahezu unmöglich. Die Strömung trieb joalische Leichname flußab.

Sobald Golbfisch etwa zwanzig Mann beisammen hatte, verzurrte er Seile, die dem Rest als Orientierung und Halt dienen sollten. Dann befahl er einer Gruppe, ihm zu folgen und erklomm die Felswand. Sollten die Lemodier erfahren, was vor sich ging, würden sie Steinblöcke auf die Störenfriede hinabrollen.

Der Hang war steil – Fels, Schlamm und herabtropfendes Wasser. Er wußte, daß er oben angelangt war, als er sich den Kopf an einer Baumwurzel stieß. Mühevoll schwang er sich über den Rand in die Höhe und rappelte sich zittrig auf. Die Finsternis war vollkommen, doch irgend etwas warnte ihn. Er duckte sich. Ein Klinge schwirrte über ihm hinweg. Ohne zu zögern zückte er das Schwert und hieb in die Nacht. Er spürte einen übelkeiterregenden, feucht-weichen Aufprall, hörte einen Schrei und wußte, daß er soeben zum erstenmal Blut vergossen hatte. Hastig begab er sich auf die andere Seite des Baumes und spähte hilflos, aufmerksam lauschend um sich. Irgendwo auf dem Boden schluchzte sein Opfer und murmelte Gebete.

Abermals warnte ein namenloser Sinn den Prinzen vor einer Bewegung, und er schwang das Schwert ins Leere. Er war nun ein Krieger, ein Todbringer. Hinter und unter sich hörte er seine eigenen Leute nahen.

»Paßt auf!« brüllte er, während er blindlings um sich hieb. Mit lautem Klirren traf seine Klinge auf eine andere. Er kauerte sich nieder und schwang erneut die Waffe, diesmal in Kniehöhe. Ein Mann schrie gellend auf und stürzte in knackendes Unterholz.

Die einzige Möglichkeit, Freund von Feind zu unterscheiden, war die Sprache – anreden, und erhielt man die Antwort im falschen Dialekt, versuchen, den anderen zu töten. Griff der Gefragte sofort an, gar nicht erst auf die Antwort warten. Doch der Widerstand erwies sich als überraschend gering, und schon bald verebbte er gänzlich.

Nachdem Golbfisch im Wald einen Landekopf gesichert hatte, stellte er eine Gruppe zusammen, die ihn begleiten sollte, und brach auf, um mit Kolgan Verbindung aufzunehmen. Die Joalier hatten es schwerer. Es kam zu einem weiteren blinden Geplänkel im Unterholz, und abermals zogen die Verteidiger sich zurück. Bald hievten Nagier Joalier über den Felsrand herauf und sicherten Seile für die nachfolgenden Männer. Von Kolgan selbst fehlte jede Spur.

Golbfisch kehrte zu seiner eigenen Truppe zurück und stellte bestürzt fest, daß bislang weniger als hundert Mann eingetroffen waren. Er wartete eine Weile, ob die Lemodier einen Gegenangriff unternehmen würden. Nichts geschah; der Wald blieb ruhig. Golbfisch kletterte wieder hinunter zum Fluß. Die Armee überquerte den Strom immer noch, doch bei der augenblicklichen Geschwindigkeit schien das Unterfangen Tage zu dauern. Golbfisch bahnte sich einen Weg zurück über den Fluß – ein noch haarsträubenderes Wagnis als beim erstenmal, denn er mußte sich ständig an anderen Männern vorbeischlängeln, die sich an dasselbe Seil oder denselben Felsen klammerten.

Am Ufer angekommen, hielt er der wimmelnden Menge eine Strafpredigt. Er versicherte den Männern, daß ihre Kameraden den Fluß wohlbehalten überquerten hatten und nicht allesamt in ein feuchtes Grab geschlittert waren. Dann befahl er, weitere Seile spannen, weitere Pfade durch das Gewirr anlegen zu lassen.

Unter einem Hagel aus Schotter, Schlamm und herabkletternden Kriegern kämpfte er sich wieder den Nordhang hinauf und bezwang sogar irgendwie eine der Strickleitern, die von den Mauern herabhingen. Schneller! befahl er. Schneller!

Er wankte los, um D'ward zu suchen und fand ihn schließlich an den Stadttoren, deren Verteidigung er beaufsichtigte, denn die Lemodier hatten erahnt, was vor sich ging. Aber selbst dort erwies sich der Angriff als seltsam halbherzig.

Golbfisch erstattete Bericht. D'ward hörte ihm zu, dankte ihm und schickte ihn zurück ans Südufer. Golbfisch machte sich auf, um den Fluß ein drittes Mal zu überqueren. Erleichtert sah er, daß die Abwanderung nunmehr schneller voranging.

Am Himmel waren keine Monde zu sehen. Gegen Mitternacht hatte der Regen sich in einen Wolkenbruch verwandelt, der die Finsternis undurchdringlich gestaltete. Zweifellos starben zahlreiche Männer durch die Hand ihrer Freunde, wenn Trittbretter oder Seile versagten und sich zu viele darum drängten, gleichzeitig dieselbe Zuflucht zu besetzen. Hunderte ertranken, erfroren oder wurden an den Felsen zerschmettert.

Im Morgengrauen fand Golbfisch sich in den Obstgärten am Südufer wieder und hatte das Kommando über die Armee. Kolgan war gestürzt, als er die Felswand erklomm, und sich dabei die Schulter gebrochen. Zusammengekauert, benommen von Schmerz und Schock, hockte er auf dem Kieselstrand. Überall im Fluß trieben Leichen, überall am Ufer lagen Verwundete.

Immer noch goß es in Strömen. Der Wasserlauf schwoll sichtbar an. Lemod war wieder in den Händen der rechtmäßigen Besitzer. An mehreren Stellen der Stadt leuchteten Feuer, die gelegt worden waren, um die Rückkehr der Lemodier zu behindern. Es gab keine Anzeichen für eine Verfolgung. Die Götter seien gepriesen!

Beim ersten grauen Licht erschien Dosh Gesandter, begleitet von einem Jungen, der sich bei näherem Hinsehen als Ysian in Männerkleidern entpuppte. Der Anblick ihrer blauen Lippen überzeugte Golbfisch, Feuer anzünden zu lassen. Die beiden Lager waren zusammengelegt worden, und er hatte ringsum Wachen aufgestellt, so dicht, daß sie beinahe einen menschlichen Zaun bildeten. Die Lemodier griffen immer noch nicht an, ja sie griffen nicht einmal auf die alte Guerillataktik zurück. Warum nicht?

Die Hälfte der Überlebenden schien zu hinken oder im Schockzustand ziellos umherzuwanken. Alle waren über und über mit Schlamm bedeckt. Ein dürrer Junge kam humpelnd herbei, die Arme um die Schultern von zwei Freunden geschlungen. Er löste sich von ihnen und hielt sich, auf einem Bein stehend, an einem Ast fest.

»Wie viele?« fragte der Junge im Befehlston, und Golbfisch erkannte, daß er blaue Augen hatte.

»Verluste? Vier- oder fünfhundert Mann, würde ich sagen.«

Die schlammverkrustete Vogelscheuche zuckte zusammen. »Keine Gegenwehr?«

»Äußerst wenig. Wie viele habt Ihr zurückgelassen?«

»Verdammt wenige«, erwiderte D'ward. »Wie viele können nicht laufen?«

Golbfisch zuckte mit den Schultern. »Unten am Strand sind noch mindestens fünfzig. Hier oben ... keine Ahnung. Vielleicht weitere fünfzig.«

Der Befreier stöhnte auf und wischte sich mit dem Arm übers Gesicht. Es blieb so schmutzig wie zuvor. »Ist alles in Ordnung mit Euch?«

»Ein bißchen müde vielleicht. Und Ihr, Herr?«

Ein Kichern. Ein weiteres Stöhnen. »Hab' mir den Knöchel verstaucht, das ist alles.« Der Befreier stellte den verletzten Fuß auf den Boden, entblößte die Zähne und verzog das Gesicht zu einer Grimasse. »Meine erste Schlacht«, murmelte er.

Golbfisch sah, wie seine Augen glitzerten und verspürte einen seltsamen Anflug von Mitgefühl. So wie er, war auch D'ward kein echter Soldat und nicht dafür ausgebildet, Verantwortung für das Leben seiner Gefolgschaft zu tragen. Die meisten Anführer wären an dieser Stelle in ungestümen Jubel ausgebrochen, Jubel über einen brillant ausgeführten Rückzug. Zweimal hatte D'ward nunmehr eine verblüffende Wende herbeigeührt; zweimal hatte er überlegene Feldherrenkunst wie ein Kinderspiel aussehen lassen – und alles, was ihn beschäftigte, waren die Kosten des Erfolges.

»Der Fluß hat seinen Tribut gefordert, aber es war nicht das Massaker, das die Thargier angerichtet hätten.«

»Wir müssen dafür sorgen, daß sie nicht noch Gelegenheit dazu bekommen.« Behutsam setzte D'ward sich auf den Boden. »Ruft die Truppenführer zusammen.« Ysian kam herbei und kniete sich neben ihn. Sie wollte ihm das Gesicht mit einem Lappen abwischen, doch er winkte sie unwirsch fort.

Bald hatten die Truppenführer sich versammelt, ein triefnasser, gebeutelter Haufen, kaum halb so zahlreich, wie sie hätten sein sollen. D'ward ernannte zeitweilige Vertreter und ließ sie holen – für ordentliche Wahlen sei jetzt keine Zeit, meinte er. Er schien die Namen und Fähigkeiten jedes einzelnen zu kennen, ob Joalier oder Nagier.

Nach wie vor im Schlamm sitzend, an einen Baum

gelehnt, umriß er in groben Zügen, was bereits jeder wußte und nicht zu denken wagte. Sie waren einer Falle entronnen, hockten nun jedoch in einer noch tödlicheren. Die Thargier würden womöglich noch einmal den Fluß überqueren und versuchen, ihrer Beute den Weg abzuschneiden, bevor sie den Moggpaß erreichte. Und wenn nicht, würden sie nach Tholfurt ziehen und die Straße zurück nach Nagtal abriegeln. In Thargtal selbst warteten zweifellos zahlreiche weitere, bewaffnete Männer. Der Tag der Abrechnung war lediglich hinausgezögert worden.

»Jetzt müssen wir marschieren«, verkündete er. »Jeder, der nicht laufen kann, muß zurückbleiben. Formiert euch.« Die Männer waren erschöpft, doch wer nicht mitmarschierte, dem blieben nur Tod oder Sklaverei. Die Truppenführer tauschten zwar Blicke, aber niemand erhob Einwände.

D'ward rappelte sich auf. Ein halbes Dutzend Männer stürmte vor, um ihm zu helfen, doch er winkte ab. Von offensichtlichen Qualen geplagt, humpelte er los. Sogleich erbot ihm jemand einen frisch geschnitzten Stock, den er annahm. Er setzte ein Beispiel, doch das war auch schon alles, wozu seine Kraft noch reichte.

Mittlerweile war Kolgan eingetroffen, war aber noch zu benommen vor Schmerzen und Kälte, um von Nutzen zu sein. Verwundert über das merkwürdige Schicksal, das ihm die launenhaften Götter auferlegt hatten – und auf süßsaure Weise belustigt darüber –, übernahm Golbfisch das eigentliche Kommando und erteilte die nötigen Befehle.

Eine Frau und weniger als fünftausend Männer traten eine Reise der Eroberung und Erlösung an. Der stete, eisige Regen war eine körperliche Qual und ein Versprechen der Hoffnung zugleich.

Hinter ihnen brüllten und flehten die zurückgelassenen Verwundeten, bis ihre Stimmen in der Ferne verhallten.

35

»Thargtal ist wunderschön«, sagte Exeter. »Es ist fruchtbar, das Klima ist gemäßigt, und es wird von einer Adelsschicht regiert.«

»Was hat Adel denn mit Schönheit zu tun?« wollte Smeldey schläfrig wissen.

Mrs. Bodgley hatte ihre Gäste ins Wohnzimmer gescheucht und sie dort auf Stühlen Platz nehmen lassen. Eine Öllampe warf einen sanften Schimmer auf die vier Gesichter, während zwei Motten um den Glaskamin schwirrten. Zum Glück erwiesen die Stühle sich als ausgesprochen ungemütlich, andernfalls wäre Smedley nie und nimmer in der Lage gewesen, überhaupt wach zu bleiben. Alice hatte zögernd eingewilligt, Klavier zu spielen, nachdem sie hartnäckig behauptet hatte, hoffnungslos aus der Übung zu sein. Letztlich hatte sie aus dem Gedächtnis ein paar Etüden von Chopin zum Besten gegeben. Sehr gut sogar, soweit Smedley es beurteilen konnte. Nun unterhielten sie sich wieder über Nebenan.

»Also wirklich, Hauptmann!« Der Tonfall seiner Gastgeberin ließ erahnen, daß Smedley sich soeben als äußerst schlecht informiert gezeigt hatte. »Das hat mit liebevollem Umgang zu tun! Die einzigen Menschen, die sich richtig um Landbesitz kümmern, sind diejenigen, die ihn an ihre Kinder und Enkel weitergeben möchten. Gilberts Vater ließ eine Eichenallee anlegen, obwohl er wußte, daß er ihre Pracht niemals erleben würde. Das war vor fünfzig Jahren, und es wird noch mindestens weitere hundert dauern. Gilbert selbst hat sich strikt geweigert, Minenarbeiten auf unserem Besitz in Mittelengland zuzulassen. Menschen, die nur für ihr eigenes Leben planen, beuten Landbesitz aus. Wer statt dessen an seine Familie denkt, nährt das Land. Nehmen Sie sich doch noch eine Zigarre, wenn sie möchten«, fügte sie hinzu, als würde sie ihre Rüge bedauern.

Smedley dankte ihr und erhob sich noch dankbarer aus dem klobigen Stuhl. Er ging zum Humidor. Kein Bodgley würde die Eichenallee je in voller Pracht erleben. Die Linie der Bodgleys war ausgestorben, als Timothy ermordet wurde. Es war nicht einmal jemand übrig, um die Zigarren aufzurauchen.

Alices Augen funkelten im sanften Schein der Lampe. »Wie alles andere, kann man natürlich auch das zu weit treiben. Wilhelm der Eroberer ließ ganze Grafschaften räumen, um sie in königliche Jagdwälder zu verwandeln. Menschen haben schließlich auch Rechte.«

Mrs. Bodgley ließ sich den Einwand durch den Kopf gehen und schien zu dem Schluß zu gelangen, daß er an gefährliche Ketzerei grenzte. »Nicht unbedingt. Menschen kommen und gehen, aber Land besteht ewig.«

Exeter zwinkerte Smedley zu, als dieser zu seinem Stuhl zurückkehrte. »Glaubst du, der Hang des Adels zum ständigen Kriegführen ist eine Form der Bevölkerungskontrolle, um die Reihen der Bauern zu lichten?«

Die Dame des Hauses erkannte den Köder sofort

und biß zu. »Wahrscheinlich! Ein paar der Männer aufzuspießen wäre gewiß besser, als Frauen und Säuglinge verhungern zu lassen, oder?«

»Ich würde sagen, das hängt davon ab, auf welcher Seite des Spießes man steht. Aber Land und Krieg gehören anscheinend untrennbar zusammen. Die thargische Militärkaste ist genauso schlimm wie die preußischen Junker.«

Hunde des Krieges heulten in den dunklen Winkeln des Verstandes auf. »Bis hin zu Duellen, auf die sie sich nur einlassen, um Narben davonzutragen, so wie die reichen Preußenpinkel?« fragte Smedley.

»Ich glaube nicht, daß sie so weit gehen.«

»Ist Thargtal wie England?« wollte Alice wissen.

»Es sieht genauso gepflegt und planvoll angelegt aus. Aber die Pflanzenwelt ist ganz anders. Thargische Bäume sind bunt. Wir haben kupferfarbene Buchen und das langweilige alte Grün. Sie haben Blau und Gold und Magenta und verschiedene andere Farbtöne. Aber die großen Landsitze sind wunderschön. Die bewirtschafteten Ländereien erinnern an einen einzigen, riesigen Garten. Auch die Gebiete, die nicht genutzt werden, sind herrlich. Einige davon sind Wildparks. Allerdings gibt es keine malerischen kleinen Dörfer, jedenfalls nicht viele. Und die Sklavenschuppen stehen außer Sichtweite.«

»Wie in Sparta?« murmelte Mrs. Bodgley.

»So ähnlich«, bestätigte Exeter. »Zuerst habe ich nicht viel davon mitbekommen. Teils, weil es junge Hunde geregnet hat, teils, weil ich mir bei der Flucht aus Lemod den Knöchel verstaucht hatte und alle Kraft brauchte, um überhaupt laufen zu können. Die Überquerung des Flusses war ein durch und durch heikles Unterfangen. Der alte Golbfisch war der Held des Tages; er hat die ganze Sache durchgezogen und die Truppen zusammengeschart. Mit dem Wetter hatten wir Glück. Der Fluß schwoll an, deshalb wagte die thargische Armee nicht, uns zu folgen, und die lemodischen Guerillas haben uns in Ruhe gelassen. Am zweiten Tag erreichten wir den Moggpaß. Die Thargier hatten uns einen Pfad eröffnet, indem sie Bäche überbrückten, Schneisen durch Lawinenfelder schlugen und ähnliches; das hat uns ziemlich geholfen. Etwa am vierten Tag erreichten wir Thargtal und konnten mit dem Plündern und Brandschatzen beginnen. Wir waren zwar ein halbes Jahr zu spät, aber das war ja die ursprüngliche Absicht gewesen. Alle hatten sehr viel Spaß.«

»Außer dir?« warf Alice ein.

»Eigentlich war ich ziemlich schnell wieder auf dem Damm. Die Truppen haben mich mit Mana versorgt, wenngleich unbewußt. Nicht, daß ich es verdient hätte, aber das hat keinen Unterschied gemacht.«

Smedley unterdrückte ein Gähnen. Die Zieruhr auf dem Kaminsims schätzte die Zeit auf etwa elf Uhr. Sobald Smedley die Zigarre zu Ende geraucht hatte, wollte er sich entschuldigen und zu Bett gehen. Exeters kleiner Krieg war zwar interessant, doch Smedley hatte für die nächsten hundert Jahre keinen Bedarf mehr, etwas über Kriege zu hören.

Alice stellte ein gefährlich süßliches Lächeln zur Schau. »Also hat Pocahontas dich zum Paß geführt, ja? Und danach ist sie zu ihrem Volk zurückgekehrt?«

Mit tonloser Stimme antwortete Exeter: »Ja, sie hat uns zum Paß geführt. Aber sie konnte nicht zurück zu ihrer Familie, obwohl wir ziemlich nahe an ihrem Zuhause vorbeikamen. Man hätte sie als Verräterin behandelt, auch wenn sie noch ein Kind war.«

»Verstehe. Tut mir leid. Das war gehässig von mir.«

Mrs. Bodgley schluckte hörbar. »Äh ... was haben diese thargischen Junker denn zu eurem Plündern und Brandschatzen gemeint?«

Plündern und Brandschatzen stand nicht auf dem Stundenplan von Fallow.

»So gut wie nichts! Das war in der Tat ausgesprochen seltsam! Sie haben uns durch Reitereisoldaten beschattet – Ulanen auf Moas. Wir konnten sie in der Ferne sehen, aber sie haben sich uns nie genähert. Sie haben zwar Nachzügler und Patrouillen einkassiert, aber nur Joalier. Kein einziger Tropfen nagischen Blutes wurde vergossen.«

»Eigenartig.«

»Sehr sogar! Begünstigung! Wie du dir vielleicht vorstellen kannst, hat das zu Unstimmigkeiten geführt. Golbfisch beharrte darauf, daß der Feind versuche, einen Keil zwischen die Verbündeten zu treiben, die Nagier von den Joaliern zu spalten, und es gelang ihm, den Frieden innerhalb der Armee mehr oder weniger aufrechtzuerhalten – er war ein Wunder, dieser Mann! Nach ein paar Tagen – nachdem das Muster offensichtlich geworden war – schlug er vor, daß Nagier und Joalier die Ausrüstung tauschen sollten – Helm gegen Schild, Speer gegen Schwert. Wir haben es versucht, und selbst unsere eigenen Leute vermochten kaum noch zu sagen, wer denn nun wer war. Die Angriffe der Thargier verebbten gänzlich.

Wir haben unsere Geschwindigkeit beibehalten. Marschieren im Laufschritt, dreißig Meilen am Tag. Eigentlich war es mehr ein Rennen. Der Moggpaß hat uns ein wenig aufgehalten. Danach hatten wir freie Bahn durch Thargtal, um zum Saltorpaß und nach Hause zu gelangen. Wie ihr euch sicher denken könnt, sind thargische Straßen in ausgezeichnetem Zustand. Um uns den Weg abzuschneiden, mußte ihre Hauptarmee den Spießrutenlauf durch die Lemodebene antreten, und ich habe euch ja erzählt, wie der ist.«

»Offensichtlich hast du das Rennen gewonnen, sonst wärst du jetzt nicht hier.«

Exeter rieb sich die Augen. »Nein. Wir haben verloren. Na ja, eigentlich nicht. Das Große Spiel kam uns in die Quere.« Er blickte auf die Uhr. »Ich finde, es ist reichlich spät. Letzte Nacht haben wir wenig Schlaf bekommen ... Meint ihr, wir könnten diese atemberaubende Saga morgen früh fortsetzen?«

»Natürlich!« bejahte Mrs. Bodgley. »Aber du kannst uns nicht einfach so in der Luft hängen lassen! Gib uns wenigstens einen Hinweis. Was meinst du mit dem Großen Spiel?«

»Das Pentatheon, die Fünf. Ich habe euch ja erzählt, wie Krobidirkin mich in den joalischen Feldzug verwickelt hat, und möglicherweise hatte auch Tion dabei die Hände im Spiel. Ich kenne immer noch nicht alle Einzelheiten. Das Spiel ist so verworren, daß selbst die Spieler den Überblick über die Regeln verlieren, und jeder punktet auf andere Weise. Doch als Zath erfuhr, daß die Tore von Lemod während einer vierfachen Konjunktion geöffnet worden waren, wußte er genau, wo der Befreier sich befand. Also stützte er sich auf Karzon, den Mann, der gleichzeitig Schutzgott von Thargland ist. Deshalb haben die Thargier uns nicht getötet – die Priester in Tharg hatten eine Offenbarung Karzons erlebt.«

»Jetzt kenne ich gar mich nicht mehr aus«, gestand Alice.

»Zath wollte mich lebend in die Finger bekommen.«

»Lebend?«

»Natürlich nur, um völlig sicher zu gehen, daß ich sterben würde. Diesmal wollte er es selbst erledigen und dafür sorgen, daß es richtig gemacht wird.«

36

Die Mittagssonne sengte auf die staubige Straße hinunter. Im Süden waren keine Berge in Sicht – was Dosh sehr in Verwirrung brachte: Es war so, als würde ein selbstverständlicher Teil der Welt fehlen. Thargtal war ausgesprochen groß, die Armee dagegen ausgesprochen klein. Da die Kundschafter, Nahrungssucher und Kampfverbände in Haine, Gräben und Hecken ausgeschwärmt waren, gingen fünftausend Mann in der Landschaft unter. Während er mit Ysian an der Seite die Straße entlangstapfte, bekam er zunehmend den Eindruck, es gäbe gar keine fünftausend Mann.

Das war eine Täuschung, reine Einbildung. In Wahrheit befand sich Talbas Gruppe unmittelbar vor ihnen, außer Sicht hinter einer Kuppe. Jenseits der Heckenreihen sicherten zu beiden Seiten Patrouillen den Vormarsch der Armee. Gos'lva und sein Reitereitrupp folgten dicht hinter ihnen – leider.

Seit Lemod reiste die Reiterei zu Fuß, wie alle anderen auch. Die Männer waren nahe genug, um derbe Bemerkungen nach vorn zu rufen, für gewöhnlich darüber, wie unpassend es sei, daß ausgerechnet der Abartige die Geliebte des Schlachtenmeisters begleitete. Fernab der Stadt, wieder auf freiem Feld, galt Dosh nicht länger als einer der Jungs. Angespannte Männer neigten dazu, ihre innere Unruhe durch derbe Späße zu mildern, und Dosh war ein offensichtliches Ziel.

»He, Pogink Lanzenreiter!« brüllte eine Stimme.

»Ja, Koldfad Lanzenreiter?« grölte eine andere.

»Sag, Pogink Lanzenreiter, warum hat Dosh keinen Speer?«

»Keine Ahnung, Koldfad Lanzenreiter. Sag du es mir.«

Die vorhersehbare Pointe war mehr als unanständig. Der Humor der Reiterei war stets derb und plump gewesen, und der Abstieg auf den Boden und damit auf die Ebene gewöhnlicher Sterblicher hatte ihn nicht verbessert. Die Blasen, die Erschöpfung, der Hunger, die Gefahren und andere Kümmernisse, die den Männern derzeit zu schaffen machten, mochte zwar sehr gut für ihr Inneres sein, hinderte ihre schlichten Gemüter jedoch offenbar nicht daran, sich weiterhin fleischlichen Phantasien hinzugeben.

Dosh trug keine Waffen, weil D'ward ihn nach wie vor als Läufer einsetzte. Wahrscheinlich legte er jeden Tag doppelt so lange Wege zurück wie der Rest der Armee. Für gewöhnlich ließ er nicht zu, daß ihn der Hohn der anderen verletzte, und er hatte keine Ahnung, warum er ihn ausgerechnet jetzt spürte.

»He, Koldfad Lanzenreiter?«

»Ja, Pogink Lanzenreiter?«

»Was hältst du davon, wie diese Hüften sich bewegen?«

»Welche Hüften bewunderst du denn, Pogink Lanzenreiter?«

»Du mußt nicht hierbleiben und ihnen zuhören«, sagte Ysian leise.

Dosh schaute hinab und sah einen verwirrten Ausdruck in den großen, klaren Augen – die Augen eines Kindes. Sie war eine ganze Weile neben ihm hergehinkt und hatte den Possenreißern anscheinend ebensowenig Aufmerksamkeit geschenkt wie er ... wobei er zugeben mußte, daß sie auch ihm äußerst wenig Beachtung schenkte. Das Bündel, das sie trug, war so groß wie das jeden Mannes, und ihre knabenhafte Gestalt lief unter der Last beinahe gebückt. Jeder Mann in der Armee war mindestens einen Kopf größer als Ysian, doch sie hielt mit den anderen Schritt. Soweit Dosh wußte, beklagte sie sich nie. Sooft er keine Botengänge zu erledigen hatte, hielt er nach ihr Ausschau und begleitete sie, dennoch sprachen die beiden nur selten miteinander. Sie hatten nur eines gemeinsam: daß sie als Außenseiter galten.

Ein Läufer konnte auch kein Bündel tragen. Ysian teilte ihre Rationen mit Dosh.

»Sie werden bloß allmählich scharf«, murmelte Dosh und fragte sich sogleich, ob sie überhaupt verstand, was er meinte.

Was offenbar der Fall war. »Dieser Vergewaltigungs- und Plünderungsfeldzug hat bisher in keiner Hinsicht viel gebracht, oder? Und die Kerle sind keine solchen Schnelldenker wie du.«

»Laß dich von denen nicht ärgern. D'ward hatte seine Gründe, dich mitzunehmen. Das geht die da hinten gar nichts an. Soll ich das Bündel eine Weile tragen?«

Ysian schüttelte den Kopf, hievte den Rucksack höher auf die Schultern und humpelte weiter.

D'ward bildete wie üblich die Nachhut. Er hatte sich selbst die Aufgabe zugeteilt, die Nachzügler, die Verwundeten und die Schwächsten zu ermutigen, obwohl jeden Tag unterwegs Männer zusammenbrachen und notgedrungen der zweifelhaften Gnade der Thargier überlassen werden mußten. Golbfisch marschierte in der Vorhut und führte die Bande an.

Das Land präsentierte sich verwaist. Die Thargier hatten die Häuser niedergebrannt und alles Vieh verscheucht. Es gab keine Frauen zu vergewaltigen und ziemlich wenig zu plündern – was kaum eine Rolle spielte, da die Eindringlinge ohnehin keine Packtiere besaßen, um Beute zu befördern. Sooft es den erschöpften Nahrungssuchern gelang, einen verirrten Zebu oder Auerochsen zu fangen, wanderte das Tier unverzüglich in den Kochtopf. Die aus Lemod mitgebrachten Vorräte waren aufgebraucht; die Frühlingsfelder lagen kahl da. Noch ein paar solche Tage, und der Hunger würde die Armee in die Knie zwingen.

Im Norden ragte die Thargwand als glitzernde Parade aus Eis und frischem Frühlingsschnee auf. Irgendwo dahinter mußten die Thargier marschieren. Auch im Osten thronten Berge, jeden Tag ein wenig näher. Innerhalb dieses Felsgebildes verbarg sich der Saltorpaß, die Straße nach Hause. Doch durften die erschöpften, hungernden Krieger tatsächlich darauf hoffen, zuerst das Gebirge und dann den Saltorpaß zu bezwingen? Dieser Feldzug schien zu dem zweifelhaften Ruhm verdammt, als größter militärischer Fehlschlag in die Geschichte der Täler einzugehen. Dank D'ward hatte Joalia zwar Lemod eingenommen, doch davon abgesehen hatte man lediglich erreicht, daß die Thargier einen Streifen des eigenen Heimatlandes zerstörten. Was Dosh wahrlich als äußerst schwachen Trost empfand.

In selbem Maße wie die Gipfel der Thargwand, sogar noch schneller, rückten Massensterben und Niederlage näher, und die Überlebenden würden in die

Silberminen wandern. Etwas Besseres durften sich auch die beiden Außenseiter nicht erhoffen. Dosh diente dem von ihm auserwählten Gott, und für Tion zu sterben, würde ihm einen ewigen Platz bei den Gesegneten zwischen den Sternen verschaffen. Das Mädchen hingegen hatte keinen Grund, hier zu sein. In Lemodtal hatte sie sich als nützliche Führerin erwiesen – warum hatte D'ward sie nicht dort gelassen? Kannte er denn überhaupt keine Dankbarkeit? Irgendwie hätte Dosh sich vom Befreier etwas Besseres erwartet. Soweit er sich besinnen konnte, wurde im *Filoby-Testament* keine Ysian erwähnt. Was jedoch nichts bedeuten mußte; die Prophezeiungen waren recht lückenhaft. Mittlerweile befand er sich oben auf der Kuppe und konnte Talba und seine Männer deutlich vor sich erkennen. Er sah sich in der Gegend um – wie immer halb in der Erwartung, eine zweite thargische Armee zu erblicken, die wutentbrannt auf sie zustürmte. Ein paar Punkte in weiter Ferne waren einige ihrer Kundschafter, Lanzenreiter auf Moas. Sie umkreisten die Eindringlinge, beobachteten sie wie Bussarde, quälten sie wie Moskitos, und doch hatten sie ihre Angriffe gänzlich eingestellt.

Ein Tempel!

Eine Baumgruppe und ein uraltes Steinbauwerk, abgeschieden auf halber Höhe eines Hügels inmitten einer Weide. Unwahrscheinlich, daß hier eine Siedlung errichtet worden war – das konnte nur irgendein Heiligtum sein. Die Frühlingsblätter der Bäume schimmerten wie Blattgold, ebenso funkelte die Kuppel in der Mitte, und Gold verhieß Tion. Diesem Wink konnte Dosh nicht widerstehen. Er wollte er auch gar nicht; er verspürte das heftige Verlangen, seinem Meister zu dienen.

»Ich schaue lieber mal nach, ob D'ward mich braucht«, murmelte er und trat an den Straßenrand.

Gos'vla und seine Männer marschierten vorbei; er zeigte ihnen den Stinkefinger, und sie brüllten ihm Kraftausdrücke zu. Sobald sie vorüber waren, hechtete er in eine Hecke. Dann kauerte er sich ins Unkraut und wartete, bis die Nachhut vorbeizog. Die letzte Truppe marschierte mit fröhlichem Gesang vorbei – ein ausreichender Beweis dafür, daß D'ward bei den Männern war und sie ermutigte und ermunterte, wie nur er es vermochte.

Dosh harrte noch eine Zeitlang aus. Dann rappelte er sich auf und rannte quer über die Felder.

37

Staubwolken in der Ferne verrieten Dosh, daß die Thargier nach wie vor lauerten. Es bestand durchaus die Möglichkeit, daß sie ihn aufgriffen, bevor er wieder zu seinen Gefährten stoßen konnte. Er war weder Nagier noch Joalier, folglich ließ sich unmöglich erahnen, wie sie ihn behandeln würden. Es schien besser, keine Vermutungen darüber anzustellen. Wie dem auch sein mochte, er hatte Neuigkeiten, die er seinem Meister berichten mußte.

Vor einer halben Doppelwoche hatte D'ward eine beunruhigende Frage geäußert: Wieso sollte ein Gott Spione brauchen, die ihm Dinge zutrugen? Dosh hatte sich lange den Kopf darüber zerbrochen, bis er endlich die Antwort fand. Ein Gott brauchte gar nichts. Götter waren allwissend. Das Dienen selbst war das

Wichtige, und es war einzig für Dosh wichtig. So wie man eine Jagdkatze abrichtet, Beute zu schlagen, wurde er für zum Dienen abgerichtet, auf daß seine Seele eines Platzes im Himmel würdig werde. Ein Opfer war wertvoll für den Anbeter, nicht für den Gott. Je mehr das Opfer schmerzte, um so wertvoller war es, ob es sich nun um ein dürres Hühnchen oder einen Dienst handelte. Tion brauchte Dosh nicht, Dosh aber brauchte Tion dringend.

Die Siedlung war eine Abtei, erkannte Dosh, als er näher kam. Möglicherweise ein Nonnenkloster, doch für einen Avatara von Tion schien ein Mönchskloster wahrscheinlicher.

Keuchend trottete er durch das Tor; dann verlangsamte er die Schritte und ging ehrfürchtig durch die geheiligte Stätte. Die Bauwerke waren sehr alt und dick mit Moos überwuchert – fünf Gebäude lagen zwischen den Bäumen verborgen, ein größeres stand allein auf offenem Gelände. Nach der Größe der Fenster zu schließen, handelte es sich dabei vermutlich um ein Skriptorium. Der Orden mußte ziemlich klein sein, bestenfalls ein Dutzend Mönche, und Dosh fragte sich, wie sie sich wohl hier draußen, ganz allein in den Hügeln, die Zeit vertrieben. Er erblickte eine gebückte, mit einer Robe bekleidete Gestalt, die in einem Kräutergarten Unkraut jätete, sonst aber sah er weit und breit niemanden. An einer Leine flatterte Alltagswäsche im Wind.

Das Münster war an der Kuppel und der mittigen Lage erkennbar. Doshs naßgeschwitztes Hemd klatschte ihm gegen die Haut, als er die Stufen hinaufschritt. Eine Seite der Doppeltür war angelehnt, und er trat hinein in feuchtkalte Düsternis.

Die kleine Kapelle präsentierte sich bar jeder Einrichtung und verfügte nicht einmal über einen Altar. Sie enthielt nur ein Abbild des Gottes, das von Lichtstreifen erhellt wurde, die aus hochgelegenen Schlitzen in der Kuppel hereinfielen. Das Bildnis verkörperte zweifellos eine Erscheinungsform des Jünglings, doch es war eine gedrungene, unansehnliche Statue aus geädertem Marmor, deren übliche Nacktheit teilweise von einer Schriftrolle verdeckt wurde, die der Gott waagerecht in beiden Händen hielt.

Dosh war ein persönliches Ritual zugeteilt worden, um seinen Meister zu rufen. Götter schufen stets solche Zeremonien, auf daß sie nicht zufällig durch alltägliche Gesten nachgeahmt werden konnten. In Doshs Fall begann das Ganze damit, daß er die Kleider ausziehen mußte. Das erforderte Abgeschiedenheit. Er stand auf einem Bein, um den ersten Stiefel abzustreifen und kippte beinahe um, als sich eine hochgewachsene Gestalt aus den Schatten löste. Woher war sie ... Oh, dort in der Ecke war eine Tür.

Der Mönch wirkte alt, doch sein Rücken war gerade, und das rasierte Gesicht sowie der kahlgeschorene Kopf machten es schwierig, sein tatsächliches Alter zu schätzen. Die Knochen unter der pergamentartigen Haut waren wohlgeformt; in seiner Jugend mochte er durchaus würdig gewesen sein, dem Herrn der Schönheit zu dienen. Seine gelbe Robe leuchtete in der Düsternis; seine Sandalen verursachten auf dem Steinboden ein schabendes Geräusch. Eine funkelnde Halskette, die bis zur Hüfte herabhing, ließ darauf schließen, daß es sich um den Abt höchstpersönlich handelte. Er hatte die Stirn in Falten gelegt.

»Kommst du, um dem Heiligen Prylis Achtung zu erweisen, mein Sohn?«

Zum Glück hatte Dosh in den langen Winternächten voller Bettgeflüster mit Anguan ein wenig Lemodisch aufgeschnappt, und Lemodisch ähnelte diesem entsetzlichen thargischen Krächzen. Er verstand den Mann, wenn auch nur mit Mühe und Not. Prylis galt als Gott des Lernens – daher die Schriftrolle.

Der heilige Vater hielt unverkennbar wenig von schweißnassen Huldigern, die atemlos, mit aufgeknöpftem Hemd und schlammverkrusteten Stiefeln ankamen. Wahrscheinlich erwartete er nun von Dosh, daß er sich niederkniete und die Kette küßte; dann würde er den Bauern zu einem eiskalten Teich schicken, in dem er baden sollte, bevor er mit seinen Gebeten beginnen durfte.

Dosh machte das Zeichen Tions, doch er benützte dafür die linke Hand und streckte gleichzeitig zwei Finger der rechten aus. Vermutlich handelte es sich um ein Erkennungszeichen eines von Tions Kulten, wenngleich Dosh nie auf ein Geheimnis eingeschworen worden war. Er konnte sich nicht erinnern, wo er dieses Zeichen gelernt hatte. Vielleicht hatte der Gott selbst es ihm beigebracht. Jedenfalls wirkte es immer.

So wie jetzt. Der alte Priester verbeugte sich tief. Nicht einmal den Kopf hob er vollständig an; er vermied es, seinen Besucher unmittelbar anzublicken. »Ich will dafür sorgen, daß du nicht gestört wirst, mein Sohn«, murmelte er und eilte hinaus, wobei die Sandalen geschäftig über die Kacheln schabten. Mit dumpfem Knall fiel die Außentür hinter ihm zu, wodurch es in der Kammer noch dunkler wurde. Viel besser.

Zitternd in der feuchten Kälte, zog Dosh sich aus. Die Reihe der Posen, die er einzunehmen hatte, würde man für gewöhnlich in einem Tempel als schlimmste

Gotteslästerung betrachten, aber schließlich war eine der Erscheinungsformen des Jünglings Kirb'l, der Witzbold. Dosh verbeugte sich vor dem Götzenbild, wandte ihm den Rücken zu, bückte sich ...

»Was, um alles in der Welt, tust du da?«

Dosh kreischte, sprang auf und wirbelte herum. Da war niemand. Dermaßen von Zorn erfüllt, daß er seine Blöße vergaß, stapfte er zu der kleinen Tür in der Ecke hinüber und riß sie auf. Dahinter befand sich eine kleine Kammer, die einen mit Büchern beladenen Tisch beherbergte. Keine weitere Einrichtung, keine weitere Tür. Von hier war die Stimme nicht gekommen.

Nunmehr am ganzen Leibe bebend, hastete er zurück zu dem Götzenbild und warf sich davor auf den kalten Steinboden.

»Nun?« fragte dieselbe Grabesstimme. »Du hast meine Frage nicht beantwortet.«

»Herr, ich habe nur das Ritual vollführt, das Ihr mir beigebracht habt.«

»Oh!« Es bestand kein Zweifel, daß die Stimme aus der Statue stammte. »Tion meinst du?«

Eine Zeitlang stammelte Dosh hilflos vor sich hin. »Aber seid Ihr denn nicht auch der Heilige Tion, Herr?«

Der Gott gab ein sonderbares Thi-hi von sich, beinahe ein Kichern. »Nun, nicht immer. Nicht im Augenblick. Was treibt er denn gerade? Und was, um alles in der Welt, sind das für Narben in deinem Gesicht? Fang am Anfang an und erzähl mir die ganze Geschichte.«

»Aber ...« Dosh hatte sein Ritual bereits mehrere Male durchgeführt, in Schreinen oder Tempeln, und es hatte stets den Herrn der Schönheit persönlich herbeibeschworen. Andererseits hatte er sein Ritual diesmal natürlich nicht vollendet, ja kaum begonnen. Waren denn nicht alle Avataras von Tion gleichzeitig Tion selbst? Zumindest behaupteten es die Priester. Warum bezog sich diese Erscheinungsform dann mit »er« auf den Herrn der Schönheit?

Es stand ihm nicht zu, Fragen zu stellen. »Herr, ich folge dem Befreier, wie Ihr mir ...«

»Ja?«

»Wie Ihr mir ... Ich glaube, Ihr habt es mir aufgetragen. Ich erinnere mich nicht mehr!« Panik stieg in ihm auf. »Ich muß Euch berichten, was der Befreier tut. Das stimmt doch, nicht wahr? Ihr müßt ...«

»Wann hat es angefangen?« wollte die Stimme wissen. Sie hörte sich nun weniger gespenstisch und hallend, sondern beinahe freundlich an. »Hast du zufällig die goldene Rose bei seinen – unseren, wollte ich sagen – Festspielen gewonnen?«

»Ja! Ja!«

»In welchem Jahr?«

»Sechshundert, siebenundneunzigste Festspiele, Herr.«

»Und was geschah dann?«

»Ich ...« Dosh stöhnte auf. Er zitterte wie Espenlaub. Er fühlte sich unsagbar schwach. »Ich erinnere mich nicht daran! Ich stand mit der Rose im Haar auf dem Podium und habe die Preise für die Festspiele verteilt. Dann ... ich weiß es nicht mehr!« Am nächsten Tag war er in Nag zum Palast gegangen, hatte Prinz Tarion um Arbeit gebeten und war auf der Stelle aufgenommen worden. Das lag mittlerweile beinahe ein Jahr zurück ... Aber das konnte nicht sein! »Vier Jahre? Diese Festspiele waren vor vier Jahren, nicht wahr?«

»Ja, so ist es. Zieh deine Kleider an, Junge.« Die Stimme des Gottes hatte alle göttliche Bedrohung verloren und hörte sich nachgerade schwatzhaft an. »Ich kann nicht mitansehen, wie du frierst. Mach dir keine Gedanken wegen der fehlenden Jahre. Ich bin sicher, es ist viel besser für dich, wenn du dich nicht daran erinnerst. Erzähl weiter. Meinst du etwa, der Befreier ist tatsächlich hier? In Thargtal?«

Dosh bestätigte dies, während er sich zitternd in die feuchten Kleider mühte. Drei Jahre! Drei Jahre waren aus seinem Leben gestohlen worden!

»Das ist sehr ernst! Geradezu gefährlich! Hat der Dienst ihn schon so früh hierhergeschickt?«

»Der was, Herr?«

»Der Dienst! Die Kirche des Ungeteilten, wenn dir das lieber ist. Hrmpf! Offensichtlich weißt du gar nichts darüber. Mein Meist... meine ranghöhere Erscheinungsform war nicht ganz offen zu dir. Tja, das alles ist überaus interessant, nicht wahr? Thi-hi! Ich muß den Befreier unbedingt kennenlernen. Geh und hole ihn.«

Bestürzt schluckte Dosh. Inzwischen mußten D'ward und die Armee meilenweit entfernt sein. Wie sollte er, Dosh, den Befreier je davon überzeugen, den ganzen Troß umkehren und hierher zurückmarschieren zu lassen? Und da die thargische Reiterei nach wie vor die Gegend durchstreifte, war die die Wahrscheinlichkeit, daß D'ward allein mitkäme, noch geringer.

Andererseits war es undenkbar, einen unmittelbaren Befehl des Gottes zu mißachten. Die Strafe wären womöglich weitere Jahre voller ... voller was?

Haß! Drei Jahre seines Lebens waren ihm gestohlen worden!

Wut und Kummer brannten ihm in der Kehle. Er

wandte sich um und starrte das leblose Bildnis eindringlich an. Dies war ein völlig anderer Gott. Dosh durfte seinen plötzlichen Zorn auf Tion nicht auf Prylis übertragen. Er durfte den Gott des Lernens, der ihm diese Weisheit zuteil werden ließ, keinesfalls gegen sich aufbringen.

Und der Befreier – D'ward hatte für ihn weit mehr getan als Tion. Mußte er D'ward nun in den Tod führen?

»Herr, wie soll ich den Befreier je davon überzeugen, hierherzukommen? Überall lauert Gefahr!«

»Hm! Ich verstehe, was du meinst. Nun, dein neu gewonnener Einblick sollte ein Zeichen für ihn sein, und ... ja ... wir werden ein wenig Unterstützung für dich auftreiben. Geh nach draußen.«

Verwirrter als je zuvor verbeugte Dosh sich vor dem Gott; dann stolperte er zur Tür hinüber. Er trat hinaus in das grelle Sonnenlicht. Eine Hand packte ihn am Haar und zerrte ihn vorwärts. Er stürzte die Stufen hinunter und landete ausgestreckt auf dem Schotter. Durch unvermittelt aufquellende Tränen des Schmerzes sah er rings um sich funkelnde Stiefel.

»... ist kein Nagier!« meinte eine schroffe Stimme.

»Nicht bei einer solchen Haarfarbe«, pflichtete eine andere Stimme der ersten bei. »Den können wir töten.«

»Verfütter ihn an die Würmer.«

»Frevel!« rief jemand. »Ihr entweiht die heilige Stätte!«

»Dann schaff ihn zuerst hinaus vors Tor«, befahl die erste Stimme.

Dosh vernahm ein seltsames, stöhnendes Geräusch und erkannte, daß es von ihm selbst stammte. Rauhe Hände packten ihn bei den Armen und zerrten ihn auf die Beine. Er war von acht oder neun thargischen Lanzenreitern umgeben – hartgesottene, drahtige Männer in grün-schwarzer Lederreitkluft, mit Bronzehelmen und in thargischer Manier glattrasierten Gesichtern. Er versuchte zu sprechen, brachte jedoch nur ein hilfloses Stammeln hervor.

Der Abt sprang aufgeregt im Hintergrund umher und prangerte immer noch den Frevel der Eindringlinge an: Gewalt auf den Stufen des Münsters, die Gärten schändende Moas, allgemeiner Mangel an Achtung. Man durfte von Anhängern Karzons nicht erwarten, daß sie einem Priester Prylis' besondere Beachtung schenkten, und diese Soldaten hatten nicht vor, damit zu beginnen.

»Beweg dich, du Made!« befahl der Anführer.

Als Dosh vorwärtsgeschliffen wurde, schwangen die Türen des Münsters mit lautem Knall auf.

»Halt!« brüllte eine donnergleiche Stimme.

Die Hände ließen von Dosh ab. Er taumelte und wäre beinahe gestürzt.

»Kommt herein, ihr alle!« Kein Sterblicher konnte so laut sein.

Das Bildnis schien immer noch aus Marmor zu bestehen, und doch war es auch Fleisch geworden. Die Schriftrolle sah beinahe aus wie Pergament, und Prylis hielt sie immer noch vor sich. Seine Augen waren deutlich lebendiger als sein übriger Körper und leuchteten so blau wie jene D'wards. Sein Haar hatte einen goldenen Schimmer angenommen.

Der Abt und die Thargier krochen vor ihm auf dem Boden. Dosh kniete sich hinter ihnen ehrfürchtig nieder; dann starrte er den Götzen ungläubig an. Diese

Pose mit der waagerechten Schriftrolle – sie war absichtlich unanständig! Warum hatte er das nicht früher bemerkt? Neu gewonnener Einblick hatte der Gott gesagt ... Der Witzbold machte sich über seine Anbeter lustig!

Eine donnergleiche Stimme hallte durch die Kapelle: »Barbaren! Nennt mir einen Grund, weshalb wir euch für euren Frevel nicht zermalmen sollten.«

Die Lanzenreiter stöhnten und brabbelten.

»Herr!« krächzte ihr Anführer. »Wir haben nur Befehle befolgt. Uns wurde gesagt, daß der Heilige Karzon ...«

»Dieser Ort gehört nicht Karzon! Du, Ksargirk Hauptmann, bist auf seinen üblen Kult des Blutes und Hammers eingeschworen, wie wir sehen. Du auch, Tsuggig Lanzenreiter, und Twairkirg Lanzenreiter ... und auch Progyurg Lanzenreiter. Wilde! Widerruft euren Eid!«

Die Soldaten heulten auf.

»Schwört dem Kult ab oder seid für immer verdammt!« gellte der Gott, lauter als je zuvor.

Leise, ängstlich murmelnd, widerriefen die vier Männer ihren Schwur, wofür auch immer Blut und Hammer stehen mochten – vermutlich für einen Kriegerkult Karzons, höchstwahrscheinlich einen besonders gräßlichen. Dosh stellte fest, daß er diesen unerwarteten Wechsel der Geschicke genoß. Von dem göttlichen Gebrüll dazu genötigt, entsagten die Schläger dem Mann und schworen, nie wieder seinen Schutz zu suchen. Mittlerweile machten sie sich vor Angst fast in die Hosen.

Es war schön, Freunde in mächtiger Stellung zu haben.

»Und nun schwört uns ewigen Gehorsam! Ihr alle!

Schwört, daß ihr von nun an für dem Jüngling stets vor allen anderen Göttern huldigen werdet!«

Konnte es sein, daß der Gott dies ebenso genoß? Dem Grollen haftete ein Klang an, den man bei einem Sterblichen wohl als Genugtuung bezeichnet hätte. Wie oft bekam eine unbedeutende, bescheidene Gottheit wie Prylis Gelegenheit, in solchem Gehabe zu schwelgen?

Äußerst zögernd schworen die Soldaten Tion die Treue, einige von ihnen nachgerade weinend. Dosh vermutete, diese Abtrünnigen würden recht bald im Himmel landen, sollte Karzon je von diesem Vertrauensbruch erfahren – oder sollte einer ihrer Freunde auch nur den leisesten Verdacht hegen.

»Nun«, meinte der Gott mit nicht mehr ganz so ohrenbetäubendem Gebrüll, »ein großes Übel befleckt die Welt, und ihr seid berufen, dagegen anzugehen.«

»Nenne uns seinen Namen, Herr«, bat der Hauptmann, der sich wieder ein wenig ermutigt anhörte.

»Sein Name ist Zath!«

Die Soldaten tauschten entsetzte Blicke.

»Ihr seid verpflichtet, unserem getreuen Diener Dosh Gesandter, den ihr zu töten suchtet, alle Hilfe zu gewähren, wie es in eurer Macht steht. Ihr werdet seinen Befehlen ohne Fragen und Zögern gehorchen, wenn nötig bis zum Tod, bis er euch entläßt. Erhebe dich, Dosh Gesandter.«

Dosh richtete sich auf. Ein thargischer Lanzenreiter nach dem anderen kniete vor ihm nieder und schwor ihm uneingeschränkten Gehorsam. Ja, er genoß dies eindeutig! Und er würde es weiterhin genießen. Dieser eine Junge ... Progyurg? Ja, Progyurg Lanzenreiter war ein wahrhaft gutaussehender Bursche ... Gehorchen ohne Fragen und Zögern, hm?

Aus unerfindlichem Grund dachte Dosh plötzlich an D'ward. Tarion sah gewiß nichts Falsches daran, die Befehlsgewalt seines Ranges einzusetzen, um seine persönlichen Gelüste zu befriedigen. Progyurg selbst würde bestimmt keine Einwände erheben, denn Thargier stellten Gehorsam gegenüber vorgesetzten Offizieren über alles, doch D'ward würde es mißbilligen. Dessen war Dosh sicher, obwohl er keine Ahnung hatte, woher oder weshalb er es wußte. Nun, er würde sich über die moralischen Belange der Situation den Kopf zerbrechen, bevor er Progyurg besondere Pflichten auferlegte.

»Heiliger Vater Abt?« dröhnte der Gott.

Der alte Mann kroch immer noch. »Herr?«

»Auch deine Unterstützung könnte Dosh Gesandter brauchen. Hilf ihm. Hm. Das scheint alles zu sein, nicht wahr? Thi-hi! Tja, ich schätze, ihr seid nun alle unsere Diener, und wir erteilen euch hiermit unseren Segen.«

Das Bildnis bestand wieder aus Marmor.

Der arme Progyurg Lanzenreiter brach bewußtlos auf dem Boden zusammen.

38

Die Armee lagerte inmitten der Überreste eines riesigen Herrensitzes. Das große Haus glich nur noch einer rauchenden, stinkenden Ruine, aber einige der zahlreichen Nebengebäude hatten überlebt. Zusammen mit den paar Steinwänden um Höfe und Sattelplätze boten sie Schutz vor dem kühlen Wind, der mit

Einbruch der Dunkelheit aufgekommen war, und sie verbargen die kleinen Lagerfeuer. Eltianas rotes Auge starrte aus einem zunehmend finsteren Himmel herab; die Sterne versammelten sich am Firmament.

Die Truppe aus Sonalby hatte sich in einen winzigen Hof gepfercht. Ysian entdeckte Prat'han sofort und begann, sich rasch einen Weg zu ihm zu bahnen, wobei sie über unzählige Beine hinwegsteigen mußte. Die Nagier fanden sich wesentlich bereitwilliger mit ihrer Anwesenheit ab als die Joalier. Sie war D'wards Frau, und wenn D'ward beschlossen hatte, seine Konkubine mitzunehmen, während er es allen anderen verboten hatte, so war das – soweit es die Nagier betraf – sein Vorrecht als Anführer. Sie wären sprachlos und bestürzt, wenn sie erführen, daß D'ward die Frau noch nie auch nur geküßt hatte. Dosh Gesandter hatte es erraten, aber Dosh war auch ein geradezu unheimlich scharfsinniger Bursche.

Insbesondere die Truppe aus Sonalby betrachtete den Befreier als einen von ihnen; sie schienen seinen Geschmack für Frauen zu billigen, und nun begrüßten sie Ysian mit wüstem Geheul und derben Witzen in ihrem brabbelnden, nagischen Akzent. Sie betrachteten Ysian eindeutig nicht als kleine Schwester, was eine angenehme Abwechslung darstellte. Als sie erklärte, daß sie nach D'ward suchte, brüllten die Possenreißer natürlich, sie dürfte den armen Mann nicht so überbeanspruchen, sollte wenigstens bis zur Schlafenszeit warten und so weiter. Die anderen lachten und pflichteten dem bei. Mittlerweile hatte Ysian sich daran gewöhnt. Binnen einer halben Doppelwoche bei der Armee hatte sie viel über Männer gelernt, was sie zuvor nicht gewußt hatte, unter anderem, daß Männer selten an etwas anderes als an Geschlechtsverkehr dachten. Diese Engstirnigkeit war nachgerade verblüffend.

Der große, schlaksige Prat'han hockte an einem der Feuer und briet irgend etwas an einem Spieß. Er brüllte den Witzbolden zu, sie sollten den Mund halten. Dann grinste er Ysian mit großen Zähnen an. »Der Schlachtenmeister ist mit den Thoid'lbianern zum Kundschaften losgezogen. Sie wollen herausfinden, ob sie diesen verfallenen Turm hinaufklettern können. Er müßte eigentlich bald zurück sein. Bleib doch hier und leiste uns Gesellschaft; wir alle sehnen uns nach dem Klang einer weiblichen Stimme.« Die Zuhörer brachen in zustimmendes Gegröle aus.

Ysian war sich der vielen Männer rings um sie durchaus bewußt – ein eigenartiges, aber keineswegs unangenehmes Gefühl. Die Aufmerksamkeit schmeichelte ihr. Doch sie war gekommen, um festzustellen, ob Prat'han ihr helfen würde, Dosh zu retten, und nun erkannte sie, daß sie ihn hier, vor allen anderen, unmöglich danach fragen konnte. Um die Beziehungen zwischen den Nagiern und den Joaliern stand es schlecht. Sie wußte, daß D'ward deswegen besorgt war; und sie durfte auf keinen Fall etwas tun, das die Lage vielleicht noch verschlimmerte. Auch Prat'han mußte das wissen, also könnte er sich durchaus weigern, sich in irgend etwas hineinziehen zu lassen. Oder es könnten sich zu viele Krieger der Truppe zu sehr hineinsteigern, und schon hätte Ysian einen Aufstand vom Zaun gebrochen. Mist!

»Ich kann im Augenblick wirklich nicht bleiben, Truppenführer, so gern ich es würde. Später vielleicht.«

Prat'han bedauerte dies. Die Männer bräuchten die Gesellschaft einer schönen Frau; es sei gut für ihre

Moral. Dann streckte er ihr seinen Spieß entgegen. Sonalby, erklärte er, hätte an jenem Nachmittag reiche Beute gemacht – ein sumpfiger Teich, voller fetter Eidechsen. Die Schwänze wären eine besondere Köstlichkeit, und sie müßte den da essen, so lange er noch heiß war. Stolz lächelte er sie an.

Ysian nahm den Spieß und versuchte, den rauchenden Klumpen an dessen Ende nicht anzuschauen. Sie würde eher den Hungertod sterben, als eine Eidechse zu essen.

»Das ist sehr nett von dir«, bedankte sie sich. »Riecht wirklich verlockend! Hast du etwas dagegen, wenn ich den Spieß mitnehme?«

»Schade! Wir sind untröstlich. Wo mußt du denn so dringend hin?«

»Oh …« Ysian bahnte sich bereits einen Weg zurück über das Gewirr aus Beinen. »Ein Freund braucht mich. Ich muß etwas erledigen, bevor D'ward zurückkommt.«

Natürlich zogen die Nagier es vor, ihre Worte gründlich zu mißverstehen, aber nichts, was Ysian hätte sagen können, wäre gegen den ungehobelten Humor dieser Männer gefeit gewesen. Während Ysian die derben Anspielungen noch in den Ohren hallten, eilte sie in die Schatten davon. Ihr Vater hatte nie so geredet. Auch D'ward redete niemals so. D'ward war anders. Sie wünschte nur, er wäre nicht ganz so anders. Ysian meinte, er würde billigen, was sie zu tun gedachte, denn sie wußte, daß ihm vorsätzliche Grausamkeit ein eben solches Greuel war wie ihr. Eigentlich aber war sie so wütend, daß es sie nicht sonderlich kümmerte, ob er es billigen würde oder nicht.

Sie schlug einen Umweg um die verkohlten, modrigen Überreste einer Scheune ein, um einem Lager der Joalier auszuweichen. Schließlich erreichte sie den Schuppen, zu dem sie wollte. Die Tür war angelehnt, so daß ein schmaler Keil des Lichts einer Lampe auf den kopfsteingepflasterten Hof herausschien. Die gräßlichen Geräusche waren verstummt. Ungeachtet des plötzlichen Flatterns in ihren Eingeweiden, trat sie die Tür auf und marschierte hinein. Der Schuppen war größer, als sie vermeint hatte und einzig mit einer Werkbank eingerichtet, die sich entlang einer Wand erstreckte; dem Geruch nach wurde hier vermutlich zur Scherzeit Wolle zu Ballen verarbeitet.

Zwei der Joalier saßen mit baumelnden Beinen auf der Werkbank. Zwei weitere lehnten sich an ihre Schatten an der Wand. Dosh lag gekrümmt mitten auf dem Boden, die Arme auf den Rücken gefesselt, weitere Seile um die Knöchel. Die alten Narben in seinem Antlitz lagen unter Blut und frischen Striemen verborgen, seine Beine waren mit blauen Flecken und Kratzern übersät. Risse im Hemd des Boten zeigten weitere Blutergüsse an den Rippen, die sich widerwärtig grell von der hellen Haut abhoben.

»Großartig!« Einer der Joalier auf der Bank hielt dabei inne, sich über die Knöchel zu lecken. »Hast uns Abendessen gebracht, wie?«

»Nicht für euch!« Ysian sah ihn nicht an. Statt dessen kniete sie sich neben Dosh und holte ihr Messer hervor. D'ward hatte es ihr gegeben, als sie Lemod verließen, und er hatte ihr eingebleut, es stets griffbereit zu haben.

»He!« brüllte der Joalier. »Was glaubst du eigentlich, was du da tust?«

»Mit gefesselten Händen kann er nicht essen, Truppenführer.« Sie sägte an dem Seil um die Handgelenke des Gefangenen. Es hatte sich tief ins Fleisch gegraben, und die Hände leuchteten abscheulich rot.

Dosh spähte aus den Augenwinkeln zu Ysian empor und wirkte höchst erstaunt. Als das Tau sich teilte, schnappte er nach Luft.

Der Anführer der Joalier stieß sich von der Bank ab; mit dumpfem Klatschen landeten die Stiefel auf den Kacheln. Der Mann war groß, dunkelhäutig und mit einer Hakennase geschlagen. Sein Schatten schoß hinter ihm empor, riesig, bedrohlich. »Wer hat dir das erlaubt? Und wieso soll ein Verräter früher als ehrliche Männer essen?«

So ekelerregend Ysian der grausige Klumpen an dem Spieß auch erschien, alle vier Wachen beäugten ihn gierig.

»Er ist erst dann ein Verräter, wenn der Schlachtenmeister es sagt! Da!« Sie hielt ihre widerliche Gabe Dosh hin, der sich soeben mühevoll aufsetzte.

»Ich brauche noch kurz«, murmelte er und rieb sich die Hände.

»Gib mir das!« Der Joalier beugte sich herab, um Ysian den Spieß zu entreißen.

Flink schwenkte sie ihn hinter ihren Rücken. »Geht und besorgt euch euer eigenes Essen! Das ist für Dosh Gesandter.« Sie versuchte, wütend zu dem Mann hinaufzufunkeln, doch das Knien war keine gute Körperhaltung, um Zorn auszudrücken.

»Dosh Verräter meinst du wohl! Nur weil du die Metze des Schlachtenmeisters bist, hast du noch lange nicht das Recht, mich herumzukommandieren, Kleine!« Abermals versuchte er, ihr den Spieß zu entreißen. »Dafür hast du keine Erlaubnis von ihm!«

»Doch, hat sie«, stellte D'ward richtig, als er hereinmarschierte. Hinter ihm füllte Golbfischs massige

Gestalt die Tür aus. Zutiefst erleichtert, entspannte sich Ysian. Sie hatte schon befürchtet, die Dinge könnten aus der Bahn geraten. Dosh grinste sie an; auf seinen Zähnen glänzte Blut. Sie reichte ihm den Spieß. Er ergriff ihn mit geschwollenen Fingern, versuchte jedoch nicht zu essen.

Die Joalier hatten Habachtstellung eingenommen. Mit furchteinflößend blauen Augen musterte D'ward sie, ehe er Dosh mit einem längeren, härteren Blick bedachte. Er gab sich keine Mühe, seine Wut zu verbergen; sie erfüllte den Schuppen wie Winterfrost. Zuerst wandte er sich an Ysian.

»Was tust du hier, Füks'hen?«

»Ich habe Dosh etwas zu essen gebracht.«

»Warum?«

»Weil ich dachte, sie würden ihn vielleicht nicht mehr foltern, wenn ich hier bin.«

D'ward seufzte und warf ihr einen dieser verzweifelten Blicke zu, die Ysian stets ungemein ärgerten. »Na ja, dann schneid ihm auch die Füße los. Also, Dibber Truppenführer, ich erwarte eine Erklärung. Erstatte Bericht!«

»Herr! Haben gesehen, wie dieser Mann Umgang mit dem Feind hatte, Herr!« Der Joalier wartete, als wäre damit alles gesagt. Als tatsächlich nichts mehr gesagt wurde, sprach er weiter, diesmal jedoch mit wesentlich geringerem Selbstvertrauen. »Heute nachmittag habt Ihr nach ihm gesucht, Herr. Er wurde nicht gefunden, stimmt das? Bei Sonnenuntergang, Herr, haben wir ihn in der Ferne mit einer Bande Thargier gesehen. Wir haben beobachtet, wie er versuchte, sich unbemekrt ins Lager zu schleichen ... haben ihn festgenommen ... Herr ...«

D'wards Augen funkelten wie blauer Stahl. »Ihr

habt weder Kolgan Koadjutant noch Golbfisch Hordenführer Bericht erstattet?«

»Äh ... wir wollten auf Euch warten, Herr ...«

»Also habt ihr ihn eigenmächtig verhört?«

»Äh, ja, Herr.« Das Antlitz des Truppenführers schimmerte im Schein der Laterne von Schweiß – er hatte Angst, und es geschah ihm recht!

»Hat er euch irgend etwas erzählt?«

»Ein paar Lügen darüber, daß er auf Befehl gehandelt hätte, Herr.«

»Und ihr wißt, daß dem nicht so war, ja?«

Ein Insekt sauste gegen die Lampe und prallte davon ab. In der gespannten Stille hörte es sich wie ein Paukenschlag an. Als D'ward wieder das Wort ergriff, klang seine Stimme noch sanfter, aber um so bedrohlicher.

»Dosh Gesandter, hat irgend einer von denen versucht einzugreifen?«

»Nicht daß ich wüßte.« Erstaunlicherweise knabberte Dosh mittlerweile an dem Eidechsenschwanz. In Anbetracht der Prügel, die er bezogen hatte, wirkte er bemerkenswert unbekümmert.

D'ward verkündete sein Urteil. »Dibber, du hast deine Befehlsgewalt überschritten. Geh zurück zu deiner Truppe. Teile deinen Männern mit, daß du degradiert bist und daß sie einen Nachfolger wählen sollen. Er hat sich unverzüglich bei Golbfisch Hordenführer zu melden und Empfehlungen für deine weitere Bestrafung auszusprechen. Das gilt für euch alle. Raus!«

Der Prinz schob seine Körpermassen beiseite, und die vier Männer stürmten hinaus in die Dunkelheit. Golbfisch zog die Tür von innen zu. Er lächelte zwar, dennoch wirkte er alles andere als erfreut. Ysian erhob sich und wollte die drei Männer ihren Beratungen überlassen. Sie hatte erledigt, wofür sie hergekommen war. Obwohl sie fand, sie hätte sich ein wenig mehr Anerkennung dafür verdient.

»Du bleibst besser hier, Füks'hen.« D'ward schwang sich auf die Bank und ließ die Füße baumeln. Verächtlich starrte er auf Dosh hinab. »O du! In was für ein Schlamassel bist du denn diesmal wieder geraten?«

»Ich habe eine Botschaft für Euch«, entgegnete Dosh, nach wie vor kauend. Anscheinend genoß er das widerwärtige Mahl tatsächlich. Er hatte wohl in letzter Zeit selten gegessen.

Verwundert, aber auch erfreut darüber, daß sie erwünscht war, ging Ysian zurück an die Wand. Sie blickte dem Prinzen in die Augen. Er nickte und lächelte sie an, und auch das verstand sie nicht. Sie mochte den stämmigen Hordenführer. Er sprach immer mit ihr, als wäre sie eine richtige Dame.

»Eine Botschaft? Von wem?«

Vorsichtig schaute Dosh zu Ysian und Golbfisch. »Vom Freund eines Freundes. Ein Diener eines früheren Meisters von mir. Der, den Ihr erraten habt.«

»Aha! Jetzt kannst du auf einmal über ihn reden?«

Dosh nickte. »Der Diener hat die ... Anordnung des Meisters aufgehoben.« Er verschluckte sich. »Dieser Mistkerl! Dieses Drecksschwein! Er hat drei Jahre aus meinem Leben gestohlen!«

Dosh versuchte aufzustehen. Golbfisch eilte ihm zu Hilfe; zittrig kam der Bote auf die Beine. »Dieser Avatara ist in Ordnung – glaube ich wenigstens. Er will Euch treffen.«

D'ward zog die Augenbrauen hoch.

Golbfisch gab ein Grollen von sich. »Jetzt warte aber mal! Wir wollen erst hören, wo du warst – und wie du zurückgekommen bist. Und was ist mit den Thargiern?«

Dosh stützte sich mit beiden Armen auf die Bank. Er mußte entsetzliche Schmerzen haben, wenngleich er sich bemühte, sie nicht zu zeigen. »Befreier ...«

»Nenne mich nicht so! Du solltest lieber ganz offen reden. Ich vertraue diesen beiden, und sie verdienen es zu erfahren, welches Geheimnis sie für sich behalten. Raus damit!«

»Sicher?« fragte Dosh unverschämt nach. Er zeigte sich D'ward gegenüber nie so respektvoll wie alle anderen. »Nun, ich bin zu einem Tempel gelaufen, um Tion zu berichten. Ich habe seinen Avatara Prylis getroffen – Gott des Lernens. Ich habe ihm Bericht erstattet, aber ... Na ja, er ist nicht Tion!«

»Natürlich nicht. Das ist keiner von ihnen. Was sonst noch?«

»Er will, daß Ihr zu ihm kommt. Es sei sehr wichtig, meinte er. Ein paar Thargier waren mir gefolgt. Prylis hat sie mir unterworfen. Sie müssen mir gehorchen!« Dosh versuchte zu lachen, zuckte zusammen und rieb sich reumütig die Rippen.

Abermals suchte Ysian Golbfischs Augen. Der Hordenführer hatte zwar die Stirn in Falten gelegt, wirkte jedoch keineswegs so überrascht, wie sie erwartet hätte. Vermutlich hatte D'ward ihm einige der merkwürdigen Dinge erzählt, die er auch ihr anvertraut hatte – Dinge, die ihre Eltern zutiefst erschüttert hätten, Dinge, die Ysian für schlimmste Ketzerei gehalten hätte, wären sie von jemand anderem als von D'ward ausgesprochen worden.

»Ich habe diesen Tempel gesehen«, warf Golbfisch ein. »Wenn du dort hingelaufen bist, wie konntest du uns je wieder einholen?«

Dosh verzog die zerschundenen Lippen zum Abklatsch eines Lächelns. »Ich bin auf einem Moa geritten.«

»Das ist unmöglich!«

»Das dachte ich auch, ist es aber nicht. Nicht, wenn man zu zweit reitet. Dem Vieh hat's zwar nicht gefallen, aber es hat mich getragen.«

Nach einer Weile meinte D'ward: »Ich muß dir wohl vertrauen. Was will dieser Prylis von mir?«

»Keine Ahnung. Ich stelle Göttern keine Fragen.«

»Vielleicht solltest du das.« Eine Zeitlang starrte D'ward auf seine Knie hinab und schaukelte mit den Füßen. »Wie weit ist es zu diesem Tempel?«

Dosh zuckte mit den Schultern und wischte sich den Mund ab. »So an die zehn Meilen. Mein Lanzenreiter bringt uns hin. Ihr könnt vor Tagesanbruch zurück sein.«

»Schlachtenmeister!« rief Golbfisch aus. »Ihr könnt doch nicht ernsthaft ...«

Doch offensichtlich hatte D'ward tatsächlich vor zu gehen. Wie konnte er Dosh Gesandter nur sein Leben anvertrauen? Ysian mochte Dosh nicht. D'ward hatte ihr erzählt, weshalb die anderen Männer ihn nicht mochten, aber das sollte sie eigentlich wenig berühren. Es war nur so, daß irgend etwas an ihm falsch wirkte – wenngleich nicht falsch genug, um das zu rechtfertigen, was ihm heute nacht angetan worden war.

»Ich muß das Wagnis eingehen, Hoheit«, entgegnete D'ward. »Es könnte sehr wichtig sein. Sollte ich bei Sonnenaufgang noch nicht zurück sein, führt Ihr die Armee zum Paß – und Ihr marschiert weiter, verstanden? Ihr werdet auf keinen Fall auf mich warten oder nach mir suchen!«

»Schlachtenmeister ...«

»Ich kann mir doch nicht die Gelegenheit entgehen lassen, einen Gott als Verbündeten zu gewinnen, oder? Beratet Euch mit Kolgan, aber abgesehen von den Befehlen, die ich Euch gerade erteilt habe, trefft Ihr die Entscheidungen. Ich sage ihm darüber Bescheid.« Dann wandte er sich an Dosh, der sich redlich zu verbergen bemühte, wie sehr ihn das Vertrauen des Befreiers freute. »Kommst du auch mit? Schaffst du es in dem Zustand?«

»Ich bin der zäheste Schweinehund der gesamten Armee.«

»Weiß ich. Na schön, ich drehe jetzt meine Runde, und du machst dich inzwischen sauber. Niemand anders darf erfahren, daß ich weg bin, sonst rennt mir die Hälfte der Nagier hinterher, egal was ich ihnen befehle! Sobald ...«

»Ich auch!« unterbrach ihn Ysian. Sie würde nicht wie ein kleines Kind zurückbleiben!

Alle drei Männer wandten sich zu ihr um und starrten sie an. Ysian zermarterte sich das Hirn nach einem überzeugenden Grund, weshalb sie nicht wie ein kleines Kind zurückbleiben sollte.

»Also wirklich, meine Dame!« widersprach Golbfisch. »Das ist kein Ausflug für ...«

»Ich auch! D'ward, du hast mir doch gesagt, wo der sicherste Platz für mich ist!«

Der sicherste Platz war neben ihm, hatte er ihr erklärt, denn das *Filoby-Testament* sagte viele Dinge voraus, die er noch tun würde, bevor er starb. Außerdem, selbst wenn die Armee zurück nach Nagtal und Joaltal entkäme, was sollte aus ihr werden, einer lemodischen Verräterin? Auch wenn es ihr je gelänge, nach Lemod zurückzukehren, kein anständiger Mann würde sie nun noch heiraten. Der einzige Platz, an dem Ysian für immer sein wollte, war neben D´ward. Das konnte sie ihm zwar unmöglich sagen, aber sollte er sie je darum bitten ...

Er grinste sie an. »Bist du sicher, Füks'hen? Das bedeutet ein paar anstrengende Ritte und eine schlaflose Nacht.«

»Ganz sicher!«

»Thargische Patrouillen könnten uns schnappen und töten.«

»Das glaubst du doch selbst nicht, sonst würdest du nicht gehen!«

Er kicherte und schenkte ihr eines jener seltenen, wundervollen Lächeln, die stets die Welt erhellten. »Dann komm mit.« Schließlich deutete er auf Dosh. »Hilf dieser wandelnden Katastrophe beim Saubermachen, Füks'hen, ja?« Damit sprang er von der Bank und verschwand zur Tür hinaus. Die beiden anderen Männer starrten ihm ungläubig nach.

»Was bedeutet dieses Füks'hen, mit dem er dich anredet?« wollte Dosh wissen.

»Ist bloß ein Kosename.«

Golbfisch zuckte mit den Schultern. »Im klassischen Joalisch bedeutet ›Fükschen‹ soviel wie ›Mut‹.«

»Oh«, meinte Dosh.

Ysian hatte das nicht gewußt, und sie fühlte sich geschmeichelt. D'ward hatte ihr erzählt, es wäre der Name eines kleinen Tiers mit roten Haaren, und ihr Haar war nicht rot. Es war dunkelbrünett.

39

Als sie aus dem Lager schlichen, ergriff D'ward Ysians Hand. Ein Fortschritt! dachte sie. Dann aber gelangte sie zu der Ansicht, daß er sie nur wieder beschützen und wie ein kleines Kind behandeln wollte. Das einzige Mal, das er sie berührt hatte, war bei der Überquerung des Lemodstroms gewesen, als sie aus der Stadt flohen. Damals hatte seine Kraft sie tief beeindruckt, dennoch weigerte sie sich einzuräumen, er wäre in der Dunkelheit und in rauhen Gefilden sicherer unterwegs, bloß weil er ein Mann war. Zumindest nicht ohnc Beweis.

Und dies hier konnte nie und nimmer zu einem wahrhaft romantischen Spaziergang werden, da Trumb aufgegangen war und dreiviertelvoll über den Wipfeln hing. Sein gespenstisches grünes Licht ließ Menschen wie Leichname erscheinen – alles andere als romantisch. Eltianas rosiger Schimmer war das rechte Mondlicht für Liebende. Außerdem war auch Dosh dabei und zeigte ihnen den Weg. Er bewegte sich wie ein Toter, oder wenigstens wie ein Halbtoter und gehörte eigentlich ins Bett. Ziemlich unromantisch. Eher gänsehautwürdig und aufregend. Dennoch ließ Ysian zu, daß D'ward weiter ihre Hand hielt und drückte von Zeit zu Zeit zärtlich seine Finger.

Sie entgingen der Aufmerksamkeit der Wachposten – was D'ward ziemlich erzürnte. Dann meinte Dosh, er sollte für den Fall der Fälle lieber vorauslaufen, und kurz darauf hatte Ysian D'ward für sich allein.

»Versuchst du, romantisch zu sein oder behandelst du mich schon wieder wie deine kleine Schwester?«

Sogleich ließ er ihre Hand los. »Tut mir leid.«

»Was tut dir leid? Es ist wirklich zum Verrücktwerden mit dir!«

Seine Augen und Zähne leuchteten hell im Mondlicht. »Was habe ich denn jetzt schon wieder getan?«

»Was du nicht tust, treibt mich noch in den Wahnsinn! Es ist zutiefst beleidigend für eine Frau, wenn man ihr so wenig Beachtung schenkt, obwohl sie ihre Absichten unmißverständlich gezeigt hat!«

»Mit dem Messer, meinst du? Oh, die Botschaft habe ich durchaus verstanden. Ich hatte noch nie im Leben solche Angst!«

»Das war, bevor ich dich kennengelernt habe. Warum küßt du mich nicht einmal?«

Er seufzte. »Das habe ich dir doch erklärt, Ysian. Ich bin einer anderen versprochen. Du bist ein süßes Kind und ...«

»Ich bin kein Kind!«

»Und selten süß?«

»Außerordentlich süß. Probier mich.«

»Ich sollte dich übers Knie legen und dir den Hintern versohlen.«

»Versprichst du, mir zuerst die Hose auszuziehen?«

»Ysian! Du solltest dich was schämen.«

»Tu ich auch. Ich habe alles versucht, was mir eingefallen ist, und ...« An der Stellte stolperte sie und wäre um ein Haar gestürzt. D'ward krümmte keinen Finger, um sie aufzufangen.

Es war demütigend.

Nach etwa zwanzig Minuten gelangten sie zu einer Brücke über einen Bach. Eine Stimme aus den Schatten vor ihnen sagte: »Losungswort?«

»Blume der Schande«, erwiderte Dosh. »Hauptmann Ksargirk?«

»Ja, Herr.«

»Wir sind zu dritt. Ihr nehmt diesen Mann. Und der, äh, Junge kann hinter Tsuggig aufsteigen. Ich selbst reite mit Progyurg.«

»Sein Tier ist erst fünf Jahre alt, Herr. Es wäre besser ...«

»Das ist ein Befehl!«

»Was immer Ihr meint, Herr.«

Ysian grinste und fragte sich, ob D'ward aufgefallen war, wie sehr Dosh es genoß, mit seiner Befehlsgewalt zu protzen; der Thargier hatte es zweifellos bemerkt.

Die Gelegenheit, einen Moa zu reiten, hatte auf Ysian zunächst wie ein Abenteuer gewirkt. Moas waren groß – ihr war nur nie bewußt gewesen, wie groß. Weitere Thargier führten die Reittiere aus der Dunkelheit herbei. Die langen Hälse schienen geradewegs zu Trumb emporzuragen, und die Sättel lagen höher als der Kopf eines Mannes, sogar als jener D'wards! Wie sollte sie je dort hinaufgelangen? Und noch wichtiger, wann und wie sollte sie je wieder herunterkommen?

Die Lanzenreiter begannen, den Tieren Zügel anzulegen; einige von ihnen stießen sich einfach vom Boden ab und hingen an den Moas, die sich zunächst gackernd beklagten, dann jedoch einer nach dem anderen zögernd die langen Beine abwinkelten und sich niederkauerten.

»Bereit, Junge?« fragte der Hauptmann Ysian. »Halt dich jetzt fest, als ging's um dein Leben!«

»Äh, ich? Bereit wofür?«

Der ihr am nächsten stehende Lanzenreiter schwang sich in den Sattel; gleichzeitig hievten Ksargirk Hauptmann und ein weiterer Bursche Ysian empor und schleuderten sie mehr oder weniger hinter den Rücken des Mannes. Hastig schlang sie die Arme um ihn, und der Moa geriet außer Rand und Band. Das Tier schoß lotrecht in die Höhe, während die anderen Männer flugs aus dem Weg hechteten. Der Moa sank zu Boden und sprang abermals hoch. Er kreischte und schrie, trat um sich und tobte. Ysian klammerte sich verbissen an den Reiter, das Gesicht fest gegen seinen Kittel gepreßt. Sie umklammerte ihn so krampfhaft, daß sie sich fragte, ob er überhaupt noch atmen konnte; dennoch wurde sie scheinbar eine Ewigkeit heftig durchgeschüttelt. Manchmal rutschte sie auf den haarigen Rumpf des Moas hinunter, manchmal auf den Sattelrand, was ziemlich schmerzte. Ihre Beine flatterten wie Schwingen auf und nieder. Tsuggig stieß eine Reihe kehliger, thargischer Flüche aus, die Ysian nicht verstand und die den Moa nicht kümmerten. Sie hörte ein paar Schmerzensschreie von Dosh – in seinem Zustand sollte er so etwas wirklich nicht tun! D'ward gab keinen Laut von sich, doch bald schien die Nacht rings um Ysian von sich sträubenden, tobenden Moas erfüllt. Oh, der arme Dosh!

Alle neun Moas wehrten sich gegen das Aufsteigen der Reiter, doch die drei mit den Reitgästen gebarten sich mit Abstand am schlimmsten. Die übrigen sechs beruhigten sich nach ein paar halbherzigen Sprüngen. Ysians Lanzenreiter war der letzte, der sein Tier in den Griff bekam, vielleicht weil es das größte war, vielleicht weil sowohl Dosh als auch D'ward so viel mehr wogen als Ysian. Nachdem der Moa seiner Zicken endlich müde wurde und sich benahm, wurde dem Reiter seine Lanze gereicht, die einstweilen einer der anderen Männer für ihn gehalten hatte. Dann brüllte Ksargirk Hauptmann einen Befehl, und die Truppe brach die Straße entlang auf. Schoß die Straße entlang! Noch nie im Leben war Ysian so schnell gereist. Der Moa schien mit einem Schritt acht oder gar zehn Fuß zurückzulegen, dennoch erwies der Lauf sich als erstaunlich ruhig. Hecken und Bäume flitzten als verschwommene Schemen in der Nacht vorüber. Der Wind blies Ysian kalt ins Gesicht, und obwohl der Sattel zu klein für zwei Personen war, gelangte Ysian bald zu dem Schluß, daß es ihr schließlich doch noch gefiel.

Wolken verhingen einen Großteil des grünen Mondes, als die erschöpften Moas auf das Klostergelände trabten. Zwei ältere Mönche warteten mit Laternen am Tempeltor; einer der beiden trug eine Goldkette, folglich mußte er der Abt sein. Ksargirk Hauptmann zügelte sein Tier an den Stufen, dann sprang er behende vom Rücken des Moa. Er landete äußerst anmutig und salutierte vor dem Abt. Ein Lanzenreiter stieg auf dieselbe Weise ab und nahm die Zügel des Hauptmanns. Ysian blickte zweifelnd zum Boden hinab.

Tsuggig Lanzenreiter drehte sich um und musterte sie. Er war älter, als sie gedacht hatte, und in thargischer Manier glattrasiert, aber keineswegs häßlich. »Du bist kein Junge!« Bislang hatte er noch kein Wort mit ihr gesprochen.

»Zumindest war ich noch keiner, als ich das letzte Mal nachgesehen habe.«

Er knurrte kurz, dann kicherte er. »Wenn du einer warst, als du aufgestiegen bist, könntest du jetzt vielleicht keiner mehr sein. Aber du hast dich wacker gehalten. Meine Hochachtung. Schaffst du's ohne Hilfe hinunter?«

»Sicher.« Ysian stieß sich ab und glitt übermütig hinab ... hinab ...

Die Beine knickten unter ihr ein, und sie fiel flach auf den Rücken und schlug sich den Kopf auf dem Schotterboden an. Verflixt! Der Moa kreischte höhnisch und zappelte mit den Hufen, als bereitete er einen Tritt vor. Hastig rappelte sie sich auf und begab sich in sichere Entfernung, wo sie sich den Staub vom Leib klopfte. Ysian fühlte sich seltsam zittrig. Der Boden schien viel zu nah, als wären ihre Beine geschrumpft, und der Großteil ihres restlichen Körpers schien vom öffentlichen Folterknecht ausgepeitscht worden zu sein. D'ward war bereits abgestiegen und Dosh zu Hilfe geeilt. Ysian warf einen genauen Blick auf die bedrohliche Gestalt des alten Abts und gelangte zu der Ansicht, daß er vermutlich keine Frauen in seinem Kloster dulden würde. Sie sollte besser ein Junge bleiben.

Vier von ihnen gingen in den Tempel, denn Dosh konnte kaum alleine stehen, geschweige denn laufen. Er erteilte dem Abt ein paar äußerst herrische Befehle, sich um »seine« Männer zu kümmern, dann trug er Progyurg Lanzenreiter auf, abzusteigen und ihm zu stützen. Einen Arm um die Schulter des Thargiers, die andere um jene D'wards geschlungen, humpelte er hinein. Ysian folgte den dreien.

Schließlich hatte es ihr niemand verboten.

Ihre Erfahrung mit Tempeln war beschränkt. Dieser erwies sich als klein und dunkel, kaum mehr als ein kahler Steinverschlag, frostig und staubig. Er war nicht annähernd so beeindruckend wie der Tempel Eth'ls in Lemod. Als der Lanzenreiter die Laterne näher an die Statue brachte, trat das Bildnis des Gottes aus der Düsternis hervor. Da Prylis als eine Erscheinungsform des Jünglings galt, war er nackt dargestellt, doch er hielt eine Schriftrolle als Symbol des Lernens über eine heikle Stelle. Progyurg und D'ward senkten Dosh auf die Knie.

»Guter Junge«, flüsterte Dosh. »Laß das Licht hier.«

»Herr!« Der Lanzenreiter zog von dannen. Ein gutaussehender Junge, dachte Ysian, wenig älter als sie selbst. Natürlich nicht so hübsch wie D'ward. Mit dumpfem Knall fiel die Tür hinter ihm zu.

Sie kniete nieder und zeigte sich überrascht darüber, daß D'ward immer noch stand. Er hatte die Arme vor der Brust verschränkt und schien zu zittern. Im Tempel war es zwar kalt, aber nicht so kalt.

»Heiliger Prylis!« rief Dosh. »Ich habe getan, was Ihr mir befohlen habt.«

Stille. Die Flamme in der Laterne flackerte. Der Widerschein kroch über die glänzende Oberfläche der Statue, sonst aber geschah nichts.

»Ich bin der Befreier«, sagte D'ward. »Ihr habt mich gerufen.«

Immer noch Stille.

»Vielleicht schläft er«, meinte D'ward.

»Götter schlafen nicht!« widersprach Ysian heftig.

»Wetten, daß doch!«

»Das ist ärgerlich!« fügte D'ward hinzu, doch Ysian spürte, daß er mehr als bloß verärgert war. »Ich muß mich um eine Armee kümmern und einen Krieg ausfechten. Wir müssen vor dem Morgengrauen zurück sein. Wie weckt man einen Gott, Dosh?«

»Indem man an seinen Ohrläppchen kaut?«

»Da würde ich mir ja die Zähne ausbeißen. Hast du keine besseren Einfälle? Was ist hinter dieser Tür?«

»Ein kleines Zimmer mit einem Tisch. Das ist alles. Es führt nirgendwo hin.«

»Prylis!« brüllte D'ward. »Wir sind da!«

Noch mehr Stille.

»Was ist, wenn du dein Ritual versuchst? Nein, lieber doch nicht.«

»Ganz sicher nicht!« Stöhnend mühte Dosh sich in sitzende Haltung. »Sieht aus, als müßten wir bis morgen früh warten.«

»Ich will verdammt sein, wenn ich ... Ah!« D'ward ging hinüber zu der Tür in der Ecke. Er öffnete sie, schritt hinein, schloß sie hinter sich ... und es kehrte wieder Stille ein.

Nach einer Weile meinte Dosh: »Geh und sieh nach ihm, Füks'hen.«

»Das ist nicht mein Name! Nur D'ward nennt mich so!«

»Dann, verehrte Frau Ysian, wärt Ihr so nett und würdet nach ihm sehen – bitte?«

Sie rappelte sich auf und eilte zu der geheimnisvollen Tür in der Ecke hinüber. Dahinter war nur Dunkelheit. Sie lief zurück zu Dosh und holte die Laterne. Schatten tänzelten an den Rändern ihres Sichtfelds, während sie die Lampe trug. Wie Dosh gesagt hatte, handelte es sich um eine kleine Kammer mit einem Tisch, auf dem sich hohe Büchertürme stapelten. Abgesehen davon enthielt das Zimmer gar nichts – keine weitere Tür, kein Fenster und – keinen D'ward.

Ysian und Dosh warteten. Nach etwa einer halben Stunde stellte Ysian fest, daß sie kaum noch die Augen offenhalten konnte und daß Dosh bewußtlos war; zumindest brachte er lediglich ein Stöhnen hervor, wenn sie ihn zu wecken versuchte. Also ging sie hinaus und bat den Abt, ein paar Mönche hineinzuschicken, um Dosh zu holen – er gehörte ins Bett und müßte gepflegt werden, erklärte sie. Ksargirk Hauptmann teilte sie mit, er und seine Männer könnten sich zur Ruhe begeben; dann bat sie den Abt, ganz höflich, um etwas zu essen und einen Platz zum Schlafen. Sie glaubte kaum, daß sich vor dem Morgengrauen noch etwas ereignen würde.

Schach

40

Smedley ging ziemlich spät zum Frühstück hinunter. Hinter den Augen hatte er ein säuerliches, sandiges Gefühl, und er hatte sich zweimal beim Rasieren geschnitten. Am schlimmsten war, daß die Unterwäsche, die er vor dem Schlafengehen ausgewrungen hatte, über Nacht nicht gänzlich trocken geworden war. Vor Kriegsende würde er wohl keinen Kammerdiener mehr bekommen. Dringender aber waren im Augenblick angemessene Kleidung und ein paar Zigaretten. Der große viktorianische Eßtisch hätte mühelos Platz für ein Dutzend Leute geboten. Exeter saß allein davor und brütete über einem dicken Schmöker, der inmitten eines Schlachtfelds aus schmutzigem Geschirr lag. Mit süßsaurem Blick schaute er auf.

»Morgen«, brummte Smedley.

»Guten Morgen! Ein wundervoller Morgen! Natürlich jetzt noch wundervoller, weil du da bist.«

»Steck's dir sonstwo hin. Ist in der Kanne da noch Tee?«

Grinsend entfernte Exeter den Wärmer und schüttelte die Kanne. Dann hob er den Deckel ab und spähte hinein. Er verzog das Gesicht. »Jede Menge, aber er sieht aus, als hätte jemand damit Stiefel gewaschen.«

»Genau was ich brauche!« Smedley nahm Platz.

Exeter schenkte ihm ein. »Die Damen sind losgezogen, um einzukaufen und dem weisen Nathaniel Glossop einen Besuch abzustatten. Es sind noch ein paar steinharte Eier und eingedorrter Speck da. Ich wärm's dir auf – wie's scheint, gibt es Gesetze gegen die Verschwendung von Lebensmitteln ...«

»Der Tee reicht, danke.«

Gnädigerweise schwieg Exeter eine Zeitlang. Er klappte das Buch zu und brachte es aus dem Zimmer. Als er ohne den Schmöker zurückkehrte, zeigte er sich immer noch ausgesprochen fröhlich. »Hab' unter Prylis nachgeschlagen. War nicht der, den ich getroffen habe.«

Smedley brach seine Betrachtung des Stapels zäh gewordenen Toastbrots ab. »Prylis?«

»Der Bursche, der das hölzerne Pferd erfunden hat. Aber er hat es nicht zum Patent angemeldet, und Odysseus hat ihm die Idee geklaut. Hat wahrscheinlich viel besser Griechisch gesprochen als der, den ich kennengelernt habe. Bist du sicher, daß du keine Eier mit Speck willst?«

»Ganz sicher.«

»Wir müßten beide unsere Hemden bügeln. Ich würde es ja versuchen, aber ich weiß nicht, wie das geht.«

»Ich auch nicht«, log Smedley. Um weiteres belangloses Gefasel zu vermeiden, forderte er Exeter auf: »Erzähl mir von Olympus.«

Exeter schlug die Beine übereinander und schlang beide Hände um ein Knie. Eine Zeitlang starrte er Smedely mit diesen unmöglich blauen Augen an.

»Hab' ich doch schon, Alter. Der Ort erinnert stark an eine der Stationen in den Kolonien, einen Außenposten der Zivilisation irgendwo im Busch. Die tyikank und entyikank wohnen in schönen Häusern, die Einheimischen sind die Diener. Wie in Kenia, in Indien oder an all den ähnlichen Orten. Der Hauptunterschied besteht darin, daß die Einheimischen weiß sind, so wie wir, und der Großteil sind Rotschöpfe. Die tyikank sind ein bunt zusammengewürfelter Haufen, aber die meisten stammen ursprünglich aus England. Wurden hier angeworben. Einige auch nicht. Ein paar kommen von ganz anderen Welten. Manche leben schon seit verdammt langer Zeit auf Nebenan, der Dienst selbst ist aber noch nicht so alt. Mein alter Herr war einer der Gründerväter.«

»Aber was tun sie eigentlich?«

»Besprechen. Planen. Zanken. Zu Missionarsarbeit ausschwärmen.« Exeter musterte Smedley ununterbrochen, als wollte er beobachten, wie dessen Gehirnzellen arbeiteten. Seine eigenen Züge blieben unergründlich wie die der Sphinx. »Ein Komitee werkelt noch immer am Wahren Evangelium herum. Ein anderes unterhält ein Nachrichtennetzwerk, um auf dem laufenden zu bleiben – sowohl politisch als auch theosophisch. Sie gehen allem nach, was dabei hilfreich sein könnte, das Pentatheon zu stürzen.«

Dieser starrende Blick kroch Smedley allmählich unter die Haut. »Hört sich an, als würdest du das Ganze mißbilligen.«

»Oh, es ist ein wunderbarer Grundgedanke. Eine lobenswerte Sache. Die Fremden sind eindeutig Schmarotzer. Einige von ihnen tun gelegentlich ein wenig Gutes, so wie Tion bei seinen Festspielen. Viele von ihnen sind ... na ja, Schrecken in Gottgestalt.«

Smedley schenkte sich eine weitere Tasse der an Gerbersaft erinnernden Flüssigkeit ein. »Ich nehme an, wenn man ewig lebt, überstürzt man wohl nichts?« Er schaute auf, und die blauen Augen bohrten sich noch immer in ihn. »Wenn es ein so wunderbarer Grundgedanke ist, wieso hörst du dich dann so beklommen an?«

Exeter seufzte, stellte den Fuß zurück auf den Boden und drehte sich, um aus dem Fenster zu blicken. »So einfach ist das nicht, Alter. Das ist nicht wie bei Dr. Livingstone und dem Medizinmann. Ebensowenig wie bei anglikanischen Missionaren, die Druidenhaine abfackeln. Diese Kerle besitzen Macht! Richtige Macht. Trau dich in einem ihrer Tempel eine Gotteslästerung zu flüstern, und du kannst sicher sein, auf der Stelle tot umzufallen. Um die Massen zu beeindrucken, braucht es bloß einen öffentlichen Donnerschlag – und schon strömt Mana in rauhen Mengen, um das verbrauchte zu ersetzen.«

»Also ruft man eine neue Religion ins Leben, eine gute! Du hast eine Kirche des Ungeteilten erwähnt. Steckt der Dienst dahinter?«

»Die Kirche des Ungeteilten ist der Dienst. Das Dumme ist nur, daß die alten Götter den Markt abgegrast haben. Nehmen wir an, du findest einen Knoten – es gibt immer noch ein paar brauchbare –, und setzt einen neuen Gott ein, dann wird man dich zwangsläufig fragen: Gott wovon? Alles Vernünftige wird bereits eine eigene Gottheit haben, und sie oder er ist ein Avatara von einem der Fünf. Das Pentatheon hat alle Bereiche abgedeckt. Selbst der Ungeteilte wird häufig mit Visek verwechselt, dem Vater, deshalb kriegt er das Mana ab ... oder sie? Visek ist irgendwie zweigeschlechtlich ... der Vater hat bislang noch nicht Stellung bezogen. Ich glaube, die Leute vom Dienst bringen ihm mehr als sie ihm schaden. Auf jeden Fall mehr als ihnen lieb ist.«

Es war eindeutig nicht die rechte Tageszeit für Rätsel, aber schließlich hatte Smedley mit dem Thema angefangen. Und er wollte wirklich mehr über Olympus und den Dienst hören. Wenn er es nicht jetzt aus Exeter herausquetschte, würde er wahrscheinlich nie wieder eine Gelegenheit bekommen. Wer konnte der

Versuchung schon widerstehen, etwas über eine andere Welt zu erfahren?

Oder suchte er nur nach einem Grund, einer neuen Lebensaufgabe?

»Du hast gesagt, einige dieser Götter – Fremden – wären ganz in Ordnung?«

»Ein paar.« Exeter begann, mit einem Löffel zu spielen und zog Furchen über das Tischtuch. »Ein paar unterstützen den Dienst insgeheim. Zumeist halbherzig. Zaungäste. Ein oder zwei haben die Seiten gewechselt, aber nur die wenigsten kommen damit durch.«

»Die Seiten gewechselt?«

»Mhm. Wie die irische Göttin Bríg, die zur Heiligen Bridget wurde. Oder Cybele zur Schwarzen Madonna – damals im finsteren Mittelalter wurden aus vielen heidnischen Gottheiten christliche Heilige. Aber in den Tälern sind alle Vasallen der Fünf. Würde Tion zum Beispiel einen seiner Schergen dabei erwischen, daß er sich mit dem Feind zusammentut, wäre er stinkesauer.«

»Wenn es das Christentum in Europa geschafft hat, warum dann nicht auch Christentum für Nebenan?«

Lächelnd blickte Exeter auf. »Und wo genau befindet sich Jerusalem? Wer waren noch mal diese Römer? Ägypten? Das Rote Meer? Ich habe diese Unterhaltung schon ein paar Mal aus deiner Sicht geführt. Jedesmal sagte man mir, ein großer Vorteil des Christentums gegenüber heidnischen Göttern bestehe darin, daß es eine wahre, geschichtliche Grundlage besitzt, und sich nicht auf irgendeinen Mythos stützt. Aber das gilt für diese Welt. Nicht für Nebenan.«

»Was genau ist die Kirche des Ungeteilten dann?«

»Ein Mischmasch. Ein unitarisches Gebilde aus

Ethik- und Moralvorstellungen: christlichen, sokratischen, buddhistischen und so weiter – die Goldene Regel, dazu ein allumfassender Gott, der zu heilig ist, um genannt zu werden. Das ist ein Versuch, Visek auszuschließen. Wie gesagt, es scheint nicht allzu berauschend zu funktionieren. Es ist eine fürchterlich antiseptische Religion. Ohne Leidenschaft, du verstehst?«

Smedley griff nach Toast und Butter. »Und du meinst, es gibt wirklich gar nichts, was man tun könnte?«

Exeter seufzte. »Es gibt nichts, was ich tun könnte. Ich bin als der Befreier gebrandmarkt, und egal, was ich versuchen würde, die Prophezeiung würde es verzerren und dazu führen, daß ich Zath töte. Das verhieße eine Katastrophe.«

»Warum?«

Exeter wirkte verärgert. »Das wird dir klar, wenn du darüber nachdenkst, wie ich es anstellen müßte. Ich bräuchte riesige Mengen Mana. Wie bekomme ich die? Was müßte ich werden?«

Ja, das hätte Julian erkennen müssen. Wenn Exeter sich das alles tatsächlich ausdachte, mußte er viel Zeit damit verbracht haben, die Einzelheiten auszuarbeiten. Die Geschichte war logisch wie ein Kartenspiel. »Du meinst, du müßtest anfangen, nach ihren Regeln zu spielen?«

»Ihr Spiel. Deshalb werde ich nie dorthin zurückkehren. Aber was die Frage betrifft, ob du etwas tun könntest, Alter ... willst du es versuchen?«

Smedley war noch nicht bereit, sich dieser Frage zu stellen, dennoch legte sein Puls unwillkürlich einen höheren Gang ein. »Ich habe gefragt, was der Dienst tun kann.«

»Weiter versuchen und hoffen.« Exeters Augen leuchteten. Machte er sich etwa lustig über den Dienst? Oder über Smedley, weil er diese Phantastereien glaubte? Oder stand er auf seiten des Dienstes und besaß so viel Selbstbeherrschung, sich seine Begeisterung nicht anmerken zu lassen? Bei Exeter war das unmöglich zu sagen.

»Kein Beten? Wie beten die Gläubigen zu einem namenlosen Gott?«

»Eigentlich geht es genau darum, daß sie es nicht tun. Sie beten zu den Aposteln, auf daß die sich für sie verwenden mögen, denn nur die Apostel können mit dem Gott sprechen. Die Apostel selbst sind keine Götter, weil er ein ungeteilter Gott ist; sie sind nur die Auserwählten.« Exeter lächelte süßsauer. »Der Dienst hat nicht genug Leute, um in jedem Kaff eine Mission zu eröffnen, aber sie versuchen, es so einzuteilen, daß alle paar Doppelwochen überall jemand vorbeischaut. Verstehst du, weshalb sie es so machen müssen?«

»Damit alle das Mana teilen? Haut das hin?«

»In gewisser Weise. Ein Hühnchen, das dem Ungeteilten beispielsweise in Joal geopfert wird, bringt dem Dienst nicht annähernd soviel Mana wie es Astina bringen würde, wenn ihm zu ihrem Ruhm, in ihrem Tempel in Joal der Kragen umgedreht würde. Mana fließt zwar zwischen Knoten, aber dabei geht eine Menge Dampf verloren. Kein anderer Grund?«

Damit zog er fragend eine Augenbraue hoch und wartete.

Smedley fühlte sich allmählich gefrotzelt. »Du bist mir drei Jahre voraus, und es ist zu früh am Morgen.«

Exeter lachte und erbarmte sich seines Freundes. »Schon gut! Das wahre Problem, mein Junge, besteht darin, daß wir alle Menschen sind. Der Grund, daß die Apostel eine Art namenloses, göttliches Komitee bilden, ist ganz einfach der, daß Macht korrumpiert, wie Alice letzte Nacht so richtig gemeint hat. Der Dienst hatte Agenten, die auf der anderen Seite spionieren sollten. Aber die haben festgestellt, was man mit Mana alles machen kann, und es hat ihnen gefallen. Gib einem Burschen seine eigene Kapelle, und schon bald hat er das Gefühl, es wäre seine Kapelle, mit seinem Volk. Früher oder später schickt dann einer der Fünf einen Spießgesellen vorbei. Einige unserer Leute lassen sich kaufen. Da war ein Italiener namens Giovani, aus dem wurde Jovanee Karzon, Gott der Wagen. Die besten Eigenschaften sind bereits vergeben, aber es läßt sich immer noch irgend etwas finden. Hast du gewußt, daß die Römer eine Schutzgöttin für Die-Nacht-in-der-Frauen-gebären hatten?«

»Nein«, erwiderte Smedley mürrisch und dachte, daß er es auch gar nicht wissen wollte. Nachdem er den Toast inzwischen mit Butter bestrichen hatte, sollte er das gräßliche Zeug wohl lieber essen. »Soll das heißen, es ist hoffnungslos?«

»Nein. Also, ich glaube wirklich, es könnte hinhauen! Sie könnten den Pentatheon stürzen. Sie sind keine Narren und allesamt hingebungsvoll und gutmeinend. Aber es wird ein langer, langer Kampf. Mindestens zwei-, dreihundert Jahre. Das Christentum hat länger gebraucht. Der Islam war schneller, aber auch brutaler. Wenn man sich Mana als Geld vorstellt, sind die Fünf stinkreich und werden immer reicher. Der Ungeteilte kratzt im Augenblick noch Krumen zusammen ...«

Die Türklingel läutete.

Die beiden tauschten Blicke. Dann schob Exeter den Stuhl zurück und erhob sich zu voller Größe. Er rückte die Krawatte zurecht und glättete das Jackett. »Das könnte der Frauenverein sein, der Spenden für das Kirchenfest sammelt. Oder auch nicht.« Er schritt hinaus und schloß die Tür.

Smedley kaute weiter an dem längst zäh gewordenen Toast. Warum fesselte ihn der Gedanke an Olympus so sehr? Versuchte er etwa, der Wirklichkeit zu entfliehen – dem Krieg, seiner Verstümmelung, verlorenen Freunden, dem veränderten Antlitz Englands? Sofern er insgeheim die wirre Hoffnung nährte, Zauberei könnte ihm seine Hand wiedergeben, war er tatsächlich völlig übergeschnappt. Die kühle Logik riet ihm, vorerst keine Entscheidungen zu treffen, noch lange Zeit nicht. Andererseits ging es seinen Nerven zunehmend besser. Seit der Flucht aus Staffles hatte er nicht mehr geweint. Von Olympus und Exeters Märchenwelt zu träumen, war für ihn derzeit wahrscheinlich wesentlich gesünder, als über die eigene Wirklichkeit nachzugrübeln. Er hatte schon immer zu sehr zu Selbstbeobachtung geneigt.

Als die Tür sich zu öffnen begann, hörte er Stimmen.

»Dann setze ich den Kessel auf. Gehen Sie schon mal rein.«

Herein kam der füllige Ginger Jones, der versuchte, gleichzeitig mit einem Seidentaschentuch den Kneifer zu putzen und ein Paar Fahrradklammern zu halten. Er wirkte erhitzt. »Morgen, Hauptmann!«

»Morgen, Sir. Gibt's was Neues?«

Ginger setzte den Sehbehelf auf die Nase, schob das Taschentuch in eine Tasche, die Fahrradklammern in die andere. »Nein. Oh ... ich dachte, die hier könnten Sie gebrauchen.« Aus wieder einer anderen Tasche holte er zwei Päckchen Player's hervor.

Smedleys Herz schmolz wie Butter in der Sonne. »Mögen Sie mit zahlreichen Kindern gesegnet sein und Ihre Herde prächtig gedeihen!« Hastig suchte er nach Streichhölzern.

»Himmel, wie würde ich das dem Direktor erklären?« Kichernd nahm Ginger Platz. »Ich dachte, ich schaue mal vorbei und höre mir ein bißchen mehr von der Exeter-hinter-den-Spiegeln-Saga an.« Als der Erwähnte zurückkam, blickte Ginger auf. »Ich habe deinen Brief aufgegeben. Ist sogar noch mit der Abendsendung rausgegangen.«

»Also sollte er heute ankommen«, meinte Smedley. »Sofern er überhaupt ankommt.«

Exeter setzte sich. »Wenn er ankommt, ist er bereits angekommen. Er würde nicht mal bis zum Boden des Briefkastens fallen, sondern schon vorher auf jemandes Schreibtisch landen.«

Sowohl Ginger als auch Smedley warteten, daß der andere etwas sagte. Schließlich ergriff Ginger das Wort. »Kannst du uns das näher erklären?«

»Kann ich nicht. Der Zauber könnte entfernt worden sein, weil er nun zu nichts mehr nütze ist. Vielleicht gibt es ihn aber auch noch. Jedenfalls, als ich ein Kind in Fallow war und das Hauptamt mich im Auge behielt, sind die Briefe, die ich in diesen Briefkasten geworfen habe, schnurstracks zu ihnen gewandert. Womöglich irre ich mich auch – in der Nachbarschaft könnte ein Aufpasser gelebt haben, der, wenn dem so wäre, mittlerweile höchstwahrscheinlich fort ist. Ich glaube zwar, Creighton hätte einen Aufpasser erwähnt, aber ich weiß es nicht genau. Ich hab' euch ja gesagt, es ist ein Schuß ins Blaue.« Er zuckte die Schultern.

»In der Tat!« murmelte Ginger. »Ich versuche

gerade, mich zu erinnern, ob ich gehört habe, wie der Brief in den Kasten gefallen ist.«

Smedley meinte: »Das klingt ziemlich ähnlich wie die Sache mit den Toren. Zwei Welten, die sich an einem Punkt berühren.«

»Mana kann auf jeden Fall eingesetzt werden, um Raumgesetze zu verzerren«, sagte Exeter, »besonders auf Knoten. Innen war Krobidirkins Zelt viel größer als außen.«

»Eine wunderbare Idee für Gepäck.«

»Oder für Mietwohnungen.« Er grinste. »Stellen Sie sich nur die Miete vor, die man kassieren könnte! Erinnern Sie sich noch an die Geschichte mit dem langen Papierstreifen, den man verdreht und dann zusammenlegt ...?«

»Das Möbiussche Band?«

»Kann sein. Klingt richtig. Die alte Flora-Dora hat ein halbes Schuljahr lang versucht, die Idee in meinen Schädel zu kriegen. Heute weiß ich nur noch, daß man an einem Punkt anfängt, rundherum marschiert und auf der falschen Seite ist, wenn man zurückkommt. Hat mir Alpträume bereitet. Dieser Prylis, den ich letzte Nacht erwähnt habe, besaß eine Bibliothek, einen Gang voller Bücher. Am Ende des Flurs bog man nach rechts, und da war ein weiterer Gang voller Bücher. An dessen Ende bog man wieder nach rechts. Man ging immer im Rechteck herum – rum und rum und rum, und man kam nie dorthin zurück, von wo man losmarschiert war. Alle Fenster wiesen nach Norden. Das alles befand sich hinter der Kirche, und trotzdem war dort nichts.«

»Unter diesem Gesichtspunkt habe ich den Briefkasten in Fallow noch nie betrachtet«, meinte Ginger. »Hätte es Sinn, ihn zu zerlegen, um nachzusehen?«

»Überhaupt keinen. Die Frage ist«, fügte Exeter hinzu, »wenn es so funktioniert, wie ich hoffe, zu welchem Schreibtisch führt die Verbindung? Zum Hauptamt oder zu den Quälgeistern? Ich warne euch – das könnte ein höllisch abwechslungsreicher Tag werden.«

41

Bei Sonnenaufgang brach Golbfisch mit der Armee auf. Es gefiel ihm zwar ganz und gar nicht, doch die Befehle des Befreiers waren unmißverständlich gewesen. Niemand wollte wissen, weshalb er und nicht D'ward die Marschreihenfolge einteilte; unter fünftausend Mann würde die Abwesenheit des Oberbefehlshabers noch eine Weile unentdeckt bleiben.

Golbfisch selbst blieb in der Nähe der Spitze, mit Kolgan an der Seite. Der Schwertarm des großen Mannes hing in einer Schlinge, sein Antlitz war hohl vor Schmerz. Wenn die unausweichliche Schlacht kam, würde er nicht kämpfen können. Sollten die Götter Gnade walten und die Armee auf wundersame Weise den Weg nach Hause finden lassen, nach Joal, würde die Volksversammlung ihn gewiß vor Gericht stellen. Über Urteil und Strafe herrschten keine Zweifel. Sein Bart zeigte mittlerweile wesentlich mehr Weiß als Rot.

Allmählich wurde die Lebensmittelversorgung bedenklich. Im Herbst, solange die Ernten noch die Scheunen füllten, versorgten sich Armeen für gewöhnlich durch Plündern; keine geistig gesunde Infanterie zog je ohne Reiterei als Unterstützung irgendwo hin. Das wußte sogar Golbfisch. In der Ferne verrieten Staubwolken, wo die thargischen Kundschafter den Eindringlingen immer noch folgten und deren Vormarsch beobachteten. Der Feind war mobil – wenn die Joalier ausbrachen, um zu plündern, waren das Vieh vertrieben und die Vorräte vernichtet, lange bevor die Männer sie zu Fuß erreichen konnten.

»Warum greifen sie nicht an?« fragte Kolgan öfter als einmal. Er sprach selten über etwas anderes. »Warum überfallen sie uns nicht ständig? Warum greifen sie unsere Patrouillen nicht an? Warum lassen sie uns ziehen?«

Auf dieses Paradoxon gab es keine Antwort. Zuerst hatte der Feind Joalier getötet, wann immer es möglich war, und die Nagier in Ruhe gelassen. Nun schenkten sie den Joaliern ebensowenig Beachtung und legten sich nicht einmal mit kleinen Gruppen an. Sie verheerten lediglich das eigene Land, um dann Platz zu machen und die Invasoren vorbeizulassen. Kein Volk tat so etwas, am allerwenigsten die stolzen und kriegerischen Thargier.

Gegen Mitte des Vormittags stieg die Straße zu einer Erhebung hin an. Golbfisch hielt eine kurze Weile inne und betrachtete die erschöpfte Menge, die hinter ihm drein trottete. »Man merkt es bereits«, murmelte er.

»Was?« brummte Kolgan.

»Gestern haben sie beim Marschieren gesungen. Heute singen sie nicht, und es ist eher ein Schlurfen und Trotten als ein Marschieren.«

»Sie sind hungrig.« Kolgan wandte sich ab. Golbfisch verharrte noch ein wenig länger; dann setzte auch er die Reise fort. Ja, der Lebensmittelmangel war ein bedeutendes Problem, ein noch größeres aber war das Fehlen D'wards. Die Armee mochte wohl noch nicht wissen, daß er fort war, dennoch vermißte sie ihn bereits.

Die Straße wand sich in ein breites Tal hinab, doch statt den Fluß zu überqueren, drehte sie nach Norden und führte geradewegs auf die Thargwand zu. Golbfisch studierte beim Marschieren seine Landkarten und gelangte zu der Erkenntnis, daß der Fluß der Saltorstrom sein mußte; eine auffällige Kerbe zwischen den Gipfeln kennzeichnete wahrscheinlich den Saltorpaß selbst. Sollte es der Armee gelingen, den Paß zu überqueren und wieder nach Lemodtal zu gelangen, bestand eine gewisse Hoffnung, daß ihr joalische Verstärkung zu Hilfe kam. Sofern sein schleimiger Halbbruder nicht bereits die Seiten gewechselt hatte, mußte Joalia immer noch Nagtal und vermutlich auch den Siopaß halten.

Das erste Problem aber stellte der Saltorpaß dar, ein ausgezeichneter Ort für einen Hinterhalt. Thargia war in einer wesentlich besseren Lage als Joalia, um Verstärkung ins Spiel zu bringen. Wäre Golbfisch Anführer der thargischen Streitkräfte, würde er die Eindringlinge auf den Paß lassen und sie dann von beiden Seiten einkesseln. Ein paar Tage Aushungern würden die bedingungslose Kapitulation erzwingen, was die größtmögliche Ausbeute an Sklaven zur Folge hätte. Doch Golbfisch führte die thargischen Streitkräfte nicht an, und die Männer, die es taten, zogen vermutlich ein gewaltsameres Ende der Joalier vor, ein Ende, bei dem der Saltorpaß sich rot von Blut färben würde. Das wäre thargischer, traditioneller.

Das Tal erwies sich als breit und vergleichsweise baumlos; mörtellose Steinwälle teilten die Felder. Ab und an rauchten noch niedergebrannte Gehöfte, doch die Menschen und ihr Vieh waren verschwunden. Der einzige Trost, den Golbfisch der Lage abgewinnen konnte, bestand darin, daß seine rechte Flanke nunmehr von einem milchigen, reißenden Strom geschützt wurde. Er zog die Patrouillen von dieser Seite ab und verteilte sie links, dennoch spürte er, wie die Fänge einer Falle sich um die Armee herum schlossen. Er war hungriger als je zuvor in seinem Leben.

Wo immer D'ward stecken mochte, er würde frühestens dann zu ihnen stoßen können, wenn die Dunkelheit diese kahle Landschaft verhüllte. Er hatte gesagt, er würde zurückkehren, und er hatte es ernst gemeint, doch Golbfisch fragte sich unwillkürlich, ob der Befreier ausgezogen war, dem ihm vorherbestimmten Schicksal andernorts gegenüberzutreten.

Gegen Mittag berichteten die Patrouillen von Feindhandlungen im Norden. Kurz darauf konnte man beobachten, wie sich Streitkräfte auf der Erhebung im Westen versammelten. Auch im Süden wirbelte viel Staub durch die Luft.

Der Bote kam am frühen Nachmittag, und er kam aus Süden. Zu dem Zeitpunkt wußte bereits jeder Soldat der Armee, daß sie umzingelt waren. Der Bote war ein willkommener Anblick, deshalb ließ man ihn ungehindert durch. Verhandlungen würden die Schlacht zumindest eine Weile hinauszögern. Auf einem weißen Moa, die Friedensflagge gehißt, preschte er die Reihen entlang, wobei die schlimmsten Angriffe, die ihn verfolgten, aus spöttischem Johlen und beleidigenden Rufen bestanden. Zweifellos zählte er auf dem Weg die Männer, wog die Stärke der Armee ab.

Dieses fußwunde, zerlumpte Aufgebot würde ihn wenig beeindrucken. Die Joalier hatten ihren glänzenden Prunk eingebüßt; die Nagier waren keine bemalten Wilden mehr. Sie waren zu einem hungrigen Haufen ohne Hoffnung verschmolzen.

Nachdem Golbfisch vom Herannahen des Boten unterrichtet worden war, ließ er eilends ein paar der in der Nähe befindlichen Truppenführer zusammenrufen und ein Gefolge bilden. Mittlerweile war die Abwesenheit des Befreiers offensichtlich. Als Golbfisch sich weigerte, den Umstand zu erklären, knurrten die Männer aufmüpfig. Golbfisch hatte weder Zeit für Erklärungen, noch hatte er überhaupt eine Erklärung, die weiterzugeben er bereit war. Kolgan hielt sich spöttisch grinsend im Hintergrund und rührte keinen Finger, um ihm zu helfen. D'ward hatte Golbfisch die Verantwortung übertragen, was Kolgan wußte, doch Joalier empfanden Treue insgesamt als schwer faßbare Vorstellung. Die Thargier würden darauf beharren, mit einem Joalier zu sprechen, folglich würde Kolgan gegen Ende der Verhandlungen wieder Schlachtenmeister sein.

Aber was gab es überhaupt zu verhandeln?

Shogby?

Vor Jahrhunderten – einer Legende zufolge, von der die Thargier behaupteten, sie wäre eine gemeine Verleumdung – hatten die Thargier bei Shogby eine randorische Armee umzingelt und ihr Gnade angeboten. Wenn sich ein Viertel der Eindringlinge ergäbe und freiwillig als Sklaven in die Silberminen ginge, dürfte der Rest ungehindert abziehen. Nach langem Hin und Her nahmen die Randorier das Angebot an und zogen untereinander Strohhalme, um die Opfer zu bestimmen. Am nächsten Tag umzingelten die Thargier die im Abmarsch begriffenen drei Viertel erneut und unterbreiteten ihnen dasselbe Angebot.

Das erste Eis des Winters und das Wort eines Thargiers, hieß das Sprichwort.

Vor den Anführern zügelte der Bote sein Roß. Seine zeremonielle, weiße Kleidung war grau vor Staub, sein Reittier keuchte und dampfte, doch er starrte mit voller Hochmut und dem traditionell höhnischen Lächeln seiner Zunft vom Rücken seines Tieres herunter.

»Ich komme im Namen des Heiligen D'ward!«

Nicht der Befreier – D'ward Tion, Gott der Boten. Sein Ritual war kurz und zweckdienlich. Er beugte sich herab und hielt den Anführern einen Lederbeutel hin. Golbfisch warf eine Goldmünze hinein. Der Herold schüttelte den Beutel, um zu zeigen, daß sich nunmehr zwei Münzen darin befanden, wodurch er an beide Seiten gleichermaßen gebunden war. Er richtete sich wieder auf und kam sogleich zur Sache.

»Ich überbringe Eurem Befehlshaber Bedingungen von den Ephoren.«

Golbfisch hielt einen Speer und einen Schild; bekleidet war er mit einem Lendenschurz. Kolgan an seiner Seite trug eine joalische Rüstung samt Helm. Rings um die beiden stand ein gemischtes Gefolge beider Völker, wobei die meisten ein bunt zusammengewürfeltes Gewirr aus Kleidern und Waffen trugen, so daß die jeweilige Rasse nicht sofort erkennbar war – der Blick des Herolds aber war einzig auf Golbfisch geheftet.

Das war seltsam. Nein, das war schlecht. Vermutlich bedeutete es, daß der Befreier gefangengenommen und verhört worden war. Aber anscheinend wollte der Gesandte mit Golbfisch verhandeln, und

D'ward hatte ihm die Verantwortung übertragen. Als Kind, so erinnerte sich Golbfisch, war es sein Bestreben gewesen, dereinst große Poesie zu dichten. »Der Anführer bin ich. Sprecht und faßt Euch kurz.«

Das grimmige Lächeln des Boten ließ erahnen, daß es herzlich wenig zu besprechen gab. »Die edlen Ephoren Grarknog und Psaamb senden folgende Worte: Sie haben eine doppelt so große Streitmacht wie die Eure hinter Eurer Nachhut. Eure Seite wird von einer unwesentlich kleineren Armee gesichert. Den Paß vor Euch versperrt der edle Ephor Gizmok mit einer noch mächtigeren Truppe als die bisher genannten. Die Ephoren wären ...«

»Das ist gut!« unterbrach ihn Golbfisch. »Freut mich zu hören. Uns war in letzter Zeit ziemlich langweilig.« Seine Gefährten lachten wie auf ein Stichwort. Der Klang des Gelächters jedoch war brüchig.

»Die Ephoren wären bereit, sich bei Sonnenuntergang mit Euch zu treffen. In ...«

»Die üblichen Shogby-Bedingungen, nehme ich an?«

Die Miene des Herolds verfinsterte sich. »Wollt Ihr meine Botschaft hören oder nicht?«

»Wenn Ihr damit aufhört, meinen Verstand zu beleidigen, gewähre ich Euch noch ein paar Minuten.« Sich bewußt derb zu geben, war eine neue und recht angenehme Erfahrung.

»So hört denn. Als Zeichen ihres guten Willens haben die edlen Ephoren die Angriffe auf Eure Männer in den letzten Tagen eingestellt, wie Euch gewiß aufgefallen ist. Darüber hinaus haben sie sämtliche Truppenbewegungen eingefroren und werden erst weitermarschieren, wenn die Verhandlungen beendet sind. Sie weisen darauf hin, daß Ihr völlig ihrer Gnade ausgeliefert seid. Dennoch möchten sie Euch Bedingungen anbieten.«

»Weiber plappern, Männer handeln. Sagt ihnen, sie sollen ihre Bedingungen auf ihre Schwerter schreiben und sie persönlich überbringen.« Golbfisch bedeutete dem Mann, daß er entlassen sei und wandte sich ab.

»Sie bieten Euch freies Geleit für all Eure Männer, zurück nach Joalreich!«

Golbfisch drehte sich in die ursprüngliche Blickrichtung zurück. Er hatte keine Ahnung von militärischen Belangen, doch er kannte sich sehr wohl in Geschichte aus, ebenso in Politik. Auch wußte er, wie die hochmütigen Thargier sich angesichts der Eindringlinge in ihrem Heimattal fühlen mußten. Nichts auf der Welt könnte die Ephoren dazu bewegen, sie unbehelligt ziehen zu lassen.

»Ach, fort mich Euch!« brüllte er. »Ihr verpestet die Luft mit Euren Lügen und Posen.«

»Ihr wollt nicht einmal einer Unterredung zustimmen?«

»Ich weiß besseres mit meiner Zeit anzufangen, als über Shogby zu reden!« Es belustigte Golbfisch, wie unbekümmert er einem thargischen Krieger diese tödliche Beleidigung ins Gesicht schleuderte. Selbst ein lebenslanger Feigling vermochte bestimmt aufzutreten, wenn er eine Armee im Rücken hatte. »Geht und schwafelt den Milogiern was von Gnade vor!«

Das war sogar noch schlimmer. Selbst durch den Straßenstaub war die entsetzte Blässe des Herolds zu erkennen. »Euch könnte das Schicksal der Milogier ohne weiteres noch blühen!« Seine Stimme knisterte vor Zorn.

Golbfisch gingen die Beleidigungen aus. »Verschwindet!« Abermals wandte er sich ab.

»Hört mich zu Ende!« gellte der Bote. »Die Ephoren werden persönlich in Eurer Lager kommen. Sie werden den Allerheiligsten K'tain Hohepriester mitbringen, Erzbischof von ganz Thargia.« Er schluckte, als würde der nächste Teil noch schlimmer schmecken. »Zur Untermauerung der Bedingungen, die Euch die Ephoren anbieten werden, sind sie bereit, Euch Geiseln zu stellen – egal wen Ihr verlangt, einschließlich ihrer eigenen Söhne, falls nötig.«

Golbfisch wurde bewußt, daß ihm der Mund offenstand; rasch schloß er ihn. Er warf einen Blick auf seine Gefährten und stellte sich die dämliche Frage, weshalb er das Geräusch der rings um ihn herunterklappenden Kiefer nicht gehört hatte. »Äh ... ist das alles?«

Den Herold schauderte. »Was könnte es denn noch geben? In unserer gesamten, großartigen Geschichte wurde noch nie einem Feind Thargias ein solches Angebot unterbreitet. Ich habe mich nur unter der Voraussetzung bereiterklärt, dies Angebot zu überbringen, daß man mir die Zunge herausschneidet, sobald ich mit Eurer Antwort zurückgekehrt bin. Das wurde mir versprochen.« Golbfisch schaute zu Kolgan, doch der Joalier schien zu entgeistert, um zu sprechen. Dem Prinzen selbst ging es kaum besser. Selbst wenn dies alles nur eine Finte sein sollte – allein ein solches Angebot mußte für die Ephoren einer selbstmörderischen Erniedrigung gleichkommen.

»Warum?« wollte er von dem Boten wissen. »Eure Worte sind unglaubwürdig. Ihr behauptet, wir wären Eurer Gnade ausgeliefert, und dann werft Ihr Euch uns zu Füßen? Das werdet Ihr mir erklären müssen, sonst kann ich nur annehmen, die Thargier hätten ihren Sinn für Humor entdeckt.«

Der Mann wischte sich über die Stirn, auf der

Schweiß den Staub in Schlamm verwandelt hatte. »Ich habe meine Befugnisse bereits überschritten. Bitte laßt außer acht, was ich über Zungen gesagt habe. Gewährt mir Eure Antwort.«

»Bei Sonnenuntergang ... in unserem Lager ... wie viele?«

»Ich soll um zwölf ersuchen, wenn nötig aber auch weniger zustimmen.«

Entweder war der Herold verrückt, oder Golbfisch selbst. Er stellte die härteste Forderung, die ihm einfiel. »Noch zur Stunde werdet Ihr fünfzig fette Bullen zu unseren Linien bringen. Eure Streitkräfte werden ihre gegenwärtige Stellung beibehalten. Bei Sonnenuntergang dürft Ihr fünf Bittsteller schicken – zwei Ephoren mit jeweils einem Sohn sowie den Priester. Unbewaffnet, zu Fuß, in bürgerlicher Kleidung.«

Selbst eine bereits geschlagene Armee hätte angesichts einer solchen Erniedrigung aufgeheult, der Bote hingegen zögerte kaum. »Ihr seid Anführer der Nagier. Gewährleistet Ihr ihnen bei Eurer Ehre sicheres Geleit?« Das wurde ja immer seltsamer! Wieso hatte man dem Mann aufgetragen, sich ausgerechnet so auszudrücken? Wieso Nagier, wo doch die Joalier den eigentlichen Feind verkörperten?

Dann begriff Golbfisch, was diesmal anders war, was Kriegsführung, Geschichte, Religion und Politik zu diesem alptraumhaften Gewirr verzerrte. Er leckte sich über die Lippen, um ein plötzliches Lächeln zu verbergen. »Ich bin sowohl Anführer der Nagier als auch der Joalier, und ich gewährleiste ihnen bei meiner Ehre sicheres Geleit.«

»Dann ist es abgemacht! Möge der Fluch des Heiligen D'ward für alle Ewigkeit auf jedem lasten, der etwas anderes behauptet.«

Der Herold wendete den Moa und stob davon wie ein loses Blatt in einem Wirbelwind. Er war nur noch ein dunkler Fleck am Horizont, als Golbfisch sich endlich aus einem Gewimmel brüllender, jubelnder Joalier und Nagier befreite. Sie klopften ihm auf die Schulter und schüttelten ihm überschwenglich die Hand; sie umarmten ihn und küßten ihn.

Noch nie, frohlockten sie, hatte jemand einen thargischen Gesandten dermaßen erniedrigt. Niemals. Noch zur Stunde fette Bullen? Ephoren unbewaffnet und zu Fuß! Ephoren, die ihre Söhne ausliefern mußten? Am Ende wurde Golbfisch auf ein Schultermeer gehievt und durch die Armee getragen, während seine Großtat von Truppe zu Truppe weitergebrüllt wurde. Sie schienen zu glauben, daß er sich mit einem Schlag in ein militärisches Genie verwandelt hatte. Golbfisch fand das alles erheiternd. Er wußte, D'ward hätte ebenso empfunden, wäre er hier gewesen.

Er versuchte erst gar nicht, es ihnen zu erklären. Der Herold hatte mit dem Anführer der Nagier gesprochen. Die Thargier vermeinten, mit dem Befreier zu verhandeln. Was würde geschehen, wenn sie ihren Irrtum bemerkten?

42

»Das ist es!« rief Edward. »Harrow Hill! Was sonst?« Er deutete mit dem Finger auf die Landkarte und schaute triumphierend auf.

Alice bezweifelte, daß es so einfach sein konnte. »Da sind stehende Steine zu sehen«, pflichtete sie ihm bei, als sie auf die Karte spähte. »Warum Harrow?«

»Angelsächsisch. Hearh bedeutet soviel wie Hügelheiligtum.«

»Gibt es überhaupt eine Sprache, die du nicht beherrscht?« fragte Julian.

»Chinesisch. Und mein Thargisch ist nicht besonders. Man braucht eine Kehle wie Sandpapier, um es auszusprechen. Aber das sieht mir passend aus. Und da ist auch das Tal, in dem wir die Zigeuner getroffen haben – Vicarsdown. Seht ihr die Weide am Fluß? Es paßt alles zusammen.«

Die fünf scharten sich um Mrs. Bodgleys Eßzimmertisch und gingen die Landkarten durch, die Mr. Glossop zur Verfügung gestellt hatte. Außerdem hatte er eine Liste über ein halbes Dutzend Megalithstandorte rings um Greyfriars mitgeschickt, doch offensichtlich war Edward bereits überzeugt davon, gefunden zu haben, wonach er suchte.

Alice mißtraute der voreiligen Begeisterung. »Einigen wir uns auf eine zweite Wahl, nur für alle Fälle?« schlug sie vor. Harrow Hill befand sich nur neun oder zehn Meilen vom Dower House entfernt, also konnte sie sich denken, was heute nachmittag anstand.

Sie hatte einen geschäftigen Vormittag hinter sich, an dem sie zunächst mit Mrs. Bodgley den alten Glossop besucht hatte und dann einkaufen gewesen war. Die Ortschaft selbst hatte sich in den vergangenen drei Jahren kaum verändert, die Auswirkungen des Krieges hingegen zeigten sich bedrückend augenscheinlich. Daß eine wohlhabende Dame ihre Lebensmittel selbst einkaufen mußte, statt sie geliefert zu bekommen, stellte einen großen Unterschied dar. Der ungewöhnliche Mangel an jungen Männern war ein weiterer Punkt. Nicht daß dieser Umstand ausschließlich schlecht gewesen wäre. Es wäre wahrscheinlich um einiges peinlicher gewesen, bei Wickenden Bros., Herrenausstatter, Herrenunterwäsche zu erstehen, wäre der Verkäufer keine Frau gewesen.

Edward schloß das Durchsehen der Liste ab und schüttelte den Kopf. »Sieht so aus, als hieße es Harrow Hill oder gar nichts. Wir können nach dem Mittagessen rüberspringen. Ist ein wunderschöner Tag heute.«

»Schafft die alte Elspeth einen weiteren Auflug?« erkundigte sich Smedley.

Mrs. Bodgley schüttelte den Kopf. »Besser nicht. Ihre Lungen sind nicht mehr, was sie mal waren. Aber Mr. Gollop hat uns erlaubt, sein Fahrrad auszuleihen. Es ist zwar ein Damenmodell vorsintflutlichen Baujahrs, aber wenn es dich nicht stört, darauf gesehen zu werden, Edward, sollte es dich ohne weiteres hin und zurück befördern.«

»Es stört mich nicht, gesehen zu werden. Bemerkt zu werden, könnte haarig sein. Zum Beispiel, wenn ich Inspektor Leatherdale über den Weg laufe.«

»Warum nimmst du nicht mein Fahrrad?« schlug Ginger vor. »Miss Prescott wäre es zweifellos eine Freude, dich zu begleiten.« Da der Kneifer gleißendes Licht zurückwarf, ließ sich in den Zügen des Lehrers unmöglich lesen.

Alice war drauf und dran zu entgegnen, daß Julian an ihrer Stelle gehen sollte, bremste sich aber noch rechtzeitig. Sie hatte zwar keine fürs Radfahren geeigneten Kleider dabei, doch Edward strahlte vor lauter Vorfreude übers ganze Gesicht. »Das würde ich sehr gern«, willigte sie ein. »Sehr nett von Ihnen.«

»Damit wäre das ja geregelt!« meinte Mrs. Bodgley herzlich.

»Ausgezeichnet!« Dann runzelte Edward die Stirn. »Da ist nur noch ein ... wir werden eine Gabe darbringen müssen.«

Die Dame des Hauses blinzelte. »Was für eine Gabe? Ein weißes Lamm töten etwa? Oder eine Fünf-Shillling-Note verbrennen?«

»Etwas Bedeutendes.« Entschuldigend blickte er zu Alice. Natürlich war er völlig blank.

»Ich glaube, ich hätte da etwas.« Damit schwebte Mrs. Bodgley aus dem Raum.

Betretenes Schweigen blieb zurück. Man schrieb das zwanzigste Jahrhundert! Heidnische Götter gingen zwar als Gesprächsthema für Unterhaltungen durch, aber tatsächlich ein Opfer darzubringen, käme mehr als bloß abartigem Verhalten gleich.

»Blut, selbstverständlich«, murmelte Edward, »nur in diesem Fall denke ich, es wäre passender, etwas Greifbares dabeizuhaben ...«

Alice beschloß, daß Blutopfer nicht in Frage kämen. Sie könnte unmöglich genug Glauben dafür aufbringen ... was vermutlich Kern der ganzen Sache war. Eine halbe Krone in die Opferschale, weiter würde sie für einen vorchristlichen Waldnumina nicht gehen.

Anmutig kehrte Mrs. Bodgley mit federndem Schritt zurück. »Gehe ich recht in der Annahme, daß du eine Gabe von mir darbringen kannst, in deinem Namen?« Sie sprach die Worte, als redete sie über den Kirchenflohmarkt.

»Sicher.«

»Dann bring dies zu deinem, äh, Bekannten.« Sie reichte Edward einen kleinen Silberhumpen. »Timothys Taufkelch. Als Zeichen meiner Dankbarkeit dafür, daß er dem Freund meines Sohnes hilft. Und das hier ... Ich habe es dir einmal geschenkt, also gehört es dir, aber auf dem Vorsatzblatt steht noch Timothys Name, und Inspektor Leatherdale hat es mir zurückgegeben. Es hat keinen eigentlichen Wert, aber ich nehme an, unter den gegebenen Umständen könnte es dennoch bedeutend sein.«

Edward nahm das Buch entgegen und schaute auf den Titel. Dann blinzelte und schluckte er mehrere Male; ihm fehlten sichtlich die Worte. Schließlich murmelte er: »Vielen, vielen Dank. Das ist eine wunderbare Wahl.« Alice wandte den Blick ab. Wahrscheinlich taten sie das alle, denn niemand sprach ein weiteres Wort. Engländer waren noch nie besonders gut im Umgang mit Gefühlen.

Es war in der Tat ein wundervoller Tag. Mr. Glossops Fahrrad erwies sich als jakobisch oder gar elisabethanisch, mit einer Pedalbremse und einem steinharten Sattel; aber es funktionierte. Trotz der quälenden Sorge, ihr Rock könnte sich in der Kette verfangen, wurde Alice klar, daß sie diesen Ausflug genießen würde. Noch vor drei Tagen hatte sie ihren Cousin für tot gehalten, und nun radelte sie mit ihm eine Landstraße entlang, unter Eiben und Ulmen, die gerade erste Ansätze der Herbstblüte zeigten. Wildrosen und Haselnußsträucher präsentierten sich voller Früchte und Blüten. Im Park von Greyfriars Grange waren die Schafe beiseite getrieben worden, und die Genesenden frönten einer seltsamen Abart von Kricket. Da die Hälfte der Spieler Mull- oder gar Gipsverbände trug, mußten die Regeln wohl geändert worden sein. Alice wandte die Gedanken von ihnen ab; heute wollte sie den Krieg vergessen.

»England!« seufzte Edward.

»Sind die Täler damit vergleichbar?«

Er verzog das Gesicht, als wäre genau dies das Problem, das er vergessen wollte. Dennoch antwortete er: »Nur wenige. Thargland kommt ihm ziemlich nahe. Die Farben! Ich weiß, ein blauer und purpurner Wald ... das klingt verrückt, aber er hat seine ganz eigene Schönheit.«

Kurz darauf gelangten sie zu einem Hügel und widmeten sich voll und ganz dem Radeln. Als sie wieder bergab rollten, kleidete Alice ihre Zweifel in Worte.

»Edward? Dieser Ausflug macht Spaß. Ich genieße ihn, aber hast du allen Ernstes vor, mich einem waschechten Waldgeist vorzustellen? Menschlichen Ursprungs, aber von einer anderen Welt und mit magischen Kräften gesegnet? Jahrhunderte alt? Ich muß gestehen ...«

»Nein. Wahrscheinlich nicht. Vielleicht, wenn wir bei Nacht hingehen würden, aber er ist sehr scheu. Ich glaube kaum, daß er sich bei Tageslicht zeigen wird.«

Was für eine Erleichterung. »Was hoffst du dann zu erreichen? Was willst du eigentlich tun?«

»Beten«, erwiderte er ernst. »Ihm nochmals dafür danken, was er vor drei Jahren für mich getan hat. Die Gaben zurücklassen und ihm erklären, daß ich dem Hauptamt eine Nachricht zukommen lassen muß. Vermutlich werde ich ihm die Nachricht einfach sagen und ihn bitten, sie weiterzuleiten. Das ist alles.«

Selbst das hörte sich verrückt an. Bei jedem anderen Gesprächspartner hätte Alice sich Gedanken über dessen geistige Gesundheit gemacht; sie hätte Besessenheit oder schlichtweg Verrücktheit vermutet, doch Edward war nie ein Witzbold gewesen. Schon als Knabe galt er als höchst vertrauenswürdig.

»Und woher willst du wissen, daß er dich gehört hat?«

»Ich glaube, ich werde es wissen.«

Und danach würde er sich irgendwie in die Armee mogeln! Daran wollte Alice nicht denken. Warum für ein Heimatland kämpfen, das einen hängen wollte? Auf der Straße vor ihnen tauchte ein Heukarren auf, der gemächlich hinter einem einzigen Gaul herrumpelte. Sie scherten aus, um das Gespann zu überholen und begannen, einen weiteren Hügel hinaufzuradeln. Zu beiden Seiten leuchteten goldene Felder.

»Fremde sind unberechenbar«, erklärte Edward. »Sie müssen sich mit keinem frühen Tod auseinandersetzen, so wie wir. Ihre Ansichten sind ganz anders ...«

»Wie viele hast du kennengelernt?« wollte Alice wissen. »Auf dieser Welt nur Puck, aber wie viele auf Nebenan?«

»Vier oder fünf. Natürlich nur, wenn man die Leute vom Dienst nicht mitzählt. Die meisten sind noch nicht lange genug Fremde, um ihre Menschlichkeit verloren zu haben. Außerdem sind sie gemeinschaftsliebend. Das hilft. Diese Götterverschnitte sind Einzelgänger.«

»Und hocken auf ihren Knoten wie Spinnen in einem Netz?«

»Genau! Sehr treffend ausgedrückt. Verrückt wie besoffene Fledermäuse, viele von ihnen. Aber bezaubernd! Verstehst du, sie alle besitzen Charisma, folglich kann man einfach nicht anders, als sie zu mögen.«

Angesichts der einen oder anderen Erinnerung legte er die Stirn in Falten und verstummte.

Alice half ihm auf die Sprünge. »Tion und dieser Hirte?«

»Tion und Krobidirkin. Und Prylis – unglaublich nett, unterhaltsam und ein Haderlump durch und durch.«

Neugierig hakte Alice nach. »Inwiefern?«

Eine Weile radelte Edward mürrisch schweigend weiter. »Ich sollte wohl nicht über ihn richten«, meinte er schließlich – aber so zögernd, daß er es offenbar dennoch tat. »Er hat das Große Spiel eben so gespielt, wie es seiner Ansicht nach gespielt werden sollte, und deshalb hat er mir das Leben gerettet. Ein wahrer Zath-Hasser.«

Abermals Schweigen.

»Erzähl mir von ihm.«

»Von Prylis? Er ist einer von Tions Untergebenen, Gott des Lernens. Ich glaube, ursprünglich stammt er irgendwo aus Mazedonien. Keine Ahnung aus welcher Zeit. Seine Vorstellungen von Geschichte und Geographie schienen nie mit den meinen übereinzustimmen. Er war entzückt darüber, einen Besucher aus seiner alten Welt zu haben, mehr oder weniger. Der letzte hatte ihn zur Zeit Karls des Großen auf den neuesten Stand der Dinge gebracht. Wir haben uns in einer aberwitzigen Mischung aus Griechisch, Thargisch und Joalisch unterhalten, nur war sein Joalisch jahrhundertealt, und so oft er sich hineinsteigerte, haben sich sein Mazedonisch und Thargisch zu einem völlig unverständlichen Kauderwelsch vermischt. Er hatte mehr Bücher als das Britische Museum.«

Es paßte nicht zu Edward, einen Groll gegen jemanden zu hegen, und diesen wollte er anscheinend nicht erklären.

»Er hört sich bestenfalls verschroben an.«

»Oh, rein äußerlich war er eine durchaus angenehme Erscheinung – und ein Quell des Wissens, wie man es von einem Gott des Lernens erwarten würde. Er hat mir Karten von den Tälern gezeigt und mir von Ländern außerhalb erzählt – Wüsten im Südosten und Fashranpil, das Große Eis, im Norden. Im Westen und Süden gibt es Dschungel, aus denen Reisende verlockende Hinweise auf dahinter befindliches Salzwasser mitbrachten, aber selbst Prylis vermochte nicht zu sagen, ob es sich um einen Ozean oder ein Binnenmeer handelt. Gelegentlich finden ein paar Handelswaren den Weg durch die Wüste: Saphire und Gewürze, geschnitzter Onyx und Bernstein, aber niemand weiß, von wem oder woher sie stammen.

Wie einen Teppich hat er Jahrhunderte der Geschichte vor mir ausgerollt, Biographien von Göttern, Legenden und Sagen, große Dichter und große Kunst, Politik und Gebräuche. In jenen zwei Tagen habe ich mehr über die Täler erfahren als im gesamten Jahr davor. So gut wie alles, was ich wissen wollte, konnte er mir erzählen ... außer – seltsamerweise – wo sich Olympus befand. Der Dienst stand nicht in seinen Büchern, folglich kümmerte er ihn nicht. Reformen waren schon früher versucht worden, erklärte er mir und nannte ein paar Beispiele, aber sooft daraus ein ernstzunehmendes Ärgernis wurde, haben die Fünf sie übernommen oder vernichtet. Doch die Eigenheiten der Täler, die Marotten ihrer Völker ... alles, wonach mir der Sinn stand zu fragen, hat er mir beantwortet. Thargtal erwies sich als gar kein so verrückter Ort für einen Tempel des Lernens, wie es auf den ersten Blick schien. Die Thargier sind Philister, die fast ausschließlich an Krieg denken, aber für gewöhnlich sind sie stark genug, um den Krieg in den Tälern anderer Völker zu halten. Prylis hatte seit Jahrhunderten ungestört gelebt. Da ich mit einer Armee erschien, hatte ich mir bereits einen Platz in den Geschichtsbüchern gesichert, ohne es zu wissen. Verfechter des Lernens, meinte er, sollte die Pilgerreise zu seinem Schuppen nicht stören, womit er durchaus recht hatte. Und er besaß Humor! Wir sind die ganze erste Nacht aufgeblieben, haben den ganzen Tag hindurch geredet, zwei Tage. Er hat mich verzaubert, in seinen Bann gezogen.«

Edwards Blick verfinsterte sich. »Er hat mich von meiner Pflicht abgehalten.«

Aha! Das also war das Verbrechen, das er nicht vergeben konnte.

43

Auch die Zähigkeit hatte Grenzen, und Dosh hatte sie erreicht, wie schon ein, zweimal zuvor in seinem Leben, doch noch nie in diesem Maße. Dibber Truppenführer und seine quälfreudigen Spießgesellen hatten sich unter dem Vorwand, Dosh zu verhören, ausgiebig vergnügt; der Ritt auf dem Moa hatte ihm den Rest gegeben. Er besann sich noch, D'ward zum Tempel geführt zu haben, aber dadurch hatte sich der Bann aufgelöst, mit dem ihn der Gott belegt hatte. Danach war eine Zeitlang wenig in sein Bewußtsein vorgedrungen.

Er erinnerte sich, irgendwo hingetragen und auf ein Bett gelegt worden zu sein. Ein verhutzelter Greis, der wohl der Hausmedizinmann sein mußte, hatte ihn versorgt, ihm die gebrochenen Rippen verbunden, Wickel über die zerschundenen Knie angelegt, die

Abschürfungen eingesalbt und ihm ein säuerlich schmeckendes Gebräu eingetrichtert, um die Qualen in seinem Bauch zu lindern. Gnädigerweise war Dosh danach eingeschlafen.

Völlig verwirrt war er später aufgewacht, gepeinigt von höllischen Schmerzen. Sonnenlicht, das durch ein hochgelegenes Gitterfenster einfiel, hatte rauhe Steinwände, einen kahlen Boden und ein paar trockene, klapprige Möbelstücke offenbart. Lange hatte Dosh einfach auf der brettähnlichen Pritsche verharrt, keinen Muskel zu bewegen gewagt und sich außer Stande gesehen, auch nur zu raten, wo er sich befand. Dann war der Greis zurückgekommen und hatte darauf beharrt, sich an den Verbänden zu schaffen zu machen; aber danach flößte er seinem Patienten eine warme Brühe ein, die Dosh als durchaus willkommen empfand. Die gelbe Robe des Mannes erinnerte ihn daran, wo er war, doch er stellte keine Fragen. Er war ohnehin zu schwach, um wegen der Antworten etwas zu unternehmen.

Schließlich schlief er abermals ein, erwachte in Finsternis, schlief weiter.

Als er das nächste Mal das Bewußtsein erlangte, stand über ihm ein Junge mit gerunzelter Stirn. Ein gutaussehender Bursche, äh, ein Mädel. Es war Ysian in einem knappen Kittel, was der gewöhnlichen Männerkluft in Thargland entsprach. Frauen trugen lange Röcke, was in Ysians Fall eine Schande gewesen wäre.

»Guten Morgen«, murmelte Dosh. Seine Lippen schmerzten. Alles schmerzte. Er fürchtete, wenn er einen Finger rührte, könnte er dadurch Krämpfe auslösen, was eine Katastrophe gewesen wäre.

»Wir haben Nachmittag.«

»Wie lange sind wir schon hier?«

»Den ganzen gestrigen Tag.«

»Was tut Ksargirk Hauptmann denn gerade?« Ein guter Befehlshaber dachte immer an seine Männer, besonders an Progyurg Lanzenreiter.

»Sie sind alle fort. Der Abt hat sie weggeschickt.«

»Mit welchem Recht?«

»Er sagte, der Gott hätte es ihm aufgetragen.«

»Ach. Wo steckt D'ward?«

»Keine Ahnung! Er ist durch diese Tür gegangen und verschwunden. Der Abt behauptet, er wäre beim Gott und dürfte nicht gestört werden.«

Offensichtlich machte sie sich Sorgen. Inzwischen mußte die Armee sich weit entfernt befinden, und die Moas waren fort. Die Armee spielte keine Rolle, dachte Dosh. Weit von der Armee weg war es ohnehin sicherer. Doshs Aufgabe war es, über den Befreier zu wachen, nicht über die Armee.

Mit einem Anflug des Entsetztens fiel ihm wieder ein, daß diese Aufgabe beendet war. Er war nicht mehr verpflichtet, Tion Bericht zu erstatten, diesem unaussprechlichen ... Dosh fehlten die Worte und Gedanken, und der Haß schnürte ihm die Kehle zu, wenn er nur versuchte, an Tion zu denken. Prylis hatte Tions Bann beseitigt. Folglich war Dosh wieder ein freier Mann, zumindest so lange, wie er sich dem Zugriff der Götter zu entziehen vermochte. Er war noch nie ein freier Mann gewesen. War er nun tatsächlich zum erstenmal in seinem Leben frei? Der Befreier ...

»Alles in Ordnung?« erkundigte sich Ysian.

»So gut wie alles, abgesehen davon, daß ich mich wie ein einziger, riesiger blauer Fleck fühle. Ich muß aufstehen. Erschrick nicht, wenn ich schreie.«

»Ich helfe dir.«

»Ich würde es lieber allein und langsam angehen.« Damit beugte er einen Arm. Autsch! »Und? Hast du Spaß?«

»Was soll das heißen?« fuhr sie ihn an.

»Du bist doch die einzige Frau hier, oder?«

»Pst! Ich habe ihnen eingeredet, mein Name wäre Tysian. Sie halten mich für einen Jungen.«

Er versuchte den anderen Arm. Noch schlimmer. »Wirklich? Tun sie das wirklich?« Sogar bei Mönchen dürften angesicht solcher Beine eigentlich keine Zweifel aufkommen.

»Na ja, ich glaube, einer oder zwei hegen einen Verdacht, aber sie sind alle sehr nett.«

»Hm? Hast du schon ein paar gutaussehende junge Novizen entdeckt?«

»Ach, du bist schrecklich!« rief Ysian. »Denkst du denn nie an etwas anderes?«

»Nicht, wenn ich es vermeiden kann. Hast du denn überhaupt schon geschaut?«

Wortlos wirbelte sie herum und ging. Krachend warf sie die Tür hinter sich zu.

Schade. Er wollte das Mädel gerade bitten, die Jungen zu ihm zu schicken.

Ironischerweise war der junge Novize, der bald darauf kam, um den Genesenden zu füttern, in der Tat ein ziemlich gutaussehender Jüngling, was für einen Diener Tions nicht ungewöhnlich schien. Er zeigte jedoch keinerlei persönliches Interesse an Dosh, und während Dosh zwar durchaus in der Lage war, Ysian ein wenig zu hänseln, wagte er in seinem gegenwärtigen Zustand keine Annäherungsversuche, die womöglich ernst genommen wurden. Er fühlte sich geradezu enttäuscht von sich selbst. Kaum hatte er das Besteck beiseite gelegt, schlief er auch schon ein.

Die folgende Nacht wurde lang, von mehreren, schlaftrunkenen Grübeleien in mehrere Nächte geteilt. Er dachte viel über dieses eigenartige Gefühl der Freiheit nach, und wofür sie gut sein mochte. Vor Tion hatte er zahlreiche andere Meister gehabt – allesamt Sterbliche, trotzdem Meister –, außerdem ein paar wenige Meisterinnen. Er mußte wohl etwa zehn Jahre alt gewesen sein, als sein Vater ihn an Kramthin Uhrmacher verkaufte. Dosh konnte sich noch daran erinnern, wie sehr er sich gefreut hatte, als er erfuhr, daß er in Kramthins warmem, gemütlichem Haus bleiben durfte, wo er gutes Essen bekommen und nie wieder Hunger leiden würde. Was Kramthin als Gegenleistung von ihm verlangte, erwies sich als wesentlich weniger unangenehm als die Prügel, die ihm sein Vater in trunkenem Zustand häufig verpaßt hatte. Kramthin war der erste in einer langen Reihe gewesen, ehe Dosh beschloß, seine Angelegenheiten selbst in die Hand zu nehmen. Sooft er eines Meisters überdrüssig geworden war, rannte er einfach davon und suchte sich einen anderen. Schließlich besaßen sie ihn laut Gesetz nicht, denn von allen Ländern der Täler gestattete einzig Thargia die Sklaverei, und Dosh hatte sich bislang aus Thargland ferngehalten. Seine früheren Meister hatten Dosh nicht so an sich gebunden wie Tion. Vielmehr hatte er sich freiwillig zu ihnen begeben, für Essen, Schutz und Zuwendung.

Der letzte seiner Meister, Prithose Kunstgelehrter, war nach Suss gereist, um sich an den Kunstaufführungen bei den Festspielen Tions zu erfreuen. Er hatte Dosh in den Wettbewerb um die goldene Rose geschickt, ähnlich einem Viehzüchter, der ein Tier bei einer Ausstellung präsentiert. Damals war Dosh siebzehn. Er gewann den Preis mühelos, und anscheinend hatte ihn dieser Preis zu Tions eigenem Preis gemacht. Drei fehlende Jahre ... Was war er während dieser drei Jahre gewesen? Diener? Spielzeug? Wandteppich?

Prylis hatte Tions Zauber gebrochen. Würde er Dosh einen eigenen Bann auferlegen und ihn in einen Mönch verwandeln, auf daß er bis ans Ende seiner Tage im Skriptorium Abschriften anfertigte? Würde er ihn Tion zurückgeben? Oder war Dosh nun für den Rest seines Lebens ein freier Mann? Doch konnte er ohne Meister überleben?

Irgendwann später in der Nacht griff sein Verstand das Problem neuerlich auf. Alle Menschen außer Königen dienten anderen Menschen, denn das entsprach der Ordnung der Welt. Die Gabe, die Dosh bislang durchs Leben geholfen hatte, war zu einer zweifelhaften Ware geworden, als Tarion ihm das Gesicht zerschnitt. Abschriften anfertigen? Pflanzen und ernten?

Keuschheit oder Monogamie? Zügellose Umtriebigkeit verhieß zweifellos Spaß, hatte Dosh aber mehr als sein Scherflein an Kummer bereitet. D'ward schien ohne das alles auszukommen. Das wiederum ging zu weit in die entgegengesetzte Richtung, viel zu weit. Aber vielleicht, sagte er sich, solltest du deinen Lebenswandel tatsächlich ein wenig mäßigen.

Wer – er? Ehrliche Arbeit? Mehr als ein paar Muskelkater brauchte es nicht, um es ihn bereuen zu lassen. Nach ein, zwei Tagen würde er wieder sein altes Ich verkörpern. Damit versank Dosh wieder in Schlaf.

44

Als er erwachte, schimmerte Licht durch das Gitterfenster, und Vögel veranstalteten draußen einen Höllenlärm. Sonnenaufgang. Welcher Morgen? Es war Fersentag gewesen, als er zum erstenmal zum Kloster kam. Hatte Ysian ihn am Knöcheltag besucht? Es mußte mindestens Schienbeintag sein. Die Armee hatte Thargland entweder längst hinter sich gelassen oder war inzwischen vollständig vernichtet. Doch falls die Götter Gerechtigkeit walten ließen, gewöhnten sich der ehemalige Truppenführer Dibber und seine Grobiane derzeit an ein langes, hartes Leben in den Silberminen.

Dosh streckte sich; dann setzte er sich ruckartig auf. Behutsam betastete er seine Rippen und entdeckte unter den Verbänden kaum den Ansatz einer wunden Stelle. Er schob die Decke weg und betrachtete seine Knie. Kein einziges Mal. Kein einziger blauer Fleck. Seine Fingerspitzen wanderten zu seinem Gesicht. Es fühlte sich vollkommen glatt an.

Er stützte das Kinn in die Arme und überlegte. Inmitten all der vergessenen Träume stöberte er die verschwommene Erinnerung an Stimmen in der Nacht auf. Zwei Männer? Zwar gelang es ihm nicht, Einzelheiten auszugraben, doch er wußte, wer einer der beiden gewesen sein mußte und konnte den anderen erraten. Tja! Was war nun mit einem Frühstück?

Er schwang die Füße auf den Boden und sah, daß jemand ihm Geschenke dagelassen hatte; auf dem einzigen Stuhl im Zimmer lagen ein brauner, thargischer Kittel, ein Schwert, Sandalen und ein Gürtelbeutel, in dem es verlockend klimperte. Das Schwert störte ihn, doch er wußte, daß freie Männer nach thargischem Gesetz bewaffnet sein mußten. Er hatte weder Talent noch Erfahrung im Umgang mit einem Schwert. Die Waffe seiner Wahl war die verborgene Klinge. Damit verstand Dosh ziemlich gut umzugehen.

Er war gerade mit dem Zählen des Geldes fertiggeworden – sechzehn Silbermark –, als die Tür sich knarrend öffnete und ein Thargier eintrat. Nein, es war D'ward, mit glattrasiertem Gesicht und kurzgeschorenem Haar, in einem Kittel und mit Schwert. Sogar die böse thargische Miene stellte er zur Schau – zumindest hatte er ein frostiges Funkeln in den Augen. Als er sah, daß Dosh wach war, taute es ein wenig auf.

»Hast du gut geschlafen? Fühlst du dich besser?«

»Habt Ihr in der Nacht nach mir gesehen?«

»Ja.«

»Mit einem Freund?«

Das zornige Funkeln blitzte wieder auf. »Du könntest ihn so nennen. Ich hingegen ... Er hat dir Dienste vergolten, die du ihm geleistet hast.«

»Dann sollte ich wohl besser zu ihm gehen und ihm danken.«

»Glaube ich auch, aber mach keine Weltgeschichte daraus. Irgendein Händler hat dem Tempel gerade ein äußerst seltenes Buch geschenkt, also ist der Gott zweifellos zu sehr darin vertieft, um dir zuzuhören. Aus demselben Grund sind wir im Refektorium unerwünscht – der Abt unterhält den wohlhabenden Herren und versucht, ihm eine Spende abzuluchsen, um das Skriptorium zu vergrößern. Fressalien sind in der Küche, kaltes Wasser im Waschhaus. Du solltest dir lieber den Bart abscheren, wenn du als Einheimischer durchgehen willst. Prylis hat deine Narben entfernt.

Ich nehme an, du willst ihm auch dafür danken.« Damit drehte er sich zur Tür um.

Zuviel auf einmal! »Wartet!« Dosh rang nach Atem. Es hörte sich so an, als wüßte D'ward überaus gut über das klösterliche Leben und die Gewohnheiten der hiesigen Gottheit Bescheid. Was war geschehen? »Wohin geht Ihr?«

D'ward trommelte mit den Fingern auf die Tür, bevor er sich umwandte. »Ich weiß, wohin ich gehe. Soweit es mich betrifft, kannst du mit deinem süßen Hintern hinwackeln, wo immer es dir gefällt. Such dir eine Richtung aus und marschier los. Wenn du mit mir kommen willst, können wir unterwegs plaudern, aber ich werde nicht herumtrödeln. Ich habe vor, im Laufen zu essen.«

Dosh verkniff sich eine schnippische Erwiderung und fragte: »Irgendwelche Neuigkeiten von der Armee?«

»Ja.«

»Und?« Was mochte den Befreier nur quälen? Dosh hatte ihn noch nie so mürrisch erlebt.

»Sie ist in Sicherheit.«

»In Sicherheit?«

»Ich erzähl's dir später. Und jetzt mach hin!« D'ward zog die Tür auf.

»Wartet!«

Mit finsterem Blick schaute der Befreier über die Schulter zurück. »Was denn jetzt noch?«

Dosh setzte ein Engelslächeln auf. »Hat Euch schon mal jemand gesagt, daß Ihr wunderschöne Beine habt?«

D'ward konnte eine Tür sogar noch lauter zuschmettern als Ysian.

An hartem Brot und Käsebrocken kauend, marschierten drei Wanderer im taufeuchten Morgengrauen über den Pfad. D'ward lief in der Mitte und legte mit seinen (wunderschönen) langen Beinen eine mörderische Geschwindigkeit vor. Trotz seiner wesentlich geringeren Größe war Dosh jederzeit bereit, es über lange Strecken mit ihm aufzunehmen, Ysian jedoch hatte sichtlich Mühe, mit ihm Schritt zu halten. Auf den ersten Blick wirkten sie wie drei junge Männer ohne Bündel, mit einem langen Dolch, zwei Schwertern und drei Geldbeuteln. Dosh besaß immer noch sein Lieblingsmesser, das er gänzlich verborgen trug. Alles in allem hatte der Heilige Prylis stattliche Menschen aus ihnen gemacht.

Anscheinend war der Krieg vorüber, zumindest soweit es sie betraf. Die Zukunft wirkte viel freundlicher ohne drohendes Blutbad. Es gab keine offensichtliche Erklärung für D'wards schlechte Laune, es sei denn, er sorgte sich darum, wie sie wohlbehalten aus Thargtal hinauskommen sollten, was in der Tat ein Problem darstellen konnte. Laut Gesetz galten Fremde als Spione, sofern sie nicht das Gegenteil zu beweisen vermochten.

»Wohin gehen wir?«

»Runter zum Fluß«, erwiderte D'ward. »Zum Thargstrom. Dort will ich ein Boot erwischen. Es geht den ganzen Weg hügelabwärts – in ein paar Stunden sollte ich in Tharg sein.«

Tharg selbst? »Und was tun wir in dieser Stadt unvergleichlicher Langeweile und unübertroffener Häßlichkeit?«

D'ward rümpfte die Nase. »Tu was du willst. Ysian und ich gehen zum Frauenkloster Ursulas.«

»Wohin gehen wir?«

»Zur Göttin der Gerechtigkeit. Man hat mir versichert, daß ihr Kloster eine löbliche Zuflucht ist, und die Schwestern werden dich aufnehmen und sich um dich kümmern. Ich habe einen Brief vom Abt dabei.«

Dosh schritt schweigend neben den beiden her, während die Auseinandersetzung zunehmend heftiger und lauter wurde.

Offenbar betrachtete D'ward Ysian als Kind, für das er sich verantwortlich fühlte. Was für ein Kind! Dosh kannte Frauen, die in Ysians Alter bereits zwei Kinder ausgetragen hatten, doch in den Augen des Befreiers galten anscheinend andere Normen. Er hatte Lemod erobert, was zu Folge hatte, daß alle innerhalb der Mauern verbleibenden Frauen als gebrandmarkt galten, als Metzen ohne jede Hoffnung, jemals geheiratet zu werden. Aus diesem Grund hatte er Ysian erlaubt, sie auf der Flucht zu begleiten und den Troß zum Moggpaß zu führen. D'ward hatte ihr offenbar geglaubt, ihre Familie würde sie wegen Hochverrats dem Tode überantworten, wenn sie nach Hause zurückkehrte. Dosh hegte den Verdacht, daß Ysian in diesem Punkt übertrieben hatte. Aber D'ward fühlte sich für sie verantwortlich, und nun hatte er beschlossen, seine Bürde den gestrengen Nonnen Ursulas zu übertragen. In ein paar Jahren, sagte er, war Ysian alt genug, um selbst zu wissen, was sie mit ihrem Leben anfangen wollte.

Ysians Widerspruch begann leise, doch D'wards hartnäckige Antworten ließen die Lautstärke bald anwachsen, wodurch sie den ausklingenden Morgenchor der Vögel im Geäst über ihnen unterbrach und die blätterfressenden Echsen in den Straßengräben erschreckte. Sie sei eine reife Frau, schrie Ysian. Sie würde hier und jetzt damit beginnen, eigene Entscheidungen zu treffen. Ohne ihre Hilfe wäre er in Lemod verreckt. Er sei abgrundtief herzlos, und sie hasse ihn. Sie liebte ihn mehr als ihr Leben. Die Nonnen Ursulas wären berüchtigte Schinderinnen. Sie würde ihm in alle Winkel der Welt folgen. Sie würde für immer vor seiner Schwelle schlafen, wohin er auch zöge, und ihn für den Rest seines Lebens heimsuchen, und sie würde sich noch vor Einbruch der Dunkelheit umbringen und ein bißchen später auch ihn.

So ging es noch eine Zeitlang, aber plötzlich brachen sowohl sie als auch D'ward in hilfloses, hemmungsloses Gelächter aus. Bestürzt stellte Dosh fest, daß sie alles nur gespielt und ihn gänzlich zum Narren gehalten hattc. Zwar lief Ysian auf der anderen Seite neben D'ward; deshalb hatte Dosh sie weder beobachtet, noch besonders aufmerksam zugehört. Dennoch ärgerte es ihn, vergackeiert worden zu sein. Er fühlte sich wie ein Außenseiter neben zwei Liebenden – und genauso mußte es auch sein. Eifersüchtig, mein Freund? Er hatte die beiden nie zusammen gesehen, außer an höchst öffentlichen Orten. Als er sie nun beobachtete – wie sie einander stützten, gemeinsam um Atem rangen und beiden vor Lachen die Tränen über die Wangen kullerten –, bestand kein Zweifel daran, daß sie hoffnungslos ineinander verliebt waren. Ysian wußte es. D'ward hingegen schien nicht bereit, sich das Offensichtliche einzugestehen.

Die unbändige Spannungsentladung hielt nicht lange an. Bald verfiel D'ward wieder in seine zornige Eile, und die drei marschierten weiter. D'ward gab das Streitgespräch mit Ysian auf und wandte sich an Dosh. »Wohin willst du?«

»Ich will bei Euch bleiben.«

»Warum?«

Interessante Frage! Dosh ließ sich mehrere Antworten durch den Kopf gehen; dann beschloß er, dieses eine Mal die Wahrheit zu sagen. Was aber war die Wahrheit? Die Stille zog sich über eine halbe Meile hin, ehe er darauf kam.

»Ich will von Euch lernen. Ihr seid anders.«

D'ward brummte: »Hmm?« In der Ferne geriet der Fluß in Sicht, gesäumt von einer Baumreihe, die sich durch den Talboden wand. »Wie fühlt es sich an?«

»Wie fühlt sich was an?«

»Die Wahrheit zu sagen?«

»Gefährlich. Als stünde man nackt in einer Menschenmenge.«

Ysian lachte.

»Hast du ein Handwerk gelernt, dem du nachgehen kannst?« fragte D'ward. »Oder hast irgenwelche besonderen Fähigkeiten?«

»Ich bin ein guter Masseur.«

D'ward faßte die Antwort offensichtlich falsch auf und zuckte zusammen. »Woher stammst du? Wo war dein Zuhause?«

Dosh beschloß, seine Wahrheitserfahrung noch ein wenig auszubauen. »Ich hatte nie eines. Meine Leute waren Kesselflicker.«

»Was sind Kesselflicker?« Anscheinend meinte D'ward die Frage ernst und wußte es tatsächlich nicht.

»Nomaden. Wandervolk. Sie leben überwiegend in Zelten oder Wagen, obwohl es in jeder Stadt irgendwo ein Kesselflickerloch gibt. Sie verrichten Gelegenheitsarbeiten, wildern, stehlen. Die meisten Menschen halten sie für Lügner, Huren, Diebe und Spione.«

»Und was sind sie wirklich?«

»Spione, Diebe, Huren und Lügner.«

Darüber lachten die beiden anderen, was ein gutes Gefühl war. Die Straße führte zu einem Weiler mit einem Landesteg, an dem Boote lagen und auf Kundschaft warteten.

»Hör zu«, forderte der Befreier, nunmehr wieder ernst, Dosh auf. »Wo ich hingehe, kannst du nicht mitkommen. Du hast dasselbe Problem wie Ysian. Es tut mir leid, aber ich kann keinem von euch beiden helfen. Von mir geht so etwas wie ein mächtiger Zauber aus, den ich nicht zu beherrschen vermag und dir ebensowenig erklären kann. Du hast gesehen, wie er bei der Armee gewirkt hat – ich habe mit einem Speer angefangen und als Schlachtenmeister geendet. Fünftausend Mann wollten fortwährend von mir hinter den Ohren gekrault werden. Ysian glaubt, sie wäre verliebt in mich, genau wie du. Ich mag euch beide, aber ich kann dir die Art Liebe nicht erwidern, die du haben möchtest, und ich bin einer anderen Frau versprochen, folglich kann ich auch Ysian nicht helfen. Es tut mir aufrichtig leid, aber so sind die Dinge nun mal. – Füks'hen, du beherrscht dieses Knurren besser als wir. Sieh zu, ob du uns ein Boot mieten kannst, das uns nach Tharg bringt.«

»Für wie viele Leute?«

»Zwei.«

»Drei«, berichtigte Dosh.

Marg'rk Fährmann war wenig mehr als ein Knabe und schien nur aus Stöcken und Fäden zu bestehen, als hätte er seit mehreren Doppelwochen nichts gegessen. Sein Skiff erwies sich als muffige, löchrige kleine Schaluppe; das Segel war unzählige Male geflickt worden. Speichelleckerisch kroch er vor den Fahrgästen, die reich genug waren, ihm für einen halben Arbeitstag eine ganze Silbermark zu zahlen. Er betitelte jeden von ihnen als ›Krieger‹, was der angemessenen Anrede für einen freien, thargischen Mann entsprach. Hätte er gewußt, daß Ysian eine Frau war, hätte er sie wahrscheinlich ordnungsgemäß mit »Mutter« betitelt. Das allein erzählte Bände über thargische Wertvorstellungen.

Das Boot, wesentlich stärker von der Strömung als von der kümmerlichen Brise angetrieben, glitt auf den Thargstrom hinaus und nahm Kurs gen Süden. Marg'rk umklammerte mit einer knochigen Hand das Steuer und lächelte beflissen, sooft jemand in seine Richtung blickte. Breit, mächtig und sanft rollte der Fluß durch eine üppige Landschaft. Die Ufer waren voller Fischfallen und Landestege, Wassermühlen und bunten Bäumen. Langhörnige Kudus stapften Schleppfade entlang und zogen Barken. Frachtboote krochen mit Hilfe der Muskelkraft von Sklaven flußaufwärts. Auf den Hügeln jenseits des Stroms schimmerten Wein- und Obstgärten oder Felder, auf denen gepflügt und gesät wurde. Da und dort zierte ein prunkvoller Adelssitz die Landschaft.

Ysian saß mittschiffs und zeigte sich ungewöhnlich still. Trotz des barbarisch kurzen Schnitts leuchtete ihr Haar in rotgoldenen Tönen. Düster brütete sie vor sich hin. Dosh vermutete, das Nonnenkloster würde ohne eine neue Bewerberin auskommen müssen, egal was D'ward glauben mochte.

Der Befreier hockte neben ihr. Zwischen den beiden ragte der Mast auf. D'ward saß gebückt da, um unter dem Segelrand hindurchschauen zu können. Er zog finstere Mienen, zappelte unruhig, wand sich. Bislang hatte er noch nicht erklärt, weshalb er Tharg so dringend zu erreichen suchte. Ungeduld entsprach ganz und gar nicht seiner Natur.

Dosh streckte im Bug die Füße in einen stinkenden Haufen aus Netzen und Körben, Töpfen und Bilge. Nach einer Weile legte er den Kittel ab und lehnte sich im Lendenschurz zurück, um ein wenig Frühlingssonne zu genießen. Seine zwei Gefährten mieden es tunlichst, ihn anzusehen. So eine Prüderie! Die wichtigsten Teile waren doch verdeckt. Bei jedem anderen wäre es ihnen egal gewesen; sie wußten nur, daß Dosh jedes brauchbare Angebot ergreifen würde und fürchteten, beim Schaufensterschauen ertappt zu werden.

»Krieger D'ward?«

»Ja, Krieger Dosh?« D'ward hatte mit einemmal reges Interesse für die Spiegelbilder von Windmühlen auf dem Wasser entwickelt.

Dosh spähte an Ysian vorbei zum Bootsmann, der unsicher und widerlich schleimig zurückgrinste. Dieser Flegel würde kein Joalisch verstehen. »Geht Ihr nach Tharg, um dem Tod den Tod zu bringen, wie es prophezeit ist? Und wenn Ihr ihn ausgestopft und aufgehängt habt, tut Ihr mir dann den Gefallen und knöpft Euch auch Tion vor?«

»Deshalb reise ich nicht nach Tharg.« D'ward streckte den langen Rücken, und das Segel verbarg sein Antlitz.

»Ihr habt gesagt, unsere früheren Waffenbrüder wären in Sicherheit. Und Ihr habt versprochen, mir den Grund zu verraten.«

D'ward sank zurück in gekrümmte Haltung, so daß seine finstere Miene wieder zum Vorschein kam. Weshalb war er so reizbar? »Prylis hat es mir erzählt. Die Thargier haben ihnen freies Geleit nach Nagtal gewährt.«

»Ein weiteres Wunder? Die Thargier haben ihnen freies Geleit gewährt? Ist das Euer Ernst?«

»Sie haben Gesandte geschickt, ein paar Ephoren höchstpersönlich. Das allein ist beispiellos. Golbfisch hat die Verhandlungen geführt. Er verlangte die Welt, und sie gaben ihm alles: Essen, Geisel und einen offiziellen, mit Opfern besiegelten Eid. Die Thargier werden die Lemodier zurückpfeifen, damit sie die Nagier durchlassen. Sie haben sich vor ihm auf den Boden geworfen, ihn angefleht. Alles, was er wollte.«

Das sollte man eigentlich als entweder unglaublich oder als zum Schreien komisch einstufen; dennoch wirkte D'ward so niedergeschlagen wie zuvor. Offensichtliche Frage: »Wieso?«

»Eine Seuche«, antwortete D'ward und starrte mit ausdrucksloser Miene zum linken Ufer. »In ganz Thargland sterben die Menschen zu Hunderten. Sie erkranken über Nacht, siechen drei Tage dahin, dann sterben sie. Totenfeuer erhellen die Nacht und beflecken die Sonne bei Tag – das sind Prylis' Worte, nicht meine.«

»Padlopan ist Gott der Krankheit, aber ...«

»Es ist Zath. Die Menschen glauben, es handelt sich um eine Seuche, aber Prylis sagt, Zath hat seine Schnitter von überall in den Tälern hierher nach Thargtal gerufen und ihnen eine neue Opferform beigebracht. Früher war ein Schnittertod immer schnell. Jetzt ist er langsam und noch grauenhafter. Und sie legen Überstunden ein.«

Zath galt als Erscheinungsform Karzons, der Schutzgottheit des Landes. Weshalb sollte ein Gott sein eigenes Volk vernichten? Dosh suchte Ysians Augen; rasch wandte sie den Blick ab. Sie hatte vor irgend etwas Angst.

»Menschenopfer?« fragte er angewidert. »Soll das heißen, Schnitter bringen Menschenopfer dar?«

»Wie würdest du es sonst bezeichnen?«

»Keine Ahnung. Ich habe es nur noch nie so betrachtet. Menschenopfer sind etwas, dem die Wilden in den Dschungeln im Süden frönen oder worüber man in uralten Geschichtsbüchern liest. Unzivilisiert. So etwas tun wir nicht mehr!«

»Schnitter schon«, widersprach D'ward grimmig. »Zath tut es.«

»Ihr habt wohl recht. Aber was hat diese Schnitterseuche mit – oh, mein Gott!«

»Ich hoffe, nicht dein Gott. Aber du hast es anscheinend begriffen. Karzon – oder Zath – der Unterschied scheint immer mehr zu verschwimmen ... Einer der beiden hat eine Offenbarung gesandt und den Priestern erklärt, wie sie den göttlichen Zorn besänftigen und der Seuche ein Ende bereiten könnten.«

»Indem sie ihm den Kopf des Befreiers liefern?« fragte Dosh.

Ysians Antlitz leuchtete aschfahl.

D'wards Mund verzog sich zu einem freudlosen Grinsen. »So hat er es nicht ausgedrückt. Götter haben schließlich ihren Stolz. Jeder weiß, was das *Filoby-Testament* über den Befreier und den Tod vorhersagt, obwohl die meisten Menschen glauben, der Befreier wäre noch ein Säugling, kaum ein Jahr alt, irgendwo in Sussland. Hätte Zath den Befreier genannt, wäre dies ein Zeichen von Schwäche gewesen. Er hätte statt dessen D'ward erwähnen können, doch auch das hätte Aufmerksamkeit auf die Prophezeiungen gelenkt. Aber er brauchte gar keine Namen. Er wußte, daß ich für den Fall Lemods verantwortlich war. Und er wußte, daß ich zum Anführer ernannt würde – das war unvermeidlich, wenngleich du den Grund dafür nicht verstehen würdest. Also verlangte er in der Offenbarung schlicht den Anführer der Nagier, ohne einen einzigen Namen zu erwähnen.«

»Deshalb haben die Thargier aufgehört, uns zu töten?«

»Genau. Sie wollten mich nicht irrtümlich töten. Der Anführer der Nagier mußte zum Tempel gebracht und dort geopfert werden. Der Tod in der Schlacht hätte nicht gereicht. Die Ephoren waren bereit, die gesamte joalische Armee ziehen zu lassen – sie zu nähren und nach Hause zu begleiten und alles zu tun, was sie verlangte. Als Gegenleistung stellten sie nur eine einzige Forderung.«

Dosh rieb sich über die seltsam glatte Wange – keine Stoppel, keine Narben. »Also hat Golbfisch sich geopfert?«

Bekümmert nickte D'ward. »Er ist gerade unterwegs nach Tharg. Wir sollten etwa zur selben Zeit ankommen wie er.«

»Er stirbt durch einen Irrtum?«

»Nein. Na ja, durch einen Irrtum der Thargier. Aber der Prinz ist schlau genug, daß er mittlerweile begriffen hat, worum es geht. Bestimmt weiß er, daß er der falsche Mann ist, und daß seine Häscher es nicht wissen. Er hatte den Oberbefehl und nagische Verdienstmale an den Rippen – das hat ihnen gereicht. Zath dürfte es wohl merken, wenn er ihn sieht, aber an der Stelle kann ein Gott schwerlich noch einen Rückzieher machen. Folglich wird Golbfisch sterben, die Seuche enden, und in der Zwischenzeit sind seine Männer bereits auf dem Weg nach Hause und haben genug Geiseln dabei, um sicherzustellen, daß sie dort auch ankommen.«

D'ward leckte sich über die Lippen. »Aus Golbfischs Sicht ist es ein guter Handel. Er stirbt, aber er wäre vermutlich ohnehin gestorben. Auf diese Weise gelangt seine gesamte Streitmacht wohlbehalten nach Hause. Kein ehrenvoller Anführer hätte ein solches Angebot abgelehnt. Ich bin sicher, er hat nicht einmal zu widersprechen versucht.«

»Euch scheint diese Vereinbarung nicht sehr zu gefallen.«

»Prylis hat mich aus der Falle gezogen und statt dessen Golbfisch hineingesteckt.« D'ward entblößte die Zähne.

»Gefällt es Euch etwa, ein Köder zu sein?«

D'ward ließ sich zu keiner Antwort herab. Eine Zeitlang sprach keiner ein Wort. Dosh nahm am Rande wahr, daß der Kahn aufkreuzte und der Fluß sich bereits gen Westen wandte. Jeden Augenblick würde die Stadt in Sicht geraten. Er schaute sich nicht um – er war zu sehr mit dem Versuch beschäftigt herauszufinden, weshalb D'ward so aufgeregt sein mochte.

Da er keine Lösung fand, erkundigte er sich schließlich danach.

Der Befreier bedachte ihn mit einem merkwürdigen Blick. »Was verstehst du denn nicht?«

»Er will in den Tempel«, erklärte Ysian verbittert, »um sich zu stellen und ihnen zu sagen, daß sie den falschen Mann haben!«

»Aber das wäre doch völliger Irrsinn! D'ward ...? Wirklich?«

»Habe ich nicht recht?« fragte sie.

»Ich muß, Füks'hen.« Er schaute Dosh an, nicht Ysian, und in seinen himmelblauen Augen lag ein sonderbares Flehen, so als suchte er nach Zustimmung oder Bestätigung. »Ein Mann braucht seine Ehre. Richtig, Krieger?«

»Nein!« widersprach Dosh. »Nein! Nein! Nicht richtig! Was du vorhast, kann unmöglich funktionieren, und selbst wenn, würde ich dich immer noch für durch und durch verrückt halten.«

45

»Ich sage, du bist verrückt!« rief Alice wütend. »Du wirst nicht nur den Kugeln der Krauts ausweichen müssen. Hunderte Jungen, die du in Fallow gekannt hast, sind jetzt da draußen, überwiegend als Subalternoffiziere. Und es braucht nur einer zu rufen: ›Teufel auch! Der Bursche sieht genau wie dieser Kricket-Spieler Exeter aus. Moment mal! Hat der nicht den alten Dudelsack Bodgley ermordet?‹ Und dann, mein Freund, steckst du in . . .«

»Du wirst allmählich lästig damit«, unterbrach Edward seine Cousine.

Sie befanden sich im Ye Olde English Tea Shoppe, einem kleinen Teeladen in Vicarsdown. Das Dorf sei größer, als er es in Erinnerung habe, meinte Edward, und Alice entgegnete, es hätte dennoch mühelos auf dem Picadilly Circus Platz, was allerdings nicht stimmte. Der Teeladen aber war ein reizendes, echt elisabethanisches Gebäude, wenngleich es ursprünglich einen anderen Zweck erfüllt haben mußte, denn echte Elisabethaner hatten Ale getrunken, keinen Tee. Sie aßen hausgemachte Brötchen mit Erdbeermarmelade und Sahne so dick wie Butter. Der Augenblick war zu kostbar, um ihn mit Streitereien zu vergeuden. Edwards Augen funkelten kalt wie ein winterlicher Ozean. »Außerdem sind diese unzähligen Jungs nicht mehr alle da draußen. Die Hälfte ist tot. Und du behandelst mich noch immer wie deinen kleinen Bruder. Aber das bin ich nicht mehr.«

Alice hob ihre Tasse. »Doch, bist du. Für mich warst du immer wie ein kleiner Bruder, und so wird es auch immer bleiben. Wenn wir beide hundert Jahre alt sind und lange, weiße Bärte haben, wirst du immer noch mein kleiner Bruder sein.« Sie trank einen Schluck Tee und musterte ihn, um festzustellen, ob er das Friedensangebot erkannte.

»Ich glaube kaum, daß du mir mit einem langen, weißen Bart gefällst«, meinte er wohlüberlegt.

Alice stellte die Tasse ab und streckte die Hand aus, um die seine zu ergreifen. »Ich verspreche dir, dich nicht mehr als kleinen Bruder zu betrachten, wenn du mir von Ysian erzählst.«

»Was soll schon mit ihr sein? Ich habe nichts mit ihr angefangen. Das überrascht dich hoffentlich nicht.«

»Nicht im geringsten.« Wenngleich sie wußte, daß es die meisten Menschen sehr wohl überraschen würde. »Hast du sie geliebt?«

Er zog die Hand weg und begann, Sahne auf ein Brötchen zu schaufeln, wie ein Bauarbeiter, der eine Schubkarre füllt. »Ich habe dir alles erzählt. Sie ist eine sehr entschlossene junge Frau – wie du weißt, habe ich eine Schwäche dafür. Sie war sechzehn, ich ein Fremder. Natürlich hat sie sich Hals über Kopf in mich verliebt. Aber es lag nicht an mir, nur an meinem Charisma.«

»Damit hast du die Frage nicht beantwortet.«

»Nein, ich habe sie nicht geliebt.«

»Was ist aus ihr geworden? Wann hast du sie zuletzt gesehen?«

»Vor etwa einem Jahr. Mrs. Murgatoyd hat sie in Olympus als Köchin aufgenommen. Sie ist eine gute Köchin, obwohl sie natürlich nur lemodische Rezepte kennt.«

Romantik zersprang und zerbarst in tausend Teile. »Aber ungebildet? Nur eine einheimische Magd? Nicht gut genug?«

Ungläubig starrte Edward sie an, das Gesicht flammendrot. Klirrend sauste das Messer auf den Porzellanteller hinab.

»O Edward, tut mir leid!« entschuldigte sie sich rasch. »Das war abscheulich von mir! Ich bin sicher, du hast dich wie ein perfekter Ehrenmann verhalten. Oh, ich meine ...«

»Ich war ein Fremder«, unterbrach er sie mit leiser, angespannter Stimme. »Fremde sterben nicht, es sei denn aus Langeweile oder durch Gewalt. Ich weiß, daß ich genauso alt aussehe wie damals, als ich von hier wegging. Ysian muß inzwischen wohl achtzehn oder neunzehn sein. In zehn Jahren ist sie neunundzwanzig, und zehn Jahre darauf neununddreißig. Wäre ich auf Nebenan geblieben, wäre ich immer noch so ziemlich derselbe wie jetzt. Warum glaubst du, schickt der Dienst die Leute auf Heimaturlaub – besonders Junggesellen? Ein Grund ist, daß sie andere Fremde heiraten müssen! Liebe zwischen einem Fremden und einer Einheimischen ist undenkbar. Das führt zu unerträglichem Herzensleid. Es führt zu ... Scheußlichkeiten. Die Kammer ... egal.«

»Daran hatte ich nicht gedacht. Es tut mir leid. Du hast also nicht zugelassen, daß du dich in sie verliebst?«

Edward wandte sich wieder der Vernichtung von Brötchen zu. »Ich habe ihr nicht gesagt, daß ich sie liebe. Und ich habe sie in keiner Weise ermutigt. Im Gegenteil habe ich stets dich als Entschuldigung genommen. Ich hoffe, das stört dich nicht. Hätte es mir freigestanden, wie ein gewöhnlicher Mann auf Ysian zu reagieren, ich hätte ihr mein Herz zu Füßen geworfen, meine Kleider verschenkt, mir den Kopf mit Asche eingerieben und mich im Dreck gewälzt, bis sie mir versprochen hätte, mich zu heiraten. Das war aber nicht möglich, folglich war gar nichts möglich. Bestenfalls Freundschaft.«

Wie wunderbar die Welt doch wäre, ließen sich Gefühle so einfach mit Verstand beherrschen! Tut mir leid, Herr D'Arcy, aber Ihre Ehe bedingt unausweichlich den Abbruch jedweden weiteren Kontakts zwischen uns ...

»Schau!« Edward deutete hinaus auf das sonnenerhellte Dorf draußen vor dem kleinen Mosaikfenster. Eine uralte Mähre zerrte einen Zigeunerwagen die Straße entlang. Hunde kläfften, kleine Jungen rannten hinterher.

Edward beobachtete, wie das Gefährt um die Ecke verschwand. »Als ich das letzte Mal hier war, hat mir eine Zigeunerin die Zukunft vorhergesagt. Aber das war ein anderer Wagen.«

»Glaubst du diesen Humbug etwa?«

Er verzog das Gesicht. »Früher nicht, aber die Alte hat ziemlich ins Schwarze getroffen. Sie meinte, ich müßte zwischen Ehre und Freundschaft wählen. Und tatsächlich war ich gezwungen, Eleal zurückzulassen, obwohl ich ihr vielleicht hätte helfen können.«

»Jetzt hör aber auf, Edward! Das hätte ebenso gut für Ysian gelten können.«

Seine Augen funkelten wie Rasierklingen. »Ich lasse meine Freunde nicht allzuoft im Stich. Ysian zurückzulassen, sofern man mein Verhalten so bezeichnen kann, war ehrenvoll. Aber vielleicht möchtest du den Rest der Prophezeiung hören – Mrs. Boswell, die Zigeunerin, hat auch gesagt, daß ich zwischen Ehre und Pflicht wählen müßte, daß ich Ehre nur durch Unehre erlangen könnte. Erklär mir das bitte mal, denn ich kann es nicht!«

War da ein wunder Punkt, bei dem nachzubohren sich lohnte? »Na ja, wenn es deine Pflicht ist, dich freiwillig zu melden, es aber ehrenvoll wäre, den Mord an deinen Eltern zu rächen ...«

»Du gibst wohl nie auf, was?« Sogar Edward konnte aus der Fassung geraten. Sollte dies geschehen, wäre alle Hoffnung, ihn zur Vernunft zu bringen, endgültig dahin.

»Du hast Ysian seit einem Jahr nicht gesehen?« Das Mädchen blieb der einzige Köder, den sie hatte, um ihn zurück nach Nebenan und weg von der Westfront zu locken.

Er schleuderte ihr einen verzweifelten Blick zu. »Ich hab's dir doch gesagt«, murmelte er. »Sie ist in Olympus und arbeitet für Polly Murgatroyd. Sie ist sehr nett – Polly, meine ich. Ich habe ihr geschrieben, bevor ich zurückgereist bin – Ysian, meine ich ...« Stirnrunzelnd tupfte er sich mit der Serviette den Mund ab. »Da der Mann, der versprochen hat, die Nachricht zu überbringen, anschließend versucht hat, mich zu töten, hat Ysian die Botschaft wohl nie bekommen.«

»Du warst nicht in Olympus?«

Kauend schüttelte er den Kopf. »Ich habe zwei Jahre gebraucht, um hinzufinden, und als es mir schließlich gelungen war, blieb ich nicht lange dort.

Das Komitee hielt es für zu gefährlich, sowohl für mich als auch für alle anderen – sie wollten nicht, daß Zath in der Hoffnung, mich zu schnappen, über den Ort herfiel. Sie haben mich nach Thotal verfrachtet, das ziemlich klein und ländlich ist, aber nicht allzu weit entfernt liegt. Dort habe ich geholfen, einige Kapellen zu errichten. Ich wurde Missionar!« Schadenfroh lachte er auf. »Der Heilige Roly muß sich wohl im Grab herumgedreht haben! Aber wir alle ... sie alle sind Missionare.«

»Du gäbst einen guten Prediger ab.« Alice konnte sich lebhaft vorstellen, wie er seine Schäfchen unter die Fittiche nahm wie dereinst die Jungen im Schlafsaal von Fallow.

»Ganz und gar nicht! Ich glaube eher, jeder andere könnte es besser als ich. Es gefällt mir nicht, Menschen vorzuschreiben, was sie denken müssen. Das ist unmoralisch!«

»Sind Fremde denn keine guten Prediger?«

»Doch«, gestand er bedrückt. »Ich konnte die Massen mühelos in die Tasche stecken. Ich habe Heiden zum neuen und verbesserten Heidentum der Kirche bekehrt. Aber ich war nicht mit dem Herzen dabei. Jumbo Watson konnte mit einer einzigen Predigt ein ganzes Dorf bekehren. Hab' ich sogar miterlebt.«

Alice gab den Ysian-Feldzug auf. Wenn Edward ein ganzes Jahr von dem Mädchen fernbleiben konnte, um etwas zu tun, an das er nicht einmal aufrichtig glaubte, würden die Gedanken an Ysian ihn nie und nimmer davon abhalten, sich freiwillig zum Heer zu melden.

»Der Befreier?« meinte sie. »Das ist doch ein edler Titel – weckt Erinnerungen an Bolívar, Wilhelm Tell, Robert Bruce. Reizt dich das denn überhaupt nicht?«

Hilflos angesichts ihrer Hartnäckigkeit verdrehte er die Augen. »Nicht so richtig, nein. Ein paar Mal war ich in Versuchung – und das *Filoby-Testament* hat es beide Male vorhergesagt. Ich hätte beinahe Tion gegenüber nachgegeben, weil er versprach, er würde Eleals Hinkebein heilen. Das war damals eine ziemlich knappe Entscheidung! Und dann in Tharg, der Prinz …« Er schob sich einen marmeladigen, sahnigen Brötchenbrocken in den Mund und kaute genießerisch.

»Was war mit dem Prinzen?«

»Auch das hat nicht funktioniert, aber es war genauso knapp. Die Prophezeiung endet mit der Tod, aber wird ihn erregen. Das bezieht sich auf mich – mich erregen. Und das stimmt tatsächlich, Alice, denn ich habe die Toten gesehen – in Flandern. Wie viele Leben hat dieser Krieg schon gekostet?«

»Das kann man unmöglich sagen. Was man in den Zeitungen liest, ist samt und sonders zensiert.«

»Tja, die Toten sprechen. Sie sagen, jetzt bin ich an der Reihe. Ich muß meinen Beitrag leisten, und damit basta.« Er schaute auf sein Handgelenk, dann zur Standuhr in der Ecke.

Alice seufzte. Noch zwei Meilen bis Harrow. Ihre Beine schmerzten bereits. »Zeit aufzubrechen, nicht wahr?«

Edward nickte. »Ich wünschte, ich hätte nicht so viel gegessen.« Verstohlen ließ er das letzte Brötchen in der Hosentasche verschwinden. Als er sah, daß sie es bemerkt hatte, grinste er verlegen. »Eine weitere Gabe.«

Ungläubig schüttelte Alice den Kopf. Es war Freitag nachmittag in England, und sie waren unterwegs, um einen Gott zu treffen.

46

Schande! Schande! Zum Mann gehet D'ward und saget: Töte mich! Der Hammer fällt, und Blut besudelt den heiligen Altar. Krieger, wo ist eure Ehre? Erkennt eure Schande. – Vers 266.

Wieder und wieder hallte das durch göttliche Eingebung entstandene Kauderwelsch durch Doshs Kopf, während er eine von Menschen wimmelnde Straße in Tharg entlanggetrieben wurde. Insekten schwirrten, Leute drängten und schubsten; Hitze, Lärm, Gestank. An dieser Stelle der Geschichte ergab jener Absatz überhaupt keinen Sinn. Wie konnte die Prophezeiung über D'wards Tod vor all den anderen über ihn erfüllt werden? Das Dumme am *Filoby-Testament* war, daß zuviel davon erst Sinn ergab, nachdem es geschehen war.

Und was war mit Vers 1098? Diese Weissagung gab Dosh das größte Rätsel auf. Sie besagte irgend etwas über den Befreier, daß er nur schwer zu erzürnen wäre, und dann: Eleal wird sein die erste Versuchung und der Prinz die zweite, der Tod aber wird ihn erregen. Das bezog sich eindeutig auf den Befreier. Es mochte durchaus für genau diesen Nachmittag gelten. Etwas würde gleich geschehen, etwas so Bedeutsames, daß es vor all den vielen Jahren den Blick der Seherin auf sich gezogen hatte.

Tharg war die größte Stadt, die Dosh je gesehen hatte, größer noch als Joal. Sie wurde ihrem Ruf als die häßlichste aller Städte mühelos gerecht. Die Gebäude bestanden aus düsterem Stein, hohen, kahlen Wänden und winzigen Fenstern, so daß jedes Haus an eine Festung erinnerte. Es gab weit und breit weder Farbe noch Verzierungen noch Schnitzereien. Männer trugen tristbraune oder khakifarbene Kittel, Jungen gelbe oder beige, obwohl an jedem Kragen ein Hauch der geheiligten Farben prangte. Frauen waren nirgends zu sehen. Türen und Fensterläden waren geteert, nicht bemalt. Die Straßen glichen schmalen Gräben, heiß und stickig, speergerade.

Zudem waren sie verstopft von gewaltigen Massen ungeduldiger, hastig drängender freier Männer, die allesamt in dieselbe Richtung eilten wie Dosh, die meisten von ihnen wesentlich größer als er. Nur mit Mühe konnte er D'ward im Auge behalten. Zum Glück war der Befreier größer als die meisten anderen Männer, so daß sein unverkennbarer, schwarzer Schopf über der Menge hüpfte wie ein Korken im Wasser. Der Abstand wuchs. D'ward schien es wenig zu kümmern, daß jeder Mann in der Menge ein Schwert trug und allzu ungestümes Drängeln tödlich enden konnte. Höchstwahrscheinlich versuchte er absichtlich, seinen unerwünschten Verfolger abzuschütteln.

Götter machen keine Fehler. Auch diesen Gedanken wiederholte Dosh immer wieder, wie ein Mantra. Prylis hatte den Befreier von der Armee getrennt, auf daß die Ephoren den falschen Anführer holten. Als Prylis ihn heute morgen entließ, hatte er da nicht gewußt, was D'ward versuchen würde? Er hatte ihn gehen lassen, also mußte er doch sicher gewesen sein, daß es bereits zu spät war – oder? Golbfisch mußte schon tot sein – oder? Konnten Göttern Fehler unterlaufen?

Einem unbedeutenden Gott wie Prylis vielleicht. Alles strömte zum Tempel, weil dort eine Ankündigung stattfinden sollte – soviel hatte Dosh aus Bemerkungen rings um ihn aufgeschnappt. Er wagte nicht, Fragen zu stellen, um nicht als Ausländer enttarnt zu werden. Thargier zeigten sich Ausländern gegenüber nie besonders freundlich, ganz besonders nicht, wenn sie in Thargier-Massen auftraten, und die Luft stank ohnehin bereits nach gefährlicher Leidenschaft. Massen wütender Männer ... keine Frauen, keine Sklaven? Die Frauen würden in den gefängnisgleichen Häusern mit den winzigen Fenstern hocken und Mütter spielen.

Wo steckte D'ward jetzt?

Dosh streckte sich im Gehen auf die Zehenspitzen und spähte über den Dschungel aus Köpfen. Verschwunden. Nein! Da war er.

Er war in einen Torbogen getreten, und Dosh war beinahe an ihm vorüber. Hastig bahnte er sich einen Weg quer durch den Strom der Menge, stieß mit Leuten zusammen und entschuldigte sich, wurde gerempelt, verflucht und bedroht. Thargier entschuldigten sich nie. Er erreichte die Mauer und wurde von der wuselnden Masse dagegengedrückt; dann kämpfte er sich Schritt für Schritt zu dem Torbogen zurück.

Irgend etwas Farbiges über dem Bogen fiel Dosh ins Auge, eine Girlande aus Seilen in verblaßter blauer Farbe. Blau galt als die Farbe der Jungfrau, ein Netz als Symbol der Gerechtigkeit. Dosh hatte das schon immer für unpassend gehalten. Seiner Erfahrung nach gingen stets nur die kleinen Fische ins Netz, wohingegen die großen davonkamen. Aber das sollte damit natürlich nicht versinnbildlicht werden.

D'ward sprach durch ein kleines Gitter in der Tür. Ysian stand mit fahlen, angespannten Zügen neben ihm. Sie schaute zu Dosh auf und bleckte die Zähne. D'ward reichte den Brief des Abtes durch das Gitter.

In der Hoffnung zu hören, was gesagt wurde, schob Dosh sich näher. Als er sich an Ysian vorbeiquetschen wollte, ließ ihn ein scharfer Schmerz innehalten. Er blickte hinab und sah seinen Verdacht bestätigt, daß Ysians Dolch das Problem darstellte.

»Geh!« zischte sie ihm zu.

Stammelnd setzte er zu einer Erwiderung an; dann gelangte er zu dem Schluß, daß er diesen Ausdruck in ihren Augen schon einmal gesehen hatte, damals, als sie gedroht hatte, ihn windelweich zu prügeln. D'ward redete immer noch und ersuchte um Eile. Abermals flammte der Schmerz auf. Sie konnte Doshs Eingeweide mit einem einzigen, flinken Stoß durchbohren. Er wich zurück. Sie folgte ihm und trieb ihn mit gezückter Klinge weiter.

»Geh!« beharrte sie. »Beweg dich!«

Dosh drehte sich in den Menschenstrom und wurde fortgerissen. Er spürte, wie ihre Hand seinen Gürtel erfaßte, doch zumindest stach der Dolch keine Löcher mehr in seine Haut. Wenig später trieben sie in der verschwitzten Menschenwoge die Straße entlang.

»Was soll das denn werden?« wollte er wissen und wand sich zur Seite, um sie anzuschauen.

Sie grinste freudestrahlend. »Ich werde keinem flohverseuchten Nonnenkloster beitreten! D'ward wird zum Tempel weitergehen. Wir schnappen ihn, bevor er dort ankommt und verhindern, daß er einen Narren aus sich macht!«

Er würde keinen Narren aus sich machen, sondern eine Leiche. »Bei den fünf Göttern, Mädel, wie stellst du dir das denn vor ...«

»Nenn mich nicht Mädel!«

»Dann nenne ich dich eben Hohlkopf! In diesem Gewimmel werden wir ihn niemals finden ...«

Mittlerweile kroch die Menge nur noch dahin. Dosh prallte gegen den Mann, der vor ihr ging, worauf ihm brutal ein Ellbogen in die Brust gestoßen wurde und ihm den Atem raubte. Er taumelte.

»Paß auf, wo du hinläufst«, riet Ysian ihm und schob ihn weiter.

Heilige Orte befanden sich in nahezu allen Städten dicht nebeneinander. Der Tempelplatz lag gleich um die Ecke des Nonnenklosters. Er war bereits voll. Dennoch schob die Menge, die sich nicht zum Stillstand bringen lassen wollte, unvermindert weiter.

Dosh beschlich der Gedanke, daß es Frauen durchaus von Gesetzes wegen verboten sein mochte, den heiligen Platz des Mannes zu betreten. Sollte Ysians Schwindel auffliegen, würde man ihn verantwortlich machen. Andererseits schien die Gefahr, in dem Gedränge zu sterben, wesentlich größer. Man konnte jetzt schon kaum noch atmen, und die Menge preßte sich immer fester zusammen. Kriechend strömte sie weiter wie ein menschlicher Gletscher, ein zäher Brei zusammengepreßter Leiber. Dosh wünschte, er wäre größer.

»Wir werden hier drin umkommen!« stöhnte er, als er die ersten Anzeichen von Panik aufkeimen spürte. Zwei Hände ergriffen seine Arme und zogen sie hinter ihn. »Was tust du da, um alles in der Welt?«

»Halte die Hände zusammen!«

»Was?«

Ysian drückte die Hände aneinander. Irgendwie gelang es ihr unter heftigem Winden und Drängen, einen Fuß darauf zu setzen. Dann erklomm sie Doshs Rücken und setzte sich auf seine Schultern. Ihre Finger gruben sich in sein Haar. Ihr Gewicht drohte, ihm die Knie einknicken zu lassen.

»So!« rief sie. »Jetzt kann ich sehen. Geh weiter!«

Der uralte Tempel Karzons in Tharg, der noch aus den Tagen der Könige stammte, war aus Holz errichtet worden. Während des Fünften Joalischen Krieges wurde das Bauwerk von einem Blitz getroffen und brannte bis auf die Grundmauern nieder. Dieses böse Omen verursachte am Vorabend der alles entscheidenden Schlacht schwarze Verzweiflung unter den Männern des Mannes, doch der berühmte Goztikon, dreizehnfacher Ephor, erklärte es zu einem Zeichen der Hoffnung. Er gelobte in aller Öffentlichkeit bei seinem Leben und dem seiner sieben Söhne, daß der Gott Erneuerung für Thargia versprach; die Krieger des Mannes würden siegen, schwor er, und zurückkehren, um zu Ehren ihres Gottes einen neuen und noch gewaltigeren Tempel zu errichten.

Und so hatte es sich denn auch zugetragen. Die Armeen des Joalischen Bündnisses wurden im Zuge der blutigen Schlacht von Suddopaß aufgerieben. Die Überlebenden schufteten für den Rest ihres Lebens in den Steinbrüchen, um den Bau des Tempels voranzutreiben. Künstler und Handwerker von überall aus den Tälern arbeiteten zwanzig Jahre daran. Die Wiedergutmachungsverpflichtungen, die Joalia durch den Friedensvertrag auferlegt wurden, umfaßten den größten Künstler der damaligen Zeit, K'simbr Bildhauer, der ausdrücklich angefordert wurde, weil er dem Gott geziemende Bilder erschaffen sollte.

Den Göttern geziemende Bilder. Wenngleich der Mann in seiner Haupterscheinungsform schon immer als Gott der Schöpfung und Zerstörung gegolten hatte, war er bis zu jener Zeit nur durch ein einziges Bildnis dargestellt worden. Im neuen, großen Tempel wurde er zweimal gezeigt. Ein gewaltiges Bild bestand aus Kupferplatten, die zu seiner Farbe – Grün – verwittern würden. Das andere bestand aus Silber, das schwarz anlaufen würde. Offiziell verkörperten beide Bilder Karzon, doch die ahnungslose Menge bezeichnete das zweite Bildnis bald als jenes Zaths, seiner Erscheinungsform als Gott des Todes. Wodurch sie den Avatara in den gleichen Rang erhoben.

Dosh wurde fortwährend von Leibern weitergeschoben, die von allen Seiten auf ihn einpreßten, und kämpfte sich mühsam einen Weg in die südwestliche Ecke des Platzes. Über dem wabernden Köpfemeer sah er den Tempel in den Himmel ragen, zwei Reihen aus unvorstellbaren hohen Säulen, die sich gen Osten und Norden erstreckten. Die Pfeiler waren so dick und die Lücken dazwischen so schmal, daß sie aus Doshs Blickwinkel gänzlich die Sicht auf das Innere versperrten. Sie wirkten erdrückend, beherrschend, überwältigend. Der Tempel Karzons war ein gewaltiger, grauer Granitkäfig, das häßlichste Bauwerk, das Dosh je unter die Augen gekommen war.

Die Menschenmenge drängte unnachgiebig gegen seinen Rücken und schob ihn näher.

»Noch nicht!« erklärte Ysian, die schreien mußte, um den Lärm zu übertönen. Grob riß sie Doshs Kopf herum. »Warte da drüben!«

»Ich komme hier nicht raus.«

Sie ergriff seine Ohren und zog. Er kreischte auf, wodurch er überraschte Blicke seiner unmittelbaren Nachbarn erntete. Hastig blinzelte er Tränen fort.

»Ich reiß' sie dir aus!« drohte Ysian und trat ihn mit den Absätzen.

Wahrscheinlich meinte sie es ernst. Sogleich begann Dosh, sich einen Weg aus der Masse zu wühlen.

Nach schwerem Kampf gelang es ihm, sich aus dem Hauptstrom loszureißen und die ruhigeren Stellen am Rand des Platzes zu erreichen. Auch dort befanden sich viele Menschen, doch sie standen größtenteils still und starrten auf den Tempel, wohl weil sie fürchteten, in der zusammengepreßten Masse in der Mitte ihr Leben aufs Spiel zu setzen. Keuchend, schwitzend lehnte Dosh sich an die Wand. Seine Schultern drohten zu brechen.

»Geh runter!« stöhnte er. »Du zerquetschst mich.«

»Hör auf zu jammern! Du hast doch gesagt, du wärst der zäheste Mann der Armee, oder?«

»Ich bin doch kein verfluchter Moa!«

Andere Kinder in gelben Kitteln trieben auf den Schultern ihrer Väter über der Menge. Keines von ihnen besaß auch nur annähernd Ysians Größe. Dosh hätte jederzeit gewettet, daß auch keines davon ein Mädchen war. Zahlreiche ältere Jugendliche hatten die Sockel der Säulen erklommen, einige waren sogar noch höher geklettert, indem sie offenbar mit Zehen und Fingern Halt in den Schnitzereien fanden und wie menschliche Flechten daran klebten. Alle paar Minuten löste sich der Griff eines Rackers, und er stürzte und riß andere mit sich, hinein in das Gewimmel. Die solchermaßen verursachten Schreie und Flüche gingen im beständigen, tosenden Gebrüll unter.

Mittlerweile befand Dosh sich weiter von der Ecke

entfernt. Er konnte durch das nächste Säulenpaar spähen, und was er erblickte, war die Rückseite der Statue Zaths. Silbrig-schwarz ragte sie zehn Mal so hoch auf wie ein Mensch, eingehüllt in den Mantel eines Schnitters und bedrohlich gebückt, als begutachtete sie die Massen, die um ihre Füße wogten. Dosh war froh, nicht dort zu stehen und in das Antlitz des Todes emporzuschauen. Dahinter erblickte er den Rand des Standbilds des Karzon, eigentlich nur den großen Hammer, den es hielt, sein Sinnbild.

Ysian bohrte die Absätze in Doshs Rippen. »Da kommt er!«

Hätte er Platz gehabt, sich zu bewegen, hätte er ihre Arme packen und sie von sich zerren können, doch in diesem Gewimmel wäre sie mindestens einem Mann auf den Kopf gefallen, wahrscheinlich sogar zweien, wofür es Vergeltung gesetzt hätte. Außerdem wurden ihm die Arme ohnehin so fest in die Seiten gedrückt, daß er sie unmöglich heben konnte, um sich wenigstens gegen ihre Angriffe zu verteidigen.

»D'ward kommt gerade!« rief sie hartnäckig. »Beweg dich. Da lang.« Abermals ergriff sie seine Ohren und drehte ihm den Kopf nach links.

Er beugte sich dem Unvermeidlichen und begann, sich mit den Schultern einen Weg zu bahnen. Wahrscheinlich wäre er überhaupt nicht vorangekommen, hätte Ysian ihre Füße nicht heftig gegen unschuldige Umstehende eingesetzt. Die unausweichliche Rache richtete sich selbstverständlich gegen Dosh – er wurde angerempelt, gestoßen, geschlagen, verflucht. Jeden Augenblick würde es jemandem gelingen, ein Schwert zu ziehen und ihn aufzuschlitzen.

»Schneller!« verlangte sie. »Wir verlieren ihn.«

Natürlich würden sie ihn verlieren. Es bestand

keinerlei Aussicht, ihn einzuholen. D'ward war kräftiger und größer, und er war der Befreier. Er hatte zugegeben, eine besondere Ausstrahlung zu besitzen. Mit der würde er sich einen Weg durch die Menge zaubern. Außerdem hatte er keine Ysian zu tragen.

Doch Ysian verlieh Doshs Bemühungen auch ein wenig Gewicht. Er stellte fest, daß er sich auf die Männer vor sich lehnen konnte und diese zur Seite wichen, um zu vermeiden, daß sie über den Haufen getrampelt wurden. Sollte Dosh ausrutschen und stürzen, blühte genau das ihm selbst. Ysian riß an seinem linken Ohr. »Der Mann da in Grün! Faß ihn!«

Sogleich erblickte Dosh den Mann, den sie meinte. Sein grüner Kittel hob ihn von der tristbraunen Masse ab und kennzeichnete ihn als eine Art Tempellakai – ein Priester oder eine Wache. Er war sehr groß, sehr stämmig und offensichtlich sehr entschlossen, sich dem Tempel – und somit D'ward – zu nähern.

Irgendwie gelang es Dosh, sich hinter den Mann zu schieben. Danach kamen sie zügiger voran. Der große Bursche hatte anscheinend nicht bemerkt, daß er sich zwei Anhängsel eingehandelt hatte, während er sich einen Weg zu den Säulen freirempelte. Dosh lehnte sich gegen ihn und drängte ihn vorwärts.

Der Tumult endete, und an seine Stelle trat ein anderes Geräusch: ein gleichmäßiges Trommeln. Dosh hatte keine Ahnung, was im Tempel vor sich ging, doch das bedrohliche Buuum-Buuum-Buuum verursachte ihm eine prickelnde Gänsehaut. Wurde Golbfisch gerade hergebracht? Menschenopfer? Seit Tausenden von Jahren hatte kein Gott der Täler mehr Menschenopfer gefordert. Was würden sie mit ihm anstellen? Ihm den Kopf abhacken? Ihm das Herz herausreißen? Ihn bei lebendigem Leibe verbrennen?

Armer alter Golbfisch! Er hatte sich von einem saft- und kraftlosen Waschlappen zu einem Krieger und Anführer gemausert. Er hatte sich als würdig erwiesen, über ein Königreich zu herrschen, das von Rechts wegen ihm gehörte, und nun starb er, um seine Männer zu retten. Was mußte er wohl denken?

»Wir sind fast da!« Vor Erregung hüpfte Ysian ein paar Mal auf und ab. Dosh kreischte zu ihr empor. Er dachte, sie meinte die gewaltigen Säulen, die mittlerweile über ihnen aufragten, dann aber sah er den vertrauten, schwarzen Haarschopf vor sich. Vielleicht würde sich dieser Wahnsinn doch noch lohnen. Und dann? D'ward hatte sich schon auf dem Boot geweigert, Vernunft walten zu lassen; es schien höchst unwahrscheinlich, daß er nun dafür zugänglich war.

Aber Dosh hatte keineswegs gescherzt, als er D'ward gesagt hatte, er verstünde etwas von Massage. Außerdem kannte er ein paar Selbstverteidigungskniffe, die ihm mehr als einmal gute Dienste geleistet hatten, wenn die Tollereien im Bett allzu heftig wurden. Wenn er D'ward tatsächlich in Reichweite bekäme, und wenn er die Arme freiwinden könnte, und wenn er sie dann um D'wards Hals zu schlingen vermochte – dann konnte er D'ward mühelos das Bewußtsein rauben. Und dann ... würde D'ward dann zu Boden sinken und zu Brei zertrampelt? An diesem Teil des Plans mußte noch ein wenig gefeilt werden. Die Trommelschläge ertönten schneller. D'ward mußte nur wenige Minuten aufgehalten werden, und schon wäre es zu spät, die Opferung noch zu verhindern. Inzwischen hatte der Mann in Grün D'ward eingeholt und stand unmittelbar hinter ihm. Nun stellte er eine Hürde statt eines Wegbereiters dar, denn Dosh gelang es nicht, sich an ihm vorbeizudrängen.

Sie befanden sich nur noch ein paar Schritte von den Säulen entfernt, als der Mann in Grün urplötzlich D'wards Arm ergriff und ihn herumwirbelte. Der Mann selbst drehte sich nach rechts. Dosh taumelte, kämpfte ums Gleichgewicht und kam links zu stehen. Die Masse wogte auf sie ein und preßte die drei Männer dicht zusammen, so daß sie einander von Antlitz zu Antlitz gegenüberstanden und Ysians Beine zwischen ihnen baumelten. Unter dem dröhnenden Buuum-Buuum-Buuum der Trommeln war die gesamte Menschenansammlung verstummt.

»Was?« fragte D'ward wütend und wand sich, um sich aus dem Griff loszureißen. Dosh und Ysian hatte er nicht einmal angesehen. »Oh – du bist's!«

»Wen hast du denn erwartet?« wollte der Mann in Grün wissen, mit einer Stimme so donnernd wie die Trommelschläge. »Was, im Namen der Schöpfung, glaubst du, daß du da tust, du junger Narr?« Er war einen halben Kopf größer als D'ward und um einiges stämmiger. Obwohl er jung wirkte, gehörte er zu der Sorte Männer, die man unwillkürlich mit »Herr« oder, in Doshs Fall, mit »Meister« anredete.

Ysians Finger gruben sich schmerzlich in Doshs Haare. In dem dichten Gedränge konnte er kaum atmen, während er vom Befreier zu dem Mann und wieder zurück schaute. Ihre Gesichter befanden sich unmittelbar über dem seinen, dennoch schien keiner der beiden bemerkt zu haben, daß er da war. Dosh wagte sich kaum auszumalen, um wen es sich bei dem anderen Mann handeln mochte.

D'ward lächelte, das Ergebnis jedoch war grotesk – nur Augen und Zähne, als wäre die Gesichtshaut geschrumpft. »Ihr habt da drin den Falschen!« Seine Stimme klang heiser.

»Das weiß ich, du Narr! Und morgen stirbt er. Glaubst du, das wäre Zufall? Hast du überhaupt die leiseste Vorstellung, was für Ärger uns das gekostet hat? Was erhoffst du zu erreichen, indem du hierher kommst?«

»Ich kann seine Stelle einnehmen. Meine Stelle!«

»Dadurch rettest du sein Leben nicht! Selbst wenn Zath sich dafür entschiede, ihn zu verschonen, was er nie und nimmer tun würde, könnten die Ephoren die erlittene Demütigung nicht vergeben. Er ist bereits tot, so tot wie er sein wird, nachdem sie ihm morgen den Schädel zertrümmert haben.«

D'ward verzog das Gesicht zu einer Grimasse. »Das werde ich aber nicht zulassen!«

»Und wie willst du sie jetzt noch aufhalten?«

Das Trommeln ertönte als beständiges, bedrohliches Grollen, wurde lauter, hallte zwischen den Säulen.

»Ich kann hingehen und sagen, wer ich bin! Ich kann ihnen sagen, daß sie den Falschen haben. Wenn ich preisgebe, daß ich der Befreier bin . . .«

»Du wärst auf der Stelle tot.«

D'wards Züge leuchteten kalkweiß vor Elend oder Schrecken oder Wut – Dosh vermochte es nicht zu sagen, und vielleicht war es von allem etwas. »Wenn du mir helfen würdest, an meiner Seite wärst . . .«

»Narr!« Der große Mann brüllte das Wort heraus, dennoch schenkte ihm keiner der Umstehenden auch nur die geringste Beachtung. Wie konnte irgend jemand einer solchen Befehlsgewalt trotzen? »Zath besitzt mehr Macht als alle Fünf zusammen. Du kannst hier überhaupt nichts ausrichten, außer selbst zu sterben!«

»Es muß doch etwas geben, was ich tun kann!«

»Nein, gibt es nicht! Vielleicht eines Tages, aber

weder heute noch morgen.« Die kräftigen Finger bohrten sich fester in D'wards Arm. Der Mann schien bereit, ihn zu beißen. »Nun – willst du leben oder sterben? Muß ich dich erst zwingen?«

D'wards Augen funkelten fiebrig. »Wenn du hier Mana einsetzt, bemerkt er dich, nicht wahr? Wir befinden uns auf seinem Knoten.«

»Wieso bist du so erpicht darauf zu sterben?« Mittlerweile brüllten die beiden einander an, doch die Massen ringsum schienen sie überhaupt nicht wahrzunehmen.

»Wieso sollte es dich kratzen, ob ich sterbe?«

»Weil wir wollen, daß du die Prophezeiung erfüllst! Deine Zeit ist nur noch nicht gekommen.«

D'ward schloß die Augen und schauderte. Kraftlos ließ er alles hängen, als hielte ihn nur noch der Druck der Menge aufrecht. »Na schön! Wenn das der Preis ist, dann tue ich es. Ich werde den verfluchten Befreier spielen, ich werde deinen Befehlen gehorchen, ich tue, was immer du willst, aber du mußt den Prinzen da rausholen. Ich werde nicht zulassen, daß ein anderer Mann an meiner Stelle stirbt.«

»Tut mir leid. Das kann ich nicht.«

»Dann zur Hölle mit dir!« gellte D'ward. »Laß mich los!«

Noch bevor der Mann in Grün antworten konnte, verstummte das Trommeln. Kurze Stille ... eine schwache Stimme verkündet etwas ... die Menge im Tempel schreit in freudigem Einklang auf ... die Menge davor brüllt begierig nach den Neuigkeiten ...

Der Mann in Grün ruckte die mächtigen Schultern zurück, um den anderen Arm freizubekommen, dann ließ er die Faust genau auf D'wards Kinnspitze sausen. D'wards Kopf schnellte zurück. Er erschlaffte und wurde nur noch vom Griff des Mannes um seinen Arm und vom Druck der Körper um ihn herum aufrecht gehalten.

Niemand konnte sich bewegen, sonst wäre die Menge wohl in Freudentänze ausgebrochen. Statt dessen brüllten die Menschen sich die Lungen aus dem Leib. Die Neuigkeit verbreitete sich: Das Opfer würde vollbracht werden. Die Seuche würde enden.

Die Augen des Mannes kamen auf Dosh zu ruhen, ohne Erstaunen oder plötzliches Erkennen zu zeigen, als hätte er die ganze Zeit gewußt, wer Dosh war und daß er gleich neben ihm stand.

»Bring sie mit und folge mir«, knurrte er.

Dann warf er sich D'ward mühelos auf die Schulter und pflügte durch die Menge, die sich teilte wie hohes Gras.

Noch immer bewußtlos, hing D'ward mit dem Kopf nach unten zwischen dem Mann in Grün und Dosh, der sich fest an den schweren Lederschwertgurt des Mannes klammerte und sich ziehen ließ. Er konnte unter Ysians Gewicht kaum noch laufen. Als der Druck der Massen allmählich nachließ, sank er auf die Knie. Ysian sprang vom ihm herunter und stolperte. Der große Mann drehte sich um und stellte die beiden nacheinander auf die Beine. Seine Kraft war ... übermenschlich?

Wer war er? Es schien besser, nicht darüber nachzudenken ... aber vermutlich war er ... Wer sonst konnte er sein? Wieso?

»Kommt mit!« befahl der Mann und ging weiter voraus.

Dosh würde auf jeden Fall gehorchen, um zu vermeiden, daß schmerzliche Erfahrung seinen Verdacht bestätigte, und Ysian würde D'ward selbstverständlich nicht aus den Augen lassen. Die Menge strömte jubelnd auseinander und verteilte sich frohlockend und singend auf die vom Tempel wegführenden Straßen. Dosh hielt sich am Gürtel des Mannes fest und schleifte Ysian an der Hand hinter sich her. Nach und nach lichtete sich die Menge. Süden, Osten, zwei weitere Häuserblocks nach Süden ... der Mann (der MANN?) schien genau zu wissen, wohin er wollte.

Er bog in eine dunkle Öffnung. »Stufen!« brummte er und stieg in schwarze Finsternis hinab. Vorsichtig folgten ihm Dosh und Ysian, wobei sie mit den Händen an der rauhen Steinwand nach Geleit suchten. Sie kämpften sich drei Seiten eines viereckigen Schachts hinunter, bis sie in eine mit Abfall übersäte, nach Verwesung stinkende Halle gelangten. Knarrend öffnete sich eine Tür, und sie folgten ihrem Führer in eine düstere Krypta voller Menschen.

Die Luft war erfüllt von einer Vielzahl von Gerüchen: dem feuchten Moder der Kammer selbst und der schwitzenden Wände, überlagert von Kerzenduft; dem Gestank nach Körpern und ungewaschenem Bettzeug, Kräutern und stark gewürztem Essen – besonders nach Essen. Das alles ließ Erinnerungen auf Dosh einstürzen, die ihn verblüfften. Erschrocken wich er einen Schritt zurück und stieß mit Ysian zusammen.

Männer rappelten sich auf, Frauen bedeckten hastig die Köpfe, kleine Kinder trippelten eilig zu ihren Müttern, um bei ihnen Schutz zu suchen. In diesem schummrigen Keller befanden sich gut dreißig Menschen, kaum erkennbar im schwachen Licht, das durch ein paar hochgelegene Lüftungsschlitze hereinfiel. Die Männer strömten vor – stämmige Männer in Lumpen, die jeden Augenblick zu zerfallen drohten, Männer mit goldenen Haaren und Bärten. In der Düsternis wirkten ihre Augen fahl und funkelnd wie ihre Messer.

Sobald sie eine Kette zwischen ihren Familien und den Fremden gebildet hatten, hielten sie inne und fügten sich dem Befehl eines älteren Mannes im Hintergrund. Er stand inmitten eines wirren Haufens aus Bettzeug, Bündeln und kaputten Möbeln. Der Fremde war hager, hatte silbriges Haar und wirkte würdevoll. Als einziger Mann der zerlumpten Rotte trug er eine prächtige Robe. Er verbeugte sich steif.

»Ihr ehrt uns, edler Krieger.«

Es war eine Sprache, die Dosh seit zig Jahren nicht mehr gehört hatte. Der Kloß in seinem Hals bereitete ihm bereits Höllenqualen und schien beim Klang dieser Worte weiter anzuschwellen.

»Ruf deine Panther zurück, Birfair Sprecher!« erwiderte der Mann in Grün in derselben Sprache.

Der Greis rief ein einziges Wort. Zögernd steckten die anderen Männer ihre Messer zurück in die Scheiden. Ihre fahlen Augen richteten sich auf Dosh und musterten ihn. Er wußte, daß er sich nun in ernster, sehr ernster Gefahr befand. Furchtsam rückte er dichter zu dem großen Mann. Die Kesselflicker zollten ihm Achtung, obwohl sie ihn offensichtlich nicht für den hielten, für den Dosh ihn hielt, andernfalls lägen sie allesamt mit den Gesichtern im Staub.

Wer immer der Mann sein mochte, er ließ D'ward mühelos zu Boden gleiten. »Das ist der, von dem ich euch erzählt habe. Er ruht sich aus. Ich schlage vor, die Frauen bleichen ihm das Haar, bevor er aufwacht. Das erspart Streit.«

Der Greis lächelte und verbeugte sich abermals.

»Die anderen ...« Der große Mann deutete auf Dosh und Ysian. »Das da ist eine Frau. Der andere ist einer von euch. Die könnt ihr auch behalten, wenn ihr wollt.«

Birfair rieb sich die Hände. »Zum selben Preis, edler Krieger?«

Ein wütendes Schnauben. »Na schön. Für die Frau.« Der große Mann warf ihm einen Beutel zu. Mit lautem Klirren landete er auf dem Boden. »Sorg dafür, daß sie nicht belästigt wird – sie könnte wichtig sein. Der Mann kann sich selbst verdingen.«

»Gewiß, wenn er einer von uns ist, wie Ihr sagt.« Nun, da Doshs Augen sich an die Düsternis gewöhnten, trat das pockennarbige, gelähmte Gesicht des Alten deutlicher hervor. »Er ist ein kranker Welpe eines entarteten Wurfes, gezeugt in einer Senkgrube.«

»Ich reiß' dir die stinkenden Gedärme raus und stopf' sie dir mit deinen hühneraugenverseuchten Füßen in den Hals«, gab Dosh zurück. Es war nur ein Sprachtest. Sein Akzent war eingerostet.

Karzon zuckte mit den Schultern. »Wie rührend, einen verlorenen Sohn zurück an den Busen seines Volkes zu führen! Ich will, daß alle drei so schnell wie möglich aus der Stadt verschwinden. Ist mir egal, wie ihr das anstellt. Danach kann euer Bruder sich seinen Haferschleim verdienen. Vielleicht besitzt er die eine oder andere Gabe, die ihr euch zunutze machen könnt, wenn ihr nicht allzu wählerisch seid. Die beiden anderen sind auf eure Nächstenliebe angewiesen.«

»Dafür habt Ihr, edler Krieger, bereits äußerst großzügig bezahlt.«

»Und ich erwarte eine Gegenleistung dafür! Wenn

mein wirrköpfiger junger Freund erwacht, erklärt ihr ihm, daß er sich von Lympus fernhalten muß.«

»Lympus«, wiederholte der Alte.

»Ja. Ein Ort. Er wird beobachtet und für meinen Freund längere Zeit nicht sicher sein.«

»Wir werden gehorchen.«

»Das solltet ihr auch besser!« Der Mann in Grün wandte sich zur Tür.

Sie fiel Dosh vor der Nase zu, als er gerade hinter ihm herhechten wollte. Geheimnisvollerweise war die Tür nunmehr verschlossen. Wahrscheinlich war dies zuvor schon der Fall gewesen, was erklären würde, daß die Kesselflicker sich so überrascht gezeigt hatten.

Mit dem Messer in der Hand wirbelte Dosh herum, so daß er mit dem Rücken zur Tür stand. Drei junge Männer umringten ihn bereits und näherten sich ihm vorsichtig, aber beharrlich, mir leuchtenden Augen und blitzenden Zähnen. Über ihn, Dosh, hatte Birfair keine Versprechen abgegeben. Dosh besaß Gold, einen fein gearbeiteten Kittel und ein wertvolles Schwert, mit dem er nicht umzugehen verstand. Außerdem besaß er sein Leben. Ob man ihm letzteres lassen würde, hing davon ab, wieviel er für sein anderes Hab und Gut verlangte.

Endspiel

47

Das Mittagessen war schlimm genug gewesen, weil jeder über die neuesten Ereignisse des Krieges reden wollte – in Greyfriars kursierte das Gerücht, Paschendaele wäre gefallen –, doch sooft jemand davon zu sprechen begann, wechselte jemand anders das Thema. Wir dürfen unseren Helden doch nicht aufregen, damit er nicht zu flennen anfängt!

Das war schon schlimm genug gewesen, doch nachdem Alice und Exeter mit den Fahrrädern aufgebrochen waren, fand Smedley sich allein mit Ginger Jones und Mrs. Bodgley wieder. Eine Zeitlang mühten die drei sich durch einen wahren Gesprächssumpf – kein fester Boden unter den Füßen, nichts, worüber man sich gefahrlos unterhalten konnte.

Er ging hinaus, um sich an ein wenig Gartenarbeit zu versuchen; nicht, daß er sich wirklich hätte nützlich machen können. Schlimmste Depressionen plagten ihn. Seine Hand schmerzte. Sein Bein pochte. Er spielte mit dem Gedanken, Ginger zu einer Partie Einhand-Krocket herauszufordern, was aber nur Bilder von einhändigem Golf, einhändiger Moorhuhnjagd, einhändigem Kricket und einhändigem Liebemachen heraufbeschwor ... als ob er je ein Mädchen finden würde, das sich mit einem Krüppel abgab. Einhändiges Autofahren?

Er begab sich auf einen Spaziergang, doch auch das half nichts.

Schließlich kehrte er zum Dower House zurück, ließ sich auf eine der Gartenbänke plumpsen und fragte sich, welcher Wahn ihn bloß befallen hatte, daß er sich in Exeters Angelegenheiten hatte hineinziehen lassen, und wie er nun wieder herauskommen sollte. Auch schienen weit und breit keine anderen vernünftigen Möglichkeiten in Sicht, nur das Familienmausoleum in Chichester. Das letzte Aufeinandertreffen mit seinem alten Herrn hatte damit geendet, daß sie beide brüllten, wobei Julian gleichzeitig schluchzte. Tausende Tanten. Sonntag war sein Geburtstag ...

»Hör auf damit!« sagte eine Stimme.

Er riß den Kopf herum und sah, daß Ginger Jones unter einem Baum in einem Liegestuhl saß. Über seine Brust war eine Zeitung ausgebreitet, als hätte er darunter gedöst und sie eben erst weggezogen.

»Wie bitte?«

Die Brille des alten Mannes blitzte in der Sonne. »Du hast nie Trübsal geblasen, Julian Smedley. Fang nicht jetzt damit an!«

»Tu ich doch gar nicht.« Smedley wandte sich ab.

»Das ist nur eine neue Phase«, fuhr Ginger fort. »Ich habe in den letzten paar Jahren Dutzende wie dich gesehen.« Papiergeraschel und ein Grunzen ertönten, als der alte Lehrer sich aus dem Liegestuhl stemmte. »Zuerst bist du so erleichtert darüber, aus allem raus zu sein, daß dir egal ist, was es gekostet hat.« Seine Stimme kam näher. »Dann wird dir allmählich klar, daß du noch ein ganzes Leben vor dir hast und nicht wie andere Männer bist. Du glaubst, das sei ungerecht. Selbstverständlich ist es ungerecht.« Mittlerweile befand er sich unmittelbar hinter Smedley.

»Ich will versuchen, es im nächsten Schuljahr besser zu machen, Sir.«

Er hätte sich den Atem ebenso gut sparen können.

»Dutzende wie dich habe ich gesehen! Viele wären überglücklich, dir eine Hand anstelle dessen zu überlassen, was sie verloren haben. Lungen, Augen, beide

Beine ... Da ist ein Bursche, der mal ein ziemlich guter Kumpel von dir war – ich werde dir seinen Namen nicht verraten –, und er sieht rundum blendend aus. Es ist nur so, daß er kein richtiger Mann mehr ist, zumindest nicht in seinen Augen. Möchtest du mit ihm tauschen?«

»Warum helfen Sie Mrs. Bodgley nicht, warme Unterwäsche für unsere wackeren Krieger zu stricken?«

»Weil ich lieber hierbleibe und an dir herumnörgle. Ich sage, du warst nie ein Jammerlappen, und du wirst auch in Zukunft keiner sein. Das ist nur eine Phase. Die geht vorüber. Schon bald wird sich der wahre Julian Smedley wieder zeigen.«

»Ich kann Ihnen gar nicht sagen, wie sehr ich mich darauf freue.«

»Und dann wirst du endlich tun, was wir alle tun müssen, nämlich mit den Karten spielen, die uns zugeteilt werden. Ich hätte Exeter bitten sollen, dir diesen Vortrag zu halten. Das kann er wesentlich besser als ich. Er meint, er würde dich nach Nebenan bringen, wenn du willst.«

»Was!?«

Schwerfällig, als schmerzte sein Rücken, schlurfte Ginger zu der anderen Bank und setzte sich. »Ich habe ihn vor dem Mittagessen gefragt. Du hast in Staffles so viel für ihn auf dich genommen, daß er alles für dich tun würde, Hauptmann. Wenn Nebenan ist, was du willst, wird er dir helfen, hat er gesagt. Du würdest dich dort gut machen, glaubt er. Und er meint, der Dienst würde dich auf sein Wort hin aufnehmen. Aber willst du das wirklich?«

Einen Augenblick war Smedley sprachlos. Dann: »Glauben Sie ihm?«

»Ja. Du nicht?«

»Ich weiß nicht. Es paßt alles zusammen ... aber das sind Phantastereien, Ginger! Wahnwitziges Geschwafel! Opiumträume.«

»Ich glaube ihm.«

»Und das sagen Sie nicht bloß, um mich aufzumuntern?«

Jones schüttelte den Kopf. »Du hast ihn schon gekannt, als er noch eine Raupe war. Ihr wart gemeinsam Puppen und jetzt seid ihr beide Schmetterlinge. Du kennst ihn besser, als jeder andere ihn je kennen wird. Ihr habt eure Jugend miteinander geteilt. Du wirst nie jemanden besser kennen als ihn. Gibt es irgend jemand, dessen Wort du über das von Edward Exeter stellen würdest?«

Smedley ließ sich die Frage ausgiebig durch den Kopf gehen. Schließlich antwortete er: »Wahrscheinlich nicht.«

»Genau wie ich. Komm jetzt mit mir rein, ich möchte einen Blick auf dein Bein werfen. Hast du den Verband heute schon gewechselt?«

Die Schnitte waren geschwollen und entzündet. Ginger wollte einen Arzt anrufen und ließ sich erst davon abbringen, als Smedley versprach, dies am nächsten Tag nachzuholen, falls die Verletzung sich verschlimmern sollten.

Dann gingen sie hinunter, um Tee zu trinken.

Im Wohnzimmer wäre es kühler als im Garten, meinte Mrs. Bodgley, denn es wies nach Osten. Smedley empfand es als düster, unbewohnt, einsam. Die Eierkuchen stammten aus Thorndykes Laden, erklärte Mrs. Bodgley, und Wilfred wäre sogar ein noch besserer Bäcker als sein Großvater, was dem alten Mann selbstverständlich nie jemand sagen würde. Die Marmelade, führte Mrs. Bodgley weiter aus, käme von der Handwerksmesse der Grafschaft und müsse wohl Mrs. Haddocks Rezept sein. Die beiden Männer waren sich einig, daß es sich um ausgezeichnete Marmelade handelte.

Danach gab Mrs. Bodlgey einige Anekdoten zum Besten, die sich ereignet hatten, als sie in Indien war. Der Hof des Vizekönigs in Neu-Delhi, schöne Zeiten droben in den Hügeln von Simla. Etwas über ihren Besuch auf Borneo ... das Raffles-Hotel in Singapur ...

Das Weltreich, in dem die Sonne nie unterging.

Smedley lachte über ihre Witze, wobei er sich von Ginger den Einsatz geben ließ.

Seine Gedanken aber waren auf Nebenan, einer völlig neuen Welt. Eingeborene zivilisieren – eine löbliche Sache. Dort würde seine fehlende Hand keine Rolle spielen, denn er wäre Tyika Smedley und hätte Hausdiener. Der Krieg würde mit keinem Wort erwähnt. Er würde sich zum Abendessen in Schale schmeißen, und die Entyikank würden lange Kleider tragen. Er würde Gutes für die Menschen tun. Er würde ewig leben. Er würde Mana erlangen und seine Hand zurückbekommen.

Träume.

Schotter knirschte.

Ein Wagen?

Mrs. Bodgley legte die Stirn in Falten. »Hört sich wie ein Wagen an.«

Unerklärlicherweise spannten sich Smedleys Unterleibsmuskeln wie Drahtseile. Er erinnerte sich an den Bombenhagel bei Verdun.

Die Türglocke klingelte.

Mrs. Bodgley erhob sich. »Ich erwarte keine Besucher. Möchten Sie, daß ich Sie unter einem falschen Namen vorstelle, Hauptmann Smedley?«

»Nein«, erwiderte er. »Sollte das notwendig sein, würde es ohnehin nichts nützen.«

Was zwar keinen Sinn ergab, doch seine Gastgeberin nickte und schwebte aus dem Zimmer. Smedley schaute zu Ginger, der sich am Bart kratzte, während sich Licht auf seinem Kneifer spiegelte und die Züge des alten Lehrers unergründlich machte. Keiner der beiden sprach.

Stimmen im Vorzimmer ...

»... in dem Jahr, als Gilbert zum Vorsitzenden gewählt wurde«, tönte Mrs. Bodgley. »Ich war vermutlich aufgeregter als Sie!«

Smedley und Jones standen auf, als sie wieder hereinkam, gefolgt von einem Mann. Einem Mann mit hervortretenden Glubschaugen – Augen, in denen ein überglücklicher Schimmer leuchtete.

»Natürlich haben der Hauptmann und ich einander kennengelernt.« Er streckte die Hand aus. »Und Mr. Jones! Oder darf ich Sie jetzt Ginger nennen, wie wir es hinter Ihrem Rücken immer schon getan haben?«

»Nur wenn ich Sie Kurzer Stringer nennen darf, wie wir es hinter Ihrem Rücken immer schon getan haben. O verflucht!« Gingers Kneifer fiel zu Boden.

Stringer erreichte ihn vor seinem einstigen Lehrer, wischte das Glas am Ärmel ab und gab ihn zurück. »Ja, danke, Tee wäre wunderbar. Autofahren ist eine staubige Angelegenheit.«

Smedley wurde übel.

Ginger hatte die roten Wangen eingebüßt, die der sonnige Nachmittag ihm verliehen hatte. Rastlos fingerte er an seinem Bart herum.

Mrs. Bodgley wirkte recht sorglos und glücklich, einen alten Bekannten willkommen zu heißen, eines ihrer unzähligen Patenkinder. Vermutlich war sie tatsächlich sorglos – hatte ihr irgend jemand den Staffles-Teil der Geschichte erzählt? Wußte sie überhaupt, wie unmöglich, wie tödlich die Lage war? Mit einem zögerlichen Blick auf die offenstehende Tür ging sie zum Porzellanschrank. »Bitte nehmen Sie alle Platz. Ihre Freundin . . .?«

»Ich bin sicher, sie findet uns«, meinte Stringer höflich und suchte sich einen Stuhl aus. Das Leuchten war in seine Augen zurückgekehrt. Seine Flanellhose und seine Klubjacke waren makellos, er selbst hingegen schien erschöpft – was er auch sein sollte, wenn er durch halb England gefahren war.

»Macht sich wohl noch frisch«, murmelte Mrs. Bodgley leise. »Ein Stück Zucker oder zwei, Mr. Stringer? Oder möchten Sie, daß ich Sie Kurzer nenne?«

»Höchstens wenn Sie im Morgengrauen zum Pistolenduell antreten wollen. Meine Freunde nennen mich Nat. Nur ein paar alte Kumpel aus Fallow rufen mich Kurzer. Hauptmann Smedley, könnte ich mir vorstellen, würde mich wohl eher als einen unmöglichen Zufall bezeichnen.«

»Ich würde Sie noch ganz andere Dinge heißen, wenn Mrs. Bodgley nicht anwesend wäre«, gab Smedley zurück und schlug die Beine übereinander. Seine Hand war zur Faust geballt. Beide Hände waren zu Fäusten geballt. Die sichtbare entspannte er bewußt. Über die andere hatte er keine Macht.

Eine Teetasse klirrte auf ihrem Untersetzer. Smedley

hatte Mrs. Bodgley schockiert. Des sich anbahnenden Streits gewahr, starrte sie völlig verwirrt von einem Gesicht zum anderen.

»Kann unmöglich schlimmer sein als das, was wir Sie vor zwei Nächten geheißen haben«, entgegnete Stringer schroff. »Das war alles andere als vornehm, was Sie da getan haben, Hauptmann Smedley.«

»Eine Feuerübung war längst überfällig. Und Ihre Anwesenheit hier beweist, daß mein Verdacht durchaus begründet war.« Julian spielte mit dem Gedanken, einem jener Fischaugen ein Veilchen zu verpassen, und fand ihn durchaus behaglich. Er bebte, jedoch nur vor Wut, und das war in Ordnung.

»Begründet, aber fehlgeleitet. Ah!«

Eine Frau betrat den Raum, hielt inne und ließ einen finsteren Blick durch das Zimmer schweifen, der dem Kugelhagel eines deutschen Maschinengewehrnestes zur Ehre gereicht hätte. Sie war groß, kantig, unansehnlich. Zudem trug sie ein billig wirkendes, braunes Kleid und eine klobige Handtasche. Ihr Haar war zu einem Dutt geknotet. Smedley hatte sie zuletzt hinter einem Schreibtisch vor Stringers Büro in Staffles gesehen.

Die Männer schickten sich abermals an aufzustehen. Mrs. Bodgley sagte: »Ah, da sind Sie ja. Darf ich vorstellen ...«

»Wo ist sie?« unterbrach Miss Pimm die Dame des Hauses barsch. »Wo ist Alice Prescott? Ist sie bei ihm?« Wütend funkelte sie Smedley an.

Noch bevor er es merkte, nickte er.

»Wer?« fragte Ginger laut.

Sie würdigte ihn keines Blickes, als wäre sein Täuschungsversuch nicht einmal ihrer Verachtung wert. »Die Gegenseite hat Alice Prescott mit einem Mal versehen, schon seit drei Jahren. Ist sie mit ihm zum Harrow Hill?« Mrs. Bodgley gab einen erstickten Laut von sich und sank auf ihren Stuhl zurück.

»Wohin?« fragte Ginger scheinheilig.

»Ach, seien Sie doch nicht kindisch!« herrschte Miss Pimm ihn an. »Ich weiß, daß Exeter sich ein paar Meilen südwestlich von uns aufhält. Wir haben ihn mit einem Mal versehen. Ich vermute, er ist zum Harrow Hill gefahren, um wieder den Rat der Erscheinung einzuholen. Wenn seine Cousine bei ihm ist, schwebt er in tödlicher Gefahr.«

»Woher wissen wir«, ertönte Smedleys Stimme von seinem Sitzplatz aus, »daß Sie nicht zur Gegenseite gehören?«

»Gar nicht. Aber das macht nichts. Sie werden so oder so mit mir zusammenarbeiten.«

»Mana!« rief Ginger aus und setzte sich hastig. »Sie besitzen dieses Mana, von dem er ständig redet!«

Zum erstenmal schaute sie ihn bewußt an. Sie war die einzige, die stand; die anderen saßen und blickten drein wie Kinder in einem Klassenzimmer.

»Ja, ich gehöre zum Hauptamt, obwohl Sie nur mein Wort darauf haben.«

»Ich glaube, ich verstehe das nicht«, murmelte Mrs. Bodgley matt. Ob ihre Selbstbeherrschung sie wohl je zuvor im Stich gelassen hatte? »Wollen Sie sich nicht setzen und eine Tasse Tee trinken, Miss Pimm?«

»Nein. Keine Zeit. Mr. Stringer, wir müssen uns beeilen.«

Der berühmte Chirurg seufzte und leerte seine Tasse. »Ihr seid entlassen«, murmelte er halblaut.

Smedley und Ginger tauschten panische Blicke.

»Könnten Sie mir das alles vielleicht erklären?« brachte Mrs. Bodgley mühsam hervor.

Miss Pimm schlang sich den Träger der Handtasche über die Schulter. »Ich sagte doch schon, dafür ist keine Zeit. Vor neun Jahren habe ich Cameron Exeter versprochen, seinen Sohn zu beschützen. Um ein Haar hätte ich versagt. Jetzt ist der Junge zurück, und ich habe noch ein paar Verpflichtungen zu erfüllen. Ich glaube kaum, daß der Rest von Ihnen noch in Gefahr schwebt. Ich werde Exeter abfangen, bevor er hierher zurückkehrt. Selbst wenn der Spitzel, den die Gegenseite geschickt hat, ein rachsüchtiger Kerl ist, er wird keinen Grund haben, seine Kraft auf Sie zu verschwenden. Kommen Sie, Stringer.«

»Warten Sie!« rief Smedley aufgeregt. »Was genau haben Sie vor?«

Sie hielt in der Tür inne und wandte sich um, als wollte sie sich kampfbereit machen. »Ich habe vor, das zu tun, was ich schon in Staffles tun wollte, bevor Sie die Nase hineingesteckt und alles durcheinandergebracht haben, Hauptmann Smedley. Es war Ihr stümperhaftes Einschreiten, das die Gegenseite auf den Plan gerufen hat.«

»Die Quälgeister, meinen Sie?«

»Manchmal nennen wir sie so. Stringer?«

»Exeter sagt, er wird nie dorthin zurückkehren!« brüllte Smedley.

»Ich wüßte nicht, was Sie das angeht.«

»Ich will. Ich will dort hin.«

Er hatte es ausgesprochen. Er war entsetzt, es zu hören.

Aber er hatte es ausgesprochen, also mußte es ihm wohl ernst damit sein.

So langsam wie das Schmelzen eines gefrorenen Teichs verzogen sich die fahlen Lippen der ehrfurchtgebietenden Miss Pimm zum Ansatz eines Lächelns.

»Nach all dem Ärger, den Sie mir bereitet haben, erwarten Sie einen Gefallen von mir? So was von keck! Ich weiß, daß Sie ein Mann von Tatendrang und schnellen Entschlüssen sind, Hauptmann Smedley, aber ist Ihnen klar, was das heißt? Ist Ihnen klar, daß es große Gefahr bedeutet und unwiderruflich ist, egal was kommen mag? Es bedeutet den Verlust von Familie, Heimat und Freunden. Es ist ein Sprung jenseits aller Vorstellungskraft.«

Er nickte. Sein Herz trommelte einen wilden Wirbel. Pfeif auf Chichester und den alten Herrn! Pfeif auf die Tanten! Sonntag war sein Geburtstag – einundzwanzig, Schlüssel zur Welt. Er lächelte, um auszuprobieren, ob er es noch konnte. »Zeigen Sie mir einfach, wie.«

»Sie sind bereit mitzukommen? Jetzt gleich?«

»Ja.«

»Dann beeindrucken Sie mich wahrhaftig. Na schön. Kommen Sie mit, und wir werden sehen, ob es möglich ist. Versprechen kann ich gar nichts.« Mit einem Kopfnicken befahl sie Stringer, sich in Bewegung zu setzen, und stolzierte aus dem Zimmer.

Wieder erhoben sich alle.

»La Belle Dame Sans Merci!« brummte der Chirurg und folgte Miss Pimm. »Herzlichen Dank für den Tee, werte Dame. Ich habe unsere kurze Unterhaltung sehr genossen. Bleiben Sie ruhig hier, wir finden schon allein hinaus. Das müssen wir wirklich öfter machen. Legen Sie einen Zahn zu, Hauptmann! Sie wird nicht auf Sie warten.« Damit verschwand er hinaus auf den Flur.

Smedley zitterte wie ein Windhund in der Startmaschine. Er blickte zu den anderen. »Ist heute nachmittag noch jemandem nach Selbstmord zumute?«

Keiner der beiden hatte noch nahe Verwandte. Beide gingen dem fortgeschrittenen Alter entgegen. Zumindest Ginger glaubte die Geschichte vom Märchenland – bei Mrs. Bodgley war Smedley weniger sicher. Weg vom Krieg! Ewiges Leben! Rückkehr zu Jugend und Gesundheit! Wie konnte jemand eine solche Gelegenheit auslassen, egal wie unwahrscheinlich die Aussichten auch sein mochten?

Ginger nahm den Kneifer ab und polierte ihn heftig am Ärmel. Dann setzte er ihn wieder auf und seufzte. »Nein. Ich glaube nicht. Ich nicht.«

Draußen erwachte grollend der Automotor zum Leben.

»Mrs. Bodgley?«

Die Dame des Hauses war aschfahl geworden. Sie biß sich auf die Lippe. Ihr Zögern dauerte länger, schließlich aber schüttelte auch sie den Kopf. »Nein. In meinem Alter ... meine Erinnerungen sind hier verwurzelt.«

»Dann muß ich mich sputen. Danke, Mrs. B. Danke Ihnen beiden, für ... alles.« O Gott! Aus seinen Augen flutete es geradezu. Er umarmte Mrs. Bodgley und küßte sie auf die Wange. Dann ergriff er Gingers ausgestreckte Hand, schüttelte sie überschwenglich und klopfte ihm mit dem Stumpf auf die Schulter.

»Tschüs!« rief er und stürmte aus dem Zimmer. Dabei rannte er gegen den Schirmhalter, prallte zurück, flitzte den Flur entlang und zur Tür hinaus. Der große, silberne Rolls setzte sich gerade die Auffahrt hinunter in Bewegung. Smedley stürmte dem Wagen hinterher, und eine Tür schwang für ihn auf.

48

Die schmale Straße zog sich zwischen hohen Hecken entlang. Darüber bildeten die Äste mächtiger Bäume einen Baldachin, unter dem eine duftig-grüne Kühle herrschte. Aber die Straße war auch steil. Alice stieß keuchend ein letztes »Uff!« hervor; dann warf sie das Handtuch, hielt an, stellte einen Fuß zu Boden und wischte sich über die Stirn.

»Von hier aus laufe ich!« verkündete sie. »Wie weit ist es noch?«

Edward stoppte an ihrer Seite. »Ich glaube, nur noch um diese Kurve.«

Alice stieg ab, rückte den Rock zurecht und begann, das Fahrrad zu schieben.

Er nahm es ihr aus der Hand und schob beide Drahtesel. »Sieh doch mal die gute Seite! Auf dem Rückweg können wir rollen lassen!« Edward grinste und wirkte kaum außer Atem. Er war wesentlich besser in Form als sie.

»Hrmpf! Tja, auf dem Weg bergauf kannst du das Reden übernehmen. Du hast mir nie erzählt, wie du Olympus schließlich gefunden hast.«

»Da gibt's nicht viel zu erzählen. Das Aufregende hast du alles gehört. Wie weit war ich zuletzt? Bei Karzon? Nun, er hat uns einer Bande Kesselflicker überlassen, die ...«

»Warum? Ich dachte, er wäre der Mann, und Zath einer seiner Spießgesellen.«

»Ah! Das sollte Zath eigentlich sein, ist es aber schon eine ganze Weile nicht mehr. Vor ihm gab es nie einen richtigen Totengott. Wer würde das schon sein wollen? Es gibt mehrere solche frei erfundenen Gottheiten, bloß ein Tempel oder ein Schrein, in dem kein Fremder lebt. Trotzdem beten die Menschen dort. In jedem dieser Fälle beansprucht ein Mitglied des Pentatheon die Oberhoheit für sich, so daß nicht alles Mana verlorengeht. Ich glaube, Tod war bloß ein schwer verständlicher Begriff, bis irgendein Scherge Karzons um den Titel bat und Karzon einwilligte. Wie der richtige Name des Schergen lautet, weiß ich nicht, und es ist auch egal.

Auf jeden Fall hatte Karzon einen schweren Fehler begangen. Zath gründete seinen eigenen Kult, festigte ihn mit den Schwarzen Schriften und sandte seine Schnitter aus. Menschenopfer sind eine unvorstellbar mächtige Manaquelle. Obwohl die Morde nicht auf seinem Knoten begangen wurden, erlangte er mit jedem Tod mehr Kraft. Nachdem der Pentatheon endlich durchschaut hatte, was er im Schilde führte – und das hat wahrscheinlich etwa ein halbes Jahrhundert gedauert – wagte keiner mehr, ihn herauszufordern.«

»Konnten sie sich denn nicht gegen ihn zusammentun?«

Edward lachte schallend auf. »Zusammentun? Nachdem sie Tausende von Jahren das Große Spiel gespielt hatten? Nein, so denken sie einfach nicht. Sie ließen Zath seinen üblen Marsch fortsetzen und versuchten allesamt, auf den Zug mitaufzuspringen. Vor etwa fünfzig Jahren hat er in Tharg einen neuen Tempel errichten lassen, mit sich selbst als Zweitgottheit. Aus den Fünf sind in Wahrheit sechs geworden.«

»Das Wesentliche habe ich begriffen, glaube ich. Deshalb also unterstützt Karzon den Befreier und das *Filoby-Testament*?«

»Voller Inbrunst! Natürlich fürchtet er, daß Zath Wind davon bekommen könnte. Er hofft, der gute alte

Edward würde das erreichen, was alle Götter der Welt nicht zu versuchen wagen. Tja, nur werde ich das nicht tun!«

Alice stöhnte auf. Sie waren um die Ecke gebogen. Die Straße vor ihnen verlief kerzengerade – und kerzengerade bergauf.

»Oh, an den Abschnitt erinnere ich mich«, sagte Edward. »Das Gatter ist oben an der Kuppe.«

»Ich hoffe, mein Herz hält das aus. Meinst du, wir sollten uns anseilen?«

Sie machten sich an den Aufstieg. Edward schob nach wie vor beide Räder, dennoch hatte er noch Atem genug, um zu reden.

»Karzon hat uns, als Kesselflicker verkleidet, aus der Stadt verfrachtet. Die Kesselflicker erinnern an unsere Zigeuner, sie sind nur ein wenig rückständiger, weil die gesamte Kultur rückständiger ist. Sie ziehen kreuz und quer durch die Täler, treiben Handel, stehlen, spionieren. Und allesamt sind sie blond wie Skandinavier. Es heißt, sie würden jeden Säugling aussetzen, der anders ist, weil sie glauben, daß es sich um eine Mischlingsbrut handelt. Das traue ich ihnen ohne weiteres zu. Dosh war ein Grenzfall, gerade noch blond genug. Wahrscheinlich hatte er deswegen eine ziemlich schwere Kindheit.

Als ich aufwachte, war er bereits in einen Kampf verwickelt. Einen Gegner hatte er getötet, drei weitere verwundet, und er selbst konnte sich vor Blutverlust kaum noch auf den Beinen halten. Ich hatte noch ein wenig von dem Mana, das die Armee mir verliehen hatte. Ich habe es verwendet, um ihn wiederzubeleben, statt es gegen die eigenen Kopfschmerzen einzusetzen, und glaub mir, zu dem Zeitpunkt hat sich das wahrhaft selbstlos angefühlt! Diese Bande war zu allem bereit.«

Offensichtlich! Alice fehlte die Puste, um etwas zu erwidern.

Edward kicherte. »Aber in dem Jahr hatte ich einen wirklich interessanten Sommer! Wir haben einen Paß nach Sitaltal überquert, dann einen weiteren nach Thotal und schließlich einen nach Randortal. Ich kam ziemlich nah an Olympus vorbei, obwohl ich das damals natürlich nicht wußte. Außerdem schien Karzons Warnung, mich davon fernzuhalten, durchaus sinnvoll. Dosh ist in Thotal verschwunden. Indem er einen Mann des Stammes getötet hatte, erwarb er automatisch dessen Frau, und sie war eine durch und durch heißblütige Feuerkatze. Oder vielleicht waren es auch nur die unterentwickelten Lebensbedingungen, die ihm nicht behagt haben. Ich weiß nicht, wohin Dosh ging, aber ich bin sicher, er wird überleben. Er ist unglaublich.«

»In welcher Beziehung?« Alice keuchte. Auf der Flucht mit Zigeunern! Sie fragte sich, was Julian Smedley wohl von diesem Geständnis halten würde, wüßte er davon. Oder die Lehrer in Fallow.

»Er ist einfach zäh! Das sind zwar alle Kesselflicker, aber er konnte jederzeit zäher sein als die meisten anderen. Was seine moralischen Werte angeht ...« Edward verstummte ein paar Dutzend Schritte lang und beschloß anscheinend, doch nicht über moralische Werte zu reden. »Zuerst haben sie mich wie ein Kleinkind behandelt, aber sie hatten Gold angenommen und geschworen, sich um mich zu kümmern, und sie haben Wort gehalten. Zwar wußten sie nicht, daß der Mann, der sie angeheuert hatte, Karzon war, aber sie wußten, daß er jemand war, den man fürchten mußte. Ich wollte mir meinen Unterhalt verdienen, also wurde ich Fachmann für Viehhandel. Jedes Tal scheint eine eigene Auswahl an Herdentieren zu besitzen, von denen zwar keine auch nur im entferntesten an unsere Pferde und Rinder erinnern, aber sie werden ziemlich gleich gehandelt. Dabei kam mir mein Charisma sehr zugute, und ich habe unerhört betrogen – ein Fremder kann ja so glaubhaft wirken! Ich konnte für eine abgetakelte Mähre mehr Geld herausschinden und ein Prachtstück für weniger kaufen als der alte Birfair selbst. Schlußendlich haben sie mich als nützlichen, richtigen Mann angenommen.«

Alice gelangte zu der Erkenntnis, daß ihr Cousin Tiefen barg, die sie nie vermutet hätte und die sie lieber nicht ausloten wollte. Julians Haar würde schlagartig ergrauen, könnte er dies hören – ein junger, englischer Herr, der sich auf das Niveau von Straßenkötern hinabließ und zu einem Wanderhausierer wurde.

»Aber als es Herbst wurde, hatte ich allmählich genug von Lumpen, Dreck und Hunger. Ysian war todunglücklich. Zu der Zeit waren wir in Lappintal, das im Augenblick als thargische Kolonie gilt. Und eines Tages sah ich einen Mann, den ich kannte.«

Alice hielt inne, um Luft zu schnappen. Edward musterte sie besorgt.

»Alles in Ordnung«, beruhigte sie ihn. »Was für einen Mann?«

»Du kannst hier warten, während ich Mr. Goodfellow besuche.«

Sie schüttelte den Kopf. Es hätte ihr nichts ausgemacht, außer Atem zu sein, hätte Edward nicht so verdammt frisch und entspannt gewirkt. Er wandte sich um und starrte den Hügel vor ihnen hinauf; dann spähte er in die Richtung, aus der sie gekommen waren. Seine Gedanken aber befanden sich weit entfernt auf einer anderen Welt. Schließlich lächelte er in stiller Belustigung.

»Ich hatte ihn noch nie zuvor getroffen, aber man hatte mir von ihm erzählt. In den höhergelegenen, kühleren Tälern gibt es Reittiere, die bezeichnet man als ... Nun, die Menschen dort haben viele verschiedene Namen dafür. Der Rolls-Royce von Nebenan. Sie sind gewaltig, riesig wie Rhinozerosse. Sie erinnern stark an Säugetiere, aber sie sehen aus wie eine Kreuzung zwischen einem Stegosaurus – das ist einer der Dinosaurier aus Die Vergessene Welt, mit einer Reihe Knochenplatten entlang des Rückenkamms ... und einem chinesischen Drachen. Sie haben zwar Schuppen, sind aber Warmblüter. Sie fressen Gras, und sie sind wunderbare Reittiere – gutmütig, klug und gehorsam. Das einzige, was auf Nebenan besser ist als die Pferde hier auf der Erde. Für mich waren es immer Drachen, also wird diese Bezeichnung schon reichen.

Eines Tages sah ich eine Herde dieser Wesen ein Stück außerhalb eines Dorfes, in dem wir geschnorrt hatten. Da waren Zelte, und schon bald hatte ich erraten, daß sie das Lager des Mannes waren, der mit den Drachen handelte. Ich bin hinübergeschlendert, um mir die Sache mal näher anzusehen.

Selbstverständlich wurde ich angebrüllt. Schließlich war ich ein Kesselflicker. Ich hatte gebleichtes Haar, blaue Augen, und meine Kleider bestanden überwiegend aus Löchern, die von der Hoffnung zusammengehalten wurden. Eine Vogelscheuche hätte neben mir wie ein Fürst ausgesehen. Die Streiter haben versucht, mich zu verjagen – so wie ich aussah, konnte ich nichts anderes als ein Dieb und Tunichtgut sein. Die meisten Leute hatten einen goldenen Reif im linken Ohrläppchen, und alle trugen einen schwarzen Turban – genau das Aussehen, das Eleal mir beschrieben hatte. Geht's wieder?«

»Ich glaube schon.« Sie trottete weiter. Edward schlenderte neben ihr her, während er nach wie vor mit jeder Hand ein Rad schob.

»Also habe ich mich in sichere Entfernung zurückgezogen, mich neben ein paar Büsche gehockt und gewartet. Nach ein, zwei Stunden kam der Mann, mit dem ich reden wollte, aus dem Dorf zurück. Er war ziemlich groß, und er hatte einen gewaltigen, kupferfarbenen Bart. Kennst du die Geschichte vom Seemann, der in jedem Hafen ein Mädchen hat? Nun, dieser Knabe hat eines in jedem Dorf ... zumindest vermute ich, daß er deshalb im Dorf war, aber vielleicht tue ich ihm Unrecht. Womöglich war er geschäftlich dort, was ich aber stark bezweifle. Wie auch immer, ich habe ihn abgefangen, bevor er zu seinen Zelten gelangte. Er brüllte einen Kraftausdruck und wollte sich an mir vorbeidrängen.

Ich sagte: ›T'lin Drachenhändler? Wir wären uns fast mal begegnet.‹ Das hat ihn anhalten lassen!

Er hat mich finster angefunkelt und etwas gesagt, das ich lieber nicht wiedergebe.

Ich fragte: ›Wie stehen die Dinge beim Dienst denn so?‹

Daraufhin wankte er zwei Schritte zurück, während ihm beinahe die Augen aus dem Kopf fielen. Verstehst du, ich wußte, daß er ein Spitzel des Dienstes war, weil Eleal es mir erzählt hatte. Er ist ein Einheimischer, kein Fremder, und er spioniert für den politischen Zweig. Sofort hat er mir irgend ein Losungswort entgegengeschleudert – ›Das Gras gedeiht sanfter, wenn der Regen kühl ist‹, oder einen ähnlichen Schwachsinn.

Ich sagte: ›Tut mir furchtbar leid, aber ich kenne die Antwort nicht.‹ Statt dessen nannte ich ihm ein anderes Losungswort, das mir mal jemand beigebracht hatte. Er erkannte es, obwohl er die Antwort nicht wußte, weil sie ein Losungswort des religiösen Zweiges war und er dem politischen Zweig angehörte. Schließlich erklärte ich einfach: ›Ich bin D'ward Befreier.‹

Zuerst dachte ich, er würde jeden Moment in Ohnmacht fallen. Wir haben uns vor die Büsche gehockt und lange miteinander geplaudert. Er gab zu, daß der Dienst mich suchte – auch dort hatte man natürlich vom Fall Lemods gehört und erkannt, daß ich noch lebte. T'lin wußte, daß außer dem Dienst noch andere Mächte hinter mir her waren. Ich habe ihn gebeten, eine Nachricht zu überbringen. Dann fiel mir Ysian ein, und ich beschloß, daß ein Leben als Drachenhändler angenehmer als ein Leben als Kesselflicker wäre. Also habe ich T'lin mitgeteilt, daß er soeben zwei weitere Helfer angeworben hatte.

Er hat keine Einwände erhoben. T'lin ist ein äußerst getreuer Anhänger des Ungeteilten – ein liebenswerter Gauner, und ziemlich gerissen. Ich bin los und habe Ysian geholt. Dem alten Birfair und dem Rest der Bande hat es aufrichtig leid getan, uns zu verlieren, und ich mußte Karzon eine Nachricht schreiben, um zu bestätigen, daß die Kesselflicker ihren Teil der Abmachung erfüllt hatten. Ich bezweifle, daß auch nur ein einziger von ihnen lesen konnte, aber sie waren trotzdem dankbar für den Wisch. Dann sind wir zu T'lins Lager gelaufen, haben uns anständige Kleider angezogen und wurden Drachenhändler. Paß auf.«

Die beiden wichen an den Straßenrand aus, als ein

Auto brummend den Hügel hinauffuhr und an ihnen vorübersauste. Es war ein hellroter offener Sportwagen, der stinkende Abgaswolken spie. Der Fahrer trug eine Schutzbrille und eine Sportmütze.

»Möge sein Kühler überhitzen und alle seine Reifen platzen!« rief Edward vergnügt, als sie sich wieder auf die Straßenmitte zubewegten. Nur ein echter Rüpel würde ein Auto von solcher Farbe fahren. »Wir sind ein bißchen durch die Täler gezogen und haben uns dann über den Winter im kleinen Maptal eingenistet. Zu der Zeit hatte ich fast schon zwei Jahre auf Nebenan verbracht und war allmählich der Verzweiflung nahe, aber wir bekamen keine Nachricht mehr aus Olympus, bevor die Pässe unüberquerbar wurden. Dafür habe ich mich regelrecht in die Drachen verliebt.«

Eine Zeitlang marschierten sie schweigend weiter. Das Schlimmste hatten sie hinter sich. Das Gatter mußte sich gleich um die Kurve befinden, wahrscheinlich zurückversetzt in den Hecken.

»Hast du Eleal je wiedergesehen?«

»Nein, nie. T'lin hatte seinen Reiseplan geändert, und seit der Schnitter ihn damals in Susstal um ein Haar erwischt hätte, war er der Truppe nicht mehr über den Weg gelaufen. Er glaubte, sie wären nach wie vor im Geschäft.«

»Und Olympus?«

»Ah ja! Eines Morgens, es war Frühjahrsanfang, habe ich ein paar Bullen ausgeführt – oder Eber? Hengste? Wie, zum Kuckuck, bezeichnet man einen männlichen Drachen in unserer Sprache? Na egal, auf jeden Fall habe ich einen Burschen getroffen, der ein wunderschönes junges Weibchen ritt, von der Farbe, die man dort Osbyschiefer nennt. Natürlich sind wir stehengeblieben, um gegenseitig unsere Tiere zu bewundern, und natürlich habe ich ihn gefragt, ob er verkaufen oder handeln möchte.

Es war ein schlaksiger Junge mit rotblondem Haar und einer auffallend großen Nase. Ziemlich fein gekleidet. Er räumte ein, daß er sich ein Angebot durch den Kopf gehen lassen würde ...«

Edwards Grinsen nach zu urteilen, würde gleich etwas Lustiges folgen.

»Wir müssen wohl zwei geschlagene Stunden da gestanden und gefeilscht haben. Ich habe jeden Trick ausprobiert, den ich kannte. Ich wollte dieses Stutfohlen unbedingt haben! Ich habe gestritten und gebettelt. Ich habe höher und höher geboten, aber er wollte keine müde Kupfermark mit dem Preis herunter. Ich war völlig perplex. Schließlich hat er die Hand ausgestreckt und in makellosem Englisch gesagt: ›Ich glaube, ich will mich doch nicht von ihr trennen, Alter. Mein Name ist Jumbo Watson. Ich war ein Kumpel deines Vaters ...‹«

Alice ließ sich von Edwards Grinsen anstecken und kicherte. »Gut hingekriegt, was?«

»Oh, ganz toll! Ich wäre am liebsten geschmolzen und im Sand versickert.« Er lachte laut auf. »Du solltest mal hören, wie Jumbo die Geschichte erzählt! Er setzt dabei jedesmal diesen unglaublichen Kesselflickerakzent ein, obwohl wir Joalisch gesprochen hatten. Bei Gesprächen am Abendtisch bin ich wegen dieser Episode schon tausend Tode gestorben. Aber so ist Jumbo nun mal.«

»Was ist denn los?«

»Gar nichts. Ich habe ihn sofort gemocht. Wir sind von Anfang an gut miteinander ausgekommen. Wir sind mit Drachen über die Gebirgsketten nach Olympus geritten – zu der Jahreszeit eine Gewaltreise, aber er war ein fähiger Führer. Auch zu Ysian war er hochanständig, was man von manch anderen nicht behaupten kann ... Jumbo besitzt den unglaublichsten trockenen Humor, den man sich vorstellen kann, ein durch und durch feiner Bursche.

»Tja – so bin ich also nach Olympus gelangt. Es ist ein bezauberndes Fleckchen, sehr malerisch, ein kleines Tal, eingebettet zwischen Thotal, Narshtal und Randortal. Trotzdem habe ich mich nicht getraut, länger als vier oder fünf Doppelwoch... ein paar Monate dortzubleiben.« Eine Zeitlang hüllte er sich in Schweigen; dann schien er zu verwerfen, was er kurz zuvor sagen wollte. Sein Lächeln war verschwunden.

»Ich war seit zwei Jahren auf Nebenan, und zum erstenmal hörte ich Neuigkeiten von zu Hause. Ich war entsetzt, als ich erfuhr, daß der Krieg immer noch tobte, zugleich aber auch froh, daß ich ihn nicht gänzlich verpaßt hatte und immer noch meinen Beitrag leisten konnte. Ein paar Tage bin ich in Olympus herumgehangen, habe ihnen erzählt, was ich so getrieben hatte, habe mehr über den Dienst erfahren und so weiter. Dann habe ich mich höflich nach dem ersten Dampfer nach Hause erkundigt. Dann wurden die Dinge schwierig.

Weißt du, der Dienst ist ziemlich geteilter Meinung, was die Prophezeiungen angeht. So war es schon immer. Mein alter Herr hatte nie viel für den Dienst übrig. Nachdem ich erst in Olympus war und alle Vor- und Nachteile der Sache erfahren hatte, war auch ich aus tiefster Seele dagegen. Die Kette durchbrechen und aus, vorbei! Jumbo könnte man durchaus als Anführer der Prophezeiungsgegner bezeichnen, und ich war voll und ganz einer Meinung mit ihm. Zath zu töten, würde nur noch schlimmeren Ärger heraufbeschwören. Ich wollte nach Hause und mich freiwillig melden.

Creighton war zufällig einer der Befürworter des Befreiers gewesen. Ungeachtet dessen, was er mir erzählt hatte, war er 1914 nur deshalb nach Hause gekommen, um dafür zu sorgen, daß ich zeitgerecht hinüberreiste. Persönlich hat's ihm ja herzlich wenig gebracht! Aber die Stimmen für den Befreier waren in der Überzahl, und sie haben mich mit einer Ausrede nach der anderen hingehalten.« Mittlerweile hatten sie den höchsten Punkt der Kuppe fast erreicht, und Alice beschloß, nun wieder zu radeln. Bevor sie Edward dies mitteilen konnte, sah sie, daß seine Gedanken in weiter Ferne schweiften.

»Und was ist dann passiert?«

»Hm? Oh, na ja, ich bin zurückgekommen, nicht wahr? Letzten Endes. Und hier bin ich nun. Es ist ein wundervoller Tag, ich bin zu Hause, und ich will jeden Augenblick davon genießen.«

Sie fühlte, daß er ihr auswich, und hakte sofort nach – aus Gespür, dachte sie, wie ein Hund, der alles jagt, was sich bewegt. »Wie, Edward? Wie bist du zurückgekommen?«

Eine lange Pause ... Dann zuckte er die Schultern. »Auch das war Jumbos Werk. Eines Tages ist er bei der Kapelle aufgekreuzt, in der ich die Seelen der Heiden für den Ungeteilten bearbeitete, und sagte mehr oder weniger: ›Wenn du auf ein Zeichen der Burschen aus dem Komitee wartest, wartest du tausend Jahre. Ich kann was für dich einfädeln.‹ Er hat mich zu einem weiteren Knoten mitgenommen und mich einen Schlüssel gelehrt, mit dem ich nach Hause kommen würde. Außerdem hat er geschworen, daß am anderen Ende Leute sein würden, die mir helfen.«

»Was! Soll das heißen, er hat dich absichtlich auf diesem Schlachtfeld in Flandern abgesetzt? Er ist der Verräter, von dem du gesprochen hast! Jumbo hat versucht, dich zu töten?«

Edward nickte. Er starrte auf die Straße vor ihnen, und seine Augen waren so hart und kalt wie Saphire. Erschrocken besann sich Alice, daß ihr junger Cousin durchaus gefährlich sein konnte. Er war ein Städteplünderer.

»Verstehst du jetzt, weshalb ich eine Nachricht übermitteln muß?« fragte er. »Und es könnte sogar noch schlimmer sein. Vor fünf Jahren, als die Ankunft des Befreiers kurz bevorstand, hat der Dienst einige Männer nach Hause geschickt, um mit meinem alten Herrn zu reden und herauszufinden, ob er immer noch so über die Angelegenheit denkt wie zuvor. Auch mich wollten sie kennenlernen. Ich war damals sechzehn. Sie meinten, man könnte es ihnen ruhig erlauben, mal mit mir zu reden. Mein alter Herr hat es ihnen verboten, obwohl der einzige, der seine Antwort je erfahren hat, Soapy Maclean war. Jumbo kam geradewegs nach England. Soapy ging nach Afrika.«

Alice nahm ihr Fahrrad von ihm. »Und starb in Nyagatha!«

Abermals nickte Edward. »Die Quälgeister haben die geächteten Merus angestachelt. Aber wer hat den Quälgeistern den Tip gegeben? Wer hat ihnen verraten, wo Cameron Exeter sich aufhielt? Ich glaube, auch das war Jumbo. Ich glaube, er hat schon damals für die Kammer gearbeitet. Er hat unsere Eltern getötet und ...«

Alice folgte seinem Blick. Sie waren an ein Gatter gelangt. Es war kein Gatter eines Bauern, sondern ein Eisengatter mit einem Vorhängeschloß. An dem Gatter prangte ein Schild, das besagte: KRIEGSMINISTERIUM und AUSNAHMSLOS KEIN ZUTRITT, AUßER IM DIENSTE IHRER MAJESTÄT und ähnlich gestrenge Dinge. Auf der anderen Seite schlängelte sich eine frisch asphaltierte Straße über das Feld zum Hügelkamm empor – den einst, wie Alice vermutete, ein Eichenhain und ein paar unvorstellbar alte stehende Steine geziert hatten. Nun war er von einem weiteren Zaun und einem Tor samt Wachkabäuschen umgeben. Die Wälder waren verschwunden. An ihrer Stelle befand sich eine Flugabwehrbatterie, eine Scheußlichkeit des zwanzigsten Jahrhunderts aus Eisenschuppen und abstoßender Panzerung.

»Puck!« rief Edward voll kalter Wut aus. »Sie haben ihm sein Wäldchen geraubt! Es ist weg. Sie haben ihn vertrieben.«

Zuerst Stonehenge, und nun das. Eine weitere Tür zurück nach Nebenan war soeben zugefallen. Doch offensichtlich war es nicht das, was ihn derart mit Kummer erfüllte. Es war die Tatsache, daß er gerade über das Grab eines Freundes gestolpert war.

Verzweifelt suchte Alice nach tröstenden Worten. »Er hat weit über seine Zeit gelebt, Edward. Alles vergeht einmal.«

»Aber er war ein so liebenswertes altes Haus! Harmlos! Er hat mir geholfen – einem Jungen, der völlig bedeutungslos für ihn war, aber in ernsten Schwierigkeiten steckte. Er hätte keiner Fliege etwas zuleide getan!«

»Im Gegenteil, Mr. Exeter«, widersprach eine Stimme von der anderen Straßenseite her, »er war einer, der seine Nase überall hineingesteckt hat, und dafür mußte er bezahlen.«

49

Es war der Autofahrer, den Edward zuvor als Rüpel bezeichnet hatte. Er war klein und dick und stand im unkrautdurchsetzten Gras am Straßenrand, halb in den Hecken verborgen. Die weite Mütze trug er in lässigem Winkel über einem so kurzen Haarschnitt, daß er beinahe schon die Bezeichnung Rasur verdiente. Sein brauner Tweed-Anzug wirkte geradezu lächerlich warm für das derzeitige Wetter. Die Schutzbrille hatte er abgenommen. Trotz der Leibesfülle waren seine Züge nicht schwammig. Vielmehr erschienen sie hart, und die Augen besaßen einen sonderbaren Violetton.

Er lächelte und hatte die Hände in die Taschen gesteckt, dennoch hatte Alice das unerklärliche Gefühl, daß er eine Pistole auf sie richtete.

»Sollte ich Sie kennen?« fragte Edward gedehnt.

»Wenn Sie der Ansicht sind, man müßte seine Feinde kennen, dann schon. Auf dieses Treffen warte ich schon sehr lange, Exeter. Endlich ist der Prophezeiung das Mana ausgegangen.«

Bemüht, eine aufkeimende Panik zu unterdrücken, fragte Alice sich, weshalb sie sich nicht umdrehte, um der Gefahr ins Auge zu blicken. Sie hatte die Füße noch nicht bewegt, genau wie Edward. Beide standen sie unbeholfen, verdreht da und hielten ihre Fahrräder; die Füße hatten sie noch nicht bewegt.

»Wegen der Prophezeiung brauchen Sie sich keine Sorgen zu machen«, entgegnete Edward mit ruhiger Stimme. »Ich werde nie zurückkehren. Ich werde niemals der Befreier sein. Darauf gebe ich Ihnen mein Wort.«

»Ah! Das Wort eines englischen Ehrenmannes!« Theatralisch seufzte der Rüpel. An einem Tag wie diesem hätte er eigentlich einem artesischen Brunnen des Schweißes gleichen müssen, doch sein Gesicht war fahl und trocken. »Das sagen Sie jetzt. Verzeihen Sie meine Zweifel. Ich gehe lieber auf Nummer Sicher.« Alice war außerstande, seine Akzent einzuordnen.

»Dann lassen Sie wenigstens Miss Prescott gehen. Sie hat mit alldem nichts am Hut.«

»Ich glaube, es wäre geschickter, Sie beide einzuschließen. Drehen Sie bitte die Fahrräder herum, und machen Sie sich zum Aufsteigen fertig.«

Alice tat, wie ihr geheißen, ebenso Edward. Warum hatte sie sich nicht geweigert? Warum kletterte sie nicht einfach in den Sattel und radelte davon? Warum tat Edward es nicht? Natürlich stand da drüben der häßliche rote Sportwagen, mit dem der Rüpel sie einholen konnte, aber warum sollten sie nicht wenigstens den Versuch unternehmen, ihm zu entwischen?

Vom Anblick einer Schlange gelähmte Kaninchen?

Ach, das war doch lächerlich!

Warum also nicht einfach davonrennen? Warum nicht einfach abhauen?

»Was haben Sie vor?« wollte Alice wissen und war vom schrillen Ton der eigenen Stimme angewidert.

»Äußerst wenig.« Der Rüpel zuckte mit den breiten Schultern. »Eigentlich habe ich es sogar schon getan. Ich brauche nur das Wort zu sagen. Ein Armeelaster kommte gleich den Hügel herauf. Sie und Mr. Exeter werden hinunterradeln. Sie beide werden radeln, so schnell Sie können. Wenn Sie die Biegung da unten erreichen, werden Sie die Kurve schneiden und auf die falsche Straßenseite ausscheren.«

»Laß ihm seinen Willen, Liebling«, raunte Edward.

»Als Napoleon ist er noch lustiger, aber für den hält er sich nur dienstags. Freitags hat sein Wärter frei.«

»Ah, stets untadelig die steife Haltung bewahren!« pflichtete der Mann im selben trockenen Tonfall bei. »Toujours le sang-froid! Ich schätze, Sie werden mit vierundvierzig bis siebenundvierzig Meilen die Stunde unterwegs sein, wenn Sie gebremst werden. Das ist mehr als ausreichend, um Ihrem verknöcherten Gestell die Starre zu nehmen, wenn Sie die Beschönigung gestatten.«

»Niemals«, widersprach Edward. »Ich sollte Sie lieber warnen. Sie haben etwas übersehen. Das Testament ist eine Prophezeiung, die sich von selbst erfüllt. Jedesmal, wenn jemand versucht, die Kette zu durchbrechen, verstärkt er sie nur!«

»Noch ein paar Minuten«, verkündete der Rüpel ungerührt.

»Sie glauben mir nicht? Dann überlegen Sie mal: Hätte Zath dem ganzen verfluchten Theater einfach keine Beachtung geschenkt, wäre gar nichts geschehen. Aber er hat versucht, meinen Vater zu töten, um meine Geburt zu verhindern. Der Versuch schlug fehl und hat meinen Vater auf die Prophezeiung aufmerksam gemacht. Mein alter Herr verließ Nebenan, für den Fall, daß Zath es noch einmal versuchen sollte, aber das hatte zur Folge, daß er in Neuseeland meine Mutter kennengelernt und geheiratet hat, und daß ich ... nun ja, passiert bin. Wäre er auf Nebenan geblieben, wäre jeder Sohn, den er unter Umständen gezeugt hätte, ein Einheimischer und somit harmlos gewesen. Begreifen Sie immer noch nicht?«

»Einfallsreich. Aber wenig überzeugend.«

Flucht! dachte Alice. Einfach in den Sattel schwingen und davonradeln. Gemütlich den Hügel hinunterrollen, auf der sicheren, linken Straßenseite bleiben, und diese ganze verrückte Unterhaltung würde verblassen wie Mondstrahlen bei Tagesanbruch. Warum tat sie es dann nicht?

»Es geht immer so weiter.« Edward sprach nach wie vor mit ruhiger Stimme, aber schneller. »Bei dem Massaker in Nyagatha sollte eigentlich ich sterben, stattdessen sind meine Eltern gestorben. Wäre mein Vater am Leben geblieben, hätte er mir die ganze Geschichte erzählt, und ich wäre nie hinübergereist! Ich hätte auf seinen Rat gehört. Ich habe ihn geradezu vergöttert und hätte nie und nimmer etwas gegen seinen Willen getan. Also hat Ihr Verein sich wieder selbst ein Ei gelegt. Dann haben Sie versucht, mich in Greyfriars zu töten, mit dem Ergebnis, daß ich erst recht hinübergereist bin und die Prophezeiung erfüllt habe. Hätten Sie mich in Ruhe gelassen, hätte ich mich zur Armee gemeldet und wäre wahrscheinlich letztes Jahr bei der Somme-Schlacht gefallen!«

Der Rüpel hatte sich kaum bewegt, seit Alice ihn zum erstenmal erblickt hatte, nun aber hob er die Hand, um ein Gähnen zu unterdrücken. »Tut mir leid, daß es sich so hinzieht. Noch eine Minute, dann können Sie sich auf den Weg machen.«

»Ich warne Sie!« sagte Edward, deutlich lauter. »Dasselbe ist in Thargtal passiert. Zath hat so verbissen versucht, mich in die Finger zu kriegen, daß er die gesamte Armee entkommen ließ, und mich dazu. Indem Sie versuchen, die Kette zu durchbrechen, werden Sie nur dazu beitragen, sie zu stärken. Bitte, tun Sie das nicht! Ich bin auf Ihrer Seite! Ich will da raus. Ich will mein eigenes Leben führen. Ich will nicht, daß mich diese verfluchte Prophezeiung ständig wie eine Schlange umwickelt. Schenken Sie ihr einfach keine

Beachtung, und sie wird vergehen. Verdorren. Ich will hier auf der Erde bleiben und meinem König dienen. Ich will nicht der Befreier sein!«

»Werden Sie auch nicht. Wir sind gerade dabei, das ganz und gar sicherzustellen.«

»Dann lassen Sie Miss Prescott aus der Sache raus!«

Der Rüpel kicherte, doch seine häßlichen, purpurnen Augen lächelten nicht. »Wenn Sie an Ihre eigenen Theorien glaubten, würden Sie das wohl kaum verlangen.«

»Umstehende werden verletzt! Deshalb sollten Sie ja auf mich hören. Sie könnten selbst unter die Räder kommen. In Nyagatha sind Dutzende gestorben, in Lemod Tausende. Ich rausche unversehrt hindurch, und die Unschuldigen bleiben auf der Strecke!«

»Diesmal werden Sie nicht hindurchrauschen«, entgegnete der Rüpel. »Treten Sie in die Pedale, so schnell Sie können, und schneiden Sie die Kurve am Ende des Hanges. Und nicht bremsen! Es wird nicht weh tun.«

»Lassen Sie Alice gehen!« brüllte Edward.

»Sie gehen beide. Fertig? Los!«

Alice sprang in den Sattel und begann zu radeln, als hinge ihr Leben davon ab. Sie versuchte lediglich, den Mann zu täuschen. In ein paar Minuten, sobald sie sich in sicherer Entfernung befinden würde, wollte sie zu treten aufhören. Sie würden die Räder fast den ganzen Weg von hier nach Vicarsdown rollen lassen können, und vielleicht würden sie im Tea Shoppe sogar noch eine Tasse Tee trinken.

Edward flitzte mit eingezogenem Kopf an ihr vorbei; seine Beine erinnerten an die Propeller eines Flugzeugs.

Wie konnte er es wagen! Dieser angeberische Lümmel! Alice zwang ihre Beine, sich noch schneller zu bewegen. Der Wind pfiff an ihr vorüber. Nie zuvor hatte sie einen vergleichbaren Geschwindigkeitsrausch erlebt. Der Hügel glitt unter ihr hinweg wie das Versprechen eines sicheren Todes. Die Hecken zu beiden Seiten brausten als grüne Schlieren vorbei. Der Wind erfaßte ihren Hut und riß ihn ihr vom Kopf. Schneller, schneller! Fester, fester! Steiler, steiler! Edward zog ihr immer noch davon, da ihm seine langen Beine einen ungerechten Vorteil verschafften; sein Jackett flatterte wie Draculas Umhang hinter ihm her.

Alice konnte ihre Beine nicht mehr schnell genug bewegen, um mitzuhalten. Ihre Haarknoten löste sich. Ihre Augen waren voller eisiger Tränen, die ihr nahezu gänzlich die Sicht raubten. Das Fahrrad bebte so heftig, daß sie kaum noch die Lenkstange zu halten vermochte. Die Kurve raste ihr entgegen.

Edward war bereits dort angelangt. Er schnitt auf die Innenspur – und verschwand hinter der Heckenreihe. Alice kämpfte verzeifelt darum, auf der richtigen Straßenseite zu bleiben, was sie jedoch bei dieser Geschwindigkeit nicht wagte. Trotz aller Mühe folgte sie haargenau Edwards Spur. Urplötzlich erfüllte der Laster ihr Blickfeld, der sich als tödliches Geschoß auf ihrer Fahrbahn den Hügel heraufquälte und die gesamte Straße einzunehmen schien. Daneben scherte ein riesiger, silbergrauer Rolls Royce aus, um den Laster blindlings zu überholen. Von Edward war weit und breit nichts zu sehen, und Alice schloß die Augen.

50

In einer Ecke des Rücksitzes rief Miss Pimm Befehle. »Schneller! Schneiden Sie diese Kurve! Fahren Sie schneller!« Ihre Stimme erklang leise, und doch vermittelte sie die Befehlsgewalt eines Kompaniefeldwebels. Auf dem Fahrersitz heulte Stringer vor Entsetzen auf, tat jedoch anscheinend genau, was sie wollte, gleich einer an Schnüren geführten Marionette. Der große Wagen raste durch die Kurven, Bäume und Hecken sausten als unmöglich verschwommene Bilder vorbei. Gott sei Dank waren sie noch keinem anderen Fahrzeug begegnet ... bis jetzt.

In der anderen Ecke des Rücksitzes hatte Smedley die noch verbliebene Faust so fest geballt, daß die Fingernägel sich in die Handflächen gruben. Die eingebildete Faust spürte er überhaupt nicht, ausgerechnet dann, wenn er sie einmal hätte brauchen können. Das war blanker Wahnsinn! Eine Landstraße wie diese war bestenfalls noch bei etwa zwanzig Meilen die Stunde sicher befahrbar, und sie mußten mit mindestens siebzig Sachen dahinrasen. Noch dazu hügelauf! Der Motor würde überhitzen. Selbst ein Rolls gab bei dieser Geschwindigkeit einen Höllenlärm von sich.

»Machen Sie sich zum Überholen bereit!« befahl Miss Pimm. Sie wirkte völlig entspannt und hielt gelassen die übergroße Handtasche auf dem Schoß. »Vor uns ist ein Laster.«

Gott im Himmel! Was war nur plötzlich in den verrückten alten Drachen gefahren? Bis vor etwa fünfzehn Minuten hatte Pimm sich noch geistig gesund gezeigt. Und dann ... tja, durch Vicarsdown waren sie wie ein Kriegsbomber gerauscht. Ein Wunder, daß sie niemanden getötet hatten. Als Smedley Einwände erheben wollte, legte sie ihm nahe, sich einen Socken in den Mund zu stopfen.

»Ziehen Sie rüber – jetzt!« Der Rolls schien mit zwei Rädern beinahe von der Straße abzuheben, als er auf der Außenbahn um die Kurve sauste. Wie aus dem Nichts füllte urplötzlich das Hinterteil eines Armeelasters die Straße von Hecke zu Hecke aus. Stringer kreischte auf und quetschte den Rolls irgendwie in den Spalt rechterhand des Lasters. Zweige peitschten und schlugen über die Karosserie.

»Bleiben Sie auf dieser Seite!«

Gerade voraus! Ein Radfahrer! »Passen Sie auf!« brüllte Smedley. Stringer schrie aus voller Kehle. Kurz sahen sie das Bild einer unvermeidlichen Katastrophe vor sich, hörten das wuchtige Aufeinanderprallen von Metall auf Metall, dann saß Edward Exeter vorn neben Mr. Stringer. Noch einer! Noch mehr Lärm ... so etwas wie ein Rad fegte am Fenster vorbei .. und Alice Prescott befand sich auf dem Rücksitz zwischen Smedley und Miss Pimm. »Bleiben Sie auf dieser Seite!« wiederholte Miss Pimm. Ein hellroter Sportwagen raste geradewegs auf die Windschutzscheibe zu, drehte im letzten Augenblick ab, entkam dem Laster um Haaresbreite und stürzte Hals über Kopf in den Wald, begleitet von einem Geräusch wie Maschinengewehrsperrfeuer aus nächster Nähe. Smedley erhaschte gerade noch einen Blick auf die Räder und das Fahrgestell, als der Wagen sich lotrecht aufstellte und um einen Baum wickelte. Dann hatte der Rolls die Kurve hinter sich gelassen und brummte an einem friedlichen, sonnigen Nachmittag einen langen, geraden Hügel hinauf.

»Ich glaube, das ging ja gerade noch mal gut, was meint ihr?« fragte Miss Pimm im Tonfall einer Bridgespielerin, der soeben eine besonders gewagte Finesse geglückt war. »Sie können jetzt wieder nach links hinüberfahren und die Geschwindigkeit verringern, Mr. Stringer.«

Alice schlug die Augen auf. Exeter zischte etwas in einer barschen, fremden Sprache und wirbelte herum, um sie anzusehen. Beide hatten ein hochrotes Antlitz und waren offensichtlich außer Atem. Exeter musterte zunächst Alice, dann Smedley, zuletzt Miss Pimm.

»Ist es denn erlaubt, bei dieser Geschwindigkeit in ein Fahrzeug einzusteigen?« erkundigte Smedley sich mit matter Stimme. Sein Herz rotierte mit mindestens tausend Umdrehungen. War er Magie zuvor noch argwöhnisch gegenübergestanden, mußte er jetzt einfach daran glauben. Diese beiden waren draußen gewesen, auf Fahrrädern, und hatten kerzengerade wie Haubitzengeschosse auf den Laster zugehalten, und nun saßen sie seelenruhig da ...

»Mr. Stringer, wieso bleiben Sie stehen?« fragte Miss Pimm scharf.

»Ich bin Arzt! Da war ein Unfall. Und bei Gott, die Polizei wird bestimmt ein paar Fragen ...«

»Fahren Sie weiter! Über das Gesetz brauchen wir uns keine Sorgen zu machen. Bedauerlicherweise wurde niemand verletzt. Die Soldaten in dem Laster werden feststellen, daß der andere Wagen keinen Fahrer hatte, egal was sie vor dem Unfall zu sehen glaubten. Ebensowenig werden sie in der Lage sein, sich die schrottreifen Fahrräder zu erklären, aber das soll uns nicht kümmern. Fahren Sie bitte weiter.« Zeit für die Klasse, die Arbeiten abzugeben.

»Bin ich am Leben?« flüsterte Alice.

»Gerade noch!« antwortete Miss Pimm. »Ich entschuldige mich für mein verspätetes Eintreffen und die ungebührliche Vorgehensweise.«

Exeter drehte sich herum, um auf den Sitz zu knien und sich über die Rückenlehne zu beugen. »Ich habe Sie in Staffles gesehen!«

»Wo ich ein Wachdrache war? Und jetzt bin ich der deus ex machina.«

Exeters Augen leuchteten vor Freude. »Doch wohl eher dea, oder? Und in machina, nicht ex, richtig?«

Wie konnte er nur in der Lage sein, schon wieder Witze zu reißen? Alice war noch immer wie gelähmt. Smedley hatte soeben festgestellt, daß er sich in die Zunge gebissen hatte.

Miss Pimm ließ als Anerkennung ihr kaum erkennbares, dünnlippiges Lächeln aufblitzen. »Im Augenblick lebe ich unter dem Namen Miss Pimm.«

»Aber als ich in Fallow war, habe ich Sie als Herrn Jonathan Oldcastle angeschrieben?«

»Ganz genau! Schnell geschaltet.« Beförderung zum Klassenbesten. »Ich darf mich wohl nicht der Hoffnung hingeben, daß deine Handschrift inzwischen leserlicher geworden ist, oder?«

Exeter grinste, als wäre all dieser Wahnsinn bloß ein Heidenspaß. »Unwahrscheinlich. Oberst Creighton meinte, Sie wären ein Komitee.«

Ein Hauch von Zorn huschte über Miss Pimms Züge. »Ich war Vorsitzende.«

»War es der Briefkasten? Hatten Sie den mit einem Zauber belegt?«

»Nein, Edward. Es war deine Füllfeder. Biegen Sie an der Kreuzung links ab, Mr. Stringer.«

»Sie haben mein Tagebuch gelesen?«

»Nein. Es war ausgesprochen langweilig.«

Exeter zog eine finstere Miene auf und schaute zu Alice. »Alles in Ordnung?« Er streckte die Hand nach ihr aus, doch der Wagen war zu groß, als daß er sie hätte erreichen können.

Alice stieß ein tiefes Seufzen aus. »Ja, ich glaube schon. Ich bräuchte nur eine Erklärung!«

»Dafür haben wir allemal Zeit!« Miss Pimm rückte ihre Handtasche auf dem Schoß zurecht. »Die wahre Ehre gebührt Mr. Stringers Bruder, dem Brigadier. Er hat Edward erkannt. Und geahnt, daß es die üblichen militärischen Vorgehensweisen übersteigen würde, was immer vorgefallen sein mochte. Tapfer, wie er ist, hat er das Wagnis auf sich genommen, ihn nach Hause zu verfrachten, uns zu benachrichtigen und ...«

»Und den ganzen Mist auf mich abzuwälzen!« knurrte Stringer, der gerade an der Kreuzung nach links abbog. »Den bringe ich um! – Wohin fahren wir eigentlich?«

Nebenan! dachte Smedley. Olympus!

»Immer geradeaus, bis ich Ihnen etwas anderes sage. Ich wurde auf die Rückkehr Ihres Cousins aufmerksam, als er in England eintraf, Miss Prescott. Schon vor vielen Jahren habe ich ihn mit einem Merkmal versehen. Außerhalb dieser Welt wirkt es nicht, und selbst hier ist die Reichweite begrenzt. Ich habe Nachforschungen angestellt. Letztlich gelangte ich zu dem Schluß, daß er in keiner unmittelbaren Gefahr schwebte. Es dauerte ein paar Tage, entsprechende Vorkehrungen zu treffen, um ...«

»Meine Sekretärin ist mit einem Matrosen durchgebrannt!« brummte Stringer dazwischen.

»Genau. Liebe auf den ersten Blick. Noch an dem Vormittag, als ich meinen neuen Dienst antrat ...«

»Entschuldigen Sie die Unterbrechung«, bat Exeter leise. »Aber was tun Sie eigentlich, wenn Sie nicht gerade Kindermädchen für mich spielen?«

»Viele Dinge. Natürlich gehöre ich der Organisation an, die du als das Hauptamt bezeichnest. Mein Geschäftsbereich ist die Britische Kolonialregierung, ausschließlich der Regierung von Indien. Hauptsächlich grabe ich mich wie ein unsichtbarer Maulwurf durch den Whitehall Palace und veranlasse dies oder jenes. So war zum Beispiel ich dafür verantwortlich, daß dein Vater zum Verwaltungsbeamten für Nyagatha ernannt wurde. Das war eine interessante Herausforderung, da er ja erst fünfundzwanzig Jahre alt war und bereits dreißig Jahre Erfahrung hatte.«

Abermals lächelte sie ihr Lehrerinnenlächeln – Smedley fragte sich, wie alt sie wohl sein mochte. Er stellte fest, daß es unmöglich zu schätzen war. Manchmal wirkte sie unsagbar jung, dann wieder unsagbar alt. Obwohl sie sich unelegant und unansehnlich präsentierte, beherrschte sie das Geschehen uneingeschränkt. Charisma? »Wir wollten herausfinden, ob es uns gelingen würde, die Vorteile sanfter Verfahren bei der Förderung rückständiger Rassen aufzuzeigen. Aber ich schweife ab. Wie ich schon sagte, bereits an jenem ersten Vormittag hat Hauptmann Smedley uns ins Handwerk gepfuscht.«

Exeter schaute zu Smedley und lächelte nachsichtig. »Gesegnet sei er!«

»Er hat sich als richtiggehendes Ärgernis erwiesen«, widersprach Miss Pimm scharf. »Aber er hat uns gesagt, welche Belohnung er sich dafür wünscht, und wir werden sehen, was er daraus macht.«

Exeters Grinsen wurde noch breiter. »Was hat er denn falsch gemacht?«

»Er hat Miss Prescott hineingezogen. Die Quälgeister haben sie mit einem Merkmal versehen. Als sie London plötzlich an einem Wochentag verließ, wurden sie aufmerksam. Ich glaube, den Rest kannst du dir selbst zusammenreimen. – An der Kreuzung rechts, Mr. Stringer.«

Zornig schnaubte der Chirurg auf. »Mich haben Sie nicht gefragt, was ich gern für eine Belohnung hätte!«

»Ich empfange da Bilder von mir, wie ich auf dem Scheiterhaufen verbrannt werde«, gab Miss Pimm zurück, »also werde ich mich hüten, nach Einzelheiten zu fragen. Versuchen Sie lieber, sich vor Augen zu halten, was für ein interessantes Wochenende Sie gerade erleben.«

»Wir brauchen bestimmt Benzin.«

»Nein, brauchen wir nicht. Wir haben noch eine ziemliche Strecke zu fahren, und die Gegenseite wird hinter uns her sein. Hast du ihren Agenten richtig zu Gesicht bekommen?«

Exeters Miene verdüsterte sich. »Wenn sie diesen Witzbold mit dem feuerroten Wagen meinen, dann glaube ich schon, ja. Er hatte malvenfarbene Augen.«

»Aha! Dann war es Schneider selbst. Habe ich mir fast gedacht.«

»Ist er jetzt tot?«

»Oh, nein! Und sobald sich ein geeignetes Fahrzeug in seine Reichweite verirrt, sitzt er uns im Nacken. Wahrscheinlich hat er Verstärkung gerufen. Du hast seine Eitelkeit ein paar Mal zu oft verletzt, Edward.«

»Ich habe ihn ja gewarnt!« Exeter schaute zu Alice. »Und seine Eitelkeit ist nicht das einzige, was ich gerne verletzen würde.«

»Aber du bist hier Einheimischer, deshalb hast du überhaupt keine Möglichkeit dazu. Den Kerl mußt du schon uns überlassen. So, jetzt muß ich euch allen den Schlüssel für das Tor beibringen ...«

»Nicht so schnell! Du willst also hinüberreisen, Smedley?«

»Ihr werdet alle drei hinüberreisen!« verkündete Miss Pimm resolut. »Das ist der einzige Weg, um euch dem Zugriff der Quälgeister zu entziehen. Ich habe Besseres zu tun, als vierundzwanzig Stunden am Tag auf euch aufzupassen, Edward.«

»Ich nicht! Meine Pflicht ist es, mich zur Armee zu melden. Ich gehe nicht zurück nach Nebenan.«

Miss Pimms Augen verengten sich zu gefährlichen Schlitzen, als spielte sie mit dem Gedanken, ihm zu befehlen, sich den Mund mit Seife auszuwaschen. »Warum bist du dann zum Harrow Hill gefahren?«

Exeter wirkte unüberwindbar stur. »Ich muß eine Botschaft senden. In Olympus gibt es einen Verräter, aber wenn Julian geht, kann er es ihnen erzählen.«

»Wer?« wollte Miss Pimm wissen.

»Jumbo Watson!«

»Völliger Unsinn! Ich kenne Mr. Watson seit – seit mehr Jahren, als du glauben würdest.«

Seufzend schüttelte Exeter den Kopf. »Ich würde Ihnen nur allzu gern beipflichten, Ma'am. Ich mag Jumbo, sehr sogar. Aber erinnern Sie sich noch, daß er 1912 zu Hause war? Irgend jemand hat damals den Quälgeistern einen Tip gegeben, wo mein alter Herr untergetaucht war.«

»Nein. Soapy Maclean kam über das Tal der Könige herüber. Dieses Tor war überwacht worden. Das haben wir erst viel später bestätigt. Der einzige, der es seither benützt hat, war Oberst Creighton, und zwar 1914, und in jenem Sommer haben derartige Wirren geherrscht, daß es ihm gelungen ist, sämtliche

Verfolger abzuschütteln, die ihm an den Hacken klebten.«

»Wirklich?«

Auf Exeters Zügen lag ein sonderbar flehentlicher Ausdruck.

»Ganz sicher. Jumbo war zuversichtlich, daß dein Vater immer noch gegen die Prophezeiungen über den Befreier sein würde, und daß er zu verhindern versuchte, daß du diese Prophezeiungen erfüllst – er hatte keinen Grund, Cameron und Rona Exeter zu töten. Außerdem waren die Quälgeister offensichtlich der Meinung, sie hätten dich bei dem Massaker erwischt. Danach haben sie dich zwei Jahre lang in Ruhe gelassen. Jumbo wußte, daß du in England zur Schule gingst, obwohl ich ihm nicht verraten habe, wo. Nyagatha kannst du Jumbo nicht in die Schuhe schieben, Edward.«

Abermals seufzte Exeter. »Bin ich froh! Trotzdem war er es, der mich auf dem Schlachtfeld abgesetzt hat. Es war ein vorsätzlicher Versuch, mich zu töten, und es war eindeutig Jumbo, der das getan hat. Selbst wenn er damals bei Nyagatha nicht die miese Ratte war – jetzt ist er es.«

Miss Pimm legte die Stirn in Falten und biß sich auf die Lippe. Nach einer Weile meinte sie: »Ich kann mich nicht erinnern, daß schon mal jemand über Belgien aus Nebenan gekommen ist. Ein solches Tor ist dem Dienst nicht bekannt. Wer also hat Jumbo davon erzählt?«

»Zath, vermute ich. Die Kammer.«

»Natürlich. Können wir nicht ein bißchen schneller fahren, Mr. Stringer? Wir haben noch einen weiten Weg vor uns.«

»Ich bin jetzt schon mit den Nerven am Ende!«

»Sie werden gleich auch körperlich am Ende sein, sollten Sie versuchen, sich gegen mich aufzulehnen.«

Exeter suchte Smedleys Blick und grinste. Miss Pimm war eine ausgesprochen ehrfurchtgebietende Dame.

»Schneller!« befahl sie. »Zweifellos hat die Kammer Jumbo den Tip gegeben, Edward. Aber wie? Sie müssen im Dienst einen Spitzel haben, aber wen? Wäre Jumbo hier, könnten wir ihn fragen, wer ihm von dem Tor erzählt hat. Wir könnten ihn fragen, wer ihm den Schlüssel beigebracht und ihm erklärt hat, am anderen Ende wäre ein gesicherter Knoten – was er dir, wie ich vermute, wohl gesagt hat, oder? Du bist von jemandem getäuscht worden, dem du vertraut hast. Aber vielleicht wurde dieser Jemand ja selbst getäuscht.«

Edward nickte.

»Du bringst da eine äußerst schwerwiegende Anschuldigung vor«, fuhr Miss Pimm fort. »Zweifellos wird der Dienst den Verantwortlichen vor Gericht stellen und die Todesstrafe über ihn verhängen, falls er verurteilt wird.«

»Darauf trinke ich einen.«

»Aber ist Jumbo der Missetäter, oder wurde er betrogen? Hauptmann Smedley ist auf Nebenan ein Unbekannter. Außerdem ist er – verzeihen Sie, Hauptmann – ein Mann, der erst kürzlich eine schlimme Tortur durchgemacht hat. Wenn er unangekündigt in Olympus auftaucht und eines der ältesten und ranghöchsten Mitglieder des Dienstes beschuldigt, ein Verräter zu sein, wird er wohl kaum Gehör finden. Zumindest wäre der Verantwortliche gewarnt und könnte flüchten. Wenn du Rache willst, Edward, wenn du Gerechtigkeit willst, mußt du die Botschaft selbst überbringen. Ein Beschuldigter hat das Recht, sich seinen Klägern zu stellen, Edward.«

Das gab ihm zu denken, wie Smedley vergnügt bemerkte, denn Edward runzelte gewittergleich die Stirn.

Alice hingegen lächelte. Wenn sie lächelte, war sie hübsch, erinnerte ganz und gar nicht an ein Pferd.

»Es ist meine Pflicht, mich freiwillig zu melden«, stellte Exeter leise fest.

Ein Hauch von Verzweiflung huschte über Miss Pimms mürrische Züge. »Gesprochen wie ein wahrer Engländer«, meinte sie. »Aber es wäre überaus dumm, so zu handeln. Ich kann nicht versprechen, daß ich immer zur Stelle bin, um dich aus dem Schlamassel zu ziehen. Ich mache dir einen viel besseren Vorschlag. Kennst du Olipains geheiligten Hain?«

»In Randortal? Ja, ich weiß, wo er ist.«

»Und kannst du von Olympus aus dorthin?«

»Das ist nicht weit. Drei oder vier Tage zu Fuß.«

»Sehr gut. Den Schlüssel dafür bringe ich dir bei. Er führt zu einem gesicherten Tor in Neuseeland. Tatsächlich ist dein Vater Anno neunzig auf diese Weise nach Hause gelangt. Deine Mutter wurde nicht weit davon entfernt geboren.«

Miss Pimm hielt inne, doch Exeter wartete, daß sie zu Ende sprach. Seine Augen glänzten unergründlich.

»Du kehrst heute abend nach Olympus zurück und nimmst Miss Prescott und Hauptmann Smedley mit. Sobald du deine Anklage und Zeugenaussage vorgebracht hast – sobald der Ehre Genüge getan ist, und ich weiß, ich kann mich in dieser Hinsicht auf dein Urteil verlassen –, trittst du allein den Weg zu Olipains Hain an. Du brauchst keine Erlaubnis des Komitees einzuholen. Ist das ein gerechtes Angebot?

Der Schlüssel erfordert keinen zusätzlichen Trommler. In Neuseeland meldest du dich dann freiwillig. Die Dominion-Streitkräfte spielen in diesem Krieg eine beachtliche Rolle. Auf der anderen Seite ist die Gefahr sehr gering, daß du in ihrem Wirkungsbereich jemals erkannt wirst. Das ist doch eine annehmbare Übereinkunft, oder?«

»Ich habe nicht die Absicht«, entgegnete Exeter frostig, »den Krieg an mir vorüberziehen zu lassen, während ich irgendeine dämliche Schaffarm auf der falschen Seite der Erde beschütze ...«

Smedley konnte sich nicht mehr zurückhalten. Nachdem er Exeter wutentbrannt darauf hingewiesen hatte, wie der Gallipoli-Feldzug verlaufen war und welchen Ruf die Anzac-Streitkräfte an der Westfront erlangt hatten, beruhigte er sich ebenso unvermittelt wieder. Er entschuldigte sich bei den Damen für seine Kraftausdrücke. Sein Ausbruch hatte ihn selbst ziemlich überrascht, und Exeter hatte er zweifellos verblüfft.

»Das wußte ich ja nicht!« Er schluckte. »Das muß ich alles erst nachlesen! Aber ich entschuldige mich. Ich nehme Ihr großzügiges Angebot an, Ma'am.«

»Dann hätten wir das ja geregelt!«

»Ich komme nicht mit!« Zum erstenmal ergriff Alice das Wort, setzte sich aufrecht und schien sich mühevoll zusammenzureißen. »Ich bleibe hier.«

»Alice!« rief Exeter aus.

Smedley wollte ihm sagen, daß er ein Narr sei. Sie hatte einen Männermorgenmantel in der Wohnung. Für eine Frau gab es bedeutendere Treueverpflichtungen als einen Cousin. Eine Zeitlang sprach niemand.

Schließlich meinte Alice: »Nein, Edward. Ich habe dich gewarnt. Ich habe meine Gründe, Miss Pimm.«

Miss Pimm nickte.

Exeter stöhnte. »Alice, bitte! Die Quälgeister könnten hinter dir her sein!«

»Nein, Edward. Wenn sie mich tatsächlich als Judas benutzen, bin ich lebend wertvoller für sie als tot. Nicht wahr, Miss Pimm?«

»Hoffentlich. Mit Gewißheit kann man das nicht sagen, aber es könnte schon sein. – Sie müssen schneller fahren, Mr. Stringer. Ich warne Sie schon rechtzeitig, falls uns ein Fahrzeug entgegenkommt.«

»Hinter uns ist ein Wagen. Schon seit einiger Zeit. Ein Bentley, glaube ich. Stellt der eine Bedrohung dar?«

Miss Pimm schloß kurz die Lider. »Es ist niemand, den ich erkenne. Trotzdem behalte ich sie im Auge. Fahren Sie nur weiter. Und du, Edward, werde jetzt bloß nicht lästig. Deine Cousine ist alt genug, um eigene Entscheidungen zu treffen.«

»Aber ...«

»Kein Aber. Passen Sie bitte gut auf, Hauptmann Smedley. Alle Torschlüssel sind sehr, sehr alt und ziemlich verworren. Sie umfassen Rhythmus, Worte und ein Tanzmuster. Zusammengenommen erwecken sie ureigenste Gefühle und stimmen den Verstand auf die Virtualität ein. Stellen Sie sich unter Virtualität einfach Heiligkeit vor.«

»Exeter hat uns das alles beschrieben.« Wieder wallte Erregung in Smedley auf. »Aber er hat auch etwas von Trommelschlagen erwähnt, und mir fehlen ein paar Fingerchen.«

»Das wird wohl keine Rolle spielen, solange jemand anders für Sie trommelt. Wenn in der Kirche die Hymne gespielt wird ... haben Sie je ein erhebendes Gefühl verspürt?«

»Hm. Ja, glaub' schon.«

»Sie sind doch hoffentlich nicht tontaub, oder? Und können Sie tanzen?«

»Nein auf die erste Frage, ja auf die zweite.« Sein Bein pochte teuflisch, aber er konnte es bewegen.

»Dann sehe ich keine Schwierigkeiten. Ihr Handgelenk ist gut genug verheilt, daß die Wunde nicht aufplatzt, wenn die Nähte verlorengehen. Wir fangen mit den Worten an.«

51

OMBAY FALA, INKUTHIN,
Indu maka, sasa du.
Aiba aiba nopa du,
Aiba reeba mona kin.
Hosagil!

Der Kauderwelsch schwirrte Smedley ununterbrochen im Kopf herum. Zum Glück bestand der Schlüssel nur aus drei Versen, wobei jeder mit dem Ruf Hosagil! endete. Die Worte glaubte er mittlerweile zu beherrschen, der Rhythmus aber war entsetzlich verworren und kontrapunktiert. Die Schritte und Gesten mußten selbstverständlich warten, bis sie in St. Gall's eintrafen; selbst ein Rolls bot zuwenig Platz zum Tanzen.

Ombay fala ... Zum Kuckuck mit diesem Hosagil, wer immer er sein mochte.

Exeter mußte es eigentlich noch schlimmer ergehen, denn er hatte zwei Schlüssel auswendig zu lernen.

Smedley konnte sich nicht vorstellen, wie Edward das bewerkstelligen wollte, ohne die beiden durcheinanderzubringen, aber er hatte sich seit ihrer Schulzeit keinen Deut geändert – gelassen, ruhig und selbstsicher. Er erfaßte den Rhythmus sofort, was er mit einer im Laufe seiner Kindheit in Afrika erworbenen Gabe erklärte, und ein Sprachtalent war er schon immer gewesen, was ihm bei den Worten gewiß half. Wahrscheinlich würde er die Prüfung als erster bestehen. Genau wie in alten Zeiten! Tatsächlich hätte man Edward Exeter als regelrechten Langweiler empfunden, wäre er kein so aufrechter, ehrlicher, feiner Kerl gewesen. Man mußte ihn einfach mögen.

Der Himmel versuchte sich in Pastelltönen, als der Abend näherrückte. Stringer umklammerte mit grimmiger Miene das Lenkrad und sprach kaum ein Wort. Hätte Miss Pimm ihren Fahrer nicht mit gelegentlichen Magieschüben unterstützt, wäre er mit den Nerven längst am Ende gewesen. Teepause hatte es keine gegeben.

Im Augenblick versuchte Exeter gerade, Informationen aus Miss Pimm herauszuquetschen, was jedoch dem Bemühen gleichkam, Austern mit bloßen Händen zu öffnen.

»Und was ist St. Gall's?«

»Eine Kirche.«

»Natürlich sehr alt, oder?«

»Selbstverständlich. Auf dem Friedhof«, setzte sie zu einem offensichtlichen Ausweichmanöver an, »befinden sich noch zwei stehende Steine. Es könnte sein, daß einige der Schlüssel, die wir kennen, noch aus Zeiten stammen, als ...«

»Verwenden Sie dieses Tor oft?«

»Ziemlich oft«, räumte sie ein, zögerlich wie eine

Biologielehrerin, von der man die Wirkungsweise der Fortpflanzungsorgane erklärt bekommen möchte.

»Führt es unmittelbar nach Olympus?«

»Ja.«

»Und zurück?«

Sie seufzte. »Ja. Wir kennen Schlüssel für Reisen in beide Richtungen. Das ist selten.«

»Warum wissen die Quälgeister dann nichts darüber?«

»Sie wissen sehr wohl darüber.«

»Haben sie dort Wachen aufgestellt?«

»Keinen ortsansässigen Fremden, nein. Keine Fallen, mit denen ich nicht zurechtkäme. Vergiß nicht, für gewöhnlich kümmern sie sich einen feuchten Kehricht um Nebenan! Es war einzig die Bitte der Kammer um Hilfe, dich zu vernichten, die das Interesse der Quälgeister an dir geweckt hat. Außerdem gilt ihre Sorge ohnehin mehr der Frage, wer ankommt als wer abreist. Jeder, der dort abreist, aber nicht dort angekommen ist, wird irgendwie gekennzeichnet.«

»Glauben Sie, dieser Schneider hat erraten, wohin wir wollen?«

»O ja. Vermutlich hat er andere eingeschaltet, die uns dort abfangen sollen.«

Rosige Aussichten!

Der Wagen wand sich einen steilen Hügel hinab. Nun durfte Stringer selbst die Geschwindigkeit bestimmen, denn auf der Straße tummelten sich Radfahrer, Pferdefuhrwerke und ein paar andere Autos. Vor lauter Ombay fala hatte Smedley den Überblick verloren, in welcher Grafschaft sie sich befanden, doch die Steinbauten wiesen die in den Cotswolds verbreitete, gelbbraune Farbe auf, und auch die Landschaft präsentierte sich entsprechend malerisch. Ein großer Teller Hackfleisch und ein Humpen kühles Blondes wären jetzt gerade recht. Ob es auf Nebenan wohl so etwas wie Bier gab?

Unwirklichkeit umspülte ihn …

Manchmal glaubte er tatsächlich daran. Dann fühlte es sich an wie in Nächten vor einem Großangriff, bei dem das Sperrfeuer schon vor Tagesanbruch beginnen sollte. In einer solchen Lage schaute man alle halbe Minute auf die Uhr und fragte sich, ob man einen weiteren Sonnenaufgang erleben würde. Nun, im Augenblick war es nicht ganz so schlimm, dennoch war sein Magen verkrampft, seine Handflächen feucht. Aiba aiba nopa du … Heute abend würde er dem Verdächtigen Jumbo Watson vielleicht von Angesicht zu Angesicht gegenüberstehen. Und morgen einen Spazierritt auf einem Drachen unternehmen.

Dann wieder konnte er einfach nicht daran glauben; dann kam es ihm wie ein riesiger Scherz vor. Aiba, aiba Simsalabim. Schamanen und Fakire. Medizinmanntänze, die Menschen in andere Dimensionen beförderten? Was für ein entsetzlicher Unfug! Wenn so etwas möglich wäre, dann wären im Lauf der Jahrhunderte Tausende von Menschen verschwunden.

Aber wenn es doch stimmte – welchen Beweis gäbe es? Es ließ sich einfach nicht nachweisen, daß es nicht stimmte!

Aber wann hast du zuletzt über einen nackten, unter Schock stehenden, völlig verwirrten Fremden gelesen, der irgendwo aus dem Wald taumelt und kein Wort der örtlichen Sprache versteht? sagte er sich. Das sollte leicht zu widerlegen sein, denn man konnte zumindest verlangen, den Körper zu sehen. Habeas den verfluchten corpus!

»Am Ende dieser Mauer scharf nach links, Mr.

Stringer«, sagte Miss Pimm. »Dort können Sie parken.«

Smedley schreckte aus seinen Träumereien hoch und begriff, daß die Kirchturmspitze, die er vor wenigen Augenblicken zwischen den Baumwipfeln gesehen hatte, zu St. Gall's gehören mußte.

»Der Pfarrer erwartet uns.« Miss Pimm ließ sich nicht dazu herab zu erklären, woher sie das wußte. »Aber ich ersuche Sie beide, sich wohl zu überlegen, was sie zu ihm sagen. ›Wer keine Fragen stellt, wird nicht belogen‹, oder ›Keine Namen, keine Verwicklungen‹, wie Hauptmann Smedley so gern meint. Dies ist eine kleine Gemeinde, alles andere als wohlhabend. Der Dienst unterstützt seine Kirche mit großzügigen Spenden. Er weiß, daß wir das Bauwerk für ungewöhnliche Zwecke verwenden, aber es ist leichter für ihn, wenn er vorgeben kann, keine Ahnung zu haben. Der derzeitige Bischof ist berüchtigt für seine konservativen Ansichten.«

Exeter hatte sich umgedreht und starrte Miss Pimm abermals an. »Soll das heißen, wir ziehen die Sache in der Kirche selbst durch? Tanzen splitterfasernackt darin herum?«

Miss Pimm rümpfte die Nase. »Hättest du lieber Publikum? An einem lauen Abend wie diesem gilt das Gelände ringsum als bevorzugter Kuschelplatz für verliebte Pärchen.«

»Und auf dem Friedhof liegen zu viele Leichen«, merkte Stringer laut an. Es war beruhigend zu wissen, daß er noch bei Bewußtsein war.

Miss Pimm überging die Bemerkung. »Der Knoten überlappt das Gebäude, besonders den östlichen Teil, also könnten wir unser Ritual auch draußen durchführen. Das Zentrum der Virtualität aber befindet sich unmittelbar vor dem Altar. Dort erscheinen Neuankömmlinge, und ihr werdet euch dort beim Abreisen leichter tun.«

Eine Pause verblüfften Schweigens trat ein. Es war Alice, die als erste kicherte. »Kommt gelegentlich mal jemand am Sonntag vormittag an?«

Die alte Schachtel ließ nicht einmal den Hauch eines Lächelns erkennen. »Olympus mißt natürlich sorgfältig die Zeit und plant Ankünfte stets für die dunklen Stunden vor dem Morgengrauen. Der Pfarrer ist daran gewöhnt, unerwartete Besucher zu empfangen.«

Stringer bremste. Smedley erhaschte einen flüchtigen Blick auf ein paar Häuser, die eine halbe Meile entfernt waren; dann bog der Wagen in eine schmale Gasse und kam gemächlich neben einem Eisentor zum Stehen, das in eine hohe Steinmauer eingelassen war. Mit einem langen Seufzer, der an das Geräusch eines Reifens erinnerte, aus dem die Luft entwich, sank Stringer schlaff über dem Lenkrad zusammen. Miss Pimm ließ ein ungläubiges Schnauben vernehmen. Smedley wollte gerade etwas Freudiges zu Edward sagen, musterte zuvor jedoch dessen Miene, dann die seiner Cousine, und ließ es bleiben. Statt dessen öffnete er die Tür und stieg hinaus. Das konnte hier ja ein heiterer Abschied werden! Dabei konnte er öffentliche Gefühlsduseleien nicht ausstehen ... Sie hatte einen Männermorgenmantel in der Wohnung, verflucht! Rasch eilte er zur anderen Seite des Wagens, um Miss Pimm die Tür aufzuhalten.

Jemand war ihm zuvorgekommen. Da dieser Jemand eine Soutane trug, schien die Annahme begründet, daß es sich um den Pfarrer handelte. Er war klein und pummelig, ältlich und väterlich, weißhaarig und rotgesichtig, und offensichtlich kein Fremder, sondern ein Einheimischer. Der Gedanke ließ Smedleys Herz ein wenig höher schlagen. Er bedeutete, daß Smedley wahrhaft glaubte.

Ombay fala, inkuthin ...

Mit zittrigen Händen kramte er nach Zigaretten und Streichhölzern.

Alle fünf Fahrgäste hatten das Auto mittlerweile verlassen. Edward hielt sich ziemlich dicht an Alice, Stringer streckte sich und rieb sich die Augen. Miss Pimm und der Pfarrer waren einander offenbar schon früher begegnet. Die beiden beglückwünschten einander zum Wetter. Sie stellte ihre Gefährten nicht vor, und der Pfarrer schenkte ihnen keine Beachtung – ein ausgesprochen seltsames Verhalten für einen Geistlichen. Dann schritten sie alle auf das Tor zu, angeführt von Miss Pimm und dem Pfarrer. Smedley fand sich von dem Chirurgen begleitet, während er knirschenden Schrittes einen Schotterpfad entlanglief. Er konnte nicht hören, daß Alice und Edward ihm folgten.

Der Friedhof wirkte düster und ziemlich gespenstisch, überdacht vom Baldachin gewaltiger Eiben und übersät mit Grabsteinen, von denen die Hälfte zu gestaltlosen Steinblöcken verwittert war. Ein Großteil des Geländes war von Rhododendron bewachsen, während an anderen Stellen das struppige Gras dringend gemäht werden mußte. Irgend jemand hatte bereits damit begonnen und den Rasenmäher dann mitten bei der Arbeit stehenlassen. Zwar schienen im Augenblick keine Liebespärchen im Gebüsch oder in den Schatten zu schmusen, doch vermutlich hatte die plötzliche Bekehrung des Pfarrers zum Rasenmähen die romantische Atmosphäre des Abends zerstört.

Die Kirche selbst war klein und überaus alt, zumindest die Westfront, denn die Tür war in einen runden Torbogen eingelassen. »Normannisch, wie ich sehe!« Damit waren die Grenzen von Smedleys architektonischem Wissen aber auch schon erreicht.

Anders bei Stringer. »Eher sächsisch. Das Querschiff ist jünger, frühe Gotik. Wahrscheinlich Mitte dreizehntes Jahrhundert. Die Turmspitze kann bestenfalls aus dem vierzehnten stammen.«

»Und der Bahnhof hinter der Mauer dort drüben? Spätes viktorianisches Zeitalter?«

»Das ist wahrscheinlich das Pfarrhaus.«

Verflucht! »Oder das Bezirksgefängnis.«

»Ah, ja. Übrigens, Hauptmann, ich möchte Ihnen gratulieren, wie Sie Ihren Freund aus Staffles hinausgezaubert haben. Geschickt eingefädelt!« Die Fischaugen des Chirurgen, die ungefähr so freundlich wie die eines Barrakudas wirkten, straften den herzlichen Tonfall Lügen. »Am Mittwoch haben Sie noch nicht gehinkt.«

»Ich hab' mir ins Bein geschnitten, als ich über die Mauer geklettert bin.«

»Wir haben uns schon gefragt, wem von Ihnen das passiert ist. Hat sich jemand um die Wunde gekümmert?«

»Ich habe vor, sie auf einer anderen Welt durch Magie heilen zu lassen.«

Stringer schnaubte verächtlich. Längere Zeit ging er schweigend weiter; dann meinte er: »Ich glaube, ich brauche Urlaub.«

Ja, der Krieg war hart, nicht wahr?

Vier von ihnen hatten mittlerweile die Stufen erreicht.

Alice und Exeter lungerten immer noch am Tor

herum, starrten einander in die Augen und flüsterten sich ernst zu. Er versuchte wohl immer noch, sie zum Mitkommen zu überreden. Warum wollte er nicht begreifen, daß die Frau sich nach dem Burschen sehnte, der sich für gewöhnlich in jenen Morgenmantel hüllte?

»Beeilung, bitte!« rief Miss Pimm hinüber. »Hochwürden, wir hatten bislang keine Gelegenheit, etwas zu essen, und einige von uns haben noch eine lange Fahrt vor sich. Haben im Dorf noch irgendwelche Läden offen, in denen wir etwas für unterwegs kaufen können?«

Der kleine Mann wirkte erschrocken darüber, eine solche Entscheidung treffen zu müssen. »Keine Läden. Ich habe noch ein wenig Schinken ... oder Sie könnten sich im Bull erkundigen. Vielleicht machte Mrs. Daventry Ihnen ein paar belegte Brötchen.«

Smedley verdrängte das Bild einen drallen Dame, die einen Brötchenberg erklomm. Er mußte mehr Schiß haben, als er vermeinte, und nahm einen langen Zug an der Zigarette.

»Sie können mich in etwa einer halben Stunde hier abholen«, teilte Miss Pimm dem guten Stringer mit bedeutungsvoller Miene mit.

Er runzelte die Stirn angesichts dieser wenig charmanten Entlassung, aber offensichtlich hatte er eingesehen, daß es keinen Sinn hatte, sich mit seiner neuen Sekretärin anzulegen. Er streckte Smedley die linke Hand entgegen. »Danke für ein paar überaus ereignisreiche Tage, Hauptmann. Schauen Sie bei mir vorbei, sollten Sie je in der Nähe sein, ja?«

»Sie auch«, erwiderte Smedley.

Alice und Edward trudelten Hand in Hand ein. Um die Augen der beiden prangten angespannte Fältchen.

»Ich schreibe dir eine Postkarte, sobald ich ... äh, zurückgekehrt bin«, versprach Exeter.

»Nein, wirst du nicht!« herrschte Miss Pimm ihn an. »Das käme ja dem Wahnsinn gleich! Ich sorge dafür, daß Miss Prescott über deinen Verbleib auf dem laufenden gehalten wird. Und jetzt küß sie endlich, um Himmels willen, und geh! – Danke für Ihre Hilfe, Hochwürden.«

»Oh, keine Ursache, Mrs. ... äh ... Falls Sie mich brauchen, ich mähe hier draußen den Rasen.«

Besser, als zu versuchen, ihn drinnen zu mähen, dachte Smedley. Himmel noch mal, er wurde immer überdrehter! Rasch hauchte er Alice einen Kuß auf die Wange; dann nickte er dem Pfarrer höflich zu, der daraufhin zusammenzuckte und die Geste mit einem nervösen Lächeln erwiderte.

Smedley trat die Zigarette aus. Dann folgte er Miss Pimm die Stufen hinauf in die kalte Düsternis der Kirche. Edward trottete hinter ihnen her und zog die schwere Tür mit dumpfem Knall hinter sich zu. Der Widerhall klang wie ein Glockenschlag des Schicksals.

52

Smedley warf sein Hemd in die Truhe, in der sich bereits eine merkwürdige Ansammlung verschiedenster Kleider befand, sowohl Frauen- als auch Männersachen, außerdem ein paar kleine Trommeln. Er setzte sich auf einen Stuhl, um Schuhe und Socken auszuziehen. Der Fußboden war eiskalt.

Verdammt noch mal! Egal was diese Pimm gesagt

hatte, seine Hose würde er nicht ausziehen! Jedenfalls noch nicht.

Er humpelte ins Mittelschiff hinaus. Leise, entfernt, vernahm er von draußen das Rattern des Rasenmähers. Miss Pimm hatte sich eine Trommel um den Hals gehängt, stand auf einem Bein, hatte den linken Arm erhoben und den Kopf zurückgeworfen. »Ogtha!« verkündete sie, ließ die Hand auf die Trommel niedersausen und hob die andere. »Ispal!« Sie brauchte Exeter soeben die Gesten für den Schlüssel bei, der ihn nach Neuseeland befördern würde. Er schaute ihr aufmerksam zu und ließ keine Anzeichen von Unbehagen darüber erkennen, splitternackt zu sein.

Sich vor Scham krümmend, huschte Smedley an den beiden vorüber. Er schlenderte das Seitenschiff entlang und betrachtete die Bilder auf den Farbglasfenstern und die Farbsträußchen, die daraus entstanden. Das Gewölbe im östlichen Teil war rund; dann wurde es spitz zulaufend, gotisch. Entweder war die ursprüngliche Kirche erweitert worden, oder an jener Stelle hatte eine neue Generation von Architekten die Arbeit übernommen. Auf den Kirchenbänken aus Eichenholz lagen in gleichmäßigen Abständen Gesangs- und Gebetbücher für die morgige Messe bereit. Die Kanzel wirkte modern und überwältigend – vermutlich eine Folge der großzügigen Spenden des Dienstes –, jedoch zu groß für diese Kirche.

Sie war sehr klein.

Aber trotz allem war es eine Kirche, ein erkennbarer Ort englischen Glaubens, wie man ihn überall auf der Welt antraf. Im Reich der anglikanischen Gemeinschaft ging die Sonne nie unter. Das waren Dinge, die zu ehren man Smedley gelehrt hatte, und die er sein

Leben lang als gegeben erachtet und respektiert hatte. Seine Familie ging jeden Sonntag zur Kirche. Dennoch wurde so gut wie nie über Religion gesprochen. Sie war einfach da, bildete einen Teil der Menschen, wie das Atmen. Nackt herumzuhopsen stand nicht im Programm. Das war unzivilisiert. Anständige Herren taten so etwas nicht, am allerwenigsten in einer Kirche.

»Umbathon!« rief Miss Pimm im Hintergrund.

Das würde nicht funktionieren. Das alles war ein gewaltiger Schwindel. Es war Wahnsinn.

Ombay fala, inkuthin ...

Er hatte seit Tagen nicht mehr geflennt. War er darüber hinweg? War er auf eine ganz neue Ebene des Wahnsinns hinabgerutscht, wo er sich einbildete, in andere Welten zu reisen und Leute von Fahrrädern in Autos springen zu sehen, ohne daß sie sich tatsächlich durch die Luft bewegten? Steckte er trotz allem, was seine Sinne ihm vorgaukelten, in Wahrheit in einer Zwangsjacke und einer Gummizelle?

Smedley konnte seine rechte Hand wieder fühlen. Sie schmerzte zwar nicht, aber er konnte sie fühlen. Ungläubig blickte er auf den Verband hinunter und versuchte, unsichtbare Finger zu beugen. Mittlerweile war er am Altargeländer angelangt. Hier befand sich angeblich das Zentrum der Virtualität. Was für ein Blödsinn!

Er schauderte.

Langsam wandte er sich vom Altar ab. Frische gelbe Rosen und Chrysanthemen in Messingvasen. Ein Mann sollte nicht nackt in einer Kirche herumalbern. Das war einfach ... nicht richtig! Was, um alles in der Welt, würde sein alter Herr dazu sagen? Oder seine Mutter, würde sie noch leben? Sie wäre zutiefst entsetzt. Oder die Tanten, das riesige Regiment der Tanten?

Die beiden anderen kamen das Seitenschiff herunter. »Hauptmann Smedley!« Miss Pimms barsche Stimme nahm in dieser alten Steinhöhle einen unverkennbar vollen Klang an. »Ich habe Sie ersucht, die Kleider abzulegen.«

»Äh ... nach der Generalprobe.«

»Nein, Hauptmann – jetzt! Sie werden nie und nimmer die richtige Gesinnung erreichen, wenn Sie von Belanglosigkeiten abgelenkt werden. Es dauert eine Weile, bis der Verstand sich darauf einstellt. Runter mit den Sachen!«

Kurz funkelte Smedley sie an; dann wandte er ihr den Rücken zu und streifte die Hosenträger von den Schultern. Doch als er alles ausgezogen hatte, wußte er nicht, was er als nächstes tun sollte. Er konnte die Hose und seine Unterwäsche schwerlich liegen lassen, auf daß die Kirchengemeinde sie am nächsten Morgen fand. Verstohlen spähte er über die Schulter. Miss Pimm beobachtete ihn, die Arme vor der Brust verschränkt. Er konnte sich vorstellen, wie sie erwartungsvoll mit dem Fuß klopfte.

»Geben Sie schon her«, forderte sie ihn ungeduldig auf. »Ich werfe das Zeug in die Truhe, wenn ich gehe. Oh, Hauptmann! Meinen ersten nackten Mann habe ich vor mehreren hundert Jahren gesehen, und an der Ausstattung hat sich seither rein gar nichts geändert.«

Smedley reichte ihr das Bündel.

»Danke. Jetzt noch Ihren Verband. Dann können wir anfangen.«

Die Frau Direktor brachte ihren Schülern die richtigen Bewegungen für Ombay fala bei. Sie gingen das Ganze in Zeitlupe durch, Geste für Geste, und je länger die Farce dauerte, desto schlechter fühlte sich Smedley. Lange würden seine Nerven das nicht mehr aushalten. Exeter, wie er erleichtert bemerkte, begann allmählich zu zittern. Zumindest sollte ihnen beiden wärmer werden, wenn sie mit dem richtigen Tanz loslegten. Auch Smedley zitterte, doch in seinem Fall glaubte er nicht, daß die Temperatur viel damit zu tun hatte. Er zitterte vor Angst.

Seltsamerweise schien es Miss Pimm noch kälter als ihnen beiden zu sein; dabei war sie vollständig angezogen. Sie war gereizter als eine Nonne im Bordell und brüllte Smedley und Exeter an, wenn ihnen ein Fehler unterlief. Und ständig blickte sie auf die Uhr.

Einmal im Leben, stellte Smedley fest, begriff er etwas schneller als Edward Exeter. Exter wirkte zerstreut und elend. Sehnsucht nach Cousine Alice? War ihm soeben bewußt geworden, daß er sie nie wiedersehen würde? Er durfte ihr noch nicht einmal eine Postkarte schicken. Die Quälgeister würden niemals aufhören, ihn zu jagen, bis er entweder die Prophezeiung erfüllt hatte oder tot war. Oder wollte er nur nicht nach Nebenan reisen?

Miss Pimm machte es sich auf der vordersten Kirchenbank bequem und rückte die Trommel auf ihrem Schoß zurecht.

»Jetzt versuchen wir es mit Musik. Erster Vers. Bereit? Eins, zwei . . .«

»Ombay fala«, sang Smedley, hob den linken Fuß und streckte den Stumpf über den Kopf, »inkuthin«. Exeter folgte ihm im Kreis herum. Überraschenderweise brachten sie den ersten Vers fehlerfrei hinter sich – zumindest fühlte es sich an, als hätten sie alles richtig gemacht, und Oberweldwebel Pimm unterbrach sie nicht.

»Nicht schlecht!« räumte sie ein, nachdem die beiden das abschließende »Hosagil!« ausgerufen hatten. »Edward, du hast ein, zweimal den Text vergessen, nicht wahr? Hauptmann, Ihr Rhythmus stimmt noch nicht. Macht das Bein Ihnen Schwierigkeiten?«

Die Narbe am Handgelenk prangte blutrot, konnte aber durchaus als saubere Naht bezeichnet werden. Die belanglosen Kratzer am Bein sahen wesentlich schlimmer aus und waren häßlich geschwollen. Er verglich beide Arme und fragte sich, ob der rechte bereits verkümmerte.

»Versuchen wir's noch einmal.« Miss Pimm schaute erneut auf die Uhr. »Schnell! Ich will mir den Weg hier raus nicht unbedingt erkämpfen müssen. Geht das Ganze jetzt bis zum Ende durch und macht weiter, bis irgend etwas passiert. Bereit? Oh, das hätte ich ja fast vergessen . . . bon voyage!«

Es war das erste echte Lächeln, das Smedley auf Miss Pimms Gesicht sah. Es ließ sie beinahe hübsch erscheinen, auf eine Weise, die er nie für möglich gehalten hätte, doch er war nicht in der Stimmung, das Lächeln zu erwidern. Beinahe erwartete er, sie könnte jeden Augenblick in schallendes Gelächter ausbrechen und rufen: April, April! »Danke im voraus«, entgegnete er statt dessen kühl.

»Danke für alles«, sagte Exeter. Doch auch er lächelte nicht, und Miss Pimm antwortete mit einem rollenden Wirbel ihrer Finger auf der Trommel.

Smedley schauderte und wartete, bis der Rhythmus einsetzte. Das alles war falsch! Als Kind hatte er die Religion überaus ernst genommen, weil seine Eltern es getan hatten. Jetzt ging es los ... Dum-de dum-de dum-dum-dum ... In Fallow hatte er getan, was alle anderen taten. »Ombay fala, inkuthin«, sang er. In der Oberstufe hatte er sich an den üblichen Aufständen des Buddhismus, Atheismus, Agnostizismus, Unitarismus und jedes andere, esoterischen -ismus beteiligt, die jemals aufgekommen waren. Rechtes Bein, linker Arm. Smedley selbst war nie ganz sicher gewesen, welchen -ismus er bevorzugte. Als er sich freiwillig zur Armee gemeldet hatte, gab er ohne zu überlegen als Glaubensbekenntnis die Kirche von England an. »Indu maka, sasa du.« Er hatte an Sonntagen an kirchlichen Umzügen teilgenommen. In Flandern hatte er sich ein paar Mal die Seele aus dem Leib gebetet und kreischend, schluchzend einen gnadenvollen Gott angerufen, irgendeinen Gott. In Schützenlöchern stieß man selten auf Atheisten ... Hopsen, bücken, hopsen, bücken. Nachdem die Gefahr vorüber war, hatte er sich stets seiner Feigheit geschämt und sich folglich als weniger überzeugter Gläubiger gefühlt. Welcher gnadenvolle Gott hätte den Krieg überhaupt erst beginnen lassen – und warum? Nur damit ein paar arme Schweine ihre Sünden bereuten? »Aiba aiba nopa du.« Zu welchen Sünden hatte er schon je Gelegenheit gehabt?

Aber trotz allem sollte niemand einen heiligen Ort entweihen. Sogar ein heidnischer Tempel verdiente Achtung. Selbst wenn es sich nur um eine verwahrloste Hütte handelte, selbst wenn nur ein einziger kraushaariger Schwarzer sie für geheiligt hielt, sollte man soviel Anstand besitzen, sich nicht darüber lustig zu machen. Kopf zurück, Ellbogen raus. St. Gall's war eine christliche Kirche, einer jener Orte, an denen seine Vorfahren Hunderte Jahre lang gebetet hatten.

Sie verdiente etwas besseres als dieses unzüchtige Gehopse, dieses verwerfliche Gebaren. Echos hallen zwischen den uralten Steinen. Der Ort war heilig. Beinahe vermeinte er, die Heiligkeit zu riechen. Normannen hatten hier gebetet, vielleicht auch Angeln und Sachsen. »Aiba reeba mona kin.« Das bedeutete neun Jahrhunderte demütiger Menschen, die hier niedergekniet waren und ihren Gott gepriesen hatten. Allein ihre Gebete machten den Ort heilig. Mit einem Schlag wirkte der Gedanke furchteinflößend. Licht blitzte auf.

Smedley schrie und taumelte und stürzte mit dem Gesicht voran ins Gras. Hosagil!

Verwirrt, völlig verständnislos, hob er den Kopf und blinzelte in das schmerzlich grelle Licht. Er lag genau in der Mitte eines runden Rasens, etwa so groß wie das Eßzimmer seiner Eltern. Die Hecke ringsum wies die Farbe einer Blaufichte und den Glanz einer Stechpalme auf. Smedley hörte zwitschernde, trällernde, pfeifende Geräusche. Er blinzelte heftiger, um Tränen fortzuwischen. Jenseits der Hecke ragte der unglaublichste, schneebestäubte Gipfel auf, den er je gesehen hatte; orange funkelnd zeichnete er sich gegen einen fahlen, blau-goldenen Himmel ab. Die Luft roch durchdringend nach Holzrauch. Es war Abend oder früher Morgen.

Er hatte es geschafft!

Er hatte es tatsächlich geschafft! Ja! Es stimmte wirklich.

Er war in eine andere Welt gereist. Gras. Seltsames, nach Minze duftendes Gras. Tageslicht. Der Krieg, England, sein alter Herr, die Tanten, die Orden, die Toten, die Verstümmelten – alles fort. Er hatte es wirklich geschafft. Also würde er doch nicht in den Palast müssen, um sich weiteres Blech abzuholen. Er hatte es geschafft, wirklich und wahrhaftig geschafft.

Bedächtig bettete er das Gesicht auf den Handrücken und begann zu schluchzen.

53

Es war die Kälte, die ihn innehalten ließ, das Unbehagen, das es bereitete, im Morgengrauen auf taufeuchtem Gras zu liegen. Er setzte sich auf, rieb sich mit dem Handrücken die Augen und hätte beinahe gelacht. Seit dem Mittagessen am Mittwoch im Schwarzen Drachen hatte er nicht mehr so geflennt. Doch es tat ihm gut, tat ihm so unsagbar gut. Aber jetzt mußte er sich erst einmal etwas zum Anziehen besorgen, bevor er sich eine Lungenentzündung holte.

Er hatte es geschafft. Er hatte es geschafft.

Hinter ihm befand sich eine kleine Hütte aus Naturholz, die wie ein Gartenhäuschen aussah. Daneben befand sich die einzige Lücke in der Hecke, durch die Smedley nur einen Schotterpfad und dahinter eine weitere Hecke erspähte. Wenn man davon ausging, daß dieser Ort nicht dem Hirn eines verschrobenen Spaßvogels entsprungen war, mußte es sich um einen abgeschiedenen Landeplatz für nackt eintreffende Reisende handeln – was ihn daran erinnerte, daß Exeter jeden Augenblick erscheinen würde, wodurch es in der Mitte des Rasens ziemlich eng werden konnte.

Miss Pimm hatte düstere Warnungen über die Nachwehen der Reise, ganz besonders der ersten Reise ausgesprochen. Krämpfe, Übelkeit und Verzweiflung, hatte sie gesagt, und Exeter hatte verkniffen dazu genickt. Für gewöhnlich dauerte es nur ein paar Minuten, aber das Ganze war unberechenbar wie die Seekrankheit. Smedley spürte nichts von alledem – es sei denn, sein Weinanfall zählte zu diesen Nachwirkungen. Ansonsten fühlte er sich blendend.

Also rappelte er sich auf und humpelte zu der Gartenlaube hinüber. Das orangefarbene Leuchten war bereits von dem Berg gewichen, und der Himmel hellte sich auf. Auch einige andere Gipfel gab es zu bewundern, die grellweiß und eisblau in die Wolken ragten. Die Hecke war hoch genug, um alles zu verhüllen, was sich in der näheren Umgebung befand, ausgenommen eine sich gemächlich kräuselnde, weiße Rauchwolke, die wohl den durchdringenden Geruch hervorrief. Jemand hatte ein Freudenfeuer entfacht.

Was mochte Exeter nur aufhalten? Es fühlte sich verdammt gut an, ihn dermaßen überrundet zu haben, noch dazu, wo dies schon seine dritte Reise war.

In der Gartenlaube standen ein gemütlicher Stuhl, auf dem ein aufgeschlagenes Buch lag, und eine Holztruhe. Wahrscheinlich enthielt sie – genau wie die Truhe in der Sakristei von St. Gall's – alle möglichen Kleider für den anspruchsvollen Reisenden. Das Buch war schwer, ledergebunden und offenbar in Griechisch geschreiben, doch ein solches Griechisch hatte Smedley nie zuvor gesehen. Eigenartig! Als er in die Truhe schaute, entdeckte er einen Schuh und drei Socken. Er nahm zwei von den Socken und zog sie an, aber das schien denn doch keine ausreichende Bekleidung, wie mild das Klima auch sein mochte.

Zweifellos stellte die kleine Hütte ein Wachhäuschen dar. Jemand hätte eigentlich hier sitzen, dieses

Buch lesen und Wache halten müssen, falls Besucher eintrafen. Der Schurke hatte seinen Platz verlassen. Wahrscheinlich frühstückte er gerade.

Was, um alles in der Welt – der wirklichen Welt –, mochte Exeter nur aufhalten? Hatte ihn der Umstand, zwei Schlüssel gleichzeitig lernen zu müssen, dermaßen verwirrt, daß er sie nun durcheinanderbrachte? Oder fiel es ihm so schwer, Alice zu verlassen und auf Nebenan zurückzukehren, daß er sich einfach nicht in die rechte Geisteshaltung versetzen konnte? Zum Kuckuck mit Exeter!

Was also sollte Julian Smedley, der arme Kerl, jetzt tun?

Er ging zu der Lücke in der Hecke und – sorgsam darauf bedacht, möglichst wenig von sich sehen zu lassen – spähte um die Ecke. Er blickte genau in das Gesicht eines jungen Mannes, der ihn von der anderen Seite her musterte.

Der andere Mann schrie auf. Erschrocken sprangen beide zurück.

Smedley brach in schallendes Gelächter aus.

Langsam schob sich der Neuankömmling um die Hecke in Smedleys Blickfeld, ein weit aufgerissenes, grünes Auge nach dem anderen. Er war barfuß und trug nur einen Lendenschurz. Sein Bart war kurz geschoren, wogegen ihm die Haare wie die einer Frau über den Rücken hingen. Sowohl Bart als auch Haare besaßen einen seltsamen Kupferton, und der Versuch seiner blassen Haut, braun zu werden, hatte sie mit Millionen Sommersprossen überzogen. Er glich einer einzigen, riesigen Sommersprosse. Zudem wirkte er ängstlich und zappelig wie ein Feld voller Grashüpfer, bereit, beim geringsten Anlaß die Flucht zu ergreifen.

Er sagte irgend etwas, doch das einzige Wort, das

Smedley verstand, war *tyika.* »Tut mir leid, mein Freund! Ich beherrsche dieses Kauderwelsch nicht. Kannst du ein bißchen Englisch?«

Nach wie vor aufgeregt, aber scheinbar beruhigt, nickte der Mann heftig. »Ich tue sprechen Englisch gut, Tyika!« Er hatte einen Singsang-Akzent. »Mein Name ist Dommi Korbmacher, aber war Dommi Leibdiener, und hoffen wieder werden.« Er war höchstens so alt wie Smedley selbst, klein und breitschultrig.

»Ich bin Hauptmann Smedley. Dommi, sagst du? Warst du nicht Träger für ... äh, Tyika Exeter?«

Ein breites Grinsen teilte Dommis Gesicht in zwei ungleiche Hälften und entblößte makellose weiße Zahnreihen. »Fürwahr haben ich gehabt diese höchst angenehme Ehre vor einem Jahr, aber nur vorübergehend. Tyika Kisster zu dienen, ist großes Glück, weil er sehr wohlwollender Tyika! Ich war mitgeteilt worden, daß er baldig zurückkehren wird und ich vielleicht wieder erlauben sein werde, ihm zu dienen, was ich ganz wirklich würdigen wüßte.« Unvermittelt wich seine Freude trauriger Mutlosigkeit. »Aber leider ...«

»Nun, er müßte jeden Augenblick eintreffen.« Smedley fragte sich nur, wie diese Information vor ihm nach Olympus gelangen konnte. »Und er wird ebenso unbekleidet ankommen wie ich. Obendrein ist mir verteufelt kalt. Warum saust du nicht los und besorgst uns schnellstens ein paar Kleider?«

»Aber ...« Dommis Blick wanderte über Smedley und bemerkte die fehlende Hand und die Schnittwunde an der Wade. »Selbstverständlich, Tyika Haptmaan! Sofort, sogleich!« Er wirbelte herum und verschwand. Geräusche von Füßen auf Schotter verklangen in der Ferne. Bloße Füße? Autsch!

Na ja, für Kleider war jedenfalls gesorgt.

Exeter ließ sich verdammt lange Zeit! Er hatte bereits zwei Reisen hinter sich, also sollte ihm doch auch eine dritte gelingen. Hatte er seine Meinung geändert? Wollte er sich, nachdem er gesehen hatte, daß Smedley verschwunden war, darauf verlassen, daß Julian den Verräter enttarnen würde, ob es sich nun um Jumbo oder jemand anderen handelte? Nein, er würde sein Wort gegenüber Miss Pimm niemals brechen. Oder war Schneider in St. Gall's eingetroffen und hatte Exeter einen Strich durch die Rechnung gemacht? Ich will mir den Weg hier raus nicht unbedingt erkämpfen müssen, hatte Miss Pimm gesagt.

Smedley gelangte zu dem Schluß, daß er so oder so nichts unternehmen konnte. Er hatte keine Ahnung, wie der Schlüssel für die Rückkehr lauten mochte, außerdem hätte er bei einem Kampf wenig helfen können, falls es einen Kampf gab. Womöglich würde er nie erfahren, was sich ereignet hatte, nachdem er verschwunden war.

Vielleicht mußte er sich dem Dienst selbst vorstellen, anstatt von Edward Exeter, dem Befreier, empfohlen zu werden. Er hätte seinen Lebenslauf mitbringen sollen. Verflucht! Das konnte unangenehm werden. Er würde über den Krieg reden müssen. Na ja, eins nach dem anderen ...

Er hätte Dommi bitten sollen, auch gleich Frühstück zu besorgen. Das Wasser lief ihm im Mund zusammen. Er reckte die Nase in die Luft. Hm. Ja, in diesem Rauchgeruch lag eindeutig der Duft von gebratenem Fleisch. Vielleicht briet jemand einen Ochsen auf diesem Freudenfeuer? Oder Schinkenspeck?

Neugier drängte Smedley zurück zu dem Loch in der Hecke. Abermals spähte er hindurch, und diesmal entdeckte er kein anderes Gesicht, das sich dem seinen entgegenschob. Wie er vermutet hatte, stellte die zweite Hecke lediglich eine Abschirmung des Eingangs dar, die für Ungestörtheit sorgte. Der Schotterpfad wand sich außer Sicht; Buschwerk und hohe Bäume versperrten Smedley das Blickfeld. Es waren zwar keine englischen Bäume, aber Bäume waren überall Bäume. Einige der Farben wirkten allerdings ein wenig fehl am Platze.

Smedley spähte in die andere Richtung.

Etwa zwanzig Schritt entfernt lag ausgestreckt ein Körper auf dem Pfad, doch es bestand kein Zweifel daran, daß es sich um einen Toten handelte. Er war in Stücke gehackt worden. Haare und Kleider waren kaum noch erkennbar, schwarz von geronnenem Blut. Smedley vermochte unmöglich zu sagen, ob es ein Mann oder eine Frau gewesen war. Selbst auf die Entfernung hörte er das Schwirren von Insekten. Ein paar Wesen, die wie gefiederte Eichhörnchen aussahen, taten sich an dem Leichnam gütlich.

Schaudernd blickte er sich weiter um. Rauch stieg von den Überresten eines Hauses auf, einem verkohlten Geröllfeld. Smedley würgte angesichts der Erinnerung an den Geruch, der ihm zuvor das Wasser im Mund zusammenlaufen ließ. Im Hintergrund, zwischen den Bäumen, waren die verbrannten Überreste weiterer Häuser zu sehen – vieler weiterer Häuser, allesamt dem Erdboden gleichgemacht. Olympus war überfallen worden. Ein paar Menschen liefen in der Gegend umher. Obwohl sie weit entfernt waren, erkannte Smedley, daß sie nicht wie Engländer, sondern wie Dommi gekleidet waren – also praktisch nackt umherliefen. Die Eingeborenen hatten sich gegen die Tyikank erhoben. Es war ein neuerliches Nyagatha.

Keiner der Wilden hatte erfahren, daß ein Tyika fehlte. Dommi war nicht losgerannt, um Kleider zu holen, er war losgerannt, um seine Freunde zu holen, mit Assegais oder Macheten oder was sie sonst verwenden mochten, um Weiße zu töten ... Tyikank ... Dommi war ebenso weiß wie Smedley, aber er war ein Einheimischer, und es bestand kein Zweifel daran, was sich hier gestern oder vorgestern ereignet hatte.

Smedley war allein, nackt, mittellos und ohne Freunde in einer Welt gelandet, deren Sprache er nicht beherrschte und auf der die eingeborene Bevölkerung danach trachtete, ihn zu töten.

Er hätte sich doch für Chichester entscheiden sollen.

Es schien am ratsamsten, so schnell wie möglich in die Wälder zu flüchten.

Aber was, wenn Exeter eintraf, sobald er, Smedley, sich verdrückt hatte?

Wie lange würde es dauern, bis Dommi mit seinen Kumpels kam?

Jemand schrie auf, aber Smedley glaubte nicht, daß er es gewesen war.

54

Mitten auf dem abgeschiedenen Rasen lag Edward Exeter und zappelte wie ein gestrandeter Fisch. Er brüllte lauthals.

Smedley rannte zu ihm und kniete sich neben ihn, wobei er sich wild um sich schlagender Arme und Beine erwehren mußte. Er schrie Exeter ein paarmal zu, doch es half nichts. Nach kurzer Weile aber ließ der Anfall nach. Exeter sank zu einem zuckenden Häufchen Elend zusammen. Seine Muskeln verkrampften sich weiterhin schrecklich, wobei er jedesmal gellend kreischte.

»Exeter? Ich bin's, Smedley. Kann ich irgend etwas tun, um dir zu helfen?«

Kann ich irgend was tun, damit du die Klappe hältst?

Exeters Augen waren geschlossen. Offensichtlich versuchte er, sich nicht zu bewegen. »Julian?« flüsterte er. »Nimm mich in die Arme.«

In die Arme nehmen? Er war doch ein Mann, verdammt! Und keiner der beiden trug irgendwelche Kleidung. Angewidert legte Smedley sich neben Edward und versuchte, einen Arm um ihn zu schlingen. Wodurch er jedoch lediglich einen weiteren Krampfanfall und neuerliche Schmerzensschreie auslöste.

»Sei leise!« zischte er. »Sie werden dich hören!«

»Halt mich fest, verdammt noch mal!«

Smedley rappelte sich auf die Knie, packte Exeter am Haar und hievte in eine sitzende Haltung. Exeter kreischte. Smedley schlang beide Arme um ihn und hielt ihn, so fest er konnte.

Der Anfall verebbte. Keuchend lehnte Exeter den Kopf an Smedleys Schulter. Nach einer Weile flüsterte er: »Danke! Halt mich bitte noch ein wenig fest.«

Alles schön und gut, aber eine Bande Kopfjäger war auf dem Weg zu ihnen. Doch es schien der falsche Augenblick, Exeter dies mitzuteilen.

»Was hat dich denn aufgehalten?«

»Keine Ahnung«, krächzte Exeter. Seine Augen waren wieder geschlossen, und er atmete unsagbar flach. »Es wollte einfach nicht funktionieren.«

»Ich dachte schon, die Quälgeister hätten dich erwischt.«

Exeter schüttelte den Kopf, und selbst diese geringfügige Bewegung löste neuerliches Zucken und Stöhnen aus. Verdammt! Exeter war zu laut. Nach diesen Krämpfen würde er noch tagelang jeden Muskel im Leib spüren. Er schien so verknotet wie ein Fischernetz.

»Ich glaube, wir sind hier in eine Problemzone geraten ...«, begann Smedley.

Schritte knirschten auf Schotter! Erschrocken wirbelte Smedley herum und wappnete sich gegen den Anblick eines mordlüsternen Mob, doch es war nur Dommi. Hastig kam er mit einem Bündel unter dem Arm herbei. Er war über und über mit Ruß bedeckt, durch den der Schweiß rosa Rinnen gegraben hatte. Außerdem hinkte er schlimm.

»Tyika Haptmaan!« rief er. »Ich war so schnell wie ich konnte. Und Tyika Kisster! Es ist ganz zufällig, Euch wieder unter die Augen zu haben, aber zu so einer traurigen Zeit. Ich habe mitgebracht die Kleider, Tyika, aber ich fürchte, das ist das Beste, was ich im Haus von Tyika Dunlop finden konnte, und vieles davon ist versengt und schmutzig. Es war das einzige Haus, in das ich Eintritt machen konnte.«

Exeter riß weit die Augen auf.

»Das ist großartig, Dommi!« krächzte Smedley heiser. »Könntest du Tyika Exeter eine Weile für mich festhalten?«

Dienstbeflissen murmelnd, kniete Dommie nieder und nahm Smedley dessen Bürde ab. Der Wechsel jagte einen weiteren Krampfschauer durch Exeters Körper, doch diesmal verbiß er sich die Schreie. Dankbar kroch Smedley von ihm weg und durchwühlte das Bündel, das Dommi fallen gelassen hatte. Er fand eine tropischen Verhältnissen angepaßte Kluft: eine kurze Hose, ein kurzärmeliges Hemd, Sandalen und lange, weiße Socken. Keine Unterwäsche. Wie Dommi gesagt hatte, war das weiße Gewand versengt und rußbefleckt. Smedley begann sich anzuziehen.

Von heftigen Schluchzern unterbrochen, sprudelte Dommi die entsetzliche Geschichte hervor: »Es war großer Wahnsinn, Tyika! In der Halsnacht überkam uns alle im Dorf großer Wahnsinn. Wir haben gesammelt Fackeln und alle möglichen Waffen, an die wir herangekommen, und wir sind allesamt auf das Lager der Tyikank marschiert. Wir haben gesungen Lobeshymnen auf den Heiligen Karzon, dem unsere Ahnen nie gehuldigt haben, aber wir wissen gut sein Dämon Karzon und doch er hat nicht so geheißen in jener Nacht.« Er heulte wie eine Dampfsirene. »Es gab ein furchtbares Blutbad, Tyika! Die Entyikank sind worden vergewaltigt, und, oh, gräßliche Dinge sind worden getan! Die Häuser sind alle geworden verbrannt. Ich kann nicht erklären diesen Wahnsinn, Tyika! Da waren auch andere, die nicht haben gehört zu uns, keine Karotten wie wir, sondern Fremde. Sie haben getragen Schwarz, Tyika, ganz Schwarz! Ich haben Furcht, es waren die schrecklichen Schnitter, mit denen Mutter angst machen, wenn wir noch Kinder sind gewesen. Es ist ganz wahrscheinlich, daß sie waren der Grund von unsere Wahnsinn, oder Tyika Kisster? Alle wir Karotten sind viel hingebungsvoll Untertan den großen Tyikank, die so viel haben machen, um uns zu bilden und zivilisieren, und wir sind ganz wirklich dankbar für was sie haben getan für uns. Es müssen gewesen die Männer in Roben, die uns haben angestachelt.«

Der Grund für Dommis Hinken war eine verteufelt große Verbrennung am Fuß. Er mußte in eine der glimmenden Ruinen eingedrungen sein, um die Sachen zu bergen.

»Gleich da draußen liegt ein Leichnam«, sagte Smedley. »Die Häuser sind alle niedergebrannt worden.«

Exeter leckte sich über die Lippen. »Schon wieder Zath«, flüsterte er. »Ist jetzt alles vorbei?«

»Bestimmt, ja, Tyika! Wir Karotten sind sehr bedauerlich für was wir haben getan, aber wir nix konnten machen. Ich selbst habe gewesen einer von dic, die haben getan diese schlimme Dinge. Jetzt wir ganz schlimm traurig und wollen machen besser. Ich hoffen, daß viele Tyikank und Entyikank und Hauskarotten flüchten haben können in die Wälder, Tyika. Wir haben probiert zu zählen die Toten, aber wir haben auch getöten alle Karroten, die gehabt haben die schönen Livrees, die ihr Tyikank so großzügig uns gegeben, und schwer zu sagen ist, wer bei die Toten ist und wer nicht. Viele haben entkommen, ich hoffe ...« Er unterdrückte weitere Schluchzer. »Sogar die Bibliothek wir haben verbrannt, Tyika!«

Äußerst behutsam mühte Exeter sich in sitzende Haltung. Blut tröpfelte ihm aus dem Mund und zeichnete sich beängstigend grellrot auf der blassen Haut ab. »Ich bin sicher, daß die Schnitter daran schuld sind.«

»Es ist berichtet worden, daß Ihr seid ganz bald zurückkommen«, wimmerte Dommi. »Ich froh, daß Ihr nicht seid gekommen zurück früher und bei dem betraurigen Töten dabei.«

Exeter schlang die Arme um die Knie und starrte ausdruckslos, reglos zur Hecke hinüber. »Was ist mit dem Haus der Tyika Murgatroyd? Wurde es auch angegriffen?«

»In der Tat, ja, Tyika. Kein Haus hat entwischt.«

»Die Bediensteten von Entyika Murgatroyd? Ysian, die Köchin?«

Dommi vergrub das Gesicht in den Händen.

»Nun?« fragte Exeter, ohne ihn anzublicken.

Ysian? War das nicht der Name des Mädchens, das Exeter irgendwo unter einem Bett gefunden hatte? Wie war diese Ysian denn nach Olympus gelangt?

»Nein, Tyika. Sie hat nicht entkommen. Ich gesehen.«

»Wie ist sie gestorben?«

»Nicht fragen, Tyika!«

In Exeters Augen lag Eiseskälte, doch er starrte immer noch auf die Hecke oder durch sie hindurch. »Sag's mir, Dommi. Bitte, sag's mir. Ich weiß, daß es nicht deine Schuld war.«

»Tyika – schreckliche Dinge haben gemacht worden. Bitte nicht mich machen sagen.«

Exeter murmelte etwas, das keinen Sinn ergab, sich aber ungefähr so anhörte wie: »Oh, Füchschen!«

»Was?« wollte Smedley wissen.

»Nichts. Gib mir doch bitte die Klamotten da rüber, alter Freund, ja?« Mit überaus behutsamen Bewegungen begann er, sich anzukleiden. »Dommi, lauf und ruf die Karotten zusammen.«

Das Tal war schmal und weniger als eine Meile lang. Von einem flachen Talboden stiegen nahezu undurchbrochen steile Wände bis zu den phantastischen Gipfeln ringsum an. Im Tal gab es einen Fluß, offene Weiden und bunte Wälder. Noch vor zwei Tagen mußte es hier atemberaubend schön gewesen sein.

Sie marschierten an ausgebrannten Ruinen und zertrampelten Blumenbeeten vorüber, viele davon mit zerstückelten Leichen übersät. Als sie zwischen den Bäumen hervorkamen, war Exeter wieder in der Lage, ohne Hilfe zu gehen, indem er sich nur noch mit einer Hand an Smedleys Schulter abstützte. Sie waren an Tennisplätzen angelangt, wo eine Horde völlig verängstigter Einheimischer ihrer Ankunft harrte, vierzig oder mehr Personen. Männer, Frauen, Kinder. Alle hatten rotes Haar. Viele von ihnen hatten Schaufeln dabei, schienen aber unsicher, was sie damit tun oder wo sie beginnen sollten. Sie alle wirkten krank vor Schuldgefühlen und Entsetzen. Sogar Smedley, ein abgebrühter Veteran der Westfront, war speiübel von dem, was er unterwegs gesehen hatte; dabei handelte es sich nur um einen kleinen Teil von Olympus. Immer noch verpestete Rauchgestank das Tal.

Exeter wurde von besorgten Mienen und erleichtert gemurmeltem »Tyika Kisster!« begrüßt.

Weitere Einheimische kamen zwischen den Bäume hervor und rannten herbei. Auf Smedley gestützt, wartete Exeter, während die Menge anwuchs. Er zitterte immer noch und wirkte nach wie vor ziemlich schwach. Es war eine schlimme Überquerung gewesen.

»Selbsterfüllend!« brummte er.

»Was?«

»Das *Filoby-Testament*. Es scheint selbsterfüllend zu sein. Dommi sagte, er hätte mich aus Thotal zurückerwartet, folglich muß das Komitee nach mir geschickt haben – aber ich war nach Flandern verschwunden! Hätte Zath mich nicht dorthin verfrachtet, wäre ich rechtzeitig hier gewesen, um zu sterben, verstehst du? Und hätte er das hier nicht angerichtet, hätte ich vielleicht immer noch die Absicht, nach Neuseeland zu gehen.«

Erstaunt blickte Smedley ihn an. »Und diese Absicht hast du jetzt nicht mehr?«

»Wenn Zath die Kette schon nicht zu durchbrechen vermag, wie soll es dann mir gelingen?« Exeter löste den Griff um Smedleys Schulter und richtete sich zu voller Größe auf, um sich an die unruhige Karottenmenge zu wenden.

»Es war nicht eure Schuld!« rief er. »Es war der Dämon Karzon, der euch dazu getrieben hat, der Dämon Zath. Die Heiligen werden euch nicht verlassen, denn es war nicht eure Schuld. Der Ungeteilte kennt die Wahrheit und weiß, wo die Schuld zu suchen ist.«

Sie antworteten mit freudigen Rufen, wie kleine Kinder.

»Aber ihr müßt eure Trauer kundtun. Ihr müßt die Toten ehrenvoll begraben. Die Frauen sollen anfangen, auf den Kricketfeldern Gräber auszuheben, große Gräber. Die Männer sammeln die Leichname ein. Wir begraben jeden Familie zusammen, Tyikank und Bedienstete vereint. Die Heiligen und die Karotten, die zusammen gelebt haben, sollen auch zusammen begraben werden. Bis Sonnenuntergang muß alles erledigt sein!«

Bei Sonnenuntergang, als die verschneiten Gipfel des Kilimandscharo und des Nanga Parbat sich blutrot färbten, war die Arbeit getan. Die Toten konnten unmöglich gezählt werden, denn viele Leichen waren in die brennenden Häuser geworfen, andere zu gesichtslosen Fleischklumpen zerhackt worden. Dennoch war klar, daß wesentlich mehr Karotten als Tyikank gestorben waren – den meisten Fremden war es wohl gelungen, ihr Mana einzusetzen, um zu flüchten, meinte Exeter. Die sterblichen Überreste wurden in Gruben gekippt und verscharrt. Olympus glich einer Geisterstadt.

Smedley, der sich vor Erschöpfung kaum noch auf den Beinen halten konnte, beobachtete und bewunderte, wie Edward Exeter bei dem Massenbegräbnis eine Beerdigungsmesse las. Er stand vor einer Versammlung von mehreren hundert Einheimischen, wahrscheinlich der gesamten Bevölkerung des Dorfes, und wandte sich in ihrer Sprache an sie, so daß Smedley kein Wort der Rede verstand; er sah nur die Tränen der versammelten Karotten. Was immer Exeter auch verkünden mochte, er begann leise und endete überaus leidenschaftlich, und seine Zuhörerschaft schien zutiefst beeindruckt. Nachdem Exeter verstummt war, brachen die Karotten in überschwenglichen Jubel aus – ein recht eigenartiger Schluß für ein Begräbnis.

Am nächsten Tag krochen einige der überlebenden Tyikank aus den Wäldern hervor – hungrig, verängstigt, zu Tode erschöpft. Von ihren Reisen heimkehrende Missionare trudelten ein. Sie zeigten sich höchst überrascht, als sie bereits Arbeitsgruppen vorfanden, die all die zerstörten Häuser niederrissen, Aufräumungsarbeiten machten und vorübergehende Unterkünfte errichteten. Noch erstaunter zeigten sie sich, daß die Menge von einem jungen Mann angeführt wurde, den keiner von ihnen je gesehen hatte, einem Offizier der Königlichen Artillerie, unter den Karotten als Tyika Haptmaan bekannt. Zudem leistete der Bursche gute Arbeit. Exeter war verschwunden. Er war des Nachts aufgebrochen, ganz allein, und niemand wußte wohin. Den Worten zuverlässiger Karotten zufolge hatte er ihnen im Zuge der Lobesrede, die er an den Gräbern gehalten hatte, verkündet, er wäre der prophezeite Befreier. Natürlich sollten sie das nicht wissen, doch es war ohnehin nie zu verhindern gewesen, daß die Englisch sprechenden Hauskarotten lauschten und Gerüchte in Umlauf brachten; folglich hatten viele von ihnen bereits davon gehört. Nun hatte Exeter offenbar geschworen, es wäre sein Schicksal, dem Tod den Tod zu bringen und somit die Prophezeiung zu erfüllen.

Es sei eine Frage der Ehre, hatte er gesagt. Doch wohin er gehen würde, hatte er verschwiegen.

Als die Doppelwochen verstrichen, ohne daß es Neuigkeiten über Exter gab, bildete sich allmählich die einhellige Meinung heraus, daß er auf dem Weg aus dem Tal entweder Zaths Beobachtern in die Hände gefallen war, oder daß er sich wieder unter die Eingeborenen gemischt hatte. Jedenfalls konnte man ihn getrost vergessen.

Einige der Schwarzseher wollten das nicht glauben, insbesondere Jumbo Watson nicht. Er sagte voraus, Olympus hätte Edward Exeter nicht zum letztenmal gesehen. Zur Untermauerung wies er auf das *Filoby-Testament* hin, genauer gesagt auf den geheimnisvollen Vers 1098: Schrecklich ist die Gerechtigkeit des Befreiers; seine Macht unterwirft die Unwürdigen. Er ist sanft und schwer zu erzürnen. Gaben verwehrt er sich, Ehre verschmäht er. Eleal wird sein die erste Versuchung und der Prinz die zweite, der Tod aber wird ihn erregen.

55

47 Bamlett Road
London, W1
16. September 1917

Liebe Miss Prescott!
Mit tiefstem Bedauern muß ich Ihnen mitteilen, daß uns die Meldung erreicht hat, mein Bruder D'Arcy habe das höchste Opfer gebracht. Aus einem heute eingetroffenen Telegramm des Kriegsamtes geht hervor, daß er in Ausübung seiner Pflicht getötet wurde. Bislang wissen wir noch keine weiteren Einzelheiten.

Ich war im Haus, als das Telegramm kam. Wie Sie gewiß verstehen werden, war meine Schwägerin zutiefst verzweifelt, so wie wir alle. Ich bin eben erst heimgekommen und habe Ihnen geschrieben, sobald ich konnte. Vielleicht haben Sie die Neuigkeit aber auch schon der Abendzeitung entnommen.

Wann der Gedenkgottesdienst stattfindet, wird auf dem üblichem Weg angekündigt.

Ich bin sicher, Sie teilen unsere Trauer, auch wenn es Ihnen versagt bleibt, sie öffentlich zu zeigen.

Hochachtungsvoll
Anabel Finchley

Anhang:

Die Monde

Nebenan ist eine durchaus mögliche Spielart der Erde. Die sichtbaren Sterne sind dieselben, die auch von der Erde aus zu beobachten sind; die Sonne ist anscheinend dieselbe.

Nebenan besitzt jedoch vier Monde. Prof. Rawlinsons Theorie, daß die Monde durch den Einschlag eines oder mehrerer Meteore enstanden sein könnten, ist nicht ganz von der Hand zu weisen. Zur Rawlinsons Zeit galt der Pazifik gemeinhin als die ›Narbe‹, die zurückgeblieben ist, als der Mond bei einem Meteoriteneinschlag aus der Erde gerissen wurde. Moderne Theorien weisen ebenfalls in die Richtung, daß der Mond durch einen solchen Einschlag entstanden ist, wenngleich man mittlerweile weiß, daß der Pazifik einige Milliarden Jahre jünger ist. Der Einschlagskörper hätte die Größe eines kleinen Planeten aufweisen müssen – also beträchtlich größer als ein Meteor –, doch in mancher Hinsicht war Rawlinson seiner Zeit voraus. Besonders herausragend ist, daß er jüngste Einblicke in das Wesen chaotischer Systeme voraussah; selbst ein winziger Unterschied in der Größe, der Geschwindigkeit oder im Winkel eines solchen Einschlags könnte zu gewaltigen Veränderungen des Endergebnisses führen. Dies würde nicht nur die unterschiedliche Anzahl der Trabanten, sondern auch die geringfügigen Unterschiede der Tages- und Jahreslänge zwischen Erde und Nebenan erklären.

Lediglich Trumbs Scheibe ist groß genug, um die Sonne zu verdecken und eine Finsternis zu bewirken, die bei jeder Erdumrundung Trumbs auftritt, jedoch nur in der Tageslichthemisphäre zu sehen ist. Der folgende Abschnitt bezieht sich überwiegend auf Verfinsterungen der jeweiligen Monde durch den Planetenschatten: Mondfinsternisse, wie wir sie kennen.

Der äußerste Mond, Eltiana, weist einen Zyklus von achtundzwanzig Tagen auf, ähnlich dem irdischen Mond, doch Eltiana ist ein wesentlich kleinerer, lichtschwächerer Himmelskörper, kaum mehr als ein leuchtend roter Stern. Seine äquatoriale Umlaufbahn hat zur Folge, daß er sich jeden Monat verfinstert, wenngleich nur jede zweite Finsternis von einem bestimmten Punkt aus sichtbar ist.

Ysh präsentiert sich als kleine blaue Scheibe. Dieser Mond weist einen nützlichen und zuverlässigen Umlaufzyklus von beinahe genau vierzehn Tagen auf, der Ursprung der Doppelwoche, die auf Nebenan als Grundzeiteinheit verwendet wird. Wie der irdische Mond, besitzt auch Ysh eine geneigte Umlaufbahn, so daß die Wahrscheinlichkeit einer Finsternis nur zwei oder dreimal im Jahr auftritt. Viele dieser Finsternissen sind nicht zu beobachten; entweder aufgrund der Wetterverhältnisse oder einfach deshalb, weil sie tagsüber auftreten. Eine beobachtete Ysh-Finsternis gilt als seltenes und unheilschwangeres Ereignis.

Trumb, der grüne Mond, zeigt sich als große Scheibe. Sein synodischer Zyklus liegt bei 4,44 Tagen, und seine Umlaufbahnneigung ist sehr gering. Er verfinstert sich bei jeder Erdumrundung, wenngleich die Hälfte der Finsternisse unterhalb des Horizonts auftreten. Der winzige gelbe Mond Kirb'l könnte ein gefangener Asteroid sein. Seine Umlaufbahn ist elliptisch und 15° geneigt, was annähernd dem Breitengrad der Täler entspricht. Um das Ganze noch schwieriger zu gestalten, präzessiert seine Umlaufbahn unter dem Einfluß der anderen Monde rasch; überdies ist Kirb'l selbst asymmetrisch und dreht sich alle zwei Stunden mit deutlichen Albedo-Veränderungen (Veränderungen der Sonnenlicht-Rückstrahlfähigkeit und damit der Helligkeit) um die eigene Achse. Er weist einen synodischen Zyklus von 1,5 Tagen auf.

Am Perigäum scheint er sich von Westen nach Osten zu bewegen. Dies kann sich, bei geringster Neigung, beinahe lotrecht über Kopf ereignen, oder es kann unsichtbar hinter dem Horizont vonstatten gehen. Am Perigäum treten häufig Finsternisse auf, am Apogäum jedoch verfinstert Kirb'l sich nie. An dazwischenliegenden Positionen bewegt er sich nach Norden oder Süden, wobei ebenfalls Finsternisse stattfinden können.

Die Priesterastronomen der Täler halten Kirb'l für völlig unberechenbar.

Zitate

Krieg aber ist ein Spiel, das Könige nicht spielen würden, wären ihre Untertanen weise. (Zitat Seite 3)

»Kommt, Herr!« sagte sie. »Auf müssen wir uns machen zu uns'rer Pilgerfahrt nach Canterbury, wie in alten Tagen. Ihr sollt sein mein kühner, untad'lig edler Ritter!«

»Und Ihr, edle Dame? Die Priorin?«

»Das Weib von Bathe, denk' ich, ist eher mein Part. Soll ich auf dem Weg erzählen eine Mär, um uns die Reise zu versüßen?« (Zitatfolge Seite 127)

Ich könnt' nicht lieben Dich so sehr, liebt' ich nicht Ehre mehr. (Zitat Seite 225)

Nicht für den Preis eines Ordenbands,
oder die selbstsüchtig' Hoffnung auf flüchtig' Ruhm,
doch seines Hauptmanns Hand auf seiner Schulter –
(Zitat Seite 310)

Der schwarze Stein verfolgt dich! Flieh, denn alles ist verloren ... (Zitat Seite 319)

STEPHEN LAWHEAD
DAS LIED VON ALBION
Krieg im Paradies
Fantasy-Roman
BASTEI
LÜBBE

STEPHEN LAWHEAD
DAS LIED VON ALBION
Rückkehr der Helden
Fantasy-Roman
BASTEI
LÜBBE

STEPHEN LAWHEAD
DAS LIED VON ALBION
Der endlose Knoten
Fantasy-Roman
BASTEI
LÜBBE

Während einer Besprechung erfährt die Wirtschaftsanwältin Sidney Archer, daß ihr Mann bei einem Flugzeugabsturz ums Leben gekommen sein soll. An Bord der Maschine waren der Präsident des amerikanischen Zentralbankrates – und anscheinend auch Sidneys Mann Jason, ein aufstrebender Computer-Experte. Noch während Sidney versucht, das Unfaßbare zu verarbeiten, teilt ihr Jasons Chef seinen Verdacht mit, ihr Mann habe sich mit firmeninternen Informationen zur Konkurrenz abgesetzt. Sidney will die Wahrheit wissen – und findet Unterstützung bei Lee Sawyer, einem FBI-Agenten, der den Flugzeugabsturz untersucht. War die Ursache des Unglücks Sabotage? Und wenn ja, wer sollte das Opfer sein: der Bankenchef – oder Jason, dessen Leben ein einziges Geheimnis zu sein scheint ...

ISBN 3-404-12976-8

BASTEI LÜBBE